AMÉRICA DEL SUR

BELICE
HONDURAS
NICARAGUA

MAR CARIBE

Maracaibo
Barranquilla
Cartagena
Caracas

Lago de Managua

EL SALVADOR

Lago de Maracaibo

San Cristóbal

Río Orinoco

Georgetown
Paramarib

GUATEMALA

PANAMÁ

Medellín

VENEZUELA

GUAYANA

SURINAM

Cayena

COSTA RICA

Río Magdalena

Bogotá

Cali

Boa Vista

GUAYANA FRANCESA

COLOMBIA

ISLAS GALÁPAGOS

Quito

ECUADOR

Guayaquil
Cuenca
Iquitos

ECUADOR

Río Amazonas

LOS ANDES

PERÚ

A M A Z O N A S

BRASIL

Lima

Machu Picchu

Ayacucho
Cuzco

BOLIVIA

Brasilia

Lago Titicaca

La Paz

Santa Cruz

Sucre
Potosí

CHILE

LOS ANDES

PARAGUAY

Asunción

Río Paraná

São Paulo

Río de Janeiro

Iguazú

OCÉANO PACÍFICO

Río Uruguay

OCÉANO ATLÁNTICO

Córdoba

URUGUAY

Montevideo

Viña del Mar
Valparaíso
Santiago

Buenos Aires

Río de la Plata

ARGENTINA

Concepción

Bahía Blanca

Viedma

ISLAS MALVINAS (Br.)

NIGERIA

ÁFRICA

Malabo

CAMERÚN

GUINEA ECUATORIAL

GABÓN

ÁFRICA

Estrecho de Magallanes

TIERRA DEL FUEGO

| 0 | 250 | 500 | 750 | 1,000 MILLAS |

| 0 | 500 | 1,000 | 1,500 KILÓMETROS |

| 0 | MILLAS | 500 |

| 0 | KILÓMETROS | 750 |

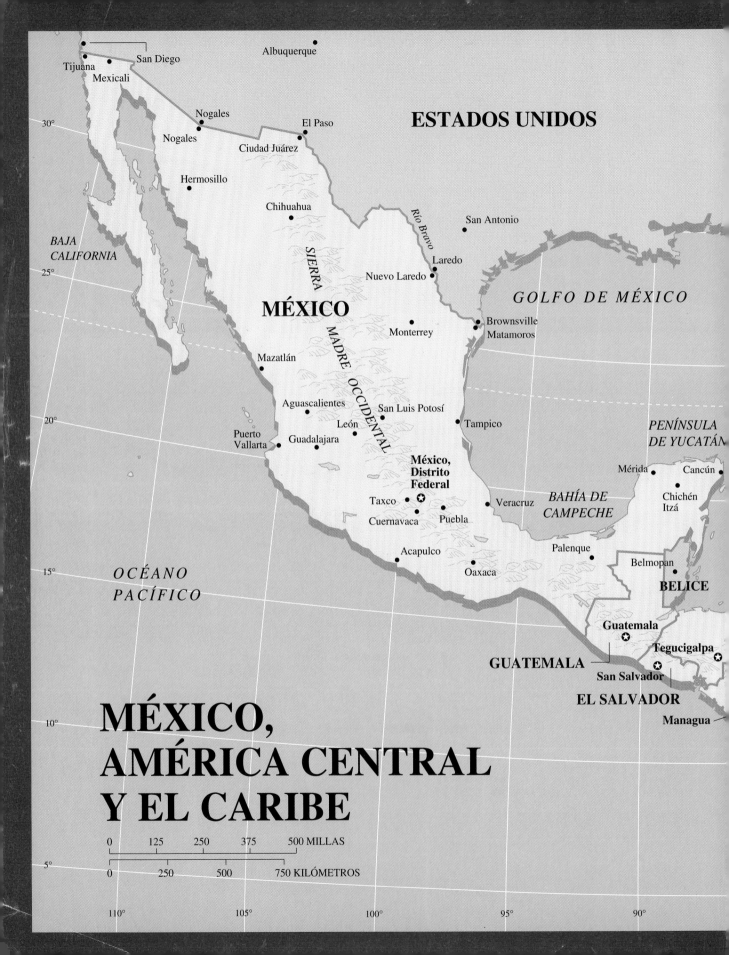

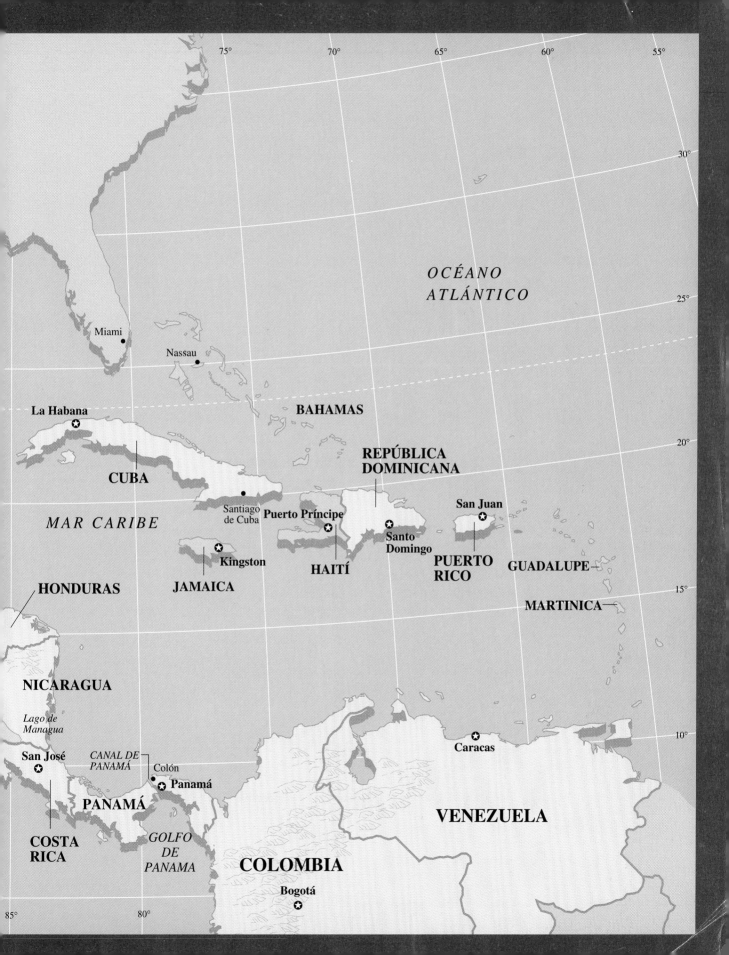

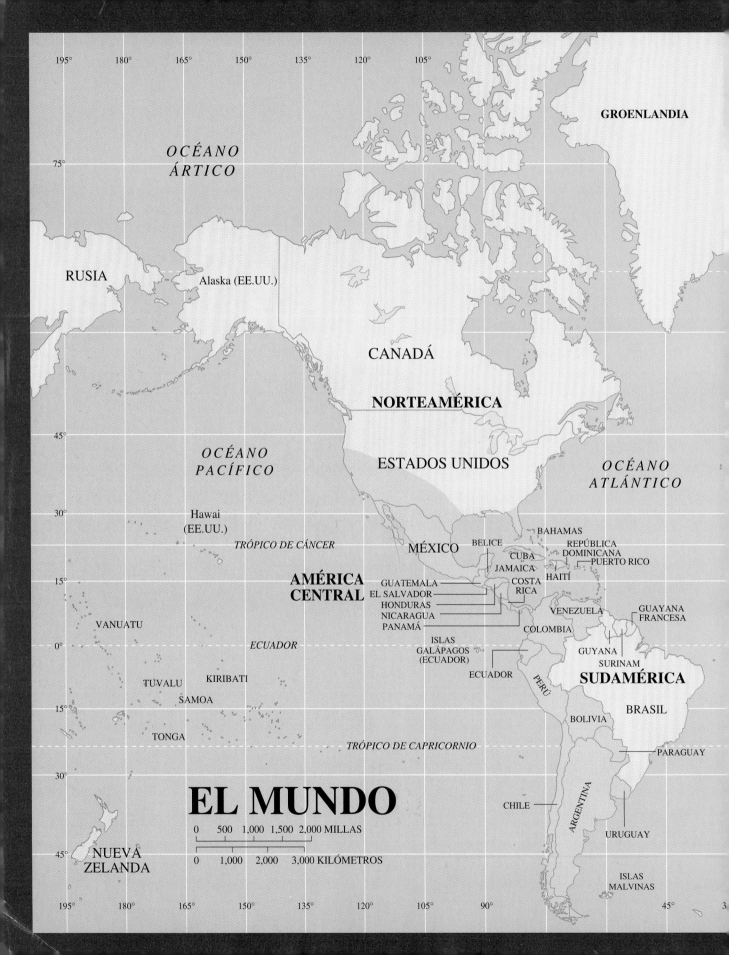

EL MUNDO

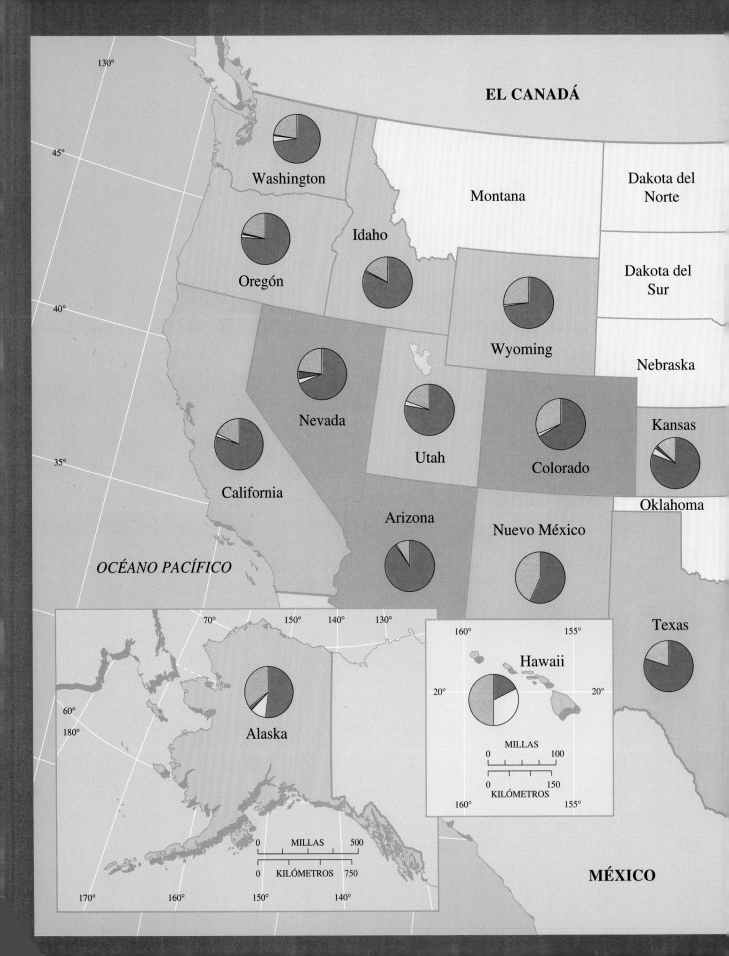

LOS HISPANOHABLANTES
EN LOS ESTADOS UNIDOS

0   125   250   375   500 MILLAS

0   250   500   750 KILÓMETROS

Maine

Minnesota

New Hampshire

Vermont

Wisconsin

Mass.

Michigan

Conn.

Nueva
York

Rhode Island

Iowa

Pennsylvania

Illinois

Ohio

Indiana

Nueva Jersey

Virginia
Occidental

Delaware

Misuri

Washington, D.C.

Kentucky

Virginia

Maryland

Carolina
del Norte

Tennessee

OCÉANO ATLÁNTICO

Arkansas

Carolina del
Sur

Misisipí

Georgia

Porcentaje de Población
Hispana

Raíces

Alabama

20 ó más

Luisiana

10-19.9

México

Cuba

3.0-9.9

70°

0-2.9

Puerto
Rico

Otros

Florida

Total EE. UU.
Población Hispana

GOLFO DE MÉXICO

95°   90°   85°   80°

40°

35°

30°

25°

20°

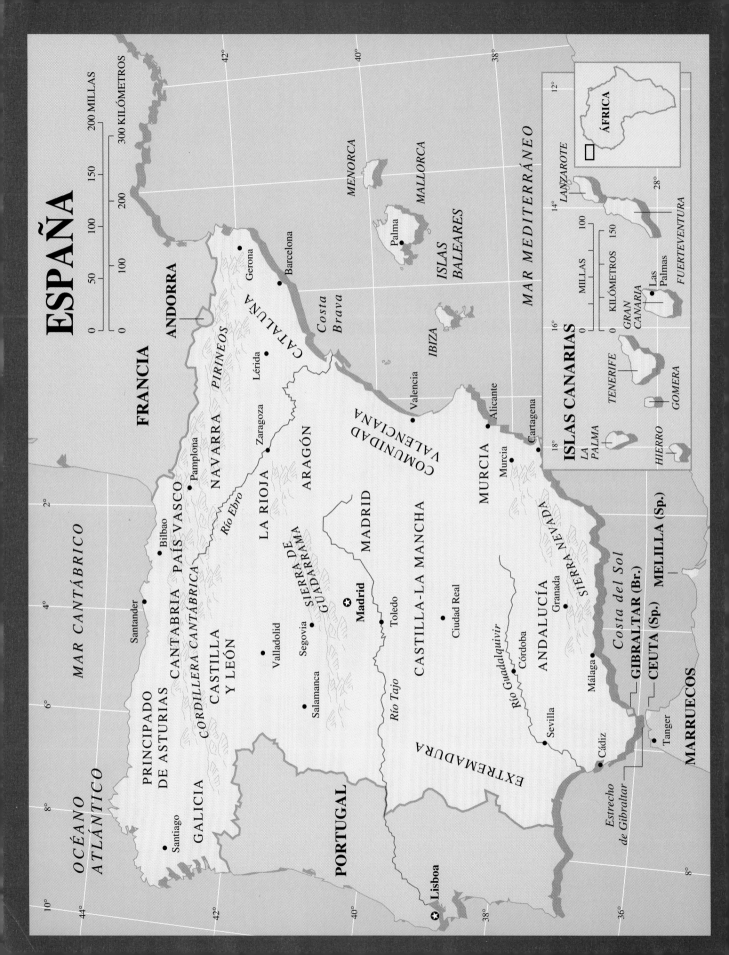

Interacciones

Third Edition

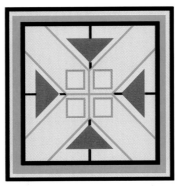

Interacciones

Third Edition

Emily Spinelli
University of Michigan – Dearborn

Carmen García
University of Virginia

Carol E. Galvin Flood
University of Michigan – Dearborn

Holt, Rinehart and Winston

Harcourt Brace College Publishers

Fort Worth   Philadelphia   San Diego   New York   Orlando   Austin   San Antonio
Toronto   Montreal   London   Sydney   Tokyo

Publisher	Rolando Hernández-Arriessecq
Acquisitions Editor	Terri Rowenhorst
Developmental Editor	Jeff Gilbreath
Project Editor	Karen R. Masters
Production Manager	Debra A. Jenkin
Art Director	David A. Day

Cover Image: Martha Walter. *Mexican Park,* 1932, Watercolor.
David David Gallery, Philadelphia/Superstock

ISBN: 0-03-020179-9

Library of Congress Catalog Card Number: 97-74391

Address for Editorial Correspondence:
Harcourt Brace College Publishers
301 Commerce Street, Suite 3700
Fort Worth, TX 76102

Address for Orders:
Harcourt Brace & Company
6277 Sea Harbor Drive
Orlando, FL 32887-6777
1-800-782-4479

Harcourt Brace and Company will provide complimentary instructional aids and supplements or supplement packages to those adopters qualified under our adoption policy. Please contact your sales representative for more information. If as an adopter or potential user you receive supplements you do not need, please return them to your sales representative or send them to: Attn.: Returns Department, Troy Warehouse, 465 South Lincoln Drive, Troy, MO 63379

Website address:
http://www.hbcollege.com

Printed in the United States of America

8 9 0 1 2 3 4 5 6   048   10 9 8 7 6 5 4 3

To our husbands Don, Al, and Tim
and our children Lisa, Gustavo, and Tim

Preface

Interacciones is an intermediate-level college Spanish program that emphasizes real communication in meaningful contexts. The student textbook and the accompanying workbook / laboratory manual promote the use of language to communicate with others in the target culture.

New to This Edition

The third edition of *Interacciones* has the following new features.

1. A reduced number of chapters allows for more in-depth coverage of the material provided.
2. Additional full-color drawings and photographs enhance the cultural aspect of the text.
3. New design features help students focus on the two-chapter units that emphasize the culture and language of specific countries and regions of the Spanish-speaking world.
4. More realia and authentic readings from newspapers and magazines are included so that students are exposed to a variety of the type of reading materials used by native speakers.
5. The importance of the listening strand **¿Qué oyó Ud.?** has been enhanced with its more effective placement at the end of the **Segunda situación** of each chapter. **¿Qué oyó Ud?** can now better serve as a review of the functional vocabulary and phrases of the entire chapter.
6. An increased number of **Bienvenidos** sections provides more information on the Spanish-speaking world.
7. An increased number of **Contacto cultural** sections provides more literary readings and information on the art and architecture of the Spanish-speaking peoples.

Features

The *Interacciones* program offers a variety of unique features in organization and approach. Its main objectives are the improvement of the listening and speaking skills and the development of reading and writing skills so that students can perform basic tasks in a Spanish-speaking environment. To that end, the textbook is characterized by the following features.

- Authentic language and materials provide the same type of listening and reading materials that native speakers hear and read.
  - Interactive exercises, activities, and role-plays simulate language used by native speakers.
  - Functional language is used in the presentation of vocabulary, grammar, and expressions.
  - Strategies for the development of listening, reading, and writing are presented and practiced in each chapter.
  - Cultural information helps students understand the Spanish-speaking world and how to function in it.
  - Spiral grammar sequencing allows students to proceed from conceptual to partial to full control of individual grammar structures with less frustration.
  - The development of the receptive skills of listening and reading serves as a foundation for building proficiency in the productive skills of speaking and writing.

- The program develops basic language functions such as asking and answering questions; describing people, places, and things; narrating in the present, past, and future; initiating, sustaining, and closing a simple conversation; and responding to a predictable situation in the target culture.
- Vocabulary acquisition develops the students' ability to describe and narrate in the target language.
- Information on art, architecture, and literature gives students insight into the cultural achievements of the Hispanic peoples.

Organization of the Student Textbook

The core text is composed of a preliminary lesson followed by twelve chapters. The chapters are grouped in units of two, each of which centers around a Spanish-speaking country or region.

Each chapter is organized around a place or situation that is likely to be encountered by a person living, studying, working, or traveling in a Spanish-speaking area. These situations include places such as a bank, restaurant, shopping center, and multi-national firm and events such as a wedding, Sunday dinner with the family, and a job interview. The vocabulary, functional expressions, cultural information, and grammar structures taught within each chapter relate to the situation and provide the student with the skills needed to be able to function within that situation.

Each chapter is divided into three sections called **Situaciones;** each **situación** is centered around a communicative goal. Vocabulary, structures, and culture are thus presented in more manageable amounts and the information is then expanded upon and re-entered throughout the chapter.

Bienvenidos. Each two-chapter unit of the student textbook begins with the **Bienvenidos** section which provides information in outline form about the geography, climate, population, important cities, government, and economy of the areas under study. A map, an exercise on geography, and related photos round out this section.

Presentación. The first two **situaciones** of each chapter begin with a **Presentación** designed to develop the speaking skill and to provide basic vocabulary for the chapter. The **Presentación** consists of a scene that students are asked to describe, followed by exercises and activities to practice the new vocabulary.

Así se habla. This section follows the **Presentación** and contains the expressions used to perform a linguistic function related to the chapter situation. Students learn the expressions for functions such as agreeing and disagreeing, ordering in a restaurant, expressing good wishes, making personal and business phone calls, or making introductions. The functional expressions are listed and illustrated in the context of a brief written dialogue. Exercises and activities in the form of role-plays practice the expressions of this section.

Estructuras. The grammar presentation follows a spiral sequencing; only one aspect of a difficult grammar structure is presented per **situación.** For example, the preterite forms and uses are reviewed in one chapter, the imperfect in another, and the distinction between the preterite and imperfect in still another chapter. However, exercises and activities practicing narration in the past are included in almost all subsequent chapters of the textbook so that students have many opportunities to practice this important function and progress in a natural fashion from conceptual to partial to full control. Contextualized and interactive exercises follow each grammar explanation.

¿Qué oyó Ud.?   The **¿Qué oyó Ud.?** section occurs at the end of the **Segunda situación** of each chapter. This section begins with a listening strategy and pre-listening exercises. Students then listen to a dialogue found on the audio compact disc that accompanies the student textbook. The dialogue contextualizes the vocabulary, expressions, and grammar of the chapter and helps the student put into practice the listening strategy under consideration. Post-listening exercises and activities include content-based questions as well as questions requiring analysis of the style, tone, and register of the language heard.

Día a día.   The third **situación** of each chapter begins with the **Día a día** section in which the students receive information in Spanish on how to function on a day-to-day basis in the target culture; topics include public transportation, housing, cities, and daily schedules in the Hispanic world. Authentic materials in the form of brochures, forms, and other realia are used as instructional tools in this section. The information is provided in Spanish and is followed by activities and role-play exercises.

Para leer bien / Lectura.   The **Para leer bien** section provides reading strategies for facilitating the comprehension of the **Lectura** that follows. **Para leer bien** offers explanations and exercises on such topics as predicting and guessing content, scanning, skimming, using background information, and identifying point of view. The readings of the **Lectura** have been taken from articles in contemporary Hispanic magazines and newspapers and were chosen based on their correlation to the cultural theme of the chapter. By experiencing numerous authentic reading selections from a variety of sources, the student should gain confidence in reading and progress rapidly. Post-reading exercises to check comprehension are provided. The last exercise of the section, **La defensa de una opinión,** helps students develop critical-thinking skills and the ability to analyze and discuss the readings.

Para escribir bien / Composiciones.   **Para escribir bien** contains writing strategies to help students prepare the suggested writing activities that follow. Students learn how to write for travel, work, and social situations as well as how to prepare more formal compositions for academic purposes. The **Composiciones** section includes three topics that combine the various grammatical structures and vocabulary taught within the chapter. While most of the topics emphasize real-life writing activities and are task-oriented, topics for more academic compositions are also included.

Actividades.   The **Actividades** section is composed of a series of exercises that combine the communicative, cultural, and functional aspects of the entire chapter. While some activities are geared to the individual student, most are pair or group activities; games and role-playing are stressed. This set of activities is intended to be the culminating activity of the chapter and one which allows the student to use the language in interesting and entertaining ways.

Contacto cultural.   Each two-chapter unit closes with a section entitled **Contacto cultural,** designed to introduce the student to the achievements of the Hispanic peoples in the visual and literary arts. Each **Contacto cultural** section correlates with the country or region to which the two-chapter unit is devoted. **El arte y la arquitectura** provides information about important museums, artists, and works of art or architecture; photos and comprehension exercises accompany the explanations. The **Lectura literaria** section is composed of short stories, poetry, and drama by authors from the country or region represented in the two-chapter unit. Each reading is preceded by a **Para leer bien** section which provides information on literary topics such as genre, theme, character, figurative language, or symbolism.

Other Features.   The appendices include **(A)** *Vocabulary at a Glance,* thematic lists of vocabulary such as numbers, colors, and geographical terms that can be very useful for describing the scenes of the **Presentación** sections; **(B)** *Metric Units of Measurement;* **(C)** *The Writing and Spelling System,* outlining the alphabet, syllabication, accentuation, capitalization, and spelling hints; and **(D)** *Verb Conjugations* of regular, stem-changing, orthographic-changing, and irregular verbs.

Ancillaries

Workbook / Lab Manual.   The ***Cuaderno de ejercicios y manual de laboratorio*** is considered an integral part of the ***Interacciones*** program. The workbook consists of contextualized exercises practicing vocabulary and grammar structures, exercises on geographical and cultural information, and numerous exercises and activities designed to improve the describing and narrating functions as well as writing for social and work situations.

The laboratory program includes listening comprehension strategies with applications, pronunciation exercises, oral exercises for practicing vocabulary and grammar, and other activities designed to improve the listening comprehension skill. The cassettes and tapescript to accompany the laboratory manual are available at no charge to adoptors of ***Interacciones.***

Instructor's Resource Manual.   The *Instructor's Resource Manual* provides support materials for the teaching of ***Interacciones.*** Included are a testing program consisting of two tests per chapter of ***Interacciones*** with answer keys, a cassette containing oral material for the listening tests, a tapescript for the **¿Qué oyó Ud.?** listening strand in the student textbook, sample syllabi and lesson plans, suggestions for teaching the various components of the student text, and an answer key to textbook exercises. In addition, there will be special materials and suggestions for using ***Interacciones*** with native speakers of Spanish. The testing program is also available on EXAMaster+™, a computerized testing program in Microsoft Windows and Macintosh formats.

Instructional Software.   Using exercises adapted from the text, this program permits students to practice structures and functions on the computer, freeing up classroom time. The software, available in Microsoft Windows and Macintosh formats, is user-friendly, provides scoring, and allows easy access to correct answers.

Situation Cards for Oral Evaluation.   The situation cards are designed to assist the instructor in testing and evaluating oral achievement. The cards provide individual students with a conversation topic or role-play situation that tests discrete items related to the vocabulary, grammatical structures, and / or linguistic functions of a given chapter. The cards may also be used for impromptu speaking practice in the class.

Video.   An accompanying video program, ***Videomundo,*** provides authentic listening and viewing materials from a variety of Spanish-speaking countries or regions, including the United States. It exposes students to the richness and diversity of the Hispanic world by showing them a cross-sampling of authentic language and culture in action. ***Videomundo*** will inspire engaging discussions in the language classroom, while breaking down many preconceived notions students have about the Hispanic world. The 27 video segments are organized thematically and are similar in format to popular television magazine programs. Everything is filmed on location and the participants represent a cross-section of cultures and careers. A range of contemporary culture is presented in eight thematic units including: music and art, food, health care, women in the Hispanic world, and festivals. A *Viewer's Manual* provides support and activities, while a correlation of ***Videomundo*** segments and ***Interacciones*** chapters is found in the *Instructor's Resource Manual.*

Acknowledgments

We would like to thank the many people who contributed their time, effort, and creativity toward the publication of this third edition of *Interacciones*. We would like to acknowledge Rolando Hernández-Arriessecq, Vice President and Publisher of Holt, Rinehart and Winston, for his continued interest in and support of the *Interacciones* program. We would also like to thank Terri Rowenhorst, Program Director, for her enthusiastic promotion of this textbook. We are especially grateful to our hard-working editor Jeffry E. Gilbreath, Senior Developmental Editor. Jeff has been extremely thorough and attentive to detail throughout this project. We thank him for his patience, openness to new ideas, and ability to listen and negotiate solutions. We would also like to express our appreciation to David A. Day, Senior Art Director for his exciting text design; Miriam Bleiweiss, Developmental Editor; and Karen Masters, Project Editor, for expertly guiding the text through the production process. Thanks are also due to Shirley Webster, Photo and Permissions Researcher; and Debra Jenkin, Senior Production Manager.

Last we would like to acknowledge the work of the following reviewers who provided us with insightful comments and constructive criticism for improving our text.

Kevin Bauman	University of Notre Dame
Kit Decker	Tulane University
A. Raymond Elliott	University of Texas at Arlington
Juan Roberto Franco	Tarrant County Junior College, Northeast Campus
Jeanette Harker	Florida International University
Linda Hollabaugh	Midwestern State University
Hayden Irvin	Gustavus Adolphus College
Sally Moorman	University of St. Thomas
Betsy Partyka	Ohio University
Charlene Suscavate	University of Southern Maine
Stephanie Thomas	Indiana University
Daniel Zalacaín	Seton Hall University

Contents

Capítulo cuatro   En la universidad

Bienvenidos a los países andinos: Bolivia, el Ecuador y el Perú

Capítulo siete   De compras..214

Bienvenidos a la comunidad hispana en los Estados Unidos

SCOPE AND SEQUENCE

Chapter Title and Cultural Themes	Vocabulary Presentation	Communicative Functions and Grammar	Skill Development Strategies	Readings
Capítulo preliminar: Un autorretrato The Spanish-speaking World	**¿Quién soy yo?**	Expressing Small Quantities — Numbers; Discussing When Things Happen — Telling Time; Providing Basic Information — Present Tense of Regular Verbs	**Así se habla** — Finding Out about Others; **¿Qué oyó Ud.?** — Using Background Knowledge	**Día a día** — Addressing Other People in the Spanish-speaking World
Bienvenidos a España Spain				**Información sobre España**
Capítulo 1: La vida de todos los días Spain The Hispanic Schedule	**Primera situación Un día típico** **Segunda situación La rutina diaria**	Discussing Daily Activities; Talking about Other Activities — Present Tense of Irregular Verbs; Present Tense of Stem-changing Verbs; Describing Daily Routine — Reflexive Verbs; Asking Questions — Question Formation	**Así se habla** — Expressing Frequency and Sequence of Actions; **¿Qué oyó Ud.?** — Expressing Lack of Comprehension; Listening for the Gist; **Para leer bien** — Predicting and Guessing Content; **Para escribir bien** — Writing Personal Letters	**Día a día** — El horario hispano; **Lectura** — «España está de moda»
Capítulo 2: De vacaciones Spain Leisure Time and Vacations	**Primera situación En el complejo turístico** **Segunda situación Diversiones nocturnas**	Talking about Past Activities; Discussing Other Past Activities — Preterite of Regular Verbs; Preterite of Irregular Verbs; Discussing When Things Happened — Expressing Dates; Discussing Past Actions — Preterite of Stem-changing Verbs; Distinguishing between People and Things — Personal **a**; Avoiding Repetition of Nouns — Direct Object Pronouns	**Así se habla** — Making a Personal Phone Call; Circumlocuting; **¿Qué oyó Ud.?** — Using Visual Aids; Using Charts and Diagrams to Predict and Understand Content; **Para leer bien** — Sequencing Events; **Para escribir bien**	**Día a día** — Celebrando las fiestas de verano; **Lectura** — «Economía bajo el sol»

Chapter Title and Cultural Themes	Vocabulary Presentation	Communicative Functions and Grammar	Skill Development Strategies	Readings
Contacto cultural I Spain: Art, Architecture, and Literature			**Para leer bien** Reading Poetry: Figurative Language and Symbols	**El arte y la arquitectura** **Lecturas literarias** **Los grandes maestros del Prado: El Greco, Velázquez y Goya** Federico García Lorca: «**Canción de jinete**» Antonio Machado: «**Campos de Soria IX**»
Bienvenidos a México Mexico				**Información sobre México**
Capítulo 3: En familia Mexico Family Life in the Hispanic World	**Primera situación** **Los domingos en familia** **Segunda situación** **La boda de Luisa María**	Describing What Life Used to Be Like — Imperfect Tense Describing People — Formation and Agreement of Adjectives Expressing Endearment — Diminutives Discussing Conditions, Characteristics, and Existence — Uses of **ser, estar,** and **haber** Indicating Ownership — Possessive Adjectives and Pronouns	**Así se habla** — Greetings and Leave-takings / Extending, Accepting, and Declining Invitations **¿Qué oyó Ud.?** — Focusing on Specific Information / Scanning **Para leer bien** **Para escribir bien** — Extending and Replying to a Written Invitation	**Día a día** **Lectura** **Los apellidos en el mundo hispano** «**El encanto de Guadalajara**»
Capítulo 4: En la universidad Mexico Universities in the Hispanic World	**Primera situación** **¿Dónde está la Facultad de Ingeniería?** **Segunda situación** **Mis clases del semestre pasado**	Indicating Location, Purpose, and Time — Some Prepositions; **Por** versus **para** Indicating the Recipient of Something — Prepositional Pronouns Refusing, Finding Out, and Meeting — Verbs That Change English Meaning in the Preterite Narrating in the Past — Imperfect versus Preterite Talking about People and Events in a Series — Ordinal Numbers	**Así se habla** — Classroom Expressions / Talking about the Weather **¿Qué oyó Ud.?** — The Setting of a Conversation / Skimming **Para leer bien** **Para escribir bien** — Improving Accuracy	**Día a día** **Lectura** **Cómo se toma el metro** «**El estupendo metro de México**»

Chapter Title and Cultural Themes	Vocabulary Presentation	Communicative Functions and Grammar	Skill Development Strategies	Readings
Contacto cultural II Mexico: Art, Architecture, and Literature			**Para leer bien** Elements of a Short Story	**El arte y la arquitectura Lectura literaria** **Los muralistas mexicanos: Rivera, Orozco y Siqueiros** Elena Poniatowska: «El recado»
Bienvenidos a Centroamérica, Venezuela y Colombia Central America, Venezuela, and Colombia				**Información sobre Centroamérica, Venezuela y Colombia**
Capítulo 5: En el restaurante Central America Eating in Hispanic Cafés and Restaurants	**Primera situación Me encantan las empanadas** **Segunda situación Espero que vayamos a un buen restaurante**	Indicating to Whom and for Whom Actions Are Done — Indirect Object Pronouns; Expressing Likes and Dislikes — Verbs like **gustar**; Expressing Hopes, Desires, and Requests — Present Subjunctive after Expressions of Wishing, Hoping, Commanding, and Requesting; Making Comparisons — Comparisons of Inequality	**Así se habla** Ordering in a Restaurant; **¿Qué oyó Ud.?** Making Introductions; Remembering Key Details and Paraphrasing; **Para leer bien** Locating Main Ideas and Supporting Elements; **Para escribir bien** Summarizing	**Día a día** **Lectura** **Los menús en el mundo hispano** «Costa Rica, la perla democrática»
Capítulo 6: En casa Venezuela and Colombia Hispanic Home Life	**Primera situación Lava esos platos y saca la basura** **Segunda situación Los programas de la tele**	Telling Others What to Do — Familiar Commands; Comparing People and Things of Equal Qualities — Comparisons of Equality; Pointing Out People and Things — Demonstrative Adjectives and Pronouns; Expressing Judgment, Doubt, and Uncertainty — Subjunctive after Expressions of Emotion, Judgment, and Doubt; Talking about Things and People — More about Gender and Number of Nouns	**Así se habla** Enlisting Help Expressing Polite Dismissal; **¿Qué oyó Ud.?** The Main Idea and Supporting Details; **Para leer bien** Background Knowledge: Geographical References; **Para escribir bien** Preparing to Write	**Día a día** **Lectura** **La vivienda en el mundo hispano** «El techo de Venezuela»

Chapter Title and Cultural Themes	Vocabulary Presentation	Communicative Functions and Grammar	Skill Development Strategies	Readings
Contacto cultural III Central America, Venezuela, and Colombia: Art, Architecture, and Literature			**Para leer bien** Applying Journalistic Reading Techniques to Literature	**El arte y la arquitectura** **Lecturas literarias** **Unos artistas modernos: Botero y Soto** Gabriel García Márquez: «**Un día de éstos**» Rubén Darío: «**Lo fatal**»
Bienvenidos a los países andinos: Bolivia, el Ecuador y el Perú Bolivia, Ecuador, and Peru				**Información sobre Bolivia, el Ecuador y el Perú**
Capítulo 7: De compras Bolivia and Ecuador Shopping in the Hispanic World	**Primera situación En un centro comercial** **Segunda situación Esta blusa no me queda bien**	Expressing Actions in Progress — Progressive Tenses; Making Comparisons — Superlative Forms of Adjectives; Talking to and about People and Things — Uses of the Definite Article; Denying and Contradicting — Indefinite and Negative Expressions; Avoiding Repetition of Previously Mentioned People and Things — Double Object Pronouns; Linking Ideas — **Y → e; o → u**	**Así se habla** — Making Routine Purchases, Complaining; **¿Qué oyó Ud.?** **Para leer bien** — Making Inferences, Identifying the Core of a Sentence; **Para escribir bien** — Letters of Complaint	**Día a día** **Lectura** **Cómo se usan las páginas amarillas** «**La guayabera: Cómoda, fresca y elegante**»
Capítulo 8: En la ciudad Peru Hispanic Cities	**Primera situación ¿Dónde está el museo?** **Segunda situación ¿Qué vamos a hacer hoy?**	Telling Others What to Do — Formal Commands; Asking for and Giving Information — Passive **se** and Third-Person Plural Passive; Talking about Other People — Uses of the Indefinite Article; Discussing Future Activities — Future Tense; Expressing Probability — Future of Probability; Suggesting Group Activities — **Nosotros** Commands	**Así se habla** — Asking for, Understanding, and Giving Directions, Persuading; **¿Qué oyó Ud.?** **Para leer bien** — Taking Notes, Background Knowledge: Historical References; **Para escribir bien** — Keeping a Journal	**Día a día** **Lectura** **Las ciudades hispanas** «**Guardián del oro del Perú**»

Chapter Title and Cultural Themes	Vocabulary Presentation	Communicative Functions and Grammar	Skill Development Strategies	Readings
Contacto cultural V The Hispanic Community: Cubans, Puerto Ricans, and Chicanos: Art, Architecture and Literature			**Para leer bien** Identifying Point of View in Literature	**El arte y la arquitectura** **Lecturas literarias** **El legado hispano dentro de los Estados Unidos** Pedro Juan Soto: «Garabatos» Rodolfo «Corky» Gonzales: «Yo soy Joaquín»
Bienvenidos a Chile y a la Argentina Chile and Argentina				**Información sobre Chile y la Argentina**
Capítulo 11: De viaje Chile Travel in the Hispanic World	**Primera situación** **En el aeropuerto** **Segunda situación** **Una habitación doble, por favor**	Describing Past Wants, Advice, and Doubts / Imperfect Subjunctive; Making Polite Requests / Other Uses of the Imperfect Subjunctive; Discussing Contrary-to-Fact Situations / If-Clauses with the Imperfect Subjunctive and the Conditional; Subjunctive in Adverbial Clauses; Explaining When Future Actions Will Take Place; Describing Future Actions That Will Take Place before Other Future Actions / Future Perfect Tense	**Así se habla** Buying a Ticket and Boarding a Plane / Getting a Hotel Room **¿Qué oyó Ud.?** Identifying the Main Topic **Para leer bien** Cross-referencing **Para escribir bien** Explaining and Hypothesizing	**Día a día** **Lectura** **El transporte en el mundo hispano** «Chile: Un mundo de sorprendentes contrastes»

Chapter Title and Cultural Themes	Vocabulary Presentation	Communicative Functions and Grammar		Skill Development Strategies	Readings
Capítulo 12: Los deportes Argentina Sports in the Hispanic World	**Primera situación ¿Fuiste al partido del domingo? Segunda situación En el consultorio del médico**	Explaining What You Would Have Done under Certain Conditions	Conditional Perfect Tense	**Así se habla** Discussing Sports and Games Expressing Sympathy and Good Wishes	**Día a día** Cómo se compran remedios y otros artículos en las farmacias
		Discussing What You Hoped Would Have Happened	Past Perfect Subjunctive	**¿Qué oyó Ud.?** Identifying Levels of Politeness	**Lectura** «Los treinta años de Mafalda»
		Discussing Contrary-to-Fact Situations	*If*-Clauses with Conditional Perfect and Past Perfect Subjunctive	**Para leer bien** Responding to a Reading	
		Discussing Unexpected Events	Reflexive for Unplanned Occurrences	**Para escribir bien** Writing Personal Notes	
		Linking Ideas	Relative Pronouns **que** and **quien(-es)**		
		Linking Ideas	Forms of **el que, el cual,** and **cuyo**		
Contacto cultural VI Chile and Argentina: Art, Architecture, and Literature				**Para leer bien** Elements of a Drama	**El arte y la arquitectura** Buenos Aires: Una ciudad cosmopolita y artística **Lectura literaria** Sergio Vodanovic: «El delantal blanco»

CAPÍTULO PRELIMINAR
Un autorretrato

Unos jóvenes en un café en Madrid, España

Cultural Theme
The Spanish-speaking World

Communicative Goals
Finding out about Others
Expressing Small Quantities
Discussing When Things Happen
Discussing Activities

1

Presentación

¿QUIÉN SOY YO?

Práctica y conversación

A. ¿Qué hay en el dibujo?   Utilizando el **Vocabulario activo** a continuación, nombre Ud. las cosas y personas que se ven en el dibujo.

B. Su documento de identidad, por favor.   ¿Qué documento de identidad necesita Ud.?

1. Ud. acaba de llegar al aeropuerto de Barajas en Madrid después de un vuelo largo de Nueva York.
2. Un policía lo (la) detiene porque Ud. está conduciendo demasiado rápido.
3. Ud. necesita sacar un libro de la biblioteca de la universidad.
4. Ud. compra un traje de baño y quiere pagar con cheque.
5. Ud. compra entradas para el concierto con descuento estudiantil.
6. Ud. entra en un bar para tomar algo con sus amigos.

C. Un autorretrato.   ¿Qué datos personales y señas particulares necesita Ud. indicar para...

    1. conseguir un pasaporte?
    2. obtener una tarjeta de crédito?
    3. subscribirse a una revista?
    4. obtener un permiso de conducir?
    5. encontrar a un nuevo estudiante de intercambio en el aeropuerto?

D. La conocí ayer.   ¿Quién es este hombre? ¿Cómo es la nueva mujer en su vida? ¿Quién es?

"*La conocí ayer. Se llama Maribel. Pelo negro, ojos claros, chinitos...No me habló una palabra pero su sola presencia me aceleró el corazón. Es la nueva mujer en mi vida...es mi hija. Ayer la conocí por teléfono. Por fin mañana la abrazaré.*"
En larga distancia, nadie le da la ayuda, calidad y años de experiencia de AT&T.

AT&T
La mejor decisión.

E. Creación.   En una narración cuente lo que pasa en el dibujo de la **Presentación** contestando todas las siguientes preguntas. ¿Cómo son las personas del dibujo? ¿Cómo se llaman? ¿Cuáles son sus pasatiempos favoritos? ¿Adónde van? ¿Cómo sabe Ud. eso? Use su imaginación.

Vocabulario activo ▶

Los documentos de identidad	Identification
el apellido	*last name*
el carnet estudiantil	*student I.D. card*
la dirección	*address*
el domicilio	*residence*
la edad	*age*
el estado civil	*marital status*
la fecha de nacimiento	*date of birth*
el lugar de nacimiento	*birthplace*
la nacionalidad	*nationality*
el nombre	*name*
el pasaporte	*passport*
el permiso de conducir	*driver's license*
la profesión	*profession, occupation*
la tarjeta de identidad	*I.D. card*
estar casado(-a)	*to be married*
divorciado(-a)	*divorced*
separado(-a)	*separated*
quedar viudo(-a)	*to be widowed*
ser soltero(-a)	*to be single*

La descripción física	Physical Description
llevar anteojos (gafas)	*to wear glasses*
lentes (*m.*) de contacto	*contact lenses*
ser alto(-a)	*to be tall*
bajo(-a)	*short*
de talla media	*of average height*
ser atlético(-a)	*to be athletic*
débil	*weak*
delgado(-a)	*thin*
esbelto(-a)	*slender*
flaco(-a)	*skinny*
fuerte	*strong*
gordo(-a)	*fat*
ser calvo(-a)	*to be bald*
ser moreno(-a)	*to be brunette*
pelirrojo(-a)	*red-haired*
rubio(-a)	*blond*

La descripción física	Physical Description
tener	*to have*
los ojos azules	*blue eyes*
los ojos de color café	*brown eyes*
los ojos negros	*black eyes*
los ojos verdes	*green eyes*
tener	*to have*
el pelo castaño	*chestnut hair*
el pelo negro	*black hair*
el pelo rojizo	*reddish hair*
el pelo rubio	*blond hair*
tener	*to have*
el pelo corto	*short hair*
el pelo largo	*long hair*
el pelo liso	*straight hair*
el pelo ondulado	*wavy hair*
el pelo rizado	*curly hair*
tener unas señas personales	*to have distinguishing features*
tener barba	*to have a beard*
bigote (*m.*)	*a moustache*
una cicatriz	*a scar*
un lunar	*a beauty mark*
pecas	*freckles*

Los pasatiempos	Leisure-Time Activities
bailar	*to dance*
charlar con amigos(-as)	*to chat with friends*
contar (ue) chistes	*to tell jokes*
dar un paseo	*to take a walk*
escribir cartas	*to write letters*
hacer crucigramas	*to solve crossword puzzles*
hacer ejercicios	*to exercise*
ir a bailar	*to go dancing*
ir a un concierto	*to go to a concert*
ir de compras	*to go shopping*
jugar (ue) al fútbol	*to play soccer*
al golf	*golf*
al tenis	*tennis*

(continued on next page)

Vocabulario activo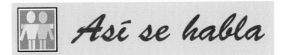

Los pasatiempos	Leisure-Time Activities	Los pasatiempos	Leisure-Time Activities
leer una novela	*to read a novel*	practicar los deportes	*to participate in sports*
el periódico	*the newspaper*	tocar la guitarra	*to play the guitar*
una revista	*a magazine*	el piano	*the piano*
mirar (ver) la televisión	*to watch television*		

Así se habla

FINDING OUT ABOUT OTHERS

JOHANNA   Tía Tere, uno de mis amigos va a venir esta noche a escuchar música. Es muy simpático y guapo y quiero presentártelo.

TERESA   ¿Ah sí? Muy bien. ¿Cómo se llama?

JOHANNA	Ernesto Perales. Es delgado, tiene el pelo castaño, los ojos negros y es muy alto.
TERESA	Oye, y ¿cuántos años tiene este amigo tuyo?
JOHANNA	Es de mi edad, más o menos. Calculo que debe tener veinte o veintiún años.
TERESA	¿Sabes a qué hora va a venir?
JOHANNA	Entre las siete y siete y media, más o menos.
TERESA	Oye, ¡qué bien! ¡Cuánto me alegro! Tendré mucho gusto en conocerlo.

If you would like to call someone's attention, you can use the following phrases:

Mire (Mira)...	*Look . . .*
Dígame (Dime), por favor...	*Please, tell me . . .*
Quisiera saber...	*I would like to know . . .*
¿Quiere(-s) decirme(-nos), por favor... ?	*Would you please like to tell me (us) . . . ?*

If you would like to find out some personal information about someone, you can ask the following questions:

¿Cuál es su (tu) nombre? ⎱	*What is your name?*
¿Cómo se (te) llama(-s)? ⎰	
¿Dónde vive(-s)?	*Where do you live?*
¿De dónde es (eres)?	*Where are you from?*
¿Dónde nació (naciste)?	*Where were you born?*
¿Cuál es su (tu) nacionalidad?	*What's your nationality?*
¿Cuántos años tiene(-s)?	*How old are you?*
¿Cuándo es su (tu) cumpleaños?	*When is your birthday?*
¿Dónde estudia(-s) / trabaja(-s)?	*Where do you study/work?*
¿Qué estudia(-s)?	*What do you study?*
¿Cuál es su (tu) pasatiempo favorito?	*What's your favorite hobby?*
¿Cuál es su (tu) profesión?	*What's your profession?*

✺ Práctica y conversación

A. En una reunión social. Ud. está en una fiesta y como no conoce a nadie, comienza a hablar con otra persona que también está sola.

> *Modelo*   **Disculpe, mi nombre es... ¿Cómo se llama Ud.?**

Temas de conversación: profesión / nacionalidad / lugar de trabajo / deporte favorito / lugar de residencia...

B. Su nuevo(-a) compañero(-a). Es su primer año de la universidad y antes de llegar allí, Ud. habla por teléfono con la persona que va a ser su compañero(-a) de cuarto para conocerlo(la). Uds. intercambian información personal.

> *Modelo*   **Yo soy de Detroit. Tengo 19 años. ¿Y tú?**

Temas de conversación: lugar de nacimiento / cumpleaños / estatura / color de pelo / color de ojos / pasatiempo favorito / especialización...

Fórmulas

Después de encuestar a hombres y mujeres en 50 bares de solteros, el sociólogo
Thomas Murray publicó sus conclusio-
nes en un artículo titulado "El lenguaje de
los bares de solteros", publicado en la
revista American Speech. Según Murray,
las cuatro fórmulas más habituales de ini-
ciar una conversación, son las siguientes:

1. Mi nombre es...
2. Me gusta tu (referencia a algún ele-
mento de vestimenta)
3. ¿Viene seguido?
4. Veo que estamos tomando la misma
cosa.

¿En qué lugar o situación se puede usar estas preguntas?
¿Qué otras preguntas se puede usar en esta situación?

EXPRESSING SMALL QUANTITIES

Numbers

Numbers are the basic vocabulary for many important situations and functions such as counting, expressing ages, telling time, discussing dates, expressing addresses and phone numbers, and requesting and giving prices.

0	cero	10	diez	20	veinte	30	treinta
1	uno	11	once	21	veintiuno	40	cuarenta
2	dos	12	doce	22	veintidós	50	cincuenta
3	tres	13	trece	23	veintitrés	60	sesenta
4	cuatro	14	catorce	24	veinticuatro	70	setenta
5	cinco	15	quince	25	veinticinco	80	ochenta
6	seis	16	dieciséis	26	veintiséis	90	noventa
7	siete	17	diecisiete	27	veintisiete	100	cien, ciento
8	ocho	18	dieciocho	28	veintiocho		
9	nueve	19	diecinueve	29	veintinueve		

a. The numbers 16–19 have an optional spelling: 16 = **diez y seis;** 17 = **diez y siete;** 18 = **diez y ocho;** 19 = **diez y nueve.**

b. The numbers 21–29 may also be written as three separate words: 21 = **veinte y uno;** 22 = **veinte y dos,** etc.

c. The numbers beginning with 31 must be written as three separate words: 31 = **treinta y uno;** 46 = **cuarenta y seis.**

d. When **uno** occurs in a compound number (21, 31, 41, 51, etc.), it becomes **un** before a masculine noun and **una** before a feminine noun.

21 libros = veintiún libros

51 novelas = cincuenta y una novelas

e. The word **ciento** is used with numbers 101–199: 117 = **ciento diecisiete;** 193 = **ciento noventa y tres.**

The word **cien** is used before any noun: **cien libros; cien novelas. Cien** is also used before **mil** and **millones:** 100.000 = **cien mil;** 100.000.000 = **cien millones.**

Práctica y conversación

Antes de empezar los siguientes ejercicios, busque ejemplos de las formas gramaticales de esta sección en el diálogo escrito de **Así se habla.**

A. ¡A contar! En grupos, cuenten de 0 a 25 / de 30 a 50 / de 60 a 80 / de 0 a 100 de diez en diez / de 0 a 100 de cinco en cinco.

B. Unos números de teléfono. Ud. trabaja de telefonista para el servicio de información en Bogotá, Colombia. Déles los números pedidos a los clientes. (En muchos países se escriben y se leen los números de teléfono en pares.)

Modelo   Ramón Gutiérrez / 28-63-11

> CLIENTE: **Quisiera el número de Ramón Gutiérrez, por favor.**
> TELEFONISTA: **Es veintiocho, sesenta y tres, once.**
> CLIENTE: **¿Veintiocho, sesenta y tres, once?**
> TELEFONISTA: **Exacto.**
> CLIENTE: **Muchas gracias.**

1. Manolita Reyes / 39-75-15
2. Hotel Colón / 63-11-48
3. Federico González / 84-07-29
4. Clínica Ramírez / 58-92-17

5. Restaurante Cali / 21-56-13
6. Sofía Cano Pereda / 96-31-22
7. Cine Estrella / 85-04-36
8. José Luis Gallegos / 77-61-12

C. Datos personales. You are involved in a minor car accident with a classmate. Exchange relevant information such as your name, age, home / work / school address and phone number, your license plate number, make and year of your car. Write down the information that your classmate gives you and then have your classmate check it for accuracy.

DISCUSSING WHEN THINGS HAPPEN

Telling Time

When you want to know what time it is, you ask: **¿Qué hora es?**

 ¿Qué hora es?

Es la una.

Son las tres
y cuarto.

Son las seis
y veintidós.

Son las ocho
y media.

Son las diez
menos veinte.

Son las once
menos cinco.

a. From half past to the hour, time can also be expressed in the following manner: 2:35 = **Son las dos y treinta y cinco;** 8:42 = **Son las ocho y cuarenta y dos;** 10:55 = **Son las diez y cincuenta y cinco.**

b. The following variations for **cuarto** and **media** are often used: 3:15 = Son las tres **y quince;** 8:30 = Son las ocho **y treinta;** 9:45 = Son las diez **menos quince.**

c. Other expressions of time include the following.

Son las dos en punto. | *It's two o'clock sharp (on the dot).*
Es mediodía / medianoche. | *It's noon / midnight.*
Es temprano / tarde. | *It's early / late.*
a tiempo | *on time*
tarde | *late*

d. **De la mañana / tarde / noche** follow a specific time and express A.M. and P.M.

Son las nueve y cuarto **de la noche.**   *It's 9:15 P.M.*

Por la mañana / tarde / noche mean *in the morning / afternoon / evening* and are used without specific times.

Me gusta ir a la discoteca **por la noche.**   *I like to go to the discotheque in the evening.*

e. When you want to know at what time things are taking place, you ask: **¿A qué hora... ?**

—**¿A qué hora** sales para el concierto?   *(At) What time are you leaving for the concert?*
—**A las siete y cuarto.**   *At 7:15.*

f. In the Spanish-speaking world the twenty-four hour system is frequently used, especially for expressing time in official schedules. The system begins at midnight, and the hours are numbered 0–24.

El concierto empieza a las 20:30 (veinte y media).   *The concert begins at 8:30 P.M.*

✳ Práctica y conversación

Antes de empezar los siguientes ejercicios, busque ejemplos de las formas gramaticales de esta sección en el diálogo escrito de **Así se habla.**

A. ¿Qué hora es?   Exprese la hora y explique lo que hacen las siguientes personas.

> *Modelo*   8:30: Federico / mirar la televisión
> **Son las ocho y media. Federico mira la televisión.**

1. 10:00: María / tocar el piano
2. 10:45: tú / hacer ejercicios
3. 1:20: Miguel / jugar al golf
4. 3:27: mi abuelo / leer

5. 7:30: los Ruiz / bailar
6. 8:50: yo / ir al concierto
7. 9:22: Uds. / escribir cartas
8. 11:00: Tomás y yo / charlar

B. ¿A qué hora?   Pregúntele a un(-a) compañero(-a) de clase a qué hora hace las siguientes actividades y su compañero(-a) debe contestar de una manera lógica. *(A ¿? symbol following the last item of an exercise means that you are free to add items of your own. This is your opportunity to be imaginative and say what you would like to say.)*

llegar a la universidad / asistir a sus clases / salir de la universidad / comer por la noche / charlar con amigos / trabajar / ¿?

PROVIDING BASIC INFORMATION

Present Tense of Regular Verbs

In order to discuss activities and provide basic information about yourself and other people, you need to be able to conjugate and use many verbs in the present tense. The following shows the conjugation of regular **-ar**, **-er**, and **-ir** verbs in the present tense.

	Verbos en -AR	Verbos en -ER	Verbos en -IR
	TRABAJAR	APRENDER	ESCRIBIR
yo	trabajo	aprendo	escribo
tú	trabajas	aprendes	escribes
él ella Ud.	trabaja	aprende	escribe
nosotros nosotras	trabajamos	aprendemos	escribimos
vosotros vosotras	trabajáis	aprendéis	escribís
ellos ellas Uds.	trabajan	aprenden	escriben

a. To conjugate a regular verb in the present tense, first obtain the stem by dropping the **-ar**, **-er**, or **-ir** from the infinitive. The endings that correspond to the subject noun or pronoun are then added to this stem.

  b. When the verb ending corresponds to only one subject pronoun, that pronoun is usually omitted: **trabajo** = *I work*; **trabajas** = *you work*; **trabajamos** = *we work*. **Yo**, **tú**, **nosotros**, and **vosotros** are not usually expressed because the verb ending indicates the subject. When the pronouns **yo**, **tú**, **nosotros**, or **vosotros** are used with the verb, the pronoun subject is given extra emphasis.

> **Yo** estudio muchísimo pero mi   *I study a lot but my roommate doesn't.*
> compañero de cuarto no.

  c. It is often necessary to use the third-person pronouns for clarification since the third-person verb endings refer to three different subject pronouns.

  d. Spanish verbs in the present tense may be translated in three different ways: **escribo** = *I write*, *I am writing*, *I do write*.

  e. Verbs are made negative by placing **no** directly before the verb. In such cases **no** = *not*.

> —¿Tocas la guitarra?   *Do you play the guitar?*
> —Sí, pero **no toco** bien porque **no**   *Yes, but I don't play well because I don't*
> **practico** mucho.   *practice a lot.*

Práctica y conversación

Antes de empezar los siguientes ejercicios, busque ejemplos de las formas gramaticales de esta sección en el diálogo escrito de **Así se habla**.

A. Unas actividades estudiantiles. Cuando un(-a) compañero(-a) le dice lo que hace, explíquele si Ud. y sus amigos hacen las mismas cosas o no.

> *Modelo*   COMPAÑERO(-A):   Estudio en la biblioteca.
>   USTED: **Mis amigos y yo estudiamos en la biblioteca también.**
>   **Mis amigos y yo no estudiamos en la biblioteca.**

1. Aprendo español y lo practico mucho.
2. Regreso a casa los fines de semana.
3. Por la noche bailo en una discoteca.
4. Les escribo muchas cartas a mis padres.
5. Después de mis clases como y tomo café con mis amigos.
6. Toco la guitarra y canto.
7. Vivo en una residencia estudiantil.

B. Sus pasatiempos. Usando la lista de los pasatiempos del **Vocabulario activo**, explíquele a un(-a) compañero(-a) de clase lo que Ud. hace (o no hace) y con quién lo hace.

> *Modelo*   **Escucho música rock / clásica / popular con mi novio(-a) / mis amigos / mi familia.**

C. Entrevista personal. Pregúntele a un(-a) compañero(-a) de clase las siguientes cosas. Su compañero(-a) debe contestar de una manera lógica.

Pregúntele...

1. a qué hora llega a la universidad. ¿Y a la clase de español?
2. si vive en una casa / una residencia / un apartamento.

3. a qué hora regresa a su cuarto / casa / apartamento.
4. si trabaja. ¿Dónde? ¿Gana mucho dinero?
5. lo que estudia este semestre.
6. qué deportes practica.
7. si viaja mucho. ¿Adónde?

Using Background Knowledge

Madrid: Unos jóvenes en un autobús

When you are talking with someone in English or are listening to a narration or description, you anticipate/predict what you are going to hear because of previous experiences you have had in similar situations. For example, when you arrive at the airport you don't expect the airline ticket agent to ask you about your hobbies or your parents' health. Instead, you expect the person to ask you for your ticket, your seat preference, and so on. This is because your knowledge of the world and your previous experiences in similar situations help you to predict what you are going to hear. Similarly, you should use your knowledge of the world to anticipate what is going to be said when listening in Spanish.

Ahora, escuche el diálogo entre dos estudiantes, José Manuel y Santiago, en una calle de Madrid y anticipe lo que dirán. Antes de escuchar la conversación, lea los siguientes ejercicios. Después, conteste.

A. Información general.   Con un(-a) compañero(-a) de clase decida cuál es el tema (*theme*) general de la conversación entre José Manuel y Santiago.

B. Algunos detalles.   Complete las siguientes oraciones con la mejor respuesta.

1. José Manuel y Santiago quieren ir
   a. al hospital más cercano.
   b. a un restaurante.
   c. a la universidad.
2. José Manuel estudia en
   a. la Facultad de Ingeniería.
   b. un instituto politécnico.
   c. la escuela secundaria.
3. Santiago necesita información porque
   a. no sabe dónde para el autobús.
   b. no tiene un mapa de la ciudad.
   c. necesita comprar sus libros.
4. José Manuel
   a. trata de confundir a Santiago.
   b. no sabe cómo ayudar a Santiago.
   c. le da la información que Santiago necesita.

C. Análisis.   Ahora conteste las siguientes preguntas.

1. ¿Son corteses o descorteses José Manuel y Santiago?
2. ¿Qué tipo de persona cree Ud. que es Santiago? Escoja de las siguientes opciones las que Ud. cree que lo describe mejor: ¿tímido? ¿temeroso? ¿sociable? ¿amigable? ¿difícil?
3. ¿Cómo se imagina Ud. que es José Manuel físicamente? Descríbalo brevemente.

ADDRESSING OTHER PEOPLE IN THE SPANISH-SPEAKING WORLD

The exercises of the **Día a día** sections are designed to help you better understand Hispanic culture and learn to function within it. As a point of departure each of the **Día a día** sections will begin with a **Práctica intercultural** designed to help you describe certain aspects of your own culture. The **Práctica intercultural** will also help you compare and contrast your customs with those of the Spanish-speaking world. When necessary, supplemental vocabulary will be provided to aid you with the descriptions.

Práctica intercultural.   Explain how you would address the following people so that you clearly distinguish between formal and informal situations.

> *Example:*   your friend   Hi Charlie! What's new with you?
> *I address my friend by using his or her first name or nickname as well as an informal expression of interest in his or her activities.*
>
> your boss   Good afternoon, Dr. Jones. How are you?
> *I address my boss by using his or her title and last name along with a formal expression of interest in his or her health.*

your sister / your dentist / your favorite high school teacher / your new neighbor / your parents / your boyfriend or girlfriend / your mail carrier

As you have just noted, the selection of the words and phrases you use to address other persons depends upon the level of formality of the relationship between you and the person(-s) you are addressing. In English in formal situations, you would use a title followed by a last name: *Good morning, Dr. Russell / Ms. Montgomery.* When you address a family member or a friend, you would use a first name. *Hi, Bill / Carol.* The greeting also changed from *Good morning* in the formal situation to *Hi* in the informal situation.

In English there is only one pronoun used to address other people: *you.* In the Spanish-speaking world, however, there are several words used as an equivalent to *you.* The selection of the correct form of *you* depends upon the level of formality of the relationship between you and the person(-s) you are addressing as well as the area of the Hispanic world in which you live. Each form of *you* has specific corresponding verb endings.

a. **Tú** is the familiar, singular form of *you* used to address one person that you would call by a first name, such as a relative, friend, or child. It is also used with pets.

b. **Usted** is the formal, singular form used to address one person that you do not know well or to whom you would show respect. In general **usted** is used with a person with whom you would use a title such as **profesora, señor,** or **doctor.** When addressing a native speaker, it is better to use **usted;** he or she will tell you if it is appropriate to use the **tú** form. In writing, **usted** is generally abbreviated **Ud.**

c. In Hispanic America and the United States **ustedes** is the plural of both **tú** and **usted.** It is used to address two or more persons regardless of your relationship to them. In Spain **ustedes** serves only as the plural of **usted** and is thus a formal, plural form. In writing, **ustedes** is generally abbreviated **Uds.**

d. In Spain the familiar, plural forms **vosotros** and **vosotras** are used as the plural of **tú.**

e. In Argentina, Uruguay, and other parts of Hispanic America, the pronoun **vos** replaces **tú** as a familiar, singular pronoun. In this textbook only the forms **tú, Ud.,** and **Uds.** will be practiced in exercises and activities since they are the most widely used forms. However, when living in areas where **vosotros** or **vos** forms are used, it is relatively easy to understand the forms you hear other people using.

Práctica

A. ¿Qué forma usaría Ud.?   Escoja **tú, Ud., Uds., vosotros(-as),** or **vos** según la situación.

1. Ud. vive en Madrid y habla con sus dos compañeros(-as) de cuarto en la residencia estudiantil.
2. Ud. vive en la Ciudad de México y habla con sus dos compañeros(-as) de cuarto en la residencia estudiantil.
3. Ud. vive en Buenos Aires y quiere hablar con su mejor amigo(-a).
4. Ud. vive en el Perú y necesita hablar con los padres de un amigo.
5. Ud. vive en Panamá y habla con un niño de cinco años.
6. Ud. vive en Colombia y necesita darle de comer a su gato.
7. Ud. vive en Venezuela y necesita hablarle a su dentista.

B. Mafalda.   Mafalda es el personaje (*character*) principal en una tira cómica popular. Una de sus características principales es que no le gusta la sopa. En la siguiente tira, ¿a quién le habla Mafalda? ¿Usa ella la forma familiar o formal? En su opinión, ¿de dónde es Mafalda? Justifique su respuesta.

Actividades

A. Un autorretrato.   You are an exchange student and will be spending your next semester in Quito, Ecuador. You must provide your host family with a tape describing yourself and some of your interests and activities. Be accurate in your self-portrait so they will recognize you when they meet you at the airport.

B. Jugar a la Berlina.   You and your classmates will divide into groups of four to play this popular Latin American game. One person in the group will leave the group for a moment while the others decide to be a famous person such as a movie or TV star, a political personality, or a sports figure. The person re-enters the group and asks *yes* or *no* questions until he / she guesses the identity of the person in question.

C. Entrevista.   You are looking for a job and you go to a department store that has an opening for a sales manager. The head of personnel (played by a classmate) interviews you and asks you a series of typical questions such as your name, address, phone number, age, marital status, number of children, names and addresses of previous employers, your education, etc.

Bienvenidos a España

GEOGRAFÍA Y CLIMA
Tercer país más grande de Europa

País montañoso; es el segundo país europeo en altitud media después de Suiza.

País marítimo; ocupa con Portugal la Península Ibérica; rodeado de mares.

Clima muy variado según la región

POBLACIÓN
40.000.000 de habitantes

LENGUAS
Castellano (español); catalán (7.000.000 de hablantes); gallego (3.000.000 de h.); vascuence (*Basque*) (650.000 h.)

CIUDADES PRINCIPALES
Madrid (la capital) 3.300.000 de habitantes; Barcelona 1.826.000; Valencia 800.000; Sevilla 720.000

MONEDA
Peseta

GOBIERNO
Monarquía constitucional; Juan Carlos I, rey actual

ECONOMÍA
Turismo; productos agrícolas (vinos, frutas y verduras); pesca; fabricación de acero, barcos, productos de cuero, vehículos

FECHAS IMPORTANTES
Además de las fiestas religiosas que se celebran en todos los países católicos (6 de enero, Jueves y Viernes Santos, Pascua, Navidad), hay otras fiestas religiosas y nacionales. 19 de marzo = San José; 1 de mayo = Día del Trabajo; 24 de junio = San Juan; 25 de julio = Santiago, santo patrón de España; 15 de agosto = Asunción; 12 de octubre = Día Nacional.

OCÉANO ATLÁNTICO

FRANCIA

MAR CANTÁBRICO

PRINCIPADO DE ASTURIAS

Santander

Santiago

GALICIA

CORDILLERA CANTÁBRICA

CANTABRIA

Bilbao

PAÍS VASCO

ANDORRA

Pamplona

NAVARRA

PIRINEOS

PORTUGAL

CASTILLA Y LEÓN

Valladolid

SIERRA DE GUADARRAMA

Río Ebro

LA RIOJA

Lérida

CATALUÑA

Salamanca

Segovia

Madrid

Zaragoza

ARAGÓN

COSTA BRAVA

Río Tajo

MADRID

Lisboa

Toledo

CASTILLA-LA MANCHA

EXTREMADURA

ESPAÑA

Ciudad Real

COMUNIDAD VALENCIANA

Valencia

Río Guadalquivir

MURCIA

IBIZA

Sevilla

Córdoba

ANDALUCÍA

Granada

SIERRA NEVADA

Murcia

Alicante

Málaga

Cartagena

Cádiz

Estrecho de Gibraltar

COSTA DEL SOL

Gibraltar (Br.)

Tanger

Ceuta (Esp.)

Melilla (Esp.)

MARRUECOS

Una playa en el Mediterráneo

Las Ramblas—
Barcelona, España

YO ♥ ESPAÑA

Gerona

Barcelona

MENORCA

Palma

MALLORCA

ISLAS
BALEARES

MAR
MEDITERRÁNEO

0   100   200   300 Millas
0   200   400 Kilómetros

Práctica geográfica

Conteste las siguientes preguntas usando la información y el mapa de esta sección y los mapas al principio de este libro.

1. ¿Cómo se llama la península que ocupa España? ¿Qué otro país ocupa también la península?
2. ¿Cuáles son las montañas que separan España de Francia? ¿Cómo se llaman los otras cordilleras (*mountain ranges*)?
3. ¿Qué mares rodean España? ¿Qué industrias de España se asocian con los mares?
4. ¿Cuáles son tres ríos importantes?
5. ¿Por qué se dice que España es un país aislado (*isolated*)?
6. ¿Por qué es España un buen lugar para turistas?
7. ¿Qué ventajas y desventajas ofrece la geografía de España?

CAPÍTULO 1
La vida de todos los días

Madrid:
El metro es un
medio de
transporte popular
para llegar a la
universidad.

Cultural Themes

Spain
The Hispanic Schedule

Communicative Goals

**Expressing Frequency and Sequence
  of Actions**
Discussing Daily Activities
Expressing Lack of Comprehension
Describing Daily Routine
Asking Questions

PRIMERA SITUACIÓN

Presentación

UN DÍA TÍPICO

Práctica y conversación

A. ¿Qué hay en el dibujo?   Utilizando el **Vocabulario activo** a continuación, nombre Ud. las cosas y personas que se ven en el dibujo.

B. ¡Qué día!   ¿Adónde va Ud. para hacer estas cosas?

    1. Su traje azul está sucio.
    2. Quiere mandar un paquete a Bolivia.
    3. No tiene bastante gasolina para llegar a la universidad.

4. No hay leche.
5. Necesita hacer una fotocopia de una carta.
6. Tiene que prepararse para un examen de español.
7. Quiere descansar.

C. Hay que trabajar.   ¿Qué habilidades profesionales necesita Ud. para conseguir empleo en los siguientes lugares?

un banco / una tienda / una escuela primaria / una oficina / una estación de servicio / un supermercado / una biblioteca / una agencia de viajes

D. Entrevista personal.   Pregúntele a un(-a) compañero(-a) de clase lo que hace en un día típico.

Pregúntele lo que hace...

1. a las 7:30 de la mañana.
2. a las 9:00 de la mañana.
3. a las 10:15 de la mañana.
4. al mediodía.

5. a las 2:00 de la tarde.
6. a las 4:45 de la tarde.
7. a las 8:00 de la noche.
8. a las 11:05 de la noche.

E. El lunes.   Usando la información a continuación, conteste las siguientes preguntas. ¿Qué hace esta persona primero? ¿Y después? ¿Y por último? ¿Es un día típico para un(-a) estudiante? ¿Es un día típico para Ud.?

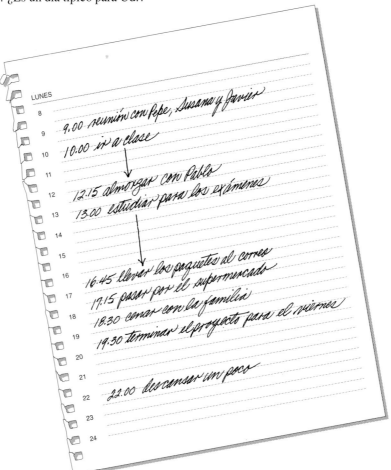

F. Creación. En una narración cuente lo que pasa en el dibujo de la **Presentación** contestando todas las siguientes preguntas. ¿Qué día de la semana es? ¿Cómo lo sabe Ud.? ¿Por qué está cansada la chica? ¿Qué acaba de hacer? ¿Qué va a hacer ahora?

Vocabulario activo

Descansar	To Relax
echar una siesta	to take a nap
mirar	to watch
una telenovela	a soap opera
las noticias	the news
los deportes	sports
reunirse con	to get together
amigos	with friends

Estudiar	To Study
hacer la tarea	to do homework
prepararse para los	to prepare for
exámenes	exams
tomar apuntes	to take notes

Hacer diligencias	To Run Errands
comprar estampillas	to buy stamps
timbres (A)*	
sellos (E)	
enviar / mandar	to send
una carta	a letter
un paquete	a package
hacer compras en	to shop in
los almacenes	the department store
el supermercado	the supermarket
la tienda	the store, shop
ir al centro	to go to the
comercial	shopping center
al correo	to the post office
a la estación de servicio	to the gas station
a la tintorería	to the dry cleaner

llenar el tanque	to fill the (gas) tank
llevar ropa sucia	to drop off clothing
recoger ropa limpia	to pick up clothing
revisar el aceite	to check the oil

Trabajar	To Work
escribir a máquina	to type
llevarse bien con los clientes	to get along well with customers
tener empleo en	to have a job in
una agencia	an agency
un banco	a bank
una compañía	a company
una fábrica	a factory
una oficina	an office
tener habilidades profesionales	to have job skills
trabajar	to work
horas extra	overtime
medio tiempo	half-time
tiempo completo	full-time
usar	to use
una computadora (A) un ordenador (E)	a computer
el correo electrónico	E-mail
una fotocopiadora	a copier
una máquina de escribir eléctrica	an electric typewriter
un procesador de textos	a word processor

*(A) indicates vocabulary used in Latin America.
(E) indicates vocabulary used in Spain.

SER ESPAÑOL UN ORGULLO
MADRILEÑO UN TITULO

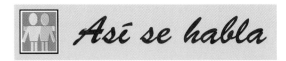

EXPRESSING FREQUENCY AND SEQUENCE OF ACTIONS

PATRICIA	Hola, Raquel, ¿cómo estás? ¿De dónde vienes? ¡Tienes una cara de cansada!
RAQUEL	¡Ay, sí hija! Lo que pasa es que tú sabes que mi mamá está enferma y todas las mañanas antes de irme a la universidad tengo que hacer todas las cosas de la casa, y en las noches tengo que cuidar a mis hermanitos. Encima de eso estoy en época de exámenes. ¡Imagínate!
PATRICIA	¡Ya veo! Pero mira, ¿comes y duermes bien? Porque si no, te vas a enfermar. Nadie puede trabajar del amanecer al anochecer.
RAQUEL	Sí, lo sé. A veces no tengo tiempo ni de comer. La mayor parte de las veces como algo mientras estudio y todos los días me acuesto tardísimo. Jamás me acuesto antes de la medianoche. Pero no te preocupes que ya termino los exámenes esta semana.
PATRICIA	¡Menos mal! ¡Buena suerte, y cuídate!
RAQUEL	Gracias. Nos vemos... y no te preocupes.

If you need to express frequency of actions, you can use the following phrases. They answer the questions: **¿Cuántas veces?** = *How many times?, How often?* or **¿Cuándo?** = *When?*

a veces / a menudo	*sometimes / often*
siempre	*always*
nunca / jamás	*never*
ya	*already*

(casi) todos los días / todas las mañanas / todas las noches	*(almost) every day / every morning / every night*
una vez / dos veces al día / al mes / al año / a la semana	*once / twice a day / month / year / week*
cada dos días / lunes / martes	*every other day / Monday / Tuesday*
frecuentemente	*frequently, often*
de vez en cuando	*from time to time*
del amanecer al anochecer	*from dawn to dusk*
la mayor parte de las veces / del tiempo	*most of the time*

If you want to describe when actions take place in relation to other actions, you can use the following phrases.

primero	*first*
luego / después	*then / afterwards*
más tarde / finalmente / por último	*later / finally / lastly*
en primer / segundo / tercer lugar	*in the first / second / third place*

Práctica y conversación

A. Hablando de su horario. Ud. está muy cansado(-a) porque tiene muchas responsabilidades con sus estudios, su trabajo, etc. Hable con su compañero(-a) de cuarto y cuéntele su horario.

Modelo	COMPAÑERO(-A):	**¿Qué te pasa... ?**
	USTED:	**¡Estoy muy cansado(-a)! ¡Tengo mucho que hacer! Todos los días tengo que... Dos veces por semana tengo que...**
	COMPAÑERO(-A):	**Te comprendo. ¡Yo también tengo que... dos veces por semana y... !**

Temas de conversación: preparar un informe / hacer diligencias / asistir a conferencias / prepararse para exámenes / reunirse con amigos / ¿?

B. La Agencia «Todo Listo». Ud. es dueño(-a) de la agencia «Todo Listo» y tiene a su cargo hacer las diligencias de varias familias muy ocupadas. Cuéntele a un(-a) amigo(-a) suyo(-a) en qué consiste su trabajo, cuándo y con qué frecuencia hace las diferentes cosas, cuándo descansa, etc. Su amigo(-a) que tiene una agencia similar, también le habla de su trabajo.

Modelo	USTED:	**Todas las mañanas me levanto muy temprano y veo dónde tengo que ir. Luego voy a hacer las compras en el almacén...**
	AMIGO(-A):	**Yo sólo voy al almacén una vez a la semana. Todos los días voy al banco, al correo...**

C. Vidas diferentes. Ud. habla con una de sus hermanas mayores que está casada y tiene tres niños. Uds. hablan de sus actividades diarias, la frecuencia con la que hacen las diferentes cosas, cómo se sienten, etc.

Modelo	USTED:	**Todas las mañanas me levanto muy temprano y voy a clase. Luego voy a la biblioteca y estudio. Casi todas las noches voy al gimnasio y siempre converso con mis amigos...**
	HERMANA:	**Yo también me levanto temprano pero hago muchas diligencias. Voy al supermercado una vez a la semana, cocino todos los días...**

Estructuras

DISCUSSING DAILY ACTIVITIES

Present Tense of Irregular Verbs

Many of the verbs that you need in order to talk about daily activities are irregular in the present tense. These irregular verbs can be divided into two main groups: verbs that are irregular only in the first person singular (**yo**) form and those that show irregularities in many forms.

Common Verbs with Irregular *yo* Forms	
hacer (*to do, make*)	**hago**
poner (*to put, place*)	**pongo**
saber (*to know*)	**sé**
salir (*to leave*)	**salgo**
traer (*to bring*)	**traigo**
ver (*to see*)	**veo**

Verbs ending in **-cer** like **conocer** (*to know*): conozco
Verbs ending in **-cir** like **conducir** (*to drive*): conduzco

Common Irregular Verbs					
dar (*to give*)	doy	das	da	damos	dais	dan
decir (*to say, tell*)	digo	dices	dice	decimos	decís	dicen
estar (*to be*)	estoy	estás	está	estamos	estáis	están
ir (*to go*)	voy	vas	va	vamos	vais	van
oír (*to hear*)	oigo	oyes	oye	oímos	oís	oyen
ser (*to be*)	soy	eres	es	somos	sois	son
tener (*to have*)	tengo	tienes	tiene	tenemos	tenéis	tienen
venir (*to come*)	vengo	vienes	viene	venimos	venís	vienen

Verbs ending in **-uir** like **destruir** (*to destroy*):
destruyo, destruyes, destruye, destruimos, destruís, destruyen.

    a. Common verbs ending in **-cer** include **aparecer** = *to appear;* **conocer** = *to know, be acquainted with;* **merecer** = *to merit, deserve;* **obedecer** = *to obey;* **ofrecer** = *to offer;* **parecer** = *to seem;* **reconocer** = *to recognize.*
    b. Common verbs ending in **-cir** include **conducir** = *to drive;* **producir** = *to produce;* **traducir** = *to translate.*

c. Common verbs ending in **-uir** include **construir** = *to construct;* **contribuir** = *to contribute;* **destruir** = *to destroy.*

Práctica y conversación

Antes de empezar los siguientes ejercicios, busque ejemplos de las formas gramaticales de esta sección en el diálogo escrito de **Así se habla.**

A. Un día típico.   Compare las actividades de un día típico en la vida de Manuel con un día típico de Ud. y sus amigos.

> *Modelo*   MANUEL: Conduzco a clase.
> USTED: **Mis amigos y yo conducimos a clase también.**
> **Mis amigos y yo no conducimos a clase.**

1. Soy estudiante y tengo mucho que hacer.
2. Hago compras en el centro.
3. Voy al correo una vez a la semana.
4. Traduzco ejercicios en mi clase de español.
5. Pongo la radio y oigo las noticias.
6. Veo a mi familia y le doy dinero.

B. ¿Con qué frecuencia?   Complete las oraciones siguientes con una de las frases dadas explicando con qué frecuencia Ud. hace varias actividades.

decir la verdad	salir de casa a tiempo
venir a clase	poner la radio / la televisión
hacer la tarea	ver a mis amigos
ir al cine	traer libros a clase
conducir rápidamente	obedecer a mis padres

1. _____ a menudo.
2. Nunca _____.
3. _____ (casi) todos los días.
4. Una vez al mes _____.

5. _____ frecuentemente.
6. Siempre _____.
7. Del amanecer al anochecer _____.
8. La mayor parte de las veces _____.

C. Entrevista personal.   Usando las frases de la **Práctica B,** pregúntele a un(-a) compañero(-a) de clase cuándo o con qué frecuencia hace las varias actividades. Su compañero(-a) debe contestar de una manera lógica.

> *Modelo*   USTED: **¿Con qué frecuencia ves a tus amigos?**
> COMPAÑERO(-A):   **Veo a mis amigos a menudo.**

TALKING ABOUT OTHER ACTIVITIES

Present Tense of Stem-changing Verbs

To discuss other daily activities such as sleeping or having lunch or activities such as requesting, recommending, preferring, wanting, and remembering, you will need to learn to conjugate and use stem-changing verbs. There are three categories of stem-changing verbs.

e→ie querer *to wish, want*	o→ue almorzar *to have lunch*	e→i pedir *to ask for, request*
quiero	almuerzo	pido
quieres	almuerzas	pides
quiere	almuerza	pide
queremos	almorzamos	pedimos
queréis	almorzáis	pedís
quieren	almuerzan	piden

a. Certain Spanish verbs change the last vowel of the stem from **e→ie**, **o→ue**, or **e→i** when that vowel is stressed. These verbs may have infinitives ending in **-ar, -er,** or **-ir.** There is no way to predict which verbs are stem-changing; these verbs must be learned through practice. In many vocabulary lists or dictionaries the stem-changing verbs may be listed in the following manner: **querer (ie); volver (ue); servir (i).**

b. Some common stem-changing verbs **e→ie** are:

cerrar	*to close*	perder	*to lose; waste (time); miss (bus)*
comenzar	*to begin*	preferir	*to prefer*
empezar	*to begin*	querer	*to want, wish*
entender	*to understand*	recomendar	*to recommend*
pensar	*to think*		

c. Some common stem-changing verbs **o→ue** are:

almorzar	*to eat lunch*	poder	*to be able*
contar	*to count*	probar	*to try, taste*
dormir	*to sleep*	recordar	*to remember*
encontrar	*to find; meet*	soler	*to be accustomed to*
morir	*to die*	soñar	*to dream*
mostrar	*to show*	volver	*to return*

d. Some common stem-changing verbs **e→i** are:

pedir	*to ask for, request*	seguir	*to follow*
repetir	*to repeat*	servir	*to serve*

Práctica y conversación

Antes de empezar los siguientes ejercicios, busque ejemplos de las formas gramaticales de esta sección en el diálogo escrito de **Así se habla.**

A. Las preferencias. Las siguientes personas no quieren hacer ciertas cosas; prefieren hacer otras. Dígale a un(-a) compañero(-a) de clase lo que prefieren hacer.

> *Modelo*   Miguel: prepararse para los exámenes / practicar los deportes
> **Miguel no quiere prepararse para los exámenes.**
> **Prefiere practicar los deportes.**

   1. tú: trabajar / echar una siesta
   2. nosotros: mirar una telenovela / reunirnos con amigos
   3. María: hacer la tarea / hacer compras
   4. yo: usar una máquina de escribir / usar un procesador de textos
   5. José y yo: trabajar horas extra / estar de vacaciones
   6. Uds.: trabajar en un banco / tener empleo en una oficina
   7. nosotras: ir a la tintorería / ir a la tienda

B. ¡Hay mucho que hacer! Dígale a un(-a) compañero(-a) de clase lo que Paco hace hoy. Luego, dígale si Ud. y sus amigos hacen las mismas cosas.

> *Modelo*   comenzar a estudiar
> **Paco comienza a estudiar.**
> **Mis amigos y yo (no) comenzamos a estudiar.**

despertarse a las seis / encontrar los libros en la biblioteca / empezar a leer una novela / pedirle ayuda a José / almorzar con amigos / jugar al tenis / volver a casa temprano / acostarse antes de la medianoche / soler trabajar los fines de semana

C. Entrevista personal. Hágale preguntas a un(-a) compañero(-a) de clase sobre los planes que tienen él (ella) y sus amigos(-as).

Pregúntele...

   1. dónde almuerzan.   4. cuándo vuelven a casa.
   2. qué piensan hacer esta noche.   5. si quieren jugar al tenis.
   3. si recomiendan una buena película.   6. ¿?

SEGUNDA SITUACIÓN

Presentación

LA RUTINA DIARIA

Práctica y conversación

A. ¿Qué hay en el dibujo?   Utilizando el **Vocabulario activo** a continuación, nombre Ud. las cosas y personas que se ven en el dibujo.

B. Mi arreglo personal.   ¿Qué productos usa Ud. para arreglarse?

despertarse a tiempo / bañarse / lavarse el pelo / lavarse los dientes / afeitarse / rizarse el pelo / maquillarse / perfumarse

C. Las rutinas diarias. Dígale a su compañero(-a) de clase lo que Ud. hace para arreglarse un día típico. Él (ella) escribirá lo que Ud. dice. Luego, le toca a Ud. escribir lo que su compañero(-a) dice. Cuando terminen, le dirán a su profesor(-a) lo que cada uno(-a) hace para arreglarse.

D. Creación. En una narración cuente lo que pasa en el dibujo de la **Presentación** contestando todas las siguientes preguntas. ¿Está de buen humor el hombre que Ud. ve en el dibujo? ¿Por qué se levanta tan temprano? ¿Para qué se arreglan los chicos? ¿Y las chicas? ¿Qué hace la mujer?

¿Qué tipo de productos llevan la marca (*brand name*) «Naturaleza y Vida»? ¿Quiénes pueden usar estos productos? ¿Usaría Ud. estos productos?

Vocabulario activo

El arreglo personal	Personal Care
la afeitadora eléctrica	*electric shaver*
el agua (*f.*) caliente	*hot water*
el cepillo de dientes	*toothbrush*
el champú	*shampoo*
la crema de afeitar	*shaving cream*
el desodorante	*deodorant*
el espejo	*mirror*
el jabón	*soap*
la laca	*hair spray*
el lápiz de labios	*lipstick*
el maquillaje	*make-up*
la pasta dentífrica (E) de dientes (A)	*toothpaste*
el peine	*comb*
el rimel	*mascara*
el secador	*hair dryer*
la sombra de ojos	*eye shadow*
las tenacillas de rizar	*curling iron*
la toalla	*towel*
afeitarse	*to shave*
arreglarse	*to get ready*
bañarse	*to bathe*

cambiarse de ropa	*to change clothes*
cepillarse el pelo	*to brush one's hair*
despertarse (ie)	*to wake up*
desvestirse (i, i)	*to get undressed*
ducharse	*to shower*
lavarse los dientes	*to brush one's teeth*
el pelo	*to wash one's hair*
levantarse temprano	*to get up early*
tarde	*late*
maquillarse	*to put on make-up*
peinarse	*to comb one's hair*
perfumarse	*to put on perfume*
poner el despertador	*to set the alarm clock*
ponerse la camisa	*to put on one's shirt*
los pantalones	*pants*
el vestido	*dress*
quitarse la camisa	*to take off one's shirt*
rizarse el pelo	*to curl one's hair*
secarse	*to dry oneself*
secarse el pelo	*to dry one's hair*
ser madrugador(-a)	*to be an early riser*
dormilón(-ona)	*a heavy sleeper*
vestirse (i, i)	*to get dressed*

 Así se habla

Expressing Lack of Comprehension

SARA	Ana, ¿qué le pasa a Anita que no se levanta? Ya son las once de la mañana y tiene que ir a clases. Creo que tiene un examen hoy.
ANA	¿Cómo dices? ¿Puedes repetir, por favor? No puedo oír nada con este secador de pelo.
SARA	Te preguntaba qué pasaba con Anita que sigue en cama. Ya es tarde.
ANA	¡Ay, hija! Francamente no tengo la menor idea. Hace ya más de una semana que se acuesta como a las cinco de la madrugada y se levanta a las once o doce del día. No se viste, no se peina, no se arregla, ni siquiera se baña. No sé lo que le está pasando. Desde que peleó con Jorge, sólo llora, duerme y no quiere hacer nada.
SARA	No comprendo, no comprendo. ¿Y por qué han peleado?
ANA	No sé. Yo no comprendo tampoco pero no quiero preguntarle nada. Tú sabes cómo es ella.
SARA	Sí, pero estoy preocupada.

If you do not understand what is being said to you, you can use the following phrases.

¿Cómo dijo / dijiste?	*What did you say?*
¿Puede(-s) repetir, por favor?	*Can you repeat, please?*
No comprendo / entiendo nada (de nada).	*I don't understand anything.*
¡No entiendo ni pizca!	*I don't understand one bit!*
¡Estoy perdido(-a)!	*I'm lost!*
¡Ya me confundí!	*I'm confused!*
No sé si comprendo bien...	*I don't know if I understand correctly . . .*
A ver si comprendo bien...	*Let's see if I understand . . .*
¿Quiere(-s) decir que... ?	*Do you mean that . . . ?*
¿Mande? *(México)*	*What?*

Práctica y conversación

A. No comprendo.   ¿Qué diría Ud. en las siguientes situaciones?

1. Su profesor(-a) le explica un tema de cálculo pero Ud. no entiende nada.
2. Su novio(-a) le está hablando pero hay mucho ruido y Ud. no puede oír bien.
3. Ud. estudió muchas horas pero no sabe nada. Su compañero(-a) le pregunta si está preparado(-a) para el examen.
4. Su profesor(-a) de español le hace una pregunta que Ud. no entiende.
5. Su jefe le dice que está despedido(-a) y Ud. no sabe por qué.
6. Su compañero(-a) de cuarto le hace una pregunta pero Ud. no estaba prestando atención.

B. ¿Por qué necesitas tanto tiempo?   Su compañero(-a) de cuarto ocupa el baño dos horas cada mañana antes de ir a clases. Ud. no entiende por qué tiene que tomar tanto tiempo. Hable con él (ella).

Modelo	USTED:	**¿Qué haces tanto tiempo en el baño? ¡No entiendo por qué te demoras tanto!**
	COMPAÑERA:	**Es que me tengo que poner el maquillaje y además tengo que rizarme el pelo y...**

DESCRIBING DAILY ROUTINE

Reflexive Verbs

Many of the Spanish verbs used to describe and discuss daily routine are reflexive verbs, that is, verbs that use a reflexive pronoun throughout the conjugation. The reflexive pronouns indicate that the subject does the action to or for himself or herself; **me levanto** = *I get (myself) up;* **nos arreglamos** = *we get (ourselves) ready.* In Spanish these reflexive verbs can be identified by the infinitive form which has the reflexive pronoun **se** attached to it: **levantarse** = *to get up.*

Present Indicative Reflexive Verbs		Reflexive Pronouns	
me arreglo	I get ready	**me**	myself
te arreglas	you get ready	**te**	yourself
se arregla	he gets ready she gets ready you get ready	**se**	himself herself yourself
nos arreglamos	we get ready	**nos**	ourselves
os arregláis	you get ready	**os**	yourselves
se arreglan	they get ready you get ready	**se**	themselves yourselves

a. In English the reflexive pronouns end in *-self / -selves.* However, the reflexive pronoun will not always appear in the English translation, for it is often understood that the subject is doing the action to himself or herself.

> Silvia siempre **se ducha** y **se lava** el pelo por la mañana.
>
> *Silvia always takes a shower and washes her hair in the morning.*

Note that with reflexive verbs, the definite article (rather than a possessive pronoun) is used with parts of the body or with clothing.

b. The reflexive pronoun precedes an affirmative or negative conjugated verb.

> Eduardo **se dedica** a sus estudios y **no se queja** nunca.
>
> *Eduardo devotes himself to his studies and never complains.*

c. Reflexive pronouns attach to the end of an infinitive. When both a conjugated verb and an infinitive are used, the reflexive pronoun may precede the conjugated verb or attach to the end of the infinitive. Note that the reflexive pronoun always agrees with the subject even when attached to the infinitive.

> ¿Cuándo vas a **acostarte?**
> ¿Cuándo **te** vas a **acostar?**
>
> *When are you going to bed?*

d. The following list contains common reflexive verbs; others are listed in the
Presentación.

acordarse (ue) de	*to remember*	hacerse	*to become*
acostarse (ue)	*to go to bed*	irse	*to go away, leave*
dedicarse a	*to devote oneself to*	llamarse	*to be called*
despedirse (i) de	*to say good-bye to*	preocuparse (por)	*to worry (about)*
divertirse (ie)	*to have a good time*	quejarse (de)	*to complain (about)*
dormirse (ue)	*to go to sleep*	sentirse (ie)	*to feel*

▧ Práctica y conversación

Antes de empezar los siguientes ejercicios, busque ejemplos de las formas gramaticales de esta sección
en el diálogo escrito de **Así se habla.**

A. Su rutina diaria.   Usando las frases dadas describa su rutina diaria en orden lógico.

> *Modelo*   **Primero me despierto.**

primero / en segundo lugar / en tercer lugar / más tarde / después / finalmente

B. Consejos.   Explique por lo menos tres cosas que estas personas deben hacer para arreglarse.

1. Ud. toma un examen de matemáticas.
2. Manolo y Pepe van a la escuela primaria.
3. Isabel sale con su novio.
4. Tú vas a una fiesta.
5. Nosotros jugamos al tenis.
6. La Sra. Ruiz habla con unos clientes importantes.

C. Hoy y ayer.   Con un(-a) compañero(-a) de clase compare lo que Ud. hace hoy con lo que Ud.
hizo ayer.

despertarse / levantarse / vestirse / sentirse / preocuparse / quejarse / acostarse / ¿?

ASKING QUESTIONS

Question Formation

Since most conversation consists of a series of questions and answers, it is important to learn to form
questions in a variety of ways.

Questions requiring a yes / no answer

a. A statement can become a question by adding the tag words **¿no?** or **¿verdad?** to the end of
that statement.

Raúl se levanta temprano, **¿no?**	*Raúl gets up early, doesn't he?*
Se divierten en clase, **¿verdad?**	*You have a good time in class, don't you?*

b. A statement can also become a question by inversion, that is, placing the subject after the verb. When using inversion to form a question that contains more than just a subject and verb, the word order is generally:

VERB   +   REMAINDER   +   SUBJECT
¿Se levantan   temprano   Uds.?

However, when the remainder of the sentence contains more words than the subject, then the word order is generally:

VERB   +   SUBJECT   +   REMAINDER
¿Se levantan   Uds.   temprano todos los días?

Questions requesting information

a. Questions requesting information contain an interrogative word such as those in the following list.

¿cómo?	*how?*	¿dónde?	*where?*
¿cuál(-es)?	*which?*	¿qué?	*what?*
¿cuándo?	*when?*	¿quién(-es)?	*who?*
¿cuánto(-a)?	*how much?*	¿por qué?	*why?*
¿cuántos(-as)?	*how many?*		

Note that the question word **dónde** has the form **adónde** when used with **ir, viajar,** and other verbs of motion. The form **de dónde** is used with **ser** to express origin.

Jorge, **¿adónde** vas?   *Jorge, where are you going?*
¿De dónde son Uds.?   *Where are you from?*

b. Most information questions are formed by inverting the subject and verb. Note that the interrogative word is generally the first word of the question.

¿Qué se ponen los estudiantes para   *What do the students put on in order to go*
   ir a clase?   *to class?*

c. **Por qué** meaning *why* is written as two words. The word **porque** means *because* and is often used in answers.

—**¿Por qué** te quitas la chaqueta?   *Why are you taking off your jacket?*
—**Porque** hace calor.   *Because it's hot.*

Práctica y conversación

Antes de empezar los siguientes ejercicios, busque ejemplos de las formas gramaticales de esta sección en el diálogo escrito de **Así se habla.**

A. Barcelona.   Haga preguntas para las siguientes respuestas.

1. Barcelona es la capital de Cataluña, la región más próspera de España.
2. Esta gran ciudad cosmopolita tiene importancia comercial e industrial.
3. Está situada entre dos montañas —el Tibidabo y Montjuïc.

4. Hay playas a pocos kilómetros de la ciudad.

5. Las Ramblas son un paseo que va desde el centro de la ciudad hasta el mar.

6. Al final de las Ramblas está el monumento a Colón, uno de los monumentos más conocidos de la ciudad.

B. ¿Cómo, cuándo y dónde? En grupos, hagan todas las preguntas necesarias para informarse sobre estas fiestas españolas.

1. Cada julio se celebran fiestas regionales en Pamplona.

2. Estas fiestas duran varios días.

3. Ocurren en honor a San Fermín.

4. Hay muchas actividades cada día de las fiestas.

5. La actividad más famosa es el encierro.

C. Entrevista personal. Pregúntele a un(-a) compañero(-a) de clase acerca de su rutina diaria y su compañero(-a) debe contestar.

Temas de conversación: la hora de levantarse / acostarse; la hora de desayunar / almorzar / cenar; el lugar donde vive / trabaja / estudia; la frecuencia de cambiarse de ropa / lavarse el pelo / peinarse; con quién(-es) vive / estudia / va al cine

¿Qué oyó Ud.?

Listening for the Gist

La Universidad de Madrid

When you are talking to someone in English or are listening to a narration or description, you can often understand what is being said by paying attention to a person's intonation or gestures, the topic being discussed, and the situation in which it occurs. Even when you don't understand every single word of what is being said, you can still get the gist or the general idea of what the speaker is saying.

Ahora, escuche el diálogo entre Ada y Tania quienes hablan de su rutina diaria. Preste atención a su entonación y al tema que discuten para obtener la información general de lo que hablan. Antes de escuchar la conversación, lea los siguientes ejercicios. Después, conteste.

A. Información general.   Con un(-a) compañero(-a) de clase decidan dónde están Ada y Tania y cuál es el tema general de su conversación.

B. Algunos detalles.   Marque con una **A** si las siguientes oraciones describen la vida de Ada y una **T** si describen la vida de Tania. Lea las posibilidades antes de escuchar la conversación.

_____ Es estudiante y atleta.   _____ Su vida no es muy complicada.
_____ Hace los quehaceres domésticos.   _____ Se levanta temprano todos los días.
_____ Echa una siesta todos los días.   _____ Está muy cansada.
_____ No entiende a su amiga.

C. Análisis.   Conteste las siguientes preguntas usando información de la conversación.

1. ¿Qué tipo de vida tienen Ada y Tania?
2. ¿Qué tipo de relación existe entre estas dos personas: ¿formal / informal o amistosa / hostil? Justifique su respuesta.
3. ¿Cómo se imagina Ud. que es Tania físicamente? ¿Y Ada? Justifique su respuesta.

EL HORARIO HISPANO

Práctica intercultural. Describa Ud. su horario personal contestando las siguientes preguntas. **Vocabulario suplementario:** *fast food* = **la comida rápida;** *rush hours* = **las horas punta;** *traffic jam* = **el embotellamiento;** *traffic report* = **el informe del tráfico;** *work day* = **la jornada.**

1. ¿A qué hora sale Ud. para la universidad?
2. ¿Tiene Ud. problemas con el tráfico? ¿Por qué?
3. ¿A qué hora almuerza Ud.? ¿Dónde?
4. ¿Cuándo sale Ud. de la universidad para regresar a casa?
5. ¿Qué hace Ud. entre las ocho y las once de la noche?

Ahora piense en su vida después de la graduación de la universidad. Explique cómo va a cambiar su horario personal.

Una familia en Madrid

El horario (*schedule*) español es muy distinto del horario estadounidense. Por lo general los españoles trabajan ocho horas al día pero dividen el día en dos partes. En España la mayoría de las oficinas, las tiendas y los negocios se abren a las diez de la mañana y se cierran a las dos de la tarde. Pero se abren de nuevo entre las cuatro y las ocho. Entre las dos y las cuatro de la tarde los españoles comen su comida principal. Casi todos regresan a casa y después de comer se quedan un rato allá hablando con la familia o descansando. Al cerrar los negocios alrededor de las ocho de la noche muchos españoles se pasean (*stroll*) por el centro de la ciudad; finalmente vuelven a casa para cenar entre las diez y las once de la noche.

En los países de las Américas el horario tiene muchas variaciones pero generalmente se come entre el mediodía y las dos de la tarde y otra vez entre las siete y las nueve de la noche.

Madrid: Palacio Real

Práctica

Su horario personal.   Ud. y su familia están en Madrid por dos días y medio. Durante estos días quieren ver lo máximo posible pero también necesitan comer, descansar y cambiar dinero. Prepare su horario usando la información dada.

Museo del Prado

- Banco Nacional
  10,00 - 13,30
- Cine Madrileño
  16,00; 18,30; 21,00;
  23,30; 1,30
- Club Elegante
  Espectáculos a las
  23,30; 1,30
- Corrida de Toros
  17,00
- Excursión al Escorial
  Palacio y monasterio real a unos
  35 kilómetros de Madrid
  8,30 - 13,30
- Piscina Municipal
  10,00 - 13,30; 16,00 - 20,30
- El Palacio Real
  9,00 - 13,45; 16,30 - 19,00
- El Prado
  Museo de arte de fama internacional
  9,00 - 13,30; 16,30 - 19,00

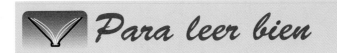

PREDICTING AND GUESSING CONTENT

To make your reading more efficient and pleasurable, it is a good technique to try to predict an author's main idea prior to actually reading. This technique will help you locate and remember key ideas within the reading passage. The title and the photographs, drawings, and charts accompanying the passage provide many hints that will help you form a hypothesis about the content. As you read, you will confirm, modify, or discard this original hypothesis. First, look at the title of the reading and ask yourself: Given this title, what topics might be covered in the reading? Then, look at the drawings or photos and decide what further ideas come to mind.

Práctica

A. Lea el título de la lectura que sigue: «España está de moda». **La moda** = *style, fashion.* ¿Qué quiere decir el título?

B. Ahora, mire las fotos. ¿Por qué hay flamenco español en los EE.UU. y una corrida de toros en Francia?

C. En su opinión, ¿cuál es la idea principal de la lectura que sigue?

LECTURA

España está de moda

España está de moda por primera vez quizás en los últimos cuatro siglos°. Unos meses atrás° la revista francesa *Paris Match* decía: «España arrasa en° Francia y en Europa. Sus diseñadores° de moda, su música, su pintura, su cine, se han puesto° de moda en el Continente y es difícil que alguien los desbanque° de esa posición».

      Es que la cultura española viaja y es bienvenida y aplaudida en los lugares más distantes. Una exposición de Salvador Dalí ocupa el Museo Pushkin de Moscú, el Ballet Nacional de España se prepara para presentarse en el Metropolitan de Nueva York y la literatura española se lee por todas partes. En cuanto a° la cultura popular, Julio Iglesias acaba de presentarse en China y en Broadway.

    En Francia hay una españomanía en forma de exposiciones de arte y de películas. La fiebre española alcanzó de lleno° en la ciudad de Nîmes en el sur de Francia donde un millón de personas vieron corridas de toros°, bebieron sangría° y comieron toneladas° de tortillas de patatas° en un festival de lo español.

centuries
ago / conquers
designers
have become
displace

As for

reached its peak
bullfights / Spanish wine punch / tons / Spanish omelettes

Flamenco español en
Nueva York

La corrida española
en Francia

the same

En Londres, es igual°. Harrods, el más exclusivo de los grandes almacenes londinenses, dedicó un

display windows / made

mes a España, con los escaparates° llenos de todo tipo de productos hechos° en España. También hay
mucho entusiasmo por el teatro y la pintura española.

visitors

A los italianos les encanta España. En los últimos cinco años el número de visitantes° de Italia se

doubled / spread across

ha duplicado°; en un año reciente, 1.200.000 visitantes italianos se esparcieron por° tierras españolas.
En Roma se han abierto dos escuelas de baile flamenco. Pero lo más importante es que la demanda del

extends

producto cultural español también se extiende° a los centros urbanos menores.

"Nos Encanta el Ambiente Nocturno"

No es la primera vez que visitan España. En esta ocasión, esta pareja va de camino a México y han decidido hacer escala en Madrid. Les encanta el carácter de los españoles, el ambiente nocturno y hacer compras. «La ropa es infinitamente más barata que en Italia», comenta Silvia. Confiesan que son conscientes de la simpatía que despiertan aquí los italianos y se sienten como en casa. ∎

SILVIA Y ENRICO

Es cierto que España es un país en movimiento°. La economía española sigue creciendo° y la peseta se ha convertido° en una de las monedas fuertes del mundo.

Españolear° está de moda y España atrae° y seduce en el mundo por su vitalidad, su capacidad creativa y su prosperidad.

on the move / continues growing
has become
Doing it the Spanish way / attracts

Adaptado de *Cambio 16*

 Comprensión

A. La idea principal.   ¿Cuál es la idea principal de esta lectura?

1. La gente española lleva ropa moderna.
2. La cultura española es popular en todo el mundo.
3. Las tiendas españolas venden artículos muy de moda.

B. ¿Ciertas o falsas?   Lea las siguientes oraciones y decida si son ciertas o falsas. Si son falsas, corríjalas.

1. España se ha puesto de moda en Europa recientemente.
2. España exporta solamente sus productos agrícolas.
3. En Francia recientemente un millón de personas vieron corridas de toros.
4. En Inglaterra no hay interés por los productos españoles.
5. Los italianos tienen miedo de España y no viajan allá.
6. La demanda de la cultura española se extiende a los pueblos italianos.
7. La economía española sufre bastante ahora.

C. La defensa de una opinión.   ¿Qué evidencia puede Ud. encontrar en el artículo que confirma la siguiente idea? «España y lo español atraen por su vitalidad, su capacidad creativa y su prosperidad.»

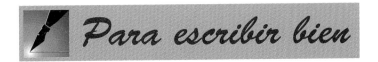

WRITING PERSONAL LETTERS

In Spanish there is a great deal of difference in the salutations and closings of a personal letter and a business letter. While business letters tend to be very formal and respectful, personal letters are very warm and loving. Here are some ways to begin and end a personal letter.

Salutations

Querido(-a) Ricardo (Anita):	*Dear Ricardo (Anita),*
Queridos amigos / padres / tíos:	*Dear friends / parents / aunts and uncles,*
Mi querido(-a) Luis(-a):	*My dear Luis(-a),*
Mis queridas primas:	*My dear cousins,*

Pre-Closings

¡Hasta pronto / la próxima semana!   *Until soon / next week.*
Bueno, te / los / las dejo. Prometo   *Well, I must leave you. I promise to write*
   escribirte (les) pronto.   *you soon.*
Bueno, es la hora de comer así que   *Well, it's mealtime so I have to leave you.*
   tengo que dejarte (los / las).
Voy a escribirte (les) de nuevo   *I'm going to write you again tomorrow /*
   mañana / la semana próxima.   *next week.*

Closings

Un abrazo,   *A hug,*
Abrazos,   *Hugs,*
Un saludo afectuoso de   *A warm greeting from*
Cariños,   *Much love,*

 COMPOSICIONES

A. Su rutina diaria. Como es un nuevo semestre, escríbale una carta a un(-a) amigo(-a) his-
pano(-a) explicándole su rutina diaria.

B. Sus actividades. Su mejor amigo(-a) asiste a otra universidad. Escríbale una carta describiendo
sus pasatiempos.

A. Los pasatiempos. You are a reporter for a Hispanic radio station in Miami, Florida, and are
preparing a feature on leisure-time activities in your city. Prepare at least five questions about the
frequency of typical leisure-time activities; then interview four of your classmates. Report your
findings to the class.

B. ¿Quién soy yo? In groups, each person will pretend to be a famous person. Do not tell each
other your identity. Describe your daily routine, including details about your job and leisure activities, so the group can guess who you are. If necessary, you can include a brief description.

C. Así son las otras culturas. You are the host of a Spanish TV talk show that examines the lifestyle of other cultures; the show is entitled «**Así son las otras culturas**». Today's topic is daily
routine in the U.S. compared with the Hispanic daily routine. Your classmates will play the roles of
two guests on the show—Antonio(-a) Guzmán, a Spanish university student, and Julio(-a) Rivera,
a Spanish-speaking resident of Los Angeles. Ask each about his/her daily routine and the advan-
tages and disadvantages of it so you can compare the two lifestyles.

D. Las diligencias. Make a mental list of six errands you must do in the next few days. Your partner must guess four errands on your list by asking you questions. You must then guess four errands
on your partner's list.

CAPÍTULO 2
De vacaciones

Unas vacaciones al aire libre

Cultural Themes
Spain
Leisure Time and Vacations

Communicative Goals
Making a Personal Phone Call
Discussing Past Activities
Circumlocuting
Avoiding Repetition of Nouns

PRIMERA SITUACIÓN

Presentación

EN EL COMPLEJO TURÍSTICO

Práctica y conversación

A. ¿Qué hay en el dibujo?   Utilizando el **Vocabulario activo** a continuación, nombre Ud. las cosas y personas que se ven en el dibujo.

B. Definiciones.   A Pablo le gusta hacer crucigramas pero a veces tiene problemas con las definiciones. Ayúdelo con las palabras que faltan.

1. el movimiento del agua en el mar
2. unos zapatos que se llevan cuando hace calor

3. lo que se pone uno para nadar
4. un producto que ayuda a broncearse
5. algo que protege los ojos del sol
6. un barco de lujo
7. algo que cubre y protege la cabeza
8. pasarlo bien

C. ¡Me divertí! Ud. acaba de regresar de un fin de semana maravilloso en Marbella, una de las playas famosas de la Costa del Sol en el sur de España. Se quedó en el complejo «Costa del Sol» y disfrutó de todas las actividades. Diga lo que hizo para divertirse.

Modelo **Jugué al tenis.**

D. Vacaciones en Marbella. En grupos, hagan planes para pasar unas vacaciones en el Hotel Don Carlos en Marbella. ¿Cuánto tiempo pasan Uds. allí? ¿En qué actividades participan Uds.?

DON CARLOS

★ ★ ★ ★ ★

MARBELLA

**Para más información y reservas
contacte su Agencia de Viajes, o:**
**Hotel Don Carlos
Jardines de las Golondrinas
Marbella
Telf: 952.831140
Telex: 77015/77481**

Oferta Especial

Golf, tenis, sauna y jacuzzi gratuitos para los clientes, sólo sujetos a disponibilidad.

Los niños de hasta 12 años disfrutan de alojamiento gratuito en la habitación de sus padres.

Club Infantil.
Más de 450.000m² de pinares y jardines tropicales que descienden suavemente a través de la finca, hasta una playa de fina arena. Las sendas serpentean interminablemente entre macizos de flores y árboles exóticos. Este es el encanto del Hotel Don Carlos.

Elegantes Suites y Habitaciones

Superiores con el máximo confort. Recientemente equipadas con T.V. en color y además programación vía satélite.

Intensivas Actividades Deportivas y de Recreo

Centro de Tenis con 11 pistas. Sede de la Asociación Internacional de Tenis Femenino W.T.A.; 2 piscinas climatizadas, exteriores; gimnasio equipado con sauna y jacuzzi; club hípico; windsurf; vela; esquí acuático y demás deportes náuticos; mini golf y campo de prácticas de golf en los jardines del hotel así como 3 campos de golf cercanos a la disposición de nuestros clientes.

E. Creación.   En una narración cuente lo que pasa en el dibujo de la **Presentación** contestando todas las siguientes preguntas. Imagínese que el dibujo de esta **Presentación** es una foto que Ud. sacó durante sus últimas vacaciones. ¿Cómo se llaman las chicas que están tomando el sol? ¿De qué hablan? ¿De dónde viene el yate que se puede ver cerca de la costa? ¿?

Vocabulario activo ▷

En la playa	**At the Beach**
la arena	*sand*
el castillo	*castle*
el colchón neumático	*air mattress*
la concha	*shell*
el esquí acuático	*waterskiing*
las gafas de sol	*sunglasses*
la lancha	*motorboat*
la loción	*lotion*
el mar	*sea*
la ola	*wave*
las sandalias	*sandals*
el sombrero	*hat*
la sombrilla	*beach umbrella*
la tabla de windsurf	*windsurfing board*
el traje de baño	*bathing suit*
el yate	*yacht*
broncearse	*to tan*
nadar	*to swim*
navegar en un velero	*to sail in a sailboat*

pescar	*to fish*
practicar el esquí acuático	*to water-ski*
quemarse	*to burn*
tomar el sol	*to sunbathe*

En el complejo turístico	**In the Tourist Resort**
el campo de golf	*golf course*
la cancha de tenis	*tennis court*
correr	*to run*
montar a caballo (en) bicicleta	*to ride horseback a bicycle*

En el hotel	**In the Hotel**
el gimnasio	*gymnasium*
la piscina	*swimming pool*
disfrutar de gozar de	*to enjoy*
pasarlo bien divertirse (ie, i)	*to have a good time*
levantar pesas	*to lift weights*

ESPAÑA

TODO BAJO EL SOL EVERYTHING UNDER THE SUN

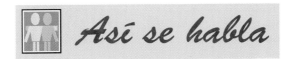

MAKING A PERSONAL PHONE CALL

Madrid: Un teléfono público

NORMA	¿Diga?
LUCHA	Buenas tardes, quisiera hablar con Maite, por favor.
NORMA	¿De parte de quién?
LUCHA	De Lucha, por favor.
NORMA	Un momentito. Voy a ver si está.
LUCHA	Muchas gracias.

The following phrases are used when making a phone call.

Phrases to Answer the Telephone

Diga / Dígame. (*Spain*)   *Hello.*
Bueno. (*Mexico*)
¿Aló? (*Most other countries*)

Phrases to Initiate a Conversation

Por favor, ¿está... ?   *Is . . . home, please?*
¿Hablo con... ?   *Is this . . . ?*
¿De parte de quién, por favor?   *May I ask who is calling, please?*
Lo siento, pero no está.   *I'm sorry but he / she is not home.*

Un momentito, por favor. Voy a ver si está.	*One moment, please. I'll see if he / she is in.*
Está equivocado.	*You have the wrong number.*

Phrases to Leave a Message

Por favor, dígale (dile) que me llame / que lo (la) volveré a llamar.	*Please tell him / her to call me / that I'll call him / her back.*
Si fuera(-s) tan amable de decirle que me llame.	*If you would be kind enough to tell him / her to call me.*

Phrases to Explain Problems with the Connection

La línea / El teléfono está ocupada(-o).	*The line / The phone is busy.*
Tiene que colgar.	*You have to hang up.*

Phrases to Close the Conversation

Disculpe (Disculpa), pero me tengo que ir.	*Excuse me, but I have to go.*

Phrases to Say Good-Bye

Chau.	*Bye.*
Nos hablamos.	*I'll talk to you later.*
Lo / La / Te llamo.	*I'll call you.*

Práctica y conversación

A. **¿Qué dirían Uds.?**   Con un(-a) compañero(-a), dramatice la siguiente situación.

Ud. llama a su amiga Josefina por teléfono. La mamá de Josefina contesta y dice que no sabe si Josefina está en casa o no. Josefina no está en casa. Ud. quiere dejar un recado: la fiesta del sábado es a las 9 de la noche. La mamá de Josefina toma apuntes. Ud. se despide.

B. **¿Cómo estás?**   En grupos, dos personas hablan por teléfono y la tercera toma apuntes de las expresiones utilizadas y el tema de la conversación.

Temas de conversación: actividades diarias / estudios / fiestas / nuevos amigos / padres / novios(-as) / planes para el fin de semana / ¿?

Estructuras

TALKING ABOUT PAST ACTIVITIES

Preterite of Regular Verbs

Spanish, like English, has several past tenses that are used to talk about past activities. The Spanish preterite tense corresponds to the simple past tense in English: El verano pasado **tomé el sol, nadé** y **jugué al golf.** = Last summer *I sunbathed, swam,* and *played golf.*

Preterite of Regular Verbs					
Verbos en -AR		**Verbos en -ER**		**Verbos en -IR**	
tomé	*I took*	corrí	*I ran*	salí	*I left*
tomaste	*you took*	corriste	*you ran*	saliste	*you left*
tomó	*he took* *she took* *you took*	corrió	*he ran* *she ran* *you ran*	salió	*he left* *she left* *you left*
tomamos	*we took*	corrimos	*we ran*	salimos	*we left*
tomasteis	*you took*	corristeis	*you ran*	salisteis	*you left*
tomaron	*they took* *you took*	corrieron	*they ran* *you ran*	salieron	*they left* *you left*

a. Some verbs like **salir** that are irregular in the present tense follow a regular pattern in the preterite.

b. Most **-ar** and **-er** verbs that stem-change in the present tense follow a regular pattern in the preterite.

> Siempre me acuesto a las once pero anoche bailé mucho y **me acosté** a las tres de la manaña.
>
> *I always go to bed at 11:00, but last night I danced a lot and went to bed at 3:00 A.M.*

c. Certain **-ar** verbs have spelling changes in the first-person singular of the preterite. The other forms follow a regular pattern.

  1. Verbs whose infinitives end in **-car** change the **c** to **qu** in the first-person singular: **pescar** → **pesqué.** Some common verbs of this type include **buscar, explicar, pescar, practicar, sacar, tocar.**
  2. Verbs whose infinitives end in **-gar** change the **g** to **gu** in the first-person singular: **jugar** → **jugué.** Some common verbs of this type are **llegar, jugar, navegar, pagar.**
  3. Verbs whose infinitives end in **-zar** change the **z** to **c** in the first-person singular: **gozar** → **gocé.** Some common verbs of this type are **almorzar, comenzar, empezar, gozar.**

d. The following words and expressions are often used with the preterite to indicate past time.

ayer	*yesterday*
anteayer	*day before yesterday*
anoche	*last night*
el mes / año pasado	*last month / year*
la semana / Navidad pasada	*last week / Christmas*
el jueves / verano pasado	*last Thursday / summer*
en 1990 / en el 90	*in 1990 / in '90*
en abril	*in April*
hace un minuto / mes / año	*a minute / month / year ago*
hace una hora / semana	*an hour / a week ago*
hace un rato	*a while ago*

✸ Práctica y conversación

Antes de empezar los siguientes ejercicios, busque ejemplos de las formas gramaticales de esta sección en el diálogo escrito de **Así se habla.**

A. El verano pasado.   Explique si Ud. hizo o no hizo las siguientes cosas el verano pasado.

Modelo   montar (en) bicicleta
(No) Monté (en) bicicleta.

jugar al tenis / descubrir lugares interesantes / broncearse / comer mucha fruta / pasarlo bien / pescar / gozar de las vacaciones

B. En el complejo turístico.   ¿Qué hicieron estas personas ayer en el complejo turístico?

Modelo   los Gómez / nadar
Los Gómez nadaron.

1. los Valero / jugar al golf
2. Elena y yo / navegar
3. Pedro / correr
4. Uds. / sacar fotos
5. Mariana / aprender a pescar
6. tú / quemarse
7. Ramón y Pilar / montar a caballo
8. yo / almorzar en el café

C. ¿Qué hiciste ayer?   Un(-a) estudiante llama a un(-a) amigo(-a) y hablan de lo que hicieron la noche anterior. Con un(-a) compañero(-a), complete el siguiente diálogo.

Estudiante 1

2. ¿Aló? ¿_____?

4. Muy bien, ¿y tú? _____

6. Te llamé anoche pero no
te encontré en tu casa.
8. ¿_____?

10. Yo _____.

12. Mañana. ¿Quieres ir?
14. Muy bien. _____

Estudiante 2

1. ¿Aló?
3. Sí, habla _____.
¿_____? ¿Cómo estás?
5. Muy bien, también.
¿Qué cuentas?
7. ¡Ay, sí! Anoche salí con _____ y
fuimos a _____.
9. Sí, muchísimo. Regresé a medianoche cansado(-a) de bailar tanto.
Y tú, ¿_____?
11. ¡No me digas! ¡Qué suerte! ¿Cuándo
vas a _____ otra vez?
13. Por supuesto. _____.
15. Nos vemos.

D. ¡Un fin de semana estupendo!   Ud. se encuentra con unos amigos a quienes no veía desde el jueves pasado. Pregúnteles qué hicieron el fin de semana y luego cuénteles lo que Ud. hizo.

DISCUSSING OTHER PAST ACTIVITIES

Preterite of Irregular Verbs

Many common verbs used to discuss activities have irregular preterite forms; these irregular forms can be grouped into several categories to help you learn them.

Irregular Verbs in the Preterite Tense			
VERBS WITH -U- STEM			
andar	anduv-		
estar	estuv-	tuve	tuvimos
poder	pud-	tuviste	tuvisteis
poner	pus-	tuvo	tuvieron
saber	sup-		
tener	tuv-		
VERBS WITH -I- STEM			
querer	quis-	vine	vinimos
venir	vin-	viniste	vinisteis
		vino	vinieron
VERBS WITH -J- STEM			
decir	dij-	dije	dijimos
traer	traj-	dijiste	dijisteis
Verbs ending in **-cir** like **traducir**		dijo	dijeron
VERBS WITH STEMS ENDING IN A VOWEL (-Y- STEM)			
oír		oí	oímos
Verbs ending in **-eer** like **leer**		oíste	oísteis
Verbs ending in **-uir** like **construir**		oyó	oyeron

Other Irregular Verbs					
dar		**ir / ser**		**hacer**	
di	dimos	fui	fuimos	hice	hicimos
diste	disteis	fuiste	fuisteis	hiciste	hicisteis
dio	dieron	fue	fueron	hizo	hicieron

a. In the preterite, these verbs use a special set of endings.

1. **-u-** and **-i-** stem endings: **-e, -iste, -o, -imos, -isteis, -ieron**
2. **-j-** stem endings: **-e, -iste, -o, -imos, -isteis, -eron**
3. **-y-** stem endings: **-í, -íste, -yó, -ímos, -ísteis, -yeron**

b. There is no written accent on these irregular preterite forms except for **-y-** stem verbs.

NOTE: Verbs ending in **-uir** like **construir** have an accent only in the first-person and third-person singular.

c. The irregular preterite of **hay (haber)** is **hubo.**

Ayer **hubo** un accidente muy grave   *Yesterday there was a very serious*
en la playa.   *accident at the beach.*

d. In the preterite, **saber** = *to find out.*

Esta mañana **supimos** que hay una   *This morning we found out that there's a*
piscina en este hotel.   *swimming pool in this hotel.*

e. Since the forms of **ir** and **ser** are the same in the preterite, context will determine the
meaning.

IR: Ayer **fue** a la playa.   *Yesterday he went to the beach.*
SER: **Fue** muy interesante.   *It was very interesting.*

Práctica y conversación

Antes de empezar los siguientes ejercicios, busque ejemplos de las formas gramaticales de esta
sección en el diálogo escrito de **Así se habla.**

A. En la playa.   ¿Qué hizo Ud. la última vez que pasó un día en la playa?

Modelo   nadar
                      (No) Nadé.

andar por la playa / estar todo el día en el sol / querer broncearse / ponerse loción / hacer
esquí acuático / oír música / ¿?

B. Y tú, ¿qué hiciste?   Al regresar de sus vacaciones Ud. se encuentra con un(-a) amigo(-a).
Salúdelo(-la) y pregúntele acerca de sus vacaciones. Cuéntele también acerca de las vacaciones de Ud.

Modelo   USTED: **¡Hola! ¿Cómo estás?**
                      AMIGO(-A):   **Muy bien, ¿y tú?**
                           USTED: **¡Bien, también! Y dime por fin, ¿adónde fuiste de
                                                vacaciones?**
                      AMIGO(-A):   **A la playa. Fui a...**
                           USTED: **¡Qué maravilla! ¿Y esquiaste mucho?**

Actividades   **Lugares**
ir a la playa   la playa
andar por la playa   el campo
tomar el sol   las montañas
nadar   un campamento
esquiar   en casa
montar a caballo   ¿?
jugar al golf
navegar en un velero
correr
¿?

C. Una anécdota.   Cuéntele a un(-a) compañero(-a) una anécdota de algo especial que le pasó durante sus vacaciones. Su compañero(-a) va a reaccionar según lo que Ud. diga y narrará algo que le pasó a él (ella).

> *Modelo*   **El verano pasado fui de vacaciones a Cancún y ahí conocí a un(-a) mucha-cho(-a) muy guapo(-a). Un día...**

Temas de conversación: tener un accidente / perder el pasaporte / quedarse sin dinero / perderse en la ciudad / ¿?

D. Una persona especial.   Su compañero(-a) le pregunta cómo conoció a su novio(-a) y cómo fue su primera cita. Él (Ella) va a reaccionar según lo que Ud. le diga y también le contará su historia.

> *Modelo*   Usted: **Conocí a... en la biblioteca una noche.**
> Compañero(-a):   **¿Ah, sí? Yo conocí a... en el Centro de Estudiantes. Una amiga nos presentó. Para la primera cita fuimos al cine...**

DISCUSSING WHEN THINGS HAPPENED

Expressing Dates

In order to explain when an action took place or will take place, you will need to be able to express dates in Spanish.

a. To inquire about the date, the following questions are used.

> ¿Cuál es la fecha? }
> ¿A cuántos estamos? }   *What is the date?*

b. The date is expressed using the following formula:

> ARTICLE + DATE + **de** + MONTH + **de** + YEAR
> el   doce   de   octubre   de   1492

The first day of the month is called **el primero;** the other days use cardinal numbers.

> Hoy es **el treinta y uno** de enero;   *Today is January 31; tomorrow is*
> mañana es **el primero** de febrero.   *February 1.*

c. When the day of the week is mentioned along with the date, the following formula is used:

> ARTICLE + DAY OF WEEK + DATE + **de** + MONTH
> el   jueves   catorce   de   abril

d. The article **el + date** = *on + date.*

> — ¿Cuándo llegó tu hermano de   *When did your brother arrive from*
>   Caracas?   *Caracas?*
> — Llegó **el viernes 4 de agosto.**   *He arrived on Friday, August 4.*

e. When talking about the year of an event, the expression is **en** + *year*.

Construyeron la catedral **en 1659.**   *The cathedral was built in 1659.*

Práctica y conversación

A. El árbol genealógico.   ¿En qué fecha nacieron estas personas?

su abuelo paterno / su abuela materna / su padre / su madre / su hermano(-a) mayor / Ud. / su hermano(-a) menor

B. Un poco de historia.   Dígale a un(-a) compañero(-a) cuándo ocurrieron los siguientes hechos de la historia contemporánea de España.

1. la guerra civil española / empezar / 1936
2. Francisco Franco / hacerse dictador de España / 1939
3. el General Franco / morirse / y Juan Carlos I / subir al trono de España / 1975
4. las primeras elecciones generales españolas / celebrarse / 1977
5. el pueblo español / aprobar la nueva Constitución / 1978
6. España / entrar en la Unión Europea / 1986
7. el pueblo español / elegir como presidente del gobierno español / a José Aznar / 1996

C. Entrevista personal.   Pregúntele a un(-a) compañero(-a) de clase algunas fechas de su vida personal.

Pregúntele...

1. cuándo nació.
2. cuándo recibió su permiso de conducir.
3. cuándo se graduó de la escuela secundaria.
4. cuándo empezó sus estudios universitarios.
5. cuándo piensa graduarse de la universidad.
6. ¿?

SEGUNDA SITUACIÓN

Presentación

DIVERSIONES NOCTURNAS

Práctica y conversación

A. ¿Qué hay en el dibujo?   Utilizando el **Vocabulario activo** a continuación, nombre Ud. las cosas y personas que se ven en el dibujo.

B. Recomendaciones.   Sus amigos quieren disfrutar de las diversiones nocturnas. ¿Adónde les recomienda Ud. que vayan para hacer lo siguiente?

escuchar música rock / ver una película policíaca / tomar una copa / bailar / ver un drama / escuchar música clásica / ver un espectáculo / pasarlo bien

C. Entrevista personal.   Cada estudiante les hace preguntas a seis de sus compañeros(-as) de clase sobre lo que hicieron para divertirse el sábado pasado por la noche. Comparen las respuestas para ver qué actividad es la más popular y cuál es la menos popular.

D. ¡Diviértanse!   Usando la información de los anuncios (*advertisements*) en la siguiente página, conteste las preguntas.

1. ¿Adónde se va para escuchar a los mejores artistas de Cabaret?
2. ¿Qué club tiene magníficas vistas de la ciudad?
3. ¿Qué club ofrece un programa de jazz y rock?
4. ¿En qué club se puede ver a Woody Allen los lunes por la noche?
5. ¿Qué club ofrece comida cubana?
6. ¿Adónde se va para escuchar jazz acústico con fusión de jazz?
7. ¿A qué hora se cierra el Club Copacabana los martes?

E. Creación.   En una narración cuente lo que pasa en el dibujo de la **Presentación** contestando todas las siguientes preguntas. Ud. está sentado(-a) en una de las mesas en el café. ¿Qué puede Ud. decir de las personas que están en el café? Describa sus personalidades, sus profesiones y sus modos de vivir. ¿Adónde piensa Ud. que van a ir después?

Vocabulario activo ▶

Ir al cine	To Go to the Movies
ver una película	*to see a funny film*
cómica	
trágica	*sad*
romántica	*romantic*
policíaca	*mystery*
de aventuras	*adventure*

Ir a un club nocturno	To Go to a Nightclub
emborracharse	*to get drunk*
estar borracho(-a)	*to be drunk*
tomar una copa	*to have a drink*
un refresco	*a soft drink*
un vino	*wine*
un whisky	*whiskey*
un ron	*rum*
una gaseosa	*a mineral (soda) water*
ver un espectáculo	*to see a show, floorshow*

Ir a una discoteca	To Go to a Discotheque
el bar	*bar*
el conjunto	*band, musical group*

escuchar música	*to listen to*
rock	*rock music*
popular	*popular*
folklórica	*folk*

En el hotel	In the Hotel
chismear	*to gossip*
jugar (ue) a	*to play cards*
las cartas (A)	
los naipes	

Otras actividades	Other Activities
una comedia	*a comedy*
un drama	*a drama*
la música clásica	*classical music*
la orquesta	*the orchestra*
ir a la ópera	*to go to the opera*
al teatro	*to the theater*
a un café al aire libre	*to an outdoor café*
a un concierto	*to a concert*
pasearse	*to take a walk*

CABARETS

Ballroom—253 W. 28th St. (244-3005). Club nocturno que presenta todas las noches los mejores artistas de cabaret.

Don't Tell Mama—343 W. 46th St. (757-0788). Cabaret con revistas y música de piano. Micrófono a disposición.

Duplex—61 Christopher St. (255-5438). En el piano de abajo hay el piano bar con la partecipación del público, cada noche.

Eighty Eights—228 W. 10th St. (924-0088). Cada noche, piano bar y cabaret.

Rainbow and Stars—30 Rockefeller Plaza (632-5000). Un cabaret íntimo con un buen entretenimiento y magníficas vistas.

JAZZ/POP/BLUES

Blue Note—131 W. 3rd St. (475-8592). Todas las noches podrán ver y oír a los mejores y más brillantes músicos de jazz.

Bottom Line—15 W. 4th St. (228-7880). Ofrece un excitante programa de actuaciones de jazz y rock.

Bradley's—70 University Place (228-6440). Ofrece jazz clásico todas las noches.

Chicago Blues—73 8th Ave. (924-9755). Club de blues. Abierto todas las noches.

Iridium—44 W. 63rd St. (582-2121). Club de cenar y jazz en vivo. Abierto todas las noches.

Judy's—49 W. 44th St. (764-8930). Cabaret y restaurante acogedor. Abierto todas las noches.

Knickerbocker Bar & Grill—33 University Pl. (228-8490). Jazz en vivo.

Knitting Factory—74 Leonard St. (219-3055). Cada noche, un programa diferente de música en vivo.

Manny's Car Wash—1558 3rd Ave. (369-2583). Bar de blues con espectáculo en vivo todas las noches.

Michael's Pub—211 E. 55th St. (758-2272). Restaurante/club de jazz, donde podrá ver a Woody Allen los lunes por la noche.

Sweet Basil—88 7th Ave. So. (242-1785). Ofrecen las corrientes de jazz más diversas a través de famosos músicos.

Tramp's—45 W. 21st St. (727-7788). Amplio club que ofrece música folk, funk, reggae y blues.

Village Vanguard—178 7th Ave So. (255-4037). Todas las noches ofrecen músicos diferentes.

Visiones—125 McDougal St. (673-5576). Ofrece jazz acústico directo e inmediato con fusión de jazz cada noche.

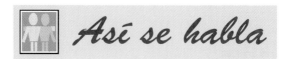

CIRCUMLOCUTING

En un restaurante de mariscos en Madrid

JOAQUÍN   Hola, Mauricio, ¿qué hubo?

MAURICIO   Ahí, pasándola.

JOAQUÍN   ¿Has visto a Manolo? Necesito hablar con él.

MAURICIO   Lo vi esta mañana en la cancha de tenis. Se veía muy mal. Según me dijo, anoche no durmió nada. Parece que fue a ese restaurante nuevo que abrieron cerca de su casa y comió este... ¿cómo se llama? es un tipo de marisco... este...

JOAQUÍN   ¿Cangrejos? ¿Langosta? ¿Camarones?

MAURICIO   Eso, camarones, y parece que tuvo una reacción alérgica y lo tuvieron que llevar al hospital.

If you don't know how to express an idea or you don't know the name of an object, place, or activity, you can use the following phrases to make yourself understood.

Es un tipo de bebida / alimento / animal / vehículo.	*It's a kind of beverage / food / animal / vehicle.*
Se usa para jugar al tenis / cortar la carne / servir el café.	*It's used for playing tennis / cutting meat / serving coffee.*
Es un lugar donde se baila / se nada / se estudia.	*It's a place where one dances / one swims / one studies.*
Es como una silla / un lápiz / una mesa.	*It's like a chair / a pencil / a table.*
Se parece a un perro / una bicicleta.	*It's like a dog / a bicycle.*
Es parte de una casa / un carro.	*It's part of a house / a car.*
Es algo redondo / cuadrado / duro / blando / áspero.	*It's something round / square / hard / soft / rough.*
Es un artículo de ropa / de cocina / de oficina / de metal / de madera / de vidrio.	*It's a clothing / kitchen / office / metal / wooden / glass object.*
Es algo así como un(-a)...	*It's something like a . . .*
Es uno de esos sitios donde...	*It's one of those places where . . .*
Suena / Huele / Sabe como...	*It sounds / smells / tastes like . . .*

Práctica y conversación

A. Circunlocuciones. Mientras su compañero(-a) tiene el libro cerrado, Ud. lee las siguientes descripciones. Su compañero(-a) le dirá la palabra que falta.

1. Necesito un líquido para protegerme del sol. No quiero quemarme cuando vaya a la playa la próxima vez. ¿Sabes lo que necesito?
2. Es un lugar de forma rectangular, generalmente lleno de agua. La gente va allí a nadar. No recuerdo bien la palabra. ¿Cuál es?
3. Es un artículo de ropa que nos ponemos cuando queremos nadar. Es de una pieza para los hombres y a veces de dos para las mujeres. ¿Cómo se dice?
4. Es un lugar adonde la gente va a hacer ejercicios o levantar pesas. ¿Cómo se llama?
5. Es un objeto redondo y pequeño. Batimos este objeto con una raqueta cuando jugamos al tenis. ¿Sabes a qué me refiero?
6. Es un ave que se parece a un pollo pero es más grande y generalmente se come en las Navidades o en la fiesta de Acción de Gracias. ¿Cómo se llama?

B. De compras en España. Ud. está en España estudiando en la Universidad de Madrid y necesita algunas cosas pero no sabe su nombre en español. Vaya a la tienda y descríbale estos objetos al (a la) vendedor(-a) quien le tratará de ayudar. (No es necesario que sepa la palabra exacta).

Modelo   nail polish remover

USTED: **Señor(ita), por favor, ¿tiene eso que sirve para quitar la pintura de las uñas?**

VENDEDOR(-A):   **¡Ah, sí! ¡Cómo no! Aquí tiene acetona.**

Temas de conversación: headband / running shoes / watch band / bedspread / posters / reading lamp / detergent / envelopes / paper clips / ¿?

Estructuras

DISCUSSING PAST ACTIONS

Preterite of Stem-changing Verbs

Many verbs that are needed to talk about past actions and activities are stem-changing verbs. You have already learned that **-ar** and **-er** verbs that stem-change in the present tense follow a normal pattern in the preterite. However, **-ir** verbs that stem-change in the present tense also stem-change in the preterite but in a different way.

Preterite of Stem-changing Verbs			
e→i		o→u	
pedir		dormir	
pedí	pedimos	dormí	dormimos
pediste	pedisteis	dormiste	dormisteis
pidió	pidieron	durmió	durmieron

    a. In the preterite there are two types of stem changes: **e→i** and **o→u**. These stem changes occur only in the third-person singular and plural forms. These stem changes are often indicated in parentheses next to the infinitive: **pedir (i, i); divertirse (ie, i); dormir (ue, u).** The first set of vowels refers to stem changes in the present tense; the second set of vowels refers to the stem changes in the preterite.

    b. Only **-ir** verbs that are stem-changing in the present tense are also stem-changing in the preterite. Some common verbs of this type are as follows:

        1. **ie, i** verbs: **divertirse, preferir, sentirse**
        2. **i, i** verbs: **despedirse, pedir, repetir, seguir, servir, vestirse**
        3. **ue, u** verbs: **dormir, dormirse, morir**

Práctica y conversación

Antes de empezar los siguientes ejercicios, busque ejemplos de las formas gramaticales de esta sección en el diálogo escrito de **Así se habla.**

A. En la discoteca.   Explique lo que pasó anoche en la discoteca.

    1. todos / vestirse bien
    2. el conjunto / seguir tocando música rock
    3. Julio / pedir un whisky
    4. tú / preferir tomar vino
    5. yo / sentirme contento(-a)
    6. Paco y María / despedirse temprano
    7. nosotros / divertirnos
    8. todos / dormirse muy tarde

B. ¡Qué aburrido!   Un(-a) estudiante le pregunta a su compañero(-a) qué hizo el fin de semana. Él (Ella) le responde.

aburrirse mucho / dormirse temprano / no divertirse nada / sentirse enfermo / preferir ver televisión / ¿?

C. Y tú, ¿te divertiste?   En grupos, dos estudiantes intercambian información acerca de sus actividades durante las últimas vacaciones. El (La) tercer(-a) estudiante toma apuntes y luego informa al resto de la clase sobre lo que dijeron sus dos compañeros(-as).

DISTINGUISHING BETWEEN PEOPLE AND THINGS

Personal a

In Spanish it is necessary to distinguish between direct objects referring to people and direct objects referring to things.

    a. In Spanish the word **a** is placed before a direct object that refers to a person or persons. It is not translated into English. Compare the following.

        Anoche vi **a Ramón** en el hotel.   *Last night I saw Ramón in the hotel.*
        Anoche vi una película en el hotel.   *Last night I saw a movie in the hotel.*

b. The personal **a** is used whenever the direct object noun refers to specific human beings and is generally repeated when they appear in a series.

> Vimos **a Luisa, a Miguel** y **a Pepe** en la discoteca.   *We saw Luisa, Miguel, and Pepe in the discotheque.*

c. The personal **a** is not generally used after the verb **tener.**

> Tengo una amiga que vive en Madrid.   *I have a friend who lives in Madrid.*

d. Often the personal **a** is also used before nouns referring to family in general or to pets.

> Visito mucho **a mi familia.**   *I visit my family a lot.*
> José busca **a su perro.**   *José is looking for his dog.*

Práctica y conversación

Antes de empezar los siguientes ejercicios, busque ejemplos de las formas gramaticales de esta sección en el diálogo escrito de **Así se habla.**

A. ¿Qué vieron en Madrid?   Explique lo que Raúl y Federico vieron en Madrid durante sus vacaciones.

> *Modelo*   mucha gente
> **Vieron a mucha gente.**

el Museo del Prado / turistas italianos / un espectáculo / una bailarina de flamenco / una corrida de toros / un conjunto rock / sus abuelos

B. ¿Adónde fuiste en el verano?   Pregúntele a su compañero(-a) adónde fue en el verano y a qué personas o cosas vio.

AVOIDING REPETITION OF NOUNS

Direct Object Pronouns

Direct object pronouns are frequently used to replace direct object nouns as in the following exchange.

| NOUN: | ¿Viste **a Silvia** en la discoteca? | *Did you see Silvia in the discotheque?* |
| PRONOUN: | Sí, **la** vi. | *Yes, I saw her.* |

Direct Object Pronouns Referring to Things		
Al llegar a la playa, la madre de Pepe quiere saber si tienen todas las cosas que necesitan.		
¿El traje de baño?	Sí, **lo** traje.	*Yes, I brought it.*
¿La loción?	Sí, **la** traje.	*Yes, I brought it.*
¿Los sombreros?	Sí, **los** traje.	*Yes, I brought them.*
¿Las toallas?	Sí, **las** traje.	*Yes, I brought them.*

Direct Objects Referring to People			
Jorge vio a muchas personas en el club nocturno anoche.			
Jorge	**me**	vio.	*Jorge saw me.*
Jorge	**te**	vio.	*Jorge saw you* (fam. sing.).
Jorge	**lo**	vio.	*Jorge saw him / you* (form. masc. sing.).
Jorge	**la**	vio.	*Jorge saw her / you* (form. fem. sing.).
Jorge	**nos**	vio.	*Jorge saw us.*
Jorge	**os**	vio.	*Jorge saw you* (fam. pl.).
Jorge	**los**	vio.	*Jorge saw them / you* (form. masc. pl.).
Jorge	**las**	vio.	*Jorge saw them / you* (form. fem. pl.).

a. Direct object pronouns have the same gender, number, and person as the nouns they replace.

— ¿Oíste mis nuevas cintas?   *Did you listen to my new tapes?*
— Sí, **las** oí anoche.   *Yes, I heard them last night.*

b. The direct object pronoun is placed directly before a conjugated verb.

— ¿Por fin viste la nueva película de   *Did you finally see the new Almodóvar film?*
   Almodóvar?
— No, no **la** vi.   *No, I didn't see it.*

c. When a conjugated verb is followed by an infinitive, the direct object pronoun can precede the conjugated verb or be attached to the end of the infinitive.

— ¿Quieres ver el espectáculo   *Do you want to see the show tonight?*
   esta noche?
— No, **lo** voy a ver mañana. ⎫
— No, voy a ver**lo** mañana. ⎭   *No, I'm going to see it tomorrow.*

d. Direct object pronouns must be attached to the end of affirmative commands. If the affirmative command has more than one syllable, an accent mark is placed over the stressed vowel. Direct object pronouns must be placed directly before negative commands.

— ¿Quieres probar la sangría?   *Do you want to taste the sangria?*
— Sí, **tráela** a la fiesta. ¡Y **no la olvides!** *Yes, bring it to the party. And don't forget it!*

▓ Práctica y conversación

Antes de empezar los siguientes ejercicios, busque ejemplos de las formas gramaticales de esta sección en el diálogo escrito de **Así se habla.**

A. ¿Y trajiste... ?   Ud. y su compañero(-a) de cuarto están en un complejo turístico. Su compañero(-a) preparó todo pero Ud. no está seguro(-a) si él (ella) incluyó algunas cosas que Ud. necesita. Pregúntele a ver qué le dice.

> *Modelo*   USTED: **¿Y trajiste jabón?**
> COMPAÑERO(-A):   **Sí, lo traje.**
>   **No, lo olvidé.**

sombrero / loción de broncear / gafas de sol / dinero / sandalias / desodorante / pasta de dientes / despertador / sombrilla / trajes de baño / ¿?

B. ¿Dónde pusiste mi... ?   Ud. le prestó algunas cosas a su compañero(-a) de cuarto y las necesita. Pregúntele dónde están.

> *Modelo*   USTED: **¿Dónde están mis libros?**
> COMPAÑERO(-A):   **No sé. No los tengo.**
>   **Los perdí.**

máquina de afeitar / loción de afeitar / cuadernos / lápices / cintas / secador / ¿?

C. ¿Qué película viste?   Pregúntele a su compañero(-a) qué películas, programas de televisión u obras de teatro ha visto últimamente.

> *Modelo*   USTED: **¿Viste las noticias anoche?**
> COMPAÑERO(-A):   **Sí, las vi.**
>   **No, no las vi.**

D. De regreso a casa.   Su compañero(-a) acaba de regresar de su viaje por toda Europa. Ud. quiere saber qué hizo, con quién fue, a quién(es) vio, qué lugares visitó, qué comida exótica comió, qué compró, etc. Él (Ella) le contesta con todos los detalles posibles.

Using Visual Aids

You can use visual aids to help you understand what is being said. These visual aids can be concrete objects you see around you or mental images formed from previous experiences. When you hear someone speak about a particular object, person, or activity, your mind conjures up an image of that object, person, or activity. If your friend, for example, tells you she went swimming, your mind immediately supplies the image of a swimming pool or the ocean and the activity of swimming itself.

Ahora, escuche el diálogo entre Luisa y Susana, dos amigas que intercambian información acerca de sus actividades en la playa. Antes de escuchar la conversación, mire las ilustraciones y lea los ejercicios en la siguiente página y piense qué expresiones van a utilizar estas dos amigas. Después, conteste.

A. Información general.   Usando las ilustraciones que se presentan arriba, decida qué ilustración presenta lo que hicieron Miguel, Susana, Luisa y Pepe.

B. Algunos detalles.   Escoja la respuesta correcta entre las alternativas que se presentan.

1. La persona que contestó primero el teléfono fue
   a. Luisa.
   b. la madre de Luisa.
   c. el hermano menor de Luisa.
2. Según la conversación parece que Luisa estuvo
   a. divirtiéndose todo el día.
   b. sola y muy aburrida.
   c. muy enferma y triste.
3. Susana le dice a Luisa que ella y Miguel
   a. hablaron por teléfono en la mañana.
   b. tomaron el sol y levantaron pesas.
   c. hicieron windsurf todo el día.
4. Al día siguiente las amigas van a
   a. ir de compras.
   b. navegar en velero.
   c. nadar en el mar.

C. Análisis.

1. ¿Qué tipo de personas son Susana, Luisa, Miguel y Pepe?
   Justifique su respuesta.
2. ¿Ha hecho Ud. alguna vez las actividades descritas en el diálogo?

TERCERA SITUACIÓN

Día a día

CELEBRANDO LAS FIESTAS DE VERANO

Práctica intercultural. En los Estados Unidos una fiesta de verano importantísima es la celebración del cuatro de julio. ¿Por qué es una fiesta importante? ¿Hay otras fiestas de verano? ¿Cuáles son? Explique cómo celebra Ud. el cuatro de julio. **Vocabulario suplementario:** *fireworks* = **los fuegos artificiales;** *freedom* = **la libertad;** *independence* = **la independencia;** *parade* = **el desfile;** *patriotic* = **patriótico;** *picnic* = **el picnic;** *to go on a picnic* = **hacer un picnic.**

A mediados de agosto muchos pueblos y ciudades españoles tienen sus fiestas de verano. Algunas de estas fiestas coinciden con el Día de la Asunción (15 de agosto) cuando los españoles celebran el ascenso al cielo de la Virgen María. Durante estas fiestas ofrecen una variedad de actividades para la gente de toda edad. Estas actividades incluyen desfiles y pasacalles (*parades*), concursos y competiciones (*contests*) de toda categoría, carreras (*races*), bailes, exhibiciones, fuegos artificiales y corridas de toros o de vaquillas (*amateur bullfights with young and small bulls*).

Lea el siguiente programa para una fiesta de verano de Benicasim, un pueblo en la Costa del Azahar cerca de Valencia en el Mediterráneo.

BENICASIM

PROGRAMA FIESTAS DE VERANO

DEL 19 AL 26 DE AGOSTO

XIII CERTAMEN INTERNACIONAL DE GUITARRA "FRANCISCO TARREGA"

benicasim

costa de azahar (españa)

DEL 21 AL 24 AGOSTO

¡¡Fiesta!!

Lunes, 20

A las 16 horas. Campeonato de fútbol en el campo del Pedrol, entre equipos Santa Agueda y Roda.

A las 16,30. Concursos y competiciones infantiles de Hulla-Hoop, castillos en la arena, etc., con premios a los vencedores.

A las 19,30. Maratón popular con salida de la Plaza del Ayuntamiento.

A las 22,30. Gran espectáculo en la Plaza de Toros con la actuación de Victoria Abril y su famoso ballet de programas de Televisión Española.

Martes, 21

A las 11 horas. Competición de natación en la Piscina Municipal.

A las 18. Exhibición de vaquillas en la Plaza de Toros.

A las 20,30. Certamen Internacional de Guitarra en el Hotel Orange.

A las 21. Bailes populares gratis en la Plaza de Toros.

A las 24. Gran castillo de fuegos artificiales por la famosa Pirotecnia Caballer.

Práctica y conversación

A. Diversiones apropiadas. Utilizando el programa en la página anterior para la fiesta de verano de Benicasim, escoja una diversión para las siguientes personas. También indique cuándo tiene lugar la actividad.

1. una niña de cuatro años
2. un joven de catorce años a quien le encanta nadar
3. un muchacho de siete años a quien le gusta la playa
4. un fotógrafo profesional
5. una mujer de treinta años a quien le gusta correr
6. unos novios a quienes les gusta bailar
7. un aficionado al fútbol
8. toda la familia

B. Sus preferencias. Ud. y un(-a) amigo(-a) están en Benicasim durante la fiesta de verano. Con un(-a) compañero(-a) de clase, escoja sus actividades preferidas. Escoja por lo menos una actividad en la que puedan participar y otra que sea sólo para observar.

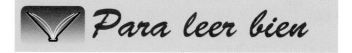

Para leer bien

USING CHARTS AND DIAGRAMS TO PREDICT AND UNDERSTAND CONTENT

Frequently newspaper and magazine articles are accompanied by charts and diagrams that illustrate content in a clear and succinct manner. These charts are particularly useful when they accompany articles containing numbers and statistics since they help the reader predict, understand, and remember content. Before reading such an article, look at the charts and try to make predictions about the possible content of the article. As you read the article and encounter clusters of numbers or statistics, look at the charts again to clarify and simplify the material. You will find that you remember much more content if you use the accompanying charts to full advantage.

Práctica

A. Considere el título del siguiente artículo «Economía bajo el sol: España es uno de los países preferidos para los turistas». ¿A qué se refiere el título? ¿De qué trata el artículo?

B. Antes de leer «Economía bajo el sol» estudie el mapa de España para familiarizarse con los nombres y la situación de las regiones autónomas del país. Después, mire los gráficos a continuación y conteste las preguntas.

CATALUÑA, LA PREFERIDA

	VISITANTES
Andalucía	5.898.839
Aragón	541.994
Asturias	363.558
Islas Baleares	7.818.022
Canarias	7.262.735
Cantabria	380.369
Castilla-La Mancha	176.270
Castilla y León	1.378.095
Cataluña	9.815.488
C. Valenciana	5.753.619
Extremadura	204.562
Galicia	913.799
Madrid	2.760.126
Murcia	372.991
Navarra	215.139
País Vasco	694.305
La Rioja	70.190
Ceuta y Melilla	15.708
No concretó	170.378
Ns/Nc	79.038
TOTAL	44.885.225

1. ¿Cuáles son las cinco regiones más populares entre los turistas? En su opinión, ¿por qué prefieren los turistas estas regiones?
2. Después de las cinco regiones más populares, ¿qué lugar(-es) prefieren los turistas? ¿Por qué?

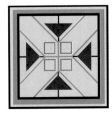

LECTURA

Economía bajo el sol

España es uno de los países preferidos por los turistas. El total de turistas extranjeros° durante el año 1995 fue de 63.255.000. El 86 por ciento° se desplaza° por motivos de ocio° o vacaciones mientras que sólo 8,7 por ciento viaja a España por negocios°.

Los meses de verano concentran el 50 por ciento de las personas que visitan España, lo que demuestra el carácter estacional° del turismo español. Un 71 por ciento realiza sus viajes en calidad de turistas, es decir, pasan más de una noche en el país.

foreign / percent

viaja / leisure

business

seasonal

DE DONDE VIENEN

	VISITANTES	%
Alemania	10.446.756	16,52
Austria	355.755	0,56
Bélgica	2.789.340	4,41
Dinamarca	528.006	0,83
Francia	20.280.355	32,06
Holanda	2.226.485	3,52
Italia	3.686.206	5,83
Portugal	5.121.780	8,10
Reino Unido	8.805.152	13,92
Suecia	785.891	1,24
Suiza	1.510.370	2,39
Brasil	359.975	0,57
Estados Unidos	1.623.089	2,57
Japón	197.212	0,31
Otros	4.538.628	7,17
TOTAL	63.255.000	100

chose / place La nacionalidad de las personas que eligieron° España como destino es en primer lugar° la francesa, seguida de la alemana, inglesa, portuguesa e italiana. Debido a la proximidad geográfica, algunos de los turistas franceses y portugueses vienen como excursionistas.

are situated Las zonas preferidas por los extranjeros se sitúan° en primer lugar a Cataluña, seguida de las Islas Baleares, Canarias, la Comunidad Valenciana y Andalucía. Madrid, Castilla, León y Galicia constituyen los siguientes objetivos, pero se sitúan a una considerable distancia de los anteriores.

El coche sigue siendo el vehículo preferido para realizar estos viajes (un 54,4 por ciento), aunque la vía aérea es cada vez más demandada, con un 39,7 por ciento.

stay La estancia° media de los viajeros es de 12 días. Para organizar sus viajes recurren a los servicios de una agencia (44 por ciento) o los organizan personalmente (48 por ciento).

supply / world España se sitúa en el tercer lugar de la oferta° hotelera mundial°. Durante los años 60 y 70 se
growth produjo un crecimiento° considerable del sector turístico, lo que provocó la creación de numerosos establecimientos hoteleros. En la
present actualidad°, España cuenta con más de 12.000 hoteles, hostales y pensiones de diferentes categorías, lo que supone un total de 1.132.350 camas.

El sol y la playa son los atractivos fundamentales que provocan la concentración hotelera en determinadas zonas. Así Andalucía, las Islas Baleares y Cataluña se sitúan a la cabeza del sector.

departures ¿Y adónde van los españoles? Las salidas° de los españoles se centran en el conocimiento del resto del país. Estos viajes por lo general organizados de forma personal, se realizan en automóvil y las casas de amigos o familiares son el alojamiento° habitual. Sólo
lodging el 8 por ciento de los desplazamientos° de
viajes los españoles tienen como destino países extranjeros.

Un hotel en la Costa del Sol, España

Adaptado de *Cambio 16*

❖ Comprensión

A. ¿Cierto o falso?   Lea cada una de las siguientes oraciones y decida si es cierta o falsa. Si es falsa, corríjala.

1. España es uno de los países preferidos por los turistas.
2. La mayoría de los turistas vienen a España en avión.
3. La mayoría de los turistas vienen a España en el invierno.
4. La mayoría de los turistas son de Francia.
5. La estancia media de los turistas es de un mes.
6. No hay muchos hoteles en España.
7. Los turistas visitan España para conocer mejor su historia.
8. Los españoles viajan mucho a otros países.

B. Un gráfico.   Use el gráfico «De dónde vienen» para terminar estas oraciones.

1. Las personas que eligen (*choose*) España como destino turístico son, en primer lugar, de _____.
2. Las personas que eligen España como destino turístico son, en segundo lugar, de _____.
3. El _____ por ciento de los turistas viene de Alemania.
4. El _____ por ciento de los turistas viene de Francia.
5. El _____ por ciento de los turistas viene de los EE.UU.
6. Según el gráfico el número de visitantes a España en 1995 fue _____.

C. La defensa de una opinión.   ¿Qué evidencia puede Ud. encontrar en el artículo que confirma la siguiente idea: España es uno de los países preferidos por los turistas?

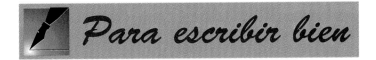

Para escribir bien

SEQUENCING EVENTS

When writing about past events, you often need to tell in what order or when the various activities took place. The following expressions can be used to indicate the proper sequence of activities.

primero	*first*
el primer día / mes / año	*the first day / month / year*
la primera semana	*the first week*
la segunda semana	*the second week*
el tercer día / mes / año	*the third day / month / year*
entonces	*then, at that time*
luego / después	*then, later, afterwards, next*
más tarde	*later*
a la(-s)...	*at . . . o'clock*
era(-n) las... cuando	*it was . . . o'clock when*
por fin / finalmente	*finally*

 **COMPOSICIONES**

A. Mis vacaciones.   Escriba una composición breve sobre unas vacaciones reales o imaginadas que Ud. tomó.

B. Unas tarjetas postales.   Ud. acaba de terminar el quinto día de una semana de vacaciones en Marbella, una de las playas más famosas de la Costa del Sol en el sur de España. Escríbales una tarjeta postal a sus padres explicándoles lo que Ud. hizo durante los primeros días allí. También escríbale una tarjeta a su mejor amigo(-a) explicándole lo que Ud. hizo de noche.

C. Las vacaciones norteamericanas.   Escriba un artículo breve explicando lo que hicieron unas familias típicas durante sus vacaciones de verano.

A. Las fiestas de Benicasim.   Part of your week-long vacation in Benicasim last August coincided with the summer festival. Using the program in **Día a día** as well as your imagination, explain what you did each day. Include activities you watched and those in which you participated.

B. El fin de semana pasado.   You and a partner will each think of seven activities you participated in last weekend, but do not tell each other what you did. Then, ask each other questions to find out what the other person did. After learning about each other's activities, tell your instructor what your partner did last weekend.

C. Mis vacaciones favoritas.   Tell your classmates about a real or imagined vacation trip you once took. Explain where and with whom you went, how you traveled, where you stayed, what you ate, saw, and did.

D. Una encuesta (*A Survey*).   In groups, take a survey about the summer vacations of your families. Find out the following information: how many days the vacation lasted; where they went; how they traveled; who made the arrangements; where they stayed; what they did. Compare your group's results with those of the other groups.

El Greco, *El entierro del Conde de Orgaz*. Toledo: Iglesia de Santo Tomé.

Los grandes maestros del Prado: El Greco, Velázquez y Goya

El Prado, uno de los grandes museos de arte del mundo, se encuentra en el centro de Madrid. Allí se puede ver cuadros (*paintings*), dibujos (*drawings*) y esculturas (*sculptures*) desde la época clásica de los griegos y romanos hasta la época contemporánea. Pero sobre todo se puede ver las obras (*works*) de los grandes artistas españoles: El Greco, Velázquez y Goya.

Doménico Theotocópuli *(1542–1614), llamado **El Greco,** nació en la isla de Creta (Grecia). En 1575 viajó a España y pasó la mayor parte de su vida en Toledo. Muchas de sus obras son religiosas o espirituales; pintó muchos retratos (*portraits*) de santos.*

Aunque hay muchos cuadros de El Greco en el Prado, su obra más famosa, *El entierro* (burial) *del Conde de Orgaz* (1586–1588) está en la Iglesia de Santo Tomé en Toledo. El Conde de Orgaz fue un hombre muy rico y generoso que durante su vida le dio mucho dinero a la Iglesia de Santo Tomé. Según una leyenda (*legend*), San Augustín y San Esteban presenciaron el entierro del Conde a causa de su generosidad.

Diego Rodríguez de Silva y Velázquez *(1599–1660) fue el pintor de la Corte de Felipe IV y muchas de sus obras son retratos de la familia real o de otras personas de la Corte. Su obra maestra* (masterpiece) *es* Las Meninas *(Ladies-in-waiting), que según los críticos es uno de los mejores cuadros del mundo.*

Diego Rodríguez de Silva y Velázquez, *Las Meninas*. Madrid: Museo del Prado.

Las Meninas (1656) representa una escena en el taller (*workshop*) del palacio real. Velázquez está pintando al rey Felipe IV y a la reina Mariana, quienes se reflejan en el espejo (*mirror*). La hija de los reyes es la infanta Margarita y ella y sus meninas miran la escena.

Francisco de Goya y Lucientes   *(1746–1828) fue pintor de gran originalidad y de muchos estilos. Generalmente sus obras reflejan las costumbres típicas o los hechos (happenings) históricos de España. El tres de mayo representa una escena en la guerra (war) entre España y la Francia de Napoleón. El 2 de mayo de 1808 hubo una batalla muy sangrienta (bloody) en Madrid. A pesar de que lucharon valientemente, los españoles perdieron la batalla. Al siguiente día —el tres de mayo— las tropas francesas ejecutaron (executed) a muchos soldados españoles.*

Francisco de Goya y Lucientes, *El tres de mayo.* Madrid: Museo del Prado.

Comprensión

A. El Greco.   En *El entierro del Conde de Orgaz* hay dos escenas. ¿Cuáles son? ¿Quién está en el centro de la escena de abajo? ¿Quiénes están cerca? ¿Quién está en el centro de la escena de arriba? ¿Qué colores predominan en las dos escenas? ¿Es realista el cuadro?

B. Velázquez.   ¿Quiénes son las personas en el cuadro *Las Meninas?* ¿Quién está en el centro del cuadro? ¿Por qué? Describa a la infanta Margarita. ¿Qué otras cosas se ven en el cuadro? ¿Es realista el cuadro?

C. Goya.   Hay dos grupos de personas en el cuadro *El tres de mayo.* Identifíquelos. ¿Quién está en el centro del cuadro? ¿Qué otras personas están cerca? ¿Qué emoción predomina? ¿Qué colores predominan? ¿Por qué? ¿Es realista el cuadro?

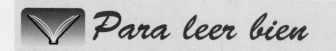

Para leer bien

READING POETRY: FIGURATIVE LANGUAGE AND SYMBOLS

You have learned to predict the content of a reading by using the title and accompanying information, and to guess meaning during your reading by using cognates. These same techniques can be applied to the reading of literature. In addition, there are special strategies that can be used for reading poetry. Poets do not generally express their ideas directly, but rather suggest them through the use of symbols or vocabulary that evoke many ideas and feelings. As a result, poetry can be read on two levels—one a presentation of concrete ideas, and the other a higher, abstract level that uses figurative language and symbols.

SYMBOLS

A symbol is a word or object that can be used to signify or represent something else. For example, a star is a heavenly body appearing in the sky at night. However, a star can be used to represent a variety of things according to its use and location. On an assignment returned to a first-grader, a star means a job well done; on a door inside a theater, it signifies the dressing room of the leading actress; on a holiday card, it symbolizes the birth of Christ. Many symbols are universal; others are culturally specific. Authors use symbols to suggest multiple meanings or to present a point of view in a more subtle manner.

What do the following words often symbolize in literature?

las estaciones:	la primavera / el otoño / el invierno
el agua:	el mar / un río / un lago
los colores:	el blanco / el negro / el rojo / el verde / el amarillo
los animales:	un león / un águila (*eagle*) / una serpiente

As you read the following poems, ask yourself what nouns are used and what they mean or portray. Then ask yourself what adjectives are used and what ideas and emotions they evoke. What do the nouns and adjectives symbolize?

Lecturas literarias

Dos poetas españoles:
Federico García Lorca y Antonio Machado

Federico García Lorca y Antonio Machado son dos famosos poetas españoles del siglo XX. Como muchos poetas, usan su patria como una inspiración.

Federico García Lorca   (1898–1936) nació en Andalucía, una región al sur de España. Como Machado, usa un vocabulario que pinta y evoca su región natal. El poema que sigue revela los pensamientos de un jinete, un hombre que monta a caballo. Por la noche este jinete viaja a Córdoba, una de las famosas ciudades de Andalucía.

Andalucía: Los olivares

Canción de jinete

Córdoba.
Lejana° y sola.   Distant

Jaca° negra, luna° grande   Young horse / moon
y aceitunas° en mi alforja°.   olives /saddlebag
Aunque sepa los caminos°   roads
yo nunca llegaré a Córdoba.

Por el llano°, por el viento   plain
jaca negra, luna roja.
La muerte° me está mirando   Death
desde las torres° de Córdoba.   towers

¡Ay qué camino tan largo!
¡Ay mi jaca valerosa!
¡Ay que la muerte me espera,
antes de llegar a Córdoba!

Córdoba.
Lejana y sola.

Comprensión

A. Conteste las siguientes preguntas.

1. ¿Cómo y cuándo viaja el jinete?
2. ¿Qué lleva para comer?
3. ¿Conoce bien la ruta a Córdoba?
4. ¿Cuándo piensa llegar a Córdoba?
5. ¿Es optimista el jinete?
6. ¿De qué tiene miedo?

B. Con frecuencia en la literatura los autores usan un viaje como símbolo de la vida.

1. En «Canción de jinete», ¿es fácil o difícil el viaje / la vida? ¿Qué dice el jinete del viaje?
2. Si el viaje en «Canción de jinete» representa la vida, ¿qué representa Córdoba?
¿Qué hay en Córdoba? ¿Qué adjetivos usa Lorca para describirla?
3. ¿Va a llegar a Córdoba el jinete? Explique.

Antonio Machado   *(1875–1939) pasó mucho tiempo en Soria, un pueblo antiguo en el norte de la región de Castilla. El siguiente poema es de una colección llamada «Campos de Soria». El poema IX pinta un retrato de Soria y del territorio cercano. Mucho del vocabulario está asociado con ese lugar. El poema está escrito en forma de diálogo; el poeta usa los verbos en la segunda persona plural (vosotros) para hablarles a otros. Al principio el poeta les habla a los campos de Soria y en la segunda parte le habla a la gente de la región. ¿Qué les dice el poeta a estos dos grupos?*

Soria: El castillo moro de Gormaz

Campos de Soria
IX

¡Oh, sí, conmigo vais, campos de Soria,
tardes tranquilas, montes° de violeta,   mountains
alamedas° del río, verde sueño   poplar groves
del suelo gris y de la parda tierra°,   brown earth
agria° melancolía   bitter
de la ciudad decrépita,
me habéis llegado al alma°,   soul
¿o acaso° estabais en el fondo° de ella?   perhaps / bottom

¡Gentes del alto llano numantino°
que a Dios guardáis como cristianas viejas,
que el sol de España os llene°
de alegría, de luz y de riqueza! ᵒᵒⁱᶜʰⁿᵉˢˢ

Numantian plain (area
around Soria)

fill

※ Comprensión

A. «Campos de Soria IX» contiene dos secciones. La segunda sección empieza con «¡Gentes del alto llano numantino... !» Conteste las siguientes preguntas.

1. En la primera parte Machado describe Soria. Haga una lista de los sustantivos (*nouns*) de la primera parte. Estos sustantivos representan las cosas típicas de Soria. ¿Es rural o urbana Soria?
2. En la segunda parte Machado describe lo que quiere para la gente de Soria. Haga una lista de sustantivos de la segunda parte.
3. Compare las dos listas. ¿Qué lista y qué parte del poema es más optimista?

B. Conteste las siguientes preguntas.

1. Los colores casi siempre son simbólicos. ¿Qué colores predominan en la primera parte? ¿Representan el optimismo o el pesimismo?
2. En la segunda parte «el sol» tiene mucha importancia. ¿Qué cosas se asocian con el sol? Mire los otros sustantivos de la segunda parte. ¿Tienen algo en común con el sol?
3. Haga una lista de los otros adjetivos de las dos partes y otra vez compárelas.

C. En su opinión, ¿a Machado le gusta Soria? ¿Qué evidencia hay en el poema para apoyar (*support*) su opinión?

Bienvenidos a México

GEOGRAFÍA Y CLIMA

Tercer país más grande de la América Latina

Se divide en varias regiones; el altiplano (tierras altas entre las montañas) ocupa el 40 por ciento del territorio y tiene la mayor parte de la población.

El clima varía según la altura.

POBLACIÓN

94.000.000 de habitantes; 60% mestizos (personas con una mezcla de sangre europea e indígena), 30% indios y 10% europeos y otros.

LENGUAS

Español (92%) y varios idiomas indígenas (8%).

CIUDADES PRINCIPALES

La Ciudad de México = el Distrito Federal = México, D.F. = la capital con 20.000.000 de habitantes; Guadalajara 4.000.000; Monterrey 3.000.000; Puebla 2.000.000; León 1.000.000

MONEDA

Nuevo peso, cuyo símbolo es N$

GOBIERNO

Los Estados Unidos Mexicanos es una república federal compuesta de 31 estados. Cada seis años se elige un nuevo presidente.

ECONOMÍA

Turismo; petróleo; productos agrícolas; fabricación de vehículos, piezas de recambio y maquinaria; materias primas; artesanía

FECHAS IMPORTANTES

Además de las fiestas hispanas tradicionales, se celebran otras fiestas nacionales y religiosas; 5 de mayo = Día de la Victoria; 16 de septiembre = Día de la Independencia; 2 de noviembre = Día de los Muertos; 12 de diciembre = Día de Nuestra Señora de Guadalupe (santa patrona de México).

Volcán Popocatépetl

México, D.F.: El monumento a la Independencia

OCÉANO
ATLÁNTICO

GOLFO DE MÉXICO

CUBA

La Habana

Bahía de
Campeche

Mérida   • Cancún

Chichén
Itzá

MAR CARIBE

Belmopan
Palenque
BELICE
HONDURAS

GUATEMALA   Tegucigalpa

Guatemala   San Salvador

NICARAGUA

EL SALVADOR
Managua
San José

COSTA RICA

Práctica geográfica

Conteste las siguientes preguntas usando la información y el mapa de esta sección y los mapas al principio de este libro.

1. ¿Cómo se llama el río que separa México de los EE.UU.?
2. ¿Cuáles son las ciudades importantes?
3. ¿Cómo se llama la sierra (*mountain range*) principal?
4. ¿En qué mar está la isla de Cozumel? (Cozumel se encuentra cerca de Cancún.)
5. ¿Qué países lindan (*border*) con México?
6. ¿Qué estados de los EE.UU. lindan con México?
7. ¿Hay muchos ríos en México? ¿Qué problemas se asocian con esto?
8. ¿Qué ventajas y desventajas ofrece la geografía de México?

CAPÍTULO 3
En familia

Toda la familia se reúne para las comidas.

Cultural Themes
Mexico

Family Life in the Hispanic World

Communicative Goals
Greetings and Leave-takings

Describing What Life Used to Be Like

Describing People

Expressing Endearment

Extending, Accepting, and Declining an
Invitation

Discussing Conditions, Characteristics,
and Existence

Indicating Ownership

◈◈ PRIMERA SITUACIÓN ◈◈

Presentación

LOS DOMINGOS EN FAMILIA

◈ Práctica y conversación

A. ¿Qué hay en el dibujo? Utilizando el **Vocabulario activo** a continuación, nombre Ud. las cosas y personas que se ven en el dibujo.

B. El árbol genealógico.   ¿Quiénes son los siguientes parientes?

1. El hermano de mi madre es mi _____.
2. Soy el (la) _____ de mis abuelos.
3. La esposa del padre de mi padre es mi _____.
4. La madre de mi padre es mi _____.
5. El hijo del hermano de mi madre es el _____ de mi padre.
6. La hija de la hermana de mi padre es mi _____.
7. El hijo de mi padre es mi _____.

C. Una reunión familiar.   Cada estudiante les hace preguntas a tres de sus compañeros(-as) de clase sobre lo que hacen cuando se reúnen con sus parientes. Luego, le dirá a su profesor(-a) lo que cada uno(-a) hace durante una reunión familiar.

D. Diversiones familiares.   ¿Qué productos se venden en estos anuncios? ¿Cómo acercan a la familia los productos?

¡Productos que acercan a la familia!

K. Disfrute de sus comidas al aire libre con esta mesa para picnic y sombrilla. Es plegadiza y fácil de guardar. Con tablero y asientos de plástico moldeado, armazón de aluminio resistente y barras de acero tubular. El tablero mide 34" x 26" aprox.; todo el juego plegado mide 15" x 34" x 4". La sombrilla opcional mide 6' de alto y está hecha de nilón de 70 deniers. No puede enviarse a APO/FPO/AK/HI/PR/GU/VI. Importada.
Mesa FW459 $79.99* **8.79** por mes*
Sombrilla FW463 $19.99* **4.89** por mes*

I. Gabinete de juegos monogramado. Con más de 200 piezas para 7 juegos diferentes: backgammon, dominó, ajedrez, dardos, damas chinas y cartas. Incluye fichas y juego de barajas. Sírvase especificar la inicial del monograma para la puerta del gabinete. Tiene pizarra, tiza y ganchos para colgarlo en la pared. Importado.
R1037 $39.99* **4.79** por mes*

E. Creación.   En una narración cuente lo que pasa en el dibujo de la **Presentación.** ¿Qué consejos le da la abuela a su nieta? ¿Por qué riñen los dos chicos? ¿De qué hablan las personas que están sentadas en la mesa? ¿?

Vocabulario activo ▶

cuñado → brother in law
cuñada - sister

La familia	The Family
el abuelo	*grandfather*
la abuela	*grandmother*
los abuelos	*grandparents*
el bisabuelo	*great-grandfather*
la bisabuela	*great-grand-mother*
los bisabuelos	*great-grandparents*
el chaval (E)	*youngster, kid*
la chavala (E)	*youngster, kid*
los (las) gemelos(-as)	*twins*
el hermano	*brother*
la hermana	*sister*
el hijo	*son*
la hija	*daughter*
los hijos	*children*
la madre	*mother*
la madrina	*godmother*
el muchacho	*boy*
la muchacha	*girl*
el nieto	*grandson*
la nieta	*granddaughter*
el padre	*father*
los padres	*parents*
el padrino	*godfather*
los padrinos	*godparents*
los parientes	*relatives*
el (la) primo(-a)	*cousin*
el sobrino	*nephew*
la sobrina	*niece*
el tío	*uncle*
la tía	*aunt*
los tíos	*uncle(-s) and aunt(-s)*

Pasatiempos familiares	Family Pastimes
aconsejar	*to advise*
almorzar (ue)	*to eat lunch*
cenar	*to eat dinner*
dar consejos	*to give advice*
hacer la sobremesa	*to have after-dinner conversation*

ir a misa	*to attend Mass*
ir de excursión	*to go on an outing*
al campo	*to the country*
al museo	*to the museum*
a la playa	*to the beach*
jugar (ue) al ajedrez	*to play chess*
a las damas	*checkers*
al dominó	*dominoes*
visitar a los parientes	*to visit relatives*

El trato familiar	Family Relations
amar	*to love*
comportarse bien (mal)	*to behave well (poorly)*
confiar en	*to trust, confide in*
estar bien (mal) educado(-a)	*to be well (poorly) brought up*
llevar una vida feliz	*to lead a happy life*
llorar	*to cry*
regañar	*to scold*
reír (i, i)	*to laugh*
reñir (i, i)	*to quarrel*
respetar	*to respect*
sonreír (i, i)	*to smile*
tener cariño a	*to be fond of*

Las descripciones	Descriptions
alegre	*happy, cheerful*
feliz	
cariñoso(-a)	*affectionate*
enojado(-a)	*angry*
infeliz	*unhappy*
íntimo(-a)	*close*
joven	*young*
mimado(-a)	*spoiled*
molesto(-a)	*annoyed*
mono(-a)	*cute*
travieso(-a)	*naughty, mischievous*
triste	*sad*
unido(-a)	*close-knit, united*
viejo(-a)	*old*

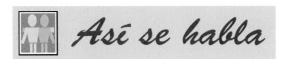

GREETINGS AND LEAVE-TAKINGS

México: Dos mujeres se saludan.

ENOE Hola, Teresita, ¿cómo estás? ¡Tanto tiempo sin verte!

TERESITA Sí, hija, ¡qué gusto de verte! Tú sabes que con los chicos no tengo tiempo para nada.

ENOE Sí, pues, hija. Y antes que vivíamos tan cerca y nos veíamos seguido pero ahora sólo te veo de casualidad.

TERESITA Sí, pues. Nos visitábamos y salíamos juntas, pero ahora mi vida se ha complicado un poquito más.

ENOE Sí, y la mía también. Antes de que nacieran mis hijos salía con mis amigas, nos visitábamos, nos reuníamos en las noches, jugábamos cartas e íbamos al teatro. En fin, esos tiempos se han acabado.

TERESITA Así es, pero tenemos que hacer algo y reunirnos otra vez.

If you want to greet someone, the following expressions can be used after **«¡Hola!»** with persons you call by their first name, such as family members, friends, and classmates.

¿Qué hay / tal / hubo? **¿Cómo andan las cosas?**	*How are things?*
¿Qué hay de nuevo? **¿Qué me cuentas?**	*What's new?*
¿Cómo estás?	*How are you?*
¿Cómo te va?	*How's it going?*
¿Cómo están por tu casa?	*How are things at home?*
¡Encantado(-a)! **¡Cuánto gusto de verte!**	*How nice to see you!*

If you want to greet a person you would address with the pronoun **Ud.,** you can use the following expressions.

Buenos días.	*Good morning.*
Buenas tardes / noches.	*Good afternoon / evening.*
¿Cómo está Ud.?	*How are you?*
¡Qué / Cuánto gusto en verlo(-la)!	*How nice (What a pleasure) to see you!*
¡Tanto tiempo sin verlo(-la)!	*It's been so long since I saw you!*

If you want to say good-bye to someone, you can use the following expressions.

¡Chau!	*Bye!*
Hasta luego / pronto.	*See you later / soon.*
Nos vemos.	*See you.*
Nos hablamos / llamamos.	*We'll talk / call each other.*
Que le (te) vaya bien.	*Hope all goes well.*
Saludos a todos por su (tu) casa.	*Say hello to your family.*

Práctica y conversación

A. ¿Cómo los saluda? Ud. encuentra a las siguientes personas en la calle. ¿Qué les dice?

1. una tía a quien no ha visto hace mucho tiempo
2. un(-a) compañero(-a) de clase a quien ve todos los días
3. su profesor de economía
4. la madre de uno(-a) de sus compañeros(-as)
5. su abuelo
6. la secretaria del departamento de español.

B. ¡Nos vemos pronto! En grupos, tres estudiantes harán el papel de diversos familiares y otro(-a) hará el papel de la persona que se despide.

Situación: Ud. pasó todo el día en la casa de sus abuelos pero ahora tiene que irse porque tiene que estudiar. Despídase de todos.

Estructuras

DESCRIBING WHAT LIFE USED TO BE LIKE

Imperfect Tense

The preterite and the imperfect are the two simple past tenses in Spanish. The imperfect is used to talk about repetitive past action and to describe how life used to be. The imperfect tense has two forms; there is one set of endings for regular **-ar** verbs and another set for regular **-er** and **-ir** verbs.

Verbos en -AR	Verbos en -ER	Verbos en -IR
visitar	**comer**	**asistir**
visitaba	comía	asistía
visitabas	comías	asistías
visitaba	comía	asistía
visitábamos	comíamos	asistíamos
visitabais	comíais	asistíais
visitaban	comían	asistían

a. To form the imperfect tense of a regular **-ar** verb, obtain the stem by dropping the infinitive ending: **visitar → visit-.** To this stem add the ending that corresponds to the subject: **-aba, -abas, -aba, -ábamos, -abais, -aban.**

b. To form the imperfect tense of a regular **-er** or **-ir** verb, obtain the stem by dropping the infinitive ending: **asistir → asist-.** To this stem add the ending that corresponds to the subject: **-ía, -ías, -ía, -íamos, -íais, -ían.** Note the use of a written accent mark on these endings.

c. The first- and third-person singular forms use the same endings: **-aba / -ía.** It will frequently be necessary to include a noun or pronoun to clarify the subject of the verb.

> Los domingos mamá siempre **preparaba** la comida mientras yo **leía** el periódico.
>
> *On Sundays Mom always prepared dinner while I read the paper.*

d. There are no stem-changing verbs in the imperfect. Verbs that stem-change in the present or preterite are regular in the imperfect.

> De niña **jugaba** en el parque. Allí **me divertía** mucho.
>
> *As a little girl, I used to play in the park. I always had a good time there.*

e. There are only three verbs that are irregular in the imperfect: **ir, ser,** and **ver.**

> **IR:**   iba, ibas, iba, íbamos, ibais, iban
> **SER:**   era, eras, era, éramos, erais, eran
> **VER:**   veía, veías, veía, veíamos, veíais, veían

f. There are several possible English equivalents for the imperfect. Context will determine the best translation.

> **Luis trabajaba.** $\begin{cases} \textit{Luis was working.} \\ \textit{Luis used to work.} \\ \textit{Luis worked.} \end{cases}$

g. The preterite is used to express an action or state of being that took place in a definite, limited time period in the past. In contrast, the imperfect is used to express an ongoing or repetitive past action or state of being that has no specific beginning and / or ending.

h. The imperfect tense is used:
  1. as an equivalent of the English *used to, was / were* + present participle *(-ing* form), as well as simple English past *(-ed* form).

2. to describe how life used to be in the past.
3. to express interrupted action in the past.

Cenábamos cuando llegó mi   *We were eating dinner when my cousin*
prima.   *arrived.*

4. to express habitual or repeated past action. The words and phrases of the following
list are often associated with the imperfect because they indicate habitual or
repeated past actions.

cada día / semana / mes / año	*every day / week / month / year*
todos los días / meses / años	*every day / month / year*
todas las horas / semanas	*every hour / week*
todos los (domingos)	*every* + day of week *(every Sunday)*
los (domingos)	*on* + day of week *(on Sundays)*
generalmente, por lo general	*generally*
frecuentemente	*frequently*
siempre	*always*
a veces, algunas veces	*sometimes*
a menudo, muchas veces	*often*

Práctica y conversación

Antes de empezar los siguientes ejercicios, busque ejemplos de las formas gramaticales de esta
sección en el diálogo escrito de **Así se habla.**

OJO: De aquí en adelante no vamos a recordarle que haga esto. Sin embargo, es necesario
que lo continúe haciendo.

A. Cada sábado.   Explique lo que hacían las siguientes personas cada sábado el otoño pasado.

1. María / ir de compras
2. tú / leer novelas españolas
3. nosotros / organizar una fiesta
4. Paco y Fernando / jugar al ajedrez
5. Ud. / escribir cartas
6. José / ver los deportes en la televisión
7. yo / visitar a mis abuelos

B. ¿Cómo era Ud.?   Explique cómo era Ud. cuando estaba en su primer año de la escuela
secundaria. ¿Cómo eran sus amigos(-as)? ¿Qué estudiaba? ¿En qué actividades participaba?
¿Qué hacía después de las clases? ¿?

C. En aquel entonces.   Con un(-a) compañero(-a) de clase compare las actividades que Uds.
hacen con las que hacían sus padres cuando tenían la misma edad. Luego, trate de describir
las actividades que hacían sus abuelos. Mencione por lo menos cinco actividades. Utilice la
información de «¿Qué significa ser madre o padre?» a continuación para ayudarlo(-la) a Ud.

Reproduced from "Sobre las habilidades de ser madre o padre," with permission. © 1986; Channing L. Bete Co., Inc., South Deerfield, MA 01373.

D. De niño(-a)...   Con un(-a) compañero(-a) de clase compare las actividades que Ud. y su familia hacían los fines de semana cuando Ud. era niño(-a).

DESCRIBING PEOPLE

Formation and Agreement of Adjectives

In order to describe family members and friends as well as their belongings, you need to use a wide variety of adjectives.

In Spanish, adjectives change form in order to agree in gender and number with the person or thing being described. There are basically four categories of descriptive adjectives.

a. Adjectives ending in **-o** have four forms: **viejo, vieja, viejos, viejas.**

b. Adjectives ending in a vowel other than **-o** have two forms and add **-s** to become plural: **alegre, alegres.**

c. Adjectives ending in a consonant have two forms and add **-es** to become plural: **azul, azules.**

d. Adjectives of nationality have four forms and have special endings.

1. Adjectives of nationality ending in a consonant such as **español: español, española, españoles, españolas.**

2. Adjectives of nationality ending in **-és** such as **francés: francés, francesa, franceses, francesas.** Note that the accent mark is used on the masculine singular form only.

3. Adjectives of nationality ending in **-án** such as **alemán: alemán, alemana, alemanes, alemanas.** Note that the accent mark is used on the masculine singular form only.

e. Descriptive adjectives may follow a form of **ser** or **estar.** In general, adjectives denoting a characteristic are used with **ser** while adjectives of condition are used with **estar.**

> Generalmente mi prima Antonia **es** muy alegre y divertida, pero hoy **está** muy deprimida.

> *Generally my cousin Antonia is cheerful and fun-loving, but today she's very depressed.*

f. Descriptive adjectives may also follow the nouns they modify.

> Mi familia vive en una casa **grande y vieja.**

> *My family lives in a big, old house.*

Práctica y conversación

A. La familia Aguilar.   Los Aguilar acaban de comer y ahora están en la sala haciendo diferentes cosas. Describa a los miembros de la familia en el siguiente dibujo usando una variedad de adjetivos.

B. Lo ideal.   Describa su versión ideal de las siguientes cosas y personas. Use por lo menos tres adjetivos.

el coche / las vacaciones / la universidad / el (la) novio(-a) / la casa / el empleo / el (la) profesor(-a) / el padre / la madre / el (la) hermano(-a)

C. ¿Quién es?   En grupos, un(-a) estudiante piensa en alguien de la clase pero no les dice a sus compañeros(-as) quién es. Para adivinar quién es, ellos(-as) deben hacer siete preguntas sobre su aspecto físico.

EXPRESSING ENDEARMENT

Diminutives

To express endearment, smallness, or cuteness in English you frequently add the suffix **-y** or **-ie** to the ends of proper names and nouns: *Billy, Jackie, sonny, birdie.* Spanish uses a similar suffix to express endearment.

To make a nickname of endearment or to indicate smallness or cuteness the suffix **-ito(-a)** can be attached to many words, but especially to nouns and adjectives. The gender of the noun generally remains the same.

a. Feminine nouns ending in **-a** drop the **-a** ending and add **-ita: Ana→Anita; casa→casita.** Masculine nouns ending in **-o** drop the **-o** ending and add **-ito: Pedro→Pedrito; libro→librito.**

b. Nouns ending in a consonant, except **n** or **r,** add the suffix to the end of the noun: **papel→papelito.**

c. Some words will undergo minor spelling changes before the suffix **-ito(a)** is added.

   1. Words ending in **-co / -ca** change the **c** to **qu: Paco→Paquito; chica→chiquita.**
   2. Words ending in **-go / -ga** change the **g** to **gu: amiga→amiguita; lago→laguito.**
   3. Words ending in **-z** change the **z** to **c: lápiz→lapicito; taza→tacita.**

d. Alternate forms of this suffix are **-cito** and **-ecito: café→cafecito; mujer→mujercita; nuevo→nuevecito.**

e. The diminutive suffix **-illo(-a)** is used less frequently than **-ito(-a)** but will be encountered in your reading and listening passages. The suffix **-illo(-a)** often changes the meaning of the word: **manteca** (*lard*) > **mantequilla** (*butter*); **pasta** (*paste*) > **pastilla** (*tablet, pill*).

f. Certain regions of the Spanish-speaking world prefer other diminutive suffixes such as the suffix **-ico(-a)** used in Costa Rica.

Práctica y conversación

A. Unos nombres populares.   Dé el diminutivo de estos nombres.

Juana / Ana / Pepe / Paco / Luis / Marta / Manolo / Ramona

B. ¿Qué es esto?   Dé una definición o una descripción de cada palabra.

un regalito / una casita / un librito / una jovencita / un perrito / un papelito / una abuelita / un chiquito / una cosita / un gatito

SEGUNDA SITUACIÓN

Presentación

LA BODA DE LUISA MARÍA

Práctica y conversación

A. ¿Qué hay en el dibujo? Utilizando el **Vocabulario activo** a continuación, nombre Ud. las cosas y personas que se ven en el dibujo.

B. Más parientes. ¿Quiénes son los siguientes parientes políticos?

1. Susana se casó con Marcos; por eso, ella es la _____ de Marcos.
2. El padre de Marcos es el _____ de Susana.

3. La hermana de Susana es la _____ de Marcos.
4. Susana es la _____ de los padres de Marcos.
5. La madre de Susana es la _____ de Marcos.
6. El hijo de un matrimonio anterior de Marcos es el _____ de Susana.
7. Marcos es el _____ de los padres de Susana.
8. Susana es la _____ del hijo del matrimonio anterior de Marcos.

C. El hombre (La mujer) de mis sueños.   Haga una lista de siete cualidades que debe tener su hombre (mujer) ideal. Sin mirar esta lista, su compañero(-a) de clase le va a hacer preguntas hasta que adivine cinco de las cualidades que Ud. tiene en su lista. Luego, le toca a Ud. adivinar cinco cualidades que tenga el hombre (la mujer) ideal de su compañero(-a).

D. Un día especial.   ¿Para qué día especial es este anuncio? ¿A quiénes está dirigido el anuncio? ¿Qué servicios ofrece Publix para este día?

E. Creación. En una narración cuente lo que pasa en el dibujo de la **Presentación.**

Vocabulario activo ▶

Los novios	Engaged Couple	el marido	husband
el anillo de boda	the wedding ring	el novio	groom
de compromiso	engagement ring	la novia	bride
el cariño	affection	el padrino	best man
los esponsales	engagement	los recién casados	newlyweds
el noviazgo	engagement period	el regalo de boda	wedding gift
el (la) novio(-a)	fiancé(e)	la torta de boda	wedding cake
la pareja	couple	casarse con	to marry
la petición de mano	marriage proposal	echarles flores	to throw flowers
comprometerse con	to become engaged to	y arroz	and rice
enamorarse de	to fall in love with	lucir traje de novia	to wear a wedding
salir con	to date	y velo	gown and veil
tener celos	to be jealous		

La boda	Wedding	Los parientes políticos	In-Laws
la cena	dinner	el cuñado	brother-in-law
la ceremonia de enlace	wedding ceremony	la cuñada	sister-in-law
el cura	priest	el hermanastro	stepbrother
el padre		la hermanastra	stepsister
el día de la boda	wedding day	el hijastro	stepson
el esposo	husband	la hijastra	stepdaughter
la esposa	wife	el padrastro	stepfather
la iglesia	church	la madrastra	stepmother
el (la) invitado(-a)	guest	la nuera	daughter-in-law
la luna de miel	honeymoon	el suegro	father-in-law
la madrina	maid (matron) of honor	la suegra	mother-in-law
		el yerno	son-in-law

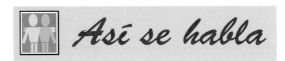

EXTENDING, ACCEPTING, AND DECLINING AN INVITATION

Toda la familia se reúne para las celebraciones.

CRISTINA	Hola, Ana María, ¡qué gusto de verte!
ANA MARÍA	¡Hola! ¡qué milagro es éste!
CRISTINA	Así es. Mira, aprovecho que te veo para decirte que la próxima semana voy a tener una reunión en mi casa. Tú sabes que mi marido ha estado enfermo.
ANA MARÍA	¡No me digas!
CRISTINA	Sí, pero ahora está bien. Por eso queremos tener una pequeña reunión con los amigos. No es nada formal, ni mucho menos, sino sólo para estar juntos y pasar un rato agradable, nada más.
ANA MARÍA	Oye, con mucho gusto. Ahí estaremos. ¿A qué hora quieres que vayamos?
CRISTINA	Anda, como a las siete u ocho, ¿qué te parece?
ANA MARÍA	Perfecto. Ahí estaremos.

If you want to invite someone to do something, you might use the following expressions.

¿Cree(-s) que podría(-s) venir a... este... ?	*Do you think you could come to . . . this . . . ?*
Estoy preparando un(-a)..., y me gustaría que Ud. (tú) viniera(-s).	*I am preparing a (an) . . . , and I'd like you to come.*

If you want to accept an invitation, you might say:

Con mucho gusto. ¿A qué hora?	*I'd be glad to. At what time?*
Muchísimas gracias. Ud. es (Tú eres) muy amable.	*Thank you very much. You are very kind.*
Será un placer.	*It'll be a pleasure.*

If you want to decline an invitation, you can use the following phrases.

Me encantaría, pero...	*I'd love to, but . . .*
Qué lástima, pero...	*What a shame (pity), but . . .*
Cuánto lo lamento, pero...	*I'm sorry but . . .*
En otra ocasión será.	*Some other time.*
Quizás la próxima vez.	*Maybe next time.*

If you are having a party and one of the persons you wanted to invite declines your invitation, you may want to reply with one of the following expressions.

¡Qué pena que no pueda(-s) venir!	*What a shame that you can't come.*
Lo (La) / Te voy a echar de menos.	*I am going to miss you.*

 ## Práctica y conversación

A. ¿Quieres venir?   Trabajando en parejas, dramaticen estas situaciones.

1. Este sábado hay un almuerzo familiar en casa de su abuela y Ud. quiere llevar a su novio(-a). Invítelo(-la). Él (Ella) no puede ir.
2. La próxima semana es el aniversario de sus padres y Ud. está preparando una fiesta para ellos. Llame a su tío(-a) e invítelo(-la) con toda su familia. Él (Ella) acepta.
3. Ud. está haciendo los preparativos para su fiesta de graduación. Llame a su abuelo(-a) e invítelo(-la). Él (Ella) acepta.
4. Ud. está preparando una fiesta en su casa e invita a su profesor(-a) de español. Él (Ella) no acepta.

B. Lo siento, pero...   Con un(-a) compañero(-a), sostenga la siguiente conversación.

Estudiante 1	**Estudiante 2**
1. Invite your friend to your birthday party this Saturday.	2. Say you would like to go, but you have other plans.
3. Say you are disappointed.	4. Make arrangements for a future date.
5. Agree.	6. Congratulate your friend on his / her birthday.
7. Thank your friend and say good-bye.	8. Respond.

Estructuras

DISCUSSING CONDITIONS, CHARACTERISTICS, AND EXISTENCE

Uses of ser, estar, *and* haber

In English the verb *to be* is used for a variety of functions and situations. In Spanish there are several words that are used as the equivalent of *to be*. You will need to learn to distinguish and use **ser, estar,** and **haber** in order to discuss and describe characteristics and conditions.

Compare the uses of **ser** and **estar** in the following chart.

Uses of ESTAR

1. With adjectives to express conditions or health:

   > ¿Cómo **está...** ?
   > Anita **está** enojada.
   > **Estoy** muy bien pero mi esposo **está** enfermo.

2. To express location:

   > ¿Dónde **está...** ?
   > Granada **está** en España.
   > Mis suegros **están** en una fiesta hoy.

3. With **de** in certain idiomatic expressions:

   > estar de acuerdo
   > estar de buen (mal) humor
   > estar de huelga
   > estar de pie
   > estar de vacaciones
   > estar de + *profession*

   > Manolo **está** de vacaciones.
   > **Está** de camarero en un café en la playa.

4. With the present participle in progressive tenses:

   > ¿Qué **estás** haciendo?
   > **Estoy** hablando con mi nuera.

Uses of SER

1. With adjectives to express traits or characteristics:

   > ¿Cómo **es...** ?
   > Anita **es** linda y muy coqueta.
   > **Soy** baja pero mi esposo **es** alto.

2. To express time and location of an event:

   > ¿Dónde **será** la boda?
   > **Será** en la Iglesia San Vicente, a las dos.

3. With **de** to express origin:

   > ¿De dónde **es...** ?
   > Felipe **es** de Barcelona.

4. With **de** to show possession:

   > De quién **es** esa casa?
   > **Es** de mi madrastra.

5. With nouns to express who or what someone is:

   > ¿Quién **es...** ?
   > **Es** mi prima Carolina. **Es** abogada.

6. To express time and season:

   > ¿Qué hora **es?**
   > **Son** las cuatro en punto.
   > **Era** verano.

7. To express nationality:

   > Manuel **es** español.

a. Normal speech patterns favor the use of certain adjectives with **ser** and **estar.**

estar casado(-a)	*to be married*	ser alegre	*to be happy*
estar contento(-a)	*to be happy*	ser feliz	*to be happy*
estar muerto(-a)	*to be dead*	ser soltero(-a)	*to be single, unmarried*

b. **Hay** and its equivalent in other tenses, such as **había, hubo,** or **habrá,** are used to indicate existence. The third-person singular form **hay** means *there is* and *there are*.

Este año **hay** muchos novios en nuestra familia y por eso **habrá** dos bodas este verano.

This year there are many engaged people in our family and for that reason there will be two weddings this summer.

Hay stresses the existence of people and things; it is followed by a singular or plural noun or an indefinite article, number, or adjective indicating quantity such as **muchos, varios, otros +** *noun*.

¿**Hay un** restaurante español por aquí?

Is there a Spanish restaurant around here?

¿**Hay** muchos restaurantes españoles por aquí?

Are there many Spanish restaurants around here?

Estar stresses location and is followed by *definite article + noun*.

¿Dónde **está el** restaurante español?

Where is the Spanish restaurant?

Práctica y conversación

A. La boda de Luisa María. Haga oraciones con la forma adecuada de **ser** o **estar** para describir la boda de Luisa María.

Modelo   la boda / a las siete
La boda es a las siete.

1. los padres / contentos
2. las madres / un poco tristes
3. la ceremonia / en la Iglesia de San José
4. el novio / abogado
5. Luisa María / linda y coqueta
6. la madrina / cubana
7. el padrino / aburrido
8. los novios / nerviosos

B. Un autorretrato. Descríbase a Ud. mismo(-a) usando las siguientes palabras.

Modelo   triste / de Nueva York
(No) Estoy triste.
(No) Soy de Nueva York.

joven / casado(-a) / estudiante / preocupado(-a) / en casa / inteligente / en Segovia / cubano(-a) / ¿?

C. Así era. Complete las oraciones de una manera lógica para describir su juventud (*youth*).

    1. Mis amigos(-as) eran / estaban _____.
    2. Mi novio(-a) era / estaba _____.
    3. Mi familia era / estaba _____.
    4. Mis profesores(-as) eran / estaban _____.
    5. Yo era / estaba _____.

D. Su boda. Es el día de su boda. Describa la iglesia y la recepción. Luego explique cuántos invitados hay, quiénes y cómo son y dónde están.

E. Entrevista personal. Pregúntele a un(-a) compañero(-a) de clase qué cosas tiene en los siguientes lugares, dónde están estas cosas y cómo son. Su compañero(-a) debe contestar de una manera lógica.

su coche / su dormitorio / su mochila / su jardín / su clase de español

INDICATING OWNERSHIP

Possessive Adjectives and Pronouns

Possessive adjectives and pronouns are used in order to avoid repeating the name of the person who owns the item in question.

Is that *Ricardo's* fiancée?
No, *his* fiancée couldn't come to the party.

Spanish has two sets of possessive adjectives: the simple, unstressed forms and the stressed, longer forms. The stressed possessive adjectives are more emphatic than the more common unstressed forms.

Possessive Adjectives		
	Unstressed	**Stressed**
my	mi (-s)	mío (-a, -os, -as)
your	tu (-s)	tuyo (-a, -os, -as)
his, her, your	su (-s)	suyo (-a, -os, -as)
our	nuestro (-a, -os, -as)	nuestro (-a, -os, -as)
your	vuestro (-a, -os, -as)	vuestro (-a, -os, -as)
their, your	su (-s)	suyo (-a, -os, -as)

    a. The possessive adjective refers to the owner / possessor while the ending agrees with the person or thing possessed: *his brothers* = **sus hermanos / los hermanos suyos**; *our wedding* = **nuestra boda / la boda nuestra.**
    b. Unstressed possessive adjectives precede the noun they modify.

      Mañana es **mi** cumpleaños.   *Tomorrow is my birthday.*

c. Stressed possessive adjectives usually follow the noun they modify, and the noun is preceded by the definite article, indefinite article, or a demonstrative adjective.

$$\left.\begin{array}{l} \text{un} \\ \text{el} \\ \text{este} \end{array}\right\} \text{primo nuestro} \qquad \left.\begin{array}{l} a \\ the \\ this \end{array}\right\} cousin\ of\ ours$$

d. Since **su / sus** and **suyo / suyos** have a variety of meanings, the phrase *article + noun + de + pronoun* is often used to avoid ambiguity. While **su regalo** could have several meanings, **el regalo de Ud.** can only mean *your gift*. Likewise, **el regalo de ellos** can only mean *their gift*.

e. Possessive pronouns preceded by the definite article are used in place of the *stressed possessive adjective + noun*: **la hija mía** → **la mía** = *my daughter → mine*. Both the article and the possessive pronoun ending agree in number and gender with the item possessed.

¿Cuándo es la boda de Tomás?   *When is Tomas' wedding?*
No sé, pero **la mía** es el 27.   *I don't know, but mine is the 27th.*

f. The possessive pronoun is always preceded by the definite article. The stressed possessive without the article is used after forms of **ser**.

¿De quién es este coche?   *Whose car is this?*
No es **mío**. **El mío** es rojo.   *It isn't mine. Mine is red.*

✳ Práctica y conversación

A. Vamos a la boda.   ¿Con quiénes van estas personas a la boda?

> *Modelo*   Anita / un amigo
> **Anita va con un amigo suyo.**

1. Julio y yo / un primo
2. María / unas compañeras
3. yo / una amiga
4. Ud. / un hermano
5. tú / unos amigos
6. Javier y María / una prima

B. ¿Dónde está... ?   Ud. no puede encontrar varias cosas suyas. Pregúntele a su compañero(-a) si él (ella) las tiene.

> *Modelo*   USTED: **¿Tienes mi lápiz?**
>   COMPAÑERO(-A):   **¿El tuyo? No, no lo tengo.**

libro / cartas / sombrero / invitación / zapatos / revista / cintas / ¿?

C. Después de la recepción.   Después de la recepción, varias personas han olvidado algunas cosas. Pregúntele a un(-a) compañero(-a) de clase de quién son las cosas olvidadas.

> *Modelo*   suéter / Martín / más nuevo
> **¿De quién es este suéter? ¿De Martín?**
> **No, no es suyo. El suyo es más nuevo.**

1. chaqueta / Federico / azul
2. sombrero / Héctor / gris
3. cintas / Gloria / mexicanas
4. vídeo / Elena / de Francia
5. zapatos / Ernesto / más limpios
6. abrigo / Rita / negro

D. Una boda ideal.   Ud. y su compañero(-a) de clase hablan de cómo quieren que sean sus bodas y comparan sus planes con las bodas de sus padres. Comparen los anillos de compromiso y de boda, la ceremonia de enlace, la cena, la torta, los padrinos, los invitados, la luna de miel, etc. Luego, infórmenle a la clase de sus planes.

Focusing on Specific Information

When you listen to a passage, conversation, or announcement, you do not always need to understand every single word that is being said. Sometimes you just focus on certain details or specific information. For example, if you are at the airport and you want to know what gate your flight leaves from, you do not listen attentively to everything the announcer has to say. Instead, you just focus on your flight number and gate number.

Ahora, escuche el diálogo entre Teresa y Leonor y preste atención a la invitación que se hace. Antes de escuchar la conversación, lea los siguientes ejercicios. Después, conteste.

A. Información general.   Con un(-a) compañero(-a) de clase resuma brevemente la conversación entre Teresa y Leonor.

B. Algunos detalles.   Ahora llene el siguiente cuadro.

Motivo de la reunión	Día	Hora	Invitados

C. Análisis. Escuche el diálogo nuevamente prestando atención al estado de ánimo (*state of mind*) de los participantes. Después, conteste las siguientes preguntas.

¿Cómo se siente Leonor al oír la noticia? ¿triste? ¿feliz? ¿indiferente? Justifique su respuesta.

TERCERA SITUACIÓN

Día a día

LOS APELLIDOS EN EL MUNDO HISPANO

Práctica intercultural.   Ponga los siguientes nombres en orden alfabético. Explique el sistema que se usa en nuestra cultura.

1. Betsy Ellen Johnson
2. Kevin Robert O'Dell
3. Paul Robert Montgomery, Jr.
4. Howard Brian Kim
5. Kim Bryan-Howard
6. Elizabeth Ann Hunter

¿Se puede usar el mismo sistema de archivo en un país hispano? Explique.

Los hispanos acostumbran a llevar tanto el apellido paterno como el apellido materno, en ese orden. Por ejemplo, en el nombre Luis Felipe Loyola Chávez, Loyola es el apellido paterno y Chávez, el materno. Sin embargo, es necesario destacar que normalmente la persona será identificada por su apellido paterno.

Algunos apellidos (paternos o maternos) son compuestos y se utiliza un guión para unirlos, por ejemplo Rizo-Patrón. Las personas que llevan un apellido compuesto también llevan el otro apellido, por ejemplo Mariano Rizo-Patrón Salas. En este caso, Rizo-Patrón es el apellido paterno y Salas el apellido materno. En el caso de María Cecilia Chocano Prado-Sosa, Chocano es el apellido paterno y Prado-Sosa el apellido materno.

Al casarse, la mujer añade el apellido paterno de su esposo a su apellido de soltera, utilizando la partícula «de». Por ejemplo, si Carmela Vásquez Prado se casa con Mariano Ortega Reyes, su nombre de casada será Carmela Vásquez de Ortega y sus hijos se apellidarán Ortega Vásquez.

Eduardo García Olmos   Javier Figueroa Meléndez
Ana Estrada de García   Irma Lado de Figueroa

tienen el agrado de participar a usted
al próximo matrimonio de sus hijos

Luisa María   y   José Alberto

e invitarlo a la ceremonia religiosa que se realizará
el miércoles 2 de marzo, a las siete horas de la noche
en la Iglesia San José de Miraflores
(Avenida Dos de Mayo, 259)

Después de la ceremonia sírvase pasar a
los salones de la iglesia

 **Práctica**

Usando la invitación anterior, señale estos datos.

1. el nombre de los padres de la novia y del novio
2. el nombre de la novia después del matrimonio
3. los apellidos que tendrán los hijos de esta pareja

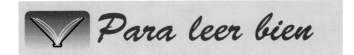

SCANNING

Scanning is the process used to discover the general content of a reading selection. People frequently scan books, magazines, and newspapers to choose the selections they wish to read. When scanning, you run your eyes quickly over the written material. You look at its layout, that is, the design of the material on the page, the title and subtitles, any accompanying photos, drawings, or charts, and even the typeface used. Together these elements combine to provide general clues as to the content and purpose of the written material.

Scanning is a technique that good readers use automatically and frequently in their native language, and it can be even more valuable in a foreign language. Scanning the layout of a reading will provide you with clues as to the purpose of the reading; scanning the title and accompanying photos and art work will help you to predict and guess content. Finally, scanning will reveal cognates; these cognates will provide you with further clues as to the topic of the reading.

 **Práctica**

A. Dé un vistazo (*scan*) a los siguientes elementos de la lectura que sigue: la composición (*layout*) general, el título, el gráfico y las fotos. ¿De qué se trata la lectura? ¿Cuál es el tema general?

B. Dé un vistazo a los cognados en el subtítulo y en los primeros párrafos del artículo. ¿Qué tienen en común los cognados? ¿Qué ideas nuevas de la lectura le dan estos cognados?

LECTURA

El encanto de Guadalajara

Se podría° pensar que la segunda ciudad en tamaño° de un país de la extensión y la complejidad de México sería una versión en pequeño de la capital, que tendría° el mismo gentío° y el mismo frenesí° de tráfico y actividad comercial. Guadalajara, sin embargo, es diferente. Es una ciudad grande de encanto pueblerino°, una alternativa al torbellino° de la Ciudad de México.

El viaje en auto desde el aeropuerto da la tónica°. Es un viaje de 20 minutos a través de campos con cultivos y ganado°. No tiene suburbios que se extiendan. La transición del campo a los barrios residenciales de la ciudad es gradual. Los vehículos se mueven con calma, aunque el

One could / size

would have / crowd / frenzy

small-town / whirlwind

keynote

livestock

growing

moving

tráfico se está haciendo más rápido. Guadalajara está creciendo° muy rápido, particularmente como consecuencia del plan de descentralización gubernamental; están trasladando° oficinas del gobierno del D.F. a otros lugares del país.

steel / glass

horse-drawn carriage

Guadalajara, que tiene una población de unos 4.000.000 de habitantes, es la capital de Jalisco. En la parte antigua de la ciudad se combinan armoniosamente edificios coloniales del gobierno con estructuras modernas de acero° y cristal°. El clima benigno de la ciudad hace que la gente disfrute de estar en la calle y gran parte de las diversiones son al aire libre. Para pasar un buen rato bajo el cielo azul de la ciudad muchas personas acostumbran a dar un paseo en coche de caballos° por las calles del centro.

Guadalajara: La plaza mayor y la catedral

delights

typical Mexican musical group

birthplace

Si a uno le gusta caminar, encuentra que hay una serie de parques que son excelentes para ir de picnic los domingos. Desde 1898, la banda del estado de Jalisco deleita° al público todos los jueves y domingos a las 6:30 de la tarde en la Plaza de Armas. El visitante puede oírla descansando en la plaza. O quizás prefiera sentarse en uno de los cafés de la Plaza de los Mariachis° y escuchar los conjuntos que tocan allá. No hay mariachis más auténticos que éstos, porque Jalisco es la cuna° del mariachi.

Unos mariachis

En la ciudad hay más de 200 iglesias; entre ellas se destaca° la catedral empezada en 1561. *stands out*
Las cuatro plazas que están a los cuatro lados de la catedral crean° una sensación de espacio en *create*
el centro de la ciudad.

Si quiere ver museos, en Guadalajara hay muchos, desde museos de paleontología y arqueo-
logía hasta historia regional y arte popular. Sin embargo, lo que domina es la presencia de José
Clemente Orozco, uno de los tres grandes muralistas° modernos de México. Orozco vivió en *pintor de murales*
Guadalajara antes de su muerte en 1949 y su casa y su estudio están convertidos en museo.

La comida principal del día es a la una, después de la cual muchos habitantes aún duermen la
siesta. Esta costumbre, que está cayendo en desuso en la capital, se conserva en Guadalajara. La
ciudad tiene una serie de restaurantes instalados en jardines de casonas° coloniales donde se *casas grandes*
pueden comer platos mexicanos típicos en un ambiente tranquilo y elegante.

En general vale la pena° ir de compras en Guadalajara, porque muchos artículos cuestan hasta *it's worth the trouble*
un 30 por ciento menos que en la capital. En la ciudad hay seis grandes centros comerciales° *shopping malls*
modernos. Probablemente lo que se consigue a mejor precio son los zapatos porque Guadalajara
es uno de los principales centros manufactureros de calzado° de México. *footwear*

Para terminar bien la visita a Guadalajara se puede viajar al sur de la ciudad para ver el lago
de Chapala, el lago más grande de México. A orillas° de este lago hay muchos pueblecitos; entre *shores*
ellos un lugar único que se llama Ajijic. Allá el viajero cansado puede sentarse en un bar cerca
del lago para disfrutar de una margarita y mirar el lago. Se puede visitar todos los bares y clubes
de la capital sin encontrar una margarita tan buena ni una vista tan hermosa.

Adaptado de *Las Américas*

Comprensión

A. Identificaciones.   Combine los elementos de la primera columna con los de la segunda.

1. una iglesia grande
2. un conjunto que toca música típica de México
3. un estado al noroeste de México
4. una bebida con tequila, limón y sal
5. un famoso pintor mexicano
6. el lago más grande de México
7. un pueblo cerca de Guadalajara

a. una margarita
b. Jalisco
c. Ajijic
d. José Clemente Orozco
e. los mariachis
f. una catedral
g. Chapala

B. ¿Cierto o falso?   Corrija las oraciones falsas.

1. Guadalajara es semejante a la capital de México.
2. Alrededor de Guadalajara hay suburbios grandes.
3. El gobierno está trasladando oficinas de la capital a otros lugares del país.
4. Guadalajara tiene un clima desagradable; por eso no hay muchas diversiones al aire
   libre.
5. La banda de Jalisco toca los jueves y los domingos a las 6:30.
6. Vale la pena ir de compras en Guadalajara.
7. Guadalajara es un centro manufacturero de coches.
8. Ajijic es un museo de arte moderno.

C. Las diversiones.   Haga una lista de diversiones turísticas en Guadalajara. ¿Cuál prefiere
Ud.? Explique.

D. La defensa de una opinión.   ¿Qué evidencia hay en el artículo que confirma la siguiente
idea? «Guadalajara no es una versión en pequeño de la capital de México.»

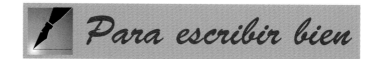

EXTENDING AND REPLYING TO A WRITTEN INVITATION

You have already learned to extend, accept, and decline an oral invitation. The major difference in performing these functions in written form is that the person is not present to ask questions or to offer an immediate reply to your invitation. When extending a written invitation, you will need to include all the details such as date, time, location, and purpose of the invitation. When replying, you will need to thank the person for the invitation and then graciously accept or decline. While in conversation a simple **"Con mucho gusto"** might be an appropriate acceptance, it sounds abrupt in written form. It is usually better to add more information in written invitations and replies. You can use phrases similar to those below or adapt the phrases of the previous **Así se habla** section.

To Extend a Written Invitation

Mi familia / novio(-a) / amigo(-a) y yo vamos a tener una fiesta para el cumpleaños de...
Te (Lo / La) invitamos (a Ud.) a celebrar con nosotros el sábado 21 de julio a las ocho de la noche en nuestra casa.

To Accept a Written Invitation

Muchas gracias por su invitación a la fiesta / cena / comida. Me (Nos) encantaría ir y acepto (aceptamos) con mucho gusto.

To Decline a Written Invitation

Muchas gracias por su invitación para cenar con Uds. Desgraciadamente no me es posible el viernes 16 porque tengo que trabajar. Lo siento mucho. Posiblemente podamos reunirnos otro día.

 # COMPOSICIONES

A. Un(-a) antiguo(-a) profesor(-a).   Un(-a) antiguo(-a) profesor(-a) suyo(-a) le escribió a Ud. para invitarlo(-la) a comer con él (ella) el jueves a las siete. Desgraciadamente Ud. tiene una clase a las siete de la noche. Escríbale una carta explicándole que le gustaría ir pero no puede. También incluya algo sobre su vida y sus estudios ahora.

B. Su tío(-a) favorito(-a).   Su tío(-a) favorito(-a) vive muy lejos del resto de la familia. Escríbale una carta diciéndole que su hermano mayor va a casarse en junio. Como su tío(-a) no conoce ni a la novia de su hermano ni a su familia, descríbaselas a su tío(-a). Cuéntele cómo está la familia y añada algunos detalles de la boda. Invítelo(-la) a alojarse con Uds. el fin de semana de la boda.

C. Una reunión escolar.   Ud. era el (la) presidente de su clase de la escuela secundaria. Ahora su clase va a celebrar el décimo aniversario de su graduación. Escríbales una carta a los miembros de su clase invitándolos a la fiesta; déles todos los detalles. Para que ellos recuerden su vida de entonces y para que tengan ganas de asistir a la fiesta, descríbales cómo era un día típico en su escuela. También descríbales cómo eran algunos estudiantes, lo que hacían los fines de semana, etc.

Actividades

A. Una fiesta. Call a classmate to invite him / her to a party you are giving this weekend. Chat for a few minutes and then extend your invitation. Your classmate should inquire about the details of the party—who will be there, when it will start, where your house is located, if he / she can bring something to eat or drink. After your friend accepts your invitation, repeat the time, date, place, and address again.

B. Celebraciones familiares. As a grandparent you often remember your youth with great nostalgia. Tell your grandchildren (played by your classmates) what a typical family celebration was like in your family. Tell who was present and what you used to do. Describe what the people used to be like as well.

C. La sobremesa. You and three other classmates will each play the role of a member of a Hispanic family. It is Sunday afternoon, and you have just finished eating. You remain at the table and talk for a long time about family interests, activities, news about other family members, etc.

D. La boda del año. You are a reporter for a local radio station and have been assigned to cover the wedding of the only daughter of a wealthy and prominent citizen. As the guests and wedding party approach the church, describe them for your radio audience. Tell what the bride, groom, parents, and other relatives are like and how they look or are feeling today. Tell how many people are present, who they are, etc. As the bride and groom approach, ask them how they feel on this important day.

CAPÍTULO 4
En la universidad

La biblioteca
de la Universidad
Nacional
Autónoma de
México

Cultural Themes
Mexico
Universities in the Hispanic World

Communicative Goals
Functioning in the Classroom
Indicating Location, Purpose, and Time
Indicating the Recipient of Something
Refusing, Finding Out, and Meeting
Talking about the Weather
Narrating in the Past
Talking about People and Events in a
Series

PRIMERA SITUACIÓN

Presentación

¿DÓNDE ESTÁ LA FACULTAD DE INGENIERÍA?

Práctica y conversación

A. ¿Qué hay en el dibujo? Utilizando el **Vocabulario activo** a continuación, nombre Ud. las cosas y personas que se ven en el dibujo.

B. Situaciones. ¿Adónde va Ud. en las siguientes ocasiones?

1. Necesita comprar libros para su clase de historia.
2. Quiere pagar la inscripción.

3. Tiene un examen oral de español y necesita practicar.

4. Va a encontrarse con su compañero(-a) de cuarto para jugar al tenis.

5. Acaba de tomar un examen de matemáticas y tiene sueño.

6. La librería no tiene la novela que Ud. tiene que leer para su clase de literatura.

7. Tiene hambre.

C. La Universidad Tecnológica de México.   Hágale a un(-a) compañero(-a) de clase preguntas sobre la Universidad Tecnológica de México.

Pregúntele...

1. si uno puede especializarse en administración de empresas.

2. si se puede estudiar periodismo.

3. si se puede seguir cursos de filosofía y letras.

4. si hay cursos de posgrado. ¿En qué campos?

5. si hay universidades tecnológicas en los Estados Unidos. ¿Cómo son?

D. Creación.   En una narración cuente lo que pasa en el dibujo de la **Presentación.**

Vocabulario activo ▶

El ingreso	**Admission**
la beca	*scholarship*
el examen de ingreso	*entrance exam*
la matrícula	*tuition*
el requisito	*requirement*
estar en el primer año	*to be a freshman*
estar en la universidad	*to be at the university*
inscribirse	*to enroll in a class*
matricularse	*to register*

La ciudad universitaria	**Campus**
la biblioteca	*library*
el campo deportivo	*sports field*
el centro estudiantil	*student center*
el estadio	*stadium*
el gimnasio	*gymnasium*
el laboratorio de lenguas	*language laboratory*
la librería	*bookstore*
las oficinas administrativas	*administrative offices*
la residencia estudiantil	*dormitory*
el teatro	*theater*

Los cursos	**Courses**
la apertura de clases	*beginning of the term*
el campo de estudio	*field of study*
el (la) catedrático(-a)	*university professor*
el curso electivo	*elective class*
obligatorio	*required class*

la Facultad de Administración de empresas	*School of Business and Management*
Arquitectura	*Architecture*
Bellas Artes	*Fine Arts*
Ciencias de la educación	*Education*
Ciencias económicas	*Economics*
Ciencias políticas	*Political Science*
Derecho	*Law*
Farmacia	*Pharmacy*
Filosofía y letras	*Liberal Arts (Philosophy and Literature)*
Ingeniería	*Engineering*
Medicina	*Medicine*
Periodismo	*Journalism*
la materia	*subject matter*
el profesorado	*teaching staff*
especializarse en	*to major in*
seguir (i, i) un curso	*to take a course*
tomar un curso	
ser oyente	*to audit a course*

Los títulos	**Degrees**
el bachillerato	*high school diploma*
el doctorado	*doctorate*
la licenciatura	*bachelor's degree*
la maestría	*master's degree*
graduarse	*to graduate*
licenciarse en	*to receive a bachelor's degree in*

facultad   college
de Medicina   of medicine
de Derecho   of Law

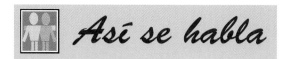

CLASSROOM EXPRESSIONS

PROFESORA   Muy bien, Miguel. Me gustó mucho tu presentación acerca de las universidades hispánicas. Toma asiento. Ahora por favor, todos Uds. saquen lápiz y papel y escriban un resumen de la presentación oral de su compañero.

MARIO   Profesora, ¿de cuántas páginas tiene que ser el resumen?

PROFESORA   Una o dos páginas como mínimo.

MARIO   (*Murmurando*) ¡Y yo que no presté atención! ¡Ahora sí que estoy metido en un lío! ¡Eso me pasa por flojo!

If you are in a classroom, these are some of the expressions that your instructor will use. (Remember, it is more polite to use **por favor** when giving a command.)

Escuchen.	*Listen.*
Abran / Cierren sus libros.	*Open / Close your books.*
Saquen un lápiz y una hoja de papel.	*Take out a pencil and a sheet of paper.*
Guarden todas sus cosas.	*Put all your things away.*
Escriban una composición de (500) palabras / (tres) páginas.	*Write a composition of (500) words / (three) pages.*
Trabajen con su compañero(-a).	*Work with your partner.*
Lean en voz alta / en silencio.	*Read out loud / silently.*
Hablen más alto.	*Speak louder.*

As the student, these are some of the expressions you can use.

No comprendo.	*I don't understand.*
No sé.	*I don't know.*
¿Puede repetir, por favor?	*Could you repeat (it), please?*

Tengo una pregunta.	*I have a question.*
¿Cómo se dice... ?	*How do you say . . . ?*
¿Podría hablar más despacio?	*Could you speak more slowly?*
¿Para cuándo es?	*When is it due?*
¿De cuántas páginas?	*How many pages long?*

 Práctica y conversación

A. Situaciones.   ¿Qué dice un profesor cuando...

1. le hace una pregunta a un estudiante?
2. un estudiante responde y nadie lo oye?
3. los estudiantes tienen un examen?
4. los estudiantes tienen que leer en clase?

¿Qué dicen los estudiantes cuando...

5. no entienden lo que el profesor dice?
6. no saben una palabra?
7. no saben una respuesta?
8. el profesor habla muy rápido?

B. ¡Presten atención!   En grupos, una persona hará el papel del (de la) profesor(-a) de español y las otras harán el papel de los estudiantes. El (La) profesor(-a) les dirá a los estudiantes lo siguiente.

> Take out paper and pencil. / Put everything away. / Ask your classmate what he (she) did last weekend. / Write a composition describing what your classmate did.

Los estudiantes le pedirán al (a la) profesor(-a) la siguiente información.

> Topic? / Length? / Deadline?

INDICATING LOCATION, PURPOSE, AND TIME

Some Prepositions; **por** *versus* **para**

In order to indicate purpose, destination, location, direction, and time, you will need to learn to use prepositions and to distinguish between the prepositions **por** and **para.**

Some Common Prepositions			
a	*to, at*	**hasta**	*until, as far as*
con	*with*	**menos**	*except*
de	*of, from, about*	**para**	*for, in order to*
desde	*from, since*	**por**	*for, by, in, through*
durante	*during*	**según**	*according to*
en	*in, on, at*	**sin**	*without*

Some Prepositions of Location			
al lado de	*beside, next to*	**dentro de**	*in, inside of*
alrededor de	*around*	**detrás de**	*behind, in back of*
cerca de	*near*	**encima de**	*on top of, over*
contra	*against*	**enfrente de**	*in front of*
debajo de	*under, underneath*	**entre**	*between, among*
delante de	*in front of*	**lejos de**	*far (from)*
		sobre	*on top of, over*

a. When the masculine singular article **el** follows the preposition **de** or a compound preposition containing **de**, the contraction **del** is used.

La Facultad de Farmacia está
   al lado **del** edificio de química.

*The School of Pharmacy is next to the
   chemistry building.*

b. The prepositions containing **de** become adverbs when **de** is eliminated. Note that prepositions are followed by an object but adverbs are not. Compare the following examples.

La Facultad de Derecho está
   lejos de la biblioteca, ¿verdad?
Sí, está muy **lejos.**

*The Law School is far from the library,
   isn't it?*
Yes, it's very far.

c. Both **por** and **para** can mean *for,* but they have separate uses. Study the following brief explanation.

PARA is used to indicate:

1. destination

   Salgo **para mis clases** a las ocho.
   Esta carta es **para mi compañero
      de cuarto.**

   I leave for my classes at 8:00.
   This letter is for my roommate.

2. purpose

   Ricardo estudia **para ser abogado.**
   Tomo seis clases este semestre
      para graduarme pronto.

   Ricardo is studying to be a lawyer.
   *I am taking six classes this semester in
      order to graduate soon.*

3. deadline

   Tengo que escribir un informe
      para el jueves.

   I have to write a paper by Thursday.

4. comparison

   Para un estudiante nuevo Raúl
      sabe mucho de medicina.

   *For a new student Raúl knows a lot
      about medicine.*

POR is used to express:

1. length of time

   Ayer escuché cintas en el laboratorio
      por dos horas.

   *Yesterday I listened to tapes in the
      lab for two hours.*

2. *for, in exchange for* with respect to sales or gratitude

Pagué $50,00 **por este libro de física.**   *I paid $50.00 for this physics book.*
Muchas gracias **por toda tu ayuda.**   *Thank you very much for all your help.*

3. means of transportation or communication

Francisca me llamó **por teléfono**   *Francisca called me on the phone last*
anoche para decirme que vamos   *night to tell me that we're going*
a Madrid **por avión.**   *to Madrid by plane.*

4. cause or reason

No podemos ir al partido de fútbol   *We can't go to the soccer game because*
por el tiempo.   *of the weather.*

5. *through, along, by*

Anoche caminamos **por el parque.**   *Last night we walked through the park.*

Por is also used in many common expressions such as the following.

por aquí / allí	*around here / there*	por favor	*please*
por desgracia	*unfortunately*	por fin	*finally*
por ejemplo	*for example*	¿por qué?	*why?*
por eso	*therefore, for that reason*	por supuesto	*of course*

Práctica y conversación

A. ¡Por favor, ayúdame!   Ud. es un(-a) nuevo(-a) estudiante en su universidad y está totalmente perdido(-a). Pídale ayuda a un(-a) compañero(-a).

Usted

1. Disculpa, pero me podrías decir, _____ favor, ¿adónde tengo que ir _____ matricularme en un curso de ruso?

3. ¿Y cómo llego a las oficinas administrativas? ¿Están _____ aquí?

5. No, en realidad no. ¿Queda _____ del Centro Estudiantil?

7. Pues..., mi especialidad es ruso. ¿_____ qué preguntas?

9. Tienes razón. Muchas gracias _____ todo y disculpa la molestia.

Compañero(-a)

2. _____ desgracia, también soy nuevo(-a), pero creo que tienes que ir _____ las oficinas administrativas.

4. _____ ir a las oficinas administrativas creo que tienes que pasar _____ el edificio Harris. ¿Sabes dónde queda?

6. No, no queda _____ del Centro Estudiantil. Pero espera, ¿_____ qué tienes que matricularte en ese curso?

8. Es un curso muy difícil. _____ ser un(-a) estudiante nuevo(-a), sabes lo que estás haciendo, ¿no? Pienso que debes hablar con tu consejero(-a).

10. No hay de qué.

B. ¿Qué clases vas a tomar?   Con un(-a) compañero(-a), hable de las clases que piensan tomar y los deportes que piensan practicar el próximo semestre o trimestre.

1. ¿En qué edificios van a tener clases? ¿Dónde van a practicar deportes?
2. ¿Dónde quedan estos sitios? ¿Quedan cerca o lejos de su residencia estudiantil? Expliquen.
3. ¿Cuándo van a tener clases? ¿Cuándo van a practicar deportes?
4. ¿A qué hora van a salir de sus residencias para llegar a clase?
5. ¿Por qué prefieren esas clases? ¿Esos deportes?
6. ¿?

C. ¿Dónde está... ?   Sus padres lo (la) llaman por teléfono y le hacen preguntas acerca de su universidad. Dígales dónde queda su residencia estudiantil, la biblioteca, el centro estudiantil, la librería, el laboratorio de lenguas, ¿?

INDICATING THE RECIPIENT OF SOMETHING

Prepositional Pronouns

To indicate the recipient of an action, the donor of a gift, or to express with whom you are doing certain activities, you use a preposition followed by a noun or a prepositional pronoun. These prepositional pronouns replace nouns and agree with the nouns in gender and number.

ALICIA	¡Qué bonitas flores! ¿Para quién son?
JUANA	Son para ti.
ALICIA	¡Qué bien! ¿Son de Eduardo?
JUANA	Por supuesto que son de él.

Prepositional Pronouns			
¿Para quién son las flores?			
Son para mí.	*They're for me.*	Son para nosotros(-as).	*They're for us.*
Son para ti.	*They're for you.*	Son para vosotros(-as).	*They're for you.*
Son para él.	*They're for him.*	Son para ellos.	*They're for them.*
Son para ella.	*They're for her.*	Son para ellas.	*They're for them.*
Son para Ud.	*They're for you.*	Son para Uds.	*They're for you.*

a. Prepositional pronouns have the same forms as subject pronouns, except for the first- and second-person singular: **mí / ti.**

b. The first- and second-person singular pronouns combine with the preposition **con** to form **conmigo** (*with me*) and **contigo** (*with you*). The forms **conmigo** and **contigo** are both masculine and feminine.

Práctica y conversación

A. ¿Qué es esto? Ud. tuvo una pequeña fiesta en su cuarto y ahora hay mucho desorden. Su compañero(-a) de cuarto entra y le hace algunas preguntas.

Modelo   cuaderno / José

> COMPAÑERO(-A):   **¿De quién es este cuaderno? ¿De José?**
> USTED: **Sí, es de él.**

1. chocolates / sus amigos
2. regalo / Ángela y Elena
3. discos / los hermanos Gómez
4. fotos / Jacinto
5. libros / su novio(-a)
6. radio / Eduardo

B. ¡Llegó el correo! En grupos, un(-a) estudiante está encargado(-a) de repartir el correo a los otros estudiantes de su residencia. Posteriormente, uno(-a) de los estudiantes reportará a la clase quién recibió cartas y de quién(-es) eran.

Modelo   CARTERO(-A):   **¡Dos cartas para Elena!**
    ESTUDIANTE 1:   **¡Ay! Una carta para mí de José y otra de mis padres.**
    ESTUDIANTE 2:   **¿De José?**
    ESTUDIANTE 1:   **¡Sí, de él!**

C. Adivina a quiénes vi hoy. Usando el dibujo, explíquele a un(-a) compañero(-a) a quiénes vio en la biblioteca hoy. Él (Ella) querrá saber todos los detalles.

Refusing, Finding Out, and Meeting

Verbs That Change English Meaning in the Preterite

Several common Spanish verbs have an English meaning in the preterite that is different from the normal meaning of the infinitive or the imperfect. These changes in English meaning reflect the fact that the Spanish preterite focuses on the completion of the action while the imperfect stresses continuing or habitual action.

a. conocer = *to know, be acquainted with*
   Imperfect = *knew, was acquainted with*
   Preterite = *met*

> Conocemos bien al profesor Ochoa.   *We know Professor Ochoa well.*
> Lo **conocimos** en una conferencia.   *We met him at a lecture.*

b. poder = *to be able*
   Imperfect = *was able*
   Preterite Affirmative = *managed*
   Preterite Negative = *failed / did not succeed in*

> Aunque Alfredo **no pudo** inscribirse   *Although Alfredo failed to enroll in a*
>   en una clase de programación, **pudo**   *computer class, he managed to take*
>   seguir una clase de contabilidad.   *an accounting class. So he is able to*
>   Así puede graduarse en junio.   *graduate in June.*

c. querer = *to want, wish*
   Imperfect = *wanted, wished*
   Preterite Affirmative = *tried*
   Preterite Negative = *refused*

> ¡Pobre Ángela! Quiere asistir a una   *Poor Angela! She wants to attend a very*
>   universidad muy cara. **Quiso**   *expensive university. She tried to get a*
>   obtener una beca pero uno de sus   *scholarship but one of her professors*
>   profesores **no quiso** escribirle una   *refused to write her a recommendation.*
>   recomendación.

d. saber = *to know information, know how to*
   Imperfect = *knew*
   Preterite = *found out*

> Anoche **supe** que tenemos que   *Last night I found out that we have to*
>   escribir un informe para la clase   *write a paper for history class. But I*
>   de historia. Pero todavía no sé   *still don't know when it's due.*
>   para cuándo es.

e. **tener =** *to have*
   Imperfect = *had*
   Preterite = *received, got*

Ayer **tuve** buenas noticias de Silvia.   *Yesterday I got good news from Silvia. She*
Ella se graduó en mayo y ahora   *graduated in May and now has a very*
tiene un puesto muy bueno.   *good job.*

✳ Práctica y conversación

A. ¿Qué pasó ayer? Explique lo que les pasó a las siguientes personas en la universidad ayer. Use el imperfecto o el pretérito de los verbos según el caso.

1. Paco / conocer a María
2. yo / saber que hay un examen mañana
3. Isabel / tener buenas noticias de su compañera de cuarto
4. nosotros / no querer ir al centro estudiantil a causa de un examen importante
5. María y Tomás / poder terminar el informe
6. tú / querer comprar libros pero la librería estaba cerrada
7. Uds. / no poder resolver el problema porque la computadora no funcionó

B. ¿Qué sucede? Describa los siguientes dibujos utilizando los verbos **conocer, poder, querer, saber** y **tener** y utilizando el pretérito o el imperfecto según el caso.

1. En la escuela secundaria Elena siempre _____.
2. Ayer Marianela _____.
3. La semana pasada Roberto _____.
4. Antes de la clase Eduardo _____.
5. Anoche Teresa _____.

SEGUNDA SITUACIÓN

Presentación

MIS CLASES DEL SEMESTRE PASADO

Práctica y conversación

A. ¿Qué hay en el dibujo?   Utilizando el **Vocabulario activo** a continuación, nombre Ud. las cosas y personas que se ven en el dibujo.

B. Las asignaturas.   ¿Qué cursos debe escoger un(-a) estudiante si se prepara para ser... ?

periodista / arquitecto(-a) / científico(-a) / farmacéutico(-a) / sicólogo(-a) / maestro(-a) / hombre (mujer) de negocios

C. Entrevista personal.   Hágale a un(-a) compañero(-a) de clase preguntas sobre sus estudios y su compañero(-a) debe contestar.

Pregúntele...

1. lo que hace cuando falta a clase.
2. cómo se puede sacar prestado un libro.
3. lo que debe hacer si sale mal en un examen.
4. cómo se puede dejar una clase.
5. lo que tiene que hacer para sacar buenas notas.
6. cuándo es necesario aprender de memoria.
7. lo que hace para aprobar un examen.

D. ¡Sobresaliente!   Mire la hoja de evaluación que recibió Richard Lotero y conteste las siguientes preguntas.

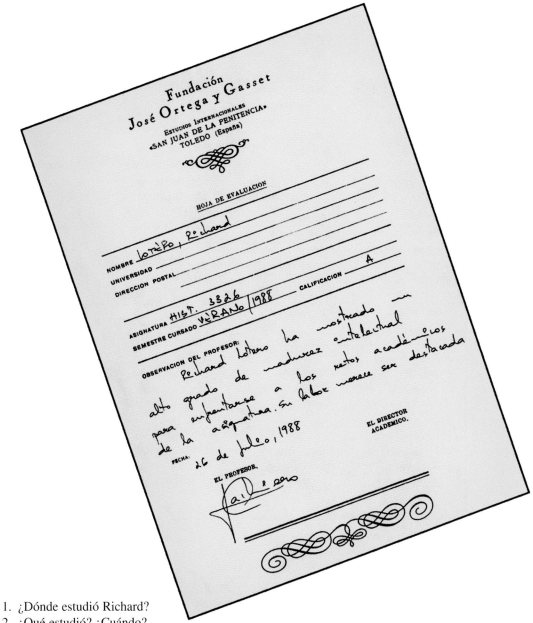

1. ¿Dónde estudió Richard?
2. ¿Qué estudió? ¿Cuándo?
3. ¿Cómo salió en el curso?
4. ¿Qué opinión tiene el profesor del trabajo de Richard?
5. ¿Dónde está la Fundación José Ortega y Gasset?
6. ¿Qué tipos de estudios ofrece la Fundación José Ortega y Gasset?

E. Los cursos obligatorios.   En parejas, escriban una lista de las asignaturas que deben ser obligatorias para todos los estudiantes y expliquen por qué.

F. Creación.   En una narración cuente lo que pasa en el dibujo de la **Presentación.**

deberes   *duties*

Vocabulario activo

Las asignaturas	Subjects
el arte	*art*
la biología	*biology*
las ciencias exactas	*natural science*
sociales	*social sciences*
la contabilidad	*accounting*
la física	*physics*
la historia	*history*
el horario	*schedule*
el idioma extranjero	*foreign language*
las matemáticas	*mathematics*
la música	*music*
la programación de computadoras	*computer science*
la química	*chemistry*
el semestre	*semester*
la sicología	*psychology*
la sociología	*sociology*

En la clase	In Class
la enseñanza	*teaching*
la investigación	*research*
el libro de texto	*textbook*
aplicado(-a)	*studious*
flojo(-a)	*lax, weak*
perezoso(-a)	*lazy*
sobresaliente	*outstanding*
trabajador(-a)	*hard-working*
asistir a una clase	*to attend a class*
una conferencia	*a lecture*

cumplir con los requisitos	*to fulfill requirements*
dar una conferencia	*to give a lecture*
dejar una clase	*to drop a class*
elegir (i, i)	*to elect*
entregar la tarea	*to hand in the homework*
esforzarse (ue)	*to make an effort*
estar flojo(-a) en fuerte en	*to be weak in good at*
faltar a clase	*to miss class*
pasar lista	*to take attendance*
prestar atención	*to pay attention*
requerir (ie, i)	*to require*
sacar prestado un libro	*to check out a book*

La temporada de exámenes	Examination Period
aprender de memoria	*to memorize*
aprobar (ue) un examen	*to pass an exam*
repasar	*to review*
sacar buenas (malas) notas	*to get good (bad) grades*
salir mal en un examen	*to fail an exam*
sobresalir	*to excel*
tomar un examen	*to take an exam*

congreso   *conference*   *lecturas*   *reading*

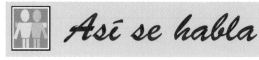 *Así se habla*

TALKING ABOUT THE WEATHER

RENE   ¿Cómo estás, Hilda?

HILDA   ¡Ay! hija, aquí un poco resfriada. Tú sabes que ayer tuve que salir muy temprano de la casa sin fijarme en el pronóstico del tiempo ni nada. Tenía que hacer una serie de diligencias y como estaba apurada, me olvidé de llevar el paraguas. Bueno, como sabes ayer hizo mucho frío y llovió a cántaros.

RENE   ¡Qué mala suerte! Cuídate porque está dando una gripe muy fea.

HILDA   Ni me digas que ya me están doliendo todos los huesos.

RENE   Mejor es que te quedes en casa porque el invierno recién está empezando y parece que este año va a hacer más frío que de costumbre.

HILDA   Eso oí. Y a mí que sólo me gusta el verano. Pero bueno ¡qué se va a hacer!

If you want to talk about the weather, you can use the following expressions.

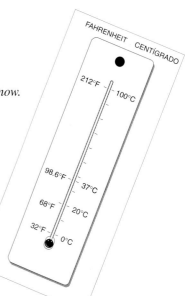

¿Qué tiempo hace? ⎫	
¿Cómo está el día? ⎭	*What's the weather like?*
¿Hace sol / viento / frío / calor?	*Is it sunny / windy / cold / hot?*
¿Está lloviendo / nevando?	*Is it raining / snowing?*
Está nublado / húmedo.	*It's cloudy / humid.*
Hay neblina.	*It's foggy.*
¡Qué día tan bonito / feo! ⎫	*What a pretty / an ugly day!*
¡Qué bonito / feo está el día! ⎭	
Parece que va a llover / nevar.	*It seems that it's going to rain / snow.*
¡Va a caer un aguacero!	*It's going to rain cats and dogs!*
Espera a que se despeje.	*Wait till it clears up.*
¡Me muero de frío / calor!	*I'm freezing / burning up!*

 Práctica y conversación

A. ¿Qué te parece este clima? Mire el termómetro. ¿Qué dice Ud. cuando...

1. hace una temperatura de 10 grados (centígrados) y hay 100% de humedad?
2. la temperatura está a 20 grados (centígrados) y hay 70% de humedad?

3. llueve mucho?
4. hace una temperatura de 41 grados (centígrados)?
5. el sol brilla mucho y la temperatura está a 28 grados (centígrados)?
6. no hay sol pero hay mucha neblina?

B. Nos vamos de viaje.   Trabajen en parejas. Ud. es un(-a) estudiante de intercambio en México y está planeando un viaje para este fin de semana con su compañero(-a) de cuarto. El lugar adonde van dependerá del clima. A Ud. le gusta el clima cálido y él (ella) prefiere el clima frío. Escojan un sitio que les guste a los (las) dos.

Estructuras

NARRATING IN THE PAST

Imperfect versus Preterite

You have studied the formation and general uses of the imperfect and preterite, but you need to learn to distinguish between them so you can discuss, relate, and narrate past events.

In past narration the preterite is generally used to relate what happened; it tells the story or provides the plot. The imperfect gives background information and describes conditions or continuing events. The following sentences form a brief narration. Note the use of the preterite for plot and the imperfect for background information.

BACKGROUND   **Estaba** nerviosa porque **tenía** un examen de contabilidad que **iba** a ser bastante difícil.

PLOT   Anteayer **tomé** el examen. Esta mañana el profesor nos **devolvió** los exámenes. **Me alegré** mucho porque **saqué** una buena nota.

The following is a list of uses of the preterite and imperfect.

The Preterite:

1. expresses an action or state of being that took place in a definite, limited time period.
2. is used when the beginning and/or end of the action is stated or implied.
3. expresses a series of successive actions or events in the past.
4. expresses a past fact.
5. is generally translated as the simple past in English: **estudió** = *he studied, he did study*.

The Imperfect:

1. expresses an ongoing past action or state of being with an indefinite beginning and/or ending.
2. describes how life used to be.
3. expresses habitual or repetitive past actions.
4. describes emotional or mental activity.
5. expresses conditions or states of being.
6. expresses time in the past.
7. has several English equivalents: **estudiaba** = *he was studying, he used to study, he studied*.

a. Sometimes the preterite and the imperfect will occur together within the same sentence.

Cuando el profesor **entró** en la clase, los estudiantes **charlaban.**

When the professor entered the classroom, the students were chatting.

Here the imperfect is used to express the ongoing action: **charlaban.** The preterite is used to express the action that interrupts the other one: **entró.**

b. The imperfect is also used to express two simultaneous past actions.

Mientras el profesor **dictaba** su conferencia, los alumnos **tomaban** apuntes.

While the professor was giving his lecture, the students took notes.

c. You have learned that certain words and phrases are generally associated with a particular tense; however, these phrases do not automatically determine which tense is used. The use of the imperfect or preterite is determined by the entire sentence, not by one word or phrase. Study the following examples.

Ayer **asistí** a una conferencia.
Ayer **asistía** a una conferencia cuando me **llamó** mi mamá.

Yesterday I attended a lecture.
Yesterday I was attending a lecture when my mother called.

In these sentences the use of the imperfect with **ayer** stresses an action in progress while the use of the preterite with **ayer** emphasizes a completed event.

d. Often it is the speaker's intended meaning that determines the tense. When the speaker wants to emphasize a time-limited action or call attention to the beginning or end of an action, the preterite is used. When the speaker wants to emphasize an ongoing or habitual condition or an action in progress, the imperfect is used.

Anoche Marcos **estuvo** enfermo.

Marcos was sick last night.
(But he is no longer sick.)

Anoche Marcos **estaba** enfermo.

Marcos was sick last night.

The preterite emphasizes a change in thoughts, emotions, or conditions; the imperfect describes thoughts, emotions, or conditions without emphasizing their beginning or ending.

Práctica y conversación

A. Esta mañana. Cuente lo que le pasó a Ud. y cómo se sentía esta mañana. Use las siguientes frases en una forma afirmativa o negativa.

levantarme temprano / hacer buen tiempo / estar muy cansado(-a) / querer dormir más / llegar tarde a clase / tener buenas noticias / salir muy bien en un examen / sentirme muy contento(-a) / ¿?

B. Su vida estudiantil.   Complete las siguientes oraciones de una manera lógica usando el pretérito o el imperfecto.

— Cuando yo estaba en la secundaria yo no (estudiar) _____ tanto como ahora.

— Todo es diferente en la universidad. El año pasado, por ejemplo, (tomar) _____ clases muy difíciles: español, biología, cálculo y economía y (tener) _____ que estudiar todo el tiempo.

— Sí. Y la vida en las residencias estudiantiles también es muy diferente. Por ejemplo, la semana pasada yo (dormir) _____ cuando de repente mi compañero(-a) de cuarto (entrar) _____ cantando, (prender) _____ las luces y me (despertar) _____.

— A mí también me (pasar) _____ algo parecido. Anoche mientras yo (leer) _____ mi libro de literatura inglesa, mi compañero de cuarto (gritar) _____ y (desmayarse *faint*) _____. Él me (asustar) _____ muchísimo. Lo (llevar) _____ al hospital pero ya está mejor, felizmente.

C. Te digo que...   Ud. va a su casa por primera vez desde que empezó sus estudios en la universidad. Su hermanito(-a) quiere saber si hay alguna diferencia entre lo que Ud. hacía en la escuela secundaria y lo que hace ahora. Cuéntele acerca de sus profesores, sus cursos, sus amistades, sus distracciones, etc.

Modelo   **En la secundaria yo no estudiaba tanto pero este semestre tengo que estudiar mucho.**

D. No me sentía bien...   En grupos de tres, un(-a) de los (las) estudiantes hace el papel de profesor(-a) y otro(-a) el de estudiante. El (La) profesor(-a) quiere saber por qué el (la) estudiante no asistió a clase ayer. Él (Ella) responde. El (La) tercer(-a) estudiante toma apuntes de lo dicho y luego informa a la clase. La clase decide si fue una buena excusa o no.

E. Recuerdo que...   Cuente una anécdota de algo interesante que le haya pasado.

Sugerencias: su primer baile, su primera cita, su llegada a la universidad, un viaje al extranjero.

TALKING ABOUT PEOPLE AND EVENTS IN A SERIES

Ordinal Numbers

Ordinal numbers such as *first, second, third* are used to discuss people, things, or events in a series.

Ordinal Numbers			
primer(-o)	*first*	**sexto**	*sixth*
segundo	*second*	**séptimo**	*seventh*
tercer(-o)	*third*	**octavo**	*eighth*
cuarto	*fourth*	**noveno**	*ninth*
quinto	*fifth*	**décimo**	*tenth*

a. Ordinal numbers generally precede the noun they modify and agree with that noun in number and gender. They may also be used as nouns.

Mañana hay un examen sobre **el cuarto** y **el quinto** capítulo.

Tomorrow there's an exam on the fourth and fifth chapters.

El primer examen fue difícil; también **el segundo.** Pero **el tercer** examen fue imposible.

The first exam was difficult; so was the second. But the third exam was impossible.

Note that **primero** and **tercero** drop the **-o** before a masculine, singular noun.

b. When ordinal numbers refer to sovereigns, the ordinal number follows the noun.

Felipe II (Segundo) *Philip the Second*
Carlos III (Tercero) *Charles the Third*

c. Cardinal numbers are generally used to express ordinals higher than ten: **el siglo XVIII (dieciocho)** = *the eighteenth century;* **Luis XIV (Catorce)** = *Louis the Fourteenth.*

Práctica y conversación

A. ¿Qué pasa? Describa lo que hay en cada piso del edificio.

B. ¿Qué te pasó? Trabajen en grupos de tres. Un(-a) estudiante hace el papel de hijo(-a) y otro(-a) el de padre (madre). El (La) tercer(-a) estudiante toma apuntes y luego informa a la clase.

Situación: Son las cuatro de la madrugada y Ud. llega a su casa. Su padre (madre) está esperándolo(-la) y le pregunta: «¿Qué te pasó?» Ud. le responde.

The Setting of a Conversation

The setting of a conversation includes not only the physical place, but also the time of day. Knowing where and when a given conversation or announcement takes place will help you to understand the speaker. For example, in a history class you would expect to hear a professor lecturing on famous historical personalities or events. In the registrar's office of a university, you would expect to hear people talking about schedules and the classes they want to take. In other words, the setting helps you to anticipate what the speaker will say.

Ahora, escuche el diálogo entre dos estudiantes, Guillermo y Gerardo. Antes de escuchar la conversación, mire el dibujo y lea los siguientes ejercicios para establecer el escenario (*setting*) de la conversación. Después, conteste.

A. Información general.   Con un(-a) compañero(-a) de clase resuma brevemente la conversación entre Guillermo y Gerardo.

B. Algunos detalles.   Complete las siguientes oraciones con la mejor respuesta.

   1. Guillermo y Gerardo conversan
      a. por teléfono desde sus casas.
      b. en la calle camino a la universidad.
      c. en el autobús.

2. Según la conversación se sabe que
   a. hace sol y calor.
   b. llueve y hace frío.
   c. está nublado y triste.

3. Sabemos que Guillermo
   a. conoce el clima de esta ciudad.
   b. está acostumbrado a otra clase de clima.
   c. prefiere el frío y la lluvia.

C. **Análisis.**   Escuche el diálogo nuevamente prestando especial atención al tono de la conversación y al refrán que se usa. Luego complete las siguientes oraciones.

1. Guillermo y Gerardo se saludan y se despiden de una manera
   a. amigable.
   b. agresiva.
   c. distante.

2. «Al mal tiempo buena cara» quiere decir:
   a. Cuando hace mal tiempo hay que arreglarse más.
   b. Hay que mantener una actitud positiva aun cuando las cosas van mal.
   c. El clima mejora si uno sonríe.

TERCERA SITUACIÓN

Día a día

CÓMO SE TOMA EL METRO

Práctica intercultural.   Piense Ud. en los medios de transporte disponibles en su comunidad. ¿Cuáles son las ventajas y desventajas de cada uno? ¿Cuál prefiere Ud. utilizar? ¿Por qué? ¿Cuál suele Ud. utilizar? ¿Por qué?

	Ventajas	Desventajas
autobús		
bicicleta		
metro		
coche		
coche alquilado		
moto		
taxi		

Práctica y conversación

A. El metro de México, D.F.   Usando el mapa y la información del metro de México, D.F., que se encuentra en la página 131, conteste las siguientes preguntas.

1. ¿Cuáles son las horas de servicio los días laborales? ¿los sábados? ¿los domingos y días festivos?
2. ¿Cuántas líneas hay en el metro de México, D.F.?
3. ¿En qué línea están las siguientes estaciones?
   Pino Suárez / Zócalo / Basílica / Cuatro Caminos / Chapultepec
4. ¿Se puede ir al aeropuerto por metro?
5. ¿Se puede ir a la estación de autobuses por metro?

B. Quiero ir a...   Ud. y su compañero(-a) son estudiantes de la Universidad Nacional Autónoma de México (la UNAM) y viven en una residencia en la ciudad universitaria. Hoy Uds. tienen que hacer una serie de cosas. Usando el mapa del metro de México, D.F., discuta con su compañero(-a) cómo y cuándo van a ir a los diferentes lugares. (La estación del metro para la UNAM es Universidad, Línea 3.)

1. a Bellas Artes para comprar billetes para el Ballet Folklórico
2. al Bosque de Chapultepec para entretener al primo de su compañero(-a)
3. a Insurgentes para ir de compras
4. a Polanco para visitar a tía Emilia
5. al Zócalo para estudiar los murales de Diego Rivera para su clase de historia de arte

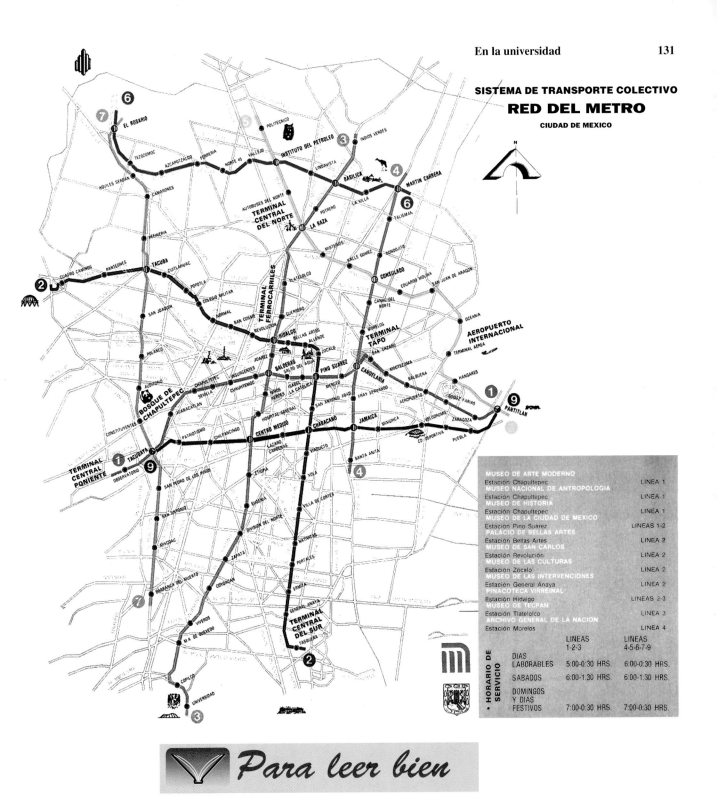

Skimming

Skimming is the technique used to locate specific or detailed information within a reading passage. Skimming is similar to scanning in that your eyes move quickly over the material. However, skimming differs from scanning in that the purpose is to notice a particular word, phrase, or piece of information.

When approaching a reading selection for the first time, you frequently scan the material to determine what type of information it contains. You then skim the reading to locate items or details of particular interest. You often apply this technique to the reading of schedules or menus. Skimming can also follow a close reading when you wish to recall particular details or review the information quickly.

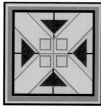

Práctica

A. Un vistazo.   Dé un vistazo (*Scan*) al título, las fotos y la composición general del artículo que sigue. ¿Cuál es el tema central?

B. Un examen superficial.   Examine superficialmente (*Skim*) el primer párrafo de la siguiente lectura para obtener la información siguiente: Desde el punto de vista tecnológico, ¿cómo es el metro mexicano? ¿Cómo afectó el terremoto de 1985 el metro? Durante el terremoto, ¿cómo funcionaban los trenes?

El estupendo metro de México

Los grandes sistemas de trenes metropolitanos son tan particulares como las ciudades donde se encuentran. El metro de la Ciudad de México también tiene sus características singulares. Es uno de los más modernos y avanzados del mundo desde el punto de vista° tecnológico. El fuerte terremoto° de 1985 apenas° lo afectó. Por la tarde del día del desastre, la mayoría de las líneas funcionaban normalmente. Lo que parecía un milagro° era, según los ingenieros, el resultado de un diseño° que tuvo muy en cuenta° la posibilidad de terremotos. Los trenes que estaban transitando durante el sismo° continuaron funcionando con energía suministrada° por baterías de emergencia hasta estaciones donde pudieron descargar a los pasajeros.

point of view
earthquake / scarcely

LECTURA

miracle / design / took into account
terremoto
furnished

México, D.F.: El metro

La finalidad° de este metro, como la de todos los demás del mundo, es brindar° transporte rápido y económico a los residentes. Y es indiscutible° que lo logra° admirablemente. El metro

purpose / to offer
unquestionable / succeeds

hacía mucha falta° en una ciudad que según se calcula tiene unos 20.000.000 de habitantes.   was sorely lacking
Entre semana montan° en él unos 4.000.000 de personas al día, casi el 25% de la población. Los   ride
trenes del metro se mueven a una velocidad promedio° de 35 kilómetros por hora, contando las   average
paradas° en las estaciones, y pueden llegar a 88 kilómetros por hora. El sistema siempre ha man-   stops
tenido un barato precio de pasaje y, aunque es posible que la inflación lo haga subir, seguirá
siendo el más barato del mundo.

Ahora que la línea tres llega a la Universidad Nacional, los estudiantes de toda la ciudad lo
aprovechan° para ir a clases. El metro es un medio de transporte fácil para los empleados, visi-   take advantage of it
tantes y los enfermos que van a las consultas del Centro Médico y el Hospital General. También
se ven hombres de negocios, bien vestidos y con su portafolio en la mano, entre los estudiantes y
los trabajadores. Hasta los campesinos analfabetos° lo usan sin dificultad, guiados° por los sím-   illiterate / guided
bolos de las estaciones que se hallan° en los terminales y en los vagones°. Por ejemplo, el sím-   se encuentran / coaches
bolo de la estación del Zócalo, la plaza principal de la ciudad, es el águila° en un cacto con una   eagle
serpiente en la boca. Este mismo emblema que se encuentra también en la bandera° mexicana es   flag
el símbolo del México antiguo y moderno.

El orgullo° que los residentes de la capital sienten por el metro se refleja en su limpieza y   pride
orden. Un estudio reciente sobre delitos° en los sistemas de trenes metropolitanos del mundo   crimes
reveló que el metro de México es uno de los más seguros.

El metro es un mundo subterráneo, una ciudad debajo de otra. Los planificadores° han cons-   planners
truido un metro con más de 100 estaciones brillantes, alegres y, en muchos casos, impresionantes. En ningún momento hay sensación de oscuridad ni de estar bajo tierra. Todo es vida y
color. En las estaciones más concurridas° a veces hay zonas comerciales. Entre la estación del   crowded
Zócalo y la de Pino Suárez hay un túnel largo, muy iluminado, donde uno puede comprar
comida, ropa, libros y chucherías°. Por allí también se ven individuos que entretienen° a los   trinkets / entertain
pasajeros con suertes de prestidigitación° y malabarismos°.   magic tricks / juggling

Todas las estaciones están decoradas con mucho gusto°. La estación de Bellas Artes está   taste
adornada con reproducciones de murales mayas y tiene el piso de mármol°, el Zócalo tiene vitri-   marble
nas° donde se reproduce la gran plaza en tiempos aztecas y coloniales.   display windows

Hasta la persona más agotada debe sentirse contenta al viajar por este mundo subterráneo tan
ameno°. Para el que visita la ciudad, el metro no es sólo un medio rápido y conveniente de   pleasant
trasladarse a cualquier parte de la capital, sino que también le brinda la oportunidad de conocer a
los que viven en ella. Y como la tercera parte de las líneas no son subterráneas, el metro es una
buena manera de ver la ciudad.

Adaptado de *Las Américas*

 Comprensión

A. Información básica.   Examine superficialmente el artículo para obtener la siguiente información.

1. el número de personas que transporta diariamente el metro del D.F. y el porcentaje de
la población que transporta diariamente
2. la velocidad media del tren
3. el número de estaciones
4. los tipos de personas que usan el metro
5. lo que hay en el túnel entre la estación del Zócalo y la de Pino Suárez
6. las decoraciones de unas estaciones

B. Unas explicaciones.   Conteste las siguientes preguntas explicando cómo funciona el sistema.

1. ¿Cómo usan los campesinos analfabetos el metro?
2. ¿De qué manera es el metro un mundo subterráneo?
3. ¿Por qué continuó funcionando el metro durante el terremoto de 1985?
4. ¿Por qué debe sentirse contenta una persona que está agotada al viajar por el metro mexicano?

C. La defensa de una opinión.   ¿Qué evidencia hay en el artículo que confirma la idea siguiente? «Los planificadores del metro de la Ciudad de México tuvieron en cuenta lo estético y lo funcional al crear su sistema de trenes metropolitanos.»

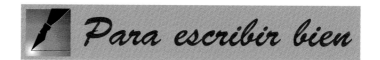

IMPROVING ACCURACY

Writing is different from speaking in that the writer has more time to think about word choice, sentence and paragraph construction, and the general message than a speaker does. As a result, the writer is expected to produce material that is more error-free than normal speech. As a language student, you need to improve your accuracy so that your language becomes more and more comprehensible and acceptable to native speakers. The following techniques should help you.

A. Plan your written compositions.

1. Choose a topic consistent with your ability level. A topic that is too difficult will produce frustrations and errors. One that is too easy will not allow you to be judged in the most favorable manner since you will use overly simplified constructions and vocabulary.
2. Prior to writing, make a mental or written outline of what you plan to say.

B. As you write the first draft, try to avoid errors.

1. Check spelling and meaning of vocabulary items you are unsure of.
2. Check the agreement of each subject and verb.
3. Check the tense and form of each verb.
4. Check agreement of all nouns and their articles or adjectives.
5. Be extra cautious with items such as: **ser / estar, por / para, saber / conocer,** etc.

C. Reread your composition for accuracy.

1. Upon completing your first draft, put it aside for some time.
2. Later, reread your first draft for content. Ask yourself if it says what you want it to.
3. Reread it again for accuracy using the "checks" in item B.

D. Recopy your compositions.

1. Pay attention to capitalization, punctuation, and overall layout.
2. Proofread your composition, correcting any errors.

COMPOSICIONES

A. La semana pasada. Escríbale una carta a un(-a) amigo(-a) de otra universidad describiendo la semana pasada. Incluya información sobre el tiempo, sus sentimientos y emociones, sus actividades y sus clases.

B. Mi universidad. Describa su universidad para un folleto dirigido a futuros estudiantes. Describa las facultades y los programas, los edificios, las actividades y el tiempo que hace normalmente. Su descripción debe ser agradable para atraer a un gran número de estudiantes.

C. Unos consejos. El director de una escuela secundaria le pide a Ud. que escriba un artículo en español para los estudiantes hispanos que irán a su universidad el año próximo. Puesto que ellos no conocen bien el sistema educativo de los EE.UU., Ud. tiene que explicar en orden cronológico lo que Ud. hizo para prepararse e inscribirse en la universidad. Incluya información sobre el primer día de clase.

Actividades

A. El Programa de Orientación. You are a student guide for Orientation Week at your university. Prepare a brief introductory speech about your school including its history, number and type of students, outstanding features and programs, a description of the campus, where important buildings are located, and other information you think would interest new Hispanic students.

B. «Asuntos actuales». You are the moderator of **«Asuntos Actuales»**, a popular Los Angeles radio show that examines contemporary and often controversial issues. The topic for this week's show is **«Las escuelas secundarias —¿buenas o malas?»** The guests (played by classmates) are three typical university students. As moderator you must ask each university student about his / her high school course work. Find out if the classes were difficult or easy, if instructors were well trained and effective, and what the assignments and exams were like. Then ask each student to explain if the high school classes prepared him / her for university work.

C. El (La) meteorólogo(-a). You are the weather announcer for a morning news show on a Hispanic network. Each fall one of your most popular features is to provide the weather forecast for football weekends at universities around the U.S. In addition to the weather forecast, provide your audience with predictions about game winners and other short commentaries on the universities.

D. El primer día de clase. You and a partner will tell each other about your first day in the university. Describe what you did, where you went, how you felt, what you wore, and what the day was like for you. Find out what activities and feelings you had in common, then describe them to the entire class. Was there a typical behavior pattern for all students on the first day?

Contacto cultural II
El arte y la arquitectura

Diego Rivera, detalle de *Tenochtitlán*. México, D. F.: Palacio Nacional.

Los muralistas mexicanos: Rivera, Orozco y Siqueiros

Los artistas mexicanos más famosos de este siglo son los muralistas Diego Rivera, José Clemente Orozco y David Alfaro Siqueiros. Los tres crearon pinturas y murales enormes que representan temas universales como la dignidad de las razas minoritarias o la justicia social y temas nacionales como la historia de México. A menudo usaban la pintura al fresco, una técnica que consiste en pintar sobre yeso mojado (*wet plaster*) para que la pintura forme parte de la construcción del edificio. Se puede encontrar este arte del pueblo (como lo llaman muchos) en los edificios públicos de muchas ciudades mexicanas. De esa manera aun la gente más humilde y pobre puede verlo y apreciarlo.

Diego Rivera   (1886–1957) fue activista político y en muchas de sus obras trata de mostrar la importancia de los indios en el desarrollo (development) de México. En el Palacio Nacional en la capital pintó una serie de murales representando la historia de México. Los murales empiezan con Tenochtitlán, *que fue la antigua capital de los aztecas. También se puede ver sus obras en los EE.UU. en San Francisco y Detroit.*

David Alfaro Siqueiros   *(1898–1974) del grupo de muralistas famosos fue el más activo políticamente. Siempre tratό de crear un arte del pueblo y para el pueblo. Sus obras reflejan la vida de los pobres. Sus murales más importantes son los del Instituto Nacional de Bellas Artes y los del Polyforum Cultural Siqueiros de México, D.F. También pintó frescos en la Universidad Nacional Autónoma de México como éste que representa a los estudiantes devolviendo su sabiduría (knowledge) a la patria.*

David Alfaro Siqueiros, mural. México, D. F.: Universidad Autónoma de México.

José Clemente Orozco   *(1883–1949) no fue muy activo políticamente aunque sus obras reflejan las mismas ideas y actitudes de los otros muralistas. Sus obras están en edificios públicos en Guadalajara y en otras ciudades de México. También viajó por los EE.UU. y pintó murales en varias universidades incluyendo Dartmouth. El mural Hidalgo está en el Palacio del Gobernador en Guadalajara. El padre Hidalgo fue el líder de la guerra de la independencia de 1810.*

José Clemente Orozco, detalle de *Hidalgo*. Guadalajara: Palacio del Gobernador.

Comprensión

A. Diego Rivera.   ¿Qué tipo de personas hay en el mural? ¿Dónde están y qué están haciendo? ¿Por qué hay tantas personas en el mural? ¿Es realista o abstracta la obra? ¿Qué colores predominan? ¿Por qué? ¿Qué está tratando de enseñar el artista?

B. David Alfaro Siqueiros.   ¿Cuántos estudiantes hay en el mural? ¿Qué tienen en las manos? ¿Qué facultades o materias representan estas cosas? ¿Cuál es la idea central de la obra? ¿Qué colores predominan? ¿Es abstracta o realista?

C. José Clemente Orozco.   ¿Qué tiene Hidalgo en la mano derecha? ¿Qué representa? ¿Qué colores predominan y por qué? ¿Cómo aparece el padre? ¿Es realista o abstracta la obra?

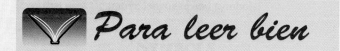

ELEMENTS OF A SHORT STORY

Prior to reading a literary selection, it is necessary to determine its genre, that is, the literary category to which it belongs. The major genres include **la poesía** (*poetry*), **el drama, la novela, el cuento** (*short story*), and **el ensayo** (*essay*). A quick glance at the following selection will show that it is a prose narration of relatively short length. It could be a short story or essay. However, by skimming the first paragraph it can be quickly determined that the author is not attempting to analyze or interpret a particular topic as in an essay. Rather, the author takes care to introduce characters and describe a setting, elements typically found in short stories.

As you read the following short story, you should attempt to analyze these elements of the story.

Los personajes = *characters*. The characters can include human beings, animals, and even things and objects. Sometimes the characters play an important role throughout the entire story; sometimes the characters are not even present but are simply talked about or alluded to.

El escenario = *setting*. The setting includes the geography, weather, environment and living conditions, the year and time in which the story takes place.

El tono = *tone*. The tone is the emotional state of the literary work. The tone is generally expressed using adjectives such as *happy, sad, melancholy, angry, mysterious,* or *satirical*.

El punto de vista = *point of view*. Each literary selection has a particular point of view. We, the readers, see the characters and the action of the story through the eyes of someone else, generally a character in the story or possibly the author. Thus, we read and react to the story based on the mentality and personality of that other person. Sometimes the point of view is very biased and we must try to find the truth in the situation.

El tema = *theme*. The theme of a literary work is its main idea. The theme frequently represents an author's philosophy or view of life.

Práctica y conversación

A. Antes de leer.   Dé un vistazo al título de la siguiente lectura. (El recado = el mensaje) ¿Cuáles son las características de un recado? ¿Qué persona del verbo suele predominar cuando uno deja un recado? ¿Qué punto de vista suele predominar?

B. El escenario.   Mire el dibujo y describa el escenario del cuento.

C. Los personajes.   Lea el primer párrafo del cuento. ¿Quiénes son los dos personajes principales del cuento? ¿Están presentes los dos?

LECTURA LITERARIA

Elena Poniatowska *(1933–) está considerada entre los mejores escritores mexicanos. Se inició como periodista y fue la primera mujer en recibir el Premio Nacional de Periodismo (1978). Sus obras incluyen ensayos, crónicas, cuentos y novelas. Sus temas principales son los problemas de México y la nueva mujer mexicana que examina y a veces desconfía de los valores del pasado como el machismo y el papel tradicional de la mujer.*

El recado

Vine Martín, y no estás. Me he sentado en el peldaño° de tu casa, recargada° en tu puerta y pienso que en algún lugar de la ciudad, por una onda° que cruza el aire, debes intuir° que aquí estoy. Es este tu pedacito° de jardín; tu mimosa° se inclina hacia afuera y los niños al pasar le arrancan° las ramas más accesibles... En la tierra, sembradas° alrededor del muro° muy rectilíneas y serias veo unas flores que tienen hojas° como espadas°. Son azul marino, parecen soldados. Son muy graves, muy honestas. Tú también eres un soldado. Marchas por la vida, uno, dos, uno, dos... Todo tu jardín es sólido, es como tú, tiene una reciedumbre° que inspira confianza.

Aquí estoy contra el muro de tu casa, así como estoy a veces contra el muro de tu espalda. El sol da también contra el vidrio° de tus ventanas y poco a poco se debilita porque ya es tarde. El cielo enrojecido ha calentado tu madreselva° y su olor se vuelve aún más penetrante. Es el

peldaño°	step (of stairway) / dumped
recargada°	
onda°	wave / guess
intuir°	
pedacito°	small piece / *un tipo de árbol*
mimosa°	
arrancan°	*quitan* / sown / wall
sembradas°	
muro°	
hojas° espadas°	leaves / swords
reciedumbre°	*solidaridad*
vidrio°	glass
madreselva°	honeysuckle

atardecer. El día va a decaer. Tu vecina pasa. No sé si me habrá visto. Va a regar° su pedazo de jardín. Recuerdo que ella te trae una sopa de pasta cuando estás enfermo y que su hija te pone inyecciones... Pienso en ti muy despacito, como si te dibujara° dentro de mí y quedaras allí grabado. Quisiera tener la certeza de que te voy a ver mañana y pasado mañana y siempre en una cadena ininterrumpida de días; que podré mirarte lentamente aunque ya me sé cada rinconcito° de tu rostro°; que nada entre nosotros ha sido provisional o un accidente.

Estoy inclinada ante una hoja° de papel y te escribo todo esto y pienso que ahora, en alguna cuadra° donde camines apresurado, decidido como sueles hacerlo, en alguna de esas calles por donde te imagino siempre: Donceles y Cinco de Febrero o Venustiano Carranza, en alguna de esas banquetas° grises y monocordes rotas sólo por el remolino de gente° que va a tomar el camión°, has de saber dentro de ti que te espero. Vine nada más a decirte que te quiero y como no estás te lo escribo. Ya casi no puedo escribir porque ya se fue el sol y no sé bien a bien lo que te pongo. Afuera pasan más niños, corriendo. Y una señora con una olla° advierte irritada: «No me sacudas° la mano porque voy a tirar la leche...» Y dejo este lápiz, Martín, y dejo la hoja rayada° y dejo que mis brazos cuelguen inútilmente a lo largo de mi cuerpo y te espero. Pienso que te hubiera querido abrazar. A veces quisiera ser más vieja porque la juventud lleva en sí, la imperiosa, la implacable necesidad de relacionarlo todo al amor.

Ladra° un perro; ladra agresivamente. Creo que es hora de irme. Dentro de poco vendrá la vecina a prender la luz° de tu casa; ella tiene llave y encenderá el foco° de la recámara° que da hacia afuera porque en esta colonia° asaltan mucho, roban mucho. A los pobres les roban mucho; los pobres se roban entre sí... Sabes, desde mi infancia me he sentado así a esperar, siempre fui dócil, porque te esperaba. Te esperaba a ti. Sé que todas las mujeres aguardan°. Aguardan la vida futura, todas esas imágenes forjadas en la soledad, todo ese bosque que camina hacia ellas; toda esa inmensa promesa que es el hombre; una granada° que de pronto se abre y muestra sus granos rojos, lustrosos; una granada como una boca pulposa de mil gajos°. Más tarde esas horas vividas en la imaginación, hechas horas reales, tendrán que cobrar peso y tamaño y crudeza. Todos estamos—oh mi amor—tan llenos de retratos interiores, tan llenos de paisajes no vividos.

Ha caído la noche y ya casi no veo lo que estoy borroneando° en la hoja rayada. Ya no percibo las letras. Allí donde no le entiendas en los espacios blancos, en los huecos, pon: «Te quiero»... No sé si voy a echar esta hoja debajo de la puerta, no sé. Me has dado un tal respeto de ti mismo... Quizás ahora que me vaya, sólo pase a pedirle a la vecina que te dé el recado: que te diga que vine.

Left margin glosses:
- to water
- were drawing
- little corner
- *cara*
- sheet
- city block
- sidewalks / crowd
- *autobús*
- kettle
- shake
- lined
- barks
- poner la luz / la luz / dormitorio barrio
- *esperan*
- pomegranate
- *partes*
- *escribiendo*

Comprensión

A. Personajes y escenario. Complete los siguientes gráficos con información del cuento.

Personajes
Nombre(-s)
Descripción
¿Presente?

Escenario
Lugar de la acción
Hora / año de la acción

B. Análisis.   Analice el cuento contestando las siguientes preguntas.

1. ¿Quién narra el cuento? ¿A quién se dirige? ¿Qué ventajas ofrece la narración en la primera persona?
2. Haga una lista de los adjetivos que se usan para describir a Martín. ¿Con qué se compara Martín? ¿Qué adjetivo(-s) se usa(-n) para describir a la narradora? Compare a los dos personajes.
3. ¿Hay acción en el cuento? Explique.
4. ¿Qué hora es al principio del cuento? ¿Y al final? ¿Qué representa esta hora del día y este paso del tiempo?
5. ¿Qué representa el jardín?
6. ¿Cómo es el tono del cuento? ¿Qué adjetivo o sustantivo mejor expresa la emoción central del cuento?
7. ¿Qué hace la narradora al principio del cuento? ¿Y al final? ¿Hay un cambio en la actitud de la narradora al final? Explique.

C. El tema.   ¿Qué evidencia hay en el cuento que confirme que el tema central de «El recado» es que el papel tradicional de la mujer es esperar? En su opinión, ¿está Poniatowska de acuerdo o no con los papeles tradicionales de la mujer? Justifique su respuesta.

Bienvenidos a Centroamérica, Venezuela y Colombia

GEOGRAFÍA Y CLIMA

Centroamérica es el puente entre la América del Norte y la América del Sur, mientras Colombia y Venezuela son dos países de la América del Sur. Tienen una geografía muy similar: una costa tropical y una región montañosa de clima templado. Venezuela también tiene llanos (*plains*).
Temperatura variada según la altura.

POBLACIÓN

Centroamérica:
   32.000.000 de habitantes
Colombia:
   35.500.000 de habitantes
Venezuela:
   20.500.000 de habitantes

LENGUAS

Español y varias lenguas indígenas

GOBIERNO

Centroamérica es como una América Latina en miniatura; allí hay gran variedad de gobiernos y política.
Colombia y Venezuela:
   Democracia

ECONOMÍA

Centroamérica: Productos agrícolas (frutas tropicales, verduras, café); turismo
Colombia: café, turismo
Venezuela: petróleo

OCÉANO ATLÁNTICO

GOLFO DE MÉXICO

La Habana

CUBA

Cancún

Bahía de Campeche

MÉXICO

JAMAICA

Kingston

BELICE

Belmopan

GUATEMALA

MAR CARIBE

Antigua

HONDURAS

Copán

Guatemala

Tegucigalpa

San Salvador

NICARAGUA

Lago de Managua

EL SALVADOR

Managua

Chichicastenango

Puerto Limón

Barranquilla

Cartagena

Canal de Panamá

COSTA RICA

Colón

Panamá

San José

PANAMÁ

Islas de San Blas

GOLFO DE PANAMÁ

Medellín

OCÉANO PACÍFICO

Bogotá

Cali

Islas Galápagos (Ecuador)

Quito

0   100   200   300   400   500   MILLAS

0   200   400   600   800   KILÓMETROS

ECUADOR

CORDILLERA DE LOS ANDES

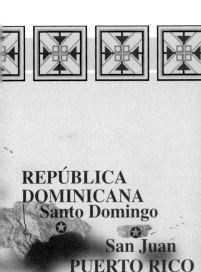

REPÚBLICA
DOMINICANA
Santo Domingo

San Juan
PUERTO RICO

Guatemala: Lago Atitlán

Bogotá,
Colombia

Maracaibo Caracas

*Lago de
Maracaibo*

Río Orinoco

Mérida
VENEZUELA

COLOMBIA

BRASIL

Práctica geográfica

Conteste las siguientes preguntas usando el mapa y la información presentada.

A. **Centroamérica**
  1. De los siete países de Centroamérica sólo Belice no es un país de habla española. ¿Cuáles son los seis países hispanos de la región? ¿Cuál es el único país que no tiene costa en el mar Caribe?
  2. ¿Cuáles son las capitales de los países hispanos?
  3. ¿Qué divide el país de Panamá en dos regiones? ¿Por qué lo construyeron? Antes de la construcción, ¿qué tenían que hacer los barcos para llegar al océano Pacífico?

B. **Colombia**
  1. ¿Cuál es la capital? ¿Cuáles son otras ciudades importantes?
  2. ¿Cómo se llaman las montañas de Colombia? ¿Dónde están las ciudades en relación con las montañas?
  3. Colombia es el único país de la América del Sur con costas en el mar Caribe y en el océano Pacífico. ¿En qué costa hay más ciudades? ¿Por qué?

C. **Venezuela**
  1. ¿Cuál es la capital de Venezuela? ¿Cuáles son otras ciudades importantes? ¿Dónde están?
  2. ¿Cómo se llama el río más grande de Venezuela?

D. **La influencia geográfica.**
  ¿Qué ventajas y desventajas ofrecen las geografías de Centroamérica, Venezuela y Colombia?

CAPÍTULO 5
En el restaurante

Un lindo restaurante centroamericano

Cultural Themes

Central America

Eating in Hispanic Cafés and
   Restaurants

Communicative Goals

Reading a Menu and Ordering in a
   Restaurant

Indicating to Whom and for Whom
   Actions Are Done

Expressing Likes and Dislikes

Making Introductions

Expressing Hopes, Desires, and Requests

Making Comparisons

PRIMERA SITUACIÓN

Presentación

ME ENCANTAN LAS EMPANADAS

Brisas del Mar

Menu Turístico

Entremeses y Ensaladas
Ceviche
Cóctel de camarones
Cóctel de mariscos
Ensalada mixta

Sopas
Caldo de pollo con fideos
Gazpacho
Menudo
Olla de carne
Sopa de albóndigas
Sopa de mariscos

Entradas
Arroz con pollo
Bistec con papas fritas
        y frijoles
Casado
Chiles rellenos
Cordero asado
Lechón asado
Picadillo

Postres
Empanadas de dulce
Flan
Fruta variada
Helados variados
Torta Brisas del Mar

Bebidas
Agua mineral
Cerveza
Jugo de naranja / Jugo de piña
Vino blanco / Vino tinto
Café y Té

Servicio 10% incluido

Managua, Nicaragua

Práctica y conversación

A. ¿Qué pide Ud.? En el Restaurante Brisas del Mar ¿qué va a pedir Ud... ?

de entremés / de sopa / de entrada / de postre / de bebida

B. El Restaurante Brisas del Mar.   Pregúntele a un(-a) compañero(-a) de clase lo que va a pedir en el Restaurante Brisas del Mar.

Pregúntele...

1. si va a pedir un entremés. ¿Cuál?
2. si quiere una ensalada.
3. qué sopa quiere.
4. qué quiere de entrada.
5. qué quiere beber con la entrada.
6. si va a pedir un postre. ¿Cuál?

C. ¿Qué son las empanadas?   Trabajen en grupos. Un(-a) compañero(-a) de clase hace el papel de camarero(-a) del Restaurante Brisas del Mar y los otros son los clientes. Los clientes deben hacer preguntas sobre los diferentes entremeses, sopas, entradas y postres. El (La) camarero(-a) les da la información.

D. ¡Tengo mucha hambre!   ¿A qué categoría pertenecen los platos a continuación: bebida / carne / postre / entrada / entremés / ¿? ¿Cuáles son los ingredientes principales de los siguientes platos? ¿Qué plato(-s) preferiría pedir? ¿Por qué?

Ceviche

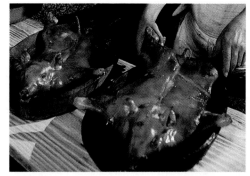

Lechón asado

Gazpacho andaluz

Flan

E. Creación. Ud. y un(-a) compañero(-a) de clase acaban de comer en el Restaurante Brisas del Mar y ahora hablan de su experiencia. ¿Qué les gustó a Uds.? ¿Qué no les gustó? ¿Qué fue lo mejor y lo peor del restaurante? ¿Les recomendarían Uds. este restaurante a sus amigos? ¿Por qué?

Vocabulario activo ▶

Las bebidas	Beverages
el agua mineral	mineral water
el café	coffee
la cerveza	beer
el jugo de naranja	orange juice
de piña	pineapple juice
el té	tea
el vino blanco	white wine
el vino tinto	red wine

Las carnes	Meats
la carne de cerdo	pork
de res	beef
el cordero	lamb
el jamón	ham
el pollo	chicken
el solomillo	sirloin
la ternera	veal

Los entremeses	Appetizers
el ceviche	marinated fish and seafood
el cóctel de camarones	shrimp cocktail
la ensalada mixta	tossed salad

Las entradas	Entrees
el arroz con pollo	chicken with rice
el bistec con papas fritas y frijoles	steak with French fries and beans
el casado	stewed beef with rice, beans, fried plantain, and cabbage
los chiles rellenos	stuffed peppers
el lechón asado	roast suckling pig
el picadillo	meat and vegetable stew

Los mariscos y el pescado	Seafood and Fish
la almeja	clam
el atún	tuna
el calamar	squid
el mejillón	mussel

Los postres	Desserts
la empanada de dulce	turnover with sweet fillings
el flan	caramel custard
la fruta	fruit
el helado	ice cream
el pastel	pastry
el queso	cheese
la torta	cake

Las sopas	Soups
el caldo	broth
el caldo de pollo con fideos	chicken noodle soup
el gazpacho	chilled vegetable soup
el menudo	tripe soup
la olla de carne	soup of beef, plantain, corn, and yucca
la sopa de aguacate	avocado soup
de albóndigas	meatball soup
de mariscos	seafood soup

Los sabores	Tastes
agrio	sour
amargo	bitter
dulce	sweet
picante	spicy
salado	salty

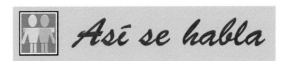

ORDERING IN A RESTAURANT

Un restaurante en un patio de un hotel en Centroamérica

CAMARERO	Buenas tardes, ¿les puedo ofrecer algo para beber?
MANUEL	María Luisa, ¿quisieras algo para beber?
MARÍA LUISA	Sí, creo que sí. (*Dirigiéndose al camarero*) ¿Me podría traer un jugo de piña, por favor?
MANUEL	Para mí una cerveza bien fría.
CAMARERO	Muy bien, señor.
	[*Al poco rato*]
CAMARERO	¿Están listos para pedir los señores?
MARÍA LUISA	Tráigame una carne asada, por favor.
CAMARERO	¿Y para el señor?
MANUEL	Para mí el arroz con pollo y una ensalada mixta. Espero que la comida esté tan deliciosa hoy como la semana pasada.
CAMARERO	No se preocupe, señor. Le aseguro que le gustará mucho. Nuestros cocineros son de primera.

If you are in a restaurant your waiter or waitress may use the following expressions.

¿Cuántas personas son?	*How many are in your party?*
¿Qué desearía(-n) comer / tomar hoy?	*What would you like to eat / drink today?*
¿Le(s) apetecería un(-a)... ?	*Would you like a . . . ?*
¿Desearía(-n) probar... ?	*Would you like to try . . . ?*

Le(-s) recomiendo...	*I recommend you to try . . .*
¿Qué le(-s) parecería... ?	*How would you like . . . ?*

If you are in a restaurant or cafeteria and you want to place your order you can use the following phrases.

Tráigame(-nos) el menú, por favor.	*Bring me (us) the menu, please.*
De entremés / plato principal / postre, quisiera / me gustaría...	*For an appetizer / entrée / dessert, I would like . . .*
No sé qué pedir / comer / tomar.	*I don't know what to order / eat / drink.*
¿Qué me (nos) recomienda?	*What do you recommend to me (us)?*
¿Podría regresar dentro de un momento, por favor?	*Could you come back in a minute, please?*
¿Cuál es el plato / la especialidad del día?	*What's today's specialty?*
¿Cuál es el plato de la casa?	*What's the restaurant's specialty?*
¿Es picante / muy condimentado / pesado?	*Is it hot / very spicy / heavy?*

 Práctica y conversación

A. ¡Hoy no estoy a dieta!   Con un(-a) compañero(-a), dramaticen la siguiente situación. Una persona hará el papel de cliente, otra de camarero(-a).

El (La) cliente

1. No sabe qué pedir.
3. Pide ayuda al (a la) camarero(-a)
5. Quiere saber cómo es...
7. Quiere pedir...

El (La) camarero(-a)

2. _____
4. _____
6. Tiene ajos y cebollas.
8. _____

B. ¡Esto está delicioso!   Formen grupos de tres. Dos estudiantes hacen el papel de clientes y uno(-a) el papel de camarero(-a).

Situación: Uds. se reúnen después de mucho tiempo y van a comer en su restaurante favorito, Brisas del Mar. Pidan su cena.

Estructuras

INDICATING TO WHOM AND FOR WHOM ACTIONS ARE DONE

Indirect Object Pronouns

Indirect object nouns and pronouns indicate to whom or for whom actions are done. *Elena sent **us** an invitation so we sent **her** a gift.*

—¿A quiénes **les** vas a dar esos regalos?
—**Le** doy este suéter **a mi papá** y **les** doy el juguete **a mis hermanitos.**

Indirect Object Pronouns		
Luis	**me** dio un regalo.	*Luis gave a gift to me.*
Luis	**te** dio un regalo.	*Luis gave a gift to you.* (fam. sing.)
Luis	**le** dio un regalo.	*Luis gave a gift to him / her / you.* (form. sing.)
Luis	**nos** dio un regalo.	*Luis gave a gift to us.*
Luis	**os** dio un regalo.	*Luis gave a gift to you.* (fam. pl.)
Luis	**les** dio un regalo.	*Luis gave a gift to them / you.* (form. pl.)

a. When a conjugated verb and an infinitive or present participle are used together, the object pronoun may attach to the end of an infinitive or present participle or precede the conjugated verb.

Luis **va a darme** un regalo.
Luis **me va a dar** un regalo.
Luis is going to give me a gift.

b. The indirect object pronoun must be attached to the end of an affirmative command and must precede a negative command.

Cómpra**le** un lindo regalo a Laura pero no **le** des el regalo todavía.
Buy a nice gift for Laura but don't give the gift to her yet.

c. Indirect object pronouns can be clarified or emphasized by using **a** + *prepositional pronouns.*

Le doy el café **a él** y **a ti** te doy el té.
I'm giving the coffee to him and I'm giving the tea to you.

d. In Spanish, sentences that contain an indirect object noun also contain the corresponding indirect object pronoun.

Le regalé un suéter **a mi papá.**
I gave a sweater to my dad.

Once the identity of the indirect object noun has been made clear, the indirect object pronoun can be used alone.

Le preparé un sandwich **a Miguel** y después **le** di una cerveza.

I prepared a sandwich for Miguel and then I gave him a beer.

 Práctica y conversación

A. Ayúdeme, por favor.   Ud. está organizando una fiesta. Sus amigos(-as) ofrecen ayudarlo(-la). Dígales qué van a hacer para ayudarlo(-la).

Modelo   Isabel / comprar las bebidas
            Isabel, cómprame las bebidas.

1. Susana / preparar una paella
2. José y Julio / prestar los discos
3. Paco / escribir las invitaciones
4. Marta / traer el ponche
5. Enrique y Chela / decorar la sala

B. Feliz cumpleaños.   Ud. tiene que asistir a seis fiestas este mes. Diga lo que Ud. regala.

Modelo   unas cintas / a Susana
            Le regalo unas cintas a Susana.

1. un libro / a Juan
2. unos discos / a los gemelos Sánchez
3. una raqueta de tenis / a ti
4. una videocinta / a Juana y a Lupe
5. un suéter / a Isabel
6. un radio / a Esteban y a María

Después de comprarles tantos regalos a sus amigos, Ud. decide comprarse algo especial. ¿Qué es?

C. Por favor...   Pídale Ud. favores a su compañero(-a) de clase. Su compañero(-a) va a contestar.

Modelo   mandar una tarjeta postal

            Usted: **Mándame la tarjeta postal, por favor.**
            Compañero(-a):   **Sí, te la mando esta tarde.**

prestar el coche / mostrar las fotos / dar los apuntes de la clase de historia / decir el número de teléfono / prestar cincuenta dólares / explicar los verbos / ¿?

D. ¡Qué trabajo!   En grupos, un(-a) estudiante hace el papel de jefe(-a) de una oficina, otro(-a) de secretario(-a) y el (la) tercer(-a) estudiante toma apuntes de lo que sucede y luego informa al resto de la clase.

Situación: El (La) jefe(-a) quiere que el (la) secretario(-a) le escriba una carta a un cliente, le mande flores a su esposo(-a) para su cumpleaños, haga reservaciones en su restaurante favorito para esa noche, saque fotocopias de un documento importante y ¿?

EXPRESSING LIKES AND DISLIKES

Verbs like gustar

To express likes, dislikes, and interests, Spanish uses a group of verbs that function very differently from their English equivalents. The verb **gustar** meaning *to like* or *to be pleasing,* is one of a number of common Spanish verbs that use an indirect object where English uses a subject.

Me gustan estas empanadas.		*I like these empanadas.*	
↓	↓	↓	↓
Indirect Object	Subject	Subject	Direct Object

a. With verbs like **gustar** the subject generally follows the verb; it is this subject that determines a singular or plural verb.

    Me **gusta** esta ensalada pero no   *I like this salad, but I don't like these tacos.*
       me **gustan** estos tacos.

b. The use of **a** + *prepositional pronoun* is often necessary to clarify or emphasize the indirect object.

    A mí no me gusta este restaurante   *I don't like this restaurant, but they like it*
       pero **a ellos** les gusta muchísimo.   *a lot.*

c. The phrase **a** + *noun* can also be used with the indirect object pronouns **le / les.**

    A Rita le gustan los postres.   *Rita likes desserts.*
    A mis padres no **les** gusta el pescado.   *My parents don't like fish.*

d. The following verbs function like **gustar.**

caer bien / mal	*to suit / to not suit*
disgustar	*to annoy, displease, upset*
encantar	*to adore, love, delight*
faltar	*to be missing, lacking; to need*
fascinar	*to fascinate*
importar	*to be important; to matter*
interesar	*to be interesting; to interest*
molestar	*to bother*
parecer	*to seem*
quedar	*to remain, have left*

Práctica y conversación

A. Los gustos. Explique lo que les gusta a las siguientes personas.

    Modelo   a mí / gazpacho
           Me gusta el gazpacho.

    1. a Julio / postres   2. a ti / sopa de vegetales

3. a Susana / flan
5. a María y a Tomás / mariscos
7. a mí / chiles rellenos

4. a nosotros / frutas
6. a Ud. / pescado
8. a Uds. / helado

B. Entrevista personal.   Pregúntele a un(-a) compañero(-a) de clase sobre sus gustos y preferencias. Su compañero(-a) debe contestar.

Modelo   a ti / gustar / las canciones de Madonna

USTED: **¿Te gustan las canciones de Madonna?**
COMPAÑERO(-A):   **Sí, (No, no) me gustan.**

1. a ti / interesar / el arte moderno
2. a ti / disgustar / la comida de la residencia estudiantil
3. a tus compañeros(-as) de clase / faltar / dinero
4. a tu amigo(-a) / fascinar / las fiestas
5. a ti / importar / la política
6. a Uds. / caer bien / los frijoles
7. ¿?

C. ¿Te gusta?   Ud. quiere saber si su compañero(-a) tiene los mismos gustos que Ud. con respecto a la comida y otras cosas. Pregúntele y vea cuál es su reacción a lo siguiente. Después dígale a la clase si Ud. y su compañero(-a) son compatibles o no y explique por qué.

Modelo   los frijoles / el arroz con pollo

USTED: **¿Te gustan los frijoles?**
COMPAÑERO(-A):   **No, no me gustan los frijoles.**
USTED: **¿Y el arroz con pollo?**
COMPAÑERO(-A):   **¡Me encanta el arroz con pollo!**

los pasteles / el flan / los chiles / las sopas / los postres / las ensaladas / la cerveza / el café / el chocolate / el vino blanco / la comida china / ¿?

D. Me acuerdo que...   Con un(-a) compañero(-a) de clase, discutan lo que a Uds. les gustaba o no les gustaba cuando eran niños(-as).

Modelo   USTED: **Cuando era niño(-a) a mí me encantaba ir al parque. ¿Y a ti?**
COMPAÑERO(-A):   **A mí me gustaba montar (en) bicicleta.**

jugar con amigos / practicar deportes / tocar el violín / los animales de los vecinos / dibujos animados / mis maestros / visitar a mis parientes / libros de cuentos / las frutas y vegetales / los dulces y caramelos / ¿?

SEGUNDA SITUACIÓN

Presentación

ESPERO QUE VAYAMOS A UN BUEN RESTAURANTE

Práctica y conversación

A. ¿Qué hay en el dibujo?   Utilizando el **Vocabulario activo** a continuación, nombre Ud. las cosas y personas que se ven en el dibujo.

B. Tengo hambre.   ¿A qué restaurante va Ud. si quiere... ?

el almuerzo / la cena / la comida completa / la comida ligera / el desayuno / la merienda / la comida mexicana

C. Consejos.　¿Qué debe comer o beber una persona que... ?

quiere engordar / está a dieta / quiere una comida sabrosa / está muriéndose de hambre / tiene mucha sed / no tiene mucha hambre

D. Vamos a McDonald's.　Hágale preguntas a un(-a) compañero(-a) de clase sobre lo que va a pedir en McDonald's.

Pregúntele...

1. qué va a tomar para el desayuno.
2. qué quiere para el almuerzo.
3. qué pide si no tiene mucha hambre.
4. qué va a beber.
5. qué quiere de postre.

¿Qué semejanzas (*similarities*) y diferencias hay en el menú en español y el menú del McDonald's donde Ud. come?

E. Creación.　En una narración cuente lo que pasa en el dibujo de la **Presentación.**

Vocabulario activo ▶

Las preferencias	**Preferences**
estar loco por	*to be crazy about*
soportar	*to tolerate*

Las comidas	**Meals**
el almuerzo	*lunch*
la comida completa	*complete meal*
ligera	*light meal*
regional	*typical regional*
típica	*meal*
el desayuno	*breakfast*
la merienda	*snack*

El apetito	**Appetite**
rico	*delicious*
sabroso	
engordar	*to gain weight*
estar a dieta	*to be on a diet*
morirse (ue, u) de	*to be starving*
hambre	
tener hambre	*to be hungry*

En el restaurante	**In the Restaurant**
el (la) camarero(-a)(E)	*waiter (waitress)*
el (la) mesero(-a)(A)	*server*
una mesa afuera	*a table outside*
cerca de la	*near the window*
ventana	
en el patio	*on the patio*
en el rincón	*in the corner*
un restaurante caro	*an expensive*
	restaurant
económico	*an inexpensive*
	restaurant
de lujo	*a first-class*
	restaurant

tener una	*to have a*
reservación en	*reservation*
nombre de _____	*in the name*
	of _____

El menú	**Menu**
la lista de vinos	*wine list*
el menú del día	*special menu*
	of the day
turístico	*tourist menu*
el plato principal	*main course*
pedir (i, i)	*to order*
recomendar (ie)	*to recommend*
sugerir (ie, i)	*to suggest*

El cubierto	**Place Setting**
la copa	*goblet, glass*
	with a stem
la cuchara	*soup spoon*
la cucharita	*teaspoon*
el cuchillo	*knife*
el platillo	*saucer*
el plato	*plate*
el pimentero	*pepper shaker*
el salero	*salt shaker*
la servilleta	*napkin*
la taza	*cup*
el tenedor	*fork*
el vaso	*glass*

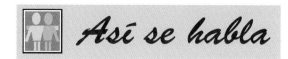

MAKING INTRODUCTIONS

SR. RONCAGLIOLO	¿Cómo está, doctora Cabrera? ¡Qué gusto verla!
DRA. CABRERA	Sí, hacía tiempo que no lo veía. No me diga que también le gusta la comida criolla.
SR. RONCAGLIOLO	¡Por supuesto! ¡Siempre!
DRA. CABRERA	(*Dirigiéndose a su esposo*) Esteban, mi amor, te presento al señor Roncagliolo. Trabaja en la oficina de Personal.
DR. CABRERA	¡Ah, qué bien! Es un placer conocerle.
SR. RONCAGLIOLO	El gusto es mío.
DR. CABRERA	¿Viene Ud. aquí seguido?
SR. RONCAGLIOLO	La verdad es que vengo por lo menos dos veces al mes. La comida es deliciosa y los precios no son malos.
DR. CABRERA	Es verdad.
SR. RONCAGLIOLO	Bueno, los dejo. Que disfruten.

If you want to introduce someone, you can use the following phrases.

Sr. Sánchez, le presento al Sr. Samaniego.	*Mr. Sánchez, this is Mr. Samaniego.*
Julio, te presento / quiero que conozcas a Mariela.	*Julio, this is / I want you to meet Mariela.*
Julio, ésta es Mariela de quien tanto te he hablado.	*Julio, this is Mariela, whom I've told you so much about.*

If you want to introduce yourself, you can use the following phrases.

Permítame / Permíteme que me   *Let me introduce myself. I'm Monica*
presente. Yo soy Mónica Valverde.   *Valverde.*

If you are responding to an introduction, you can use the following phrases.

Mucho / Cuánto gusto.	*Nice to meet you.*
Es un placer.	*It's a pleasure.*
Encantado(-a) de conocerlo(-la).	*Delighted to meet you.*
El gusto es mío.	*It's my pleasure.*

▦ Práctica y conversación

A. Quiero presentarte a...   En grupos de tres, un(-a) estudiante presenta a los (las) otros(-as) dos. Estos(-as) se saludan e intercambian información personal (ciudad o país de origen, ocupación / lugar de estudios, pasatiempo favorito, etc.).

B. En una fiesta familiar.   En grupos, dramaticen la siguiente situación. Ud. ha invitado a su novio(-a) a una fiesta familiar. Preséntelo(-la) a sus padres, a su hermano(-a) mayor, a su abuelo(-a), a sus padrinos.

BCC

Alberto Roncagliolo Podestá
Director de Personal
Banco del Centro Consolidado

Av. Urdaneta 1067
Caracas, Venezuela

Teléfono 862-1648
Fax (58-2) 862-1368

Estructuras

EXPRESSING HOPES, DESIRES, AND REQUESTS

Present Subjunctive after Expressions of Wishing, Hoping, Commanding, and Requesting

Verbs in the indicative mood express statements or questions that are objective or factual.

Carolina **prepara** una paella para   *Carolina is preparing a paella for Sunday.*
el domingo.

Verbs in the subjunctive mood are used for subjective or doubtful statements or questions.

Espero que Carolina **prepare** una
paella para el domingo.

*I hope that Carolina is preparing a paella
for Sunday.*

My hope that Carolina is preparing a paella for Sunday does not mean that she will do it; this action is not an observable fact and therefore the subjunctive is used.

Formation of the Present Subjunctive

a. To form the present subjunctive:

1. Obtain the stem by dropping the **-o** from the first-person singular of the present tense.
2. To the stem add **-er** endings to **-ar** verbs and **-ar** endings to **-er** and **-ir** verbs.

Verbos en -AR	Verbos en -ER	Verbos en -IR
preparar	comer	recibir
prepare	coma	reciba
prepares	comas	recibas
prepare	coma	reciba
preparemos	comamos	recibamos
preparéis	comáis	recibáis
preparen	coman	reciban

b. Verbs that are irregular in the first-person singular of the present indicative will show the same irregularity in all forms of the present subjunctive.

HACER: haga, hagas, haga, hagamos, hagáis, hagan
CONOCER: conozca, conozcas, conozca, conozcamos, conozcáis, conozcan

c. Certain verbs will show spelling changes in the present subjunctive.

For verbs ending in

1. **-car** change the **c → qu**:   buscar   **busque**
2. **-gar** change the **g → gu**:   pagar   **pague**
3. **-zar** change the **z → c**:   organizar   **organice**
4. **-ger** change the **g → j**:   escoger   **escoja**

d. Stem-changing **-ar** and **-er** verbs follow the pattern of change of the present indicative: all forms stem-change except **nosotros** and **vosotros.**

e → ie	o → ue	e → ie	o → ue
recomendar	mostrar	perder	devolver
recomiende	muestre	pierda	devuelva
recomiendes	muestres	pierdas	devuelvas
recomiende	muestre	pierda	devuelva
recomendemos	mostremos	perdamos	devolvamos
recomendéis	mostréis	perdáis	devolváis
recomienden	muestren	pierdan	devuelvan

e. Stem-changing **-ir** verbs follow the pattern of change of the present indicative and show an additional stem change in the **nosotros** and **vosotros** forms.

e → ie, i	e → i, i	o → ue, u
divertirse	**pedir**	**dormir**
me divierta	pida	duerma
te diviertas	pidas	duermas
se divierta	pida	duerma
nos divirtamos	pidamos	durmamos
os divirtáis	pidáis	durmáis
se diviertan	pidan	duerman

f. Verbs whose present indicative **yo** form does not end in **-o** have irregular subjunctive stems. The endings of such verbs are regular.

DAR: dé, des, dé, demos, deis, den
ESTAR: esté, estés, esté, estemos, estéis, estén
IR: vaya, vayas, vaya, vayamos, vayáis, vayan
SABER: sepa, sepas, sepa, sepamos, sepáis, sepan
SER: sea, seas, sea, seamos, seáis, sean

The present subjunctive of **hay** = **haya.**

Uses of the Subjunctive

a. The subjunctive in Spanish is used to express subjectivity or that which is unknown. Expressions of desire, hope, command, or request are among many Spanish verbs and phrases that create a doubtful or unknown situation and require the use of the subjunctive.

DESIRE: desear, querer
HOPE: esperar, ojalá (que)
COMMAND: decir, dejar, es necesario, es preciso, exigir, insistir en, mandar, ordenar, permitir, prohibir
ADVICE/REQUEST: aconsejar, pedir, proponer, recomendar, rogar, sugerir

b. Decir is followed by the subjunctive when someone is told or ordered to do something. **Decir** is followed by the indicative when information is given.

Ricardo le **dice** a su madre que **sirva** las bebidas en seguida.   *Ricardo tells his mother to serve the drinks right away.*

Ricardo **dice** que su madre **sirve** las bebidas en seguida.   *Ricardo says that his mother is serving the drinks right away.*

c. Many of the expressions of command or advice/request will use indirect objects. In such cases the indirect object pronoun and the subjunctive verb ending refer to the same person.

Te recomiendo que le **sirvas** el pescado a Diana. Es muy rico.   *I recommend that you serve fish to Diana. It's very tasty.*

d. Generally the subjunctive occurs in sentences with two clauses. The main or independent clause contains an expression that will require the use of the subjunctive in the second or subordinate clause when the subject is different from that of the main clause. If there is no change of subject, the infinitive is used.

Change of Subject: Subjunctive

Bárbara quiere que **comamos** en un restaurante mexicano.

Barbara wants us to eat in a Mexican restaurant.

Same Subject: Infinitive

Bárbara quiere **comer** en un restaurante mexicano.

Barbara wants to eat in a Mexican restaurant.

e. There is little direct correspondence between the use of the subjunctive in Spanish and English. As a result, the Spanish subjunctive may translate into English with a subjunctive, but will more likely translate with the present or future indicative or an infinitive. Compare the following translations of similar Spanish sentences.

Espero que coman en un café.	*I hope (that) they eat in a café.*
Ojalá que coman en un café.	*Hopefully they will eat in a café.*
Quiero que coman en un café.	*I want them to eat in a café.*
Insisto en que coman en un café.	*I insist that they eat in a café.*

Práctica y conversación

A. Deseos.   Ud. y su novio(-a) / esposo(-a) van a celebrar su aniversario en un restaurante. Exprese sus deseos acerca del restaurante usando las siguientes frases: **quiero que, espero que, ojalá, insisto en que, es necesario que, recomiendo que.**

1. El restaurante está cerca del mar.
2. Ofrecen una variedad de platos.
3. Sirven pescado y mariscos diariamente.
4. Es uno de los mejores restaurantes de la ciudad.
5. Los camareros ayudan a los clientes.
6. Siempre hay muchos clientes, especialmente por la noche.
7. Tienen mesas afuera.

B. En el restaurante.   Explique lo que quieren las siguientes personas.

Modelo   ¿Qué esperan los clientes?
            la comida: ser bueno
            Los clientes esperan que la comida sea buena.

1. ¿Qué esperan los clientes?

   la comida: llegar a tiempo / los camareros: servir rápidamente / la comida: empezar a tiempo / la mesa: estar lista

2. ¿Qué quieren los camareros?

   los clientes: darles una buena propina (*tip*) / los clientes: no hacer mucho ruido / los clientes: pagar la cuenta / los clientes: divertirse

C. Una fiesta de cumpleaños.   Discuta las fiestas de cumpleaños con un(-a) compañero(-a) de clase. Cada persona necesita completar las siguientes oraciones. Después, compare sus respuestas.

   1. Ojalá que _____.
   2. Es necesario que _____.
   3. Mi padre / madre prohibe que yo _____.
   4. Mi amigo(-a) recomienda que _____.
   5. Mis padres insisten en que yo _____.
   6. Les aconsejo a mis amigos(-as) que _____.

D. ¿Adónde vamos a comer?   Ud. y un(a-) compañero(-a) tratan de decidir adónde van a comer esta noche. Lea los anuncios (*ads*) a continuación y exprese sus deseos y consejos sobre los restaurantes usando las nuevas expresiones.

MAKING COMPARISONS

Comparisons of Inequality

In conversation, we frequently compare persons or things that are not equal in certain qualities or characteristics such as age, size, or appearance.

a. When comparing the qualities of two or more unequal persons or things the following structure is used.

$$\left.\begin{array}{c}\textbf{más}\\\textbf{menos}\end{array}\right\} + \begin{array}{c}\text{ADJECTIVE}\\\text{ADVERB}\\\text{NOUN}\end{array} + \textbf{que}$$

Adjective:

Un limón es **menos dulce que** una naranja.

A lemon is less sweet than an orange.

Adverb:

Antonio come **más rápidamente que** nadie.

Antonio eats more rapidly than anyone.

Noun:

Este vino tinto tiene **más olor que** el vino blanco.

This red wine has more aroma than the white wine.

b. When comparing the unequal manner in which persons or things act or function, the following structure is used:

VERB + **más / menos que** + PERSON or THING

Manolo siempre **come más que** tú.

Manolo always eats more than you.

c. A few adjectives do not follow the regular pattern of **más** + *adjective* + **que,** but use a special comparative form + **que.**

Adjectives		Comparative Forms	
bueno	*good*	mejor(-es)	*better*
malo	*bad*	peor(-es)	*worse*
joven	*young*	menor(-es)	*younger*
viejo	*old*	mayor(-es)	*older*
mucho	*many, much*	más	*more*
poco	*few, little*	menos	*less*

Este plato es bueno, pero el tuyo es **mejor.**

This dish is good, but yours is better.

Aunque Julio no come muchos vegetales, siempre come **más** fruta **que** yo.

Although Julio doesn't eat a lot of vegetables, he always eats more fruit than I.

d. The age of persons is compared with **mayor / menor.**

> Todos mis primos son **menores** que yo.   *All of my cousins are younger than I.*

The age of things is compared with **más / menos nuevo** and **más / menos viejo.**

> El restaurante Managua es **más viejo** que el restaurante Miramar.   *Managua Restaurant is older than Miramar Restaurant.*

e. When **grande / pequeño** refer to size, their comparatives are formed with **más / menos.** When **grande / pequeño** refer to age, their comparatives are the irregular forms **mayor / menor.**

> Susana es grande.   *Susana is big.*
> Es **más grande que** Teresa.   *She's bigger than Teresa.*
> Es **mayor que** Nilda.   *She's older than Nilda.*

f. Some adverbs also have irregular comparative forms.

Adverbs		Comparative Forms	
bien	*well*	mejor	*better*
mal	*bad, sick*	peor	*worse*
mucho	*a lot*	más	*more*
poco	*a little*	menos	*less*

> Antonio estuvo mal ayer pero hoy está mucho **mejor.**   *Antonio was sick yesterday but today he's much better.*

g. When comparisons are followed by numbers, the form is **más de** + *number.*

> Hay **más de cien** personas en el café.   *There are more than one hundred people in the café.*

✳ Práctica y conversación

A. ¿Cuál es mejor?   Trabaje con un(-a) compañero(-a) de clase. Cada persona debe indicar sus preferencias según el modelo. Después, compare sus preferencias.

> *Modelo*   el café / el té
> **¿Cuál es mejor, el café o el té?**
> **En mi opinión, el café es mejor que el té.**

1. jugo de naranja / jugo de tomate
2. vino tinto / vino blanco
3. calamares / camarones
4. helado / torta
5. cordero / carne de res

B. ¿Qué piensas de... ?   Con un(-a) compañero(-a), decidan cuál de las siguientes personas parece estar en mejor situación económica. También comparen sus características físicas.

Datos Personales					
	Edad	**Estatura**	**Peso**	**Sueldo mensual**	**Propiedades**
Vicente	37	1,68 m	75 kg	$2250	1 apartamento
Jesús	34	1,70 m	76 kg	$4000	1 casa
Federico	45	1,80 m	85 kg	$4500	3 casas
Violeta	25	1,70 m	55 kg	$5200	1 casa
Ángela	22	1,66 m	52 kg	$2300	———
Gustavo	24	1,82 m	75 kg	$6700	2 casas

C. ¡Tengo menos dinero que nunca!   Ud. sólo tiene 50 pesos pero va a Todo Fresco a comer con un(-a) amigo(-a). Miren el menú, comparen los precios de los diferentes platos y elijan lo que van a comer.

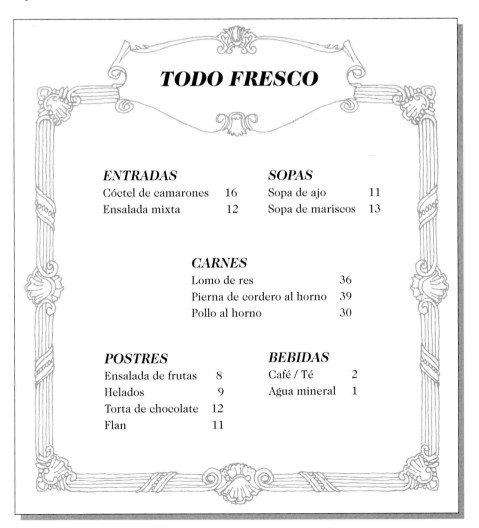

TODO FRESCO

ENTRADAS
Cóctel de camarones   16
Ensalada mixta   12

SOPAS
Sopa de ajo   11
Sopa de mariscos   13

CARNES
Lomo de res   36
Pierna de cordero al horno   39
Pollo al horno   30

POSTRES
Ensalada de frutas   8
Helados   9
Torta de chocolate   12
Flan   11

BEBIDAS
Café / Té   2
Agua mineral   1

¿Qué oyó Ud.?

Remembering Key Details and Paraphrasing

Managua, Nicaragua

When you listen to a conversation, lecture, announcement, or any other type of speech, sometimes you don't need to remember the exact words that were spoken. Instead you can paraphrase, that is, use different words or phrases to report what you heard. Some other times, however, you do need to remember factual information, so you filter out what you don't need, and select only the important points the speaker is making. If you take notes, written or mental, you will be able to recall the valuable information you need.

Ahora, escuche el diálogo que se lleva a cabo en una fiesta entre Gustavo Antonio, Violeta y Elisa. Antes de escuchar la conversación, lea los siguientes ejercicios. Después, conteste.

A. Información general.   Con un(-a) compañero(-a) de clase haga un breve resumen de la conversación.

B. Algunos detalles.   Ahora, circule **SÍ** si las oraciones presentadas a continuación parafrasean apropiadamente lo que Ud. oyó, o **NO** si no lo hacen.

SÍ   NO   1. Gustavo Antonio quiere enseñarle León a Elisa.
SÍ   NO   2. Violeta y Gustavo Antonio le ofrecen ayuda a Elisa.
SÍ   NO   3. Elisa viene de una ciudad más pequeña que Managua.
SÍ   NO   4. Violeta quiere saber si Elisa va a estudiar en la universidad.

C. Análisis. Escuche el diálogo nuevamente prestando especial atención al estado de ánimo (*state of mind*) y actitud de los participantes. Luego, circule **SÍ** si las oraciones presentadas a continuación presentan información correcta, o **NO** si no lo hacen.

SÍ   NO   1. Gustavo Antonio y Violeta no son muy amables.
SÍ   NO   2. Roque no es un buen amigo.
SÍ   NO   3. Elisa parece estar disgustada.
SÍ   NO   4. Todos están disfrutando de la fiesta.

TERCERA SITUACIÓN

Los menús en el mundo hispano

Práctica intercultural.   ¿Qué incluiría Ud. si tuviera que escribir un menú de la comida típica de los Estados Unidos? Mencione las bebidas, las entradas y los postres. ¿Hay diferencias en las comidas de distintas regiones de los EE.UU.? ¿Cuáles son? ¿Pueden estas diferencias causar malentendidos?

Existen muchas diferencias en las comidas típicas de los países hispánicos y no es raro que un peruano o un chileno no entienda el menú de un restaurante mexicano, por ejemplo, y vice-versa. En el menú de un restaurante peruano, Ud. puede encontrar los siguientes platos. (Recuerde que la moneda del Perú es el sol.)

RESTAURANTE EL RAYMONDI

Menú Turístico

Ceviche
(Marinated fish or seafood)
14.00

Escabeche
(Fried fish with onions)
15.00

Papas a la huancaína
(Potatoes with cheese and hot pepper sauce)
17.00

Ají de gallina
(Shredded chicken with hot sauce)
27.00

Arroz con pato
(Duck with rice)
30.00

Lomo a la chorrillana
(Tenderloin with onions and hot peppers)
32.00

Miraflores, Perú

En el menú de un restaurante venezolano, no encontrará ninguno de los platos peruanos. En su lugar, Ud. podrá encontrar los siguientes platos. (Recuerde que la moneda de Venezuela es el bolívar.)

Restaurante La Estancia

Parrillada mixta
(Grilled meats)
1600

Pabellón criollo
(Shredded beef served with
black beans, baked plantain, and rice)
1800

Parrillada a la criolla
(Grilled beef and sausages)
2000

Arroz con coco
(Rice with coconut sauce)
1300

Canasta de arepas
(Basket of cornmeal bread)
300

Caracas, Venezuela
Menú Turístico

Los postres varían mucho también de país a país, pero generalmente Ud. podrá pedir helados o flan en cualquier restaurante del mundo hispánico. Con respecto a las bebidas también hay una mayor uniformidad y Ud. podrá pedir aguas gaseosas, minerales, jugo de frutas, café, té, etc.

A continuación se presenta el menú de un restaurante español donde no verá ninguno de los platos anteriores. (Recuerde que la moneda de España es la peseta.)

El Rincón Viejo

Toledo, España · Menú Turístico

Entremeses
(Appetizers)

Jamón serrano
(Cured Mountain Ham)   425

Tortilla a la española
(Egg and Potato Omelette)   350

Calamares en su tinta
(Squid in its own Liquid)   950

Entradas
(Main Dishes)

Cocido a la madrileña
(Stewed Chicken, Meat,
Potatoes, and Beans)   1350

Cordero lechal asado
(Roast Lamb)   1600

Paella a la valenciana
(Rice, Seafood, Chicken
and Vegetable Casserole)   2200

Cochinillo asado
(Roast Suckling Pig)   1975

▓ Práctica y conversación

A. ¿Qué puedo comer?   Ud. y su compañero(-a) de cuarto han decidido ir a un restaurante español. Discutan lo que van a pedir.

Modelo   Usted: **Yo quiero una paella a la valenciana y un vaso de vino.**
          Compañero(-a):   **¡Qué barbaridad! Yo no puedo comer tanto. Yo sólo quiero calamares en su tinta y agua mineral.**

B. Un restaurante internacional.   Utilizando la información de los diferentes menús anteriores, escriba un menú que contenga platos de diferentes países. Incluya ensaladas, entradas, postres y bebidas.

LOCATING MAIN IDEAS AND SUPPORTING ELEMENTS

Every reading selection is composed of a main idea and the details or supporting elements to develop this idea. In order to understand a reading passage, it is important to locate the main idea quickly and to separate it from the supporting details. In newspaper and magazine articles, the main idea is generally located in the first paragraph. The paragraphs that follow develop the main idea by providing details and examples. A similar structure exists within each paragraph. The topic sentence or main idea of the paragraph is frequently the first sentence and the succeeding sentences further develop and support the topic sentence.

▓ Práctica

A. Antes de leer.   Como siempre dé un vistazo (*scan*) al título y a las fotos de la siguiente lectura. En su opinión, ¿cuál es la idea central? Usando el mapa de Centroamérica en la página 142, encuentre Costa Rica. ¿Dónde está y qué países están cerca?

B. La idea central.   Lea el segundo párrafo de la lectura para descubrir la idea central del artículo. ¿Qué oración contiene el tema del artículo?

C. Detalles secundarios.   Ahora lea la selección. Trate de encontrar la idea central de cada párrafo. Estas ideas centrales de los párrafos forman los detalles secundarios que apoyan el tema central del artículo.

Costa Rica, la perla democrática

La carretera° excelentemente pavimentada que conduce desde la capital San José a la pequeña población° de Guapiles atraviesa° el parque nacional Braulio Carrillo. Por la carretera del parque circulan pocos vehículos. De repente, el coche es detenido° por un insólito° control. Dos hombres de paisano° se acercan al coche mientras, a lo lejos, dos agentes

highway
pueblo / crosses

stopped / unusual
plainclothed
LECTURA

de la Guardia Civil observan la escena. «Disculpe, es una inspección. Somos de la organización *Vida Silvestre* y vigilamos para evitar el robo de plantas del parque.»

Este primer encuentro nos devuelve a una realidad distinta. Aunque se trata de la América Central, esta pequeña experiencia sirve para recordarnos que Costa Rica es diferente. Aquí, nada de militares de uniforme armados hasta los dientes ni convoyes de camiones de color oliva.

Costa Rica, este pequeño país de 2,8 millones de habitantes, parece encontrarse fuera del habitual contexto conflictivo centroamericano. Sacudido° y varias veces amenazado° por sus vecinos, la *pequeña Suiza°* mantiene su identidad.

Los costarricenses viven en un relativo aislamiento° pero han llevado al exterior la voz popular de ser el «país de la paz». Puesto que Costa Rica no tiene ejército° es lógico que su símbolo es el maestro y no el soldado.

Shaken / threatened
Switzerland
isolation
army

La Fortuna de San Carlos, Costa Rica

En 1948 el pueblo costarricense se alzó° en contra del entonces presidente Rafael Calderón Guardia y su fraude electoral. El líder del pueblo fue José Figueres Ferrer, llamado don Pepe. Al triunfar el pueblo, don Pepe disolvió los cuerpos armados el primero de diciembre de 1948. La abolición del ejército fue acompañada de una serie de medidas° progresistas que encaminaron a Costa Rica hacia cuatro décadas de paz y bienestar económico y social. Don Pepe, considerado como «el prócer° de la Patria», nacionalizó la Banca°, los seguros°, la sanidad°, y el transporte. Convirtió a Costa Rica en un país fuerte bajo la teoría del *Estado benefactor.*

rose up

measures

líder, padre /
banking system / insurance /
public health system

Pero esta vieja paz fue sacudida por las eternas crisis centroamericanas y, en particular, por la revolución sandinista en Nicaragua de 1979. Aquel año el gobierno y el pueblo costarricense apoyaron en su inmensa mayoría la lucha del sandinismo, un factor importante para su triunfo.

Sin embargo, dos años después, la situación cambió sustancialmente; el gobierno sandinista de Nicaragua se radicalizó bastante. «El pueblo (costarricense) resintió mucho el fraude sandinista y en nuestra gente, de tradición antimilitarista, renació el miedo ante el recuerdo histórico de numerosas agresiones anteriores», comenta Rolando Araya, ex secretario general del Partido de Liberación. Una gran mayoría de la población observaba con recelo° al gobierno sandinista. Temían los éxodos masivos de exiliados y refugiados nicaragüenses porque este pequeño país de menos de tres millones de habitantes y con serios problemas económicos no podía aguantar° otros miles de refugiados.

suspicion

support

El entonces presidente de Costa Rica, Oscar Arias Sánchez, propuso un plan de pacificación para el área. El presidente estaba convencido de que nunca podrían solucionarse los problemas económicos de Costa Rica mientras perdurara la guerra en los países vecinos. En 1987 Arias recibió el Premio Nóbel de la Paz por su plan de pacificación. Rolando Araya afirma, «El gran mérito de Arias ha sido el pasar de un peligro de guerra a un protagonismo pacificador. El Premio Nóbel de la Paz tiene gran importancia para la seguridad del país: hemos ganado más con este galardón° que con la compra de mil tanques».

prize

Oscar Arias: El presidente de Costa Rica, 1986–1990

A pesar de serios problemas económicos Costa Rica ha logrado un relativo bienestar si se compara con sus empobrecidos y militarizados vecinos. El noventa por ciento de las viviendas posee un televisor, el sueldo medio semanal alcanza los cuatro mil colones (80 dólares) y los precios de los productos básicos no se han disparado°. La Seguridad Social cubre a todos los ciudadanos, el 2,5 por ciento de la población se encuentra en la universidad y hay buena remuneración para los jubilados°.

shot up

retired persons

En este país en donde el presidente vive en su casa y no en palacio, conduce su propio automóvil sin guardaespaldas y en el que no existe protocolo oficial, cualquier ciudadano puede acercarse al presidente.

En Costa Rica los jóvenes se divierten, salen de noche a bailar o pasear, sin el temor de ser aprehendidos por la fuerza e ingresar en el servicio militar.

Costa Rica es diferente y así lo afirmó el presidente Arias cuando se celebró el 39 aniversario de la abolición del ejército: «En estas cuatro décadas todos los países de nuestra América Latina conocieron la dictadura militar. Costa Rica, no. En estos 39 años todos los países de nuestra América han visto morir al joven estudiante, al campesino, al obrero, en crueles e inútiles matanzas° perpetradas por bestias° en botas... En Costa Rica, no».

killings / beasts

Adaptado de *Cambio 16*

 Comprensión

A. Identificaciones. Identifique con una o dos oraciones breves los siguientes lugares o personas mencionados en el artículo.

San José	Don Pepe	José Figueres Ferrer
Braulio Carrillo	Rolando Araya	Rafael Calderón Guardia
Oscar Arias Sánchez	Guapiles	

B. Símbolos y metáforas. A veces el autor usa símbolos y metáforas para referirse a personas y lugares. Conteste estas preguntas que tienen que ver con las alusiones.

1. ¿A qué se refiere «la pequeña Suiza»? ¿Por qué es una buena designación?
2. Según el artículo, es lógico que el símbolo de Costa Rica es el maestro. ¿Por qué?
3. Al final del artículo mencionan «...crueles e inútiles matanzas perpetradas por bestias con botas...» ¿Quiénes son estas «bestias con botas»? ¿Existen en Costa Rica?

C. Un presidente y un país excepcional. Describa al ex presidente de Costa Rica. ¿De qué manera es excepcional? Describa el gobierno, la economía y el estado social de Costa Rica. ¿En qué son excepcionales?

D. Defensa de una opinión. Según el artículo, ¿por qué es Costa Rica la excepción y la esperanza de la América Central?

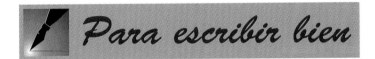

SUMMARIZING

Summarizing is an important skill. People frequently need to summarize what they have read or listened to so they can remember it for the future.

A summary is a brief version of a reading selection or oral presentation. A good summary is basically a restatement of the main idea of the reading or oral passage followed and supported by the topic sentences of major paragraphs. Thus, the first step in preparing a summary is to identify the main idea and supporting elements. (You may need to re-read the **Para leer bien** section of this chapter to review this step.) The second step is to arrange the main idea and supporting elements into a cohesive unit. During this step you may need to rearrange supporting elements so they follow each other more logically. The final step is to write the summary. During the actual writing, you will probably need to add words and phrases that will link the ideas in a cohesive manner.

 # COMPOSICIONES

A. Un resumen. Escriba un resumen del artículo «Costa Rica, la perla democrática».

B. El (La) crítico(-a) culinario(-a). Ud. es el (la) crítico(-a) culinario(-a) para un periódico local. Escriba un resumen de una cena que tuvo recientemente en un restaurante. Describa el restaurante y la comida. Explique lo que le gustó y no le gustó. Compare el restaurante con otros.

C. La comida universitaria. Escríbale una carta a Julio(-a) Montoya, un(-a) estudiante de intercambio que va a venir a estudiar en su universidad. Dígale dónde, cuándo y qué se come en la universidad; también dígale cómo es la comida. Compare la comida norteamericana con la comida de un país hispano para prepararlo(-la) para su visita aquí.

Actividades

A. Preferencias.   You must work in a group of three or four people to plan the menu for a party for the International Club. Introduce the members of the group to one another. Then interview each member of your group to find out what food or drink they love, like, or dislike in each category. Then, with the aid of your survey, prepare a menu with two or three items in each category.

	Me encanta(-n)	Me gusta(-n)	Me disgusta(-n)
Entremeses / Ensaladas Entradas Postres Bebidas			

B. El Restaurante Pacífico.   You are the waiter (waitress) in *Restaurante Pacífico*. Two American tourists (played by your classmates) come to your restaurant for dinner. They are not familiar with the food and they ask you many questions about the food items. You answer their questions and make recommendations. Finally, you take their order for a complete meal with beverages.

C. Un experimento.   The psychology department is conducting a series of experiments on dormitory living conditions. You and a classmate have been assigned to spend a week together in quarters resembling a college dormitory room. You will be constantly observed by the experiment team. You will be allowed to bring with you food, books, music, videos, games, and clothing for the week-long experiment. Prior to packing, get together with your classmate. Ask and answer questions about what kinds of games, movies, music, and books interest you; what foods you love and hate; and items that are important to you. Establish a list of at least two items per category to bring with you for the week. After finishing, compare your list with that of your partner. Explain which items you hope or want your partner to bring.

D. Un restaurante estupendo.   Tell your classmates about the best restaurant meal you ever ate. Provide the name of the restaurant, its location, and a description of it. Explain who you went with and what you ate and drank. Compare this restaurant with others you have eaten in and explain why this restaurant meal was so special.

CAPÍTULO 6
En casa

Este matrimonio comparte los quehaceres domésticos.

Cultural Themes

Colombia and Venezuela
Hispanic Home Life

Communicative Goals

Enlisting Help
Telling Others What to Do
Comparing People and Things with
    Equal Qualities
Pointing Out People and Things
Expressing Polite Dismissal
Expressing Judgment, Doubt, and
    Uncertainty
Talking about Things and People

PRIMERA SITUACIÓN

Presentación

LAVA ESOS PLATOS Y SACA LA BASURA

Práctica y conversación

A. ¿Qué hay en el dibujo?   Utilizando el **Vocabulario activo** a continuación, nombre Ud. las cosas y personas que se ven en el dibujo.

B. ¡Manos a la obra! ¿Qué cosas necesita Ud. para hacer estos quehaceres domésticos?

1. sacudir los muebles
2. lavar los platos
3. barrer el piso
4. planchar la ropa
5. cortar el césped
6. lavar la ropa

C. Tareas que los hombres no realizan. Según un sondeo (*survey*) hecho en España hay ciertos quehaceres domésticos que los hombres españoles no hacen nunca. Utilizando el gráfico conteste las preguntas a continuación. **Vocabulario:** fregar = lavar / limpiar; hacer chapuzas = *to do odd jobs around the house;* tender la ropa = *to hang clothes out to dry.*

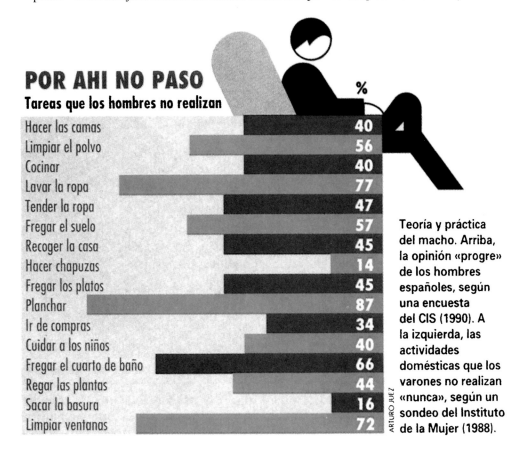

POR AHI NO PASO
Tareas que los hombres no realizan

Tarea	%
Hacer las camas	40
Limpiar el polvo	56
Cocinar	40
Lavar la ropa	77
Tender la ropa	47
Fregar el suelo	57
Recoger la casa	45
Hacer chapuzas	14
Fregar los platos	45
Planchar	87
Ir de compras	34
Cuidar a los niños	40
Fregar el cuarto de baño	66
Regar las plantas	44
Sacar la basura	16
Limpiar ventanas	72

Teoría y práctica del macho. Arriba, la opinión «progre» de los hombres españoles, según una encuesta del CIS (1990). A la izquierda, las actividades domésticas que los varones no realizan «nunca», según un sondeo del Instituto de la Mujer (1988).

ARTURO JUEZ

1. ¿Cuáles son los dos quehaceres domésticos que los hombres españoles hacen con más frecuencia?
2. ¿Cuáles son los cuatro quehaceres domésticos que los hombres españoles hacen con menos frecuencia?
3. ¿Qué tareas hacen los hombres españoles en la cocina?
4. ¿Qué porcentaje de los hombres españoles hacen las siguientes tareas?
   hacer la cama / recoger la casa / lavar los platos / cuidar a los niños / regar las plantas

D. Un sondeo. Haga un sondeo en su clase de español para determinar qué porcentaje de sus compañeros de clase nunca hace las tareas en la lista del gráfico de la **Práctica C.**

E. Creación. En una narración cuente lo que pasa en el dibujo de la **Presentación.**

Vocabulario activo ▶

Los quehaceres domésticos	Housework
En la cocina	**In the Kitchen**
la esponja	*sponge*
fregar (ie)	*to scrub*
limpiar el fregadero	*to clean the sink*
sacar la basura	*to take out the trash*
En el comedor	**In the Dining Room**
poner la mesa	*to set the table*
recoger la mesa	*to clear the table*
En el dormitorio	**In the Bedroom**
la escoba	*the broom*
arreglar	*to straighten up*
barrer el piso	*to sweep the floor*
colgar (ue) la ropa	*to hang up clothes*
hacer la cama	*to make the bed*
En el jardín	**In the Yard**
el cortacésped	*lawn mower*
la manguera	*hose*
cortar el césped	*to cut the lawn*
plantar	*to plant*
regar (ie)	*to water*
En la lavandería	**In the Laundry Room**
el detergente	*detergent*
la lavadora	*washing machine*
la plancha	*iron*
la secadora	*clothes dryer*
la tabla de planchar	*ironing board*
planchar la ropa	*to iron clothes*
En la sala	**In the Living Room**
el trapo	*rag*
pasar la aspiradora	*to vacuum*
recoger	*to pick up, put away*
sacudir los muebles	*to dust the furniture*

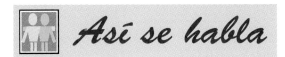

ENLISTING HELP

RocÍo   Si fueras tan amable, Joaquín, saca la basura. Los Núñez están por venir y yo todavía no he terminado de preparar la cena.

JOAQUÍN   Mira, no te preocupes tanto. Ellos son tan sencillos como nosotros. Estoy seguro que su casa está siempre tan sucia o tan limpia como la nuestra, ni más ni menos.

RocÍo   Lo sé, pero tú sabes como soy yo. Guarda esa escoba y pon esas botellas de vino en la refrigeradora, por favor. ¡Ah! Y si pudieras hacer el favor, dile a los niños que se acuesten, cuéntales un cuento y que se vayan a dormir.

JOAQUÍN   Muy bien, pero sube tú también para que te despidas de ellos.

RocÍo   Sí, sí, por supuesto.

When you want to request a favor or enlist someone's help, you can use the following expressions.

Si fuera(-s) tan amable...	*Would you be so kind as to . . .*
Si me pudiera(-s) hacer el favor...	*If you could do me the favor of . . .*
Disculpe (Disculpa), ¿pero sería(-s) tan amable de... ?	*Excuse me, but would you be so kind as to . . . ?*
Disculpe (Disculpa) la molestia, pero ¿podría(-s)... ?	*Excuse me for disturbing you, but could you . . . ?*
Quiero pedirle(te) un favor.	*I want to ask you a favor.*
¿Cree(-s) que sería posible... ?	*Do you think it would be possible to . . . ?*

Accepting a request:

¡Cómo no!	
¡Por supuesto!	*Of course!*
¡No faltaba más!	
¡Con mucho gusto!	*My pleasure!*
¡Qué ocurrencia!	*No problem!*
Está bien.	*Fine.*

Refusing a request:

¡Ay, qué pena! Pero...	*Oh, what a shame! But . . .*
Creo que me va a ser difícil porque...	*I think it's going to be difficult because . . .*
Cuánto lo lamento, pero creo que no voy a poder... porque...	*I'm very sorry, but I think I won't be able to . . . because . . .*
A ver si puedo.	*I'll see if I can.*

Práctica y conversación

A. En la residencia estudiantil.   ¿Qué dice Ud. en las siguientes situaciones?

Estudiante 1
1. Ud. quiere que su compañero(-a) de cuarto limpie la habitación.
3. Ud. quiere que su compañero(-a) de cuarto baje el volumen del radio.
5. Ud. no acepta.

Estudiante 2
2. Ud. no quiere limpiar la habitación.
4. Ud. acepta. Ud. quiere que su compañero(-a) de cuarto no fume.
6. Ud. se queja.

B. ¡Vamos a tener una fiesta!   Con algunos compañeros, dramaticen la siguiente situación. Ud. está organizando una fiesta sorpresa para el aniversario de sus padres pero necesita la cooperación de muchas personas: de su hermano(-a) para que mueva los muebles y pase la aspiradora, de su hermano(-a) mayor para que compre los adornos de la casa, de su hermano(-a) menor para que limpie los baños y la cocina, de su tío(-a) para que compre la comida y cocine. Algunas de las personas no quieren cooperar.

Exterior e interior de una casa hispana

Estructuras

TELLING OTHERS WHAT TO DO

Familiar Commands

When telling others what to do, the familiar commands are used with relatives, friends, small children, pets, or persons with whom you use a first name or the **tú** form.

Regular Familiar Commands			
	Verbos en -AR	**Verbos en -ER**	**Verbos en -IR**
Affirmative	limpia	barre	sacude
Negative	no limpies	no barras	no sacudas

a. The affirmative familiar command of regular and stem-changing verbs has the same form as the third-person singular of the present indicative tense.

b. The negative familiar command has the same form as the second-person singular (**tú**) form of the present subjunctive.

Arregla tu cuarto pero **no arregles** el de Ramón; él debe hacerlo.   *Straighten up your room but don't straighten up Ramón's; he ought to do it.*

c. The affirmative familiar command of several common Spanish verbs is irregular. However, the corresponding negative **tú** command is regular. Compare the following:

Irregular Familiar Commands		
Infinitive	**Affirmative Command**	**Negative Command**
decir	**di**	**no digas**
hacer	**haz**	**no hagas**
ir	**ve**	**no vayas**
poner	**pon**	**no pongas**
salir	**sal**	**no salgas**
ser	**sé**	**no seas**
tener	**ten**	**no tengas**
venir	**ven**	**no vengas**

d. As with all commands, reflexive and object pronouns are attached to the end of affirmative familiar commands and precede the negative forms.

—Mamá, ¿tengo que lavar el vestido de Teresa?

Mom, do I have to wash Teresa's dress?

—Claro. Láva**lo** y séca**lo** ahora mismo pero no **lo** planches. Yo lo plancharé mañana.

Of course. Wash it and dry it right now but don't iron it. I'll iron it tomorrow.

Práctica y conversación

A. Los quehaceres.   Su hermano(-a) le pregunta qué puede hacer para ayudarlo(-la) a Ud. a arreglar la casa. Dígale lo que debe hacer.

Modelo   ¿Debo poner la mesa?
             Sí, ponla.

1. ¿Debo recoger la mesa?
2. ¿Debo lavar los platos?
3. ¿Debo hacer la cama?
4. ¿Debo arreglar el dormitorio?
5. ¿Debo colgar la ropa?
6. ¿Debo sacudir los muebles?
7. ¿Debo sacar la basura?
8. ¿?

B. Consejos.   Déle consejos a su hermano(-a) menor.

Modelo   llegar a clase a tiempo / llegar tarde
             Llega a clase a tiempo. No llegues tarde.

1. decir la verdad / decir mentiras
2. ser amable / ser antipático(-a)
3. venir a casa temprano / venir a casa tarde
4. salir con amigos / salir con personas desconocidas
5. tener cuidado / ser distraído(-a)
6. ir al parque / ir al centro solo(-a)
7. hacer la tarea / hacer otras cosas
8. ponerse los zapatos / ponerse las pantuflas

C. Ayúdame, por favor.   Esta noche Ud. y su compañero(-a) de cuarto van a dar una fiesta. Dígale a su compañero(-a) lo que necesita hacer. Déle por lo menos cinco tareas.

COMPARING PEOPLE AND THINGS OF EQUAL QUALITIES

Comparisons of Equality

Spanish uses a slightly different construction than English to compare people or things with equal qualities.

a. For making comparisons of equality with adjectives or adverbs, the following formula is used.

$$\textbf{tan} \; + \; \begin{array}{c}\text{ADJECTIVE}\\\text{ADVERB}\end{array} \; + \; \textbf{como} \; = \; as \; + \; \begin{array}{c}\text{ADJECTIVE}\\\text{ADVERB}\end{array} \; + \; as$$

—Este cuarto no está **tan limpio como** el tuyo.	*This room isn't as clean as yours.*
—Sí, porque Eduardo no lo barre **tan regularmente como** yo.	*Yes, because Eduardo doesn't sweep it as regularly as I do.*

Note that the subject pronouns are used after **como**.

b. For making comparisons of equality with nouns the following formula is used. Note that **tanto** agrees with the noun it modifies in number and gender.

$$\textbf{(no)} \; + \; \textbf{tanto(-a, -os, -as)} \; + \; \text{NOUN} \; + \; \textbf{como} \; = \; (not) \; + \; as \; much \,/\, many \ldots as$$

Mamá, no es justo. Roberto no tiene que lavar **tantos platos como** yo.	*Mom, it's not fair. Roberto doesn't have to wash as many dishes as I do.*

c. For making comparisons with verbs, the phrase **tanto como** is used.

En mi opinión, nadie sacude **tanto como** tu mamá.	*In my opinion, no one dusts as much as your mother.*

d. In addition to their use in expressions of equality, forms of **tan(-to)** can also be used to express quantity: **tan** = *so;* **tanto** = *so much / so many.*

Elena tiene **tanta ropa.**	*Elena has so many clothes.*
No limpies **tan** despacio.	*Don't clean so slowly.*
¡No bebas **tanto**!	*Don't drink so much.*

Práctica y conversación

A. Los gemelos.　Julio y José son gemelos. Haga oraciones describiendo a estos hermanos.

Modelo　　alto
　　　　　　Julio es tan alto como José.

joven / travieso / mono / gracioso / enérgico / listo

B. Más quehaceres.   Haga oraciones indicando que Ud. trabaja tanto como su compañero(-a) de cuarto.

> *Modelo*   lavar platos
> **Yo lavo tantos platos como él (ella).**

lavar ropa / secar platos / planchar camisas / recoger periódicos / sacar basura / ¿?

C. Comparaciones personales.   Complete las siguientes frases de una manera lógica.

1. Espero tener tanto(-a) _____ como mi mejor amigo(-a).
2. En esta clase yo _____ tanto como mis compañeros(-as).
3. No debo _____ tanto.
4. Quiero ser tan _____ como mis compañeros(-as).
5. Yo _____ tanto como los otros.

D. ¡Tú no trabajas tanto como yo!   En grupos un(-a) estudiante hace el papel de padre / madre y tres hacen el papel de hijos(-as). El / La quinto(-a) estudiante le informará a la clase lo que ocurrió en la conversación.

Situación: Sus hijos(-as) no hacen nada en la casa; sólo ven televisión, comen y duermen. Ud. los (las) llama y les dice que tienen que hacer algunas labores en la casa. Cada uno(-a) de ellos piensa que trabaja tanto como los (las) otros(-as).

POINTING OUT PEOPLE AND THINGS

Demonstrative Adjectives and Pronouns

Demonstrative adjectives and pronouns are used to point out or indicate people, places, and objects that you are discussing: *this house; that apartment.*

Demonstrative Adjectives		
este cuarto	**ese** cuarto	**aquel** cuarto
esta casa	**esa** casa	**aquella** casa
estos cuartos	**esos** cuartos	**aquellos** cuartos
estas casas	**esas** casas	**aquellas** casas

a. Demonstrative adjectives are placed before the noun they modify and agree with that noun in person and number.

1. **este, esta / estos, estas** = *this / these*
   The forms of **este** are used to point out persons or objects near the speaker and are often associated with the adverb **aquí** (*here*).

   Tu libro está **aquí** en **esta** mesa.   *Your book is here on this table.*

2. **ese, esa / esos, esas** = *that / those*
   The forms of **ese** are used to point out persons or objects near the person spoken to and are often associated with the adverb **ahí** (*there*).

   Tu sandwich está **ahí** en **ese** plato.   *Your sandwich is there on that plate.*

3. **aquel, aquella / aquellos, aquellas** = *that / those (over there, in the distance)*
The forms of **aquel** are used to point out persons or objects away from both the speaker and person spoken to and are often associated with the adverb **allí** (*there, over there*).

Prefiero **aquella** casa **allí** en la esquina.	*I prefer that house over there on the corner.*

Demonstrative Pronouns					
éste **ésta** }	*this (one)*	**ése** **ésa** }	*that (one)*	**aquél** **aquélla** }	*that (one)*
éstos **éstas** }	*those*	**ésos** **ésas** }	*those*	**aquéllos** **aquéllas** }	*those*
esto	*this*	**eso**	*that*	**aquello**	*that*

b. Demonstrative pronouns are used to replace the indicated person(-s) or object(-s). They occur alone and agree in gender and number with the nouns they replace. Note the use of written accent marks on all but the neuter forms. There is a recent tendency to discontinue use of written accent marks on demonstrative pronouns. As a result you may see examples of these pronouns without the accent marks. However, the *Interacciones* program will continue to use them.

Ana prefiere **esta** mesa pero yo prefiero **aquélla.**	*Ana prefers this table but I prefer that one.*

c. The neuter demonstrative pronouns are **esto** (*this*), **eso** (*that*), and **aquello** (*that*). They exist only in the singular. The neuter forms point out an item whose identity is unknown or they replace an entire idea, situation, or previous statement.

¿Qué es **esto / eso?**	*What is this / that?*
Eso no es verdad.	*That isn't true.*

d. The forms of **éste** can be used to express *the latter,* while the forms of **aquél** can be used to express *the former.*

Colombia y Venezuela son dos países de Sudamérica; **éste** (Venezuela) produce mucho petróleo y **aquél** (Colombia) produce mucho café.	*Colombia and Venezuela are two South American countries; the former (Colombia) produces a lot of coffee and the latter (Venezuela) produces a lot of oil.*

Note that in Spanish "the latter" (**éste**) is expressed first followed by "the former" (**aquél**).

▓ Práctica y conversación

A. Los quehaceres.   Un(-a) amigo(-a) está ayudándolo(-la) a hacer los quehaceres domésticos. Indique lo que Ud. necesita.

> *Modelo*   la aspiradora que está aquí
> **Necesito ésta.**

1. la escoba que está aquí
2. los trapos que están ahí
3. las esponjas que están allí
4. el detergente que está ahí
5. la plancha que está aquí
6. la manguera que está allí

B. En el supermercado.   Un(-a) compañero(-a) está ayudándolo(-la) a Ud. a comprar comida para la cena. Conteste sus preguntas sobre sus deseos.

> *Modelo*   los tomates
>
> USTED: **¿Quieres comprar estos tomates?**
> COMPAÑERO(-A):   **Sí, quiero comprar ésos.**

1. las almejas
2. los mariscos
3. el queso francés
4. la torta
5. la cerveza
6. el vino alemán
7. los vegetales
8. las cebollas

C. ¿Qué dicen?   Mire los siguientes dibujos y diga qué dicen las personas. Luego diga cómo son las personas y qué cree Ud. que va a pasar.

> *Modelo*   NIÑO: **Mami, quiero ir a esta tienda.**
> MADRE: **¿A ésa? ¡No!**

D. ¿Qué es esto?   Ud. es el (la) vendedor(-a) en una tienda de muebles y electrodomésticos (*appliances*). Un(-a) cliente entra, ve los objetos y le hace una serie de preguntas sobre los diferentes objetos. Conteste sus preguntas explicándole qué son.

> *Modelo*   CLIENTE: **¿Qué es esto?**
> EMPLEADO(-A):   **Ésta es una aspiradora. Es un electrodoméstico para limpiar las alfombras.**

SEGUNDA SITUACIÓN

Presentación

LOS PROGRAMAS DE LA TELE

Práctica y conversación

A. ¿Qué hay en el dibujo?   Utilizando el **Vocabulario activo** a continuación, nombre Ud. las cosas y personas que se ven en el dibujo.

B. Definiciones.   Dé las palabras que corresponden a las siguientes definiciones.

   1. la persona que mata a alguien
   2. una máquina que sirve para tocar videocintas

3. la persona que da las noticias
4. lo que se puede leer para informarse sobre los programas que dan en la televisión
5. la persona que lee los anuncios en la televisión
6. la persona que ve un crimen

C. Más definiciones.   Explíquele las siguientes palabras a un(-a) compañero(-a) de clase.

la víctima / el diputado / la guerra / el juez / la cárcel / la ley / el terremoto

D. ¿Qué van a ver?   Usando la guía de televisión a continuación, escoja programas para las siguientes personas.

1. un niño de cuatro años
2. una estudiante de dieciséis años
3. un profesor a quien le encanta la historia
4. un joven loco por la música
5. una mujer a quien le gustan las películas clásicas
6. Ud. y sus amigos

 TELEVISION

DOMINGO, 18

tve

02.00.—Deporte noche.
08.00.—Stop, seguridad en marcha.
08.30.—Waku Waku (repetición).
09.00.—Tiempo de creer.
09.15.—Concierto.
10.00.—Misa.
11.00.—Pueblo de Dios.
11.30.—Campo y mar.
12.00.—Parlamento.
12.30.—Informe semanal (repetición).
13.30.—Los caballeros del zodiaco.
14.00.—El salero.
15.00.—Telediario-1.
15.35.—Los Fruittis.
16.05.—La comedia.

18.00.—Juego de niños.
18.30.—El tiempo es oro.
19.30.—La hora Wagner.

▶ **La novia de Frankenstein**, de *James Whale*. 1935. 71 minutos. Con Boris Karloff, Colin Clive y Ernest Thesiger. El monstruo de Frankenstein busca refugio en el bosque al amparo de un anciano ciego que le enseña a hablar. Mientras, otro científico trata de convencer al Dr. Frankenstein para que le cree una compañera. Terror.

tve 2

08.00.—Documental.
09.00.—Mikimoto clip.
09.30.—Pumuky.
10.00.—Gordi.
10.30.—Cine para todos.
12.00.—Domingo deporte.
19.00.—Los vengadores.
20.00.—Cheers.
20.30.—Rápido.
21.00.—Luz de luna.
21.50.—Brigada Central (reposición).
22.45.—Noticias.
23.00.—Secuencias.
00.00.—Cine mítico. Ciclo terror Universal.

▶ **Mañana a las diez**, de *Lance Comfort*. 1964. 78 minutos. Con Robert Shaw, John Gregson y Alec Clunes. Un hombre secuestra a un niño y coloca en su cuerpo una bomba. Policíaca.

‖‖‖‖‖‖‖‖‖‖‖‖‖‖‖‖

LUNES, 19

tve

08.00.—Buenos días.
09.15.—En buena hora.
12.55.—Telediario.
13.00.—*Magazines* territoriales.
13.30.—Spencer.

14.00.—Informativos territoriales.
14.30.—No te rías que es peor.
15.00.—Telediario-1.
15.35.—Cristal (último episodio).
16.30.—Esta es su casa.
17.25.—Telediario.
17.30.—Entre líneas.
18.00.—El duende del globo.
18.05.—Los mundos de Yupi.
18.30.—Cajón desastre.
19.20.—Informativos territoriales.
19.35.—Jóvenes jinetes.
20.30.—Telediario-2.
21.00.—El precio justo.
22.35.—Hablemos de sexo.
23.15.—A debate.
24.00.—Diario noche.
00.30.—Juego, set y partido (nueva serie).

▶▶ **¡Qué viva México!**, de *Sergei Eisenstein*. 1931. 84 minutos. Una visión de la realidad mexicana de principios del siglo XX. Histórica.

tve 2

08.00.—Dibuja-2.
09.00.—TV Educativa.
11.00.—La hora de...
12.00.—Galería de música.
13.00.—Klip.
13.30.—Barrio Sésamo.
14.00.—Dibuja-2.
14.30.—Noticias.
14.35.—Historias de cada día.
15.30.—Los frutos de Eldorado.
16.25.—Noticias.
16.30.—Primera sesión.

18.00.—Noticias.
18.05.—Plastic.
18.35.—Videomix.
19.00.—Estadio-2.
20.00.—Noticias.
20.05.—Mikimoto Clip.
20.30.—Historias de aquí y de allá.
21.00.—TVE-2 Noticias.
21.15.—Documentos TV.
22.15.—A través del espejo.

▶▶ **Dragón Rapide**, de *Jaime Camino*. 1986. 101 minutos. Con Juan Diego. Reconstrucción del inicio de la Guerra Civil española. Histórica.

01.10.—Ultima sesión. Ciclo Sergei Eisenstein.

E. Hoy en las noticias.   Con un(-a) compañero(-a) de clase, prepare un noticiero breve usando los siguientes titulares. Luego, presente su noticiero a la clase.

1. Terremoto en Bogotá
2. Huelga de maestras en las escuelas primarias de Barranquilla
3. Robo en el Banco Nacional en Medellín
4. Manifestación estudiantil en Caracas
5. Tres días de inundaciones en Cali

Vocabulario activo ▶

La tele	**TV**	**la ley**	*law*
el anuncio comercial	*commercial*	el robo	*robbery*
el canal	*channel*	el (la) sospechoso(-a)	*suspect*
la guía de televisión	*TV guide*	el (la) testigo	*witness*
el (la) locutor(-a)	*announcer*	arrestar	*to arrest*
el programa	*game show*	rendirse (i, i)	*to give oneself up*
de concursos		rescatar	*to rescue*
el televisor	*television set*	robar	*to rob*
la videocasetera	*VCR*	culpable	*guilty*
la videocinta	*videotape*		

El noticiero	**News Program**	**El desastre**	**Disaster**
las noticias	*local news*	el incendio	*fire*
locales		la inundación	*flood*
nacionales	*national news*	el terremoto	*earthquake*
internacionales	*international news*	ahogarse	*to drown*
		quemar	*to burn*
el (la) reportero(-a)	*reporter*		
los titulares	*headlines*	**La política**	**Politics**
anunciar	*to announce*	la campaña electoral	*electoral campaign*
entrevistar	*to interview*	el (la) diputado(-a)	*representative*
informar	*to inform*	el discurso	*speech*
		las elecciones	*election(-s)*
El crimen	**Crime**	la huelga	*strike*
el (la) acusado(-a)	*accused person*	la manifestación	*demonstration*
el asesinato	*murder*	el (la) político(-a)	*politician*
el (la) asesino(-a)	*murderer*	elegir (i, i)	*to elect*
la cárcel	*jail*	evitar la guerra	*to avoid war*
el delito	*crime, offense*	mantener la paz	*to maintain peace*
el (la) juez	*judge*	protestar contra	*to protest against*
el (la) ladrón (-ona)	*thief*		

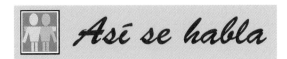

EXPRESSING POLITE DISMISSAL

ROSAURA   ¡Chica! Cuánto me alegro que estés aquí de regreso. Te hemos extrañado mucho todos estos meses.

AURELIA   Sí, yo también los he extrañado muchísimo. Mira, aquí les traje unos regalitos. Estos cosméticos te los traje a ti. Espero que te gusten.

ROSAURA   Ay, Rosaura. No te hubieras molestado.

AURELIA   Pero si no fue ninguna molestia. Mira, y les traje estos juguetes a los hijos de Ani.

ROSAURA   Ay hija, pero no has debido comprar tantos regalos.

AURELIA   ¡Qué ocurrencia! Mira, a Rafael le traje esta caña de pescar.

ROSAURA   ¡Con lo que le gusta pescar a ese hombre! No me sorprendería que se fuera este mismo sábado a la playa a usar su nueva caña. Y tú sabes, ¡yo no puedo protestar contra eso!

AURELIA   ¡Claro que no, chica! ¡No faltaba más!

When you want to dismiss something in order to be polite or to reassure someone you can use the following expressions:

No se hubiera (te hubieras) molestado.	*You shouldn't have (bothered).*
Gracias. No se (te) moleste(-s).	*Thank you. Don't trouble yourself. (Don't bother.)*
No es necesario, gracias.	*It's not necessary, thank you.*
No se (te) preocupe(-s) (por eso).	*Don't worry (about that).*
No ha(-s) debido hacer eso.	*You shouldn't have done that.*

✳ Práctica y conversación

A. Eres muy amable.   ¿Qué dice Ud. en las siguientes situaciones?

1. Un amigo le trae un ramo de rosas el día de su cumpleaños.
2. Una amiga quiere llevarlo(-la) a la escuela porque su carro no funciona, pero Ud. tiene problemas con eso.
3. Unos amigos insisten en ayudarlo(-la) con su tarea de español pero Ud. no quiere que lo hagan.
4. Sus padres le traen la ropa de otoño que Ud. olvidó en casa.
5. Su madre insiste en comprarle una enciclopedia pero Ud. no cree que la necesite.
6. Su novio(-a) le compra su revista favorita.

B. ¡Qué buen(-a) amigo(-a) eres!   Con un(-a) compañero(-a) complete el siguiente diálogo.

USTED	Hola, _____, sabía que estabas enfermo(-a) y por eso vine a visitarte.
COMPAÑERO(-A)	Ay, _____, qué bueno. Pero _____.
USTED	No, si no es ninguna molestia. Al contrario, ¿te puedo ayudar en algo?
COMPAÑERO(-A)	_____.
USTED	Quizás necesitas _____.
COMPAÑERO(-A)	_____.
USTED	¿Quieres _____?
COMPAÑERO(-A)	_____.
USTED	Bueno, yo creo que ya me voy. Chau.
COMPAÑERO(-A)	_____.

Estructuras

EXPRESSING JUDGMENT, DOUBT, AND UNCERTAINTY
Subjunctive after Expressions of Emotion, Judgment, and Doubt

a. Spanish verbs and phrases that express an emotion or judgment about another action require the use of the subjunctive when the subject of the first verb is different from the second.

Roberto prefiere que **compremos** una casa nueva pero es mejor que **nos quedemos** en un apartamento por el momento.

Roberto prefers that we buy a new house, but it's better that we stay in an apartment for the time being.

1. Expressions of emotion or judgment include many impersonal expressions.

es bueno	es (in)útil	es preferible
es conveniente	es (una) lástima	es ridículo
es importante	es malo	es sorprendente
es (im)posible	es mejor	es terrible

Note that impersonal expressions that state a fact require the indicative. Such expressions include **es cierto, es evidente, es obvio, es verdad,** and **no es dudoso.**

Como no salimos esta noche, **es posible que alquilemos** un vídeo.	*Since we're not going out tonight, it's possible that we will rent a video.*
Mi marido ha alquilado un vídeo; **es obvio que no salimos** esta noche.	*My husband rented a video; it's obvious (that) we're not going out tonight.*

2. Other expressions of judgment include the following.

alegrarse de	lamentar	sorprender
enfadarse con	preferir	temer
enojarse de	sentir	tener miedo de
estar contento(-a) de		

Siento mucho **que Uds. no puedan** cenar con nosotros.	*I'm very sorry that you can't have dinner with us.*

b. The subjunctive is used after the following expressions of doubt or denial when the speaker expresses uncertainty or negation about the situation he / she is discussing.

dudar	acaso	es dudoso
negar	quizá(-s)	
no creer	tal vez	
no pensar		
¿creer?		
¿pensar?		

1. The subjunctive is used after **dudar, negar, no creer, no pensar,** and **es dudoso** when there is a change of subject.

No creo que esta casa **sea** muy cara.	*I don't think that this house is very expensive.*

2. Interrogative forms of **creer** and **pensar** require the subjunctive only when the speaker is uncertain about the outcome of the action.

¿Crees que **haya** algo bueno en la tele?	*Do you think that there is something good on TV?*
No, y dudo que **podamos** encontrar una película interesante.	*No, and I doubt that we will find an interesting movie.*

3. Verbs following the expressions **acaso / quizá(-s) / tal vez,** meaning *maybe* or *perhaps,* will be in the subjunctive when the speaker doubts that the situation will take place.

Quizás nuestro candidato **gane** las elecciones, pero es dudoso.	*Perhaps our candidate will win the election, but it's doubtful.*

When the speaker wishes to indicate more certainty, the indicative is used with **acaso / quizá(-s) / tal vez.**

Tal vez vamos a mirar las noticias.	*Perhaps we will watch the news.*

▓ Práctica y conversación

A. La televisión. Exprese su opinión sobre la televisión utilizando las siguientes expresiones: **(no) es conveniente / ridículo / terrible / mejor / sorprendente / verdad / posible / malo.**

1. Hay demasiada violencia en la televisión.
2. Algunos niños miran más de cuatro horas de televisión diariamente.
3. Los anuncios siempre son interesantes y divertidos.
4. Pagamos para mirar algunos deportes en la tele.
5. Muchas personas no leen periódicos; sólo ven las noticias en la tele.
6. Generalmente puedo encontrar algún programa bueno en la tele.

B. ¿Qué le parece? Exprese su opinión sobre los siguientes temas. Use las siguientes expresiones: **me enojo de, me sorprende, estoy contento(-a) de, prefiero, siento, tengo miedo de.**

los terremotos / la cafetería estudiantil / la universidad / los exámenes / las vacaciones / la política / ¿?

C. Mis opiniones. Complete las siguientes oraciones de una manera lógica.

1. Me sorprende que _____.
2. Tal vez el (la) profesor(-a) _____.
3. Es necesario que _____.
4. Dudo que _____.
5. Me alegro que _____.
6. Es importante que _____.

D. ¿Qué vamos a ver? Ud. y un(-a) compañero(-a) están leyendo la guía de televisión en la página 188. Desgraciadamente no pueden ponerse de acuerdo sobre lo que quieren ver en la televisión. Cada uno(-a) critica lo que el (la) otro(-a) dice y trata de imponer su opinión.

    Modelo   COMPAÑERO(-A):   **Quiero ver *Los Vengadores* esta noche.**
                      USTED: **Dudo que sea muy bueno. Prefiero que miremos *Telediario.***

TALKING ABOUT THINGS AND PEOPLE

More about Gender and Number of Nouns

In order to talk about people, places, objects, and ideas you will need to know how to use nouns in Spanish. It is particularly important to be able to predict and learn the gender of nouns since that gender determines the endings of other words such as definite and indefinite articles and adjectives.

Gender of Nouns

a. Masculine nouns include

    1. nouns that refer to males regardless of ending.

        el policía   *policeman*
        el hombre   *man*
        el abuelo   *grandfather*

2. most nouns that end in **-o.**

| el piso | *floor* |
| el robo | *robbery* |

Exceptions: la mano, la radio, la moto(cicleta), la foto(grafía)

3. some nouns that end in **-ma, -pa,** and **-ta.**

el problema	*problem*
el mapa	*map*
el cometa	*comet*

4. most nouns that end with the letters **-l, -n, -r,** and **-s.**

el canal	*channel*
el rincón	*corner*
el comedor	*dining room*
el interés	*interest*

5. days, months, and seasons.

el viernes	*Friday*
el febrero pasado	*last February*
el invierno	*winter*

Exception: la primavera

b. Feminine nouns include

1. nouns that refer to females, regardless of the ending.

la madre	*mother*
la mujer	*woman*
la enfermera	*nurse*

2. most nouns that end in **-a.**

| la comida | *meal* |
| la cucharita | *teaspoon* |

Exception: el día

3. most nouns that end in **-ción, -d, -umbre, -ie,** and **-sis.**

la reservación	*reservation*
la especialidad	*specialty*
la costumbre	*custom*
la serie	*series*
la crisis	*crisis*

Exceptions: el paréntesis, el análisis

c. Nouns ending in **-e** can be either masculine or feminine.

la clase	*class*
la gente	*people*
el diente	*tooth*
el restaurante	*restaurant*

d. Masculine nouns that refer to people and end with **-or, -n,** or **-és,** become feminine by adding **-a.**

el profesor	la profesora	*professor*
el bailarín	la bailarina	*dancer*
el francés	la francesa	*French man / woman*

Note that accents are deleted in the feminine forms.

e. The gender of some nouns that refer to people is determined by the article, not the ending.

el artista	la artista	*artist*
el estudiante	la estudiante	*student*

f. Some nouns have only one form and gender to refer to both males and females: **el ángel, el individuo, la persona, la víctima.**

Plural of Nouns

a. Nouns that end in a vowel add **-s** to become plural.

el hombre	los hombres	*men*
el plato	los platos	*plates*
la ensalada	las ensaladas	*salads*

b. Nouns that end in a consonant add **-es** to become plural. Sometimes written accent marks must be added or deleted in the plural form to maintain the original stress.

la mujer	las mujeres	*women*
la reservación	las reservaciones	*reservations*
el frijol	los frijoles	*beans*
el joven	los jóvenes	*young people*
el francés	los franceses	*French persons*

c. Nouns ending in **-z** change the **z** to **c** before adding **-es: el lápiz → los lápices; una vez → unas veces.**

d. Nouns of more than one syllable ending in an unstressed vowel + **-s** have identical singular and plural forms: **el martes → los martes; la crisis → las crisis.**

✖ Práctica y conversación

A. Los quehaceres.   Explíquele a un(-a) compañero(-a) lo que Ud. quiere que él / ella limpie en su casa.

> *Modelo*   sala
> **Limpia la sala, por favor.**

dormitorios / cocina / muebles / comedor / jardín / mesas / ¿?

B. En casa.   Trabaje con un(-a) compañero(-a) para completar la siguiente conversación telefónica utilizando los artículos definidos en el singular o en el plural según corresponda.

EMILIA   Hola, Josefina. ¿Cómo están por tu casa?

JOSEFINA   _____ familia está bien, gracias.

EMILIA   ¿Y qué haces en casa hoy?

JOSEFINA   Como siempre, voy a hacer _____ quehaceres. Empecé con _____ comedor y eso fue un desastre. Después, limpié la cocina y lavé _____ platos. Ahora estoy para salir para comprar _____ comida para _____ semana pero estoy muy preocupada. _____ precios son cada día más altos. Parece que cada día _____ inflación se pone peor.

EMILIA   Sí, así es. _____ televisor de _____ sala no funciona. Necesitamos otro y me da miedo pensar en eso.

JOSEFINA   Ayer fui a comprar pollo. ¿Sabes cuánto cuesta? Seiscientos bolívares _____ kilo. ¡Imagínate!

EMILIA   Sí, es igual con _____ ropa y _____ zapatos. No sé lo que va a pasar. Pero tal vez en _____ elecciones de diciembre podemos cambiar de gobierno.

The Main Idea and Supporting Details

You have already learned that you don't need to understand every single word of what is being said and that you can listen for the general idea of a conversation. It is also important to learn how to listen for the main idea of what is being said and the supporting details. For example, if somebody asks you what your occupation is, you might respond, "I'm a student." That would be the main idea you want to communicate. You might also add, "I study economics at George Washington University." Those would be the supporting details that expand the scope of your preliminary statement and add to the listener's knowledge about you.

Ahora, escuche el diálogo entre dos señoras en la casa de una de ellas y tome los apuntes que considere necesarios. Antes de escuchar la conversación, lea los siguientes ejercicios. Después, conteste.

A. Información general.   Con un(-a) compañero(-a) de clase resuma brevemente la conversación entre las dos señoras.

B. Algunos detalles.   Ahora complete las siguientes oraciones basándose en lo que Ud. escuchó.

Sabemos que...
1. Anita está _____ porque tiene _____.
2. La relación de Anita y Rosita es muy íntima porque Anita le dice a Rosita que ella es
_____.
3. Rosita es generosa porque le lleva _____ y _____ a Anita.

C. Análisis.   Escuche el diálogo nuevamente, prestando atención a la actitud y estado de ánimo de las participantes. Luego, complete las siguientes oraciones.

1. Anita reacciona con indiferencia / alegría / tristeza ante la llegada de Rosita.
2. Según lo que escuchó, Anita es una persona _____, _____ y _____.
Rosita parece ser muy _____ y _____.

TERCERA SITUACIÓN

LA VIVIENDA EN EL MUNDO HISPANO

Práctica intercultural.   ¿Qué tipos de vivienda (*housing*) se puede encontrar en los EE.UU.? ¿Hay una vivienda típica en los EE.UU.? ¿Cómo es? ¿Hay diferencias entre la vivienda urbana y la vivienda rural? Explique. ¿Varía la vivienda según la región y el clima? Explique.

Los hispanos que viven en una ciudad generalmente prefieren tener su vivienda cerca del centro, puesto que el trabajo, las tiendas, las escuelas y las diversiones se concentran allí. Como no hay mucho espacio en el centro, la vivienda urbana más típica es el apartamento.

Hay mucha variedad en el estilo, el tamaño y el precio de los apartamentos pero casi todos tienen los servicios y las facilidades modernos incluso los apartamentos en edificios antiguos. En la planta baja de los edificios de apartamentos muchas veces hay boutiques, farmacias o tiendas donde venden pan, leche, café y otros alimentos. Mientras muchos hispanos compran sus apartamentos, otros prefieren alquilar.

En algunos barrios de la ciudad se puede encontrar casas privadas con jardín. A causa del problema de espacio, los solares (*lots*) no suelen ser tan grandes como en los EE.UU. Algunas familias tienen más de una vivienda; han comprado apartamentos cerca de una playa o una casa en el campo o en las montañas donde pasan los fines de semana y las vacaciones.

Al contrario de los EE.UU, la mayoría de la gente pobre del mundo hispano vive en las afueras de las ciudades. Allí algunos viven en nuevos edificios de apartamentos construidos por el gobierno; desgraciadamente otros viven en viviendas pequeñas con pocas comodidades.

▦ Práctica y conversación

Busco apartamento.   Con un(-a) compañero(-a) de clase dramatice la siguiente situación. Ud. vive en Caracas pero tiene que viajar mucho a la Florida para su trabajo. Por eso, Ud. piensa comprar un apartamento cerca de Miami para su familia: Ud., su esposo(-a) y sus dos hijos. Utilizando el siguiente anuncio para *The Ocean Club* discuta con su esposo(-a) las ventajas y desventajas de comprar un apartamento en esta urbanización. Después, explíquele a la clase su decisión.

Problemas a resolver: ¿Son bastante grandes los apartamentos? ¿Son demasiado costosos? ¿Hay diversiones para los niños y para los mayores?

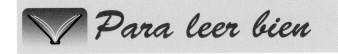

BACKGROUND KNOWLEDGE: GEOGRAPHICAL REFERENCES

As you know from experience, it is generally easier to read a selection containing a topic with which you are familiar than one which you know little about. This familiarity with a topic is called background knowledge. Using your background knowledge can greatly facilitate your reading in a foreign language.

A glance at the title and photo of the following reading indicates that the general topic is the geography of Venezuela. The following suggestions will help you activate and expand your background knowledge of geographical terms and the geography of Venezuela.

1. Scan the opening paragraphs of the selection for the specific topic of the article.
2. Familiarize yourself with the names of towns, cities, and places in Venezuela by skimming the entire selection.
3. Be prepared to guess the meaning of cognates related to geography.

4. Review the geographical information contained in **Bienvenidos a Centroamérica, Venezuela y Colombia.**
5. Think about the relationship between geography and lifestyle.

 Práctica

A. Antes de leer.   Dé un vistazo al título y al primer párrafo para determinar el tema general y el tema específico.

B. Práctica geográfica.   Examine superficialmente la lectura y haga una lista mental de las ciudades, los pueblos y otros lugares geográficos mencionados en la lectura. Búsquelos en el mapa de Venezuela. ¿Por qué hay tantos lugares con el nombre Bolívar?

C. Palabras geográficas.   Mire esta lista de palabras geográficas y trate de adivinar (*guess*) lo que significan.

los Andes	andino	los valles
el trópico	tropical	subtropical
alto	la altura	la elevación
el clima	árido	
la tierra	el terreno	

LECTURA

long ago
un ejemplo
discovery

surprising
shadow
villages

El techo de Venezuela

Si uno les pregunta a los residentes de Caracas dónde se puede ver la Venezuela de antaño°, muchos contestan que en las montañas del estado Mérida. Mérida es una muestra° de cómo era Venezuela antes del descubrimiento° del petróleo y antes de que el 75 por ciento de la población se concentrara en los grandes centros urbanos.

En Mérida se disfruta de la tranquilidad y del encanto del ayer. Éste es el techo de Venezuela, tierra de contrastes sorprendentes°, donde la caña de azúcar se cultiva en la sombra° del pico Bolívar, de 5.002 metros de altura, y donde se halla Mérida, moderna ciudad rodeada de aldeas° andinas.

Venezuela: Mérida con el pico Bolívar al fondo

La mayoría de los visitantes van de Caracas a Mérida en avión. Es sólo una hora de vuelo. Sin embargo, es mucho más interesante hacer el viaje por carretera°, en particular el tramo° de 173 kilómetros que forma parte de la Carretera Panamericana. Este tramo está bien pavimentado pero el viaje en auto lleva mucho tiempo. Hay que hacerlo despacio a causa de la cantidad de curvas cerradas.

highway / section

El camino sube abruptamente desde las llanuras° tropicales hasta el paso en la cima° del pico del Águila°. A esta altura la temperatura es agradable en julio aunque a los pocos kilómetros es bien diferente. En los Andes la elevación determina no sólo la temperatura, sino también la manera de vivir de la gente. Según la altura, se cultiva café o papas, se lleva ropa de algodón o ponchos de lana gruesa°. Se dice que hasta el carácter de las personas varía con la altura.

plains / summit
Eagle

thick

A medida que° el camino asciende hacia el pico del Águila, con cada curva surgen° nuevos panoramas de las montañas y los valles. Dan ganas de parar a cada paso y contemplar el paisaje°, pero hay muy pocos lugares donde el camino es lo bastante ancho° para estacionar el coche. Pronto empieza el páramo°, región alta y fría a más de 3.000 metros de altura. El paisaje es desolado. Los colores vivos han desaparecido y la tierra es oscura. Hay pocas casas, pues sólo los venezolanos más recios° pueden ganarse la vida en este ambiente. Cerca de la cima una niebla° densa y fría se cierne° como una cortina blanca frente al coche. Al atravesarla°, los viajeros se encuentran en lo alto del pico del Águila a 4.115 metros de altura. En este paso de la montaña hay una inmensa estatua de un águila con las alas° extendidas, símbolo del valor de Bolívar, quien cruzó los Andes buscando la libertad de América.

As / emerge

landscape / wide
high plateau

robust
fog / hangs over / crossing it

wings

La ciudad de Mérida está a sólo 55 kilómetros y el descenso del pico del Águila se hace rápido.

Apartaderos, situado a 3.470 metros de altura, es una aldea turística al estilo de los Alpes. Es un lugar excelente donde parar y disfrutar del paisaje andino.

Pasado Apartaderos el camino desciende hacia Mérida y el terreno es más suave y la vegetación más exuberante. Se pasa por Mucuchíes, Mucuruba y Tobay, pueblecitos coloniales preciosos que están en el camino a Mérida. Cada uno de ellos tiene una plaza Bolívar, una iglesia antigua y bien cuidada y edificios muy juntos.

Mérida está en una mesa° baja rodeada de° altísimas montañas, entre ellas el pico Bolívar, el más alto del país. Durante muchos años las montañas constituían un gran obstáculo al cambio, pero hoy día Mérida es una capital estatal moderna, de 125.000 habitantes. En la ciudad quedan pocos edificios históricos pero por todas partes se encuentran parques y plazas llenos de flores. La Plaza Bolívar, la más interesante de la ciudad, está rodeada de edificios gubernamentales y de la catedral. Cerca de la plaza hay varios restaurantes pequeños que sirven típica comida venezolana. También se puede ver artistas jóvenes pintando escenas de la vida de las aldeas andinas, uno de los temas populares de los pintores venezolanos.

plateau / surrounded by

La visita a Mérida no está completa si uno no se monta en el teleférico°. Éste, que es el más largo y más alto del mundo, asciende hasta la cima del pico Espejo, a 4.765 metros de altura. Aparte de ser un viaje emocionante para el visitante, el teleférico es un medio de transporte muy útil para los habitantes de los Andes que viven en remotas aldeas de las montañas. Para algunos el teleférico es el único medio de comunicación con Mérida.

cable railway

El teleférico no funciona los lunes ni martes y éstos son días buenos para visitar las aldeas andinas históricas de los alrededores de Mérida. Una de las más visitadas es Jají, a unos 45 kilómetros al suroeste. Los habitantes de Jají son muy orgullosos° de su pueblo. Fue reconstruido a fines de la década de 1960 y tiene arquitectura colonial típica.

proud

Si uno quiere visitar una localidad menos turística, puede ir a Pueblo Nuevo del Sur, declarado monumento nacional en 1960. A las cuatro de la tarde, Pueblo Nuevo del Sur descansa. Los vecinos° están sentados indolentemente en la plaza o en el frente de sus casas conversando en voz baja. Un hombre carga° un pesado saco en un burro como lo han hecho innumerables generaciones antes que él. De las puertas abiertas de la vieja iglesia de Santa Rita salen las delicadas notas de un violín.

Los habitantes
carries

a few traces
peaceable

El que llega a Pueblo Nuevo del Sur ha viajado por el espacio y en el tiempo. Aquí no hay hoteles ni restaurantes. El paso de los siglos no ha dejado más que algún que otro retoque°. Es lógico que Pueblo Nuevo sea un monumento histórico. Desde este apacible° lugar se puede regresar a Mérida en una hora, pero el viaje supone el transcurso de varios siglos. Al salir de Pueblo Nuevo uno se da cuenta de que ha visto lo que vino a ver en Mérida: una visión de la Venezuela de ayer.

Adaptado de Las Américas

Comprensión

A. Lugares venezolanos. Combine los elementos de la primera columna con los de la segunda para identificar los lugares venezolanos.

1. la capital de Venezuela	a. el pico del Águila
2. el estado que es el techo de Venezuela	b. el pico Bolívar
3. el camino largo entre México y la Argentina	c. Caracas
	d. Mucuruba
4. una región fría y alta	e. Pueblo Nuevo del Sur
5. un paso con una inmensa estatua que representa a Bolívar	f. Mérida
	g. Apartaderos
6. una aldea turística al estilo de los Alpes	h. Jají
7. el pico más alto de Venezuela	i. un teleférico
8. uno de los pueblecitos coloniales en el camino a Mérida	j. un páramo
	k. la Carretera Panamericana
9. un medio de transporte para ascender una montaña	
10. un popular pueblo turístico reconstruido	
11. un pueblo poco turístico declarado monumento nacional en 1960	

B. Rasgos geográficos. Haga una lista de las varias características geográficas que se pueden ver en el estado de Mérida.

C. Descripciones. Describa las siguientes cosas que se encuentran en el estado de Mérida.

las montañas / los valles / la ciudad de Mérida / Jají / Pueblo Nuevo del Sur

D. La defensa de una opinión. ¿Qué evidencia hay en el artículo que confirma la idea siguiente? «El estado de Mérida es una visión de la Venezuela de ayer.»

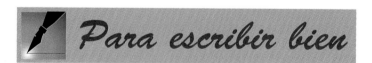

Para escribir bien

PREPARING TO WRITE

Careful preparation is the most important phase of the writing process. The following suggestions should help you plan and organize beforehand so the actual writing is done more quickly and produces a more readable, interesting composition.

1. Choose a topic that interests you and one for which you have some background knowledge.

2. Brainstorm ideas that might possibly fit into the composition topic. Write down these ideas in Spanish.
3. Make a list of the best ideas obtained from your brainstorming.
4. Make a list of key vocabulary items for the composition. Look up words in the dictionary at this point.
5. Organize your key ideas into a logical sequence. These key ideas will form a basic outline for your composition.
6. Fill in your outline with the details and supporting elements for your key ideas. You are now ready to write your composition.

 # COMPOSICIONES

A. Criados contentos. Ud. es el (la) dueño(-a) de una compañía de limpieza doméstica que se llama «Criados contentos». Escriba un anuncio para un periódico local explicando sus servicios. Incluya información sobre los quehaceres domésticos que hacen, sus horas y precios, y otra información.

B. Una casa vieja. Ud. y su esposo(-a) acaban de comprar una casa que tiene muchos problemas: todas las ventanas están muy sucias, una ventana está rota, las paredes están sucias y necesitan pintura, el lavabo en un cuarto de baño no funciona, el lavaplatos no funciona, no hay luz en dos de los dormitorios, no se puede cerrar fácilmente la puerta principal, la alfombra de la sala huele mal. Escríbale una nota al hombre que viene para trabajar en la casa. Explíquele los problemas y lo que debe hacer para resolverlos.

C. Los quehaceres domésticos. Hay cuatro personas en su familia y en su casa hay unos veinte quehaceres domésticos que alguien tiene que hacer todas las semanas. Prepare una lista de instrucciones para estos quehaceres. Cada persona tiene que hacer cinco.

Actividades

A. Sus compañeros de cuarto. You live in an apartment with two roommates. It's Parents' Weekend at school, and you must clean up the place before your parents arrive. Enlist your roommates' help and tell each of them what to do to prepare the apartment and some refreshments for your parents.

B. Un nuevo criado. As a wealthy and busy career person you are trying to find a replacement for your live-in servant, who is about to retire. Interview a candidate (played by your classmate). Find out if he / she has qualities equal to or better than your present servant. Explain what you want him / her to do on the job. You are quite demanding and the prospective servant is not certain if he / she wants the job.

C. *Telediario*. You and a classmate are the newscasters on *Telediario*, a brief news broadcast that occurs each evening from 8:58–9:00. Provide the highlights of the day's news for your audience. Include local, national, and international news as well as sports and a brief weather forecast.

D. Los candidatos. You are Víctor / Victoria Romero, the host / hostess of a Hispanic television talk show geared to 18–25 year olds. This week's guests are three candidates for President of the U.S. You hold a brief debate with the candidates, asking them questions about items of concern to the viewers of your show. Each candidate should compare himself / herself to the others and explain what he / she wants the voters and Congress to do. Each candidate should express judgment or doubt about what other candidates say.

Contacto cultural III
El arte y la arquitectura

Fernando Botero, *La familia presidencial*, 1967. Oil on canvas, 6'8¹/₈" x 6'5¹/₄". Collection, The Museum of Modern Art, New York. Gift of Warren D. Benedek.

Unos artistas modernos: Botero y Soto

La mayoría de los artistas modernos de Latinoamérica forman parte de una tendencia internacional. Aunque usan temas latinos también tratan de representar temas universales del hombre contemporáneo y sus problemas como miembro de una sociedad urbana. Los artistas viajan mucho por el mundo, se conocen e intercambian sus ideas y técnicas. Tienen exposiciones de sus obras en sus propios países y en las grandes capitales de Europa y las Américas.

Fernando Botero (1932–) nació en Medellín, Colombia, pero se trasladó a Bogotá donde presentó sus primeras obras. Pasó a Madrid y allá estudió los cuadros de Goya y Velázquez. De este aprendió la técnica realista y de aquel, su punto de vista crítico.

Muchas de las obras de Botero son sátiras de otras obras famosas o de la vida colombiana; sus personajes representan las instituciones del país —la Iglesia, el gobierno, el ejército. Una de sus obras famosas es La familia presidencial (1967), una sátira de la familia presidencial colombiana.

205

Jesús Rafael Soto (1923–   ) *nació en Ciudad Bolívar, Venezuela. Es un escultor conocido y pertenece a la escuela de arte geométrico y kinético. Sus obras están en Caracas, en Alemania y los EE.UU., entre otros lugares. Su obra* Vibraciones *(1965) es una escultura de alambres (wires) y cuadrados (squares) suspendidos sobre una superficie rayada; el efecto es de una ilusión óptica. Cree en la participación del espectador en la obra artística. Por eso creó* Penetrable *(1971) que consiste en una serie de tubos de aluminio que cambian cuando el público camina por ellos.*

Jesús Rafael Soto, *Penetrable*. Museum of Modern Art of Latin America, Washington, D.C.
Courtesy of OAS.

Comprensión

A. Fernando Botero.   ¿Es realista el cuadro *La familia presidencial?* ¿Qué instituciones representan los personajes en este cuadro? ¿Por qué son gordos? ¿Qué está diciendo el artista sobre el gobierno y las instituciones de su país? Compare este cuadro con *Las Meninas* de Velázquez.

B. Jesús Rafael Soto.   Según Soto, el público debe participar en la creación artística. ¿De qué manera participa el público en la creación de la escultura *Penetrable?*

Para leer bien

APPLYING JOURNALISTIC READING TECHNIQUES TO LITERATURE

In the **Para leer bien** sections of this text you have learned to apply reading strategies such as predicting and guessing content, scanning, skimming, locating the main and supporting ideas, and using background knowledge to the reading of journalistic articles and essays. These same strategies can also be effectively applied to the reading of literature; however, certain adaptations need to be made.

Prior to reading you will need to scan the overall layout of the selection to determine its genre (**el cuento, el drama, el ensayo, la novela, la poesía**). Scanning a literary title may not prove to be as helpful in establishing the main idea as scanning the title of a journalistic article. Literary titles are frequently imprecise in order to establish a tone or suggest feelings rather than provide a detailed summary of what is to follow.

Skimming the opening paragraph of a short story will often provide further clues as to content and main theme. In the opening paragraph look for the main ideas and supporting details. The tone of the first paragraph will often carry over throughout the entire story.

Using and expanding background knowledge will help in predicting and guessing content as well as decoding for deeper and more specific meaning. Identifying the verb core is particularly useful when decoding poetry, for poetic language often does not follow normal word order. You can also use your background knowledge of literary terminology taught in previous **Contacto cultural** sections.

In order to fully comprehend a literary selection, it is often necessary to read it more than one time. A second reading will often clarify the central theme and the various elements of the genre.

When approaching the following two literary selections, remember to take advantage of the pre-reading and decoding techniques you have learned.

LECTURAS LITERARIAS

Gabriel García Márquez   *(1928–   ), célebre escritor de cuentos y novelas y ganador del Premio Nóbel de Literatura en 1982. Nació en Aracataca, Colombia, una pequeña aldea en la costa del Caribe. Más tarde García Márquez transformó esta aldea en Macondo, el escenario mítico de su ficción. Su novela más famosa,* Cien años de soledad, *se publicó en 1967; probablemente es la novela más leída y más traducida de este siglo.*

Sus cuentos y novelas tratan los mismos temas: la soledad, la violencia, la corrupción, la pobreza y la injusticia. «Un día de éstos» tiene lugar en un país sin nombre en la América del Sur. Los antecedentes históricos del cuento son «la violencia», el conflicto que empezó en Colombia en 1948 y continuó por más de diez años. Unas 200.000 personas murieron en ese conflicto entre los liberales y los conservadores. Este cuento presenta la violencia en un microcosmo.

Un día de éstos

El lunes amaneció tibio° y sin lluvia. Don Aurelio Escovar, dentista sin título y buen madrugador°, abrió su gabinete° a las seis. Sacó de la vidriera una dentadura postiza° montada aún en el molde de yeso° y puso sobre la mesa un puñado° de instrumentos que ordenó de mayor a menor, como en una exposición. Llevaba una camisa a rayas sin cuello, cerrada arriba con un botón dorado, y los pantalones sostenidos con cargadores° elásticos. Era rígido, enjuto°, con una mirada que raras veces correspondía a la situación, como la mirada de los sordos.

Cuando tuvo las cosas dispuestas sobre la mesa, rodó la fresa° hacia el sillón de resortes° y se sentó a pulir la dentadura postiza. Parecía no pensar en lo que hacía, pero trabajaba con obstinación, pedaleando en la fresa incluso cuando no se servía de ella.

Después de las ocho hizo una pausa para mirar el cielo por la ventana y vio dos gallinazos° pensativos que se secaban al sol en el caballete° de la casa vecina. Siguió trabajando con la idea de que antes del almuerzo volvería a llover. La voz destemplada° de su hijo de once años lo sacó de su abstracción.

—Papá.

—Qué.

—Dice el alcalde° que si le sacas una muela°.

—Dile que no estoy aquí.

Glosses (right margin):

- warm
- early riser / office / set of false teeth
- plaster / handful
- suspenders / lean
- he rolled the drill / dentist's chair
- buzzards
- ridge of a roof
- loud
- mayor / you'll pull his molar

Estaba puliendo un diente de oro. Lo retiró a la distancia del brazo y lo examinó con los ojos a medio cerrar°. En la salita de espera volvió a gritar su hijo.

half closed

—Dice que sí estás porque te está oyendo.

El dentista siguió examinando el diente. Sólo cuando lo puso en la mesa con los trabajos terminados, dijo:

—Mejor.

Volvió a operar la fresa. De una cajita de cartón° donde guardaba las cosas por hacer, sacó un puente° de varias piezas y empezó a pulir el oro.

small cardboard box
dental bridge

—Papá.

—Qué.

Aún no había cambiado de expresión.

—Dice que si no le sacas la muela te pega un tiro°.

he will shoot you

Sin apresurarse, con un movimiento extremadamente tranquilo, dejó de pedalear en la fresa, la retiró del sillón y abrió por completo la gaveta inferior° de la mesa. Allí estaba el revólver.

lower drawer

—Bueno, dijo. —Dile que venga a pegármelo.

Hizo girar° el sillón hasta quedar de frente de la puerta, la mano apoyada en el borde° de la gaveta. El alcalde apareció en el umbral°. Se había afeitado la mejilla° izquierda, pero la otra, hinchada° y dolorida, tenía una barba de cinco días. El dentista vio en sus ojos marchitos° muchas noches de desesperación. Cerró la gaveta con la punta de los dedos y dijo suavemente:

He turned / edge
doorway / cheek
swollen / tired

—Siéntese.

—Buenos días, dijo el alcalde.

—Buenos, dijo el dentista.

Mientras hervía° los instrumentos, el alcalde apoyó el cráneo en el cabezal° de la silla y se sintió mejor. Respiraba un olor glacial. Era un gabinete pobre: una vieja silla de madera, la fresa de pedal, y una vidriera con pomos de loza°. Frente a la silla, una ventana con un cancel de tela° hasta la altura de un hombre. Cuando sintió que el dentista se acercaba, el alcalde afirmó los talones° y abrió la boca.

he boiled / leaned his head on the headrest
porcelain bottles / cloth curtains
dug in his heels

Don Aurelio Escovar le movió la cara hacia la luz. Después de observar la muela dañada°, ajustó la mandíbula° con una cautelosa presión de los dedos.

rotten
jaw

—Tiene que ser sin anestesia, dijo.

—¿Por qué?

—Porque tiene un absceso.

El alcalde lo miró en los ojos.

—Está bien, dijo, y trató de sonreír. El dentista no le correspondió. Llevó a la mesa de trabajo la cacerola° con los instrumentos hervidos y los sacó del agua con unas pinzas frías, todavía sin apresurarse. Después rodó la escupidera° con la punta del zapato y fue a lavarse las manos en el aguamanil°. Hizo todo sin mirar al alcalde. Pero el alcalde no lo perdió de vista.

Era un cordal inferior°. El dentista abrió las piernas y apretó° la muela con el gatillo° caliente. El alcalde se aferró a las barras° de la silla, descargó toda su fuerza en los pies y sintió un vacío helado en los riñones°, pero no soltó un suspiro°. El dentista sólo movió la muñeca°. Sin rencor, más bien con una amarga ternura°, dijo:

—Aquí nos paga veinte muertos, teniente°.

El alcalde sintió un crujido° de huesos en la mandíbula y sus ojos se llenaron de lágrimas. Pero no suspiró hasta que no sintió salir la muela. Entonces la vio a través de las lágrimas. Le pareció tan extraña a su dolor, que no pudo entender la tortura de sus cinco noches anteriores. Inclinado sobre la escupidera, sudoroso°, jadeante°, se desabotonó la guerrera° y buscó a tientas° el pañuelo° en el bolsillo del pantalón. El dentista le dio un trapo limpio.

—Séquese las lágrimas, dijo.

El alcalde lo hizo. Estaba temblando. Mientras el dentista se lavaba las manos, vio el cielo raso desfondado° y una telaraña polvorienta° con huevos de araña e insectos muertos. El dentista regresó secándose las manos.

—Acuéstese, dijo, —y haga buches° de agua de sal. El alcalde se puso de pie, se despidió con un displicente° saludo militar, y se dirigió a la puerta estirando° las piernas, sin abotonarse la guerrera.

—Me pasa la cuenta, dijo.

—¿A usted o al municipio?

El alcalde no lo miró. Cerró la puerta, y dijo, a través de la red metálica°:

—Es la misma vaina°.

pot	
moved the spittoon	
washstand	
lower wisdom tooth / gripped / forceps	
grabbed the arms	
kidneys / let out a sigh / wrist	
bitter tenderness	
Here you will pay us for 20 deaths (you caused), lieutenant / crunch	
sweaty / panting / military jacket / blindly / handkerchief	
cracked ceiling / dusty spiderweb	
gargle	
casual / stretching	
screen	
It's one and the same.	

Comprensión

A. El contenido. Conteste las siguientes preguntas sobre el contenido.

1. ¿Qué tiempo hace al principio del cuento?
2. Al abrir el gabinete, ¿qué hace el dentista? ¿Por cuánto tiempo lo sigue haciendo?
3. ¿Qué le anuncia su hijo?
4. Describa el problema físico del alcalde.
5. ¿Por qué dice el dentista «Dile que no estoy aquí» cuando sí está?
6. ¿Es verdad que el dentista no puede usar anestesia porque el alcalde tiene un absceso? Explique su respuesta. ¿Por qué le hace sufrir al alcalde?
7. ¿Qué implica el dentista con la frase, «Aquí nos paga veinte muertos, teniente»?
8. ¿Cómo se comporta el alcalde al sacársele la muela?
9. Compare estas líneas del principio y del final del cuento.

     El hijo le repite las palabras del alcalde a su papá: —Dice que si no le sacas la muela te pega un tiro.

     El dentista le dice al alcalde: —Séquese las lágrimas.

   ¿Quién tiene el control al principio y al final del cuento? ¿Hay un cambio en la actitud del alcalde? ¿Por qué?

10. ¿A quién debe pasarle la cuenta el dentista?
11. Explique la oración: «Es la misma vaina.»

B. El aspecto literario. Analice los siguientes aspectos del cuento.

1. **Los personajes.** ¿Cuántos y quiénes son? Descríbalos. ¿Qué llevan? ¿Qué representan los dos personajes centrales? (Para contestar piense en «la violencia» en Colombia en aquella época.)
2. **El escenario.** ¿Qué indicaciones hay de que el pueblo y los habitantes son pobres? Describa el escenario. ¿Qué representa el gabinete?
3. **La acción.** ¿Hay mucha o poca acción? ¿Qué implican las acciones frías y casi mecánicas del dentista? ¿Qué predomina en el cuento: la acción, el diálogo o la descripción? ¿Por qué? La acción culminante es cuando el dentista le da un trapo limpio al alcalde para secarse las lágrimas. ¿Qué simboliza esta acción?
4. **El tono.** ¿Cómo es el tono del cuento? ¿Qué adjetivo(-s) mejor expresa(-n) la emoción central del cuento?
5. **El punto de vista.** ¿Quién narra el cuento? ¿Cuál es el efecto de una narración en tercera persona?
6. **El tema.** ¿Qué papel tiene la violencia en la vida de los personajes? ¿Cuál es la relación entre el título del cuento y el tema de la violencia?

Rubén Darío *(1867–1916), poeta, cuentista, ensayista y crítico literario. Nació en Nicaragua y de adolescente empezó a imitar a los poetas franceses de la época. Viajó a Chile donde estudió a otros poetas y publicó su primer libro de poesía en 1887. Pronto llegó a la opinión de que la poesía en lengua española necesitaba una renovación. Por eso viajó mucho dentro de la América Latina y entre América y Europa; sirvió de lazo de unión entre los poetas de muchas nacionalidades. Los otros poetas imitaron su poesía. Según muchos críticos literarios fue el primer escritor verdaderamente profesional de Latinoamérica. Gracias a su ejemplo la poesía hispanoamericana tiene una preocupación más seria por la forma y el lenguaje.*

En sus primeros poemas escribió acerca de temas como el placer, el amor y la vida bohemia. Más tarde cambió a temas más serios como el significado de la vida y el destino personal. El poema que sigue pertenece a este período.

Lo fatal

Dichoso° el árbol, que es apenas° sensitivo,   *Feliz* / scarcely
y más la piedra, porque ésa ya no siente,
pues no hay dolor más grande que el dolor de ser vivo,
ni mayor pesadumbre que la vida consciente.

Ser, y no saber nada, y ser sin rumbo° cierto,   course
y el temor de haber sido, y un futuro terror...
Y el espanto° seguro de estar mañana muerto,   fright
y sufrir por la vida, y por la sombra, y por

lo que no conocemos y apenas sospechamos.
Y la carne° que tienta° con sus frescos racimos°   flesh / tempts / clusters
y la tumba que aguarda° con sus fúnebres ramos°,   awaits / bouquets
¡y no saber a dónde vamos,
ni de dónde venimos!

De *Cantos de vida y esperanza*

Comprensión

A. Identifique el núcleo verbal de cada verso del poema. Identifique los verbos. ¿Por qué hay tantos verbos negativos? En la estrofa final, ¿por qué usa el poeta la primera persona plural?

B. Haga una lista de los adjetivos y sustantivos. En una lista escriba las palabras que representan las cosas afirmativas y en la otra las cosas negativas. ¿Son contradictorias las dos listas o tienen algo en común?

C. Aunque el poeta no repite sus sustantivos o adjetivos, repite la estructura de sus frases. ¿Cuál es el efecto de repetir la frase «y + sustantivo»: «y el temor», «y un futuro terror», «Y el espanto», «Y la carne», «y la tumba»? ¿Qué más se repite en el poema?

D. ¿Cuál es el tema central del poema? ¿Es un tema particular del escritor, un tema hispánico o un tema universal?

Bienvenidos a los países andinos: Bolivia, el Ecuador y el Perú

GEOGRAFÍA Y CLIMA

Bolivia, el Ecuador y el Perú son países andinos; la cordillera de los Andes ocupa gran parte de su territorio.

Bolivia: Uno de los dos países de la América del Sur sin costa marítima. La zona de los Andes se llama el Altiplano, una región alta y árida. El lago Titicaca (compartido con el Perú) es el lago navegable más alto del mundo.

El Ecuador: Dos regiones distintas: el oeste—la costa; el este—las montañas. La línea del ecuador pasa al norte de la ciudad de Quito.

El Perú: Tercer país más grande de Sudamérica. Tres regiones distintas: el oeste—la costa; el centro—las montañas; el este—el río Amazonas y la selva que ocupa más de la mitad del territorio.

POBLACIÓN

Bolivia: 8.000.000 de habitantes. 55% indígenas (quechuas y aymarás), 28% mestizos, 10% europeos.

El Ecuador: 10.900.000 de habitantes. 55% mestizos, 25% indígenas, 10% europeos y 10% otros.

El Perú: 21.600.000 de habitantes. Indígenas, mestizos y una minoría de origen europeo; indígenas = 46% de la población.

MONEDA

Bolivia: el boliviano
El Ecuador: el sucre
El Perú: el (nuevo) sol

ECONOMÍA

Bolivia: Productos agrícolas; industria minera (estaño [*tin*], plata, plomo y otros metales)

El Ecuador: Petróleo; productos agrícolas (banana, café, cacao); pesca

El Perú: Industria minera (cobre, plata, plomo y otros metales); pesca; petróleo

VENEZUELA

Bogotá

Cali

Boa Vista

COLOMBIA

Quito

El ecuador (equator)

ECUADOR

Guayaquil

Iquitos

Cuenca

BRASIL

PERÚ

Machu Picchu

Lima

Cuzco

Ayacucho

La Paz

BOLIVIA

Santa Cruz

OCÉANO PACÍFICO

Lago Titicaca

LOS ANDES

Sucre

Potosí

CHILE

Antofagasta

| 0 | 100 | 200 | 300 | 400 | 500 | MILLAS |

| 0 | 200 | 400 | 600 | 800 | KILÓMETROS |

Una vista panorámica de Quito, Ecuador

El altiplano de Bolivia y el
lago Titicaca

OCÉANO
ATLÁNTICO

Brasilia

Río Paraná

PARAGUAY

Asunción

São Paulo

Iguazú

Práctica geográfica

Conteste las siguientes preguntas usando la información y el mapa de esta sección y los mapas al principio de este libro.

A. **Bolivia**
1. ¿Cuál es la capital de Bolivia? ¿Cuáles son otras ciudades importantes? ¿Dónde están?
2. ¿Qué países están cerca de Bolivia?
3. ¿Cómo se llama el lago grande que comparte con el Perú? ¿Por qué es famoso?
4. ¿Cómo se llama la región alta y árida de los Andes?
5. ¿Qué ventajas y desventajas ofrece la geografía de Bolivia?

B. **El Ecuador**
1. ¿Cuál es la capital del Ecuador? ¿Cuáles son otras ciudades importantes? ¿Dónde están?
2. ¿Qué países están cerca del Ecuador?
3. ¿Cómo se llama la línea geográfica al norte de Quito?
4. Hay dos regiones geográficas en el Ecuador. ¿Cuáles y cómo son?
5. ¿Qué ventajas y desventajas ofrece la geografía del Ecuador?

C. **El Perú**
1. ¿Cuál es la capital del Perú? ¿Cuáles son otras ciudades importantes? ¿Dónde están?
2. ¿Qué países están cerca del Perú?
3. ¿Cómo se llama el río en el noreste del Perú? ¿Cómo es el territorio cerca del río?
4. Hay tres regiones geográficas en el Perú. ¿Cuáles y cómo son?
5. ¿Qué ventajas y desventajas ofrece la geografía del Perú?

CAPÍTULO 7
De compras

Un centro comercial moderno en Quito, Ecuador

Cultural Themes

Bolivia and Ecuador
Shopping in the Hispanic
   World

Communicative Goals

Making Routine Purchases
Expressing Actions in Progress
Making Comparisons
Talking to and about People and
   Things
Complaining
Denying and Contradicting
Avoiding Repetition of Previously
   Mentioned People and Things
Linking Ideas

PRIMERA SITUACIÓN

Presentación

EN UN CENTRO COMERCIAL

Práctica y conversación

A. ¿Qué hay en el dibujo?   Utilizando el **Vocabulario activo** a continuación, nombre Ud. las cosas y personas que se ven en el dibujo.

B. Regalos de cumpleaños.   Ud. necesita comprarles regalos de cumpleaños a las siguientes personas. Piensa comprarles joyas con una piedra que corresponde al mes de su nacimiento. ¿Qué les va a comprar?

1. su hermana / 16 de octubre
2. su novio(-a) / 27 de noviembre
3. su papá / 12 de septiembre
4. su mamá / 6 de junio

5. su tía / 3 de mayo
6. su primo / 15 de enero
7. Ud. / ¿?

enero	*el granate*
febrero	*la amatista*
marzo	*la aguamarina*
abril	*el diamante*
mayo	*la esmeralda*
junio	*la perla*
julio	*el rubí*
agosto	*el ágata*
septiembre	*el zafiro*
octubre	*el ópalo*
noviembre	*el topacio*
diciembre	*la turquesa*

C. En El Corte Inglés.   Utilice el anuncio en la página que sigue. ¿En qué departamento compra Ud. las siguientes cosas?

jeans / un reloj de pulsera / un sofá / un vestido elegante / un paraguas / una novela / una cadena de oro / pantuflas / toallas / un estéreo

UN LUGAR PARA COMPRAR.
UN LUGAR PARA SOÑAR.

P

Servicios:
Aparcamiento.

3-2

P-1

Servicios:
Aparcamiento. Carta de compra. Taller de Montaje de accesorios de automóvil. Oficina postal.

Departamentos:
Librería. Papelería. Juegos. Fumador. Mercería. Supermercado de Alimentación. Limpieza.

1.er SÓTANO

Servicios:
Estanco. Patrones de moda.

Departamentos:
Complementos de Moda.
Bolsos. Marroquinería. Medias. Pañuelos. Sombreros. Bisutería. Relojería. Joyería. Perfumería y Cosmética. Turismo.

PLANTA BAJA

Servicios:
Reparación de relojes y joyas. Quiosco de prensa. Óptica 2.000. Información. Servicio de intérpretes. Objetos perdidos. Empaquetado de regalos.

Departamentos:
Hogar Menaje. Artesanía. Cerámica. Cristalería. Cubertería. Accesorios automóvil. Bricolaje. Loza. Orfebrería. Porcelanas, (Lladró, Capodimonte). Platería. Regalos. Vajillas. Saneamiento. Electrodomésticos.

1.a PLANTA

Servicios:
Listas de boda. Reparación de calzado. Plastificación de carnés. Duplicado de llaves. Grabación de objetos.

Departamentos:
Niños/as. (4 a 10 años). Confección. Boutiques. Complementos. Juguetería. **Chicos/as.** (11 a 14 años) Confección. Boutiques. **Bebés.** Confección. Carrocería. Canastillas. Regalos bebé. Zapatería de bebé. **Zapatería.** Señoras, caballeros y niños. **Futura Mamá.**

2.a PLANTA

Servicios:
Estudio fotográfico y realización de retratos.

Departamentos:
Confección de Caballeros.
Confección ante y piel. Boutiques. Ropa interior. Sastrería a medida. Artículos de viajes. Complementos de Moda. Zapatería. Tallas especiales.

3.a PLANTA

Servicios:
Servicio al Cliente. Venta a plazos. Solicitudes de tarjetas. Devolución de I.V.A. Peluquería de caballeros. Agencia de viajes y Centro de Seguros.

Departamentos:
Señoras. Confección. Punto. Peletería. Boutiques Internacionales. Lencería y Corsetería. Tallas Especiales. Complementos de Moda. Zapatería. Pronovias.

4.a PLANTA

Servicios:
Peluquería de señoras. Conservación de pieles. Cambio de moneda extranjera.

Departamentos:
Juventud. Confección. Territorio Vaquero. Punto. Boutiques. Complementos de moda. Marcas Internacionales. **Deportes.** Prendas deportivas. Zapatería deportiva. Armería. Complementos.

5.a PLANTA

Departamentos:
Muebles y Decoración.
Dormitorios. Salones. Lámparas. Cuadros. **Hogar textil.** Mantelerías. Toallas. Visillos. Tejidos. Muebles de cocina.

6.a PLANTA

Servicios:
Creamos Hogar. Post-Venta. Enmarque de cuadros. Realización de retratos.

Departamentos:
Oportunidades y Promociones.

7.a PLANTA

Servicios:
Cafetería. Autoservicio "La Rotonda". **Restaurante** "Las Trébedes".

ANEXOS

Preciados, 1. Tienda de la Electrónica: Imagen y Sonido. Hi-Fi. Radio. Televisión. Ordenadores. Fotografía. **Servicios:** Revelado rápido.

Preciados, 2 y 4. Discotienda: Compact Disc. Casetes. Discos. Películas de vídeo. **Servicios:** Venta de localidades.

D. ¡Gangas para todos! Ud. y un(-a) compañero(-a) de clase van a abrir una tienda en el centro estudiantil de la universidad. ¿Cómo será la tienda? ¿la mercancía? ¿los precios? ¿los empleados? ¿?

E. Creación. En una narración cuente lo que pasa en el dibujo de la **Presentación.**

Vocabulario activo ▶

El centro comercial	(Shopping) Mall
la boutique	*boutique*
el (la) cajero(-a)	*cashier*
el (la) dependiente(-a)	*salesclerk*
el escaparate	*store window* (E), *display case* (A)
la vitrina	*display case* (E), *store window* (A)
la etiqueta	*label*
la ganga	*bargain*
los (grandes) almacenes	*department store*
la liquidación	*clearance sale*
la marca	*brand*
la mercancía	*merchandise*
el precio	*price*
la rebaja	*reduction*
la talla	*size (of clothing)*
la tienda	
de liquidaciones	*discount store*
de lujo	*expensive store*
de música	*music store*
de regalos	*gift shop*
estar en liquidación	*to be for sale*

La joyería	Jewelry Shop
los aretes	*earrings*
la cadena de oro	*gold chain*

el collar de brillantes	*diamond necklace*
la esmeralda	*emerald*
las joyas	*jewels, jewelry*
la perla	*pearl*
la piedra preciosa	*precious stone*
la pulsera	*bracelet*
el reloj (de pulsera)	*(wrist)watch*
asegurar	*to insure*
regalar	*to give a present*
valorar	*to appraise*

La zapatería	Shoe Store
las botas	*boots*
el número	*size*
las pantuflas	*slippers*
el par	*pair*
las sandalias	*sandals*
el tacón	*heel*
los zapatos	
bajos	*low-heeled shoes*
deportivos	*athletic shoes*
de tacón	*high heels*
de tenis	*tennis shoes*
apretarle (ie)	*to pinch, be too tight*
calzar	*to wear shoes*
quedar	*to fit*

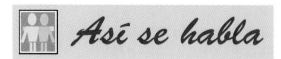

MAKING ROUTINE PURCHASES

VENDEDORA	Buenas tardes. ¿En qué puedo servirle?
MANUELA	Estoy buscando un regalo para mi novio y francamente no sé qué comprarle.
VENDEDORA	¿Qué le parece una corbata de seda? Tenemos de toda clase. Unas son más elegantes que otras, pero todas son de muy buena calidad.
MANUELA	A ver, ¿me las podría enseñar, por favor?
VENDEDORA	Sí, cómo no. Venga por acá. Aquí están.
MANUELA	Tiene razón. ¿Cuánto cuestan?
VENDEDORA	Ésa cuesta 150 bolivianos.
MANUELA	¡Ay, no! ¡Eso es mucho para mí! ¡No, no, no, no!
VENDEDORA	Aquí tengo las más baratas. Mire, ¿qué le parece ésta? Sólo cuesta 100 bolivianos.
MANUELA	Bueno, no está tan mal. Me la llevo. Espero que le guste.

When you want to purchase something, you need to know the following expressions.

Vendedor(-a):

¿Qué desearía ver?	*What would you like to see?*
¿En qué puedo servirle?	*May I help you?*
¿Qué le parece...?	*What do you think of . . . ?*
¿Qué número necesita?	*What size do you need?*
¿Quisiera probarse / llevar / ver...?	*Would you like to try on / take / see . . . ?*
No nos queda(-n) más.	*We don't have any left.*
¿Desearía algo más?	*Would you like anything else?*
Aquí lo (la, los, las) tiene.	*Here you are.*
Pase por la caja, por favor.	*Please step over to the cashier's.*
...está en oferta.	*. . . is on sale.*

Cliente:

Hágame el favor de mostrarme...	*Please show me . . .*
Me encanta(-n)...	*I love . . .*
No me parece mal / feo / apropiado.	*I don't think it's bad / ugly / appropriate.*
Lo encuentro barato / muy caro / ordinario / fino / delicado.	*I find it inexpensive / very expensive / ordinary / of good quality / delicate.*
¿Cuánto cuesta(-n), por favor?	*How much is it (are they), please?*
¿Me lo podría dejar en... ?	*Could you let me have it for . . . ?*
¡Ay, no! Eso es mucho.	*Oh, no! That's too much.*
Quisiera algo más barato.	*I'd like something cheaper.*
Está bien.	*That's fine.*
Me lo / la (los / las) llevo.	*I'll take it (them).*
¿Me lo / la (los / las) podría envolver?	*Could you wrap it (them) for me?*

Práctica y conversación

A. En la tienda.   ¿Qué dice Ud. cuando va a la tienda y...

1. quiere saber si venden jeans?
2. no le gustan los que el (la) vendedor(-a) le enseña?
3. quiere probarse los pantalones?
4. los jeans le quedan bien?
5. quiere saber el precio?
6. quiere comprarlos?

B. ¡Necesito ropa!   Ud. y su amigo(-a) van a la tienda porque necesitan pantalones / faldas / blusas / camisas / zapatos. Pidan lo que necesitan. Otro(-a) estudiante hace el papel de vendedor(-a) y él (ella) los (las) ayudará.

Quito, Ecuador: Una boutique

EXPRESSING ACTIONS IN PROGRESS

Progressive Tenses

The progressive tenses emphasize actions that are taking place at a particular moment in time. In English the present progressive tense is composed of *to be + present participle: I am buying a jacket; John is returning a sweater.*

a. In Spanish the present progressive tense is composed of **estar** + *present participle.*

Estar + Present participle		
estoy	comprando	*I am buying*
estás	escogiendo	*you are choosing*
está	decidiendo	*he / she is, you are deciding*
estamos	leyendo	*we are reading*
estáis	pidiendo	*you are ordering*
están	durmiendo	*they, you are sleeping*

b. To form the present participle

1. add **-ando** to the stem of **-ar** verbs: **esperar → esper- → esperando.**
2. add **-iendo** to the stem of **-er** and **-ir** verbs: **comer → com- → comiendo; asistir → asist- → asistiendo.** When the stem ends in a vowel, add the ending **-yendo: oír → o- → oyendo; traer → tra- → trayendo.**
3. of **-ir** verbs whose stem changes **e → i** and **o → u** in the third-person of the preterite, remember to maintain this stem change in the present participle: **pedir → pid- → pidiendo; dormir → durm- → durmiendo.**

c. With verbs in the progressive tenses, direct, indirect, and reflexive pronouns may precede the conjugated verb or be attached to the end of the present participle.

Están probándo**se** ropa nueva.
Se están probando ropa nueva. } *They are trying on new clothes.*

d. The Spanish present progressive is used only to emphasize an action that is currently in progress. Contrary to English, the Spanish present progressive is not used to refer to present actions that take place over an extended period of time or to an action that will take place in the future. Compare the following.

Este año Iliana **trabaja** en el centro comercial.
This year Iliana is working in the mall.

Ahora mismo **está trabajando** de cajera.
Right now she is working as a cashier.

Carlos **está llegando en este momento.**	*Carlos is arriving at this very moment.*
Sofía **llega** más tarde.	*Sofia is arriving later.*

e. To describe or express an action that was in progress at a particular moment in the past, the imperfect of **estar** + *present participle* is used.

Anoche a esta hora **estábamos buscando** muebles en los grandes almacenes.	*Last night at this time we were looking for furniture in the department store.*

f. The verbs **andar, continuar, ir, seguir,** and **venir** can also be used with the present participle to form progressive tenses.

En el centro comercial Roberto **anda probándose** ropa nueva y **mirando** a la gente.	*At the mall Roberto goes around trying on new clothes and watching people.*

Práctica y conversación

A. En el centro comercial.   Explique lo que estas personas están haciendo ahora en el centro comercial.

> *Modelo*   Carlos / comer en un café
> **Carlos está comiendo en un café.**

1. Eduardo / probarse zapatos
2. tú y yo / hacer compras
3. mi hija / tomar un refresco
4. Uds. / divertirse
5. Carolina / buscar rebajas
6. tú / leer las etiquetas
7. los jóvenes / oír música
8. yo / almorzar en el café

B. Ahora mismo.   ¿Qué piensa Ud. que estas personas están haciendo ahora mismo?

mi mejor amigo(-a) / mi vecino(-a) / mi compañero(-a) de cuarto / mi profesor(-a) de español / mi abuelo(-a) / mi novio(-a)

Ahora, diga lo que ellos estaban haciendo anoche a las ocho.

C. Entrevista personal.   Pregúntele a un(-a) compañero(-a) de clase lo que estaba haciendo...

hoy al mediodía / el sábado pasado por la noche / anoche a las ocho / antes de la clase / cuando empezó la clase / el cuatro de julio

D. ¡Estamos comprando de todo!   Ud. invitó a su mejor amigo(-a) a ir de compras con un grupo muy grande de amigos(-as), pero desgraciadamente él (ella) no pudo ir porque se sentía mal. Ahora todos(-as) Uds. están en el centro comercial y lo (la) llaman para contarle lo que están haciendo. Su amigo(-a) le hace muchas preguntas. Cuéntele quiénes están con Ud. y qué están haciendo en este momento.

MAKING COMPARISONS

Superlative Forms of Adjectives

In certain situations such as shopping or discussing family or friends, you often want to compare objects or persons and set them apart from all others: *This is the largest mall in the state.* To make statements comparing one item to many others in the same category, the superlative form of the adjective is used. The English superlative is composed of *the most* or *the least* + adjective or the adjective + the ending *-est.*

a. In Spanish the superlative of adjectives is formed using the following construction.

$$\text{DEFINITE ARTICLE (+ NOUN)} + \begin{matrix} \textbf{más} \\ \textbf{menos} \end{matrix} + \text{ADJECTIVE} + \textbf{de}$$

Antonio compró la cadena de oro **más cara de** la joyería.

Antonio bought the most expensive gold chain in the jewelry store.

Note that **de** = *in* in these superlative constructions.

b. In superlative constructions, the irregular forms **mejor** and **peor** usually precede the noun.

Tienen los **mejores** precios del pueblo.   *They have the best prices in town.*

The irregular forms **mayor** and **menor** follow the noun.

Carolina es la hija **mayor** de la familia.

Carolina is the oldest daughter in the family.

c. After forms of **ser,** the noun is frequently omitted from superlative constructions to avoid redundancy.

Esta zapatería es **la más grande** de Quito, pero aquélla es **la mejor.**

This shoe store is the largest in Quito, but that one is the best.

Práctica y conversación

A. Yo sólo quiero lo mejor.   Ud. va de compras a una tienda muy elegante. Explíquele al (a la) vendedor(-a) lo que le gustaría comprar.

Modelo   vestido / elegante
                  Quisiera el vestido más elegante de la tienda.

1. zapatos / cómodo
2. cadena de oro / hermoso
3. aretes / fino
4. perlas / caro
5. regalos / lindo
6. botas / grande
7. sandalias / bueno
8. pantuflas / barato

B. Lo mejor en su categoría.   Describa a estas personas y cosas comparándolas con otras en la misma categoría.

Modelo   mi hermano
                  Mi hermano es el más alto de la familia.

Michael Jordan / Neiman Marcus / Cadillac / Elizabeth Taylor / el presidente de los EE.UU. / mis padres / las cataratas de Niágara / el monte Everest / mi novio(-a)

C. ¿Dónde compro? Antes de ir de compras Ud. y sus compañeros(-as) comparan los precios de diferentes almacenes. Miren estos anuncios y decidan qué artículos van a comprar Uds. Explique por qué. ¿Cuál de los almacenes tiene los mejores precios? ¿los peores?

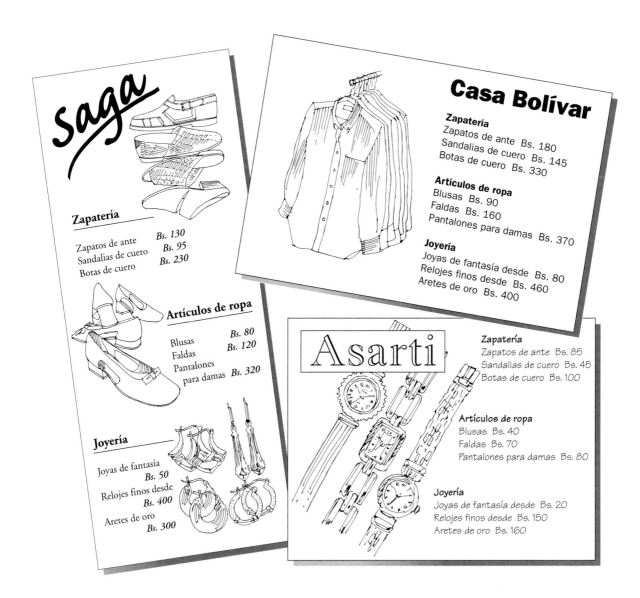

TALKING TO AND ABOUT PEOPLE AND THINGS

Uses of the Definite Article

The definite article in English and Spanish is used to indicate a specific noun: **La zapatería está cerca de la joyería.** *The shoe store is near the jewelry store.*

    a. The forms of the definite article precede the nouns they modify and agree with them in gender and number: **el precio; la perla; los zapatos; las botas.**

b. The masculine singular article **el** is used with feminine nouns that begin with a stressed **a-** or **ha-**. However, the plural forms of these nouns use **las: el agua / las aguas.**

c. In Spanish the definite article is used

1. before abstract nouns and before nouns used in a general sense.

En mi opinión, **la paz** mundial es muy importante.	*In my opinion, world peace is very important.*
No me gustan **los zapatos** de tacón.	*I don't like high-heeled shoes.*

2. with the names of languages except when they follow **de, en,** or forms of **hablar.** The article is often omitted after **aprender, enseñar, escribir, estudiar, leer,** and **saber.**

Se dice que **el chino** es una lengua muy difícil.	*They say that Chinese is a very difficult language.*
Susana es bilingüe. Habla inglés y español y estudia japonés.	*Susana is bilingual. She speaks English and Spanish and is studying Japanese.*

3. before a title (except **don / doña, san(-to) / santa**) when speaking *about* a person, but omitted when speaking directly *to* the person.

—Miguel, éste es nuestro vecino, **el doctor** Casona.	*Miguel, this is our neighbor, Dr. Casona.*
—Mucho gusto, doctor Casona.	*Pleased to meet you, Dr. Casona.*

4. instead of a possessive pronoun with articles of clothing and parts of the body when preceded by a reflexive verb.

Al entrar en casa, se quitó **la chaqueta.**	*When he got home, he took off his jacket.*

5. with days of the week to mean *on.*

La liquidación empieza **el viernes** 25 de mayo.	*The clearance sale begins on Friday, May 25.*
El centro comercial no está abierto **los domingos.**	*The (shopping) mall is not open on Sundays.*

6. in telling time, generally meaning *o'clock.*

La Joyería Orense se abre **a las diez** de la mañana.	*The Orense Jewelry Store opens at 10:00 (ten o'clock) A.M.*

7. with the names of certain countries and geographical areas. Note that this use of the definite article is decreasing over time.

la América del Sur	la Habana
la Argentina	la India
el Brasil	el Japón
el Canadá	el Paraguay
el Ecuador	el Perú
los Estados Unidos	la República Dominicana
la Florida	el Uruguay

8. to refer to a quantity or weight.

Estas bananas cuestan tres mil sucres
el kilo / la libra.

These bananas cost three thousand sucres a kilo / a pound.

d. The neuter article **lo** + the masculine singular form of an adjective can be used to describe general qualities and characteristics: **lo bueno** = *the good thing, the good part.*

Lo bueno de este centro comercial es la variedad de tiendas.

The good thing about this shopping center is the variety of stores.

1. The words **más** or **menos** can precede the adjective.

Lo más importante es comprar nuevos zapatos.

The most important thing is to buy new shoes.

2. The following are some common expressions with **lo.**

lo bueno	*the good thing*	**lo mismo**	*the same thing*
lo malo	*the bad thing*	**lo peor**	*the worst thing*
lo mejor	*the best thing*		

Práctica y conversación

A. ¿Qué me pongo?   ¿Qué se pone Ud. para ir a los siguientes lugares?

un centro comercial / un restaurante elegante / el cine / un partido de fútbol norteamericano / la clase de español / una fiesta

Modelo   **Para ir a clase me pongo los jeans y una camiseta.**

B. ¿Cuándo es?   Con un(-a) compañero(-a) de clase discutan la hora y la fecha de las siguientes ocasiones.

Modelo   fiesta de Julia / viernes / 8:00

USTED: **¿Cuándo es la fiesta de Julia?**
COMPAÑERO(-A):   **Es el viernes a las ocho.**

1. la liquidación de Almacenes González / miércoles / 10:00
2. el partido de básquetbol / lunes / 2:30
3. la boda de Francisco y Teresa / sábado / 3:00
4. el examen de química / jueves / 11:45
5. el concierto de música incaica / domingo / 7:30
6. ¿?

C. La liquidación.   Complete el siguiente diálogo con un(-a) compañero(-a) de clase usando la forma apropiada del artículo definido cuando sea necesario.

1. Hola, [*nombre de su compañero(-a)*]. ¿Por qué no fuiste a _____ liquidación en los Almacenes Quito?
2. ¿Cuándo fue? ¿_____ viernes?

3. No, _____ sábado por _____ noche; empezó a _____ nueve.
4. Me olvidé por completo. Fui a _____ casa de mi hermana y ni me acordé. Pero dime, ¿fue Guillermo?
5. Desgraciadamente, sí. Él me dijo que no tenía ni un centavo. Se ha gastado todo _____ dinero que le mandaron sus padres _____ mes pasado.
6. Y ¿qué va a hacer para pagar _____ matrícula, _____ libros y _____ alquiler?
7. No sé, pero de todas maneras quiere ir a _____ Chile y _____ Argentina en _____ próximas vacaciones.
8. ¡Está loco! Bueno, qué se va a hacer. ¿Quién más fue de compras con Uds.?
9. _____ gente de siempre. Todos me preguntaron por ti. Les dije que te habías ido a _____ casa de tu hermana.
10. Gracias. En realidad se me olvidó.

D. Entrevista personal. Hágale preguntas a un(-a) compañero(-a) de clase sobre su vida. Su compañero(-a) debe contestar.

Pregúntele...

1. qué es lo bueno de sus amigos / de su familia.
2. qué es lo malo de sus amigos / de su familia.
3. qué es lo más interesante de la vida universitaria.
4. qué es lo mejor de ir de compras.
5. qué es lo mejor de su vida actual.

E. El centro comercial. Ud. y un(-a) compañero(-a) están hablando de un viaje reciente al centro comercial. Comenten los aspectos positivos y negativos del centro comercial. Digan qué fue lo más interesante / divertido / agradable / desagradable / ¿?

Modelo   **A mí me parece que lo más agradable fue el almuerzo en el restaurante que tienen allí.**

SEGUNDA SITUACIÓN

Presentación

ESTA BLUSA NO ME QUEDA BIEN

Práctica y conversación

A. ¿Qué hay en los dibujos?   Utilizando el **Vocabulario activo** a continuación, nombre Ud. las cosas y personas que se ven en el dibujo anterior y el que sigue.

B. ¡De buen gusto! ¿Qué cambios deben hacer las siguientes personas para vestirse bien?

1. María lleva una falda a cuadros, una blusa estampada y unas pantuflas rosadas.
2. José lleva un traje azul marino, una camiseta anaranjada y unos zapatos deportivos grises.
3. Susana lleva un vestido de seda negra, unos zapatos de tacón negros y unos calcetines de lana roja.
4. Tomás lleva un pijama azul, un sombrero de paja y unas botas rojas.
5. Isabel lleva un traje de baño de lunares, un abrigo de pieles y unas botas de cuero.
6. Paco lleva unos pantalones azules, una camisa de seda morada y una chaqueta a rayas.

C. Entrevista personal. Pregúntele a un(-a) compañero(-a) de clase qué debe ponerse para las siguientes situaciones.

Pregúntele qué se pone para...

1. una entrevista importante.
2. esquiar.
3. una fiesta elegante.
4. un día en la playa.
5. lavar el coche.
6. un fin de semana en el campo.

D. ¡La edad no se revela!   ¿Por qué usa este producto el lema (*slogan*) «La Edad No Se Revela»? ¿Qué tipo de ropa se puede lavar con este producto?

©1995 P&G Co.

Shorts

Suéteres

Playeras

Gorras

Calcetines

Toallas de Cocina

"¡LA EDAD NO SE REVELA!"

100% algodón con salsa de espagueti

lavada una vez con detergente regular

lavada una vez con Tide

Dicen que el secreto de la vida es siempre lucir jóven. Y Tide® with Bleach en polvo está totalmente de acuerdo. Su Sistema Activado de Blanqueadores es invencible asegurando que la ropa blanca se quede blanca, e ingredientes especiales le ayuda a mantener los colores vivos en la ropa de algodón, lavada tras lavada (¡aún la ropa negra!). Así que, cuando se habla de la edad, no se preocupe... su ropa la disimulará.

SI TIENE QUE ESTAR LIMPIO, TIENE QUE SER TIDE.

 Aún los expertos de algodón confían en Tide with Bleach
®-El sello de Algodón es una marca de servicio registrada de Cotton Incorporated.

E. Creación. En una narración cuente lo que pasa en los dibujos de la **Presentación.**

Vocabulario activo ▶

La tienda de ropa de caballeros*	Men's Clothing Store	la lana	wool
		el lino	linen
la bufanda	scarf	la piel	fur
los calcetines	socks	la seda	silk
el chaleco	vest		

		Algunos problemas	Some Problems
el impermeable	raincoat	acortar	to shorten
el paraguas	umbrella	devolver (ue)	to return
el pijama	pajamas		something
el sobretodo	overcoat	envolver (ue)	to wrap up

La tienda de ropa femenina	Women's Clothing Store	estar de moda	to be in style
		estar pasado(-a) de moda	to be out of style
el abrigo	coat		
la bata	robe	hacer juego con combinar con	to match
la bolsa (E)	purse		
el calentador (A) el chandal (E)	sweatsuit	mostrar (ue)	to show
		probarse (ue)	to try on
la camisa de noche	nightgown	quedarle bien	to fit
la camiseta	tee shirt	quedarle	to be
los guantes	gloves	un poco ancho	a little wide
las medias	stockings	apretado	tight
el traje de baño	bathing suit	corto	short
		chico	small

El diseño	Design	estrecho	narrow
a cuadros	plaid, checkered	flojo	loose
a rayas	striped	grande	big
de flores	flowered	largo	long
de lunares	polka dot	ser de buen gusto	to be in good taste
de un solo color	solid color	elegante	elegant
estampado(-a)	printed	feo	ugly
		lindo	pretty

La tela	Fabric, Material	vistoso	dressy
el algodón	cotton	usar talla ____	to wear size ____
el cuero	leather		
el encaje	lace		

* Other common articles of clothing are listed in Appendix A.

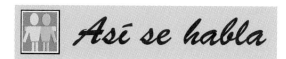

COMPLAINING

DEPENDIENTA	¿En qué puedo servirle?
NOEMÍ	Señorita, ayer compré este vestido y hoy me di cuenta que tenía esta enorme mancha. Quisiera que me lo cambiaran, por favor.
DEPENDIENTA	Bueno, pero Ud. debió examinar el vestido cuidadosamente antes de llevárselo.
NOEMÍ	Lo que pasó es que me probé otro de la misma talla pero de otro color, pero después escogí este rojo sin probármelo.
DEPENDIENTA	Desafortunadamente no podemos hacer nada.

NOEMÍ	Y ahora, ¿qué voy a hacer? ¡Este vestido no sirve para nada!
DEPENDIENTA	Lo sentimos mucho, señora.
NOEMÍ	¡Esto no puede ser! Uds. tienen que cambiármelo.
DEPENDIENTA	Ya le dije que no hay nada que podamos hacer. Nosotros nunca aceptamos ninguna prenda de vestir de regreso. Lo siento.

When you want to complain, you can use the following expressions.

Siento decirle que...	*I'm sorry to tell you that . . .*
Disculpe, pero la verdad es que...	*Excuse me, but the truth is that . . .*
Me parece que aquí hay un error.	*I think there is a mistake here.*
Creo que se ha equivocado.	*I think you have made a mistake.*
No puedo seguir esperando.	*I can't keep waiting.*
¡Esto no puede ser!	*It can't be!*
Pero, ¡qué se ha creído!	*But who do you think you are!*
¡Por quién me ha tomado!	*Who do you think I am!*
¡Qué falta de responsabilidad!	*How irresponsible!*
Y ahora, ¿qué voy a hacer?	*And now, what am I going to do?*
¡Ya me cansé de tantos problemas!	*I'm tired of so many problems!*

Práctica y conversación

A. Perdón, pero...   ¿Qué dice Ud. en las siguientes situaciones?

1. Ud. está en un restaurante y el mesero le da un helado en vez de un sandwich.
2. Ud. está en el aeropuerto y le dicen que Ud. no tiene reservación.
3. Ud. está en el consultorio del dentista y ha estado esperando dos horas y media.
4. Ud. está en un restaurante y le traen la cuenta de otra persona.
5. Ud. se inscribió en la clase de español pero su nombre no aparece en la lista del (de la) profesor(-a).

B. Pero, ¿qué es esto?   Con dos compañeros(-as) de clase, dramaticen la siguiente situación. Ud. y su amigo(-a) van de compras porque necesitan ropa. En la tienda se les acerca un(-a) vendedor(-a) y Uds. le piden ayuda. Al principio todo va bien pero después hay muchos problemas: les da las tallas equivocadas, se demora mucho en atenderles, les cobra más de lo necesario y al final no quiere aceptar sus cheques.

Estructuras

DENYING AND CONTRADICTING

Indefinite and Negative Expressions

Negative expressions such as *no, never, no one, nothing,* or *neither* are used to contradict previous statements or deny the existence of people, things, or ideas. These negatives are frequently contrasted with indefinite expressions such as *someone, something,* or *either* that refer to non-specific people and things.

Indefinite Expressions		Negative Expressions	
algo	*something*	nada	*nothing*
alguien	*someone*	nadie	*no one, nobody*
algún	*any, some*	ningún	*no, none, no one*
alguno(-a)	*someone*	ninguno(-a)	
algunos(-as)		ningunos(-as)	
alguna vez	*sometime*	nunca ⎫	
siempre	*always*	jamás ⎬	*never*
o	*or*	ni	*nor*
o... o	*either . . . or*	ni... ni	*neither . . . nor*
también	*also, too*	tampoco	*neither, not . . . either*
de algún modo	*somehow*	de ningún modo	*by no means*
de alguna manera	*some way*	de ninguna manera	*no way*

a. To negate or contradict a sentence, **no** is placed before the verb.

> **No** vamos de compras hoy.   *We aren't going shopping today.*

b. There are two patterns for use with negative expressions.

> 1. NEGATIVE + VERB PHRASE

>> Julia **nunca** lleva pantalones.   *Julia never wears pants.*
>> **Nadie** tiene tanta ropa como Ana.   *No one has as many clothes as Ana.*

> 2. **No** + VERB PHRASE + NEGATIVE

>> Julia **no** lleva pantalones **nunca.**   *Julia never wears pants.*
>> **No** compro **nada** en aquella tienda.   *I don't buy anything in that store.*

c. Indefinite expressions frequently occur in questions, while negatives occur in answers.

> —¿Quieres probarte el suéter **o** el chaleco?   *Do you want to try on the sweater or the vest?*
> —No quiero probarme **ni** el suéter **ni** el chaleco.   *I don't want to try on (either) the sweater or the vest.*

d. **Algún** and **ningún** are used before masculine singular nouns.

> Compraré ese vestido de **algún modo.**   *I will buy that dress somehow.*

Ninguno is used in the singular unless the noun it modifies is always plural.

—¿Tienes algunas camisas limpias?	*Do you have any clean shirts?*
—No, no tengo **ninguna.**	*No, I don't have any.*
Y no tengo **ningunos** pantalones limpios tampoco.	*And I don't have any clean pants either.*

e. The personal **a** is used before **alguien / nadie** and **alguno / ninguno** when used as direct objects.

—¿Viste **a alguien** en el centro comercial?	*Did you see anyone at the mall?*
—No, no vi **a nadie.**	*No, I didn't see anyone.*

f. The Spanish word **no** cannot be used as an adjective.

ningún dependiente *no salesclerk*   **ninguna persona** *no person*

g. **Algo / nada** can be used to modify adjectives.

Este traje es **algo** nuevo.	*This suit is somewhat new.*
Aquel vestido no es **nada** bonito.	*That dress isn't pretty at all.*

h. In Spanish, multiple negative words in the same sentence are common, as in the examples in the following cartoon.

❉ Práctica y conversación

A. ¡No quiero nada de nada!   Su compañero(-a) le hace algunas preguntas, pero Ud. está de mal humor y le contesta negativamente a todo.

Modelo   COMPAÑERO(-A):   ¿Le compraste algún regalo a Rodrigo?
      USTED: **No, no le compré ningún regalo.**

1. ¿Viste a alguien en la tienda?
2. ¿Te encontraste con alguien en el café?
3. ¿Comiste algo?
4. ¿Te compraste pantalones o un suéter?
5. ¿Fuiste al cine también?
6. ¿Alguna vez has estado de tan mal humor como ahora?

B. ¿Qué compraste?   Ud. acaba de regresar de un viaje por Bolivia, el Ecuador y el Perú, y como tenía muy poco dinero compró muy pocos regalos. Cuando abre sus maletas sus hermanos(-as) están muy desilusionados(-as) y le preguntan si Ud. les compró ropa (pantalones, blusas, camisas, ponchos de lana), adornos de plata para la casa, alfombras de alpaca, etc. Ud. les responde.

C. Necesito mucha ropa.   Con dos compañeros(-as), dramaticen la siguiente situación. Ud. habla con sus padres y les dice que necesita comprar mucha ropa porque no tiene nada que ponerse en la universidad. Dígales todo lo que necesita. Sus padres no están de acuerdo y rechazan todo lo que Ud. dice. Lleguen a un acuerdo.

AVOIDING REPETITION OF PREVIOUSLY MENTIONED PEOPLE AND THINGS

Double Object Pronouns

In conversation you avoid the repetition of previously mentioned people and things by using direct and indirect object pronouns, for example: *Did you give Charles that sweater? No, his parents gave **it to him**.* These double object pronouns are also used in Spanish.

a. When both an indirect object pronoun and a direct object pronoun are used with the same verb, the indirect object pronoun precedes the direct object pronoun.

—¿Quién te regaló esa pulsera?   *Who gave you that bracelet?*
—Mi hermano **me la** dio para mi   *My brother gave it to me for my birthday.*
    cumpleaños.

b. Double object pronouns follow the rules for placement of single object pronouns; that is, both pronouns must be attached to the end of affirmative commands and precede negative commands.

—¿Quiere ver esta camisa?   *Do you want to see this shirt?*
—Sí, muéstre**mela**, por favor, pero no   *Yes, show it to me please, but don't wrap it*
    me la envuelva todavía.   *for me yet.*

c. When an infinitive follows a conjugated verb, both object pronouns can precede the conjugated verb or be attached to the end of the infinitive.

—Me gustaría ver tu traje nuevo.   *I would like to see your new suit.*
—Bueno, voy a mostrár**telo.**   *Okay, I'm going to show it to you.*
—Bueno, **te lo** voy a mostrar.

Note that when two pronouns are attached to an infinitive, a written accent mark is placed over the stressed vowel of that infinitive.

d. When both pronouns are in the third person, the indirect object pronoun **le / les** becomes **se.**

—¿**Les** enviaste el regalo a tus padres?   *Did you send the gift to your parents?*
—Sí, **se** lo envié ayer.   *Yes, I sent it to them yesterday.*

e. The pronoun **se** can be clarified by adding the phrase **a** + prepositional pronoun.

—¿Le diste la chaqueta a tu hermano?   *Did you give the jacket to your brother?*
—Sí, **se** la di **a él** ayer.   *Yes, I gave it to him yesterday.*

⁜ Práctica y conversación

A. Las compras.   Explique lo que Ud. compró para las siguientes personas.

> *Modelo*   a Jaime / la camiseta
>   **Sí, se la compré. / No, no se la compré.**

1. a Pepe / la corbata
2. a ti / el sombrero
3. a Silvia / el calentador
4. a nosotros / los guantes
5. a su hermana / la bufanda
6. a Ud. / las camisas
7. a Luis / los calcetines
8. a Luz y Diego / los suéteres

B. Y por fin, ¿compraste... ?   Ud. se encuentra con un(-a) amigo(-a) que quiere saber cómo fue su viaje al centro comercial. Conteste sus preguntas.

> *Modelo*   COMPAÑERO(-A):   ¿Te compraste los zapatos de cuero?
>   USTED: **Sí, (No, no) me los compré.**

1. ¿Te compraste una guitarra eléctrica?
2. ¿Te mostraron las joyas?
3. ¿Te dieron crédito?
4. ¿Les compraste regalos a tus padres?
5. ¿Le compraste los juguetes a tu hermanito?
6. ¿Me compraste algo?
7. ¿?

C. ¿Me los compraron?   Ud. y uno(-a) de sus compañeros(-as) de cuarto fueron a comprar diferentes cosas que necesitaban. Su tercer(-a) compañero(-a) no quiso ir con Uds. pero sí les hizo una serie de encargos. Al regresar él (ella) les pregunta si Uds. le compraron todo lo que él (ella) quería, y quiere que Uds. se los den.

> *Modelo*   COMPAÑERO(-A):   **¿Me compraron mis discos?**
>   USTEDES: **No, no te los compramos.**
>   COMPAÑERO(-A):   **¿Por qué?**

LINKING IDEAS

y → e; o → u

The words **y** (*and*) and **o** (*or*) change before certain words so they will be heard distinctly and understood.

a. When the word **y** meaning *and* is followed by a word beginning with **i** or **hi,** the **y** changes to **e.**

> suéteres **e** impermeables   *sweaters and raincoats*
> padres **e** hijos   *fathers and sons*

EXCEPTIONS: Words beginning with **hie** as in **hielo** or **hierro: cobre y hierro.**

b. When the word **o** meaning *or* is followed by a word beginning with **o** or **ho,** the **o** changes to **u.**

plata **u** oro   *silver or gold*
ayer **u** hoy   *yesterday or today*

Práctica y conversación

De moda.   Complete el siguiente diálogo utilizando **y/e** o **o/u** según corresponda.

USTED   Tengo un abrigo nuevo, muy elegante _____ impermeable además.
AMIGO(-A)   ¡Oye, qué bien! ¿Pagaste mucho _____ poco por él?
USTED   La verdad es que no me acuerdo si pagué setecientos _____ ochocientos
                       sucres por él. Algo así. No sé porque compré otras cosas también.
AMIGO(-A)   No está mal, pero dime ¿es pesado _____ liviano?
USTED   Es un poco pesado porque tiene forro (*lining*) de lana. Pero lo voy a usar todo el
                       tiempo porque abriga mucho. No sé, pero me parece que Joaquín _____
                       Oscar tiene uno parecido.
AMIGO(-A)   No sé.
USTED   ¿Y cuándo lo compraste, ayer _____ hoy?
AMIGO(-A)   Hoy. ¿Quieres que te lo enseñe ahora _____ tienes que irte?
USTED   No, no. Enséñamelo que yo también necesito un abrigo nuevo.

Making Inferences

When you are participating in a conversation, there might be instances when either you or the person you are talking to does not say exactly what is meant. For example, someone asks if you want to eat some pizza and you say, "Uh . . . well . . . uh . . . ," the person might rightly infer that you don't want any or at least you don't want any at that particular moment. When someone asks you something, you may not always answer the question directly. For example, someone asks you, "Do you want to go to the movies?" and you answer, "I have an exam tomorrow." From your answer, the person will think that you would probably like to go to the movies, but you can't because of your exam. Thus, the person has inferred the real meaning of what you said.

Ahora, escuche el diálogo entre una joven y una vendedora en una tienda y tome los apuntes que considere necesarios. Antes de escuchar la conversación, lea los siguientes ejercicios. Después, conteste.

A. Información general.   Con un(-a) compañero(-a) de clase resuma brevemente la conversación que escuchó.

B. Algunos detalles.   Ahora, diga si las siguientes oraciones acerca de la cliente son verdaderas (**V**) o falsas (**F**).

    V   F   1. Necesita un vestido para ir a un picnic.
    V   F   2. Tiene muchísimo dinero.
    V   F   3. Tiene una vida social interesante.
    V   F   4. Es una mujer de negocios.
    V   F   5. Es una persona muy difícil.
    V   F   6. Disfruta yendo de compras.

C. Análisis.   Escuche nuevamente la conversación prestando atención a detalles que le den alguna información acerca de la personalidad de Graciela, la cliente, y de la vendedora. Después, conteste las siguientes preguntas.

  1. Juzgando a Graciela por su comportamiento en la tienda, ¿qué tipo de persona cree Ud. que es ella, fuerte o débil? Justifique su respuesta.
  2. Después de haber escuchado a la vendedora, ¿diría Ud. que es amable o descortés? ¿cooperadora o indiferente? ¿Por qué?

TERCERA SITUACIÓN

Día a día

CÓMO SE USAN LAS PÁGINAS AMARILLAS

Práctica intercultural. ¿Para qué sirven las páginas amarillas en la guía telefónica? ¿Qué información necesita Ud. para poder encontrar lo que Ud. busca en las páginas amarillas?

COMO USAR LAS PAGINAS AMARILLAS

CUANDO NECESITE COMPRAR ALGO...

Por ejemplo: MUEBLES: Busque primero en el índice la sección Mueblerías y Muebles por Especialidades y refiérase directamente al número de la página que allí se le indica. Localice bajo esta sección el establecimiento que más le interese, que esté más próximo o que le describa el artículo que Ud. desee.

CUANDO NECESITE COMPRAR UN PRODUCTO DE MARCA

Supongamos que Ud. necesite un conocido artículo de Ferretería o accesorio para automóviles y desea saber quién lo vende. Primero, busque en el índice y guiándose por los títulos en el margen superior de cada página, podrá rápidamente localizar las páginas que desea. Después en las secciones correspondientes le será fácil encontrar el artículo deseado y las empresas que indican en su aviso las marcas que venden.

CUANDO SOLO CONOZCA EL APELLIDO

Usted necesita comunicarse con la oficina del abogado Dr. Martínez. Los abogados se pueden localizar fácilmente bajo la sección Abogados. Sin duda, es mucho más fácil encontrar al Dr. Martínez que Ud. busca entre los que figuran en "Abogados" que en la larga lista de los Martínez que aparecen en las Páginas Blancas o Alfabéticas.

COMO BUSCAR EN LAS PAGINAS AMARILLAS

El ordenamiento que se sigue en las Páginas Amarillas es por estricto orden alfabético de las Secciones. Con finalidad de facilitar la búsqueda de los suscriptores dentro de estas Secciones, mantenemos continuidad en los listados evitando interrumpir su lectura con avisos de un cuarto de columna en adelante.

Debido a lo anterior, algunos avisos no quedan ubicados exactamente debajo de su Sección. En estos casos, siempre los encontrará al pie o al margen de la columna donde está listada su clasificación.

Además, todos los anunciantes que tienen avisos de un cuarto columna o mayores, están listados dentro de cada Sección indicando con una linea adicional debajo de su nombre el lugar donde figuran sus avisos.

Los avisos de las Páginas Amarillas aparecen por orden de tamaño (de mayor a menor) y dentro de aquellos de igual tamaño por orden alfabético, siempre y cuando lo permita el emplane de cada página.

▨ Práctica y conversación

A. ¿Dónde puedo encontrar... ?   Diga en qué sección de las páginas amarillas se puede encontrar lo siguiente.

1. la oficina del doctor Ayala (abogado)
2. la tienda de muebles «Capuy»
3. una agencia de alquiler de automóviles
4. una cartera de cuero
5. un sistema de alarmas contra incendio y robo
6. un refrigerador «Westinghouse»

B. Ay, yo quiero...   Revise los siguientes anuncios de las páginas amarillas y diga qué productos o servicios se ofrecen.

Studios **Pincelux**

Laboratorio a color - Trabajos garantizados a profesionales
Afiches a color - Revelado
Copias - Reproducción - Pintura
Bromolio - Medallón
TRABAJOS A DOMICILIO

Piedras a Venado No. 29 - 2
Santa Rosalía
T.: 45.42.27 - 441.02.47

IMPOCERO C.A.
MAYORISTA - FABRICANTE
IMPORTADOR DIRECTO

**Policiales, Militares
Artículos para Camping
Implementos para Supervivencia
en la Selva
Todo para la Montaña - Excursiones
Cordeles para Paracaidistas
Tiendas de Campaña para Jungla
Mosquiteros Especiales - Binóculos
Impermeables contra Impactos
Hamacas - Cuerdas de Repel**

Guayabal a Río 187 - Sta. Rosalía - Caracas
(Industrias Comas C.A.)
Telfs.: 441.3080 - 45.2337

CLINICA VETERINARIA
EL PINAR s.r.l.

Dr. MARIO R. HURTADO S.
**EL MEJOR CUIDADO
CON SUS ANIMALES**
Hospitalización - Consultas
Operaciones - Laboratorio - Rayos X
Vacunaciones - Certificado de Salud
Pensionado - PELUQUERIA - Etc.

SE RECOGEN PACIENTES A DOMICILIO
HORAS DE CONSULTAS: LUNES A VIERNES
9 a.m. a 12 m. - 3 p.m. a 6 p.m.
SABADOS: 9 a.m. a 2 p.m.
2da. Avenida "A" - El Pinar
Quinta Alavesa - El Paraiso
TELEFONO: 461.2025

Organización **AWAP c.a.**
DIVISION INMOBILIARIA

**COMPRA - VENTA - ASESORIA
AVALUOS APARTAMENTOS
CASAS - TERRENOS - HIPOTECAS
TRAMITACION DE CREDITOS
HIPOTECARIOS
REDACCION DE DOCUMENTOS**

Platanal a Desamparados
Edif. PLATANAL 37 - Mezzanina "A"
Candelaria - Apartado 14081 - Caracas 1011A
**TELEFONOS: 562.7684
562.3717 - 562.6646
562.8575 - 562.9343
562.7168 - 562.7089**

IDENTIFYING THE CORE OF A SENTENCE

The reading techniques discussed to this point have been designed to help you with a process called pre-reading; that is, guessing and predicting content by looking for broad, general topics in the reading selection.

The process of reading for detail and deeper understanding is called decoding. In the native language, readers go through the pre-reading process quickly and automatically before proceeding to decoding. Beginning foreign language students often make the mistake of rushing into the decoding process before pre-reading. As you learn techniques for decoding, you will need to remind yourself to avoid this mistake.

In pre-reading, you focus on the entire reading passage or important paragraphs. In decoding, your attention is focused on individual sentences, phrases, and words. It is important to identify the core of each sentence, which generally consists of a main verb and the nouns or pronouns associated with it. In most sentences, identification of the verb core will be simple. The following criteria will help you identify the core of Spanish sentences that are particularly long or difficult.

1. Identify the main verb(s). Spanish sentences may contain more than one verb core. Sentences linked by **y** or **pero** will have at least two main verb cores. Sentences with clauses introduced by words such as **que, cuando,** or **mientras** will contain a main and a subordinate verb core.
2. After locating the main verb, identify its subject. Remember that subject pronouns are rarely used with first- and second-person verbs. When mentioned for the first time, third-person subjects are generally nouns; once the noun subject is established, it can be replaced with a pronoun or identified simply by the third-person verb ending.
3. Identify verb objects. Verb objects are generally located close to the verbs with which they are associated. Object nouns usually follow the verb; direct object nouns referring to persons are preceded by the personal **a.** Object pronouns precede conjugated verbs.
4. Note that the important or core nouns are generally those not preceded by a preposition (except the personal **a**).

Práctica

Una guayabera = una camisa tradicional y típica de la América Latina

A. Dé un vistazo al título, a las fotos y al primer párrafo para determinar el tema del artículo.

B. Identifique el verbo principal en las oraciones del primer párrafo.

C. Identifique el sujeto de los verbos principales del primer párrafo.

D. Identifique el núcleo (*core*) total de las oraciones del primero y del segundo párrafo.

LECTURA

La guayabera: Cómoda, fresca y elegante

Tal vez no haya prenda de vestir° tan universal como la guayabera, chaquetilla usada por los hombres desde hace varias generaciones en muchos de los países antillanos° y latinomericanos. En los EE.UU. ya es una prenda usual para muchos en el verano, y es tan práctica para los climas calurosos y húmedos que se está haciendo popular en el Medio Oriente.

El uso de la guayabera está muy extendido. Esta prenda, que antes era con frecuencia de hilo° y ahora es, por lo general, de algodón, forma parte de la cultura hemisférica hasta tal punto que no se sabe a ciencia cierta cuál fue su origen.

article of clothing

of the Antilles, islands in the Caribbean

linen

Dos hombres con guayaberas

<table>
<tr><td>landowner / settled</td><td>Se cuenta que en el siglo XVII, un rico terrateniente° de Granada, España, se radicó° en Cuba. Pronto empezó a quejarse de que su vestimenta acostumbrada era demasiado calurosa</td></tr>
</table>

landowner / settled

Mandó

pockets

they produced / guavas, berry-like tropical fruit / *habitantes*

made fun of

fed on

Se cuenta que en el siglo XVII, un rico terrateniente° de Granada, España, se radicó° en Cuba. Pronto empezó a quejarse de que su vestimenta acostumbrada era demasiado calurosa para el clima tropical de la isla. Encargó° que le hicieran una especie de chaqueta ligera de tela fresca con cuatro bolsillos°. Según algunos cubanos, ésa fue la primera guayabera.

La prenda le resultó tan práctica que fue adoptada por sus vecinos de Sancti Spiritus, ciudad a unos 370 kilómetros de La Habana. Ésta era también una zona donde se daban° las guayabas° que servían de comida de animales. Algunos vecinos° de la cercana ciudad de Trinidad se burlaban de° los de Sancti Spiritus llamándoles guayaberos, como si fueran ellos los que se alimentaban de° guayabas y no los animales. Fue así que la prenda que usaban los guayaberos empezó a llamarse guayabera, o por lo menos ése es el cuento.

small pleats, tucks

thread / pleats / seams

to button

chest / near the waist / sleeves

Igual que la guayabera original, la actual es ajustada como una chaqueta de safari y se lleva por fuera del pantalón. Suele ser blanca, pero también las hay *beige,* azules, grises y de otros colores claros. Tiene alforcitas° que van de arriba a abajo en el frente y en la espalda o un bordado en hilo° del mismo color de la tela en lugar de las alforzas° del frente. Las costuras° laterales quedan abiertas en la parte de abajo para dar libertad de movimiento. La guayabera tiene botoncitos en muchos lugares donde no hay nada que abotonar°; si tiene bolsillos, dos van en el pecho° y dos a la altura de la cintura°. Hay una variación deportiva de mangas° cortas, pero también las hay de seda o de hilo para más vestir.

legacy

established

Durante la guerra de independencia de Cuba en la década de 1890, José Martí y otros cubanos llevaban la guayabera por patriotismo; simbolizaba la independencia. Con este legado° esta prenda es muy importante para los cubanos radicados° ahora en los EE.UU. y, desde hace años, en algunos círculos de Miami el primero de julio se celebra el Día de la Guayabera.

manufacturing / shops

Muchos creen que la guayabera no es una creación de Cuba sino de México, donde la confección° de guayaberas prospera. En Yucatán hay alrededor de 80 talleres° donde se hacen. Más o menos la mitad de las guayaberas hechas en México se exportan. Los EE.UU. y las Antillas compran muchas de ellas, pero los países del Medio Oriente resultan también muy buenos mercados. Se dice que en México «la guayabera no es una moda pasajera. Es una prenda duradera».

comfort / makes people grow fond of

La guayabera es lo que se lleva corrientemente en la mayoría de los países de Centroamérica desde Guatemala hasta Panamá. Sin duda es su comodidad° la que encariña a la gente con° ella. La guayabera es perfecta para la temperatura tropical que hay el año entero, sobre todo en la costa.

de la costa

Los colombianos de todas las edades usan la guayabera, aunque ésta se ve menos en Bogotá. No obstante, en ciudades costeras° como Santa Marta y Cartagena hay hombres en guayabera por todas partes, a pesar de que parece que su popularidad ha decaído en los últimos diez años. Los vecinos de estas ciudades dicen que «... siempre se ha llevado» y que no creen que pase de moda.

Algunos bolivianos, ecuatorianos y peruanos comentan que en su país la guayabera se tiene por prenda veraniega° para los que no pueden gastar mucho en ropa. Para muchos es algo así como un uniforme. *summer*

En los EE.UU. el uso de la guayabera se está extendiendo, particularmente en los estados más meridionales°. Si la categoría de la guayabera varía en algunos lugares, en los EE.UU. no es así. *southern* En este país ha llegado a aceptarse de tal modo en algunas zonas, que en los restaurantes y clubes particulares es considerada un buen sustituto para el saco° y la corbata. *la chaqueta*

Así y todo, la guayabera, de humilde origen, creada sólo pensando en la comodidad, es ahora casi una prenda *chic*. Aunque en muchos países son baratas, últimamente en algunas tiendas de los EE.UU. han empezado a aparecer guayaberas hechas por diseñadores°. Adolfo es uno de los *designers* que confecciona variaciones de guayaberas para el mercado estadounidense y en tiendas desde Panamá hasta Puerto Rico se hallan algunas etiquetas de Givenchy, de la Renta y Dior.

Dado que algunos países del mundo están compitiendo por el mercado de las guayaberas y que algunos ricos están dispuestos a pagar hasta 250 dólares por una guayabera de seda hecha a la medida°, el porvenir° de esta prenda parece estar asegurado. *custom-made / el futuro*

Adaptado de *Las Américas*

Comprensión

A. ¿Ciertas o falsas?   Identifique las oraciones falsas y corríjalas.

1. La guayabera es una prenda de vestir muy rara; la usan sólo unos indios de la península de Yucatán.
2. Antes la guayabera era de lino; ahora suele ser de algodón.
3. Un rico terrateniente de la Argentina creó la primera guayabera.
4. La llaman una guayabera porque está hecha con el jugo de las guayabas.
5. Las guayaberas suelen ser de colores oscuros.
6. Para los cubanos la guayabera puede ser un símbolo de la independencia.
7. Se usa mucho la guayabera en Centroamérica, especialmente en los lugares donde hace fresco todo el año.
8. En el Perú los de la clase alta usan la guayabera.
9. En los EE.UU. no se permite llevar la guayabera en los restaurantes.
10. La guayabera siempre es una prenda barata.

B. Descripciones.   Haga una lista de los adjetivos que se usan en el artículo para describir la guayabera.

C. Sitios geográficos.   En el artículo se mencionan muchos lugares geográficos. Identifique o explique los términos siguientes.

las Antillas	Trinidad	Bogotá
el Medio Oriente	La Habana	Cartagena
Granada	Sancti Spiritus	Santa Marta
Cuba	Miami	Guatemala
Panamá	Yucatán	Puerto Rico

D. La defensa de una opinión. ¿Qué evidencia hay en el artículo que confirma la idea siguiente? «La guayabera es una prenda universal, cómoda y elegante y tiene un porvenir asegurado.»

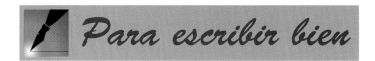

LETTERS OF COMPLAINT

If you are dissatisfied with a product or a service, it is sometimes necessary to write a letter of complaint in order to resolve the problem. Letters of complaint are different than complaining directly to a person, for you cannot ask or answer questions or negotiate a settlement quickly. To complain effectively in written form, you will first need to give a brief history of the problem, then state what is unsatisfactory, and finally explain what you would like the person(s) or company to do.

Historia breve del problema

Hace dos meses / El 20 de junio / La semana pasada compré un traje nuevo en su tienda. Al llevarlo la primera vez / En casa / Más tarde descubrí algunos problemas.

Two months ago / On June 20 / Last week I bought a new suit in your store. When I wore it for the first time / At home / Later I discovered some problems.

El problema específico

La blusa me queda demasiado pequeña / grande / corta / larga.
Los pantalones están sucios / rotos / descosidos.

The blouse is too small / large / short / long for me.
The pants are dirty / torn / unsewn.

Remedio deseado

Quisiera cambiarlo por otro.
Quisiera devolverlos y que me devuelvan el dinero.

I would like to exchange it for another.
I would like to return them and get my money back.

Note that business letters have a different salutation and closing than personal letters.

Muy señor(-es) mío(-s):
Atentamente,

Dear Sir(s):
Sincerely yours,

 ## COMPOSICIONES

A. Un pedido equivocado. Ud. vive en Quito, Ecuador. Hace un mes Ud. pidió un abrigo gris, talla 40, del catálogo de Almacenes Alcalá de Quito. Ayer recibió un abrigo azul oscuro, talla 42. Escríbale una carta a la compañía. Todavía quiere el abrigo gris, talla 40.

B. Una maleta perdida.   En un vuelo reciente la Aerolínea TAME perdió su maleta con toda su ropa. Ud. habló con el gerente en el aeropuerto pero él no pudo encontrar la maleta; tampoco le dio dinero para ropa nueva. Escríbale una carta al presidente de la compañía. Explique el problema y pida el dinero para comprar una maleta nueva y más ropa. Incluya una lista de la ropa perdida.

C. Un regalo de cumpleaños.   Sus padres le regalaron un vestido / traje muy caro para su cumpleaños pero le quedó grande. Sus padres le dieron el recibo y Ud. trató de devolverlo a la tienda. La dependienta no fue muy amable y no hizo nada. Escríbale una carta al gerente de la tienda; explique el problema, pida otro vestido / traje o el dinero para comprar algo distinto.

Actividades

A. Un regalo de cumpleaños.   Your sister / brother asks you to buy a birthday gift for a new boyfriend / girlfriend. Unfortunately you don't know the person well, but your brother / sister tells you to buy clothing the same size as yours. Go to the store, ask the salesperson (played by a classmate) for suggestions for a gift. Ask to try on the clothing items and purchase one. Have it wrapped, pay, and leave.

B. El (La) dependiente(-a) desagradable.   You received a new sweater as a gift from your aunt. The sweater doesn't fit and you want to return it and get a refund. The salesperson (played by a classmate) is not at all pleasant. You can't get your money back, but you can exchange the sweater for something else. Resolve the situation.

C. Un(-a) hijo(-a) rebelde.   You are the parent of a teenager. Your son / daughter (played by a classmate) is packing for a two-week trip to Bolivia to visit friends. You offer advice on what to pack and wear on various occasions. Your son / daughter is feeling very negative and rebellious, refuses to follow your advice, and contradicts everything you say. Try to resolve the situation.

D. Un(-a) reportero(-a) social.   You are the reporter for the social scene for a Hispanic TV station in Miami. You are covering a **quinceañera** party for the daughter of a prominent local family. As the TV camera closes in on various guests at the party, describe what they are doing at this very moment. Inform your audience who the people are and what they are wearing. Among the guests are the following people: an aunt and uncle, various cousins, and the grandparents of the girl being honored; a local businessman and his wife; several neighbors of the family, several girlfriends of the girl being honored.

CAPÍTULO 8
En la ciudad

Lima, Perú: Plaza San Martín

Cultural Themes

Peru
Hispanic Cities

Communicative Goals

Asking for, Understanding, and
  Giving Directions
Telling Others What to Do
Asking for and Giving
  Information
Talking about Other People
Persuading
Discussing Future Activities
Expressing Probability
Suggesting Group Activities

PRIMERA SITUACIÓN

Presentación

¿DÓNDE ESTÁ EL MUSEO?

Práctica y conversación

A. ¿Qué hay en el dibujo?   Utilizando el **Vocabulario activo** a continuación, nombre Ud. las cosas y personas que se ven en el dibujo.

B. Situaciones.   Pregúntele a su compañero(-a) de clase adónde Ud. debe ir en las siguientes situaciones.

1. Ud. quiere información sobre los sitios de interés histórico del Cuzco.
2. Ud. necesita comprar aspirina.
3. Ud. quiere ir al centro pero está demasiado lejos para caminar.
4. Ud. se da cuenta de que perdió su pasaporte.

5. Ud. desea comprar un periódico.
6. Ud. tiene que saber cuándo sale el autobús para Chosica.
7. Ud. necesita cambiar cheques de viajero.

C. Una excursión a Lima.   Las siguientes personas van a pasar un día visitando Lima. Con un(-a) compañero(-a) de clase, decida qué puntos de interés deben visitar y por qué.

una familia con tres hijos / cuatro estudiantes norteamericanos / un matrimonio joven / un venezolano que visita Lima por primera vez / Ud. y su compañero(-a)

D. Calendario turístico.   Con un(-a) compañero(-a) de clase decidan cuándo van a visitar Lima, y a qué actividades turísticas van a asistir. Justifiquen sus respuestas.

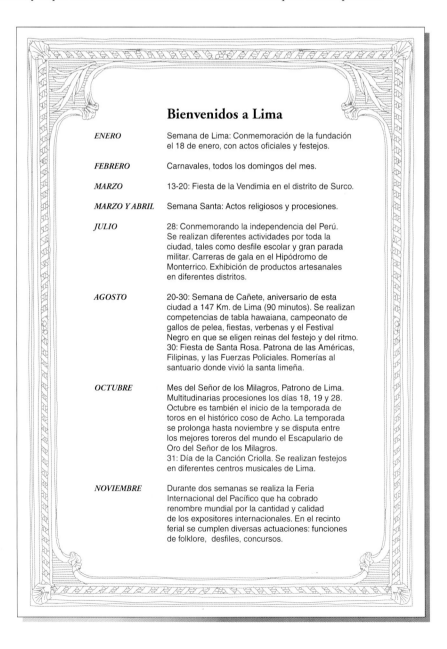

Bienvenidos a Lima

ENERO   Semana de Lima: Conmemoración de la fundación el 18 de enero, con actos oficiales y festejos.

FEBRERO   Carnavales, todos los domingos del mes.

MARZO   13-20: Fiesta de la Vendimia en el distrito de Surco.

MARZO Y ABRIL   Semana Santa: Actos religiosos y procesiones.

JULIO   28: Conmemorando la independencia del Perú. Se realizan diferentes actividades por toda la ciudad, tales como desfile escolar y gran parada militar. Carreras de gala en el Hipódromo de Monterrico. Exhibición de productos artesanales en diferentes distritos.

AGOSTO   20-30: Semana de Cañete, aniversario de esta ciudad a 147 Km. de Lima (90 minutos). Se realizan competencias de tabla hawaiana, campeonato de gallos de pelea, fiestas, verbenas y el Festival Negro en que se eligen reinas del festejo y del ritmo. 30: Fiesta de Santa Rosa. Patrona de las Américas, Filipinas, y las Fuerzas Policiales. Romerías al santuario donde vivió la santa limeña.

OCTUBRE   Mes del Señor de los Milagros, Patrono de Lima. Multitudinarias procesiones los días 18, 19 y 28. Octubre es también el inicio de la temporada de toros en el histórico coso de Acho. La temporada se prolonga hasta noviembre y se disputa entre los mejores toreros del mundo el Escapulario de Oro del Señor de los Milagros. 31: Día de la Canción Criolla. Se realizan festejos en diferentes centros musicales de Lima.

NOVIEMBRE   Durante dos semanas se realiza la Feria Internacional del Pacífico que ha cobrado renombre mundial por la cantidad y calidad de los expositores internacionales. En el recinto ferial se cumplen diversas actuaciones: funciones de folklore, desfiles, concursos.

E. Creación.   En una narración cuente lo que pasa en el dibujo de la **Presentación.**

Vocabulario activo ▶

En la calle	**On the Street**
la acera	*sidewalk*
el autobús	*bus*
la avenida	*avenue*
la bocacalle	*intersection*
el cruce	
el (la) conductor(-a)	*driver*
la cuadra (A)	*block*
la manzana (E)	
el edificio de	*a building of*
cemento	*cement*
ladrillo	*brick*
madera	*wood*
piedra	*stone*
vidrio	*glass*
el embotellamiento	*traffic jam*
la esquina	*corner*
el estacionamiento	*parking*
la fuente	*fountain*
el letrero	*sign, billboard*
el rótulo	
el metro	*subway*
el peatón	*pedestrian*
(la peatona)	
el puente	*bridge*
el rascacielos	*skyscraper*
el semáforo	*traffic light*
la señal de tráfico	*traffic sign*
el taxi	*taxi*
el tranvía	*trolley*

Lugares	**Places**
el banco	*bank*
el centro	*downtown*

la clínica	*private hospital*
la comisaría	*police station*
el cuartel de policía	
la estación de bomberos	*fire station*
taxi	*taxi stand*
trenes	*train station*
la farmacia	*pharmacy*
la gasolinera	*gas station*
el hospital	*hospital*
la oficina de turismo	*tourist bureau*
la parada de autobuses	*bus stop*
el quiosco	*newsstand*

Puntos de interés	**Points of Interest**
el ayuntamiento	*city hall*
el barrio colonial	*colonial section*
histórico	*historic section*
la catedral	*cathedral*
el jardín zoológico	*zoo*
el museo	*museum*
el palacio presidencial	*presidential palace*
el parque	*park*
la plaza de toros	*bullring*
la plaza mayor	*main square*

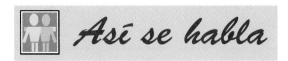

ASKING FOR, UNDERSTANDING, AND GIVING DIRECTIONS

ARNALDO   Disculpe señor, pero quiero ir al Museo Pedro de Osma. ¿Me podría decir dónde
            se toma el ómnibus que va para allá?

SEÑOR GÓMEZ Cómo no. Siga derecho por esta cuadra hasta llegar a la calle Piérola. Luego,
            doble a la derecha y camine dos cuadras. En la esquina está el paradero del
            ómnibus que pasa por el museo. Es un ómnibus blanco con letras rojas.

ARNALDO   Muchas gracias, señor. Muy amable.

SEÑOR GÓMEZ ¡Qué ocurrencia! Espero que le guste el museo. Se dice que es excelente.

When you want to ask, understand, or give directions, you can use the following expressions.

Asking for Directions

¿Me podría(-s) decir +   *Could you tell me +*
  cómo se llega / va a... ?   *how to get to . . . ?*
  dónde está... ?   *where . . . is?*
  qué autobús / ómnibus tomo para   *what bus I should take to go to . . . ?*
     ir a... ?
  dónde para el autobús / ómnibus   *where the bus going to . . . stops?*
     que va para... ?

Giving Directions

Tome (Toma) el autobús / ómnibus /   *Take the bus / a taxi.*
   un taxi.
El autobús / ómnibus pasa por la   *The bus goes by the other block.*
   otra cuadra.

Camine (Camina) / Vaya (Ve) / Siga (Sigue) derecho.	*Go straight.*
Doble (Dobla) a la derecha / izquierda.	*Turn right / left.*
Al llegar a... siga (sigue) / doble (dobla)...	*When you get to . . . go / turn*

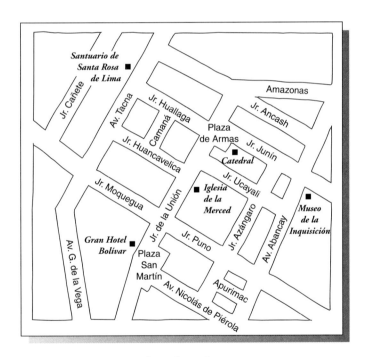

Práctica y conversación

¿Cómo voy a... ?　　Ud. está en el Gran Hotel Bolívar de Lima y quiere ir a diferentes sitios de la ciudad. Pida direcciones a distintos(-as) compañeros(-as) de clase para ir a los siguientes sitios.
Vocabulario:　　el jirón = la avenida

1. el Santuario de Santa Rosa de Lima
2. el Museo de la Inquisición
3. la Iglesia de la Merced
4. la Catedral
5. ¿?

Estructuras

TELLING OTHERS WHAT TO DO

Formal Commands

Commands are used to give orders and directions. You will need to use formal commands when giving orders to one person you address with **usted,** or more than one person you address with **ustedes.**

	Verbos en -AR		Verbos en -ER		Verbos en -IR	
	tomar		**comer**		**abrir**	
Ud.	**tome**	*take*	**coma**	*eat*	**abra**	*open*
Uds.	**tomen**	*take*	**coman**	*eat*	**abran**	*open*

a. To form the formal commands of regular verbs, obtain the stem by dropping the **-o** from the first-person singular of the present tense: **paso → pas-; hago → hag-.** To the stem, add the endings **-e / -en** for **-ar** verbs or **-a / -an** for **-er** and **-ir** verbs: **pas- → pase / pasen; hag- → haga / hagan.**

b. Some regular commands will have spelling changes in the stem to preserve the consonant sound of the infinitive.

    1. With verbs ending in **-car, c → qu:**   **buscar → busque / busquen**
    2. With verbs ending in **-gar, g → gu:**   **llegar → llegue / lleguen**
    3. With verbs ending in **-zar, z → c:**   **cruzar → cruce / crucen**
    4. With verbs ending in **-ger** or **-gir, g → j:**   **escoger → escoja / escojan**
                                             dirigir → dirija / dirijan

c. **Dar, estar, ir, saber,** and **ser** have irregular formal command stems.

DAR	**dé / den**	SABER	**sepa / sepan**
ESTAR	**esté / estén**	SER	**sea / sean**
IR	**vaya / vayan**		

d. Formal commands become negative by placing **no** before the verb.

Doble Ud. en la esquina, pero **no cruce** la calle.   *Turn at the corner but don't cross the street.*

e. The pronouns **Ud. / Uds.** may be placed after the command form to make it more polite.

Sigan Uds. derecho y verán el museo.   *Go straight ahead and you will see the museum.*

f. Direct object, indirect object, and reflexive pronouns follow and are attached to affirmative commands. They precede negative commands.

—¿Cuándo debemos visitar la catedral?   *When should we visit the cathedral?*

—**Visítenla** por la mañana pero **no la visiten** durante la misa.   *Visit it in the morning but don't visit it during mass.*

When adding pronouns to commands of two or more syllables, a written accent mark is placed over the stressed vowel of the affirmative command.

Práctica y conversación

A. Consejos. Dígale a un(-a) turista lo que debe hacer para disfrutar de una visita a su ciudad.

Modelo   empezar el día temprano
             Empiece el día temprano.

1. saber el nombre de su hotel
2. dar un paseo por el barrio colonial
3. tomar el metro al centro
4. ir a la plaza mayor
5. tener cuidado con el pasaporte
6. llegar al aeropuerto a tiempo

B. Más consejos. En Lima su compañero(-a) le pide algunos consejos. Contéstele.

Modelo   visitar la catedral / sí

> COMPAÑERO(-A):   **¿Debemos visitar la catedral?**
> USTED: **Sí, visítenla.**

1. comprar los regalos / sí
2. quedarse en el hotel / no
3. almorzar en un restaurante típico / sí
4. sacar fotos en el museo / no
5. mandar tarjetas postales / sí
6. llevar los pasaportes a la plaza de toros / no
7. ver el palacio nacional / sí
8. ¿?

C. Mi pueblo. Sus compañeros(-as) de clase piensan hacer una excursión a su pueblo. Dígales tres lugares que deben visitar y tres lugares que no deben visitar. Explíqueles por qué deben o no deben visitar estos lugares.

D. ¡Qué ciudad! Ud. y sus compañeros(-as) piensan visitar la ciudad de Lima y sus alrededores. Discutan qué lugares van a visitar, qué cosas quieren hacer, qué quieren comprar, qué ropa y cuánto dinero tienen que llevar, ¿?

Sitios de interés: Plaza de Armas / Jirón de la Unión / Plaza San Martín / Palacio de Gobierno / Parque de la Exposición / Palacio Torre Tagle / Iglesia San Pedro / Campo de Marte / Museo de Antropología y Arqueología / Museo de Oro

ASKING FOR AND GIVING INFORMATION

Passive se *and Third-Person Plural Passive*

When giving information, you often use an impersonal subject such as *one, they, you,* or *people* rather than referring to a specific person. In this way, the information or action is stressed.

People say that Lima is very interesting.
You can take a taxi or a bus downtown.

a. The Spanish equivalent of an *impersonal subject + verb* is **se** + *third-person singular verb.*

—¿Dónde **se come** bien por aquí?	*Where can you get good food (eat well) around here?*
—**Se dice** que el Restaurante Miraflores es muy bueno.	*They say that the Miraflores Restaurant is very good.*

b. The impersonal **se** can also be used to express an action in the passive voice when no agent is mentioned. In such cases the following formats are used.

Se + THIRD-PERSON SINGULAR VERB + SINGULAR SUBJECT
Se + THIRD-PERSON PLURAL VERB + PLURAL SUBJECT

Se abre la oficina de turismo a las 8:30, pero no **se abren** las tiendas hasta las 10.	*The tourist bureau opens at 8:30, but the stores don't open until 10:00.*

c. The **se** passive is a very common construction and is frequently seen in signs giving information or a warning.

Se alquila(-n).	*For rent.*
Se arreglan.	*Repairs made (here).*
Se habla español.	*Spanish spoken (here).*
Se necesita camarero.	*Waiter needed.*
Se prohibe fumar.	*No smoking.*
Se ruega no tocar.	*Please don't touch.*
Se vende(-n).	*For sale.*

d. The third-person plural of a verb may also be used to express an action in the passive voice when no agent is mentioned.

Venden periódicos en el quiosco.	*Newspapers are sold at the newsstand.*
Construyeron el ayuntamiento en el siglo XVIII.	*The city hall was built in the eighteenth century.*

Práctica y conversación

A. ¿En qué lugar?   Conteste las siguientes preguntas de una manera lógica.

1. ¿Dónde se venden periódicos?
2. ¿Dónde se consigue información turística?
3. ¿Adónde se lleva a una persona herida?
4. ¿Dónde se deposita el dinero?
5. ¿Dónde se compran aspirinas?

6. ¿Dónde se vende gasolina?

7. ¿Dónde se espera el autobús?

8. ¿Dónde se ven muchos animales?

B. Diviértase.   Use el **se** impersonal para indicar lo que se puede hacer para divertirse en la ciudad de Lima.

Modelo   Toman el autobús al centro.
              Se toma el autobús al centro.

1. Piden un plano de la ciudad en la oficina de turismo.
2. Visitan el palacio presidencial.
3. Caminan por el parque.
4. Toman un refresco en un café al aire libre.
5. Ven la nueva exposición en el museo.
6. Admiran la arquitectura colonial.
7. Visitan el parque Las Leyendas.

C. Conduzca con cuidado.   A veces es difícil conducir en la ciudad. Explíquele a su compañero(-a) de clase lo que se debe hacer en las siguientes situaciones.

1. Hay un accidente.
2. La luz del semáforo está amarilla.
3. Unos peatones cruzan la calle.
4. Hay un embotellamiento.
5. Necesita estacionar el coche.
6. Hay una escuela cerca.
7. Debe comprar gasolina.

TALKING ABOUT OTHER PEOPLE

Uses of the Indefinite Article

The indefinite article in Spanish and English is used to point out one or several nouns that are not specific.

a. The indefinite article **un / una** = *a, an;* **unos / unas** = *some, a few,* or *about.*

En **unas** ciudades de Latinoamérica hay **un** barrio histórico.

In some Latin American cities there is a historic section.

b. The masculine, singular form **un** is used before feminine nouns beginning with a stressed **a-** or **ha-: un águila** = *an eagle;* **un hacha** = *a hatchet.* The plural forms of such nouns use **unas: unas águilas.**

c. Sometimes the indefinite article is not used in Spanish as in English.

1. The indefinite article is usually required before each noun in a list.

Hay **una** catedral, **un** museo y **un** ayuntamiento en el centro de la ciudad.

There is a cathedral, museum, and town hall in the downtown area.

2. After forms of **ser** or **hacerse** meaning *to become,* the indefinite article is omitted before an unmodified noun denoting profession, nationality, religion, or political beliefs.

> Guadalupe y Manolo son peruanos. Ellos son católicos. Manolo es carpintero y Guadalupe es profesora en una escuela secundaria.
>
> *Guadalupe and Manolo are Peruvians. They are Catholic. Manolo is a carpenter and Guadalupe is a teacher in a high school.*

When such nouns are modified, the indefinite article is used.

> En **unos** años Manolo se hizo **un** carpintero bastante rico.
>
> *In a few years, Manolo became a rather wealthy carpenter.*

3. The indefinite article is omitted before words **cien(-to), mil, otro, medio,** and **cierto** even though English includes them in such cases.

> —Hay más de mil niños en ese barrio.
>
> *There are more than a thousand children in that neighborhood.*
>
> —Sí, y creo que necesitan otra escuela.
>
> *Yes, and I think that they need another school.*

4. The indefinite article is generally omitted after **sin, con,** and the verbs **tener** and **buscar.**

> Los turistas llegaron a Lima sin reservación pero ya tienen hotel.
>
> *The tourists arrived in Lima without a reservation but they already have a hotel.*

NOTE: **Tener** will be followed by an indefinite article when **un(-a)** refers to how many items a person has.

> —¿Cuántas residencias tienen?
>
> *How many residences do they have?*
>
> —Tienen **un** apartamento y **una** casa.
>
> *They have an apartment and a house.*

Práctica y conversación

A. ¡Qué gusto de verte!   Complete el siguiente diálogo con la forma apropiada del artículo indefinido cuando sea necesario.

ELISA   Hola, Susana. ¿Cómo estás? ¡Tanto tiempo sin verte!

SUSANA   Hola. Sí, hija, ando muy ocupada todo el tiempo. Ahora vengo de ver a _____ amigos que acaban de llegar de Noruega.

ELISA   ¡No me digas! ¿Y se van a quedar mucho tiempo por aquí? ¿O sólo se van a quedar _____ días?

SUSANA   Bueno, él es _____ ingeniero y ella es _____ arquitecta, y piensan mudarse aquí a Lima. Quieren _____ clima cálido y además han recibido _____ contrato fabuloso de _____ compañía internacional para trabajar aquí.

ELISA	¡Qué bien! ¿Cuántos hijos tienen?
SUSANA	Dos. _____ hijo y _____ hija.
ELISA	¡Qué bien!
SUSANA	Sí. Si quieres, _____ día de éstos vienes a mi casa para que los conozcas. Son _____ personas muy agradables.
ELISA	¡Maravilloso! Dame una llamadita cuando quieras.
SUSANA	¡Perfecto! Te llamo entonces.

B. Mi ciudad. Cuéntele a su compañero(-a) de clase acerca de su ciudad o pueblo. Dígale dónde está, cuánto tiempo hace que vive allá, qué hay en el centro, qué puntos de interés hay. Su compañero(-a) mostrará interés y le hará preguntas.

SEGUNDA SITUACIÓN

Presentación

¿QUÉ VAMOS A HACER HOY?

Práctica y conversación

A. **¿Qué hay en el dibujo?**   Utilizando el **Vocabulario activo** a continuación, nombre Ud. las cosas y personas que se ven en el dibujo.

B. ¡Vamos a divertirnos! Complete Ud. las oraciones de una manera lógica.

1. Este domingo podemos ver _____.
2. Si hace buen tiempo podemos ir _____ o _____.
3. Compramos las entradas en _____.
4. Si queremos asientos buenos es necesario _____.
5. Si nos gusta mucho lo que vemos, al final vamos a _____.
6. Y si no nos gusta, vamos a _____.

C. ¿Por qué no vamos a... ? Ud. y dos compañeros(-as) de clase son los tres amigos del dibujo de la **Presentación.** Escoja una actividad y trate de convencer a sus compañeros(-as) de hacer lo que Ud. quiere. Mencione las ventajas y desventajas de la actividad. Luego, sus compañeros(-as) van a tratar de convencerlo(la) a Ud. de hacer lo que ellos(-as) quieren.

D. Un día en Lima. ¿Qué lugares de interés turístico visitaría Ud. con un día libre en Lima? Utilice las fotos a continuación y también en el calendario turístico de la **Presentación** de la **Primera situación.**

La Catedral, el edificio más antiguo de la Plaza de Armas, fue destruida por un terremoto en 1746 pero la reconstruyeron después. Actualmente la Catedral guarda los restos de Francisco Pizarro, el hombre que fundó Lima en 1535.

El Palacio Torre Tagle, construido en 1735 por la familia Torre Tagle, es típico de la arquitectura colonial.

El Jirón de la Unión es una calle principal con tiendas, boutiques y restaurantes.

En el centro de la Plaza San Martín está el monumento a José de San Martín, el general y héroe nacional que proclamó la independencia del Perú el 28 de julio de 1821.

E. Creación.   En una narración cuente lo que pasa en el dibujo de la **Presentación.**

Vocabulario activo ▶

El centro cultural	Cultural Center
los cuadros las pinturas	paintings, pictures
los dibujos	drawings
el espectáculo de variedades	variety show
la exposición de arte	art exhibit
la galería	art gallery
las obras de arte	works of art
los retratos	portraits
admirar	to admire
aplaudir	to applaud
comentar sobre	to comment on
criticar	to criticize
discutir	to discuss
escuchar	to listen to
a los cantantes	the singers
a los músicos	the musicians
el grupo musical	the musical ensemble
reservar los asientos	to reserve seats
ver una exposición	to see an exhibit

La corrida de toros	Bullfight
los billetes (E) los boletos (A) las entradas	tickets
el desfile	parade (of bullfighters)

la espada	sword
el matador	bullfighter
la taquilla	ticket window
la tauromaquia	art of bullfighting
el toro	bull
el traje de luces	bullfighter's suit
chiflar	to boo, hiss

El parque de atracciones	Amusement Park
el algodón de azúcar	cotton candy
la atracción	ride
los caballitos el tiovivo	carrousel
la casa de los espejos los fantasmas	house of mirrors horrors
el globo	balloon
la gran rueda	Ferris wheel
el juego de suerte	game of chance
la montaña rusa	roller coaster
las palomitas	popcorn
el puesto	booth, stand
asustado(-a)	scared
peligroso(-a)	dangerous
tímido(-a)	shy, timid
valiente	brave, courageous

PERSUADING

IGNACIO	Humberto, ¿qué haces estudiando un domingo? Vámonos a la playa, arréglate.
HUMBERTO	No, tengo que estudiar. No puedo.
IGNACIO	¿No crees que sería mejor si descansaras un poco? Si vas, podrás estudiar mejor después, aprenderás más rápido y todo eso. Ya verás.
HUMBERTO	¿A qué hora crees que regresarán?
IGNACIO	Como a las seis.
HUMBERTO	No, creo que mejor no...
IGNACIO	Haz lo que quieras, pero si no descansas te vas a enfermar. Mira, Elena, Teresa y Leonor se reunirán con nosotros a mediodía.
HUMBERTO	¡Uhm! Espérame, ya voy.
IGNACIO	¡Así se habla hermano!

When you are suggesting group activities, you can use the following expressions.

Quizás deberías(-n) / debieras(-n) considerar...	*Perhaps you should consider . . .*
¿No crees(-n) / te (les) parece que podrías(-n)... ?	*Don't you think that you could . . . ?*
¿No crees(-n) que sería mejor si... ?	*Don't you think it'd be better if . . . ?*
Haz (Hagan) lo que quieras(-n), pero...	*Do what you want, but . . .*
Tienes(-n) que ver las ventajas / desventajas de...	*You have to see the advantages / disadvantages of . . .*
Si te (se) fijas(-n) en...	*If you look at . . .*
Hay que tener en cuenta que...	*You have to take into account that . . .*

Práctica y conversación

A. ¡Vamos! Ud. y sus compañeros(-as) de cuarto tienen que hacer una serie de cosas pero nadie se decide. Ud. toma la iniciativa. ¿Qué les dice si tienen que...

1. estudiar para el examen de física?
2. hacer la tarea de español?
3. comer temprano?
4. comprar las entradas para el concierto?

B. ¡Cuidémonos! Ud. y su compañero(-a) han empezado un régimen de dieta y ejercicios. ¿Qué dicen?

1. no comer muchos dulces
2. hacer gimnasia todos los días
3. no acostarse tarde
4. no tomar gaseosas
5. comer comida saludable
6. no darse por vencidos(-as)

Estructuras

DISCUSSING FUTURE ACTIVITIES

Future Tense

The future tense in English is formed with the auxiliary verb *will + main verb: I will work.* Although the Spanish future tense is also used to discuss future activities, it is not formed with an auxiliary verb.

a. The future tense of regular verbs is formed by adding the endings **-é, -ás, -á, -emos, -éis, -án** to the infinitive.

Verbos en -AR	Verbos en -ER	Verbos en -IR
visitar	**leer**	**asistir**
visitaré	leeré	asistiré
visitarás	leerás	asistirás
visitará	leerá	asistirá
visitaremos	leeremos	asistiremos
visitaréis	leeréis	asistiréis
visitarán	leerán	asistirán

Mañana **visitaremos** el Palacio Torre Tagle.

Tomorrow we will visit Torre Tagle Palace.

b. A few common Spanish verbs do not use the infinitive as a stem for the future tense. These verbs fall into three categories.

Drop the Infinitive Vowel		Replace Infinitive Vowel with -d		Irregular Form	
haber	**habr-**	poner	**pondr-**	decir	**dir-**
poder	**podr-**	salir	**saldr-**	hacer	**har-**
querer	**querr-**	tener	**tendr-**		
saber	**sabr-**	valer	**valdr-**		
		venir	**vendr-**		

The future tense of **hay (haber)** is **habrá** = *there will be.*

c. There are three ways to express a future idea or action in Spanish.

1. The construction **ir a** + *infinitive* corresponds to the English *to be going* + *infinitive.*

   Voy a comprar las entradas.   *I'm going to buy the tickets.*

2. The present tense can be used to express an action that will take place in the very near future.

   Esta tarde voy al teatro y   *This afternoon I'm going to the*
   compro las entradas.   *theater and I'll buy the tickets.*

3. The future tense can express actions that will take place in the near or distant future. The future tense is not used as frequently as the other two constructions. Often it implies a stronger commitment on the part of the speaker than the **ir a** + *infinitive* construction.

   Compraré las entradas si tú   *I will buy the tickets if you give*
   me das el dinero.   *me the money.*

 **Práctica y conversación**

A. Las esperanzas de Charlie Brown.   Lea la siguiente tira cómica y conteste las preguntas.

¿Cómo es Charlie Brown generalmente? ¿Cómo va a ser Charlie el año que viene? ¿Qué hará Charlie?

B. Planes de un(-a) turista.   ¿Qué hará Ud. para divertirse en Lima?

> *Modelo*   leer la guía turística
> **Leeré la guía turística.**

admirar la cerámica del Museo Rafael Larco Herrera / asistir a un concierto en el Campo de Marte / ver el Jardín Japonés en el Parque de la Exposición / reservar los asientos para la corrida de toros / ir al Museo de Oro / volver al Jirón de la Unión

C. La ciudad en 2010.   ¿Cómo será la ciudad en el año 2010?

> *Modelo*   la tecnología / resolver muchos problemas
> **La tecnología resolverá muchos problemas.**

1. nosotros / conducir coches eléctricos
2. las computadoras / controlar el tráfico
3. no haber crimen
4. tú / poder caminar por todas partes
5. la policía / tener poco trabajo
6. las tiendas y los restaurantes / nunca cerrar
7. yo / estar contento(-a)

D. ¿Qué vas a hacer?   Con un(-a) compañero(-a), haga planes para el fin de semana. Discutan sus obligaciones, compromisos, fiestas, etc.

> *Modelo*   USTED: ¿Qué harás este fin de semana?
> COMPAÑERO(-A):   **Creo que estudiaré todo el tiempo.**

E. ¿Quién sabe?   En grupos, hablen de lo que piensan hacer cuando se gradúen. Un(-a) estudiante le reportará a la clase lo discutido.

EXPRESSING PROBABILITY

Future of Probability

In order to express probability in Spanish, you can use the future tense.

The English equivalents for the future of probability include *wonder, bet, can, could, must, might,* and *probably.*

—¿Qué **será** esto?	*I wonder what this is? (What could this be?)*
—**Será** una entrada para el concierto de mañana.	*It must be a ticket for tomorrow's concert.*
—¿Dónde **estará** Lucía?	*Where could Lucía be?*
—Pues, **llegará** tarde, como siempre.	*Well, she will probably arrive late, as usual.*

Práctica y conversación

A. Mi primer viaje al Perú. Ud. está pensando en su primer viaje al Perú después de graduarse. Exprese sus opiniones e ideas.

Modelo   visitar muchos lugares
         Visitaré muchos lugares.

sacar muchas fotos de las ruinas incaicas en Cajamarquilla / conseguir reservaciones para la excursión al Cuzco / ir al mercado de Huancayo / visitar Iquitos y el río Amazonas / tener tiempo para ir a Machu Picchu / viajar a Arequipa / ver las líneas de Nazca

B. ¿Cómo estará Cristina? Con sus compañeros(-as), hablen acerca de Cristina, su compañera de clase que ha estado ausente por dos semanas.

Estudiante 1	Estudiante 2	Estudiante 3
1. ¿Qué (pasar) con Cristina?	2. Yo creo que (estar) muy enferma.	3. ¿(Estar) en el hospital?
4. Sí, seguro (estar) en el hospital.	5. ¿Cuándo (regresar)?	6. Pues, (volver) pronto, espero...
7. Probablemente la (llamar) a su casa.	8. Seguramente te (contestar) sus padres.	9. (Estar) bien muy pronto sin duda.

SUGGESTING GROUP ACTIVITIES

Nosotros *Commands*

When suggesting group activities, the speaker often includes himself / herself in the plans. In English these suggestions are expressed with the phrase *let's + verb*: *Let's go to the amusement park.* In Spanish these suggestions can be expressed using

a. the phrase **vamos a +** *infinitive*.

Primero **vamos a comer** y después **vamos a ir** al cine.	*First, let's eat and then let's go to the movies.*

b. the **nosotros** or first-person plural command. To form the **nosotros** command, drop the **-o** from the first-person singular of the present tense: **bailo → bail-; salgo → salg-.** To the stem, add the ending **-emos** for **-ar** verbs or **-amos** for **-er** and **-ir** verbs: **bail- → bailemos; salg- → salgamos.**

1. The **nosotros** commands have the same spelling changes as formal commands.

Verbs ending in **-car**	**c → qu:**	**practicar → practiquemos**
Verbs ending in **-gar**	**g → gu:**	**pagar → paguemos**
Verbs ending in **-zar**	**z → c:**	**almorzar → almorcemos**
Verbs ending in **-ger** or **-gir**	**g → j:**	**escoger → escojamos**
		dirigir → dirijamos

2. The following verbs have irregular stems as in the formal commands.

DAR → **demos**   ESTAR → **estemos**   SABER → **sepamos**
SER → **seamos**

The verb **ir** has the following forms.

AFFIRMATIVE	**Vamos** a la corrida.	*Let's go to the bullfight.*
NEGATIVE	**No vayamos** a la exposición.	*Let's not go to the exhibit.*

3. Stem-changing **-ir** verbs undergo the same changes in the **nosotros** command as in the **nosotros** form of the present subjunctive, that is, **e → i** and **o → u: seguir →
sigamos; dormir → durmamos.** However, **-ar** and **-er** stem-changing verbs follow a regular pattern and do not change the stem in the **nosotros** command: **cerrar →
cerremos; volver → volvamos.**

4. Pronouns follow and are attached to the end of affirmative **nosotros** commands and precede the negative forms.

—¿Quieres regalarle este disco compacto a Antonio?	*Do you want to give this CD to Antonio?*
—Sí, **comprémoslo** ahora pero **no se lo demos** hasta su cumpleaños.	*Yes, let's buy it now, but let's not give it to him until his birthday.*

When adding pronouns to commands of two or more syllables, a written accent mark is placed over the stressed vowel of the affirmative command.

5. The final **-s** is dropped from the **nosotros** command before adding the pronouns **se** or **nos.**

—¿Cuándo vamos a enviarle la tarjeta a Roberto?	*When are we going to send the card to Roberto?*
—**Sentémonos** y **escribámosela** ahora.	*Let's sit down and write it to him now.*

❖ Práctica y conversación

A. ¿Qué vamos a hacer? Haga sugerencias sobre lo que Ud. y su compañero(-a) pueden hacer el sábado.

ir de compras / mirar la tele / dar un paseo / jugar al tenis / escuchar discos / cenar en un restaurante / organizar una fiesta / ¿?

B. Más sugerencias. Ud. sigue haciendo sugerencias para mañana, pero su compañero(-a) no está de acuerdo. Cada vez que Ud. sugiere algo, su compañero(-a) responde con una idea diferente.

Modelo   caminar / subir al metro
        No caminemos. Mejor subamos al metro.

1. estudiar / divertirnos
2. ir al cine / ir al concierto
3. comprar las entradas más baratas / escoger los mejores asientos
4. llamar a Carlos / invitar a Susana y a José
5. llevar los jeans / ponernos algo más elegante
6. comer en casa / cenar en un restaurante

C. **Vamos al concierto.**   Ud. y su compañero(-a) deciden ir al concierto. ¿Qué deben hacer o no hacer?

arreglarse con cuidado / reunirse temprano / olvidarse de llevar las entradas / sentarse en la primera fila / despedirse tarde / ¿?

D. **Una sorpresa.**   Ud. y su compañero(-a) van a organizar una fiesta sorpresa para su mejor amigo(-a). Mencione por lo menos cinco actividades que pueden hacer en la fiesta.

Taking Notes

When you attend a class or conference or when you ask a friend for a recipe or directions, it is important to take notes on what you hear. Taking notes helps you remember what was said and improves your writing skills in Spanish.

Ahora, escuche el diálogo entre tres amigas que hablan sobre cómo van a pasar la tarde y tome los apuntes que considere necesarios. Antes de escuchar la conversación, lea los siguientes ejercicios. Después, conteste.

A. Información general.   Usando sus apuntes haga un breve resumen de la conversación que Ud. escuchó. Después, compare su resumen con el de un(-a) compañero(-a) de clase.

B. Algunos detalles.   Ahora, complete las siguientes oraciones basándose en lo que Ud. escuchó y en sus apuntes.

    1. Vilma empieza la conversación sugiriendo ir a _____ o a _____.
    2. Margarita preferiría ir a _____ porque es más emocionante.
    3. Iris, por su parte, sugiere ir a un _____.
    4. Finalmente, las amigas deciden que es mejor ir a la _____ porque _____.

C. Análisis.   Escuche el diálogo nuevamente prestando atención especial a la forma de relacionarse que tienen las amigas. Después, escoja la respuesta más apropiada.

Según el diálogo que Ud. oyó, se puede decir que Margarita, Vilma e Iris
a. se llevan muy bien.
b. se conocen poco.
c. discuten mucho.

TERCERA SITUACIÓN

LAS CIUDADES HISPANAS

Práctica intercultural.   Piense en las ciudades estadounidenses que Ud. conoce o ha visitado. ¿Tienen todas las ciudades una configuración semejante, o hay diferencias entre las ciudades viejas y las más modernas? ¿Se parece la distribución (*design*) de las ciudades de Nueva Inglaterra a la de las ciudades de Texas? ¿Por qué?

Mientras la típica ciudad estadounidense está construida a lo largo de una calle principal que se llama muchas veces *Main Street*, la ciudad hispana está construida alrededor de una plaza. En muchas ciudades de España esta plaza principal se llama la **Plaza Mayor**; en el Perú, el Ecuador y Bolivia es la **Plaza de Armas**, y el **Zócalo** en México, D.F. Alrededor de la plaza se concentran los edificios del gobierno como el palacio nacional o el ayuntamiento (*city hall*), la catedral metropolitana, los bancos y los negocios importantes y los hoteles de lujo.

La plaza es el centro geográfico y social de la ciudad. Es el lugar donde se reúnen los amigos y donde la gente se informa de los acontecimientos (*happenings*) de la ciudad o de la nación. En las ciudades grandes hay varias plazas importantes y en otras partes de la ciudad se encuentran plazas más pequeñas que forman el centro de los barrios residenciales.

Por lo general las ciudades en el mundo hispano son más antiguas que las ciudades de los Estados Unidos. Muchas ciudades de las Américas son del siglo XVI y algunas de España datan de la época griega o romana. Por eso es normal ver edificios muy antiguos pero bien preservados junto a otros edificios contemporáneos.

Otra diferencia entre las ciudades norteamericanas y las hispanas es el tamaño; las ciudades hispanas generalmente tienen menos extensión geográfica que las ciudades estadounidenses.

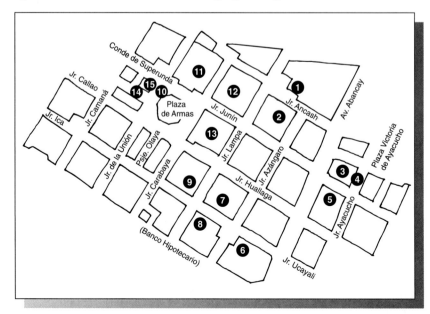

CLAVE

1 Iglesia y Convento de San Francisco
2 Casa de Pilatos
3 Plaza Bolívar
4 Congreso de la República
5 Museo de la Inquisición
6 Iglesia y Convento San Pedro
7 Palacio Torre Tagle
8 Casa de Goyeneche

9 Museo del Banco Central
   de Reserva
10 Monumento a Pizarro
11 Palacio de Gobierno
12 Casa del Oidor
13 Catedral
14 Monumento a Tauli Chusco
15 Palacio Municipal

Vocabulario: Jr. = el jirón = la avenida

Práctica y conversación

A. El centro de Lima.   Conteste las siguientes preguntas utilizando el mapa del centro de Lima.

1. ¿Qué edificios hay alrededor de la Plaza de Armas?
2. ¿Qué otras cosas hay alrededor de la Plaza de Armas?
3. Además de la Plaza de Armas, ¿qué otras plazas hay en el centro de Lima?
4. ¿Es grande o pequeño el centro de Lima? Justifique su respuesta.
5. Compare el centro de Lima con el centro de una ciudad norteamericana que Ud. conoce. Explique las diferencias y semejanzas entre las dos ciudades.

B. Una visita a Lima.   Ud. y un(-a) compañero(-a) de clase visitarán Lima y se alojarán en un hotel en el centro. Usando el mapa y la información sobre Lima de este capítulo decidan qué lugares visitarán. ¿Qué actividades pueden hacer en el centro y cerca de la Plaza de Armas?

Para leer bien

BACKGROUND KNOWLEDGE: HISTORICAL REFERENCES

You have learned to use and expand your background knowledge of geography in order to better comprehend a reading selection. Another important component of background knowledge are references to important historical dates and periods. Authors mention dates and historical periods for two reasons: to help the reader establish the chronology of events mentioned in the passage and to help the reader evoke the characteristics of an era and mentally picture the setting and / or characters.

To take advantage of your knowledge of historical dates and eras, scan the title and read for clues to time references such as actual dates (1776), the names of important historical events (*Revolutionary War*) or persons (*George Washington*), or historical periods (*colonial America*). After locating the time references, review the characteristics of that period; try to mentally picture the clothing, art, architecture, modes of transportation, and types of recreation, music, and dance. Try to associate other important persons, events, and dates with the information given.

Even if you know little about a historical era in Hispanic culture, your knowledge of that same time period in your own or another society will make you aware of the period and help you find similarities and differences.

Práctica

A. ¿Cuáles son las características de estas épocas históricas?

Edad Media / Renacimiento (*Renaissance*) / la época colonial en los EE.UU. / el siglo XIX en Europa y América

B. En la lectura que sigue se menciona la época precolombina o prehispánica. Esto se refiere a la época antes de la llegada de Cristóbal Colón a las Américas. ¿Cuándo llegó Colón? ¿Cómo era Hispanoamérica en la época precolombina? ¿Quiénes vivían allí? ¿Cómo eran sus culturas?

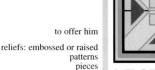

LECTURA

Guardián del oro del Perú

Cuando el vendedor apareció en casa del coleccionista Miguel Mujica Gallo para proponerle° un fragmento de un objeto, éste no vaciló en adquirirlo. Era de oro, adornado con relieves° antiguos. Mujica lo compró con la esperanza de que vinieran a proponerle los otros pedazos° de la pieza. Con el tiempo logró reunir sus fragmentos del objeto. Todos pertenecían al mismo artefacto de oro y podían juntarse° como las piezas de un rompecabezas°. Llegó un día, sin embargo, en que los traficantes° no le trajeron más fragmentos; era como un rompecabezas al cual le faltaba la última pieza.

Algún tiempo después, un campeón nacional de pesca estadounidense, que también era coleccionista, se hallaba en el Perú. Mujica fue a verlo porque le habían dicho que el estadounidense había comprado muchas cosas de oro. Y entre las cosas estaba el fragmento que le faltaba.

Mujica convenció al pescador de que se lo vendiera. Cuando lo juntó a los otros, completó la copa° de oro, forjada° hacía siglos por artesanos indígenas° y usada, probablemente, por la realeza°.

Hoy día, la copa es una de las 13.000 piezas que se hallan en el famoso Museo de Oro del Perú de Mujica, considerado por muchos la mejor colección particular de objetos prehispánicos de oro y metales preciosos. La forma en que Mujica logró reunir las dispersas piezas de la copa ilustra cómo ha ayudado a rescatar° el patrimonio° arqueológico del Perú de los contrabandistas, los huaqueros° y los coleccionistas extranjeros. Si diez huaqueros hallan algo—dice Mujica—, lo parten° en diez pedazos. Es horrible. Hay que comprarles todos los pedazos y rehacer la pieza.

El museo parece más impresionante aún cuando se piensa que el coleccionista, septuagenario° ya y heredero° de una familia acaudalada°, no ha cursado estudios universitarios de antropología ni arqueología. Pero tiene un gran esmero° investigador, una pasión de preservar lo antiguo del Perú y una gran dedicación a mantener intacta su colección.

Su dedicación y celo° son reconocidos por todo el mundo. Según los funcionarios° de turismo del país, este museo privado es la mayor atracción turística de Lima. Además, desde 1958, las exposiciones del museo han viajado por setenta y tres ciudades de veintinueve países. El museo está financiado de dos maneras: la recaudación° de boletos de entrada y su fundador°.

Glosses (left margin):

to offer him

reliefs: embossed or raised patterns

pieces

to join

jigsaw puzzle / dealers

goblet / forged / native

royalty

to recover / heritage

guaqueros = grave robbers

divide

persona de 70 años / heir / *rica*

care

zeal / employees

collection / founder

Se encuentra el museo en medio de un grupo de edificios situados en un elegante barrio residencial de Lima. En uno de los edificios hay una joyería que vende imitaciones de sus alhajas° antiguas. En otro se halla un restaurante. Hay también dependencias° administrativas, una biblioteca privada y la casa de Mujica.

En la planta baja° del museo hay varios salones que albergan° la colección de armas de Mujica. En un lugar central se expone° la espada° de Pizarro° con sus iniciales, su título de primer gobernador de Lima y la fecha 1539.

Detrás de las salas de exposición de las armas hay una escalera que baja al sótano; allá las paredes son oscuras y el ambiente es más silencioso. Lo único que llama la atención son las vitrinas iluminadas donde se exponen miles de artículos preciosos. Es el oro del Perú. Hay objetos de oro para beber, para pelear, vestimentas cuajadas° de oro y artefactos ceremoniales.

Entre las cosas más extraordinarias hay una máscara fúnebre con catorce esmeraldas, suspendidas de los ojos como lágrimas° y una escena fúnebre de figuras tridimensionales de oro y plata en miniatura. Lo que más estima Mujica es un par de manos moldeadas° como guanteletes°, hechas de hojas° de oro, con uñas° y diseños abstractos. Mujica dice que las manos le llegaron en pedazos, igual que la copa.—A una de las manos tuve que buscarle tres dedos —dice Mujica —y a otra, la muñeca°.

treasures

outbuildings

main floor / house

is exhibited / sword / conquistador del Perú y del imperio incaico

ropa adornada

tears

molded

gloves used as armor / sheets / fingernails

wrist

Una pieza extraordinaria

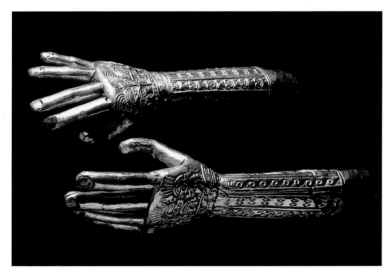

Unos guanteletes

Los antropólogos y arqueólogos hacen notar que Mujica ha reunido restos° de un patrimonio que ha sido saqueado° y ha estado disperso° desde la llegada de los conquistadores en el siglo XVI. Los huaqueros de hoy siguen destruyendo el pasado arqueológico.

El Perú tiene mucha razón en querer preservar los fragmentos de su pasado. Las primeras culturas indígenas desarrollaron métodos avanzados de explotar las minas y labrar° el oro. Cuando los conquistadores destruyeron el imperio incaico en 1532, su civilización se extendía por lo que hoy día constituyen cinco países y los artesanos incaicos habían absorbido y mejorado la pericia° metalúrgica de muchas culturas.

—El Perú es un país privilegiado, como heredero de una extraordinaria riqueza cultural indígena,—dice Ramiro Matos, autor de *Patrimonio cultural del Perú*. La población indígena prehispánica logró crear una de las civilizaciones más originales y complejas de la humanidad. Añade que el Museo de Oro, a causa de la naturaleza de las piezas que contiene y la espectacularidad de la tecnología y la creación artística de las piezas, ha asombrado° al mundo.

remains

robado / scattered

to fashion, shape

skill

amazed

Adaptado de *Las Américas*

Comprensión

A. ¿Cierto o falso?   Identifique las oraciones falsas y corríjalas.

1. Miguel Mujica Gallo es arqueólogo y antropólogo.
2. Mujica ha rescatado el patrimonio arqueológico del Perú de los contrabandistas y los huaqueros.
3. Mujica compró el último pedazo de una copa de un pescador que lo encontró en un lago.
4. Además del oro del Perú, Mujica también tiene una colección de arte peruano.
5. Para los huaqueros lo más importante es preservar las alhajas antiguas del Perú.
6. Entre las piezas más impresionantes del museo hay un par de manos de oro.
7. El museo está financiado por el dinero de Mujica y la recaudación de entradas.
8. Las exposiciones del museo nunca salen del sótano por temor a un robo.

B. Referencias históricas.   Usando la información del artículo, describa la época precolombina en el Perú. Incluya información sobre el arte indígena.

C. El orden cronológico.   Ponga en orden cronológico las nueve oraciones siguientes para contar cómo Mujica obtuvo la copa de oro completa.

_____ Los traficantes no le trajeron más fragmentos.
_____ Mujica juntó el fragmento con los otros y completó la copa de oro.
_____ Un vendedor apareció en la casa de Mujica con un fragmento de un objeto de oro.
_____ Mujica convenció al pescador de que le vendiera el fragmento que le faltaba.
_____ Mujica compró el primer fragmento de la copa.
_____ Mujica fue a ver al coleccionista; el último fragmento estaba entre sus cosas.
_____ Mujica esperaba que vinieran a ofrecerle los otros fragmentos.
_____ Un campeón nacional de pesca estadounidense llegó al Perú; era coleccionista y había comprado muchas cosas de oro.
_____ Poco a poco Mujica logró obtener los otros pedazos del objeto.

D. En defensa de una opinión.   ¿Qué evidencia hay en el artículo que confirma la idea siguiente? «El Museo de Oro de Lima es impresionante y asombroso (*amazing*).»

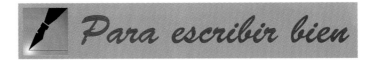

Para escribir bien

KEEPING A JOURNAL

There are many situations in both private and professional life for which journal entries are useful. In the business world, journals are used for logging phone calls and discussions with clients, remembering the content of meetings, and recording travel expenses. In private life, journals and diaries provide interesting personal records of daily events, travel experiences, special occasions, and family and school activities.

Keeping a personal journal is an effective tool for improving your writing in Spanish, for it provides writing practice on a daily basis. The following suggestions will help you write your journal entries.

1. Keep your entries in a special notebook you use only for this purpose.
2. Set aside a period each day for journal writing. It is traditional to write diary entries each evening just prior to going to bed.

3. Try to develop a natural, personal style with emphasis on content.
4. Learn to rephrase and circumlocute in order to express meaning and to avoid excessive use of the dictionary.
5. Spanish diary entries have a format similar to that of letters.

DATE	el 27 de abril, 1942
SALUTATION	Querido diario:
PRE-CLOSINGS	Bueno, querido diario, mi mamá / papá / amigo me llama.
	Como siempre, querido diario, tengo que irme / dormirme.
CLOSINGS	Hasta mañana, *Susana* (your name)
	Hasta pronto, *Jaime.* (your name)

 COMPOSICIONES

A. Querido diario.   Escriba un apunte (*diary entry*) por cuatro días sucesivos. Incluya información sobre su rutina diaria, su trabajo, sus estudios y sus actividades con otras personas.

B. Un viaje.   Escriba un diario de un viaje real o imaginario. Incluya los detalles de tres días por lo menos.

C. Un(-a) guía turístico(-a).   Ud. es el (la) guía para un grupo de estudiantes peruanos que estudian en su universidad. Prepare una lista de información básica acerca de la ciudad o el pueblo y la universidad. Explique dónde, qué y cuándo se come, dónde está la biblioteca y las horas de operación, qué se hace en el centro, etc.

Actividades

A. Un sábado libre.   It is late Saturday morning. You and three friends have the entire afternoon and evening free. Discuss what you will do and suggest group activities. Try to persuade the others to do what you want to do. Decide where you will eat and what you will do in the afternoon and evening. After you have made your decisions, inform your classmates of your plans.

B. El quiosco turístico.   You work in a tourist information booth located at the edge of the **Plaza de Armas** in Lima, Peru. Two tourists (played by your classmates) come to the booth to obtain information on how to get to various sites in Lima. Using the map of Lima on page 272, tell them how to get to **la Plaza Bolívar, el Palacio Torre Tagle, el Museo del Banco Central de Reserva, el Congreso de la República,** and **la Casa de Pilatos.**

C. Un viaje especial.   After you graduate, you plan to take a special trip. Explain when and where you will go, with whom you will travel, what cities you will see, what special sites you will visit, and what activities you will participate in while there.

D. «El (La) turista alegre».   As **«El (La) turista alegre»** you have a weekly five-minute travel segment on a morning television news show. Discuss your favorite city. Describe the famous buildings and sites and explain when they were constructed. Explain what one can see and do there; provide opening and closing hours for museums and events. Explain where one should shop and what one can buy and where and what one can eat. Include other information you find interesting.

Contacto cultural IV
El arte y la arquitectura

Lima: La Plaza de Armas y la Catedral

La arquitectura colonial del Perú

En la historia de Hispanoamérica, la época después de la conquista española en el siglo XVI hasta las guerras de independencia en el siglo XIX se llama la época colonial. Durante este período España gobernó a la gente y administró la economía del Nuevo Mundo. Los reyes de España dividieron la región en cuatro subdivisiones llamadas virreinatos (*viceroyalties*). El virreinato del Perú fue la región más rica y su capital, Lima, la Ciudad de los Reyes, fue el centro político y social del territorio. Lima era una ciudad acaudalada (*affluent*) con numerosos conventos, monasterios e iglesias y opulentos palacios y mansiones. En Lima se encuentra San Marcos, la universidad más antigua de las Américas que ha estado constantemente abierta desde su fundación en 1551.

El plan de las ciudades y la arquitectura virreinal reflejan los estilos de España y Europa de aquella época. Los españoles siempre pusieron la plaza mayor en el centro de sus ciudades en el Nuevo Mundo y alrededor construyeron la catedral y edificios municipales. El estilo predominante en el Perú y en México fue el barroco, caracterizado por la profusión de adornos y decoración, la línea curva, columnas retorcidas (*twisted*) y espacios grandiosos.

El interior de muchas iglesias contiene magnífi-
cos ejemplos de la decoración barroca con
altares dorados, coros de madera labrada y
techos embellecidos con escenas del Paraíso.

Lima: Interior de la iglesia de San Francisco

También se puede ver buenos ejemplos de la arquitectura colonial en el Cuzco. Allá los españoles solían
construir sus iglesias y palacios sobre los restos de edificios incaicos. La Iglesia de Santo Domingo en el
Cuzco fue construida sobre las ruinas del Templo del Sol.

Cuzco: Iglesia de Santo Domingo

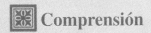 ## Comprensión

Conteste las siguientes preguntas.

1. ¿Cómo se llama la época entre la conquista y la independencia en Hispanoamérica?
2. ¿Qué era un virreinato? ¿Cuántos había en el Nuevo Mundo? ¿Cuál era el más rico?
3. Nombre la universidad más antigua del Nuevo Mundo que ha estado constantemente abierta desde su fundación.
4. ¿Cuál fue el estilo predominante de la época colonial? ¿Cómo se caracteriza?
5. En la foto de la Plaza de Armas de Lima, ¿qué se ve? ¿Hay ejemplos de la arquitectura colonial? ¿En qué edificios?
6. ¿Qué características del barroco se notan en la foto del interior de la capilla en Lima?
7. ¿Cómo se caracteriza el estilo colonial del Cuzco? ¿Por qué usaron los españoles este método de construcción?

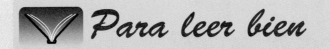

Para leer bien

IDENTIFYING LITERARY THEMES

In order to help you comprehend journalistic articles, you have learned to locate the main ideas and supporting elements and to apply background knowledge concerning geography and history. These same techniques can be used with literary readings in order to learn to identify and understand themes.

The literary theme (**el tema**) is generally defined as the central concept, the main idea, or the fundamental meaning of a literary selection. Some common general literary themes include love, death, the meaning of life, and the human condition. Often a general theme can be broken down into more specific sub-themes. For example, the general theme of love can be further described as unrequited love, maternal love, love of family, love of country, or love of a supreme being.

A literary theme can be *explicit,* expressed in a direct manner, or *implicit,* expressed in an indirect or subtle manner. While the main idea of a journalistic article is generally explicit, the main theme of a literary selection is generally implicit. The reader needs to analyze a variety of items within the text in order to establish the main theme of a work of literature. The reader should attempt to formulate the theme according to the effect created by items such as the actions of the characters, the relationships among the characters, the comments made by the main characters, and the comments made by the narrator or author. With a close reading, it should become clear that the author is emphasizing a particular concept or idea, which is the main theme of the literary work.

The following work, «**La camisa de Margarita**» by Ricardo Palma, takes place in eighteenth-century Peru. When approaching this reading, it is important to keep in mind the historical setting in order to establish the theme. Remember to use the reading strategies you have learned as well as the literary terminology presented in previous sections.

LECTURAS LITERARIAS

Ricardo Palma (1833–1919). *Escritor, lingüista y político; llegó a ser uno de los más célebres autores del Perú. Nació en Lima y fue director de la Biblioteca Nacional. Pasó mucho tiempo coleccionando anécdotas y leyendas (legends) históricas del Perú, las cuales publicó en una serie de diez volúmenes con el título de* Tradiciones peruanas. *La* **tradición,** *un nuevo género literario creado por Palma, es una narración generalmente basada* *en una anécdota, una leyenda o un documento histórico; pero, a veces las tradiciones son pura ficción. Las tradiciones contienen elementos de un cuento y también un **cuadro de costumbres,** una descripción de costumbres locales. Las tradiciones suelen ser divertidas; muchas son sátiras sociales.*

«La camisa de Margarita» está basada en un refrán (saying) popular peruano: «Esto es más caro que la camisa de Margarita Pareja». Es el cuento de una chica, Margarita, que logró recibir su dote (dowry) a pesar de las protestas del tío de su novio.

La camisa° de Margarita

gown

Probable es que algunos de mis lectores hayan oído decir a las viejas de Lima, cuando quieren ponderar° lo subido de precio° de un artículo:—¡Qué! Si esto es° más caro que la camisa de Margarita Pareja.

considerar / el alto precio / This is

Habríame quedado° con la curiosidad de saber quién fue esta Margarita, si no hubiera tropezado con° un artículo en un periódico de Madrid firmado por Ildefonso Antonio Bermejo. En su artículo habla de la niña y de su camisa, y alcancé° a sacar en limpio° la historia que ustedes van a leer.

I would have remained

I had not stumbled across

I managed / to make sense of something

I

Margarita Pareja era (por los años de 1765) la hija más mimada° de don Raimundo Pareja, caballero de Santiago y colector general° del Callao°.

pampered

tax collector / el puerto de Lima

La muchacha era una de esas limeñitas° que, por su belleza, cautivan al mismo diablo.° Lucía° un par de ojos negros que eran como dos torpedos cargados con dinamita y que hacían explosión sobre las entretelas del alma° de los galanes° limeños.

señoritas de Lima / captivate the devil himself
She displayed
en el corazón / señores jóvenes y elegantes

Llegó por entonces de España un arrogante mancebo° de Madrid, llamado don Luis Alcázar. Tenía éste en Lima un tío solterón y acaudalado°, de una familia antigua e importante, y muy orgulloso°.

joven

rico

proud

Por supuesto que, mientras le llegaba la ocasión de heredar al tío, vivía nuestro don Luis tan pobre como una rata y pasando la pena negra°.

En la procesión de Santa Rosa conoció Alcázar a la linda Margarita. La muchacha le llenó el ojo y le flechó° el corazón. Le echó flores, y aunque ella no le contestó ni sí ni no, dio a entender con sonrisitas y demás armas del arsenal femenino que el galán era plato muy de su gusto. La verdad, como se me estuviera confesando, es que se enamoraron hasta la raíz del pelo°.

Como los amantes olvidan que existe la aritmética, creyó don Luis que para el logro de sus amores no sería obstáculo su presente pobreza, y fue al padre de Margarita y, sin muchos perfiles° le pidió la mano de su hija.

A don Raimundo no le cayó en gracia la petición, y cortésmente despidió al joven, diciéndole que Margarita era aún muy niña para tomar marido, pues, a pesar de sus diez y ocho mayos°, todavía jugaba a las muñecas°.

Pero no era ésta la verdadera madre del ternero°. La negativa nacía de que don Raimundo no quería ser suegro de un pobretón; y así hubo de decirlo en confianza a sus amigos, uno de los que fue con el chisme° a don Honorato, que así se llamaba el tío. Éste, que era más arrogante que el Cid°, se enojó y dijo:

—¡Cómo se entiende! ¡Desairar° a mi sobrino! A muchas les encantaría casarse con el muchacho, porque no hay mejor en todo Lima. Pero, ¿adónde ha de ir conmigo ese colectorcito?

Margarita, pues era nerviosa como una damisela de hoy, gimoteó° y se arrancó° el pelo, y tuvo convulsiones. Perdía colores y carnes°, se desmejoraba° a vista de ojos, hablaba de meterse monja° y no hacía nada en concierto.

—¡O de Luis o de Dios°!—gritaba cada vez que los nervios se le sublevaban, lo que acontecía una hora sí y otra también. Su padre se alarmó, llamó físicos y curanderas, y todos declararon que la niña tiraba a tísica° y que la única medicina salvadora no se vendía en la botica°.

O casarla con el varón de su gusto, o encerrarla en el cajón de palma y corona°. Tal fue el ultimátum médico.

Don Raimundo olvidándose de coger capa y bastón se encaminó como loco a casa de don Honorato, y le dijo:

—Vengo a que consienta usted en que mañana mismo se case su sobrino con Margarita, porque si no la muchacha se nos va por la posta°.

—No puede ser—contestó con desabrimiento° el tío.— Mi sobrino es un *pobretón*, y lo que usted debe buscar para su hija es un hombre que varee la plata°.

El diálogo fue violento. Mientras más rogaba don Raimundo, más se enojaba el tío y ya aquél iba a retirarse cuando don Luis entrando en la cuestión, dijo:

—Pero, tío, no es de cristianos° que matemos a quien no tiene la culpa.

—¿Tú te das por satisfecho?

—De todo corazón, tío y señor.

—Pues bien, muchacho, consiento en darte gusto; pero con una condición, y es ésta: don Raimundo me ha de jurar ante la Hostia consagrada° que no regalará un ochavo° a su hija ni le dejará un real° en la herencia.

Aquí empezó nuevo y más agitado litigio.

—Pero, hombre—arguyó don Raimundo—, mi hija tiene veinte mil duros° de dote°.

—Renunciamos a la dote. La niña vendrá a casa de su marido nada más que con la ropa que lleva.

—Concédame usted entonces regalarle los muebles y el ajuar° de novia.

—Ni un alfiler°. Si no está de acuerdo, dejarlo y que se muera la chica.

—Sea usted razonable, don Honorato. Mi hija necesita llevar por lo menos una camisa para reemplazar° la puesta.

—Bien. Consiento en que le regale la camisa de novia y eso es todo.

Glosses (left margin):

sufriendo mucho

(*fig.*) shot an arrow

(*fig.*) to the roots of their hair

without beating around the bush

(*fig.*) *años*

dolls

(*fig.*) *razón*

gossip

héroe nacional de España

Reject

gritó / pulled out

weight / *se enfermaba*

become a nun

¡Voy a ser la esposa de Luis o de Dios!

tuberculosis / *farmacia*

(*fig.*) *enterrarla*

va a morirse

sin interés

(*fig.*) *muy rico*

(*fig.*) *justo*

sacred Communion Host (wafer) / *moneda antigua de poco valor* / *moneda colonial*

moneda colonial / dowry

las joyas y ropa que lleva la novia en el matrimonio

pin

replace

Al día siguiente don Raimundo y don Honorato se dirigieron muy de mañana a San Francisco, arrodillándose° para oír misa, y, según lo pactado, en el momento en que el sacerdote elevaba la Hostia divina, dijo el padre de Margarita:

—Juro no dar a mi hija más que la camisa de novia. Así Dios me condene si perjurare°.

kneeling down

I lie

II

Y don Raimundo Pareja cumplió su juramento, porque ni en vida ni en muerto dio después a su hija cosa que valiera un maravedí°.

Los encajes° de Flandes que adornaban la camisa de la novia costaron dos mil setecientos duros, según lo afirma Bermejo.

Item°, el cordoncillo que ajustaba al cuello era una cadeneta de brillantes°, que valorizada en treinta mil morlacos°.

Los recién casados hicieron creer al tío que la camisa a lo más valdría una onza°; porque don Honorato era tan testarudo°, que, a saber lo cierto, habría forzado al sobrino a divorciarse.

Convengamos° en que fue muy merecida la fama que alcanzó la camisa nupcial de Margarita Pareja.

moneda colonial

lace

igual / diamonds

monedas de plata

(fig.) de poco valor

obstinado

Let's agree

Comprensión

A. Personajes y escenario. Complete los siguientes gráficos con información del cuento.

Personajes
Nombres
Características
Relaciones entre sí

Escenario
Lugar de la acción
Época de la acción

B. El contenido. Conteste las siguientes preguntas sobre el contenido del cuento.

1. ¿Qué ocurrió entre los dos jóvenes del cuento?
2. ¿Por qué fue don Luis a visitar a don Raimundo? ¿Cómo respondió don Raimundo? Explique.
3. ¿Cómo reaccionó el tío de don Luis al oír la opinión de don Raimundo sobre su sobrino?
4. ¿Cómo reaccionó Margarita a la situación?
5. ¿A quiénes llamó don Raimundo para ayudar con la situación? ¿Qué hizo don Raimundo después?
6. ¿Qué pasó en la conversación entre don Raimundo y don Honorato? ¿Qué dijo don Luis en la conversación?
7. ¿Qué condiciones impuso don Honorato sobre el matrimonio?
8. ¿En qué forma les dio don Raimundo la dote a los novios? Descríbala.
9. ¿Qué creía don Honorato acerca de la camisa?

C. El aspecto literario.   Analice los siguientes aspectos del cuento para formular el tema.

1. **Los personajes.**   ¿Son más importantes los jóvenes o los mayores en este cuento? Explique. ¿Qué representan don Raimundo y don Honorato?

2. **El escenario.**   ¿Qué importancia tiene el escenario de Lima colonial? ¿Puede ocurrir esta situación en el mundo actual? Explique.

3. **La acción.**   ¿Qué predomina en el cuento: la acción, la descripción o el diálogo? Explique.

4. **El tono.**   ¿Cómo es el tono principal del cuento? ¿Qué adjetivo(-s) mejor expresa(-n) la emoción central del cuento?

5. **El punto de vista.**   ¿Quién narra el cuento? ¿Cuál es el propósito (*goal*) del narrador: describir, convencer o divertir?

6. **Los símbolos.**   ¿Qué símbolos hay en el cuento? Explíquelos.

7. **El tema.**   El honor era uno de los valores más importantes en la sociedad colonial. ¿Cómo se ve el tema del honor en los cuatro personajes principales? Además del honor, ¿hay otros temas importantes? Explique. ¿En qué se basan los conflictos dentro del cuento?

César Vallejo (1892–1938).   *Poeta y prosista peruano de una familia pobre, hispano-india. Su tema principal es el sufrimiento de los seres humanos. Su primer libro de poesía fue* Los heraldos negros *publicado en 1918 en el cual se nota la influencia de Rubén Darío. Los elementos principales de este grupo de poemas son el tono personal y el tema del sufrimiento y la solidaridad humana. Fue encarcelado por su activismo político y su segundo libro de poesía,* Trilce, *fue escrito en la cárcel en 1922. Poco después salió del Perú para siempre y vivió en Francia, España, Rusia y en otros países. Entró en una época revolucionaria y empezó a escribir cuentos, novelas y dramas con temas de dolor, soledad y la agonía del hombre contemporáneo.*

Los heraldos negros

Hay golpes° en la vida, tan fuertes... ¡Yo no sé!	blows, hits
Golpes como del odio° de Dios; como si ante ellos,	hatred
la resaca° de todo lo sufrido se empozara° en el alma... ¡Yo no sé!	undertow / formed pools
Son pocos; pero son... Abren zanjas° oscuras	trenches
en el rostro° más fiero° y en el lomo° más fuerte.	*cara* / fierce / back
Serán tal vez los potros° de bárbaros atilas°:	colts / Attila the Hun
o los heraldos negros que nos manda la Muerte.	
Son las caídas hondas de los Cristos del alma,	
de alguna fe adorable que el Destino blasfema.	
Esos golpes sangrientos° son las crepitaciones°	bloody / crackling
de algún pan que en la puerta del horno° se nos quema.	oven
Y el hombre... ¡Pobre... pobre! Vuelve los ojos como	
cuando por sobre el hombro° nos llama una palmada°;	shoulder / slap
vuelve los ojos locos, y todo lo vivido	
se empoza, como un charco° de culpa, en la mirada.	puddle
Hay golpes en la vida tan fuertes... ¡Yo no sé!	

▦ Comprensión

Conteste las siguientes preguntas utilizando información del poema.

1. ¿A qué se refieren «los golpes» del poema? ¿Cuáles son algunos ejemplos de los golpes de la vida?

2. ¿Cuál es el tono del poema? ¿Qué adjetivos y sustantivos usa Vallejo para establecer este tono?

3. ¿Por qué empieza y termina el poema con la misma frase?
4. ¿Qué representan las siguientes palabras dentro del poema: el pan / los heraldos negros / los potros?
5. ¿Cuál es el tema principal del poema? ¿Es un tema particular del escritor, un tema hispánico o un tema universal? Compare el tema de este poema con el poema «Lo fatal» de Rubén Darío en la página 210. ¿Qué tienen en común?

Bienvenidos a la comunidad hispana en los Estados Unidos

POBLACIÓN

- **27.000.000 de hispanos dentro de los EE.UU.; chicanos 64%; puertorriqueños 11%; cubanos 5%; 20% de los demás países del mundo hispano. Para el año 2000 habrá 32.000.000 de hispanos dentro de los EE.UU.**

CONCENTRACIÓN

- **Chicanos (personas en los EE.UU. de origen mexicano): de Texas a California; puertorriqueños: Ciudad de Nueva York y la región metropolitana; cubanos: Miami y el sur de la Florida**

LA FUERZA DE TRABAJO HISPANA

- **Gran variedad de puestos en muchos sectores económicos**

HISPANOS FAMOSOS

- **Cine y televisión: Andy García, Jennifer López, Ricardo Montalbán, Rita Moreno, Edward James Olmos, Cristina Saralegui, Jimmy Smits**
- **Deportes: Joaquín Andújar, Pedro Guerrero, Willie Hernández, Nancy López, Tony Pérez, Lee Treviño, Fernando Valenzuela**
- **Moda: Adolfo, Carolina Herrera, Oscar de la Renta**
- **Música: Celia Cruz, Gloria Estefan, Linda Ronstadt, Jon Secada**
- **Política: Henry Cisneros, Federico Peña, Ileana Ros-Lehtinen**

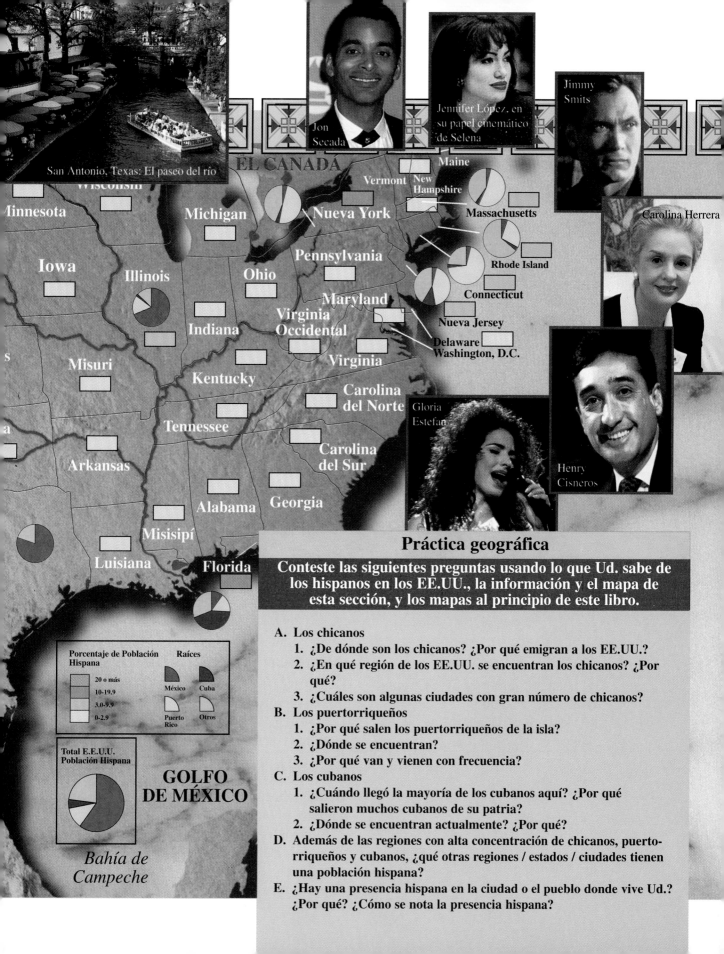

San Antonio, Texas: El paseo del río

Jon Secada

Jennifer López, en su papel cinemático de Selena

Jimmy Smits

Carolina Herrera

Gloria Estefan

Henry Cisneros

EL CANADÁ

Wisconsin
Minnesota
Michigan
Nueva York
Maine
Vermont
New Hampshire
Massachusetts
Iowa
Illinois
Ohio
Pennsylvania
Rhode Island
Connecticut
Misuri
Indiana
Maryland
Virginia Occidental
Nueva Jersey
Delaware
Washington, D.C.
Kentucky
Virginia
Carolina del Norte
Tennessee
Arkansas
Carolina del Sur
Misisipí
Alabama
Georgia
Luisiana
Florida

Porcentaje de Población Hispana

- 20 o más
- 10-19.9
- 3.0-9.9
- 0-2.9

Raíces

México | Cuba
Puerto Rico | Otros

Total E.E.U.U. Población Hispana

GOLFO DE MÉXICO

Bahía de Campeche

Práctica geográfica

Conteste las siguientes preguntas usando lo que Ud. sabe de los hispanos en los EE.UU., la información y el mapa de esta sección, y los mapas al principio de este libro.

A. Los chicanos
  1. ¿De dónde son los chicanos? ¿Por qué emigran a los EE.UU.?
  2. ¿En qué región de los EE.UU. se encuentran los chicanos? ¿Por qué?
  3. ¿Cuáles son algunas ciudades con gran número de chicanos?

B. Los puertorriqueños
  1. ¿Por qué salen los puertorriqueños de la isla?
  2. ¿Dónde se encuentran?
  3. ¿Por qué van y vienen con frecuencia?

C. Los cubanos
  1. ¿Cuándo llegó la mayoría de los cubanos aquí? ¿Por qué salieron muchos cubanos de su patria?
  2. ¿Dónde se encuentran actualmente? ¿Por qué?

D. Además de las regiones con alta concentración de chicanos, puertorriqueños y cubanos, ¿qué otras regiones / estados / ciudades tienen una población hispana?

E. ¿Hay una presencia hispana en la ciudad o el pueblo donde vive Ud.? ¿Por qué? ¿Cómo se nota la presencia hispana?

CAPÍTULO 9
En la agencia de empleos

Una entrevista

Cultural Themes

The Hispanic Community: Cubans
and Puerto Ricans

The Concept of Work in the
Hispanic World

Communicative Goals

Changing Directions in a
Conversation

Explaining What You Would Do
under Certain Conditions

Describing How Actions Are Done

Indicating Quantity

Double-checking Comprehension

Talking about Unknown or
Nonexistent People and Things

Explaining What You Want Others
to Do

Expressing Exceptional Qualities

PRIMERA SITUACIÓN

Presentación

¿DÓNDE TRABAJARÍA UD.?

Práctica y conversación

A. ¿Qué hay en el dibujo? Utilizando el **Vocabulario activo** a continuación, nombre Ud. las cosas y personas que se ven en el dibujo en la página anterior.

B. Conseguir empleo. ¿Qué hay que hacer para conseguir empleo? Ordene las oraciones en forma lógica. Escriba el número del orden (1 a 7) delante de la oración.

_______ Se habla de las aptitudes personales.
___1___ Se leen los anuncios clasificados.
___5___ Se consigue una entrevista.
___2___ Se toma una decisión.
___4___ Se manda un curriculum vitae con cartas de recomendación.
_______ Se entera de las condiciones del trabajo.
___3___ Se llena una solicitud.

C. Más anuncios clasificados. ¿Cuáles de los siguientes empleos requieren que el (la) aspirante tenga...

habilidades técnicas / experiencia / licenciatura / referencias / permiso de conducir / buena personalidad?

CABLE TV
Se solicita Linemen en construcción aerea de cable tv y personal con experiencia en construcción soterrada. Posiciones disponibles inmediatamente. Enviar Resume **PO Box 60002, Luquillo PR 00773**

CONTABLE Bilingue. Ciclo contabilidad completo. 2 a 3 años experiencia en manufactura, conocimientos computadoras, exper. de oficina. Enviar resume al **731-2600**

DUNKIN DONUTS Busca Asistente Gerente para Plaza Carolina. Enviar resumé a Sonia Ramirez **PO Box 9059, Carolina PR 00988**

GUARDIA DE SEGURIDAD full time. Buen salario, plan médico, se requiere referencias y fotos. Entrevistarse **Meliyan Apartments** Alonso Torres 1404 Santiago Iglesias, Rio Piedras. LU a VI 8am-4pm

● **PANADERIA INDUSTRIAL** tiene plazas para empleo general en línea de producción. Turno nocturno $4.25 hra. Reqs: Lic. Conducir, Cert. Salud y Buena Conducta. **782-2400** Unidad: 18966

REPARADOR (A) DE COMPUTADORAS Exp. en P/C Compatible y Ensamblaje. Referencias necesarias. Area Hato Rey **763-1094**

SOLICITO **GERENTE TIENDA**
Conocimiento música latina y americana.
Resumé fax: **720-3726**

SOLICITO BARTENDER sin experiencia. Ofrecemos entrenamiento. $5.00 hora comenzando. Aplicar personalmente Calle Cacique 2277 Esq. Loiza. **726-2171** 8AM.-12AM.

JOVENES Modelos atractivas, dinámicas, con iniciativa y facilidad de palabra para promoción de servicios y productos de estética (No ventas) $15 p/h **Inf. 726-1436**

ESTILISTA CON EXPERIENCIA
En corte y blower. $50 Diarios.
TECNICA(O) DE UÑAS Experiencia en todo tipo de uñas **760-0523**

HOGAR DE ANCIANOS
Solicita persona con experiencia para trabajar turno nocturno.
756-8224

SOLICITO CHOFER
Part-time, para manejar Van, trabajo laundry. Buen salario, beneficios marginales. Entrevista: Severo Quiñones 526 Esq. San Antonio Pda. 26 Bo. Obrero, Santurce.

Necesito Modista(o)
Que sepa cortar y coser.
TEL. **725-4750**

D. El empleo ideal. En grupos, preparen una descripción del empleo ideal. Mencionen por lo menos cinco características.

E. El mundo del futuro. Con un(-a) compañero(-a) de clase, describa cómo será el mundo en el año 2010. Mencione por lo menos siete características.

F. Creación. En una narración cuente lo que pasa en el dibujo de la **Presentación.**

Vocabulario activo ▶

La solicitud de trabajo	Job Application
el anuncio clasificado	*classified ad*
el (la) aspirante	*applicant*
la compañía (Cía.)	*company (Co.)*
el desempleo	*unemployment*
la destreza	*skill*
el empleo	*job, position*
el puesto	
el personal	*personnel*
el (la) supervisor(-a)	*supervisor*
cuidadoso(-a)	*careful*
maduro(-a)	*mature*
responsable	*responsible*
encargarse de	*to be in charge of*
enterarse de	*to find out about*
llenar una solicitud	*to fill out a job application*
solicitar	*to apply for a job*

La entrevista de trabajo	Job Interview
las aptitudes personales	*personal skills*
el ascenso	*promotion*
los beneficios sociales	*fringe benefits*
la carrera	*career*
la carta de recomendación	*letter of recommendation*

la confianza	*confidence, trust*
el curriculum vitae	*résumé*
el sueldo	*salary*
conseguir (i, i) una entrevista	*to get an interview*
despedir (i, i)	*to fire (from a job)*
emplear	*to employ*
ofrecer un puesto	*to offer a position*
tener	*to have*
buen sentido para los negocios	*good business sense*
conocimientos técnicos	*technical knowledge*
experiencia	*experience*
iniciativa	*initiative*
talento artístico	*artistic talent*
tomar una decisión	*to make a decision*

El progreso	Progress
el robot	*robot*
la tecnología	*technology*
construir	*to construct*
desaparecer	*to disappear*
desarrollar	*to develop*
hacerse	*to become*
predecir (i)	*to predict*
resolver (ue)	*to solve*

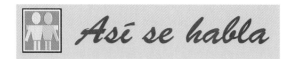

CHANGING DIRECTIONS IN A CONVERSATION

SRA. FIGUEROA	Ya que estamos en el tema de personal, ¿dónde podríamos encontrar un buen supervisor para la agencia? Tenemos muchos empleados pero tú y yo no tenemos tiempo para supervisar su trabajo seriamente.
SR. CÁCERES	Disculpa, pero antes que me olvide, quisiera mencionar que es conveniente que el supervisor tenga conocimientos técnicos, ya que vamos a tener nuevas computadoras en la agencia.
SRA. FIGUEROA	Tienes razón. Ahora, volviendo al tema del anuncio. ¿Quién lo va a escribir? Es necesario hacer esto rápidamente.

When you want to express your ideas, change topics of conversation, or interrupt a speaker, you can use the following expressions.

Introducing an Idea

Tengo otra idea.	*I have another idea.*
Ya que estamos en el tema...	*Since we are on the topic . . .*
Yo propongo...	*I propose . . .*
Hablando de...	*Speaking of / about . . .*
Yo quisiera decir / añadir que...	*I would like to say / add that . . .*

Changing the Subject

Cambiando de tema...	*Changing the subject . . .*
Pasemos a otro punto.	*Let's move on to something else.*
Por otro lado...	*On the other hand . . .*

Interrupting

Un momento.	*Wait a minute.*
Escuche(-n).	*Listen.*
Antes que me olvide...	*Before I forget . . .*
Perdón, pero yo...	*Excuse me, but I . . .*

Returning to the Topic

Volviendo a...	*Going back to . . .*
Como decía...	*As I / he / she was saying . . .*

Práctica y conversación

A. Con amigos.　Ud. está hablando con unos amigos acerca de su trabajo. ¿Qué dicen Ud. y sus amigos en las siguientes situaciones?

1. Ud. tiene una idea maravillosa para obtener mejores beneficios sociales.
2. Ud. quiere proponer la idea de pedir una entrevista con el supervisor.
3. Su amigo(-a) piensa que su idea es peligrosa y presenta otra alternativa.
4. Ud. defiende su propuesta.
5. Su amigo(-a) lo (la) interrumpe.
6. Ud. quiere añadir algo.

B. ¡Ya estoy cansado(-a) de trabajar tanto!　Ud. ha estado trabajando muchísimo y está muy cansado(-a). Por eso, quiere comer algo y divertirse un poco. Con un(-a) compañero(-a), complete el siguiente diálogo.

Usted	**Su compañero(-a)**
1. _____ , tengo una idea. ¿Qué te parece si... ?	2. Bueno, pero... Tengo otra idea...
3. Ya que estamos en el tema...	4. Un momento...
5. Perdón, pero yo...	6. Bueno, como tú digas. ¡Vamos, pues!

C. ¿Adónde vamos, por fin?　Ud. y su amigo(-a) están hablando de qué van a hacer para encontrar trabajo el próximo verano. Ud. prefiere ir a una agencia de empleo, pero su amigo(-a) tiene otras ideas. Discutan qué van a hacer. Después, infórmenle a la clase acerca de su decisión y justifíquenla.

Estructuras

EXPLAINING WHAT YOU WOULD DO UNDER CERTAIN CONDITIONS

Conditional Tense

The conditional tense is used to explain what you would do when certain conditions are present. The English conditional tense is formed with the auxiliary verb *would* + *main verb: Given your low salary, I would apply for a different job.*

a. In Spanish the conditional of regular verbs is formed by adding the endings of the imperfect tense of **-er** and **-ir** verbs to the infinitive: **-ía, -ías, -ía, -íamos, -íais, -ían.**

Verbos en -AR	Verbos en -ER	Verbos en -IR
trabajar	**ofrecer**	**conseguir**
trabajar**ía**	ofrecer**ía**	conseguir**ía**
trabajar**ías**	ofrecer**ías**	conseguir**ías**
trabajar**ía**	ofrecer**ía**	conseguir**ía**
trabajar**íamos**	ofrecer**íamos**	conseguir**íamos**
trabajar**íais**	ofrecer**íais**	conseguir**íais**
trabajar**ían**	ofrecer**ían**	conseguir**ían**

b. Irregular conditional stems are the same as irregular future stems.

Drop the Infinitive Vowel		Replace Infinitive Vowel with -d		Irregular Form	
haber	**habr-**	poner	**pondr-**	decir	**dir-**
poder	**podr-**	salir	**saldr-**	hacer	**har-**
querer	**querr-**	tener	**tendr-**		
saber	**sabr-**	valer	**valdr-**		
		venir	**vendr-**		

The conditional of **hay (haber)** is **habría** = *there would be.*

c. The conditional is generally used to explain what someone would do in a certain situation or under certain conditions.

—Con tantos aspirantes, **¿solicitarías** este puesto?
—Probablemente sí, pero primero **trataría** de enterarme del sueldo.

With so many applicants, would you apply for this job?
Probably yes, but I would first try to find out about the salary.

d. The conditional can also be used to soften a request or criticism.

Perdone, señor. **¿Podría** Ud. decirme dónde se encuentra la Compañía Suárez?

Pardon me, sir. Could you tell me where Suárez Company is located?

Práctica y conversación

A. Un(-a) aspirante perfecto(-a).   ¿Cómo sería un(-a) aspirante perfecto(-a)?

Modelo   conseguir la entrevista
Conseguiría la entrevista.

ser responsable / ofrecer recomendaciones excelentes / demostrar iniciativa / trabajar cuidadosamente / tener conocimientos técnicos / estar listo(-a) para empezar a trabajar inmediatamente

B. ¿Qué haría Ud.? Explique lo que Ud. haría si tuviera (*if you had*) una entrevista de trabajo.

> *Modelo*   llegar a tiempo
> **Llegaría a tiempo.**

1. vestirse bien
2. llenar una solicitud
3. traer las cartas de referencia
4. hablar de las aptitudes personales
5. enterarse de las responsabilidades del puesto
6. tomar una decisión pronto
7. ¿?

C. Yo haría muchas cosas buenas. Trabajen en grupos de tres. Supongan que Uds. tienen un puesto dentro de la universidad que les permite mejorar la vida de los estudiantes. Preparen una lista de las cosas que Uds. harían para mejorar su situación económica y social. Infórmenle a la clase lo que han decidido hacer.

DESCRIBING HOW ACTIONS ARE DONE

Adverb Formation

Adverbs are words that modify or describe a verb, an adjective, or another adverb such as those in the following phrases: *He always works* = Trabaja **siempre;** *rather pretty* = **bastante** bonita; *very rapidly* = **muy** rápidamente.

a. Some adverbs are formed by adding **-mente** to an adjective. The **-mente** ending corresponds to *-ly* in English: **finalmente** = *finally.*

> **1.** The suffix **-mente** is attached to the end of an adjective having only one singular form: **final → finalmente; elegante → elegantemente.**
> **2.** The suffix **-mente** is attached to the feminine form of adjectives that have a masculine and feminine singular form: **rápido → rápida → rápidamente.**
> **3.** Adjectives that have a written accent mark will retain it in the adverb form: **fácil → fácilmente.**

b. Adverbs are usually placed after the verb. When two or more adverbs are used to modify the same verb, only the last adverb in the series will have the suffix **-mente.**

> Ricardo terminó su trabajo **rápida y eficazmente.**   *Ricardo finished his work rapidly and efficiently.*

c. Adverbs generally precede the adjective or adverb they modify.

> Esta solicitud es **demasiado** larga. No voy a llenarla **muy** rápidamente.   *This application is too long. I'm not going to fill it out very quickly.*

d. The preposition **con** + *noun* is often used in place of very long adverbs: *affectionately* = **cariñosamente, con cariño;** *carefully* = **cuidadosamente, con cuidado;** *responsibly* = **responsablemente, con responsabilidad.**

Berta siempre trabaja **con cuidado.**   *Berta always works carefully.*

 ## Práctica y conversación

A. Los nuevos trabajos. ¿Cómo trabajarían estas personas en un nuevo trabajo?

Modelo   Carlota / rápido
              Carlota trabajaría rápidamente.

1. Juan / eficaz
2. Anita / perezoso
3. Esteban / cuidadoso
4. Mercedes / atento
5. Gerardo / paciente
6. Marcos / feliz
7. Elisa / claro y conciso
8. yo / ¿?

B. Yo trabajaré eficazmente... Ud. está hablando con su compañero(-a) y le cuenta sus planes de establecer un pequeño negocio. Dígale cómo lo piensa empezar, cómo piensa trabajar Ud., cómo va a seleccionar a sus empleados, cómo va a administrarlo, etc.

INDICATING QUANTITY

Adjectives of Quantity

In order to talk about the number or size of people, places, and things, you will need to learn to use adjectives of quantity.

alguno	*some*	numerosos	*numerous*
bastante	*enough*	otro	*other, another*
cada	*each, every*	poco	*little, few*
demasiado	*too much / many*	tanto	*so much / many*
más	*more*	todo	*all, every*
menos	*less*	todos	*all, every*
mucho	*much, many, a lot*	varios	*several, some, various*

a. Adjectives of quantity precede the nouns they modify.

Recibimos **muchas** solicitudes   *We received a lot of applications for the*
    para el nuevo puesto.   *new position.*

b. Some of these adjectives of quantity have special forms and/or usage.

1. **Alguno** is shortened to **algún** before a masculine singular noun: **algún puesto.**

2. **Cada** is invariable; it is used with singular nouns only: **cada anuncio; cada entrevista.**

3. Forms of **todo** are followed by the corresponding article and noun: **toda la carta,** *all (of) the letter, the whole letter;* **todos los beneficios,** *all (of) the benefits, every benefit.*

4. **Más** and **menos** are invariable.

En mi opinión, ese empleado merece **más** dinero.

In my opinion, that employee deserves more money.

5. **Numerosos(-as)** and **varios(-as)** are used only in the plural.

Esta compañía ofrece **varios** beneficios sociales.

This company offers several fringe benefits.

6. The forms of **otro** are never preceded by **un / una.**

¿Vas a **otra** entrevista esta tarde?

Are you going to another interview this afternoon?

Práctica y conversación

A. Estas entrevistas. Ud. tiene que tomar muchas decisiones antes de ofrecerles varios puestos a algunos aspirantes. Diga lo que tiene que hacer primero.

1. Quiero ver todos los **anuncios** clasificados.
   solicitudes / cartas de recomendación / aspirantes
2. Tengo que hablar con mi jefe sobre algunos **puestos.**
   beneficios sociales / aptitudes personales / decisiones / aspirante
3. Quiero hablar con otro **aspirante.**
   supervisor / empleada de personal / gerente

B. Deseos y quejas. Complete las siguientes oraciones de una manera lógica.

1. Quiero otro(-a) _____.
2. Nunca hay bastante(-s) _____.
3. Compro poco(-a) _____.
4. Tengo que hacer mucho(-a) _____.
5. Algunos(-as) _____ son interesantes.
6. Siempre hay demasiado(-a) _____ en esta universidad.

C. Entrevista personal. Hágale preguntas a un(-a) compañero(-a) de clase.

Pregúntele...

1. qué hace para buscar trabajo.
2. si puede recomendar una agencia de empleos.
3. si quiere trabajar en un país de habla hispana.
4. si habla catalán o portugués.
5. si quiere ganar mucho dinero.

SEGUNDA SITUACIÓN

Presentación

NECESITO UNA SECRETARIA

Práctica y conversación

A. **¿Qué hay en el dibujo?**   Utilizando el **Vocabulario activo** a continuación, nombre Ud. las cosas y personas que se ven en el dibujo.

B. **¿Qué sección?**   Indique qué sección de una empresa tiene las siguientes responsabilidades.

1. Se decide dónde y cómo se venden los productos.
2. Se preocupa de la planificación y la coordinación de todas las responsabilidades.
3. Se pagan las obligaciones financieras.
4. Se compran las acciones y los bonos.
5. Se preocupa de los pedidos, los vendedores y las zonas de ventas.
6. Se controla el presupuesto.
7. Se coordina el uso de las computadoras.

C. Definiciones.   Dé las palabras que corresponden.

1. las personas que usan el Internet
2. comunicarse con un enlace
3. un programa que ofrece sonido, animación, películas, música, etc.
4. la red mundial de computadoras
5. una máquina que entra las fotos, el texto, etc., en la computadora
6. lo que permite comunicarse con la computadora

D. La tecnología personal.   ¿Cuáles de estos productos le gustaría usar? ¿Por qué?

G. Sea puntual con sus citas con este organizador personal y calculadora Royal®. Organizador fácil de usar con memoria de 2KB, calculadora de 10 dígitos, pantalla de 3 líneas, función con código de acceso para información confidencial, apagado automático, alarmas diarias, archivos de teléfonos y memos. La pantalla en ángulo facilita la lectura. Mantiene las horas, alarmas diarias, fechas y detalles de las citas. Solar, con pila auxiliar incluida. Garantía limitada. Importado.
LW369 $39.99*
4.79 por mes*

H. Mantenga su saldo al día con esta chequera y calculadora Royal®. 3 diferentes memorias para cuentas de ahorro, cheques y tarjetas de crédito. Pila auxiliar incluida. Pantalla de 8 dígitos. El protector de memoria guarda el saldo. Tiene código de acceso. Bolígrafo, portador de tarjetas/fotos. Garantía limitada. Importada.
L3972 $19.99* **4.89** por mes*

J. Sea un genio de la ortografía con el Franklin® Spelling Ace®. Corrige la ortografía de más de 80,000 palabras. La función "Confusables" le ayuda con palabras que se confunden fácilmente. Tiene juegos de palabras: Hangman, Jumble, flashcards, anagramas y Word Blaster. Solución incorporada de crucigramas y combinaciones. Pantalla de 16 caracteres. Incluye pilas y estuche. Garantía limitada. Importado.
AU239 $19.99* **4.89** por mes*

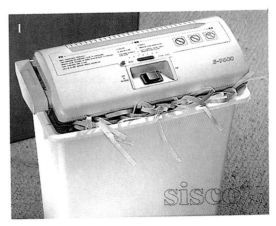

I. Guarde sus secretos con este cortador de papel y papelero Sisco® Protector™. Corta de 1 a 3 hojas de papel en tiras de ¼". Opción manual o automática y de seguridad para quitar papeles atascados. Incluye su propio papelero. Garantía limitada. Importado.
LP463 $79.99* **8.79** por mes*

E. Creación.   En una narración cuente lo que pasa en el dibujo de la **Presentación.**

Vocabulario activo

Las secciones	Departments
la administración	*management*
la bolsa (de acciones)	*stock market*
la contabilidad	*accounting*
las finanzas	*finance*
la informática	*computer science*
el mercadeo	*marketing*
la publicidad	*advertising*
las relaciones públicas	*public relations*
las ventas	*sales*

La oficina comercial	Business Office
el archivo	*file cabinet*
la calculadora	*calculator*
la carpeta	*file folder*
la cinta adhesiva	*tape*
la engrapadora	*stapler*
la grapa	*staple*
el informe	*report*
la papelera	*wastebasket*
el quitagrapas	*staple remover*
el sacapuntas	*pencil sharpener*
el teléfono celular	*cellular phone*

La computadora	Personal Computer
el archivo	*file*
el chip	*microchip*

el disco	*disk*
el disco duro	*hard disk*
el escáner	*scanner*
el hardware	*hardware*
la impresora	*printer*
el lector CD-ROM	*CD-ROM drive*
de discos	*disk drive*
el monitor	*monitor*
la pantalla	*screen*
el programa	*program*
el ratón	*mouse*
el software multimedia	*multimedia software*
la tecla	*key*
el teclado	*keyboard*

La autopista de la información	Information Superhighway
los cibernautas	*people who use the Internet*
los enlaces	*links*
la página base	*Home Page*
la realidad virtual	*virtual reality*
la red	*network, Internet*
hacer clic	*to click*
navegar la red / la Web	*to surf the Internet / the Web*

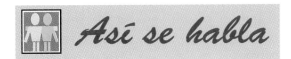

DOUBLE-CHECKING COMPREHENSION

SRA. SANTAMARÍA	Bueno, tenemos que encontrar al secretario o a la secretaria ideal.
SR. ECHEVARRÍA	Sí, queremos que sea una persona que hable español, pero que también sepa portugués y catalán. ¿De acuerdo?
SRA. SANTAMARÍA	Sí, claro que sí. También necesitamos alguien que pueda usar la computadora, el escáner y el software multimedia.
SRA. GUTIÉRREZ	No se olviden que esta persona también tiene que saber cómo preparar nuestra página base. En resumen, queremos una persona que esté al día de los avances del mundo de la computación. ¿Les parece?
SRA. SANTAMARÍA	Claro que sí.

When you want to check comprehension, you can use one of the following expressions.

¿Oyó? (¿Oíste?)	*Did you hear (me)?*
¿Me ha(-s) oído bien?	*Did you hear me well?*
¿Ya?	*Okay?*
¿Comprende(-s)?	*Do you understand?*
¿Se da cuenta Ud.? (¿Te das cuenta?)	*Do you realize (it)?*
¿Está(-s) seguro(-a)?	*Are you sure?*

¿De acuerdo? ⎫	
¿Conforme? ⎬	*Do you agree?*
¿Le (Te) parece bien?	*Does it seem okay to you?*
¿Qué le (te) parece?	*What do you think?*
¿Vale? (*Spain*) ⎫	*Is it okay?*
¿Está bien? ⎭	

✳ Práctica y conversación

A. ¿Qué te parece?   Ud. y su esposo(-a) tienen mucho trabajo y necesitan ayuda. ¿Qué dicen en las siguientes situaciones?

Estudiante 1

1. Ud. ha sugerido contratar una persona para que limpie la casa una vez por semana. Su esposo(-a) no contesta.
   Ud. le dice: _____

3. Ud. tiene mucho trabajo y está muy cansado(-a). No quiere más obligaciones. Por eso insiste en contratar a otra persona. Quiere saber si su esposo(-a) le comprende.
   Ud. le dice: _____

Estudiante 2

2. Ud. prefiere que su esposo(-a) haga la limpieza de la casa y así no gastar dinero. Quiere saber si su esposo(-a) está de acuerdo.
   Ud. le dice: _____

4. Ud. sugiere que los dos hagan la limpieza juntos una vez por semana. Ud. quiere saber si su esposo(-a) acepta su sugerencia.
   Ud. le dice: _____

B. Por favor, no agarres (*take*) **mis cosas.**   Con un(-a) compañero(-a) dramatice la siguiente situación. Ud. y su compañero(-a) son secretarios(-as) en una empresa y ha notado que él (ella) ha estado usando su computadora para navegar la red. Además ha estado revisando sus archivos, y ha perdido las solicitudes de varios aspirantes para el puesto de contador. Ud. le habla pero éste(-a) parece no prestarle atención.

Estructuras

TALKING ABOUT UNKNOWN OR NONEXISTENT PEOPLE AND THINGS

Subjunctive in Adjective Clauses

Adjective clauses are used to describe preceding nouns or pronouns: *I need a secretary **who speaks Spanish**. I'm looking for a job **that pays well**.*

   a. In Spanish, when the verb in the adjective clause describes something that may not exist or has not yet happened, the verb must be in the subjunctive. When the adjective clause describes a factual situation, the indicative is used. Compare the following examples.

Subjunctive: Unknown or Indefinite Antecedent

Busco una secretaria que **hable** español.	*I'm looking for a secretary who speaks Spanish.* (Such a person may not exist.)

Indicative: Existing Antecedent

Busco a la secretaria que **habla** español.	*I'm looking for the secretary who speaks Spanish.* (Such a person exists.)

b. Likewise, when the verb in the adjective clause describes something that does not exist, the subjunctive is used.

Subjunctive: Negative Antecedent

—Necesitamos alguien que **comprenda** este nuevo programa de computadoras.	*We need someone who understands this new computer program.*
—Lo siento, pero en nuestra sección no hay nadie que lo **comprenda.**	*I'm sorry, but in our department there isn't anyone who understands it.*

Indicative: Existing Antecedent

—Pero en la sección de contabilidad hay dos o tres secretarias que lo **usan** y lo **comprenden** bien.	*But in the accounting department there are two or three secretaries who use it and understand it well.*

c. Remember that it is the meaning of the main clause and not a particular word that signals the use of the subjunctive. When the main clause indicates that a person or thing mentioned is outside the speaker's knowledge or experience, then the subjunctive is used.

1. The speaker is looking for a specific computer and knows that it exists.

Buscamos una computadora que **tiene** un teclado español.	*We are looking for a computer that has a Spanish keyboard.*

2. The speaker is not looking for a specific computer and doesn't know if such a computer exists.

Buscamos una computadora que **tenga** un teclado español.	*We are looking for a computer that has a Spanish keyboard.*

Práctica y conversación

A. Otro contador. Ud. es el (la) gerente del departamento de finanzas en una pequeña empresa que necesita otro contador. Explique las características necesarias de este nuevo empleado.

1. Buscamos un contador que...
ser inteligente / conocer nuestro programa de computadoras / saber mucho de contabilidad / aprender rápidamente / resolver problemas eficazmente

2. No necesitamos ninguna persona que...
   equivocarse mucho / perder tiempo / dormirse en su oficina / siempre estar de mal humor / no querer trabajar

B. Las fantasías.   Complete las siguientes oraciones de una manera lógica.

1. Quiero un trabajo que _____.
2. Quiero un(-a) novio(-a) que _____.
3. Deseo una casa que _____.
4. Quiero comprar un coche que _____.
5. Busco un(-a) profesor(-a) que _____.

C. Se necesitan empleados(-as).   Ud. es el (la) jefe(-a) de personal de una compañía y necesita contratar un(-a) contador(-a), un(-a) secretario(-a) y un(-a) mensajero(-a). Hable con su compañero(-a) de trabajo y discuta las características que busca en estos empleados.

EXPLAINING WHAT YOU WANT OTHERS TO DO

Indirect Commands

Indirect commands are used when one person tells another person what a third person (or persons) should do: *Srta. Guzmán, have the new secretary file these documents.*

a. The subjunctive form is always used in Spanish indirect commands.

Que lo **haga** Tomás.	*Let Tomás do it.*
Que **escriba** las cartas la nueva secretaria.	*Let the new secretary write the letters.*

Word order in Spanish indirect commands is very different from the English equivalent.

Que	+	**(no)**	+	**REFLEXIVE** or **OBJECT PRONOUNS**	+	**VERB** (in present subjunctive)	+	**SUBJECT**
Que				las		escriba		la nueva secretaria.
Que		no		se		preocupen		los empleados.

b. The indirect command is frequently used to express good wishes directly to another person.

¡Que **te mejores** pronto!	*Get well soon!*
¡Que **se diviertan!**	*Have a good time!*

c. The introductory **que** will generally mean *let* but it can also mean *may* or *have.*

*Que seas muy feliz
en tu cumpleaños
y que cada nuevo cumpleaños
te traiga la dulce satisfacción
de nuevos logros alcanzados.*

¿Qué esperan para la persona que celebra su cumpleaños?

Práctica y conversación

A. En la oficina. Use un mandato indirecto para explicar las responsabilidades de las siguientes personas.

> *Modelo*   contestar el teléfono / la recepcionista
> **Que lo conteste la recepcionista.**

1. mandar las cartas / el secretario
2. hacer publicidad / la publicista
3. usar la computadora / el operador de computadoras
4. tomar decisiones importantes / el gerente
5. pagar las cuentas / el contador
6. ayudar a los clientes / el representante de ventas
7. explicar las leyes / la abogada

B. Que tenga suerte. Expréseles sus buenos deseos a las siguientes personas cuando digan lo que hacen o van a hacer.

> *Modelo*   Su amigo busca trabajo. / tener suerte
>
>   COMPAÑERO(-A):   **Busco trabajo.**
>   USTED: **Que tengas suerte.**

1. Su hermano llena una solicitud. / conseguir una entrevista
2. Sus amigos salen en un viaje de negocios. / tener buen viaje
3. Su jefe está enfermo. / mejorarse pronto

4. Su novio(-a) empieza un nuevo empleo. / tener éxito
5. Sus compañeros(-as) de trabajo están de vacaciones. / divertirse
6. Su amigo necesita dinero. / encontrar un empleo pronto

C. ¡Que haga todo esto!   Ud. es el (la) jefe(-a) de personal y se va de vacaciones pero hay un problema: un(-a) nuevo(-a) secretario(-a) va a llegar al día siguiente y Ud. no va a poder darle las instrucciones personalmente. Llame a su asistente y dígale qué tiene que hacer la nueva persona. El (La) asistente le preguntará algunos detalles sobre las órdenes que Ud. deja y al final le deseará unas buenas vacaciones.

EXPRESSING EXCEPTIONAL QUALITIES

Absolute Superlative

The absolute superlative is an adjective ending in **-ísimo;** it is used to describe exceptional qualities or to denote a high degree of the quality described. The Spanish forms have the English meaning *very, extremely,* or *exceptionally* + *adjective.*

To form the absolute superlative of adjectives that

1. end in a consonant, add **-ísimo** to the singular form: **difícil → dificilísimo.**
2. end in a vowel, drop the final vowel and then add **-ísimo: lindo → lindísimo; grande → grandísimo.**
3. end in **-co** or **-go**, make the following spelling changes: **c → qu, rico → riquísimo; g → gu, largo → larguísimo.**

Note that the suffix changes form to agree in number and gender with the noun modified.

Se puede encontrar información **interesantísima** navegando la red pero requiere **muchísimo** tiempo.	*You can find very, very interesting information by surfing the Internet but it requires a lot of time.*

 **Práctica y conversación**

A. Una compañía moderna.   Complete las siguientes oraciones utilizando el superlativo absoluto de los adjetivos entre paréntesis.

1. En una compañía moderna hay (muchas) secciones con empleados (buenos).
2. Casi todos los empleados tienen un buen sentido para los negocios y son (inteligentes).
3. Trabajan (largas) horas para mejorar la compañía; a veces el trabajo es (difícil).
4. Algunos empleados que tienen iniciativa se hacen (ricos).
5. En las compañías modernas utilizan una variedad (grande) de tecnología para facilitar el trabajo.

B. Mis amigos.   Cuéntele a su compañero(-a) acerca de sus amigos(-as). Dígale quién es muy...

pobre / rico / callado / alto / simpático / antipático / inteligente / liberal / ¿?

Summarizing

When you listen to a conversation or lecture, you may have to summarize what you heard. A summary can be written in the form of an outline, chart, or paragraph. To write an outline, chart, or paragraph, you have to recall factual information and categorize it logically in the proper format.

Ahora, escuche el diálogo entre dos compañeros de trabajo que hablan de cómo solucionar algunos problemas en su oficina y tome los apuntes que considere necesarios. Antes de escuchar la conversación, lea los siguientes ejercicios. Después, conteste.

A. Información general.   Usando sus apuntes haga un breve resumen de la conversación que Ud. escuchó. Después, compare su resumen con el de un(-a) compañero(-a) de clase.

B. Algunos detalles.   Ahora, complete las siguientes oraciones basándose en lo que Ud. escuchó y en sus apuntes.

1. Los compañeros de trabajo necesitan _____ porque todo el trabajo está _____.

2. Ellos quieren alguien que sea _____, _____, que sepa _____ y que tenga conocimientos de _____.

3. Ellos recuerdan a su _____. Ella era _____, _____ y _____.

C. Análisis.   Escuche el diálogo nuevamente prestando especial atención al tono de la conversación. Después, escoja la respuesta más apropiada.

1. Según el diálogo que Ud. oyó, se puede decir que los compañeros de trabajo
   a. están interesados en tener más tiempo libre.
   b. quieren que la empresa funcione eficientemente.
   c. se preocupan poco por la empresa.
2. Según el diálogo que Ud. oyó, se puede decir que estos dos compañeros de trabajo
   a. son desorganizados.
   b. son ahorrativos (*thrifty*).
   c. están preocupados.

TERCERA SITUACIÓN

CÓMO SE BUSCA EMPLEO

Práctica intercultural. Cuando Ud. busca trabajo, ¿cómo se entera de las posibilidades de empleo que hay? ¿Lee Ud. los anuncios clasificados? ¿Habla con amigos? ¿Manda cartas de solicitud sin saber si hay puestos disponibles? ¿Usa una agencia de empleos? ¿Cuáles son las ventajas y las desventajas de cada manera de buscar trabajo?

LOS ERRORES MÁS COMUNES AL BUSCAR TRABAJO

Como regla general y para no equivocarse, piense cómo reaccionaría usted en caso de ser el (la) futuro(-a) empleador(-a) y actúe en consecuencia. Por ejemplo, ¿qué impresión le causaría una persona que fuera a solicitar trabajo y se peinara en su despacho? ¿O lo (la) llamara para saber si ya vio su resumé a las cinco menos cuarto de un viernes por la tarde?

Aquí le vamos a relacionar unos cuantos de los más comunes (pero nada inocuos) de esos errores.

1. "No se siente" a esperar que le avisen.

2. Haga una gestión de trabajo en un buen momento. Escoja cualquier día que no sea ni lunes ni viernes.

3. No emita opiniones personales, sino sólo aquéllas que reflejen la imagen que a la empresa le interesa que usted proyecte.

4. No hable ni se comporte descuidadamente.

5. No pida una entrevista si no sabe qué plazas hay disponibles.

6. No se descuide cuando le parece que no tiene oportunidades.

7. No se considere «definitivamente» rechazado(-a) cuando le den el primer «no».

8. Apréndase el nombre de los empleados o ejecutivos que han conversado con usted.

9. Pregunte cuándo habrá otra oportunidad en el mismo momento que lo (a) rechazan.

10. Envíe una nota de agradecimiento después de una entrevista de trabajo.

11. Demuestre un interés especial por trabajar en esa oficina.

Graziella González
Adaptado de *Vanidades*

✦ Práctica y conversación

Busco trabajo.   A continuación se presenta una serie de avisos económicos ofreciendo diferentes trabajos. Siga las recomendaciones de Graziella González en la página 309 y solicite cualquier trabajo que le interese. Con un(-a) compañero(-a), dramatice una entrevista en una oficina de personal.

NUEVO CENTRO medico capacita senores(ras) señoritas 30 dias para seleccionar su personal estable en laboratorio RX RRPP instrumentacion emergencia guardia etc. Rz. Marañon 391 Altos Rimac 12 m - 4 pm., L - S.

PANADERIA necesita señoritas despachadoras. Presentarse de lunes a viernes Berlin 580 Miraflores

PARA EQUIPAR nuevo policlinico requerimos profesionales c/equipo dental RX laboratorio ecografo zona central estrategica excelentes ambientes c/telefono Raz. Marañon 391 Rimac frente a Bco. de La Nacion horas oficina.

PERSONAL de vigilancia para turnos de 12 horas diurno I/. 6.500.- nocturnos 5,900.- necesita Viconsa Lampa 879 Of. 408 atencion toda la semana en las mañanas

PERSONAL De mensajeria solicita compañia presentarse Jr. Moquegua 112 - 301 Lima

POLICLINICO requiere 1 doctora Medicina General, Serumista, honorarios mensuales 1 médico radiólogo, ecografista para sus 2 sedes, contamos con pool de pacientes y movilidad una vez por semana. Presentarse asimismo 1 Oftalmólogo, 1 Otorrino, dirección Av. Alfredo Mendiola 5361, Panamericana Norte, frente Acersa Ceper.

SE NECESITA recepcionista 8 a 3 buena presencia y facilidad de palabra para centro Pre Universitario Presentarse lunes en la mañana en Av. Tacna 643 Lima.

SE NECESITA señoritas para trabajos de encuestas sueldo minimo comisiones movilidad presentarse Jr. Chancay # 856, 10 a.m.

SE NECESITA universitario medicina y enfermeria presentarse Jirón Chancay # 850, a las 10 a.m.

SE NECESITA cortadores, compostureros, saqueros y pantaloneros para empresa de confecciones de prestigio en el mercado presentarse a Jr. Cuzco # 417 Of. 709, Lima

SE NECESITA Srta. Auxiliar Contabilidad con documentos. Presentarse el dia lunes 23 de 10 a 12 m. Manuel Segura 732, Lince

SECRETARIAS ejecutivos bilingues c. experiencia presentarse c. documentos Jose Pardo # 620 of. 214 Miraflores

SECRETARIA mecanografa señorita(ra) 18-25 años, buena presencia, educada, responsable, oficina administrativa de sólida empresa comercial Puerto Bermudez # 122, San Luis, altura Cdra. 15, Nicolas Arriola

SECRETARIA necesito estudio abogados buena presencia documetnos Huancavelica 470 Of. 308 9 am a 1 pm

IDENTIFYING POINT OF VIEW

Pre-reading and decoding are two steps that lead to comprehension. Comprehension is a global task and involves assigning meaning to the entire reading selection. In reading selections containing material that is simple to understand, comprehension may result merely from using pre-reading techniques and from decoding key words and phrases. Comprehension of more complex reading selections will involve more than just these initial two stages. One key to comprehension is the identification of point of view. The authors of articles and editorials frequently present their own ideas and try to convince the reader to accept these ideas or points of view. You need to learn to identify point of view in order to comprehend and interpret the selection. The following techniques will aid you in this process.

1. **Identify the main theme.** Using pre-reading techniques, identify the main theme of the reading. Decide if the author is merely relaying information or is trying to present an idea and persuade you to his / her point of view.

2. **Identify the point of view.** If the author is trying to present a point of view and convince you of its worth, you as the reader must identify that point of view.
    a. Find out information about the author that will provide clues as to his / her beliefs. Ask yourself: Who is the author? Where is he / she from? Where and for whom does he / she work? With what political / religious / social group(s) is he / she associated?
    b. As you decode, make a mental list or outline of the main points or ideas of the article.

3. **Evaluate the point of view.** As a reader you need to decide if the author's point of view is valid.
   a. Decide if the main points are presented logically and clearly.
   b. Decide if the author is trying to convince you through emotional appeal or logic and reasoning.
   c. Ask if the main points are supported with legitimate examples, statistics, or research.
4. **Agree or disagree with the point of view.**
   a. Does the author's point of view depend upon special circumstances or cultural background?
   b. Does the author's point of view correspond to your background, experience, and beliefs?
   c. Does the article reinforce or change your opinion?

Práctica

A. Lea el siguiente párrafo sobre el autor del artículo de la **Lectura** de este capítulo. Decida qué información puede tener influencia en el punto de vista del autor.

El autor es David E. Hayes-Bautista, reconocido por sus trabajos de investigación sobre los latinos en los EE.UU. Es doctor y profesor de medicina en la Universidad de California, Los Ángeles (UCLA). Además dirige el Centro de Investigación de Estudios Chicanos.

B. Lea los dos primeros párrafos de la lectura a continuación. Decida si el autor está informándole al lector o si está tratando de convencerle de algo.

C. Explique lo que es la famosa «vía americana de vida» (*American way of life*). ¿En qué consiste? ¿Está Ud. de acuerdo con este punto de vista?

El valioso aporte° de los latinos

contribución

LECTURA

Actualmente hay 27 millones de latinos en los EE.UU. En el año 2000 seremos entre 32 y 35 millones. Para muchos latinos, el rápido crecimiento° representa una fuente° de orgullo. Vemos arraigarse° en suelo norteamericano el idioma y las culturas de América Latina. Redes° de televisión, radio, periódicos y revistas proclaman cada día esta presencia creciente. Cada vez se oye más hablar el español en sus diversos acentos: mexicano, caribeño y sudamericano.

*growth / source / to take root
Networks*

Pero, esta misma presencia representa para otras personas una amenaza° a la vía americana de vida, la famosa *American way of life*. ¿Será verdad que el latino no es una amenaza? ¿Qué papel jugará la población latina en el futuro?

threat

MITO DE AMENAZA
Hay varios grupos que no están conformes con la presencia del inmigrante latino; tienen una imagen que les da miedo. Según ellos, el latino es una fuente inagotable° de problemas sociales: desempleo, desintegración familiar, pandillerismo°, drogadicción, más subsidio del gobierno y

*inexhaustible
street gangs*

excessive   el uso desmesurado° de servicios de salud. Para estos grupos, más latinos significan más problemas. Su respuesta es intentar limitar la entrada de latinos al país, o limitar la participación de los que ya están aquí.

La fuerza laboral hispana

cierto   El mito del latino como amenaza es muy fuerte y muchos lo creen verídico°. Sin embargo, la realidad no cuadra bien con este mito. Cuando en la universidad realizamos investigaciones *behavior* sobre el comportamiento° del latino en la sociedad y en la economía de los EE.UU., nos dimos *contribuyen* cuenta de que los latinos aportan° mucho a la nación. Veamos algunos ejemplos tomados en el estado de California.

FUERTE ÉTICA DE TRABAJO
En el país se quejan con frecuencia de la pérdida de la ética de trabajo, dando como resultado *fact* una fuerza laboral menos competitiva que las de Japón o Alemania, por ejemplo. El hecho° es que los latinos son mucho más activos en la fuerza laboral que cualquier otro grupo: anglosajón, *rate* negro o asiático. Los datos disponibles muestran que de 1940 a 1990, el latino ha tenido la tasa° de participación más alta en la fuerza laboral. Además, los latinos han sido quienes durante cincuenta años han trabajado en mayor grado en el sector privado, y menos en los trabajos del gobierno.

encanta   Al latino le agrada° trabajar, y trabaja con gusto. Con el crecimiento de la población latina se va a fortalecer la ética de trabajo en el país.

FUERTES FAMILIAS
Lejos del estereotipo de familias desintegradas, la familia latina en California es fuerte y estable. Los latinos forman familias de parejas con hijos en una tasa dos veces mayor que el anglosajón, y en una tasa superior a cualquier otro grupo. En nuestras investigaciones hemos podido com- *to prove / Given* probar° que la familia como institución social es de gran importancia para el latino. Dada° la desesperación causada por la desaparición de la familia en los EE.UU., la familia latina repre- *strengthening* senta un fortalecimiento° de la institución de la familia en la sociedad norteamericana.

VIDAS SALUDABLES

Otra vez, a pesar del estereotipo, el latino presenta un perfil° de salud sorprendentemente posi-   *profile*
tivo. Sobre todo en California, la mujer latina sabe llevar una vida muy sana y saludable: toma
menos, fuma menos y usa drogas en menor grado que cualquier otro grupo. Aunque no gozan de
acceso a servicios de salud, las latinas tienen los mejores resultados en los nacimientos de sus
hijos: menos recién nacidos latinos sufren de bajo peso y las tasas de mortalidad infantil son
bajas.

FUERTES CREENCIAS

El latino se preocupa mucho por la vida moral y espiritual de sus hijos. Es importante que sus
hijos sepan llevar una vida sana, respetuosa, honrada y trabajadora. Además, el latino siente un
gran patriotismo hacia los EE.UU. En una gran desproporción, un considerable número de latinos ha ganado la Medalla de Honor del Congreso.

LATINOS: LA FUERZA LABORAL DEL FUTURO

La baja fertilidad de la generación que nació entre 1945 y 1960 hará que ésta envejezca° con   *will grow old*
pocos hijos y nietos para cuidarlos en su vejez. A partir del año 2000 los anglosajones se van a
retirar de la fuerza laboral. Si todo el mundo se comportara como esta población, no habría
nuevos entrantes° a la fuerza de trabajo.   *entries*

Pero, gracias a la juventud de los latinos y sus deseos de formar familias y tener hijos, habrá
nuevas personas ingresando° en la fuerza laboral, y serán latinos. En estados como California y   *entrando*
Texas los latinos compondrán la mitad de la fuerza laboral dentro de poco. En otros como Nueva
York, Illinois y Florida, los latinos serán el componente más grande, aunque no sean la mayoría
absoluta. En diez años, la economía de los EE.UU. va a depender cada vez más° de la produc-   *more and more*
tividad del latino.

EL APORTE LATINO

La población latina tiene mucho que ofrecer a los EE.UU. No sería exagerado decir que gracias
a la inmigración y al crecimiento de la población latina, los EE.UU. va a gozar de familias más
fuertes, una fuerza laboral más dedicada al trabajo, un perfil de salud más positivo, y un
resurgimiento de patriotismo y dedicación a la religión.

Estas cualidades tan positivas están enfatizadas en quienes retienen más el idioma español y
en quienes se identifican más como latinos (mexicano, cubano, puertorriqueño, etc.). Hay algo
en las culturas latinoamericanas que vale la pena conservar. Hasta cierto punto, la america-
nización de un latino debilita estas cualidades tan deseadas. Por suerte, casi la totalidad de
padres latinos quieren que sus hijos conserven el idioma, la cultura y las costumbres latinas.

El más valioso aporte que los latinos podemos hacer a los EE.UU. es el simple hecho de ser
nosotros mismos, con nuestro idioma, cultura, familia y creencias. Los latinos no somos una
amenaza para nadie, sino que representamos la mejor, y tal vez la única, esperanza de que la
economía de los EE.UU. recupere su competitividad en el mercado mundial. El futuro es nuestro.

Adaptado de *Más*

❖ Comprensión

A. Las ideas principales. ¿Cuáles de las siguientes ideas representan el punto de vista del
autor?

1. El latino es una fuente de problemas sociales.
2. Se debe limitar la entrada de latinos a los EE.UU.

3. Los latinos son más activos en la fuerza laboral que cualquier otro grupo.
4. La familia como institución social es de gran importancia para el latino.
5. La mayoría de los latinos viven del subsidio del gobierno.
6. En diez años la economía de los EE.UU. va a depender cada vez más de la productividad del latino.
7. Hay algo en las culturas latinoamericanas que vale la pena conservar.
8. Entre los latinos no se nota una fuerte ética laboral.
9. La mujer latina fuma más, toma más y usa drogas más que la de cualquier otro grupo.
10. Los latinos deben conservar su idioma, su cultura y su familia.

B. Los estereotipos.   Los estereotipos representan un punto de vista que a menudo no está basado en la verdad. ¿Cuál es el estereotipo de los latinos? Corrija este estereotipo utilizando información del artículo.

C. Las estadísticas.   Complete las siguientes oraciones con información del artículo.

1. Actualmente hay _____ de latinos en los EE.UU.
2. Para el año 2000 habrá entre _____ y _____ de latinos en los EE.UU.
3. De _____ a _____ el latino ha tenido la tasa de participación más alta en la fuerza laboral.
4. Durante cincuenta años los latinos han trabajado en mayor grado en _____.
5. La generación que nació entre _____ y _____ tiene una tasa de fertilidad muy baja.
6. A partir del año 2000 _____ van a retirarse de la fuerza laboral.
7. A partir del año 2000 _____ van a ingresar en la fuerza laboral.

D. En defensa de una opinión.   ¿Por qué dice el autor al final del artículo «El futuro es nuestro»?

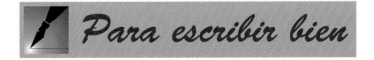

FILLING OUT AN APPLICATION

One of the most common types of writing that many persons do on a regular basis involves filling in forms and applications. While the writing of letters, reports, papers, and compositions requires extensive text, the completion of forms requires only individual words and phrases. Thus, the accuracy of filling out forms is largely dependent on your ability to read the phrases requesting information. Knowledge of the following vocabulary items should help you to fill in most forms.

> **Antigüedad:** Número de años que ha trabajado en el mismo lugar
> **Apellido:** El nombre de familia, como Gómez o Smith
> **Código postal (C.P.):** Los números que indican la zona postal donde vive Ud.
> **Colonia:** Un pequeño pueblo o barrio de una ciudad
> **Cónyuge:** El (La) esposo(-a)
> **Dependencia:** En México es un barrio dentro de una colonia
> **Dirección / Direcciones / Domicilio actual:** El lugar donde Ud. vive ahora
> **Empresa:** Una compañía
> **Estado civil (Edo. civil):** Casado(-a), soltero(-a), viudo(-a), divorciado(-a), separado(-a)

Estado de Cuenta (Edo. de Cuenta): La cuenta que recibe al fin de cada mes y que tiene que pagar

Ingreso: El sueldo o el salario; el dinero que recibe de su trabajo

Núm.: Número

Solicitante: La persona que llena la solicitud

Teléfono: El número de teléfono

 # COMPOSICIONES

A. Solicitud personal. Llene la siguiente solicitud.

SOLICITUD PERSONAL PARA LA TARJETA AMERICAN EXPRESS™

| Para Uso Exclusivo de American Express | Folio | Núm. de Cuenta: |

DATOS GENERALES DEL SOLICITANTE

Apellidos: Paterno   Materno   Nombre

Cómo desearia que apareciera su nombre en La Tarjeta (considere espacios)

Edad   Reg. Fed. Contribuyentes   Edo. Civil

Domicilio Actual: Calle   Núm.   Colonia

Delegación   C.P.   Ciudad   Estado

Tiempo de residir ahi   Teléfono Lada

Vive en casa: Rentada ☐ Familiares ☐ Propia ☐ Pagándola ☐
Deseo recibir mi Edo. de Cuenta: Domicilio ☐ Oficina ☐

Núm. Licencia o Pasaporte   Fecha de Nacimiento

Nombre Completo del Cónyuge   Separación de Bienes ☐ Sociedad Conyugal ☐

Número Dependientes

Domicilio Anterior (si tiene menos de 3 años en el actual) Calle Núm.

Colonia   Delegación   C.P.

Ciudad   Estado   Tiempo de residir ahi

Es o ha sido Tarjetahabiente American Express Si ☐ No ☐
Cuenta Núm.

EMPLEO ACTUAL Y ANTERIOR

Nombre de la Empresa Actual

Actividad de la Empresa

Puesto   Profesión   Antiguedad

Domicilio: Calle Núm. Colonia Teléfono

Delegación C.P. Ciudad Estado

Nombre de la Empresa Anterior

Actividad de la Empresa

Puesto   Profesión   Antiguedad

Domicilio: Calle Núm. Colonia Teléfono

Delegación C.P. Ciudad Estado

INGRESOS MENSUALES COMPROBABLES

Favor de especificar Ingreso Mensual $
Otros Ingresos Mensuales $
(Fuente)
Total $
Indique cualquier información adicional para facilitar la expedición de La(s) Tarjeta(s) (bienes raices, valores, etc.)

REFERENCIAS PERSONALES

Nombre, Domicilio, Teléfono de 3 parientes o Amigos que no vivan con Ud., indicando si tienen Tarjeta American Express

1.

300M-VIII-87

2

3

REFERENCIAS BANCARIAS Y/O COMERCIALES

Bancarias (Tipo de cuenta, y Sucursal)   Núm. de Cuenta

1

2

3

Comerciales (Tarjetas de Crédito)

1

2

3

Las cuotas anuales y de inscripción le serán cargadas en su Estado de Cuenta

TARJETAS COMPLEMENTARIAS

Por favor envienme Tarjetas Complementarias (personas mayores de 18 años solamente)
Nombre completo

| Sexo | Edad | Parentesco | Fecha de Nacimiento |
| | | | Dia Mes Año |

Firma del Complementario

Lugar y Fecha

Firma del Solicitante Personal Bàsico

El solicitante manifiesta que los datos asentados en esta solicitud son verdaderos y autoriza a American Express Company (México), S.A. de C.V., a verificar la autenticidad de los mismos en cualquier momento que American Express Company (México), S.A. de C.V., lo juzgue necesario, y conviene en que si ésta es aceptada por American Express Company (México), S.A. de C.V., y se expiden una o más tarjetas, esta solicitud tendrá el carácter de contrato entre las partes en los términos de los artículos 1792, 1793 y demás aplicables del Código Civil para el Distrito Federal en materia común, y para toda la República en materia Federal, de acuerdo con los términos y condiciones del contrato de adhesión registrado con fecha 4 de abril de 1986 en el folio No. 194, libro 1, volumen 1, visto a fojas 11 del Registro Público de Contratos de Adhesión, que lleva la Procuraduria Federal del Consumidor. Declara el solicitante básico, así como los solicitantes complementarios, que conocen y están de acuerdo con los términos, obligaciones y condiciones del Contrato de Adhesión anteriormente mencionado y que regulan el uso de la tarjeta American Express. El uso de la tarjeta por el solicitante significa su consentimiento a dichos términos, obligaciones y condiciones. El tarjetahabiente se obliga a pagar mensualmente y en forma puntual a la fecha límite de pago fijada por American Express Company (México), S.A. de C.V., el monto de los cargos que haya realizado con la tarjeta American Express, y está de acuerdo en que la falta de pago oportuno de los saldos a cargos mencionados, generarán cargos moratorios sobre saldos insolutos mensuales, los cuales serán variables y serán calculados para los saldos en Moneda Nacional como expresamente se señala en el Contrato de Adhesión ya mencionado. Asi mismo, en el caso de que el solicitante, ya siendo tarjetahabiente, incurra en mora en el pago puntual de los cargos que haya realizado con la tarjeta American Express. American Express Company (México), S.A. de C.V., expedirá un estado de cuenta del tarjetahabiente, en el cual se asentará el saldo no liquidado, asi como los cargos moratorios generados, con la certificación de un corredor o notario público de que las cantidades que en su caso aparazcan en dicho estado de cuenta, son conceptos que efectivamente figuran a cargo del tarjetahabiente en los libros de American Express Company (México), S.A. de C.V., y el tarjetahabiente acepta que deberá pagar a American Express Company (México), S.A. de C.V., dichos cargos ante el requerimiento que mediante el procedimiento judicial correspondiente se le haga para tal fin y en el cual se le exhiba el estado de cuenta certificado, teniendo para el tarjetahabiente esta obligación de pago por la cantidad consignada en el ya mencionado estado de cuenta a su cargo, la fuerza de sentencia ejecutoriada conforme los artículos 1051 y 1391, fracción I, del Código de Comercio, pudiéndose complementar lo dispuesto en el artículo 1348 del mismo ordenamiento; ante el juzgado a través del cual se realizó el requerimiento de pago. Al firmar esta solicitud, el solicitante consiente en todos y cada uno de los términos y condiciones de la misma. American Express Company (México), S.A. de C.V., se reserva el derecho de declinar esta solicitud. Este contrato fue aprobado por la Procuraduria Federal del Consumidor segun oficio número 24-1093 de fecha 4 de abril de 1986.

Firma del Solicitante

B. Una carta de recomendación. Su mejor amigo(-a) solicita empleo en una compañía grande e importante. Escríbale una carta de recomendación a la Oficina de Personal describiéndole a su amigo(-a). Explíqueles lo que su amigo(-a) haría para la compañía. Incluya información sobre sus aptitudes personales.

C. Un nuevo puesto. En su compañía necesitan un(-a) nuevo(-a) gerente de ventas (*sales manager*). Ud. trabaja en la Oficina de Personal y tiene que escribir un aviso para el puesto y también crear una solicitud de empleo.

Actividades

A. La agencia de empleos. Your agency has placed an ad in the paper for openings in a large corporation specializing in electronics and appliances. The openings include a sales manager, advertising director, accountant, and computer programmer. Interview four classmates for the positions. Find out if they have the necessary qualifications, experience, and personality for one of the four jobs.

B. El (La) nuevo(-a) supervisor(-a). You have applied for a new position as supervisor of a large department in an important company. Explain to the interview team (played by your classmates) what you would do as their new supervisor to improve the company. Explain your personal skills and exceptional qualities.

C. El (La) consejero(-a).   You are a job counselor for undergraduates who are trying to finalize career plans. Interview a classmate and discuss the type of job he / she wants as well as the exceptional qualities he / she has that would be appropriate for the job.

D. El trabajo ideal.   Explain what your ideal job would be like. Explain where the job would be located, what your boss and other employees would be like, what type of salary and benefits you would receive, what responsibilities you would have and what tasks you would perform.

CAPÍTULO 10
En la empresa multinacional

Una compañía
multinacional en San
Diego, California

Cultural Themes
The Hispanic Community:
  Chicanos
Hispanic Business and Banking

Communicative Goals
Making a Business Phone Call
Discussing Completed Past Actions
Explaining What You Hope Has
  Happened
Discussing Reciprocal Actions
Doing the Banking
Talking about Actions Completed
  before Other Actions
Explaining Duration of Actions
Expressing Quantity

PRIMERA SITUACIÓN

Presentación

QUISIERA HABLAR CON EL JEFE

Práctica y conversación

A. **¿Qué hay en el dibujo?**   Utilizando el **Vocabulario activo** a continuación, nombre Ud. las cosas y personas que se ven en el dibujo.

B. **¿Quién lo hace?**   ¿Quién hace las siguientes actividades?

1. Crea los anuncios comerciales.
2. Explica los reglamentos de comercio.
3. Ejecuta los pedidos.
4. Atiende al público.
5. Trabaja con números.
6. Archiva los documentos.
7. Resuelve los problemas legales.
8. Crea los programas para la computadora.

C. **En la oficina.**   En el dibujo de la **Presentación** hay varios grupos de personas. Con un(-a) compañero(-a) de clase, escoja un grupo y dramatice su conversación para la clase.

D. **¿Está el señor Gómez?**   ¿Cuáles son las ventajas de usar un teléfono contestador? ¿Hay desventajas? ¿Cuáles son las diferencias entre un teléfono contestador y un contestador automático (*answering machine*)?

E. **Creación.**   En una narración cuente lo que pasa en el dibujo de la **Presentación**.

Vocabulario activo ▶

El personal	Personnel
el (la) abogado(-a)	*lawyer*
el (la) accionista	*stockbroker*
el (la) contador(-a)	*accountant*
el (la) ejecutivo(-a)	*executive*
el (la) especialista en computadoras	*computer specialist*
el (la) financista	*financier*
el (la) gerente	*manager*
el hombre (la mujer) de negocios	*businessman, businesswoman*
el (la) jefe(-a)	*boss*
el (la) oficinista	*office worker*
el (la) operador(-a) de computadoras	*computer operator*
el (la) programador(-a)	*programmer*
el (la) publicista	*advertising person*
el (la) recepcionista	*receptionist*
el (la) representante de ventas	*sales representative*
el (la) secretario(-a)	*secretary*

Las responsabilidades	Responsibilities
archivar los documentos	*to file documents*
atender (ie) al público	*to serve the public*
cumplir pedidos	*to fill (carry-out) orders*
entender (ie) los reglamentos del comercio de exportación y de importación	*to understand the regulations of export and import trade*
exportar productos	*to export products*
hacer publicidad	*to advertise*
importar productos	*to import products*
ofrecer servicios	*to offer services*
pagar los derechos de aduana	*to pay duty taxes*
resolver (ue) los problemas	*to solve problems*
trabajar con números con tecnología avanzada	*to work with numbers with advanced technology*

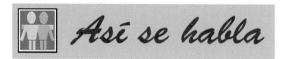

MAKING A BUSINESS PHONE CALL

OPERADORA	Petróleos del Suroeste, buenas tardes.
SR. ROBLES	Buenas tardes, quisiera hablar con el Sr. Gamarra, por favor.
OPERADORA	El Sr. Gamarra está en una reunión. ¿Quisiera dejar algún mensaje?
SR. ROBLES	Sí, por favor. Dígale que llamó el Sr. Robles y que ya he cumplido con todos sus pedidos. Sin embargo, necesito hablar con él personalmente.
OPERADORA	Le haré presente.
SR. ROBLES	Muchas gracias, señorita.

To make and/or answer a business telephone call, you can use the following phrases.

Party Making Call

Con el (la) señor(-a)..., por favor.	*(I'd like to talk to) Mr. / Mrs. . . . , please.*
Quisiera hacer una cita con..., por favor.	*I would like to make an appointment with . . . , please.*
¿Podría dejarle un mensaje?	*Could I leave him / her a message?*
Dígale por favor que...	*Please tell him / her that . . .*
Llamaré más tarde.	*I'll call later.*
Se lo agradezco.	*I appreciate it.*

Party Answering Call

El (La) señor(-a)... no se encuentra / está en la otra línea / en una reunión.	*Mr. / Mrs. . . . is not in / is on the other line / is in a meeting.*
Le haré presente.	*I'll let him know.*

¿Quisiera dejar algún mensaje?	*Would you like to leave a message?*
Muy bien, le daré su mensaje.	*Very well, I'll leave him / her your message.*
¿Para cuándo quisiera la cita?	*When would you like your appointment for?*
¿El (lunes) a las (seis) estaría bien?	*Would (Monday) at (6:00) be convenient for you?*

 Práctica y conversación

A. Por favor, con...   Con un(-a) compañero(-a), dramatice la siguiente situación.

Recepcionista
1. ¡Riiiin! ¡Riiin! Ud. responde.
3. El Sr. Retes está ocupado.
5. Ud. responde.

Cliente
2. Ud. quiere hablar con el Sr. Retes.
4. Ud. quiere dejar un mensaje.
6. Ud. agradece y se despide.

B. ¿Con la Dra. Astete, por favor?   En grupos, un(-a) estudiante hace el papel de recepcionista, otro(-a) el papel de la Dra. Astete y otro(-a) el papel de paciente.

Situación: Ud. quiere hacer una cita con la Dra. Astete, pero sólo puede ir el lunes, miércoles o viernes por la tarde, después de las tres. La doctora está muy ocupada y la recepcionista no puede conseguirle nada que le convenga. Ud. pide hablar con la doctora y le presenta su problema. Llegan a un acuerdo.

Estructuras

DISCUSSING COMPLETED PAST ACTIONS

Present Perfect Tense

The present perfect tense is used to express a completed action in the past in both Spanish and English. In English this tense is formed with the present tense of the auxiliary verb *to have* + *past participle: I **have** already **solved** the problem and Enrique **has filled** the order.*

Present Perfect Tense		
haber	**+**	**past participle**
he		-AR
has		pagado
ha		-ER
hemos		vendido
habéis		-IR
han		decidido

a. In Spanish the present perfect indicative is formed with the present tense of the auxiliary verb **haber** followed by the past participle of the main verb. The past participle used in a perfect tense is invariable; it never changes form regardless of the gender or number of the subject.

b. The past participle of regular **-ar** verbs is formed by adding **-ado** to the stem: **trabajar** → **trabaj-** → **trabajado.** The past participle of regular **-er** and **-ir** verbs is formed by adding **-ido** to the stem: **comprender** → **comprend-** → **comprendido; cumplir** → **cumpl-** → **cumplido.**

c. Some common verbs have irregular past participles.

abrir	**abierto**	poner	**puesto**
cubrir	**cubierto**	resolver	**resuelto**
decir	**dicho**	romper	**roto**
escribir	**escrito**	ver	**visto**
hacer	**hecho**	volver	**vuelto**
morir	**muerto**		

Note that compound verbs formed from the verbs above will show the same irregularities in the past participles: **envolver** → **envuelto** = *wrapped;* **descubrir** → **descubierto** = *discovered.*

d. Past participles of **-er** and **-ir** verbs whose stem ends with **-a, -e,** or **-o** have a written accent over the **i** of the participle ending: **traer** → **traído**, **leer** → **leído**; **oír** → **oído**.

e. Reflexive and object pronouns must precede the conjugated verb **haber.**

—¿**Le has hablado** al Sr. Ruiz esta mañana?   *Have you spoken to Mr. Ruiz this morning?*

—No, no **le he hablado** pero **le he escrito** una carta.   *No, I haven't spoken to him, but I have written him a letter.*

f. The present perfect is often used to express an action that was very recently completed or an event that is still affecting the present. In Spain this tense is often used as a substitute for the preterite.

—¿**Has resuelto** el problema con la aduana?   *Have you solved the problem with customs?*

—Todavía no. Pero **he hablado** con el agente muchas veces.   *Not yet. But I have talked with the agent many times.*

Práctica y conversación

A. Mi último empleo. Su compañero(-a) de clase quiere saber lo que Ud. ha hecho en su último empleo. Conteste sus preguntas.

Modelo   trabajar con números
        COMPAÑERO(-A):   **¿Ha trabajado Ud. con números?**
              USTED: **Sí, he trabajado con números.**

archivar los documentos / hacer publicidad / resolver problemas / trabajar con tecnología avanzada / tomar decisiones / escribir informes / usar una computadora

B. Antes de llegar. Diga seis cosas que Ud. ha hecho hoy antes de llegar a la universidad.

C. Entrevista personal. Hágale preguntas a su compañero(-a) de clase sobre sus experiencias.

Pregúntele...

1. dónde ha tenido empleo.
2. si ha atendido al público.
3. si se ha llevado bien con los clientes.
4. si ha usado un procesador de textos.

5. si ha trabajado horas extras.
6. si ha sido despedido(-a).
7. ¿?

EXPLAINING WHAT YOU HOPE HAS HAPPENED

Present Perfect Subjunctive

When you explain what you hope or doubt has already happened, you will need to use the present perfect subjunctive.

Present Perfect Subjunctive		
haber	+	past participle
haya		-AR
hayas		pagado
haya		-ER
hayamos		ofrecido
hayáis		-IR
hayan		cumplido

a. The present perfect subjunctive is formed with the present subjunctive of the auxiliary verb **haber** followed by the past participle.

b. The same expressions that require the use of the present subjunctive can also require the use of the present perfect subjunctive.

Me alegro / Espero / Dudo / Es mejor que **hayan pagado** los derechos de aduana.

I'm happy / I hope / I doubt / It's better that they have paid the duty taxes.

c. The present perfect subjunctive is used instead of the present subjunctive when the action of the subjunctive clause occurred before the action of the main clause. Compare the following examples.

Espero que **archives** los documentos.
Espero que ya **hayas archivado** los documentos.

I hope that you (will) file the documents.
I hope that you have already filed the documents.

No creo que **tengan** problemas con la computadora —es nueva.
No creo que **hayan tenido** problemas con la computadora —sólo con la fotocopiadora.

I don't think that they are having problems with the computer—it's new.
I don't think that they have had problems with the computer—only with the photocopier.

⊞ Práctica y conversación

A. En la oficina.   Las siguientes personas están trabajando en un proyecto importantísimo. Diga lo que Ud. espera que ellos ya hayan hecho.

> *Modelo*   el abogado / resolver los problemas legales
> **Espero que el abogado haya resuelto los problemas legales.**

1. el programador / crear el software multimedia
2. la financista / trabajar con el presupuesto
3. el publicista / terminar los anuncios
4. la ejecutiva / tomar decisiones importantes
5. el oficinista / archivar todos los documentos
6. la representante de ventas / cumplir los pedidos

B. Espero...   Ud. acaba de salir de una entrevista de trabajo. Ahora Ud. está pensando en el puesto. Complete las siguientes frases usando el presente perfecto del subjuntivo de los verbos que se presentan a continuación.

dar   demostrar   hacer
decidir   hablar   leer

1. Espero que _____ las cartas de recomendación.
2. Ojalá que yo _____ bastante confianza.
3. Dudo que yo _____ demasiadas preguntas.
4. Ojalá que _____ con mi último supervisor.
5. No creo que le _____ el puesto a otro aspirante.
6. Espero que _____ ofrecerme el puesto.

C. Los dueños.   Ud. y un(-a) amigo(-a) quieren crear una compañía nueva. Uds. ya se han dividido las responsabilidades, pero hay dificultades. Discutan lo que ya han hecho.

D. Los hombres y las mujeres de negocios.   Ud. es un(-a) ejecutivo(-a) de una empresa multinacional y dos de sus empleados han ido de viaje de negocios a Latinoamérica. Uno(-a) de ellos(-as) tenía que resolver los problemas de aduana, y el (la) otro(-a) tenía que entrevistarse con los financistas de los diferentes países. Ud. los (las) llama por teléfono para saber qué es lo que han hecho y para decirles lo que Ud. espera que ya hayan hecho.

DISCUSSING RECIPROCAL ACTIONS

Reciprocal nos *and* se

English uses the phrases *each other* or *one another* to express reciprocal actions: *The couple met (each other) while working in a firm in Los Angeles.*

  a. Spanish uses the plural reflexive pronouns **nos, os, se** to express reciprocal or mutual actions.

1. **nos** + *first-person plural verb:* **nos escribimos** = *we write to each other*
2. **os** + *second-person plural verb:* **os escribís** = *you* (fam. pl., Spain) *write to each other*
3. **se** + *third-person plural verb:* **se escriben** = *they / you write to each other*

Armando y Dolores **se** conocieron en la oficina. Ahora **se ven** a menudo. *Armando and Dolores met at the office. Now they see each other frequently.*

b. Since the reflexive and reciprocal forms are identical, confusions can arise. Compare the following examples.

Armando y Dolores **se conocen** bien.

$\left\{\begin{array}{l}\text{\textit{Armando and Dolores know themselves}}\\\quad\text{\textit{well.}}\\\text{\textit{Armando and Dolores know each other}}\\\quad\text{\textit{well.}}\end{array}\right.$

c. The forms **el uno al otro**, **la una a la otra**, **los unos a los otros**, **las unas a las otras** are used to clarify or emphasize a reciprocal action. Note that the masculine forms are used unless both persons are female.

Armando y Dolores se conocen bien **el uno al otro.** *Armando and Dolores know each other well.*
Cada semana Anita y Marta se escriben **la una a la otra.** *Anita and Marta write each other every week.*

▨ Práctica y conversación

A. Las amigas.   Ana y Bernarda son secretarias de una oficina muy grande. Explique lo que hacen y cuándo lo hacen.

Modelo   escribir notas
              Ana y Bernarda se escriben notas a menudo.

hablar / ver / ayudar / llamar por teléfono / entender / reunir / ¿?

B. ¡Mis compañeros son terribles!   Ud. está en un hotel en Texas en un viaje de negocios con dos compañeros(-as) de trabajo. Desafortunadamente, ellos(-as) tienen un carácter terrible y se han peleado todo el tiempo. Ud. habla con ellos(-as) y les reclama (*confront*). Ellos(-as) niegan todo.

Modelo   USTED: **¡Jorge, Esteban, no aguanto más! Uds. se pelean todo el tiempo.**
              ELLOS: **¡Eso es falso! Nosotros no nos peleamos.**

gritar / mirar con desdén / mentir / ignorar / insultar / ¿?

C. En la empresa.   Ud. es un(-a) empleado(-a) en una empresa y su amigo(-a) quiere saber cómo es la relación entre Ud. y sus compañeros(-as) de trabajo. Ud. le explica.

SEGUNDA SITUACIÓN

Presentación

EN EL BANCO

▧ Práctica y conversación

A. ¿Qué hay en el dibujo?   Utilizando el **Vocabulario activo** a continuación, nombre Ud. las cosas y personas que se ven en el dibujo.

B. Situaciones.   ¿Qué debe hacer Ud. en las siguientes situaciones?

1. Ud. quiere pagar con cheques pero sólo tiene una cuenta de ahorros.
2. Necesita comprar una casa pero no tiene bastante dinero.
3. Gasta más dinero de lo que gana.
4. No quiere pagar con dinero en efectivo.
5. Tiene muchos documentos importantes que deben estar en un lugar seguro.
6. Necesita suelto pero sólo tiene billetes.
7. Necesita pesetas pero sólo tiene dólares.

C. En el banco.   Con un(-a) compañero(-a) de clase, dramatice la conversación entre la cajera y la cliente en el dibujo de la **Presentación.**

D. Préstamos a la mano.   Utilizando el anuncio a continuación, diga qué tipo de préstamo van a pedir los siguientes clientes en NationsBank.

1. La cocina en la casa de los Hernández es muy vieja y necesitan renovarla.
2. Celia Prieto necesita un coche nuevo para ir a su trabajo.
3. José Roque va a casarse y necesita dinero para la luna de miel.
4. Manuel Castellanos y su esposa viven en un apartamento pero quieren comprar una casa.
5. Fernando y Marta Torres necesitan dinero para pagar la matrícula universitaria de sus hijos. No tienen dinero en una cuenta de ahorros pero sí tienen una casa.

Préstamos A La Mano.

Un carro nuevo, un cuarto para el bebé que viene en camino, o una buena educación. En NationsBank nos dedicamos a ayudarle hacer sus sueños realidad con los productos y servicios de préstamo que ofrecen las tasas de interés y flexibilidad que usted necesita.

Hipotecas: Abra las puertas al hogar de sus sueños (o refinancíe la suya).

Mejoras Al Hogar: Dele la nueva cara que su hogar merece y que esté a su alcance.

Préstamos Para Automóviles: Siéntese al timón del carro de sus sueños sin dar vueltas.

Líneas De Crédito: Dese el lujo de unas vacaciones bién merecidas.

Préstamos Sobre El Valor Neto De La Vivienda: Ha trabajado por su casa, póngala a trabajar por usted y descubra posibles ahorros en sus impuestos.*

NationsBank®
Como Tener Un Banquero En La Familia.

Visite su sucursal NationsBank más cercana, o llame gratis al 1-800-688-6086 y pregunte acerca de los préstamos que le ayudarán hacer sus sueños realidad.

El crédito está sujeto a aprobción. Consulte a su asesor de impuestos o contador para determinar si las limitaciones sobre deducciones le aplican a usted. NationsBank, N.A. (del Sur). Miembro FDIC. ☎ Ofreciendo Igualdad en Oportunidades de Préstamo Hipotecario. © 1996 NationsBank Corporation.

¿Qué significa «Préstamos a la mano»?

E. Creación.   En una narración cuente lo que pasa en el dibujo de la **Presentación.**

Vocabulario activo

El dinero	**Money**
el billete	*bill*
la chequera (A)	*checkbook*
el talonario (E)	
la cuenta corriente	*checking account*
de ahorros	*savings account*
el dinero en efectivo	*cash*
el giro al extranjero	*foreign draft*
la moneda	*coin*
el sencillo	*loose change*
el suelto	
la tarjeta de crédito	*credit card*
el vuelto	*change returned*

cobrar un cheque	*to cash a check*
depositar	*to deposit*
ingresar	
invertir (ie, i)	*to invest*
pedir (i, i) consejo financiero	*to ask for financial advice*
retirar dinero	*to withdraw money*
sacar dinero	
saber la tasa de cambio	*to find out the rate of exchange*
solicitar una hipoteca	*to apply for a mortgage*
verificar el saldo de la cuenta bancaria	*to verify the bank account balance*

El préstamo	**Loan**
la fecha de vencimiento	*due date*
el pago inicial	*down payment*
mensual	*monthly payment*
la tasa de interés	*interest rate*
pagar a plazos	*to pay in installments*
pedir (i, i) prestado	*to borrow*

Actividades bancarias	**Banking Activities**
ahorrar	*to save*
alquilar una caja de seguridad	*to rent a safety deposit box*
cambiar dinero	*to exchange currency*

La economía	**Economy**
la balanza de pagos	*balance of payments*
el consumo	*consumption*
el costo de vida	*cost of living*
el desarrollo	*development*
la evasión fiscal	*tax evasion*
la inflación	*inflation*
el presupuesto	*budget*
el reajuste de salarios	*salary adjustment*
la reforma fiscal	*tax reform*
la renta	*income*
el subdesarrollo	*underdevelopment*

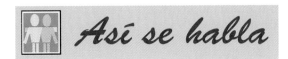

DOING THE BANKING

ALEXANDRA	No lo puedo creer... había encontrado mi chequera pero la he vuelto a perder.
MARIO	¿Otra vez? Pero, ¿dónde tienes la cabeza? Tú pierdes la chequera quinientas veces al día. ¿Qué te pasa, Alexandra? Voy a tener que cancelar nuestra cuenta mancomunada y abrir una personal.
ALEXANDRA	No sé, no sé, no sé. No me atormentes. Hace dos horas que la busco pero no la encuentro.
MARIO	Bueno, cálmate, pues. A ver, dime ¿cuándo fue la última vez que la viste?
ALEXANDRA	Ayer. Yo había planeado ir al banco esta tarde y sacar dinero para pagarle a Marianita. ¡Ay, Dios mío, me voy a morir!
MARIO	No te vas a morir. A ver piensa, piensa.
ALEXANDRA	A ver, a ver...

When doing the banking, you can use the following expressions.

Quisiera abrir una cuenta corriente / de ahorros.	*I would like to open a checking / savings account.*
Quisiera cerrar mi cuenta corriente / de ahorros.	*I would like to close my checking / savings account.*
¿Qué interés paga una cuenta a plazo fijo?	*What is the interest rate on a fixed account?*
He perdido mi libreta / chequera.	*I have lost my savings book / checkbook.*
Quisiera retirar... de mi cuenta.	*I would like to withdraw . . . from my account.*

Quisiera depositar... en mi cuenta.	*I would like to deposit . . . in my account.*
¿Me podría dar mi estado de cuenta?	*Could you give me my bank statement?*
Quiero una cuenta personal / mancomunada.	*I want a personal / joint account.*
¿Me van a dar una chequera provisional?	*Are you going to give me a temporary checkbook?*

Práctica y conversación

A. En el banco.   Ud. va al banco a hacer varias cosas. ¿Qué le dice al (a la) empleado(-a) si Ud. quiere...

1. saber cuánto dinero tiene en su cuenta de ahorros?
2. retirar $5.000 dólares de su cuenta de ahorros?
3. abrir una cuenta corriente nueva a nombre suyo y de su hermano?
4. depositar los $5.000 dólares en esa cuenta?
5. una chequera provisional?
6. enviar un giro al extranjero?

B. Banco «La Seguridad».   Trabajen Uds. en parejas. Ud. se va a casar y necesita mucho dinero. Por eso, va al banco «La Seguridad» para pedir información acerca de sus préstamos (tasa de interés, fecha de vencimiento, pago mensual, etc.) y para abrir una nueva cuenta de ahorros. Hable con un(-a) empleado(-a). El (ella) le ayudará en todo.

Estructuras

TALKING ABOUT ACTIONS COMPLETED BEFORE OTHER ACTIONS

Past Perfect Tense

The perfect tenses describe actions that are already completed. The past perfect tense (sometimes called the pluperfect tense) is used to describe or discuss actions completed before another past action: *I **had** already **gone** to the bank when Sr. Fonseca called.*

Past Perfect Tense		
haber	**+**	**past participle**
había		-AR
habías		prestado
había		-ER
habíamos		aprendido
habíais		-IR
habían		invertido

a. In Spanish the past perfect indicative is formed with the imperfect of **haber** + *past participle* of the main verb.

b. The past perfect is used in a similar manner in both English and Spanish. It expresses an action that was completed before another action, event, or time in the past. The expressions **antes, nunca, todavía,** and **ya** may indicate that one action was completed prior to others.

Todavía no habíamos depositado todos los cheques.	*We still had not deposited all the checks.*
Mario **ya había sacado** el dinero cuando llegó su padre.	*Mario had already withdrawn the money when his father arrived.*

Práctica y conversación

A. En el banco.   ¿Qué habían hecho estas personas en el banco ayer para las cinco?

1. la Sra. Gómez / alquilar una caja de seguridad
2. nosotros / cobrar un cheque
3. el Sr. Ochoa / solicitar una hipoteca
4. María / sacar dinero en efectivo
5. Uds. / verificar el saldo de la cuenta corriente
6. Tomás / pedir consejo financiero
7. yo / depositar dinero en la cuenta de ahorros

B. Actividades bancarias.   Ud. tiene mucho cuidado con los asuntos financieros. Explique cuándo había hecho las siguientes actividades.

Modelo   Verifiqué el saldo de la cuenta de ahorros. Retiré dinero.
   Ya había verificado el saldo de la cuenta de ahorros cuando retiré dinero.

1. Averigüé la tasa de interés. Pedí un préstamo.
2. Deposité el dinero. Cobré un cheque.
3. Pedí consejo financiero. Invertí mucho dinero.
4. Averigüé la tasa de cambio. Cambié dinero.
5. Verifiqué el saldo de la cuenta corriente. Cobré un cheque.

C. Averiguaciones.   Ud. tiene un(-a) amigo(-a) que ha tenido muchos problemas financieros. Pregúntele si había hecho las siguientes cosas antes de tener problemas.

solicitar una hipoteca / pedir dinero prestado / alquilar una caja de seguridad / pedir una tarjeta de crédito / pedir consejo financiero / ¿?

EXPLAINING DURATION OF ACTIONS

Hace *and* llevar *in Time Expressions*

In Spanish there are two basic constructions to discuss the duration of actions or situations. These constructions are very different from their English equivalents.

a. Hace + *expression of time*

Question

¿Cuánto tiempo hace que + (**no**) + *present tense verb?*	*(For) how long + has / have + been + -ing form of verb?*
¿Cuánto tiempo hace que tu hijo ahorra para un coche?	*How long has your son been saving for a car?*

Answer

1. **Hace** + *unit of time* + **que** + *subject* + (**no**) + *present tense of verb*

   Hace dos años que Jorge ahorra y todavía no tiene bastante dinero.

   Subject + *has / have + been + -ing form of verb + for* + unit of time

   Jorge has been saving for two years and he still doesn't have enough money.

2. *Subject* + (**no**) + *present tense verb* + **desde hace** + *unit of time*
   Jorge ahorra **desde hace** dos años.

   Subject + *has / have + been + -ing form of verb + for* + unit of time
   Jorge has been saving for two years.

Note that either variation of the Spanish answer has the same English equivalent.

b. Llevar + *expression of time*

Question

¿Cuánto tiempo + *present tense of* **llevar** + *(subject)* + *gerund?*	*(For) how long + has / have + been + -ing form of verb?*
¿Cuánto tiempo llevas trabajando en este banco?	*How long have you been working in this bank?*

Affirmative answer

(Subject) + **llevar** *in present tense* + *unit of time* + *gerund*
Llevo seis meses trabajando aquí.

Subject + *has / have + been + -ing* form of verb + unit of time
I have been working here for six months.

Negative answer

Llevar *in present tense* + *unit of time* + **sin** + *infinitive*
Llevo tres años **sin** ahorrar dinero.

Subject + *has / have + not* + past participle + *for* + unit of time
I haven't saved money for three years.

Práctica y conversación

A. ¿Cuánto tiempo?   Su compañero(-a) de clase quiere saber cuánto tiempo lleva haciendo las siguientes actividades. Conteste sus preguntas.

Modelo   recibir los pagos mensuales / 10 meses
               COMPAÑERO(-A):   **¿Cuánto tiempo hace que recibes los pagos mensuales?**
                      USTED: **Hace diez meses que recibo los pagos mensuales.**

1. esperar hablar con el cajero / media hora
2. pagar a plazos / 8 meses
3. tener una cuenta corriente / 2 años

4. trabajar en este banco / 5 años
5. invertir en las acciones / 3 meses
6. depositar dinero en este banco / 8 semanas
7. ahorrar dinero / 6 meses

B. Mucho tiempo. ¿Cuánto tiempo llevan las siguientes personas en las actividades mencionadas?

> *Modelo*   el Sr. Rojas / 1 año / trabajar en este banco
> **El Sr. Rojas lleva un año trabajando en este banco.**

1. los empleados / 2 años / no recibir un reajuste de salarios
2. Raúl / 3 meses / buscar otro empleo
3. mis padres / 5 años / pedir consejo financiero
4. nosotros / muchos años / pagar los impuestos sobre la renta
5. tú / 3 años / alquilar una caja de seguridad
6. la compañía / 6 meses / resolver los problemas financieros

C. Entrevista. Ud. es un(-a) empleado(-a) bancario(-a) y necesita tener información acerca de un(-a) cliente que solicita un préstamo.

Pregúntele cuánto tiempo hace que...

1. vive en la ciudad.
2. está casado(-a).
3. trabaja en la Compañía «Petróleos Sudamericanos».
4. tiene cuenta en el banco.
5. solicitó una hipoteca.

Después, infórmele a su jefe(-a) para que él (ella) decida si se le da el préstamo o no.

EXPRESSING QUANTITY

Using Numbers

Numbers are used for many important situations and functions such as counting or expressing age, time, dates, addresses, and phone numbers as well as in making purchases and doing the banking.

100	cien, ciento		
200	doscientos	1.000	mil
300	trescientos	1.001	mil uno
400	cuatrocientos	1998	mil novecientos noventa y ocho
500	quinientos	100.000	cien mil
600	seiscientos	1.000.000	un millón
700	setecientos	2.000.000	dos millones
800	ochocientos	100.000.000	cien millones
900	novecientos		

a. Cien is used instead of **ciento**

1. before any noun.

cien pesos   cien pesetas

2. before **mil** and **millones.**

$$100.000 = \text{cien mil} \quad 100.000.000 = \text{cien millones}$$

b. The word **ciento** is used with numbers 101–199.

$$101 = \text{ciento uno} \quad 175 = \text{ciento setenta y cinco}$$

Note that the word **y** (*and*) does not follow the word **ciento(-s).**

c. The masculine forms of the numbers 200–999 are used in counting and before masculine nouns. The feminine forms are used before feminine nouns.

361 pesos = trescient**os** sesenta y **un** pesos
741 pesetas = setecient**as** cuarenta y **una** pesetas

d. The word **mil** = *one thousand* or *a thousand:* 20.000 = **veinte mil. Mil** becomes **miles** only when it is a noun; in such cases it is usually followed by **de.**

En el banco hay **miles de** monedas.   *In the bank there are thousands of coins.*

e. The Spanish equivalent of *one million* is **un millón;** the plural is **millones.** *One billion* is **mil millones. Millón** and **millones** are followed by **de** when they immediately precede a noun.

$1.000.000 = un millón **de** dólares
$25.000.000 = veinticinco millones **de** dólares
$2.100.000 = dos millones cien mil dólares

f. With numbers Spanish uses a decimal point where English uses a comma and vice versa.

Práctica y conversación

A. Vamos a contar.   Cuente en español de 100 a 1.000 de ciento en ciento. Ahora, cuente de 1.000 a 10.000 de mil en mil.

B. En el banco.   Ud. trabaja en el departamento internacional de un banco. ¿Cuánto dinero recibe el banco hoy?

1. 5.000.000 (pesetas)
2. 17.000.000 (dólares)
3. 23.000.000 (pesos)
4. 47.000.000 (bolívares)
5. 61.000.000 (sucres)
6. 83.000.000 (soles)

C. El inventario.   Cada año hay que contar lo que hay en la oficina. Telefonee a su colega en la oficina de Caracas y léale su inventario.

1. 867 sillas
2. 571 archivos
3. 1.727 grapadoras
4. 2.253 carpetas
5. 441 calculadoras
6. 381 impresoras
7. 137 computadoras
8. 690 escritorios

D. Inversiones. Ud es asesor(-a) financiero(-a) y está hablando con uno de los gerentes de una compañía multinacional. Dígale cómo, dónde y qué cantidades de dinero debe invertir. Él (Ella) tendrá sus propias ideas.

Modelo   USTED: **Definitivamente con los intereses que están pagando le aconsejo que invierta dos millones en una cuenta a plazo fijo en el Banco La Nación.**

GERENTE: **Dos millones es mucho. Quizás sólo cien mil dólares.**

Reporting What Was Said

Un banco multinacional

Sometimes, when you listen to a conversation or message, you have to report what you have heard to another person. You do this by retelling what happened or by reporting what was said in the third-person singular and plural. For example, "John said he would come to the meeting." If you are telling one person what a second person must do in Spanish, you will generally use **que** + subjunctive *as in an indirect command: for example,* **que lo haga María.**

Ahora, escuche el diálogo entre Nerio y un empleado del banco y tome los apuntes que considere necesarios. Antes de escuchar la conversación, lea los ejercicios en la página que sigue. Después, conteste.

A. Información general.   Usando sus apuntes prepare un breve resumen de la conversación que Ud. escuchó. Después, compare su resumen con el de un(-a) compañero(-a) de clase.

B. Algunos detalles.   Ahora, escoja de las alternativas que se presentan a continuación las que mejor recuenten lo que ocurrió.

1. Nerio quería que
   a. el empleado lo ayudara a abrir una cuenta corriente a su nombre.
   b. le dieran un préstamo personal y una hipoteca.
   c. le dieran su estado de cuenta.
2. El empleado le dijo a Nerio que
   a. presentara muchos documentos de identidad.
   b. llenara un formulario con sus datos personales.
   c. el proceso era muy complicado y duraba mucho tiempo.
   d. tenía que esperar dos semanas para recibir su primera libreta.

C. Análisis.   Escuche el diálogo nuevamente prestando especial atención a la forma de relacionarse que tienen Nerio y el empleado del banco. Después, escoja la respuesta más apropiada.

1. Según el diálogo que Ud. oyó, se puede decir que Nerio es
   a. nervioso e ignorante.
   b. viejo y malhumorado.
   c. sincero y trabajador.
2. Según el diálogo que Ud. oyó, se puede decir que el empleado del banco es una persona
   a. descortés.
   b. eficiente.
   c. impaciente.

TERCERA SITUACIÓN

Día a día

LAS COMUNIDADES HISPANAS

Práctica intercultural. ¿Hay una comunidad hispana o un barrio hispano en la ciudad o cerca de la ciudad en que vive Ud.? ¿La ha visitado? ¿Cómo lo (la) ayudaría a Ud., como estudiante de español, una visita a una comunidad hispana? ¿Qué podría hacer? ¿Qué haría?

En muchas ciudades de los EE.UU. existen comunidades hispánicas donde vive gente de diversos lugares de la América Latina, pero principalmente de México, Cuba y Puerto Rico. Es muy interesante visitar estas comunidades, ya que se puede encontrar mercados, restaurantes, periódicos y agencias de servicios sociales—todo para el público latino.

Además de revistas en español, los mercados latinos venden discos compactos y cintas de música latina y también una serie de productos alimenticios típicos que las amas de casa compran para su dieta diaria. Los restaurantes sirven comidas y bebidas típicas de distintos países y son muy visitados por la población latina. Muchas comunidades tienen también periódicos locales donde los profesionales anuncian sus servicios y donde se publican las noticias de la comunidad. Las comunidades más grandes cuentan con una estación de radio que toca preferentemente música latina y que anuncia las noticias locales y mundiales en español.

Visite una comunidad latina si tiene la oportunidad de hacerlo. No sólo podrá practicar español con personas de distintos países hispanos, sino que podrá disfrutar de su cultura desde muy cerca.

Práctica y conversación

A. Vamos al barrio latino. Con un(-a) compañero(-a), haga planes de visitar un barrio latino. Usando los anuncios que siguen abajo y en la página 340, diga qué piensa hacer, qué va a comprar, si va a comer en un restaurante. Después, explíquele sus planes a la clase.

B. ¿Tiene el último disco de Gloria Estefan? Ud. va de compras en el barrio latino. Compre algo que sólo se puede encontrar allá. Un(-a) estudiante hace el papel de vendedor(-a) en una tienda latina y otro(-a) el papel de cliente.

Para leer bien

USING THE DICTIONARY

You have been learning many techniques to help you guess the meaning of individual words and phrases. There are times, however, when identifying cognates, root words, and prefixes and suffixes, or clarifying meaning through context, simply do not offer you sufficient clues as to meaning. In those instances, it is appropriate to consult a bilingual Spanish-English dictionary.

There are certain techniques that can make dictionary use more effective.

1. Try to understand as much as you can before looking up unfamiliar items.
2. Look up only those words that are essential to understanding the passage. Such words include words in the title, frequently repeated words, and words in the core of a sentence such as verbs, nouns, and adjectives.

The most difficult task facing you when using the dictionary is to select the best English equivalent from the many possible entries. This task is made easier if you know the part of speech of the word in question. Examine the following two examples.

> **Paso** por ti a las ocho.
> Tuvo dificultades a cada **paso**.

In the first example, **paso** is a verb and its meaning would be located under **pasar.** The second example would be located under the noun **el paso.**

When an entry provides multiple translations, read the entire entry before trying to decide on the proper equivalent. In that way you will have a more general idea as to the global meaning of the vocabulary item in question.

Be aware of the context of the word in question. Both the expression **el paso del tiempo** and **a cada paso** are probably located under the noun **el paso.** The context of the first phrase leads you to the meaning **el paso** = *passing,* while in **a cada paso, el paso** = *step.*

Cross-checking entries can also help you determine the best English equivalent. After selecting the English equivalent from the several provided, look up that word in the English-Spanish section of the dictionary. Use that entry to help you judge the appropriateness of your selection.

Práctica

En las lecturas que siguen no hay glosas o equivalentes en inglés. Usando varios métodos incluso el uso del diccionario, decida lo que significan las palabras desconocidas.

Director destaca importante labor de centro educativo

Por Ricardo Rubin

CORPUS CHRISTI, Tx.- Cada año, cientos de niños procedentes de hogares pobres tienen que enfrentarse al problema de adaptación en escuelas elementales, y lo que viven y experimentan ahí, es decisivo en el futuro de sus vidas.

Son niños que se visten mal y están mal alimentados, o que, además, tienen algún impedimento físico, por lo que las diferencias sociales y económicas a que se enfrentan, suelen frustrarlos y hacer que muchos abandonen la escuela.

Para solucionar este grave problema, la "Nueces County Community Action Agency", de la calle Morgan 2590, tiene el Programa Head Start, que se desarrolla en cuatro centros educativos de la ciudad.

John Rodríguez, Director de dicho programa dice que los centros educativos que maneja tienen abiertas sus puertas, para niños de 3 a 5 años de edad, con la única condición de que vengan de familias pobres, o que estén incapacitados físicamente.

En los centros educativos del Programa Head Start se cuida de la salud de los niños; se les proporciona atención dental y se atiende su nutrición.

Pero, más importante que eso, es que a los niños se les prepara para que tengan seguridad y confianza en sí mismos, y para que puedan desenvolverse sin temores ni complejos de ninguna clase.

El señor Rodríguez dice que uno de los puntos básicos de dicha educación es hacer que los niños aprendan a comunicarse con los demás, que venzan su timidez y que sepan expresar lo que han aprendido.

"Es muy frecuente -dice- que los niños hispanos jamás levanten el dedo para contestar a las preguntas del maestro. La mayoría no lo hace; no porque no sepa la respuesta, sino por temor a estar frente a los demás. Nosotros les enseñamos que es muy importante que demuestren lo que saben, o que sepan, también, decir los motivos por los que no estudiaron."

"Esto es esencial, porque los

John Rodríguez, Director del Programa Head Start de la Nueces County Community Action Agency, explica cómo se ayuda a los niños a desenvolverse bien.

niños que aprenden a expresar sus ideas y pensamientos, se encuentran en igualdad de circunstancias, o quizá más arriba, de aquellos que no hablan."

En la actualidad, el Programa Head Start atiende a más de 600 niños en el condado de Nueces, de los cuales el 88% son de origen hispano, el 10% negros y el 2% blancos. De todos ellos, el 10% está compuesto de niños con algún impedimento físico; ayudarlos es una parte del programa.

El señor Rodríguez agrega que otro de los puntos importantes del Programa es la participación de los padres de familia en la educación y atención de sus hijos. Esto es beneficioso para ambos, y estrecha más las relaciones en el hogar.

El Sol de Texas

SIRVIENDO A LA COMUNIDAD HISPANA DESDE 1966

Edición semanal

Mary Alice Reyes, abogada de los pobres

Por Crisantema S. Hopkins

CORPUS CHRISTI, Tx.- "Mientras el hispano no se supere estudiando más y aprendiendo el inglés, sus posibilidades de éxito seguirán siendo muy limitadas," dice la licenciada Mary Alice Reyes.

La abogada Reyes sabe lo que dice porque ella misma tuvo que luchar para estudiar y salir adelante en una profesión tan competitiva como es la de Leyes.

"No tengo por qué ocultar que vengo de un hogar pobre y que estudiar me costó grandes sacrificios, pues éramos 8 hermanos y mis padres tenían muy pocos recursos.

Pero ahora tengo la satisfacción de decir que mi porvenir es firme y que sigo estudiando y superándome."

Pero además de eso, su carrera de Leyes la ha hecho participar en múltiples actividades sociales, humanas y legales en favor de los hispanos.

Mary Alice dice que al pedir a los hispanos que aprendan inglés, no significa que deben olvidar el español, porque es la lengua materna de todos. Nada de eso. "Lo que quiero decir es que los hispanos deben comprender que si viven y trabajan aquí en los Estados Unidos tienen que aprender el inglés porque es el idioma con el

que van a defenderse. Es decir, deben hablar bien ambos idiomas porque eso les da fuerza y superioridad."Los hispanos que no hablan inglés se enfrentan a muchos problemas. Cuando se ven envueltos en una situación difícil no pueden hacer nada, son mudos. Y lo mismo sucede con ellos en el trabajo, donde no pueden aspirar a mejorar económicamente porque o no pueden reclamar sus derechos o porque no se los conceden.

La licenciada Mary Alice Reyes es nativa de aquí, está casada y tiene dos hijos. Es una mujer hispana entusiasta y optimista que lucha por ayudar en forma legal a todos los que se acercan a ella.

CORPUS CHRISTI, Tx.- Para defenderse y vivir mejor el hispano debe educarse y hablar inglés, opina la Lic. Mary Alice Reyes.

Perfiles

Si no actuamos juntos estamos destinados a ser tribus en guerra: Henry Cisneros

El Sol de Texas

Uno de nuestros líderes políticos más destacados argumenta que la unidad de propósitos entre los hispanos nos llevará a conseguis un futuro mejor.

Un cambio fundamental para el futuro de la comunidad hispana está ocurriendo lenta pero inexorablemente. Somos 23 millones de personas, pero ¿tenemos el poder de 23 millones? Sí, si actuamos juntos. De lo contrario estamos destinados a ser tribus en guerra.

La unidad nacional hispana es uno de los factores que alimenta nuestro avance en negocios, gobierno, academias y otras áreas. En el futuro habrá más presidentes de universidades, jueces federales y ejecutivos hispanos, si se crean metas comunes a través de la comunicación. Las redes hispanas serán más efectivas a medida

que los hispanos ocupen más posiciones ejecutivas y directivas.

Las contribuciones que los hispanos aportarán a la sociedad de Estados Unidos en el futuro serán inconmesurables. En el siglo XXI esta unidad hispana se traducirá en un tremendo poder de voto, influencia de los consumidores y liderazgo en instituciones privadas.

A medida que nos aproximamos al nuevo milenio, nuestro desarrollo cultural como miembros de grupos individuales de la familia hispana continuará evolucionando en forma positiva, celebrando nuestras similitudes, respetando nuestras diferencias, nos ligaremos como grupo, mantendremos nuestra diversidad y nuestra fuerza residirá no sólo en el número de nuestra población, sino también en nuestra síntesis cultural.

Desde luego, al igual que ocurre con cualquier otro grupo diverso, hay desacuerdos internos. Los dominicanos en Nueva York, por ejemplo, se han quejado de que los puertorriqueños dominan el gobierno de la ciudad injustamente. A nivel nacional, en los años ochenta, algunas organizaciones cubano-americanas apoyaron la política de Estados Unidos en Centro América, una posición diferente a la de la mayoría de los otros grupos hispanos. A medida que surgen desacuerdos en nuestro futuro, que son de origen regional más que étnico, los líderes hispanos estarán preparados para encontrar soluciones a travéz de mejores contactos.

Los hispanos enfrentamos en desafío de cambiar la percepción que la gente tiene de nosotros. Somos aparentemente tan similares, que los no hispanos nos ven como una entidad grande y homogenea. Mirando nuestra piel canela y escuchando nuestra mezcla de inglés-español, es fácil entender por qué la gente supone que todos procedemos del mismo lugar.

Aunque venimos de diferentes mundos hispanos somos de la misma familia. Nos diferenciamos uno del otro como los irlan-

deses de los ingleses o de los escoceses. Así como las comunidades inmigrantes europeas han crecido y prosperado en Estados Unidos, también lo harán los inmigrantes latinoamericanos.

Tradicionalmente, los inmigrantes trabajan duro y están tan concentrados construyendo nuevas vidas, que se involucran poco en el proceso político. La falta de familiaridad con el sistema de gobierno de Estados Unidos y la desconfianza hacia la política alimenta su apatía.

Esta resistencia a comprometerse políticamente cambiaría a medida que los republicanos y los demócratas busquen el apoyo de la comunidad hispana y de otros inmigrantes. Este esfuerzo de los partidos por ganar peso político entre los hispanos permitirá a sus líderes enfocar mejor las preocupaciones de la comunidad.

En el futuro enfrentamos el desafío de elegir más funcionarios hispanos. Con más de 4,000 elegidos en todo el país, la mayoría de ellos sirviendo en cargos locales, existe la expectativa de que emerjan nuevos líderes nacionales, un nivel en que hasta ahora hemos estado subpresupuestados.

A. **«Director destaca importante labor de centro educativo».**   Conteste en español.

1. ¿Qué es el Programa «Head Start»? ¿Quiénes pueden participar?
2. ¿Cuál es el propósito del programa?
3. En la escuela, ¿por qué es frecuente que los niños hispanos no levanten la mano?
4. En el condado de Nueces, ¿cuántos niños asisten al programa? ¿Cuántos son hispanos / negros / blancos?
5. ¿Cuáles son los beneficios del programa?

B. **«Mary Alice Reyes, abogada de los pobres».** Complete las oraciones siguientes.

1. Mary Alice Reyes es _____.
2. Es de una familia _____. Tiene _____ hermanos. Está _____ y tiene _____ hijos.
3. Según la Sra. Reyes los hispanos no deben olvidar el español porque _____. Los hispanos deben hablar inglés porque _____.
4. Ella participa en muchas actividades sociales, humanas y legales _____.

C. **«Si no actuamos juntos...»** Usando información del tercer artículo complete las siguientes oraciones.

1. Si los hispanos no actúan juntos, están destinados a ser _____.
2. La unidad hispana es uno de los factores que alimenta el avance en _____.
3. Según Cisneros, en el futuro habrá más _____ hispanos.
4. En el siglo XXI la unidad hispana se traducirá en _____, _____ y _____.
5. Tradicionalmente, los inmigrantes trabajan duro y construyen una nueva vida; por eso, no participan mucho en _____.

D. **La defensa de una opinión.** Usando la información de todos los artículos, ¿cuáles son algunas de las preocupaciones de los hispanos en los EE.UU.? ¿Se está mejorando la situación?

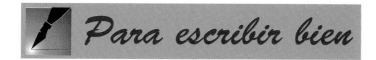

WRITING A BUSINESS LETTER

The language used in Spanish business letters is quite different from that used in personal letters. There are certain standard phrases that must be used in the salutation, opening, pre-closing, and closing. In the past, Spanish business letters were often quite lengthy because of the use of many formulaic expressions of courtesy and very "flowery" language. Today, however, most Spanish business letters reflect the concise, clear style typical of business letters in the international market.

Salutations

Estimado(-a) señor(-a) + apellido:
Muy estimado(-a) señor(-a) + apellido:
Distinguido(-a) señor(-a) + apellido: } *Dear Mr. (Mrs.) + last name:*

Muy señor(-es) mío(-s):
Muy señor(-es) nuestro(-s): } *Dear Sir(-s):*

Pre-closings

En espera de sus gratas noticias	*Awaiting your (kind) reply*
La reiteramos nuestro agradecimiento y quedamos de Ud.	*We thank you again and we remain*
Su afmo. (afectísimo) amigo y S. S. (seguro servidor)	*Your devoted friend and servant* (This pre-closing is passing from use.)

Closings

(Muy) Atentamente,	*Sincerely yours,*
(Muy) Respetuosamente,	*Respectfully yours,*
Cordialmente,	*Cordially yours,*

Other Expressions

acusar recibo	*to acknowledge receipt*
a la mayor brevedad posible	*as soon as possible*
a vuelta de correo	*by return mail*
adjuntar	*to enclose*
me es grato + *infinitivo*	*I am happy* + infinitive

Abbreviations

Hnos. (Hermanos)	*Brothers*
S.A. (Sociedad Anónima)	*Inc. (Incorporated)*
Cía. (Compañía)	*Co. (Company)*

Shortened Phrases

el corriente	el mes en corriente	*this month*
el pasado	el mes pasado	*last month*
la atenta	la atenta carta	*letter*
la grata	la grata carta	*letter*
la presente	la carta presente	*this letter*
el p. pdo.	el mes próximo pasado	*last month*

 # COMPOSICIONES

A. **Miami Mensual.**   Ud. quisiera subscribirse a la revista *Miami Mensual*. Escríbale una carta a la compañía preguntando cuántos números anuales hay y lo que cuesta una subscripción anual. Pida una solicitud de subscripción. *Miami Mensual,* 104 S. Crandon Blvd., No. 424, Key Biscayne, Florida 33149.

B. **Un nuevo puesto.**   Ud. acaba de obtener un puesto como gerente general de una empresa multinacional en Los Ángeles. Su jefe quiere saber qué tipo de personal Ud. necesita para su departamento. Escríbale una carta al jefe describiéndole el personal que necesita. Explíquele también las responsabilidades del personal.

C. **El Banco Madrileño.**   Ud. es un(-a) estudiante de intercambio en Madrid y acaba de recibir el estado mensual de su cuenta (*monthly statement*) del banco. Pero hay un error muy grave. Según el banco Ud. tiene sólo 879 pesetas en su cuenta corriente pero Ud. está seguro(-a) de que tiene 87.900 pesetas. Escríbale al banco y trate de resolver el problema. Banco Madrileño; Gran Vía, 38; Madrid 28032 España.

Actividades

A. Compañía Meléndez, S.A. You are the secretary for Claudio Meléndez, the president of Compañía Meléndez, S.A., a large clothing firm; you must handle all incoming phone calls. With your classmates, play the following roles.

> **Sr. Soto:** Sales manager who wants to talk to the president about slow sales of the new winter suits. The president doesn't want to talk to Soto. Offer to take a message.

> **Dra. Guzmán:** Designer of women's dresses. She wants to talk to the president about her designs for spring. Put her through to the president. She talks to the president about what she has done for her new collection.

> **Sra. Meléndez:** President's wife. She wants to talk to her husband about a dinner party he should attend tomorrow evening. Put her through to the president even though he doesn't want to speak to his wife.

B. En el Banco Nacional. A classmate will play the role of the teller in the bank where you have your account. You go to the window with your paycheck. Get cash for the weekend and deposit the rest into your checking account. Explain that you're about to buy a new car. You want some information on an auto loan including the necessary down payment, interest rate, and monthly payment on the car of your choice. Then withdraw the amount for the down payment from your savings account.

C. Una reunión de la junta directiva. You are the president of a large multinational firm based in San Antonio, Texas. The firm deals with the importation of coffee and fruit from Central and South America. You hold a meeting with three members of the Board of Directors, played by your classmates. Find out how various departments are doing in terms of sales. Explain what you hope that the other members of the firm have done to obtain better quality products and sales. Use specific numbers.

D. En la ocasión de su jubilación. You are retiring after many years as president of a firm that sells imported furniture and accessories. Describe your history with the firm and how long you have worked in various areas. Explain what you have done to help make the firm what it is today.

Contacto cultural V
El arte y la arquitectura

La Florida: San Agustín

El legado hispano dentro de los Estados Unidos

Hay una larga tradición hispana dentro de los EE.UU. Cuarenta y dos años antes que los ingleses fundaran Jamestown y cincuenta y cinco años antes de la llegada de los *Pilgrims,* los españoles habían fundado el primer pueblo en los EE.UU.: San Agustín en la Florida. Algunos de los edificios de San Agustín todavía existen en forma preservada o restaurada.

En el oeste de nuestra nación los españoles exploraron y poblaron otros lugares. Les dieron sus nombres españoles a los estados de Nuevo México, Colorado, Nevada y California y a las ciudades de San Francisco, Los Ángeles, Las Vegas, El Paso, Santa Fe y Amarillo, entre otras. En todos estos sitios construyeron casas, escuelas, iglesias y edificios municipales de estilo «español». Este estilo se caracteriza por el uso de paredes gruesas de adobe, techos de tejas (*tiles*) y vigas (*beams*) de madera. Además estos edificios suelen tener un patio interior y un decorado sencillo.

San Antonio, Texas: El Álamo

En California se puede ver buenos ejemplos de esta arquitectura típica en las misiones. En el siglo XVIII el rey español Carlos III mandó que los franciscanos fueran a California para evangelizar y educar a los indios. Bajo la dirección de fray Junípero Serra los franciscanos fundaron una serie de misiones a lo largo de la costa del Pacífico. Las misiones incluían una iglesia, un campanario (*bell tower*), la residencia de los frailes y un patio grande con un jardín. La mayoría de ellas ha sobrevivido los desastres naturales y el desarrollo moderno. Muchas de las ciudades importantes de California son una extensión de esas antiguas misiones.

California: Misión de San Carlos Borromeo de Carmelo

Comprensión

1. Nombre el primer pueblo fundado por los europeos en los EE.UU. ¿Dónde se encuentra?
2. ¿Cuáles son algunos estados y ciudades con nombres españoles?
3. ¿Cuáles son las características de la arquitectura española? ¿Qué características se puede ver en las fotos?
4. ¿Dónde se puede ver buenos ejemplos de la arquitectura española en los EE.UU.? ¿Hay ejemplos de este estilo en su ciudad o estado? ¿Dónde?

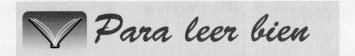

Para leer bien

IDENTIFYING POINT OF VIEW IN LITERATURE

You have learned to identify the point of view by locating the main theme and by obtaining information about the author and his / her beliefs and background. The point of view of a literary work is often presented more subtly than in journalistic articles; nonetheless, it is an important key to understanding the work.

The following two works were written by Hispanics living in the U.S. The point of view represented by immigrants is different from that of native U.S. citizens. Also it is no longer the viewpoint of a native of a Hispanic country. Before you read, try to ascertain the particular feelings and beliefs about life in the U.S. held by immigrants. What point of view might you expect these authors to present in their literary work?

LA LITERATURA DE LOS HISPANOS EN LOS ESTADOS UNIDOS

Durante las últimas décadas el número de hispanos dentro de los EE.UU. ha crecido rápidamente y representa una importante fuerza económica y política. Su cultura también es importante y rica. Ya existe una literatura de los hispanos dentro de los EE.UU. Es una literatura escrita en español pero con temas distintos; temas de la situación particular de los inmigrantes: la pobreza, el aislamiento (*isolation*), la nostalgia por la patria. Aquí presentamos ejemplos de la literatura chicana y la literatura boricua (*puertorriqueña*).

En el cuento que sigue el autor usa el dialecto puertorriqueño para representar mejor su mundo. En el dialecto hay unas diferencias básicas con el español que se usa en los libros de texto.

1. Los puertorriqueños suelen eliminar ciertos sonidos o sílabas; dicen **pa** en vez de **para; toa** en vez de **toda.**
2. La **s** final de sílaba = **h:**
   estás = **estáh,** tomas = **tomah,** usted = **uhté**
3. La **r** final de sílaba = **l:**
   escribir = **escribil,** vergüenza = **velgüenza**

 **Práctica**

¿Qué palabras representan las siguientes palabras de dialecto?

1. toa tu vida / te ha dao a ti / na / pa
2. ereh / loh hijoh / tieneh / uhté / caeh
3. seguil / muelto / teltulia

LECTURAS LITERARIAS

Pedro Juan Soto (1928–). *Cuentista, novelista y dramaturgo puertorriqueño. Su libro más conocido es Spiks, una colección de cuentos sobre la vida en Nueva York. Su cuento «Garabatos» también trata los temas de la soledad, la pobreza y la desesperanza.*

Garabatos°

Scribblings

1

El reloj marcaba las siete y él despertó por un instante. Ni su mujer estaba en la cama, ni sus hijos en el camastro°. Sepultó° la cabeza bajo la almohada para ensordecer° el escándalo° que venía desde la cocina. No volvió a abrir los ojos hasta las diez, obligado ahora por las sacudidas° de Graciela.

Aclaró° la vista estregando° los ojos chicos y removiendo las lagañas°, sólo para distinguir el cuerpo ancho de su mujer plantado frente a la cama, en aquella actitud desafiante°. Oyó la voz estentórea° de ella.

—¡Qué! ¿Tú piensah seguil echao toa tu vida? Parece que la mala barriga° te ha dao a ti. Sin embalgo, yo calgo el muchacho°.

Todavía él no la miraba a la cara. Fijaba la vista en el vientre hinchado° en la pelota de carne que crecía diariamente.

—¡Acaba de levantalte, condenao°! ¿O quiereh que te eche agua?

Él gritó. —¡Me levanto cuando me salga di° adentro y no cuando uhté mande! ¡Adiós! ¿Qué se cree uhté?

Retornó la cabeza a las sábanas, oliendo las manchas de brillantina° en la almohada y el sudor pasmado° de la colcha°.

A ella le dominó la masa inerte del hombre: la amenaza° latente en los brazos quietos, la semejanza° del cuerpo al de un lagartijo° enorme.

Ahogó° los reproches en un morder° de labios y caminó de nuevo hacia la cocina, dejando atrás la habitación donde chisporroteaba°, sobre el ropero°, la vela° ofrecida a San Lázaro. Dejando atrás la palma bendita del último Domingo de Ramos y las estampas° religiosas que colgaban de la pared.

Era un sótano donde vivían. Pero aunque lo sostuviera° la miseria, era un techo sobre sus cabezas. Aunque sobre este techo patearan y barrieran° otros inquilinos, aunque por las rendijas° lloviera basura, ella agradecía a sus santos tener dónde vivir. Pero Rosendo seguía sin empleo. Ni los santos lograban emplearlo. Siempre en las nubes, atento más a su propio desvarío° que a su familia.

Sintió que iba a llorar. Ahora lloraba con tanta facilidad. Pensando: *Dios Santo si yo no hago más que parir° y parir como una perra y este hombre no se preocupa por buscar trabajo porque prefiere que el gobierno nos mantenga por correo mientras él se la pasa° por ahí mirando a los cuatro vientos como Juan Bobo y diciendo que quiere ser pintor.*

Detuvo el llanto apretando° los dientes, cerrando la salida de las quejas que pugnaban por hacerse grito.

Se sentó a la mesa, viendo a sus hijos correr por la cocina. Pensando en el árbol de Navidad que no tendrían y los juguetes que mañana habrían de envidiarles a los demás niños. *Porque esta noche es Nochebuena y mañana es Navidad.*

—¡Ahora yo te dihparo° y tú te caeh muelto!

Los niños jugaban bajo la mesa.

—Neneh, no hagan tanto ruido, bendito...

—¡Yo soy Chen Otry°! —dijo el mayor.

—¡Y yo Palón Casidi°!

—Neneh, que tengo dolol de cabeza, por Dioh...

—¡Tú no ereh Palón na°! ¡Tú ereh el pillo° y yo te mato!

—¡No! ¡Maaamiii!

Graciela torció° el cuerpo y metió la cabeza bajo la mesa para verlos forcejear°.

—¡Muchachos, salgan de ahí! ¡Maldita sea mi vida! ¡ROSENDO ACABA DE LEVANTALTE!

Los chiquillos corrían nuevamente por la habitación: gritando y riendo uno, llorando otro.

—¡ROSENDO!

Glosses (left margin):

cot / He buried / to silence / *el ruido* shakings

He cleared / rubbing / bleariness
defiant
loud
belly
I'm carrying the child.

swollen abdomen (Refers to her pregnancy.)

you bum
de

smelling the hair oil stains
stale sweat / bedspread
threat
similarity / lizard
She stifled / biting
flickering / wardrobe / candle
prints

supported
stomped and swept / cracks

whim

to give birth
spends his time

by clenching

I'll shoot you

Gene Autry
Hopalong Cassidy

nada / bad guy

twisted / wrestle

2

Rosendo bebía el café sin hacer caso de los insultos de la mujer.

—¿Qué piensah hacer hoy, buhcal trabajo o seguil por ahí, de bodega° en bodega y de bar en bar, dibujando° a to esoh vagoh°?

    store
    drawing / bums

Él bebía el café del desayuno, mordiéndose los labios distraídamente°, fumando su último cigarrillo. Ella daba vueltas alrededor de la mesa, pasándose la mano por encima del vientre para detener los movimientos del feto.

    distractedly

— Seguramente iráh a la teltulia° de los caricortaoh° a jugar alguna peseta prehtá°, creyéndote que el maná° va a cael del cielo hoy.

    gathering / scarfaces / borrowed
    manna

—Déjame quieto, mujer...

—Sí, siempre eh lo mihmo: ¡Déjame quieto! Mañana eh Crihmah y esoh muchachoh se van a quedal sin jugueteh.

—El Día de Reyeh en enero°

    el 6 de enero

—A Niu Yol° no vienen loh Reyeh. ¡A Niu Yol viene Santa Cloh°!

    New York / Santa Claus

—Bueno, cuando venga el que sea, ya veremoh.

—¡Ave María Purísima, qué padre! ¡Dioh mío! ¡No te preocupan na máh que tuh garabatoh! ¡El altihta°! ¡Un hombre viejo como tú!

    el artista

Se levantó de la mesa y fue al dormitorio, cansado de oír a la mujer. Miró por la única ventana. Toda la nieve caída tres días antes estaba sucia. Los días eran más fríos ahora porque la nieve estaba allí, hostilmente presente.

Rosendo se acercó al ropero para sacar de una gaveta° un envoltorio° de papeles. Sentándose en el alféizar°, comenzó a examinarlos. Allí estaban todas las bolsas del papel° que él había recogido para romperlas y dibujar. Dibujaba de noche, mientras la mujer y los hijos dormían. Dibujaba de memoria los rostros borrachos, los rostros angustiados de la gente de Harlem: todo lo visto y compartido en sus andanzas° del día.

    drawer / bundle
    window sill / paper bags

    wanderings

Graciela decía que él estaba en la segunda infancia. Si él se ausentaba de la mujer quejumbrosa° y los niños, llorosos, explorando en la Babia° imprecisa de sus trazos a lápiz°, la mujer rezongaba° y se mofaba°.

    complaining / day-dream / pencil drawings
    grumbled / sneered

Mañana era Navidad y ella se preocupaba porque los niños no tendrían juguetes. No sabía que esta tarde él cobraría diez dólares por un rótulo° hecho ayer para el bar de la esquina. Él guardaba esa sorpresa para Graciela. Como también guardaba la sorpresa del regalo de ella.

    sign

Para Graciela él pintaría un cuadro. Un cuadro que resumiría° aquel vivir juntos, en medio de carencias° y frustraciones. Un cuadro con un parecido° melancólico a aquellas fotografías tomadas en las fiestas patronales de Bayamón°. Las fotografías del tiempo del noviazgo°, que formaban parte del álbum de recuerdos de la familia.

    would summarize
    deprivations / similarity
    ciudad de Puerto Rico / engagement

A Graciela le agradaría, seguramente, saber que en la memoria de él no había muerto nada. Quizás después no se mofaría° más de sus esfuerzos.

    she wouldn't mock

Por falta de materiales, tendría que hacerlo en una pared y con carbón°. Pero sería suyo, de sus manos, hecho para ella.

    charcoal

3

A la caldera° del edificio iba a parar° toda la madera vieja e inservible que el superintendente traía de todos los pisos. De allí sacó Rosendo el carbón que necesitaba. Luego anduvo por el sótano buscando una pared. En el dormitorio no podía ser. Graciela no permitiría que él descolgara° sus estampas y sus ramos.

    boiler / wound up

    take down

La cocina estaba demasiado resquebrajada° y sucia.

    cracked

—Si necesitan ir al cuarto de baño—dijo a su mujer—, aguántense° o usen la ehcupidera°. Tengo que arreglar unoh tuboh.

    hold it / chamber pot

nails / spiderwebs / He sketched

Cerró la puerta y limpió la pared de clavos°, y telarañas°. Bosquejó° su idea: un hombre a caballo, desnudo y musculoso, que se inclinaba para abrazar a una mujer desnuda también, envuelta en pelo negro que servía de origen a la noche.

features

Meticulosamente, pacientemente, retocó repetidas veces los rasgos° que no le satisfacían. Al cabo de unas horas, decidió salir a la calle a cobrar sus diez dólares, a comprar un árbol de Navi-

chalk

dad y juguetes para sus hijos. De paso, traería tizas° de colores del «candy store». Este cuadro tendría mar y palmeras y luna. Y colores, muchos colores. Mañana era Navidad.

putting away

Graciela iba y venía por el sótano, corrigiendo a los hijos, guardando° ropa lavada, atendien-

lighted burners

do a las hornillas encendidas°.

patched

Él vistió su abrigo remendado°.

—Voy a buhcal un árbol pa loh muchachoh. Don Pedro me debe dieh pesoh.

Ella le sonrió, dando gracias a los santos por el milagro de los diez dólares.

4

Regresó de noche al sótano, oloroso a whisky y a cerveza. Los niños se habían dormido ya. Aco-

Puso / surrounded

modó° el árbol en un rincón de la cocina y rodeó° el tronco con juguetes.

fritters / absorbed

Comió el arroz con frituras°, sin tener hambre, pendiente° más de lo que haría luego. De rato en rato, miraba a Graciela, buscando en los labios de ella la sonrisa que no llegaba.

He removed

Retiró° la taza quebrada que contuvo el café, puso las tizas sobre la mesa, y buscó en los bol-sillos el cigarrillo que no tenía.

drawings / I erased

—Esoh muñecoh° loh borré°.

Él olvidó el cigarrillo.

filth

—¿Ahora te dio por pintal suciedadeh°?

Él dejó caer la sonrisa en el abismo de su realidad.

shame

—Y ni velgüenza° tieneh...

Su sangre se hizo agua fría.

filthy trash / that's the end of it

—...obligando a tus hijoh a fijalse en porqueríah°, en indecenciah... Loh borré y si acabó° y no quiero que vuelva sucedel.

strike her

Quiso abofetearla° pero los deseos se le paralizaron en algún punto del organismo, sin llegar

fists

a los brazos, sin hacerse furia descontrolada en los puños°.

Upon rising / was draining

Al incorporarse° de la silla, sintió que todo él se vaciaba° por los pies. Todo él había sido

wrung out / rag for cleaning the floor / squeezed

estrujado° por un trapo de piso° y las manos de ella le habían exprimido° fuera del mundo.

twisted / rusty

Fue al cuarto de baño. No quedaba nada suyo. Sólo los clavos, torcidos° y mohosos°, devuel-

spiders spinning again

tos a su lugar. Sólo las arañas vueltas a hilar°.

gravestone

Aquella pared no era más que la lápida° ancha y clara de sus sueños.

▒ Comprensión

A. El contenido.   Conteste las preguntas siguientes sobre el contenido del cuento.

1. Al principio, ¿dónde están y qué hacen los personajes?
2. ¿En qué día tiene lugar el cuento?
3. ¿En qué condición física está Graciela? ¿Cómo afecta su condición a su personalidad?
4. ¿Tiene empleo Rosendo? ¿Cómo mantiene a su familia?
5. ¿Qué decide regalarle a su esposa Rosendo?
6. ¿Por qué sale Rosendo del apartamento? Al regresar, ¿qué trae?

7. ¿Qué hizo Graciela cuando salió Rosendo? ¿Por qué lo hizo? Para Rosendo, ¿qué representaba el cuadro? ¿Y para Graciela?
8. Al final, ¿cómo se sintió Rosendo?
9. ¿Existe el amor entre Rosendo y Graciela? ¿Existía antes? ¿Qué pasó con el matrimonio? ¿Fue culpa de ellos o del ambiente?

B. El aspecto literario. Analice los siguientes aspectos del cuento.

1. **Los personajes.** ¿Cuántos y quiénes son? Descríbalos.
2. **El escenario.** Describa el escenario y el tiempo. Compare el escenario con el recuerdo de Puerto Rico de Rosendo.
3. **La acción.** ¿Hay mucha o poca acción? ¿Qué predomina en el cuento: la acción, la descripción o el diálogo? ¿Por qué? ¿Cuál es la acción culminante?
4. **El tono.** ¿Cómo es el tono principal del cuento? ¿Qué adjetivo(-s) mejor expresa(-n) la emoción central del cuento?
5. **El punto de vista.** ¿Quién narra el cuento? ¿Qué punto de vista representa? ¿De qué está tratando de convencer al lector?
6. **El tema.** ¿Cuáles son algunos de los temas? ¿Los presenta el autor de una manera directa o indirecta?
7. **Los símbolos.** ¿Qué simboliza este apartamento en el sótano? ¿Qué simboliza el cuadro en la pared del cuarto de baño? ¿el regalo de Rosendo a su esposa? ¿Hay otros símbolos? Explique.

Rodolfo «Corky» Gonzales (1928–   ). *Periodista y autor chicano. Nació en Denver de una familia de obreros migratorios. Trabajó de boxeador, obrero migratorio y hombre de negocios, pero también se dedicó al movimiento chicano y trató de ayudar a los chicanos a conseguir sus derechos.*

«I am Joaquín / Yo soy Joaquín» es un poema largo; fue publicado en 1967 en una edición bilingüe. Es el primer poema por y para chicanos. Según Gonzales, el poema representa el orgullo y la unidad de todos los chicanos y su búsqueda (*quest*) para conocerse.

La selección que sigue es una versión abreviada del poema.

Yo soy Joaquín

Yo soy Joaquín,
perdido en un mundo de confusión,
enganchado° en el remolino° de una   caught up / whirlwind
         sociedad gringa,
confundido por las reglas,
despreciado° por las actitudes,   scorned
sofocado por manipulaciones,
y destrozado° por la sociedad moderna.   destroyed
Mis padres
         perdieron la batalla económica
y conquistaron
       la lucha de supervivencia cultural.

Y ¡ahora!
   yo tengo que escoger
              en medio
  de la paradoja de
triunfo del espíritu,
a despecho de° hambre física,   despite
          o
   existir en la empuñada°   grasp
  de la neurosis social americana,
esterilización del alma
     y un estómago repleto°.   *lleno*
Yo mismo me miro.
  Observo a mis hermanos.
    Lloro lágrimas de desgracia.
      Siembro semillas° de odio.   I sow seeds
Me retiro a la seguridad dentro del
círculo de vida—

      MI RAZA.

     . . . .

Aquí estoy parado°   Here I stand
     enfrente la corte de justicia,
       culpable
por toda la gloria de mi Raza
   a ser sentenciado a desesperación.
Aquí estoy parado,
  pobre en dinero,
  arrogante con orgullo,
    valiente con machismo,
    rico en valor
      y
    adinerado° de espíritu y fe.   *rico*
Mis rodillas° están costradas° con barro°.   knees / caked / mud
Mis manos ampolladas° del azadón°.   calloused / hoe
Yo he hecho al gringo rico,
    aún
  igualdad es solamente una palabra—
Desaprobaron° de nuestro modo de vivir   They disapproved
  y tomaron lo que podían usar.
    Nuestro arte,
    nuestra literatura,
    nuestra música, ignoraron—
así dejaron las cosas de valor verdadero
y arrebataron° a su misma destrucción   grabbed
     con su gula° y avaricia.   gluttony
Disimularon° aquella fontana purificadora   They overlooked
    de naturaleza y hermandad
la cual es Joaquín.

El arte de nuestros señores excelentes
Diego Rivera,
Siqueiros,
Orozco, es solamente
otro acto de revolución para
la salvación del género humano.
Música de mariachi, el
corazón y el alma
de la gente de la tierra,
la vida de niño
y la alegría del amor.

. . . .

¡Y todavía estoy aquí!
He perdurado en las montañas escarpadas°   rugged
de nuestro país.
He sobrevivido los trabajos y esclavitud
de los campos.
Yo he existido
en los barrios de la ciudad
en los suburbios de intolerancia

en las minas de snobismo social
en las prisiones de desaliento°   dejection
en la porquería° de explotación   indecency

Texas: Una familia hispana con una cometa

y
en el calor feroz de odio radical.
Y ahora suena la trompeta,
la música de la gente incita la
                revolución.
Como un gigantón soñoliento° lentamente   sleepy
alza su cabeza
al sonido de
                        patulladas°   tramping feet
                        voces clamorosas
                        tañidos° de mariachis   strains
                    explosiones ardientes de tequila
                el aroma de chile verde y
                ojos morenos, esperanzosos° de una   hopeful
                            vida mejor.
Y en todos los terrenos fértiles,
                    los llanos áridos°   barren plains
los pueblos montañeros,
ciudades ahumadas°,   smoky
                        empezamos a AVANZAR.
                        ¡La Raza!
                        ¡Mexicano!
                        ¡Español!
                        ¡Latino!
                        ¡Hispano!
                        ¡Chicano!
                    o lo que me llame yo,
                        yo parezco lo mismo
                        yo siento lo mismo
                        yo lloro
                        y
                        canto lo mismo.
Yo soy el bulto° de mi gente y   masses
yo renuncio° ser absorbido.   I refuse
                    Yo soy Joaquín.
Las desigualdades son grandes
pero mi espíritu es firme,
                    mi fe impenetrable,
                    mi sangre pura.
Soy príncipe azteca y Cristo cristiano.
                    ¡YO PERDURARÉ!
                    ¡YO PERDURARÉ!

Comprensión

El contenido.   Conteste las siguientes preguntas sobre el contenido del poema.

1. ¿Quién es Joaquín? ¿Qué representa?
2. Haga una lista de adjetivos y sustantivos que el autor usa para describir la cultura anglosajona y la cultura chicana. ¿En qué cultura vive Joaquín? ¿Cuál prefiere?

3. Hay tres partes distintas del poema. En la primera parte, ¿qué tiempo (*tense*) verbal predomina? Dé ejemplos. Haga una lista de los adjetivos en los primeros versos (*lines of poetry*). ¿Qué adjetivo mejor describe el tono del autor en esta parte?

4. En la segunda parte el autor menciona personas, objetos, costumbres y tradiciones que están relacionados con el orgullo mexicano. Haga una lista de estas cosas. ¿Qué tiempo verbal predomina en la segunda parte?

5. En la parte final hay un cambio en la actitud del autor. ¿Qué tiempo verbal predomina? Dé ejemplos. ¿Por qué usa el autor este tiempo verbal?

6. ¿Qué palabras mejor caracterizan las tres partes del poema?

7. ¿Qué punto de vista representa el autor?

8. En su opinión, ¿son los sentimientos del autor de este poema representativos de otros grupos étnicos también o solamente de los hispanos en los EE.UU.? Explique.

Bienvenidos a Chile y a la Argentina

GEOGRAFÍA Y CLIMA

Chile: País largo y angosto entre el Pacífico y los Andes. Casi 3.000 kilómetros de costa. Norte—desierto de Atacama, la región más seca del mundo; valle central—tierras fértiles y clima templado como en California; montañas—centros de esquí.

La Argentina: Segundo país más grande de Sudamérica. Grandes variaciones geográficas. Parte central—la pampa (*grasslands*); norte—El Chaco con ríos y árboles; sur—Patagonia con lagos y glaciares.

POBLACIÓN

Chile: 14.000.000 de habitantes. Mestizos y blancos. En el sur la población es de origen inglés, irlandés, alemán o yugoeslavo.

La Argentina: 34.000.000 de habitantes. Población blanca de origen europeo.

MONEDA

Chile: el peso
La Argentina: el peso

ECONOMÍA

Chile: Cobre, uvas y vino.
La Argentina: Productos agrícolas como carne, trigo, lana; automóviles.

INFLUENCIA CULTURAL

Chile: Aislado de sus vecinos; no se parece mucho a los otros países de Latinoamérica.

La Argentina: Aislado del resto de Latinoamérica; mira más hacia Europa; culturalmente la influencia es francesa; económicamente la influencia es inglesa.

Sucre
Potosí
BOLIVIA

PARAGUAY

Río Paraná

Las cataratas del Iguazú

Asunción

Iguazú

CHILE

LOS ANDES

Córdoba

Río Uruguay

URUGUAY

Viña del Mar

Valparaíso

Santiago

Concepción

Montevideo

Buenos Aires

ARGENTINA

Río de la Plata

Bahía Blanca

Viedma

OCÉANO ATLÁNTICO

| 0 | 100 | 200 | 300 | 400 | 500 | MILLAS |

| 0 | 200 | 400 | 600 | 800 | KILÓMETROS |

Estrecho de Magallanes

ISLAS MALVINAS (BR.)

OCÉANO PACÍFICO

TIERRA DEL FUEGO

Una vista panorámica de Santiago de Chile

Las cataratas del Iguazú

Práctica geográfica

Conteste las siguientes preguntas usando la información y el mapa de esta sección y los mapas al principio de este libro.

A. **Chile.**
   1. ¿Cuál es la capital de Chile? ¿Cuáles son otras ciudades importantes? ¿Dónde están?
   2. ¿Qué países están cerca de Chile?
   3. ¿Qué hay en el norte de Chile? Descríbalo.
   4. ¿Qué hay en el centro de Chile?
   5. Estudiando la geografía de Chile, ¿qué industrias y deportes tendrá?
   6. ¿Qué ventajas y desventajas ofrecen la geografía y el clima de Chile?
B. **La Argentina.**
   1. ¿Cuál es la capital de la Argentina? ¿Cuáles son otras ciudades importantes? ¿Dónde están?
   2. ¿Qué países están cerca de la Argentina?
   3. ¿Dónde está y qué es la pampa? ¿Para qué se usa?
   4. Qué ríos hay en la Argentina?
   5. ¿Qué forman los ríos en la frontera (border) entre la Argentina, el Brasil y el Paraguay?
   6. ¿Cuáles son las ventajas y las desventajas de la geografía de la Argentina?
C. **El aislamiento (*isolation*).** Se dice que Chile y la Argentina están aislados de los otros países de Latinoamérica. ¿Qué produce este aislamiento? ¿Cuáles son los resultados?

CAPÍTULO 11
De viaje

Viña del Mar, Chile

Cultural Themes

Chile
Travel in the Hispanic
World

Communicative Goals

Buying a Ticket and Boarding
a Plane
Describing Past Wants, Advice,
and Doubts
Making Polite Requests
Discussing Contrary-to-Fact
Situations
Getting a Hotel Room
Explaining When Future Actions
Will Take Place
Describing Future Actions That
Will Take Place before Other
Future Actions

PRIMERA SITUACIÓN

Presentación

EN EL AEROPUERTO

Práctica y conversación

A. ¿Qué hay en el dibujo? Utilizando el **Vocabulario activo** a continuación, nombre Ud. las cosas y personas que se ven en el dibujo.

B. Definiciones. Explíquele las siguientes palabras a un(-a) compañero(-a) de clase.

la pista / la etiqueta / el boleto de ida y vuelta / el despegue / la azafata / la tarjeta de embarque / un vuelo sin escala

C. ¡Buen viaje! ¿Qué hace Ud. cuando viaja en avión? Ordene las siguientes oraciones en forma lógica.

_____ Sube al avión.	_____ Confirma la reservación.
_____ Reclama el equipaje.	_____ Factura el equipaje.
_____ Compra un boleto.	_____ Desembarca.
_____ Se abrocha el cinturón.	

D. Datos prácticos de Santiago.   Ud. hace un viaje de negocios a Santiago de Chile y necesita información sobre la ciudad. Conteste las siguientes preguntas utilizando la información a continuación.

1. ¿Cómo se llama el aeropuerto internacional? ¿Dónde está?
2. ¿Qué formas de transporte se usan para viajar dentro de la ciudad? ¿Y de Santiago al resto de Chile?
3. ¿Qué idiomas se hablan en los establecimientos turísticos?
4. ¿Cuál es la diferencia entre la hora local en Santiago y la hora local en su región de los EE.UU.? (Cuando son las ocho en Nueva York, son las siete en Santiago.)
5. ¿Cuánto cuesta una habitación doble en un hotel de cinco estrellas?
6. ¿Dónde se puede conseguir información turística?
7. ¿Dónde se puede cambiar dinero?
8. ¿Cuándo están abiertos los grandes centros comerciales?
9. ¿A qué agencia se debe llamar si se pierde la Tarjeta de Turismo?

SANTIAGO
DATOS PRACTICOS

INFORMACION GENERAL

— Santiago está ubicado a 543 mts. sobre el nivel del mar, en la zona central de Chile, a 2.051 kms. al sur de Arica, la ciudad más septentrional del país y a 3.141 kms. al norte de Punta Arenas, la ciudad más austral. Cien kms. la separan de la costa del Océano Pacífico y 40 kms. de la Cordillera de Los Andes.

Clima
— La capital del país presenta clima templado con una temperatura media anual de 14.5° (21°C en enero, verano y 8.4°C en julio, invierno), con una pluviosidad promedio anual de 346 mm.

Población
— El país tiene más de 13 millones de habitantes, de los cuales 5 millones viven en Santiago.

Idioma
— El idioma oficial es el español. En los establecimientos y empresas turísticas el personal superior habla inglés y/o francés.

Hora
— Invierno: —4 horas GMT
— Verano: —3 horas GMT

Aeropuerto Internacional Comodoro Arturo Merino Benítez.

Está a 17 km. del centro de la ciudad. El transporte a Santiago es efectuado por buses (US$ 1.3 aproximadamente) y taxis (US$ 18 aproximadamente) (*).

TRANSPORTES

En el transporte urbano destaca el **METRO** que cruza la ciudad de oriente a poniente y de norte a sur. Buses, colectivos y taxis recorren la ciudad.

(*) US$ 1 = $ 350 (al mes de Mayo de 1992).

La ciudad está conectada al resto del país a través de:

— **Aviones:** dos líneas aéreas nacionales Ladeco y Lan Chile cubren diariamente rutas nacionales con vuelos regulares. Se encuentran disponibles empresas de taxis aéreos.

— **Buses:** Recorren todo el territorio con servicios a bordo de comida, bar, video y teléfono, entre otros. Existen terminales en: Buses Norte: Amunátegui 920 (Tel. 671.21.41); Los Héroes: Roberto Pretot 21 (Tel. 696.92.50); Santiago: Av. L. Bernardo O'Higgins 3800 (Tel. 779.13.85) Alameda: Av. L. Bernardo O'Higgins 3794 (Tel. 776.10.23).

— **Trenes:** Corren desde Santiago hacia el sur con estación terminal en Puerto Montt. La Estación Central de Ferrocarriles se ubica en Av. L. Bernardo O'Higgins 3322 (Tel. 689.51.99).

CAMBIO DE MONEDA Y USO DE TARJETA DE CREDITO

Se puede realizar en bancos, casas de cambio y principales hoteles. La mayoría de las tarjetas de crédito son aceptadas en tiendas, hoteles y agencias de viaje.

Bancos
El horario de los bancos es: lunes a viernes de 9:00 a 14:00 hrs.

Casas de cambio
Horario de casas de cambio: similar a horario de comercio.

COMERCIO

Los locales comerciales están abiertos de 10:00 a 20:00 hrs. de lunes a viernes y de 10:00 a 14:00 hrs. los sábados. Los grandes centros comerciales permanecen abiertos de lunes a domingo de 10:00 a 21:00 hrs.

COMUNICACIONES

Código telefónico para Chile (56).
Código telefónico para Santiago (2).
Centros públicos de telefonía y fax en distintos sectores de la ciudad.
Consultar Entel-Chile.

INFORMACION TURISTICA

SERNATUR (Servicio Nacional de Turismo)
— Oficina en Aeropuerto Internacional y en Providencia 1550, Tel. 236.05.31.
Horario: 8:30 a 18:30 hrs. de lunes a viernes y sábado de 9:00 a 13:00 hrs.

FESTIVOS

1 enero / viernes y sábado Santo (variable: marzo-abril) / 1 mayo / Corpus Christi (variable: mayo-junio) / 29 junio / 15 agosto / 18-19 septiembre / 12 octubre / 1 noviembre / 8 diciembre / 25 diciembre /.

HOTELES

Valores referenciales, habitación doble
5☆ desde US$ 180
4☆ desde US$ 100
3☆ desde US$ 40.

ALIMENTACION

Valores referenciales:
Almuerzo, desde US$ 5
Snack o refrigerio, desde US$ 3

DIRECCIONES UTILES

— **Aeropuerto Internacional**
Informaciones: Tel. 601.97.09 / 601.90.01 / 601.96.54
Ladeco, Tel. 601.94.45
Lan Chile, Tel. 601.91.65

— **Estación Central de Ferrocarriles**
Av. L. Bernardo O'Higgins 3322.
Reservas e Informaciones, Tel. 689.51.99 / 689.54.01 / 689.57.18.

Ventas de Pasajes
— Av. L. Bernardo O'Higgins 853, L. 21
tel. 39.82.47.
— Metro Escuela Militar, L. 25
Tel. 228.29.83.
Lunes a viernes de 8:30 a 13:00 hrs.
Sábado de: 9:00 a 13:00 hrs.

— **Compañía de Teléfonos de Chile (C.T.C.)**
Llamadas Nacionales e Internacionales
Moneda 1151

— **Empresa Nacional de Telecomunicaciones, ENTEL**
Huérfanos 1133
Tel. 690.26.12.

— **Télex Chile**
Llamadas Nacionales e Internacionales y Facsímil
Morande 147
Tel. 696.88.07

— **Servicio de Extranjería**
Por pérdida de Tarjeta de Turismo Policía Internacional, Depto. Fronteras
General Borgoño 1052, Tel. 37.12.92 / 698.22.11.
Lunes a viernes de 8:30 a 12:15 hrs. y de 15:00 a 18:30 hrs.

— Prórroga Tarjeta de Turismo Intendencia Región Metropolitana
Moneda 1342, Tel. 672.53.20
Lunes a viernes de 9:00 a 13:00 hrs.

EMERGENCIAS

Ambulancia: Tel. 224.44.22
Asistencia Pública: Tel. 34.22.91.
Bomberos: Tel. 132
Carabineros: Tel. 133

Diseño/Desian Sernatur 1992

E. Entrevista personal.   Hágale preguntas a su compañero(-a) de clase.

Pregúntele...

1. si le gusta viajar en avión. ¿Por qué?
2. qué línea aérea prefiere.
3. si prefiere un vuelo directo. ¿Por qué?
4. dónde prefiere sentarse en el avión.
5. si lleva mucho equipaje cuando viaja. ¿Por qué?
6. qué hace si pierde el avión.

F. Creación.   En una narración cuente lo que pasa en el dibujo de la **Presentación**.

Vocabulario activo ▶

En el aeropuerto	At the Airport	A bordo	On Board
el (la) aduanero(-a)	customs agent	el (la) aeromozo(-a) (A)	flight attendant
el billete	ticket	el (la) azafata (E)	
el boleto de ida y vuelta	round-trip ticket	el (la) camarero(-a)	
el control de seguridad	security check	el asiento al lado de la ventanilla	window seat
la etiqueta	luggage tag	en el pasillo	aisle seat
la línea aérea	airline	el aterrizaje	landing
la maleta	suitcase	el despegue	take off
el maletero	porter	el equipaje de mano	carry-on luggage
el maletín	briefcase		
la puerta	gate	la fila	row
el pasaje (A)	fare	la sección de (no) fumar	(no) smoking section
el (la) pasajero(-a)	passenger		
la pista	runway	la tarjeta de embarque	boarding pass
la sala de reclamación de equipaje	baggage claim area	un vuelo directo sin escala	direct flight
el talón	baggage claim check	abordar el avión	to board the plane
la tarifa (E)	fare	abrocharse el cinturón de seguridad	to fasten the seatbelt
la terminal	terminal		
el vuelo internacional	international flight	aterrizar	to land
nacional	domestic flight	bajar del avión desembarcar	to get off of the plane
confirmar una reservación	to confirm a reservation	caber debajo del asiento	to fit under the seat
facturar el equipaje	to check luggage	desabrocharse	to unfasten
hacer una reservación	to make a reservation	despegar	to take off
pasar por la aduana	to go through customs	hacer escala	to stop over
		subir al avión	to get on the plane
perder (ie) el avión	to miss the plane	volar (ue)	to fly
reclamar el equipaje	to claim luggage		

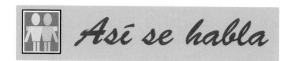

BUYING A TICKET AND BOARDING A PLANE

MIREYA	Señor, tengo una emergencia personal y quisiera saber si podría comprar un pasaje para el vuelo de esta tarde a Valparaíso.
EMPLEADO	A ver, déjeme ver.
MIREYA	¡Ay, gracias, señor!
EMPLEADO	Tiene suerte. Aquí hay un asiento disponible. ¿Lo quiere?
MIREYA	Sí, por supuesto.
EMPLEADO	Muy bien. ¿Tiene sus maletas para facturárselas?
MIREYA	Un momentito, por favor. Anabela, si fueras tan amable, ¿me podrías pasar mis maletas?
ANABELA	Aquí están.
EMPLEADO	Perfecto. Ya está todo listo. Su vuelo sale a las tres de la tarde por la puerta 5B. Aquí tiene su tarjeta de embarque.
MIREYA	Muy amable, señor.

When traveling by plane, you may hear or need to use the following expressions.

Quisiera un pasaje de ida y vuelta a...	*I would like a round-trip ticket to . . .*
Quisiera sentarme al lado de la ventanilla / del pasillo / en el medio.	*I would like to sit by the window / aisle / in the middle.*
¿A qué hora sale el vuelo?	*(At) What time does the flight leave?*
¿A qué hora empiezan a abordar?	*(At) What time do you start boarding?*
El vuelo está retrasado / sale a la hora.	*The flight is late / is leaving on time.*
El vuelo número... sale por la puerta número...	*Flight number . . . leaves through gate number . . .*
Facture su equipaje.	*Check your luggage.*

Muestre su tarjeta de embarque.	*Show your boarding pass.*
Cargue su equipaje de mano.	*Take your hand luggage.*
Ponga su equipaje de mano debajo del asiento delantero.	*Put your hand luggage under the seat in front (of you).*
Abróchese el cinturón.	*Fasten your seatbelt.*
Observe el aviso de no fumar.	*Observe the no-smoking sign.*
Ubique las salidas de emergencia.	*Locate the emergency exits.*

Práctica y conversación

A. De viaje. ¿Qué dice Ud. si está en un aeropuerto y necesita lo siguiente?

1. Un pasaje de Nueva York a Valparaíso.
2. Un pasaje de Nueva York a Santiago con regreso a Nueva York.
3. Ud. no fuma.
4. Un asiento que le permita mirar por la ventana durante el vuelo.
5. Ud. tiene dos maletas.
6. Ud. quiere hacer unas compras pero no sabe si tiene tiempo antes que salga su avión.

B. ¡Voy a Santiago! Con un(-a) compañero(-a), haga los papeles en el siguiente diálogo.

VIAJERO(-A)   Buenos días, necesito un pasaje para Santiago de Chile.

EMPLEADO(-A)   Muy bien. ¿Quiere uno de _____ o sólo de _____?

VIAJERO(-A)   No, de _____ porque tengo que regresar aquí, a los Estados Unidos.

EMPLEADO(-A)   ¿Cuándo quiere salir?

VIAJERO(-A)   _____.

EMPLEADO(-A)   Y, ¿cuándo desea regresar?

VIAJERO(-A)   _____.

EMPLEADO(-A)   Muy bien, yo le puedo arreglar todo. ¿Dónde quisiera sentarse? ¿Prefiere _____ o _____?

VIAJERO(-A)   Yo no fumo o sea que prefiero _____.

EMPLEADO(-A)   Y, ¿qué asiento prefiere, _____ o _____?

VIAJERO(-A)   Prefiero _____, si fuera tan amable.

EMPLEADO(-A)   Muy bien. Aquí tiene su _____ y su _____. ¡Que tenga un feliz viaje!

C. ¡Vámonos a la América del Sur! En grupos, dramaticen la siguiente situación. Algunos estudiantes planifican un viaje a la América del Sur. Van a una agencia de viajes y piden información sobre los vuelos, el horario, el costo de los pasajes, etc. El (La) empleado(-a) les dará la información que soliciten y también les hará algunas preguntas.

Estructuras

DESCRIBING PAST WANTS, ADVICE, AND DOUBTS

Imperfect Subjunctive

The imperfect subjunctive is used to express the same functions as the present subjunctive; the main difference is that the situations requiring the use of the imperfect subjunctive occurred in the past.

Imperfect Subjunctive of Regular Verbs		
volar	**perder**	**subir**
vola**ra**	perdie**ra**	subie**ra**
vola**ras**	perdie**ras**	subie**ras**
vola**ra**	perdie**ra**	subie**ra**
volá**ramos**	perdié**ramos**	subié**ramos**
vola**rais**	perdie**rais**	subie**rais**
vola**ran**	perdie**ran**	subie**ran**

a. To obtain the stem for the imperfect subjunctive, drop the **-ron** ending from the third-person plural form of the preterite: **volaron → vola-; perdieron → perdie-; subieron → subie-.** To this stem, add the endings that correspond to the subject: **-ra, -ras, -ra, -ramos, -rais, -ran.** Note the written accent on the first-person plural form.

b. There are no exceptions in the formation of the imperfect subjunctive. Thus, the imperfect subjunctive will show the same irregularities as the preterite.

Imperfect Subjunctive of Irregular Verbs			
-i- Stem		**-j- Stem**	
hacer	**hiciera**	decir	**dijera**
querer	**quisiera**	traer	**trajera**
venir	**viniera**		
-u- Stem		**-y- Stem**	
andar	**anduviera**	caer	**cayera**
estar	**estuviera**	creer	**creyera**
poder	**pudiera**	leer	**leyera**
poner	**pusiera**	oír	**oyera**
saber	**supiera**		
tener	**tuviera**		
-cir Verbs		**-uir Verbs**	
traducir	**tradujera**	construir	**construyera**
Other Irregular Stems			
dar	**diera**	ir	**fuera**
haber	**hubiera**	ser	**fuera**
Stem-changing Verbs			
e → i		**o → u**	
pedir	**pidiera**	dormir	**durmiera**

The imperfect subjunctive of **hay (haber)** is **hubiera.**

c. The same expressions that require the use of the present subjunctive also require the use of the imperfect subjunctive. The present subjunctive is usually used when the verb in the main clause is in the present tense. When the verb in the main clause is in a past tense, then the imperfect subjunctive is used.

Dudan que despeguemos a tiempo.	They doubt that we will take off on time.
Dudaban que **despegáramos** a tiempo.	They doubted that we would take off on time.
La azafata les dice a todos los pasajeros que se abrochen el cinturón.	The flight attendant tells all the passengers to fasten their seatbelts.
La azafata les **dijo** a todos los pasajeros que **se abrocharan** el cinturón.	The flight attendant told all the passengers to fasten their seatbelts.

d. In Spain and in certain other Spanish dialects, an alternate set of endings for the imperfect subjunctive is commonly used: **-se, -ses, -se, -semos, -seis, -sen.** You will see these forms frequently in reading selections.

Práctica y conversación

A. Mi primer viaje. ¿Recuerda su primer viaje en avión? Explique lo que era necesario hacer.

Modelo   comprar los boletos dos semanas antes del viaje
Era necesario que yo comprara los boletos dos semanas antes del viaje.

1. hacer una reservación
2. estar en el aeropuerto con una hora de anticipación
3. ir a la terminal internacional
4. tener el pasaporte
5. saber el número del vuelo
6. poner el equipaje de mano debajo del asiento

B. En la terminal. Diga lo que un empleado de una línea aérea les aconsejó a los pasajeros. Les aconsejó que...

poner las etiquetas en las maletas / facturar todo el equipaje / pasar por el control de seguridad / averiguar el número del vuelo / tener lista la tarjeta de embarque / abordar el avión a tiempo

C. A bordo. Ud. acaba de regresar de un viaje por la América del Sur. Cuéntele a un(-a) compañero(-a) qué fue necesario que Ud. hiciera antes de salir de viaje y qué consejos le dieron sus familiares.

MAKING POLITE REQUESTS
Other Uses of the Imperfect Subjunctive

In addition to expressing past wants, advice, and doubts, the imperfect subjunctive has other uses.

a. The imperfect subjunctive forms of **deber, poder,** and **querer** are often used to soften a statement or request so that it is more polite. In such cases, the imperfect subjunctive is the main verb of the sentence. Compare the translations of the sentences on the following page.

El aduanero brusco

Quiero revisar su equipaje. Pase
por aquí. Abra sus maletas.

I want to look through your luggage.
Come through here. Open your suitcases.

El aduanero cortés

Quisiera revisar su equipaje.
¿Pudiera Ud. pasar por aquí
y abrir sus maletas?

I would like to look through your luggage.
Could you step through here and open
your suitcases?

b. The imperfect subjunctive is always used after the expression **como si** meaning *as if.*

Esa mujer se comporta **como si**
pasara algo de contrabando.

That woman behaves as if she were
smuggling something.

 Práctica y conversación

A. El aduanero brusco. Ayude a este aduanero a ser más cortés. Dígale otra manera de expresar las siguientes frases.

1. Ud. debe pasar por aquí.
2. Quiero ver su declaración de aduana.
3. Ud. debe abrir su equipaje.
4. Quiero revisar sus maletas.
5. ¿Puede Ud. cerrar sus maletas?

B. Como si... Complete las siguientes oraciones de una manera lógica.

1. Siempre trabajo como si _____.
2. Mi novio(-a) maneja como si _____.
3. Mi mejor amigo(-a) gasta dinero como si _____.
4. Mi profesor(-a) nos da tarea como si _____.
5. Mis padres me tratan como si yo _____.

C. Quisiera... Con un(-a) compañero(-a), dramatice cómo un(-a) estudiante de intercambio invitaría a su padre / madre chileno(-a) a cenar en un restaurante, cómo pediría la comida y cómo el padre / la madre respondería.

DISCUSSING CONTRARY-TO-FACT SITUATIONS

If-*Clauses with the Imperfect Subjunctive and the Conditional*

Contrary-to-fact ideas are often joined with another idea to express what would or would not be done if a certain situation were true. *If I had the money, I would go to Chile.*

When a clause introduced by **si** (*if*) expresses a contrary-to-fact situation or an improbable idea, the verb in this clause must be in the imperfect subjunctive. The verb in the main or result clause must be in the conditional.

Contrary-to-fact situation

Si tuviera tiempo, te **llevaría** al
aeropuerto.

If I had time (which I don't), I would take
you to the airport.

Improbable situation

Si abordáramos ahora mismo, no **llegaríamos** a Santiago sino hasta las 10.	*If we were to board right now* (which is unlikely), *we wouldn't arrive in Santiago until 10:00.*

 ## Práctica y conversación

A. Si yo fuera aeromozo(-a)...   Si Ud. fuera aeromozo(-a), ¿qué haría?

Si yo fuera aeromozo(-a)...

recoger las tarjetas de embarque / ayudar a los pasajeros / servir refrescos / hablar con los pilotos / contestar las preguntas de los pasajeros / prepararles las comidas a los pasajeros / viajar mucho

B. Un viaje a Latinoamérica.   Explique bajo qué condiciones Ud. iría a Latinoamérica.

Iría a Latinoamérica si...

hablar bien el español / ganar mucho dinero en la lotería / no preocuparme por los estudios / tener más tiempo / conocer a alguien que quisiera viajar conmigo / ¿?

C. ¿Qué haría Ud.?   Complete las siguientes oraciones de una manera lógica.

1. Si yo pudiera viajar a un lugar, _____.
2. _____ si tuviera mucho dinero.
3. Si pudiera ser otra persona, _____.
4. Me gustaría _____ si _____.
5. Si yo tuviera tiempo, _____.

D. ¿Qué harían Uds.?   En grupos, dos estudiantes hablan de lo que harían si pudieran viajar a un país extranjero. El (La) tercer(-a) estudiante toma apuntes y después informa a la clase de lo discutido.

SEGUNDA SITUACIÓN

Presentación

UNA HABITACIÓN DOBLE, POR FAVOR

Práctica y conversación

A. ¿Qué hay en el dibujo? Utilizando el **Vocabulario activo** a continuación, nombre Ud. las cosas y personas que se ven en el dibujo.

B. ¿Quién lo ayuda? ¿Qué empleado(-a) del hotel lo (la) ayuda a Ud. en las siguientes situaciones?

1. Ud. tiene muchas maletas pesadas.
2. Quiere un plano de la ciudad.

3. Necesita cobrar cheques de viajero.
4. Los huéspedes en una habitación vecina hacen mucho ruido.
5. Necesita un taxi.
6. Le faltan toallas y jabón.
7. Quiere reservaciones en un restaurante de lujo.

C. Entrevista personal.   Hágale preguntas a un(-a) compañero(-a) de clase sobre lo que le importa cuando se queda en un hotel.

Pregúntele...

1. en qué clase de hotel prefiere alojarse.
2. si el hotel debe estar cerca del centro de la ciudad. ¿Por qué?
3. qué tipo de habitación prefiere.
4. si es importante que la habitación tenga aire acondicionado. ¿baño? ¿balcón?
5. si prefiere un hotel con pensión completa. ¿Por qué sí o por qué no?
6. cómo le gustaría pagar la cuenta.

D. La reunión anual.   Ud. trabaja en Santiago de Chile para una compañía multinacional con oficinas en España y en las capitales de la América del Sur. Ud. está encargado(-a) de arreglar su próxima reunión y pidió información de varios hoteles. Con un(-a) compañe-ro(-a) de clase discutan los servicios de los dos hoteles y decidan cuál es el mejor hotel y lugar para una reunión de los 300 empleados de su compañía. Justifique su decisión.

Situado al borde del mar, sobre el Puerto Deportivo y junto al Paseo Marítimo de Benalmádena-Costa, a 7 Kms. del aeropuerto y a 15 Kms. del centro de Málaga Capital, a 2 Kms. del Golf To-rrequebrada. 245 habitaciones y 10 suites con vistas al mar, totalmente climatizadas y con teléfono directo, TV vía satélite, terraza y baño completo. Restaurante, salones sociales, de ban-quetes, seminarios y congresos, salón de juego y TV, piano bar, peluquería, sauna y gimnasio, pista de tenis, 2 piscinas, una de ellas climatizada. Servicio de lavandería y limpieza en seco.

Disfrute de nuestros restaurantes «Alay» y «Mar de Alborán» y deguste la gran variedad de exquisitos platos.

Para cocktails, cenas, almuerzos de trabajo y banquetes, el Hotel Alay le ofrece cómodas facilidades y un servicio muy esmerado.

Bar americano: Lugar favorito de encuen-tro para tomar una copa y gozar de una buena música en vivo.

Gran selección de salones para reuniones y banquetes.

HOTEL ALAY
✳ ✳ ✳ ✳

Avda. del Alay, s/n
BENALMADENA-COSTA
Costa del Sol - MALAGA - SPAIN
Phone 95 - 224 14 40
Fax 95 - 244 63 80
Telex 77034

Un sistema organizado por un eficiente equipo de profesionales para brindar una excelente atención y servicio.

Amplias habitaciones que incluyen baños con «jacuzzi» y sauna privada, TV color y minibar; restaurantes, bar, cafetería, discoteca, salas de conferencias para ejecutivos, telex y servicio de mensajería.

Ubicación excelente cerca de playas, área comercial y zona artística, y a sólo 25 minutos del Aeropuerto Internacional.

E. Creación.   En una narración cuente lo que pasa en el dibujo de la **Presentación.**

Vocabulario activo ▶

Los hoteles	Hotels
el albergue juvenil	*youth hostel*
el hotel de lujo con	*luxury hotel with*
piscina	*swimming pool*
salón de cóctel	*cocktail lounge*
terraza	*terrace*
el motel	*motel*
el parador	*government-run historic inn*
la pensión	*boarding house*
alojarse	*to stay*

Registrarse	To Check In
la caja de seguridad	*safety box*
la estancia	*stay*
la habitación	
doble	*double room*
sencilla	*single room*
el (la) huésped	*guest*
la pensión completa	*full board*
la recepción	*registration desk*
el salón de entrada el vestíbulo	*lobby*
bajar el equipaje	*to bring down the luggage*
cargar	*to carry*
hacer	*to make a*
una reserva (E)	*reservation*
una reservación (A)	
llenar la tarjeta de recepción	*to fill out the registration form*
subir la maleta	*to bring up the suitcase*
completo(-a) (E) lleno(-a) (A)	*full*
disponible	*available*

La habitación	Room
necesitar	*to need*
jabón	*soap*
papel higiénico	*toilet paper*

una almohada	*a pillow*
una manta	*a blanket*
una toalla de baño	*a bath towel*
unos ganchos (A) unas perchas (E)	*some hangers*
tener	*to have*
aire acondicionado	*air conditioning*
balcón	*a balcony*
baño	*a bathroom*
calefacción	*heat*
ducha	*a shower*
tener problemas con el enchufe	*to have problems with the electric outlet*
el grifo	*the faucet*
el inodoro	*the toilet*
el lavabo	*the sink*
el voltaje	*the voltage*
cómodo(-a)	*comfortable*
incómodo(-a)	*uncomfortable*

Los empleados	Employees
el botones	*bellhop*
la camarera la criada	*chambermaid*
el (la) conserje	*concierge*
el portero	*doorman*
el (la) recepcionista	*desk clerk*

La cuenta	The Bill
el recargo por	*additional charge for*
las llamadas telefónicas	*telephone calls*
el servicio de habitación	*room service*
el servicio de lavandería	*laundry service*
desocupar la habitación	*to vacate the room*

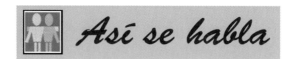

GETTING A HOTEL ROOM

SRA. MENÉNDEZ	¿No te habrás olvidado de lo que te pedí, Juan?
SR. MENÉNDEZ	¿Qué me pediste, querida?
SRA. MENÉNDEZ	Que reservaras una habitación doble de lujo. ¡No me digas que te olvidaste!
SR. MENÉNDEZ	¿Doble? Este... por supuesto que no, querida.
SRA. MENÉNDEZ	Y en un piso alto, supongo.
SR. MENÉNDEZ	Este... sí, por supuesto...
SRA. MENÉNDEZ	A menos que te hayas olvidado...
SR. MENÉNDEZ	No, no... este... mira... este... ¿por qué no esperas mejor en el saloncito mientras yo... este... lleno la tarjeta de recepción?

The following expressions are used when you want to get a hotel room.

Quisiera una habitación doble / sencilla con baño.	*I would like a double / single room with a bathroom.*
Prefiero una habitación que dé a la calle / atrás / al patio.	*I prefer a room facing the street / the back part / the patio.*
¿Acepta tarjetas de crédito / cheques de viajero / dinero en efectivo?	*Do you accept credit cards / traveler's checks / cash?*
Por favor, llene la tarjeta de recepción.	*Please fill out the registration form.*
Tengo que registrarme.	*I have to check in.*
¿A qué hora tengo que pagar la cuenta?	*At what time do I have to check out?*
Necesito un recibo, por favor.	*I need a receipt, please.*
¿Me podría enviar el equipaje a la habitación?	*Could you send my luggage to my room?*

 Práctica y conversación

A. En el hotel. Un(-a) estudiante hace el papel de viajero(-a) y otro(-a) el papel de recepcionista. ¿Qué dicen en la siguiente situación?

VIAJERO(-A)	Necesita una habitación.
RECEPCIONISTA	Quiere saber si el (la) viajero(-a) tiene reservación.
VIAJERO(-A)	Contesta negativamente.
RECEPCIONISTA	Tiene habitaciones, pero quiere saber qué tipo de habitación necesita el (la) viajero(-a).
VIAJERO(-A)	Responde.
RECEPCIONISTA	Quiere saber en qué sección del hotel prefiere su habitación.
VIAJERO(-A)	Responde.
RECEPCIONISTA	Le da la información necesaria: número de la habitación, piso, precio por día, hora de salida.
VIAJERO(-A)	Quiere saber qué facilidades hay: aire acondicionado, televisor a colores, servicio de habitación, restaurantes, etc.
RECEPCIONISTA	Le da la información.
VIAJERO(-A)	Decide quedarse en ese hotel.
RECEPCIONISTA	Le da la tarjeta de recepción.
VIAJERO(-A)	Quiere que le lleven el equipaje a la habitación.
RECEPCIONISTA	Responde. Le desea al (a la) viajero(-a) una buena estadía en la ciudad.
VIAJERO(-A)	Responde.

B. Necesitamos una habitación. Con un(-a) compañero(-a), dramatice la siguiente situación. Dos amigos(-as) han llegado a Santiago de Chile. Son las doce de la noche y están muy cansados(-as) pero no tienen reservación. Del aeropuerto llaman a un hotel y piden la información que necesitan. Otro(-a) estudiante toma apuntes de lo dicho y luego le informa a la clase.

Estructuras

EXPLAINING WHEN FUTURE ACTIONS WILL TAKE PLACE

Subjunctive in Adverbial Clauses

In Spanish the subjunctive is used in clauses when it is not certain when or if an action will take place: *We will spend our vacation in Viña del Mar provided that we can get a room in a good hotel.*

a. The subjunctive is always used in adverbial clauses introduced by the following phrases.

a menos que	*unless*	en caso que	*in case that*
antes que	*before*	para que	*so that*
con tal que	*provided that, as long as*	sin que	*without*

Nos alojaremos en un hotel con
piscina **con tal que tengan** una
habitación disponible.

*We will stay in a hotel with a pool provided
that they have a room available.*

Note that the future activity **(nos alojaremos)** is dependent upon the outcome of another
uncertain action **(tengan)**.

b. The subjunctive is used with the following adverbs of time when a future and uncertain
action is implied.

así que		cuando	*when*
en cuanto	*as soon as*	después que	*after*
luego que		hasta que	*until*
tan pronto como		mientras	*while*

Subirán el equipaje **después que
Uds. llenen** la tarjeta de recepción.

*They will take your luggage up after you fill
out the registration form.*

When these adverbs of time express a completed action in the past or habitual action in the
present, they are followed by verbs in the indicative. Compare the following examples.

Future action

Saldremos para el aeropuerto **tan
pronto como llegue** tu papá.

*We will leave for the airport as soon as your
father arrives.*

Past action

Salimos para el aeropuerto **tan
pronto como llegó** tu papá.

*We left for the airport as soon as your
father arrived.*

Habitual action

Siempre salimos para el aeropuerto
tan pronto como llega tu papá.

*We always leave for the airport as soon as
your father arrives.*

c. The subjunctive is used with the following expressions of purpose if they point to an
event which is still in the future or uncertain.

a pesar de que	*in spite of*	aunque	*although, even if*
aun cuando	*even when*	de manera que	*so that*
		de modo que	

Nos alojaremos en el Hotel
Pacífico **aunque no tenga**
aire acondicionado.

*We will stay in the Pacific Hotel even if it
doesn't have air conditioning.*

When these adverbs express a certainty, the indicative is used.

Nos alojamos en el Hotel Pacífico
aunque no tenía aire
acondicionado.

*We stayed in the Pacific Hotel although it
didn't have air conditioning.*

■ Práctica y conversación

A. Vacaciones en Chile. Un(-a) compañero(-a) de clase le pregunta a Ud. sobre unas vacaciones en Chile que Uds. piensan hacer. Conteste según el modelo.

Modelo   pasar por El Arrayán / cuando / ir a Farellones para esquiar
  Compañero(-a): **¿Pasaremos por El Arrayán?**
  Usted: **Pasaremos por El Arrayán cuando vayamos a Farellones para esquiar.**

1. visitar Viña del Mar / cuando / ir a Valparaíso
2. ir a Portillo / a menos que / no querer esquiar
3. hacer una excursión a La Serena / mientras / estar en ruta a Antofagasta
4. pasar por Concepción / a menos que / ser la estación de las lluvias
5. viajar a Punta Arenas / sin que / olvidar que es la ciudad más al sur del continente
6. volar a la Isla de Pascua / con tal que / no hacer mal tiempo

B. Los viajeros. Combine las dos oraciones que se presentan a continuación usando las frases adverbiales que correspondan.

a menos que	hasta que	cuando	tan pronto como
en cuanto	aun cuando	aunque	luego que

Modelo   Los viajeros generalmente facturan su equipaje. Sólo llevan una maleta pequeña.
  Los viajeros generalmente facturan su equipaje a menos que sólo lleven una maleta pequeña.

1. Generalmente las personas pagan por su pasaje al extranjero. Han sido enviadas por su compañía o lugar de trabajo.
2. Saben que tendrán que volver a trabajar. Regresan a la oficina.
3. Saben también que tendrán que administrar su dinero muy bien. Regresan a su país.
4. Los estudiantes prefieren los albergues juveniles. Tienen muchísimo dinero.
5. Muchas veces los viajeros piensan en quedarse a vivir en el extranjero. Saben que sólo se trata de un sueño.

C. ¿Cómo podemos ayudarlo(-a)? Un(-a) estudiante hace el papel de un(-a) empleado(-a) de un hotel, otro(-a) el de un(-a) viajero(-a) que tiene muchos problemas en su habitación (la calefacción y el teléfono no funcionan; necesita toalla, ganchos y jabón; no han subido su equipaje; la habitación no está limpia, etc.). El (La) tercer(-a) estudiante toma apuntes de la conversación y después le informa a la clase.

DESCRIBING FUTURE ACTIONS THAT WILL TAKE PLACE BEFORE OTHER FUTURE ACTIONS

Future Perfect Tense

The future perfect tense expresses an action that will be completed by some future time or before another future action. *We will have checked into the hotel before our friends do.*

Future Perfect Tense			
habré		I will have	
habrás	**-AR**	you will have	
	viajado		traveled
habrá		he, she, you will have	
	-ER		
habremos	**aprendido**	we will have	learned
habréis	**-IR**	you will have	
	decidido		decided
habrán		they, you will have	

a. The future perfect tense is formed with the future tense of the auxiliary verb **haber +** *past participle* of the main verb.

b. The future perfect tense expresses actions that will be completed before an anticipated time in the future.

> **Habré salido** cuando Uds. lleguen.   *I will have gone when you arrive.*
> **Habré salido** para las 5.   *I will have gone by 5:00.*

c. As is the case with the other perfect tenses, reflexive and object pronouns precede the conjugated forms of **haber.**

> **Me** habré graduado para el año 2004.   *I will have graduated by 2004.*

Práctica y conversación

A. Lea la siguiente tira cómica y conteste las preguntas.

¿Quiénes son los personajes en la tira cómica y dónde están? ¿Qué estudian en la clase? ¿Cómo es la maestra? ¿Cuál es el futuro perfecto de amar?

B. Para el año 2010. Explique lo que las siguientes personas habrán hecho para el año 2010.

> *Modelo*   Tomás / terminar sus estudios
> **Tomás habrá terminado sus estudios.**

1. Alberto / viajar a Chile
2. Bárbara y Bernardo / casarse
3. tú / conseguir un buen trabajo
4. Elena / escribir una novela

   5. nosotros / aprender a hablar español
   6. Ángela / hacerse médica
   7. mis amigos y yo / graduarse de la universidad

C. Para este fin de semana. Explique lo que Ud. habrá hecho para este fin de semana. Mencione por lo menos cinco actividades.

D. Planes personales. Con unos compañeros de clase, dramaticen la siguiente situación. Ud. es un(-a) empleado(-a) de un hotel y llegó a trabajar muy tarde hoy. Su jefe(-a) le habla y le dice que todo está muy atrasado y le informa sobre todo lo que tiene que hacer. Ud. le da un plan detallado de lo que piensa haber terminado para el mediodía, para las cuatro de la tarde y para las ocho de la noche. Él (Ella) se muestra muy sorprendido(-a).

Identifying the Main Topic

En el aeropuerto de Santiago

After you listen to a conversation you are sometimes required to answer questions about what happened. You might be asked to explain how you perceive the situation: fair or unfair, expected or unexpected. You might also be asked about the attitude of the people involved: calm or nervous, selfish or generous, upfront or dubious, arrogant or humble. To make these judgments, you rely on the factual information you hear, the words and expressions the speaker uses, and your own personal background information concerning the topic or situation.

Ahora, escuche el diálogo entre una pasajera y una empleada de la aerolínea LanChile en el aeropuerto de Santiago, y tome los apuntes que considere necesarios. Antes de escuchar la conversación, lea los siguientes ejercicios. Despues, conteste.

A. Información general. Usando sus apuntes haga un breve resumen de la conversación que Ud. escuchó. Después, compare su resumen con el de un(-a) compañero(-a) de clase.

B. Algunos detalles.   Ahora, de las alternativas que se presentan a continuación escoja las que mejor identifiquen el tema principal de la conversación.

1. La viajera no sabía
    a. lo que tenía que hacer antes de facturar su equipaje.
    b. en qué sección ni en qué asiento quería sentarse.
    c. a qué hora salía el avión.
2. La empleada le dijo a la viajera que
    a. pasara por Inmigración antes de abordar el avión.
    b. no podía viajar porque no tenía visa.
    c. el avión tenía cuarenta y cinco minutos de retraso.

C. Análisis.   Escuche el diálogo nuevamente, prestando especial atención a la forma de relacionarse que tienen la pasajera y la empleada en el aeropuerto. Después, escoja la respuesta más apropiada. Justifique sus respuestas.

1. Según el diálogo que Ud. oyó, se puede decir que la viajera está
    a. nerviosa.
    b. de buen humor.
    c. cansada.
2. Según el diálogo que Ud. oyó, se puede decir que la empleada del aeropuerto es una persona
    a. descortés.
    b. impaciente.
    c. amable.

TERCERA SITUACIÓN

EL TRANSPORTE EN EL MUNDO HISPANO

Práctica intercultural.   ¿Qué medios de transporte público existen en su comunidad? ¿Cuáles son las ventajas y las desventajas de los varios medios de transporte público? ¿Qué medios de transporte son más cómodos / económicos / rápidos? ¿Qué medio(-s) de transporte utiliza Ud. con más frecuencia? ¿Por qué?

Hay una gran variedad de medios de transporte en el mundo hispano y cada uno tiene sus ventajas y desventajas. El uso de un medio sobre otro depende de las características geográficas del lugar y su estado económico.

   El autobús es un medio de transporte muy común en todo el mundo hispano pero especialmente en Hispanoamérica. Los autobuses tienen nombres distintos según el país o la región. En México lo llaman «el camión», en la Argentina «el colectivo», en Cuba y Puerto Rico «la guagua» y en Chile «el bus». Generalmente los autobuses interurbanos son grandes y muy cómodos; a veces tienen televisores y servicio de comida.

   En la mayoría de las ciudades del mundo hispano, el transporte público está bien desarrollado y generalmente es mucho más eficaz utilizarlo que manejar y tratar de encontrar un lugar para estacionar el coche. Pero a pesar de los buenos sistemas de transporte público, muchas personas prefieren la conveniencia de manejar su propia motocicleta o coche. No obstante, en Barcelona, Buenos Aires, Caracas, Madrid, México (D.F.)

y Santiago de Chile los habitantes y turistas pueden utilizar el sistema de trenes subterráneos llamado el metro para ir de un lugar a otro.

En muchos países hay sistemas nacionales de aviones o de trenes. En España RENFE, la Red Nacional de Ferrocarriles Españoles, mantiene un sistema de trenes de muchas categorías incluyendo el AVE, el tren de Alta Velocidad Española, que transporta pasajeros entre Madrid y Sevilla.

En Hispanoamérica la naturaleza dificulta el transporte. En México y Centroamérica las montañas separan los países y las regiones dentro de los países. En Sudamérica los Andes forman una barrera natural entre las regiones de la costa del Pacífico y el interior del continente. A causa de las montañas es difícil construir carreteras o vías ferroviarias; por eso

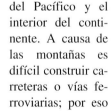

las personas dependen del transporte aéreo. No debe ser sorprendente saber que la primera línea aérea nacional fue Avianca de Colombia o que hay más aeropuertos que estaciones de tren en Bolivia.

Además del transporte público arriba mencionado también existen taxis o la posibilidad de alquilar un coche para viajar dentro y fuera de las ciudades.

 **Práctica**

A. Los medios de transporte. Explique qué medio de transporte van a utilizar las siguientes personas.

1. Un turista en Madrid quiere ir de su hotel al otro lado de la ciudad.
2. Una familia mexicana quiere viajar de Guadalajara a la capital.
3. Un argentino quiere viajar de Buenos Aires a Córdoba.
4. Una colombiana quiere ir de Bogotá a Cali.
5. Un turista en Santiago de Chile no quiere usar el transporte público para trasladarse dentro de la ciudad.

B. Un viaje en Chile. Ud. y un(-a) compañero(-a) quieren ir de Santiago a Viña del Mar. Discutan los medios de transporte disponibles para ir de una ciudad a otra. ¿Cuáles son las ventajas o desventajas de cada uno? ¿Cómo van a viajar de su hotel a la estación de autobuses o a la de tren o al aeropuerto? ¿Qué medio de transporte van a utilizar para viajar entre las dos ciudades? Justifique su respuesta.

Para leer bien

CROSS-REFERENCING

Authors generally use synonyms in order to avoid repeating the same word within a sentence or paragraph as well as within the entire article or work. This use of synonyms or symbols to refer to frequently mentioned things or people is called cross-referencing. In the following sentence about Santiago, Chile, there are two sets of cross-references.

> Hay quienes piensan que el conquistador español don Pedro de Valdivia se equivocó de lugar cuando en 1541 decidió fundar la ciudad que más tarde sería la capital de Chile: Santiago de la Nueva Extremadura.

In the first cross-reference, the word **el conquistador** is used to identify **Pedro de Valdivia.** This reference provides additional information about the man who founded Santiago by explaining that he was also a Spanish conquistador. In the second cross-reference, the words **el lugar / la ciudad / la capital / Santiago** are used to refer to the place where Valdivia located the city and to provide further information about it.

Sometimes repetition is avoided by using pronouns and possessives that also form cross-references.

> La *playa de Reñaca* es *la favorita* de la juventud; *su* arena blanca invita a tenderse sobre *ella.*

The first step in using cross-references is to recognize the synonyms for the already mentioned nouns in a reading. After recognizing the synonyms, the reader must make the connections among the synonyms, pronouns, and possessives.

❖ Práctica

A. Identifique las palabras en la columna a la derecha que tienen algo en común con los tres lugares a la izquierda.

	la ruta
	las olas
	el mar
la playa de Reñaca	la vía
los Andes	los sitios elevados
la Carretera Panamericana	la arena
	el camino
	el sol
	las montañas

B. Identifique las contrarreferencias (*cross-references*) en las siguientes oraciones.

1. Uno de los principales atractivos turísticos de Santiago es el llamado Parque Metropolitano, situado en el cerro San Cristóbal, mole de piedra y tierra...
2. La playa de Reñaca, con dos kilómetros de extensión, es la playa favorita de la juventud y el más importante centro de actividades del verano.
3. La cordillera de los Andes se sumerge en el mar de Drake y reaparece más tarde en el Continente Blanco —la Antártida— donde todo es nieve pura, eterna y blanca.
4. Santiago, o mejor dicho, la Región Metropolitana, reúne las mejores condiciones para el desarrollo de la producción nacional: gran concentración de población, personal calificado, recursos naturales suficientes, buenas vías de acceso y suficiente agua y energía.

LECTURA

Chile: Un mundo de sorprendentes contrastes

Santiago: La ciudad-jardín

Hay quienes piensan que el conquistador Pedro de Valdivia se equivocó de lugar cuando en 1541 decidió fundar la ciudad que más tarde sería la capital de Chile: Santiago de la Nueva Extremadura. Esta opinión se *is renewed / intensifies* renueva° cada año cuando llega el otoño y se acentúa° en el invierno. En ambas estaciones Santiago, que está situada en un valle, sufre los efectos del progreso urbano que se traducen en una contaminación atmosférica. Esta contaminación dificulta que los turistas puedan visualizar lo que casi siempre es evidente en la primavera y el verano: el cielo azul, los verdes cerros° que *hills* rodean° a Santiago y este enorme blanco telón de fondo° que constituye la cordillera de los *surround / backdrop* Andes.

Fundada el 12 de febrero de 1541 por el ya mencionado capitán de Valdivia, Santiago se caracteriza por ser la ciudad más poblada de Chile. Concentra casi el 40 por ciento de los habitantes del país, al ser un constante foco de atracción de migraciones rurales. Miles de trabajadores del campo y de las ciudades más pequeñas emigran anualmente a Santiago en busca de trabajo.

Santiago de Chile

Santiago o, mejor dicho, la Región Metropolitana, reúne las mejores condiciones para el desarrollo industrial: gran concentración de población, personal calificado, recursos naturales° suficientes, buenas vías de acceso y suficiente agua y energía.

Es aquí donde se elabora° prácticamente el 50 por ciento de toda la producción nacional. Las principales industrias manufactureras son las textiles, las de prendas de vestir°, industriales del cuero, fábricas de productos metálicos, maquinarias° y equipos, productos alimenticios, bebidas y tabacos, industrias de madera y sus subproductos.

Santiago tiene modernos sistemas de transportes y comunicaciones. Desde el centro de la ciudad, se desprende° la Carretera Panamericana. Una ruta internacional conecta la capital con la Argentina y hay también otras carreteras y vías que la unen con todo el país. Paralela a los caminos se extiende una red ferroviaria°; el aeropuerto internacional recibe a pasajeros y carga del exterior.

Uno de los principales atractivos turísticos de Santiago es el llamado Parque Metropolitano situado en el cerro San Cristóbal, mole° de piedra y tierra de más de 300 metros de altura. Allá hay sitios para picnic, un jardín zoológico, piscinas al aire libre y salas de concierto.

En la ciudad misma se conservan aún casonas y mansiones coloniales, las que junto con museos históricos, militares, aeronáuticos, de ciencias naturales y precolombinos, ayudan al visitante a conocer no sólo lo que fue y lo que es Chile, sino toda Hispanoamérica.

natural resources

is manufactured
articles of clothing
machinery

issues forth

railway network

mass, pile

lovers / strolls
boating / forests
streams

Para los amantes° de la naturaleza y los paseos° hay muchas posibilidades desde las canchas de esquí hasta las aguas termales, los ríos para hacer canotaje°, valles y bosques° para acampar sin más temor que el silencio y sin más ruido que el de los riachuelos° y los pájaros.

Adaptado de *Tumi 2000*

Viña del Mar

summer resort
jog / seaside walkways
coast

La vida se inicia tarde en Viña del Mar. La gente comienza a salir de sus casas hacia las once y media de la mañana, pero antes los más deportistas, como en todo centro de veraneo°, han salido a trotar°, andar en bicicleta o, simplemente, a caminar por las costaneras° o por la gran avenida que accede a todas las playas del litoral°. Reñaca, con dos kilómetros de extensión, es la playa favorita de la juventud y el más importante centro de actividades de verano.

Viña del Mar, Chile

lugar donde se venden y se comen pescado y mariscos
recreation
slot machines

competitions

Las vacaciones invitan a comer fuera de casa, jugar y bailar. Viña del Mar lo ofrece todo. Las marisquerías° alternan con los restaurantes en los treinta kilómetros del camino costero. El Casino Municipal es el centro de esparcimiento° más completo de la ciudad. Sus salas atraen a jugadores de ruleta y de tragamonedas°; en su *café concert* durante todo el año se presentan figuras internacionales de la canción y del espectáculo. La juventud tiene otras preferencias. Los últimos ritmos europeos se unen al rock latino en las discotecas de la región. Viña del Mar también ofrece una intensa vida cultural con teatro, conciertos, exposiciones y concursos° de pintura y escultura.

Adaptado de *Chile ahora*

La Antártida chilena

Magallanes

La geografía y el clima de Chile ofrecen grandes y sorprendentes contrastes. En el norte está el desierto de Atacama, el territorio más seco del mundo, mientras al otro extremo del país todo es nieve.

La región de Magallanes y la Antártida chilena están situadas en el sur entre la Argentina y el océano Pacífico. Aunque Magallanes es la región de mayor superficie° del país es la menos poblada con solamente 130.000 habitantes. — área

Este territorio extenso y variado es sumamente hermoso. El paisaje° casi siempre incluye glaciares, *icebergs,* fiordos o islas con canales° sinuosos. Allí la cordillera de los Andes está sumergida en el mar de Drake pero reaparece más al sur en la Antártida. — landscape / channels

Además de ser una de las regiones más bellas del país, también es una de las más ricas en recursos° naturales. La economía depende de la industrialización de los recursos mineros, ganaderos°, marinos y forestales. — resources / livestock

Magallanes también ofrece muchas atracciones turísticas; los visitantes pueden gozar de una gastronomía sabrosa, la práctica deportiva y las costumbres tradicionales mientras viajan por una región vasta e impresionante.

▓ Comprensión

A. Tres regiones distintas. Complete las siguientes oraciones.

1. La ciudad de Santiago fue fundada por _____ en _____.
2. En el otoño y en el invierno Santiago sufre _____.
3. _____ es la ciudad más poblada del país; allá se concentran casi _____.
4. Santiago reúne las mejores condiciones para el desarrollo industrial: _____.

5. Las principales industrias de Santiago son _____.
6. El Parque Metropolitano es _____; allí se encuentran _____.
7. Dentro de Santiago algunas de las atracciones turísticas son _____.
8. Viña del Mar es _____ que se encuentra en _____.
9. El Casino Municipal es _____.
10. Otras atracciones turísticas de Viña del Mar son _____.
11. La región de Magallanes se encuentra _____.
12. Es la región de mayor _____ y menos _____.
13. Entre la belleza escénica de esta región se destacan _____, _____ y _____.

B. Descripciones geográficas.   Describa las regiones de Santiago, Viña del Mar y Magallanes. ¿Cuáles son las características geográficas? ¿Cómo es el clima? ¿Cuáles son las ventajas y desventajas de cada región? ¿Se puede comparar estas regiones con regiones en los EE.UU.? ¿Cuáles?

C. En defensa de una opinión.   ¿Qué evidencia hay en el artículo que confirma la idea siguiente? «Chile es un mundo de contrastes sorprendentes.»

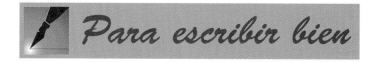

Para escribir bien

EXPLAINING AND HYPOTHESIZING

When supporting an opinion in a memo, letter, essay, or term paper, it is frequently necessary to explain and hypothesize. Hypothesizing involves expressing improbabilities and explaining under what conditions certain events would take place. Hypothesizing often involves the use of contrary-to-fact *if*-clauses. Study the examples of explaining and hypothesizing found in the following letter.

Explanation

Thank you for inviting me to spend time with you in Chile this summer. However, I don't think I can come because I have to work.

Hypothesis

I have applied for a scholarship this semester. If I receive it, then I would quit my job. Under these circumstances, I would be able to visit you. Even if I were to receive a full tuition scholarship, I would not be able to spend the entire summer with you since I also need to take one course in order to graduate on time.

The following phrases used to express cause and conditions will help you explain and hypothesize.

Expressions of Condition

Si yo tuviera la oportunidad / más tiempo / más dinero...	*If I had the opportunity / more time / more money . . .*

Si yo fuera + *adjective*: Si yo fuera (más) rico(-a) / joven / viejo(-a)...	*If I were* + adjective: *If I were rich(er), young(-er) / old(-er)* . . .
Si yo fuera + *noun*: Si yo fuera el (la) presidente(-a) / el (la) jefe(-a) / el (la) dueño(-a)...	*If I were* + noun: *If I were the president / the boss / the owner* . . .
En su (tu) posición...	*In your position* . . .
Bajo otras / mejores condiciones...	*Under other / better conditions* . . .

Expressions of Cause

a causa de / por + *noun* No viajaría allá a causa del / por el calor.	*because of* + noun *I wouldn't travel there because of the heat.*
porque + *clause* No viajaría allí porque siempre hace mucho calor.	*because* + clause *I wouldn't travel there because it's always very hot.*
puesto que Puesto que no pagan bien, no trabajaría allí.	*since* (used at the beginning of a sentence) *Since they don't pay well, I wouldn't work there.*
como consecuencia por eso / por consiguiente / por lo tanto	*consequently* *therefore*

 # COMPOSICIONES

A. Un viaje a Santiago.   Un(-a) amigo(-a) suyo(-a) estudia en Santiago de Chile este año y lo (la) invita a Ud. a pasar el mes de junio con él (ella). Escríbale una carta explicándole bajo qué condiciones podría visitarlo(la).

B. Un puesto en Valparaíso.   Hace muchos años que Ud. vive y trabaja en Santiago de Chile y le gustan su trabajo y su casa. Ayer recibió una carta de la Compañía Valdéz ofreciéndole un puesto excelente en Valparaíso. Escríbales una carta diciéndoles que aceptará el puesto con tal que ellos hagan ciertas cosas. Explique las condiciones bajo las cuales Ud. aceptaría su oferta.

C. Las vacaciones de primavera.   El presidente de la universidad piensa que los estudiantes no son serios y deben estudiar más. Por eso decidió eliminar las vacaciones de primavera este año y todos los alumnos tienen que pasar el tiempo en la biblioteca o en los laboratorios. Ud. tiene que hablar en nombre de (*on behalf of*) los estudiantes en una reunión con el presidente. Escriba su discurso (*speech*) describiendo su posición, explicándole al presidente lo que querría que él hiciera y lo que pasaría si él eliminara las vacaciones.

Actividades

A. En el aeropuerto de Santiago.   You are in the airport in Santiago waiting for your return flight to the U.S. Role-play the following situation with a classmate who is the ticket agent in the airport. You go to the LanChile check-in counter. Confirm that your ticket is correct and check in two suitcases. Obtain the seat of your choice; find out when the plane leaves and the gate number; then get your boarding pass. Ask if you have time to do some shopping before departure. Find out when and where to go through customs.

B. Una reservación.   You and your family are going to spend a week's vacation in Viña del Mar. Call the Hotel Solimar to obtain a room reservation. Talk with the reservation clerk (played by a classmate). Find out if there are rooms available when you want to arrive and the price for the type of room(-s) you want. Describe any special room items or characteristics you need. Arrange a payment method and confirm your reservation.

C. Para el año 2005.   Interview at least five classmates to find out three things they will have done by the year 2005. Compile the results and explain what the majority of the class will have done by that date.

D. El viaje de sus sueños.   You are a contestant on the TV quiz show *El viaje de sus sueños.* In order to win the trip of your dreams, you must explain in three minutes or less where and with whom you would go and what you would do if you were to win the trip. You also need to explain under what conditions you would travel or engage in certain activities. After listening to all the contestants, the class should decide on the winner.

CAPÍTULO 12
Los deportes

Argentina: Un partido de pato

Cultural Themes

Argentina
Sports in the Hispanic World

Communicative Goals

Discussing Sports and Games
Explaining What You Would Have
  Done under Certain Conditions
Discussing What You Hoped
  Would Have Happened
Discussing Contrary-to-Fact
  Situations
Describing Illnesses
Expressing Sympathy and Good
  Wishes
Discussing Unexpected Events
Linking Ideas

PRIMERA SITUACIÓN

Presentación

¿FUISTE AL PARTIDO DEL DOMINGO?

Práctica y conversación

A. **¿Qué hay en el dibujo?**   Utilizando el **Vocabulario activo** a continuación, nombre Ud. las cosas y personas que se ven en el dibujo.

B. **El equipo deportivo.**   ¿Qué equipo deportivo necesita Ud. para practicar los siguientes deportes?

el golf / el béisbol / el básquetbol / el tenis / el fútbol / el vólibol / el hockey

C. De compras. ¿De qué hablan las varias personas que están en el dibujo de la **Presentación?** Con uno(-a) o dos compañeros(-as) de clase, dramatice su conversación.

D. Póngase en forma. Según el anuncio a continuación, ¿qué servicios ofrece el gimnasio Nuevo Estilo para que Ud. se ponga en forma? ¿Qué piensa Ud. de estos servicios?

¡LO MEJOR DE LA COSTA A SU ALCANCE!

Gimnasio
NUEVO ESTILO

Póngase en forma y cambie a este **NUEVO ESTILO** de vida.

✔ Grupos de Gimnasia para Niños.
✔ Grupos de Gimnasia para la tercera edad.
✔ Sala de gimnasia con aparatos.
✔ Entrenamientos personalizados.
✔ Aerobic - Jazz - Ballet clásico.
✔ Fisioculturismo/musculación.
✔ Solarium (rayos UVA).
✔ Sauna.
✔ Masaje profesional.
✔ Aumento de peso y adelgazamiento.
✔ Asesoramiento médico
✔ Entrenamiento de potencia como complemento de otros deportes.

Lun. - Vier. 9,30 - 23,00 hs.
Sábados 9,30 - 13,30 hs.

¡Todo por menos dinero del que se imagina!

E. Creación. En una narración cuente lo que pasa en el dibujo de la **Presentación.**

Vocabulario activo ▶

En el estadio	At the Stadium
el (la) árbitro(-a)	*referee, umpire*
el (la) campeón(-ona)	*champion*
el (la) entrenador(-a)	*coach*
el equipo	*team*
el puntaje	*score*
batear	*to bat*
coger la pelota	*to catch the ball*
dar una patada	*to kick*
patear	
entrenar	*to coach, train*
ganar el campeonato	*to win the*
	championship
jugar	*to play*
al baloncesto (E)	*basketball*
al básquetbol (A)	
al fútbol	*soccer*
lanzar	*to throw*
tirar	

En el campo deportivo	On the Field
la cancha	*playing area*
la pista	*track*
correr	*to run*
hacer jogging	*to jog*
jugar al béisbol	*to play baseball*
al golf	*golf*
al hockey	*hockey*
al tenis	*tennis*
al vólibol	*volleyball*
saltar	*to jump*

En el gimnasio	In the Gym
entrenarse	*to train*
hacer ejercicios	*to exercise*
ejercicios aeróbicos	*to do aerobic excercises*
ejercicios de calentamiento	*to do warm-up exercises*
ponerse en forma	*to get in shape*
practicar el boxeo	*to box*
la gimnasia	*to do gymnastics*
la lucha libre	*to wrestle*
sudar	*to sweat*

El equipo deportivo	Sports Equipment
el bate	*bat*
la canasta	*basket*
el casco	*helmet*
el disco	*hockey puck*
el marcador	*scoreboard*
el palo de golf	*golf club*
de hockey	*hockey stick*
los patines de hielo	*ice skates*
la pelota	*ball*
la raqueta	*tennis racquet*
la red	*net*

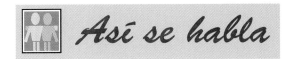

DISCUSSING SPORTS AND GAMES

ADA	Y, ¿qué tal tu partido de tenis, Felipe?
FELIPE	Hubiera podido ser mejor.
ADA	Pero, ¿qué pasó?
FELIPE	Nada, sino que al final me cansé y ya no pude jugar tan bien.
ADA	¿Quién ganó?
FELIPE	Javier.
ADA	¡Qué lástima! Lo siento.
FELIPE	Está bien, no te preocupes. Si hubiera practicado más y me hubiera mantenido en forma, no habría perdido.
ADA	Pero sí practicaste bastante, mi amor. Todos los días ibas al Club.
FELIPE	Evidentemente no fue suficiente.
ADA	Bueno. Ojalá que ganes la próxima semana para que te sientas mejor.
FELIPE	Gracias, cariño.

When you want to discuss sports, you can use the following expressions.

Para informarse

¿Qué tal el partido?	*How was the game?*
¿Quién ganó?	*Who won?*

Comentarios negativos

Perdimos.	*We lost.*
Nos derrotaron.	*They defeated us.*
¡Qué desastre!	*What a disaster!*
¡Qué horrible / terrible / espantoso!	*How horrible / terrible / dreadful!*
¡Ni me cuentes!	*Don't tell me!*
No quiero oír nada más.	*I don't want to hear any more.*
Lo siento.	*I'm sorry.*

Comentarios positivos

Ganamos.	*We won.*
Los derrotamos.	*We defeated them.*
Increíble.	*Incredible.*
Buenísimo.	*Very good.*
Fantástico.	*Fantastic.*
¡Qué bien!	*Great!*

Práctica y conversación

A. ¡Qué partido!   ¿Cómo reacciona Ud. en las siguientes situaciones?

1. Su equipo favorito ganó el último partido.
2. Su equipo favorito perdió.
3. Ud. quiere saber el puntaje final.
4. Ud. no quiere oír nada más.
5. Ud. espera que la situación mejore en el futuro.

B. Un partido de fútbol.   El equipo de fútbol / básquetbol de su universidad jugó hoy contra uno de los más fuertes rivales. Ud. no pudo ir. Pregúntele a un(-a) compañero(-a) qué pasó.

Estructuras

EXPLAINING WHAT YOU WOULD HAVE DONE UNDER CERTAIN CONDITIONS

Conditional Perfect Tense

In English the conditional perfect tense is expressed with *would have + past participle* of the main verb. It is used to express what you would have done under certain conditions: *With your height and athletic abilities, I would have been a professional basketball player.*

Conditional Perfect Tense		
haber	**+**	**past participle**
habría		-AR
habrías		jugado
habría		-ER
habríamos		corrido
habríais		-IR
habrían		asistido

a. In Spanish, the conditional perfect tense is formed with the conditional of the auxiliary verb **haber** + *past participle* of the main verb.

b. The conditional perfect is used to express something that would have or might have happened if certain other conditions had been met.

Con más tiempo **habría asistido** al campeonato en Buenos Aires.

With more time I would have attended the championship in Buenos Aires.

Práctica y conversación

A. Con más tiempo.   Forme por lo menos seis oraciones describiendo lo que habrían hecho las siguientes personas con más tiempo.

yo	ponerse en forma
mi novio(-a)	entrenarse
el equipo de la universidad	ganar el campeonato
mis amigos	hacer ejercicios aeróbicos
tú	practicar la lucha libre
nosotros	jugar al golf

B. Entrevista personal.   Pregúntele a su compañero(-a) de clase lo que habría hecho con más tiempo y bajo condiciones ideales.

Pregúntele...

1. qué deportes habría practicado. ¿Por qué?
2. cómo se habría puesto en forma.
3. cuándo se habría entrenado.
4. dónde se habría entrenado.
5. qué equipo deportivo habría necesitado.
6. ¿?

C. Yo creo que...   Su equipo favorito perdió un partido ayer. Con un(-a) compañero(-a), hable de lo que Uds. habrían hecho para ganar.

DISCUSSING WHAT YOU HOPED WOULD HAVE HAPPENED

Past Perfect Subjunctive

When you explain what you hoped or doubted had already happened, you use the past perfect subjunctive.

Past Perfect Subjunctive		
haber	+	past participle
hubiera		-AR
hubieras		practicado
hubiera		-ER
hubiéramos		cogido
hubierais		-IR
hubieran		salido

a. The past perfect subjunctive (sometimes called the pluperfect subjunctive) is formed with the imperfect subjunctive of the auxiliary verb **haber** + *past participle* of the main verb.

b. The same expressions that require the use of the other subjunctive forms also require the use of the past perfect subjunctive.

> Esperaba / Dudaba / Era mejor que ya **hubieran terminado** el partido.
>
> *I hoped / I doubted / It was better that they had already finished the game.*

Note that the phrases requiring the use of the past perfect subjunctive are also in a past tense.

c. The past perfect subjunctive is used instead of the imperfect subjunctive when the action of the subjunctive clause occurred before the action of the main clause. Compare the following examples.

> Esperaba que los Tigres **ganaran** el campeonato.
>
> *I hoped that the Tigers would win the championship.*
>
> Esperaba que los Tigres ya **hubieran ganado** el campeonato.
>
> *I hoped that the Tigers had already won the championship.*

Práctica y conversación

A. **¡No ganamos!** El equipo de béisbol ha perdido el campeonato. Explique lo que Ud. dudaba que el equipo hubiera hecho antes de llegar a los partidos finales.

Dudaba que el equipo...

entrenarse bien / mantenerse en forma / escuchar al entrenador / querer ganar / correr bastante

B. Para tener éxito. Su compañero(-a) no salió bien en su programa deportivo. Explíquele lo que era necesario que hubiera hecho antes del fin del programa.

Modelo   hacer ejercicios
        COMPAÑERO(-A):   **No hice ejercicios.**
               USTED: **Era necesario que hubieras hecho ejercicios.**

ponerse en forma / hacer ejercicios de calentamiento / llegar al gimnasio a tiempo / sudar mucho / hacer jogging / entrenarse todos los días

C. Entrevista personal. Hágale preguntas a su compañero(-a) de clase sobre cinco cosas que él (ella) esperaba que sus padres / amigos hubieran hecho el año pasado.

DISCUSSING CONTRARY-TO-FACT SITUATIONS

If *Clauses with Conditional Perfect and Past Perfect Subjunctive*

Contrary-to-fact ideas, such as *If I had been more careful,* are often joined with another idea expressing what would have or would not have been done. *If I had been more careful (*but I wasn't)*, I would not have broken my arm.*

   a. When a clause introduced by **si** (*if*) expresses a contrary-to-fact situation that occurred in the past, the verb in the **si** clause must be in the past perfect subjunctive. The verb in the main or result clause is in the conditional perfect tense.

       Si **nos hubiéramos entrenado** más,   *If we had trained more (*but we didn't)*,*
         habríamos ganado el campeonato.   *we would have won the championship.*

   b. The following examples will help clarify the sequence of tenses in *if* clauses.

     1. **Si** + *present indicative* + *present indicative* or *future*

         Si haces ejercicios, **te pondrás**   *If you exercise, you will get in shape.*
            en forma.

     2. **Si** + *imperfect subjunctive* + *conditional*

         Si hicieras ejercicios, **te pondrías**   *If you exercised, you would get in shape.*
            en forma.

     3. **Si** + *past perfect subjunctive* + *conditional perfect*

         Si hubieras hecho ejercicios,   *If you had exercised, you would have*
            te habrías puesto en forma.   *gotten in shape.*

❋ Práctica y conversación

A. Mejor entrenado(-a).   Explique lo que no hubiera ocurrido si Ud. hubiera podido evitarlo (*to avoid it*).

Si yo hubiera podido evitarlo...

los jugadores no estar en mala forma / las prácticas no ser tan cortas / los jugadores no llegar tarde al gimnasio / el equipo no perder / ¿?

B. Más consejos.   Explíquele a su compañero(-a) que él (ella) habría ganado la competencia si hubiera escuchado sus consejos.

Habrías ganado la competencia si...

dormir más / comer comidas más nutritivas / tomar tus vitaminas / prestar atención / practicar más horas / ¿?

C. ¡Te lo dije!   Su amigo(-a) es capitán(-ana) de un equipo deportivo de su universidad y está muy triste porque su equipo perdió el campeonato nacional. Ud. cree que es porque el equipo no practicó, no descansó, no se alimentó suficientemente, etc. Dígale que no habría perdido si hubiera seguido sus consejos.

SEGUNDA SITUACIÓN

Presentación

EN EL CONSULTORIO DEL MÉDICO

Práctica y conversación

A. ¿Qué hay en el dibujo? Utilizando el **Vocabulario activo** a continuación, nombre Ud. las cosas y personas que se ven en el dibujo.

B. Los síntomas. Describa los síntomas de las siguientes enfermedades.

la gripe / la mononucleosis / el catarro / la bronquitis / la pulmonía

C. Los consejos. ¿Qué consejos le da Ud. a su compañero(-a) de clase en las siguientes situaciones?

1. No puede dormirse.
2. Tiene dolor de estómago.
3. Se ha fracturado el brazo.
4. Tiene el tobillo hinchado.

5. Sufre de dolores musculares.
6. Tiene escalofríos.
7. Le duele la garganta.

D. Entrevista personal. Pregúntele a su compañero(-a) de clase sobre su salud.

Pregúntele...

1. qué hace cuando tiene dolor de cabeza.
2. si sufre de alergias.
3. qué hace si se siente deprimido(-a).
4. qué toma para una tos fuerte.
5. qué hace si sufre de insomnio.
6. qué hace cuando tiene fiebre.

E. Herbalife. Según el anuncio a continuación, ¿ofrece ventajas el programa Herbalife para controlar el peso? ¿Cuáles son? ¿Hay desventajas? ¿Cuáles?

F. Creación. En una narración cuente lo que pasa en el dibujo de la **Presentación.**

Vocabulario activo ▶

Los síntomas	Symptoms
desmayarse	*to faint*
estar deprimido(-a)	*to be depressed*
estornudar	*to sneeze*
marearse	*to feel dizzy, seasick*
mejorarse	*to get better*
estar mal	*to feel sick*
no estar bien	
sentirse (ie, i) mal	
padecer de	*to suffer from*
alergia	*an allergy*
dolores musculares	*muscular aches*
insomnio	*insomnia*
mareos	*dizziness*
sonarse (ue) la nariz	*to blow one's nose*
sufrir (de)	*to suffer (from)*
tener dolor de	*to have a*
cabeza	*headache*
estómago	*stomach ache*
garganta	*sore throat*
tener escalofríos	*to have chills*
fiebre	*fever*
toser	*to cough*
vomitar	*to vomit*

Las enfermedades	Diseases
el catarro	*cold*
el resfriado	
la gripe	*flu*
la pulmonía	*pneumonia*

Los remedios	Medicine
los antibióticos	*antibiotics*
la aspirina	*aspirin*
las gotas	*drops*

el jarabe para la tos	*cough syrup*
las pastillas	*tablets*
la penicilina	*penicillin*
las píldoras	*pills*
la receta	*prescription*
las vitaminas	*vitamins*
operarle a uno	*to operate on someone*
poner una inyección	*to get a shot*
recetar un remedio	*to prescribe a medicine*

Las heridas	Injuries
la curita	*band-aid*
las muletas	*crutches*
la venda	*bandage*
el yeso	*cast*
cortarse el dedo	*to cut one's finger*
dar puntos en la mano	*to get stitches in one's hand*
enyesar el brazo	*to put one's arm in a cast*
fracturarse la muñeca	*to fracture one's wrist*
golpearse la rodilla	*to hit one's knee*
herirse (ie, i)	*to hurt oneself*
lastimarse el hombro	*to hurt one's shoulder*
romperse la pierna	*to break one's leg*
tener una contusión	*to be bruised*
torcerse (ue) el tobillo	*to sprain one's ankle*
vendar el dedo del pie	*to bandage one's toe*
hinchado(-a)	*swollen*

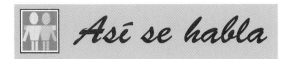

EXPRESSING SYMPATHY AND GOOD WISHES

ANA MARÍA	Carmencita, cuánto lamento la muerte de tu padre. Mi sentido pésame.
CARMENCITA	Gracias, Ana María. En realidad ha sido horrible. Tan inesperado.
ANA MARÍA	Sí, ha sido una cosa tan violenta. Francamente ha sido una impresión muy fuerte para todos.
CARMENCITA	Un hombre tan fuerte, tan lleno de vida, se muere de un momento para el otro. Si hubiera estado enfermo o si lo hubiéramos visto deteriorarse poco a poco quizás el choque no hubiera sido tan fuerte. ¿Pero morirse así? Es espantoso. No se lo deseo a nadie.
ANA MARÍA	Mira, aquí estamos, ya sabes. Si necesitas cualquier cosa, por favor avísanos, que para eso somos las amigas.
CARMENCITA	Sí, claro. Muchas gracias por venir, Ana María. Muchas gracias por todo. De repente te tomo la palabra y te llamo uno de estos días.
ANA MARÍA	Por favor, hazlo.

When you want to express sympathy or good wishes, you can use the following expressions.

Expressing Sympathy

¡Cuánto lo siento!	*I'm sorry!*
Lo siento mucho.	*I'm so sorry!*
Mi (más) sentido pésame.	*Receive my (deepest) sympathies.*

Expressing Good Wishes

Que se (te) mejore(-s).	*I hope you get better.*
Que Dios le (te) bendiga.	*May God bless you.*

Le (Te) deseo lo mejor.	*I wish you the best.*
Feliz cumpleaños.	*Happy birthday.*
Feliz Navidad / Año Nuevo.	*Merry Christmas. / Happy New Year.*
Felices vacaciones.	*Enjoy your vacation!*

Práctica y conversación

A. ¡Qué vida ésta!   ¿Qué dice Ud. en las siguientes situaciones?

1. Su compañero(-a) de cuarto está muy triste porque su abuelo está muy enfermo.
2. Su compañero(-a) de cuarto ahora está contento(-a) porque su abuelo se siente mucho mejor.
3. Su padre recibió un ascenso.
4. Su mejor amigo(-a) se va de vacaciones al Caribe.
5. Su compañero(-a) cumple veintiún años.
6. Su amigo(-a) se siente muy enfermo(-a).

B. ¡Buena suerte!   Con un(-a) compañero(-a), dramatice la siguiente situación. Su compañero(-a) está en el hospital y le van a operar. Ud. le hace una visita.

Estructuras

DISCUSSING UNEXPECTED EVENTS

Reflexive for Unplanned Occurrences

In English you often describe accidents, unintentional actions, and unexpected events with words like *slipped* or *got*. For example: *The pills slipped out of my hands. The prescription got lost.* Spanish uses a very different construction to convey these ideas.

a. To express something that happens to someone accidentally or unexpectedly, Spanish uses **se** + *indirect object pronoun* + *verb* in the third person.

Se me perdió la receta.	*My prescription got lost.*
Se me perdieron las píldoras.	*My pills got lost.*

b. In these constructions the subject normally follows the verb. When the subject is singular, the verb is third-person singular; when the subject is plural, the verb is third-person plural.

Se le cayó la botella de aspirinas.	*The aspirin bottle slipped out of his hands.*

c. The indirect object pronoun refers to the person who experienced the action. The indirect object pronoun can be clarified with the phrase **a** + *noun* or *pronoun.*

A Eduardo se le cayó la botella de aspirinas.	*The aspirin bottle slipped out of Eduardo's hands.*

d. Verbs frequently used in this construction are:

acabar	*to finish, run out of*	ocurrir	*to occur*
caer	*to fall, slip away*	olvidar	*to forget, slip one's mind*
escapar	*to escape*	perder	*to lose*
ir	*to go, run away*	quedar	*to remain, have left*
morir	*to die*	romper	*to break*

Práctica y conversación

A. Me falta.   ¿Qué se les acabó a las siguientes personas?

> *Modelo*   el Dr. Flores / las pastillas
> **Al Dr. Flores se le acabaron las pastillas.**

1. yo / la aspirina
2. el Dr. Maura / los antibióticos
3. nosotros / el jarabe para la tos
4. la Dra. Valle / la penicilina
5. tú / las vitaminas
6. las enfermeras / las gotas

B. ¡Qué mala suerte!   Forme por lo menos seis oraciones explicando lo que les pasó a las siguientes personas.

yo	caer	la botella de jarabe
tú	romper	las gafas
mi mejor amigo(-a)	perder	las recetas
nosotros	olvidar	la pierna
mi compañero(-a)	acabar	el dinero
		las píldoras

C. ¡Se me cayó!   Con un(-a) compañero(-a), dramatice la siguiente situación. Ud. no sabe dónde está la receta que el (la) médico(-a) le había dado y ya no tiene más pastillas. Explíquele al (a la) médico(-a) que no es culpa suya.

LINKING IDEAS

Relative Pronouns: Que *and* quien(-es)

Relative pronouns are used to link short sentences and clauses together in order to provide smooth transitions from one idea to another. The most common English relative pronouns *that, which, who,* and *whom* are often expressed in Spanish with **que** and **quien(-es).**

a. Que = *that, which, who*

1. **Que** is the most commonly used relative pronoun; it may be used as a subject or object of a verb and may refer to a person or thing.

> Primero debes tomar la penicilina, **que** es un remedio común para la pulmonía. El médico **que** conocí esta mañana me dijo **que** no vas a sufrir mucho más.

> *First you should take penicillin, which is a common medicine for pneumonia. The doctor that I met this morning told me that you're not going to suffer much longer.*

2. **Que** may also be used after short prepositions such as **a, con, de,** or **en** to refer to a place or thing.

<table>
<tr><td>El dolor **de que** te hablé desapareció.</td><td>*The pain I talked to you about disappeared.*</td></tr>
</table>

b. Quien(-es) = *who, whom*

1. The relative pronoun **quien(-es)** is used after prepositions to refer to people.

<table>
<tr><td>Las dos enfermeras **con quienes** hablabas son mis primas.</td><td>*The two nurses with whom you were talking are my cousins.*</td></tr>
</table>

2. **Quien(-es)** may also be used to introduce a nonrestrictive clause, that is, a clause set off by commas that is almost an aside and not essential to the meaning of the sentence.

<table>
<tr><td>El Dr. Rivas, **quien** es nuestro médico, dijo que vas a mejorarte pronto.</td><td>*Dr. Rivas, who is our doctor, said that you will get better soon.*</td></tr>
</table>

In spoken language **que** is generally used in these nonrestrictive clauses; **quien(-es)** is more normally used in written language.

c. The relative pronoun is often omitted in English. In Spanish the relative pronoun must be used to join two clauses.

<table>
<tr><td>Esos edificios **que** ves a la derecha son los hospitales de la universidad.</td><td>*Those buildings (that) you see on the right are the university hospitals.*</td></tr>
<tr><td>¿Conoces a todas las personas con **quienes** trabajas en la clínica?</td><td>*Do you know all the people (that) you work with in the clinic?*</td></tr>
</table>

Note that the word order in spoken English is often quite different from the Spanish equivalent.

Práctica y conversación

A. ¿Quiénes son? Explique quiénes son las siguientes personas.

Modelo José / el médico / recetarnos un remedio
José es el médico que nos recetó un remedio.

1. Paco / el chico / estar deprimido
2. Susana / la chica / estornudar todo el tiempo
3. la Sra. Blanca / la profesora / tener dolor de estómago
4. el Sr. Gómez / el trabajador / cortarse el dedo
5. María / la enfermera / poner inyecciones

B. Enfermeros y pacientes.   Explique quiénes son estas personas. Siga el modelo.

Modelo   El Dr. Ochoa es el médico. Hablé con el Dr. Ochoa ayer.
        El Dr. Ochoa es el médico con quien hablé ayer.

1. Julio es un muchacho muy activo. Le enyesé la pierna a Julio.
2. Susana es una enfermera muy eficiente. Yo trabajé con Susana.
3. Mario es un estudiante. Le operé la mano a Mario.
4. La Sra. Blanca es la enfermera. Compré un regalo para la Sra. Blanca.
5. Mariano es el jugador de fútbol. Le di puntos en la cabeza a Mariano.

C. ¿Quién es?   Complete las siguientes oraciones utilizando pronombres relativos.

1. Mi mejor amigo(-a) es la persona...
2. El capitán del equipo de fútbol es la persona...
3. Los enfermos son las personas...
4. El entrenador es la persona...
5. El campeón de boxeo es la persona...

D. ¡No conozco nada ni a nadie!   En grupos, dramaticen esta situación. Ud. está en Buenos Aires visitando a unos amigos quienes lo (la) llevan a conocer varios lugares y personas. Ud. les hace preguntas y ellos le contestan.

LINKING IDEAS

Forms of el que, el cual, *and* cuyo

The relative pronouns **que** and **quien(-es)** are most often used in the spoken language. In more formal written and spoken Spanish other relative pronouns are often used.

a. El que, la que, los que, las que = *who, whom, that, which*
   Forms of **el que** agree in gender and number with their antecedent, that is, the person or thing they refer back to.
b. El cual, la cual, los cuales, las cuales = *who, whom, that, which*
   Forms of **el cual** also agree in number and gender with their antecedent.
c. Forms of **el que** and **el cual** are used only after a preposition or after a comma. When there is no preposition or comma, the relative **que** is used. The choice between forms of **el que** or **el cual** is often just a matter of personal preference similar to *that* or *which* in most cases in English.

1. Forms of **el que** or **el cual** are used to avoid confusion when there are two possible antecedents.

   El primo de mi mamá, **el que**   *My mother's cousin, who* (the cousin)
   (el cual) vive en Buenos Aires,   *lives in Buenos Aires, is a famous*
   es un cirujano famoso.   *surgeon.*

2. Forms of **el que** are generally used after short prepositions such as **a, con, de,** or **en.**

   La alergia **de la que** sufre Amalia   *The allergy from which Amalia suffers*
   produce síntomas terribles.   *produces terrible symptoms.*

3. Forms of **el cual** are preferred after prepositions of more than one syllable and after the short prepositions **por, para,** and **sin.**

El remedio **por el cual** pagué muchísimo me causó dolores por todas partes.

The medicine for which I paid a lot made me ache all over.

d. Forms of **el que** are also used as the equivalent of *the one(-s) that.*

Estas pastillas son buenas pero **las que** el médico me recetó el mes pasado eran mejores.

These pills are good but the ones that the doctor prescribed for me last month were better.

e. Lo que and **lo cual** = *what, that which*
Lo que / lo cual refers back to a situation, a previously stated idea or sentence, or something that hasn't yet been mentioned.

El tobillo roto me duele un poco pero **lo que** me molesta más es el yeso.

My broken ankle hurts me a little but what bothers me most is the cast.

f. Cuyo = *whose*
Cuyo is a relative possessive adjective; it agrees in number and gender with the item possessed.

Eduardo, **cuya** madre es médica, piensa hacerse médico también.

Eduardo, whose mother is a doctor, plans to become a doctor also.

▓ Práctica y conversación

A. ¿Qué es esto?   Explique qué son las siguientes cosas. Combine las dos oraciones en una nueva oración usando una preposición y una forma de **el que** o **el cual.**

Modelo   Éste es el consultorio. El Dr. Milagros trabaja en este consultorio.
Éste es el consultorio en el que (el cual) trabaja el Dr. Milagros.

1. Éstos son los antibióticos. Curan la infección con estos antibióticos.
2. Ésta es la receta. El doctor escribe las instrucciones en esta receta.
3. Éstas son las vitaminas. La enfermera me habló de estas vitaminas.
4. Éste es el jarabe para la tos. Paco se puso mejor con este jarabe para la tos.
5. Éstas son las píldoras. Perdí mucho peso con estas píldoras.

B. Reacciones.   Describa la reacción del paciente en las siguientes situaciones.

Modelo   No le dio puntos. Esto le gustó.
Lo que le gustó fue que no le dio puntos.

1. Se torció el tobillo. Esto le enojó.
2. No se rompió la pierna. Esto le pareció increíble.
3. Padeció de alergias. Esto no le importó.

4. Se cortó el dedo. Esto le molestó.
5. Le puso una inyección. Esto lo puso furioso.

C. Más reacciones.   Complete las siguientes oraciones de una manera lógica.

1. Lo que me gusta más es...
2. Lo que necesito es...
3. Lo que no me gusta es...
4. Lo que me enoja es...
5. Lo que me parece ridículo es...

D. ¡Qué suerte!   Forme por lo menos cinco oraciones usando una frase de cada columna para describir cómo se sienten estas personas.

Este chico	cuyo	hermanos tienen gripe	está contento(-a)
Aquella señora	cuya	herida no sana	está triste
Ese hombre	cuyos	píldoras se perdieron	está frustrado(-a)
Ese médico	cuyas	paciente vino ayer	está furioso(-a)
			¿?

Identifying Levels of Politeness

Un estadio de fútbol

You have probably heard the expression, "It is not what he said, but the way he said it." Sometimes the way people say something, that is, the intonation of the voice and grammatical structures they use, affects the way you respond to them. In English, for example, you would respond differently to each of the following: "Come here!"; "Could you please come here?"; "Do you mind coming here?"; *and* "Do you think you could come here, please?" *The same phenomenon occurs in Spanish where different levels of politeness are used in different circumstances and with different people. Note the difference between the following:* **"Ven acá."; "¿Puedes venir acá, por favor?"; "¿Podrías venir acá, por favor?";** *and* **"¿Serías tan amable de venir acá, por favor?"**

Ahora, escuche el diálogo entre un médico y un joven deportista y tome los apuntes que considere necesarios. Antes de escuchar la conversación, lea los siguientes ejercicios. Después, conteste.

A. Información general.   Usando sus apuntes haga un breve resumen de la conversación que Ud. escuchó. Después, compare su resumen con el de un(-a) compañero(-a) de clase.

B. Algunos detalles.   Ahora, escoja de las alternativas que se presentan a continuación las que mejor identifiquen el tema principal de la conversación.

  1. El deportista fue a ver al médico porque
     a. se había roto la rodilla.
     b. recibió un golpe muy fuerte.
     c. le dolía mucho todo el cuerpo.
  2. El médico le dijo al deportista que
     a. le iba a enyesar la pierna.
     b. no practicara ningún deporte.
     c. le iba a poner una inyección.

C. Análisis.   Escuche el diálogo nuevamente prestando especial atención a la forma de relacionarse que tienen el médico y el deportista. Después, escoja la respuesta más apropiada. Justifique sus respuestas.

  1. Según el diálogo que Ud. oyó, se puede decir que el médico es
     a. amable.
     b. cortés.
     c. desagradable.
  2. Según el diálogo que Ud. oyó, se puede decir que el deportista no
     a. respeta al médico.
     b. es descortés.
     c. confía en el médico.

CÓMO SE COMPRAN REMEDIOS Y OTROS ARTÍCULOS EN LAS FARMACIAS

Práctica intercultural.   Describa Ud. una farmacia típica. ¿Qué se puede comprar allí? ¿Sólo remedios? Además de tamaño, ¿cuál es la diferencia entre una farmacia en un centro comercial y una pequeña en un barrio? ¿Qué papel tiene el farmacéutico? ¿Puede recetarle remedios o ponerle inyecciones a un cliente? ¿Puede recomendar remedios?

Una farmacia hispana

En España y en los países latinoamericanos, cuando una persona necesita adquirir remedios o artículos de tocador (colonias, jabones, talcos, desodorantes o cremas, por ejemplo) va a la farmacia, donde generalmente hay un farmacéutico y varios empleados que la atienden. En las farmacias hay una gran variedad de remedios que se pueden adquirir sin necesidad de tener receta médica.

Además de poder adquirir remedios y artículos de tocador también se puede recibir inyecciones o vacunas que el médico receta. Como el farmacéutico es una persona de confianza en el vecindario (*neighborhood*) muchas veces las personas le preguntan qué remedio deben tomar para un malestar o una enfermedad leve.

Las farmacias generalmente están abiertas de lunes a viernes a las mismas horas que los otros establecimientos comerciales. Los fines de semana y en horas de la noche las farmacias se turnan para abrir y atender al público. Es decir, unas abren un fin de semana, otras otro fin de semana; unas abren ciertas noches, otras abren otras noches. De esta manera uno siempre puede encontrar una «farmacia de turno» para adquirir un remedio durante la noche, un fin de semana o un feriado. Los periódicos de la ciudad o la guía telefónica ofrecen información acerca de las farmacias que están de turno en los diferentes vecindarios.

✳ Práctica y conversación

¡Que te mejores!   Con un(-a) compañero(-a), dramatice la siguiente situación. Ud. se siente mal. Le duele todo el cuerpo y se siente muy cansado(-a). Vaya a la farmacia y hable con el (la) farmacéutico(-a) quien le recomendará algunos remedios para que se mejore.

Para leer bien

RESPONDING TO A READING

The comprehension of a reading selection involves collaboration between reader and author in order to produce a shared meaning. Many reading selections are designed to elicit a response from the reader. That response can be emotional and/or intellectual. Emotional responses range from laughter to tears, and from pleasure to fear or anger. Intellectual responses include agreeing or disagreeing with the point of view and making inferences, that is, drawing a conclusion or making a judgment about ideas presented in the reading. Making inferences can also involve "reading between the lines" in order to ascertain an author's complete point of view.

By taking advantage of the decoding and comprehension techniques you have learned, you will learn to respond appropriately to a reading selection. The following are some useful guidelines.

1. Predict the content by scanning the title and opening sentences. Also use accompanying charts, photos, and art work.
2. Assign meaning to individual words and phrases by using context, cognate recognition, knowledge of prefixes and suffixes, and identification of the core of a sentence.
3. Identify the main ideas and supporting elements of the reading.
4. Use your background knowledge to help decode individual words and phrases and to comprehend the entire reading.
5. Identify the point of view expressed by the author.
6. Draw conclusions and make inferences about the author's point of view or main ideas. Agree or disagree with the ideas expressed.
7. The emotional response to the reading will occur automatically if you comprehend the passage. You must comprehend what the author is saying before laughter can occur; likewise, you must understand the tragic or unjust elements of a situation before you are moved to tears or anger.

✳ Práctica

A. Generalmente se asocia una emoción típica con un género literario o una clase de lectura. Esta asociación va a ayudarlo(-la) a Ud. a reaccionar al leer. ¿Con qué emociones se asocian las siguientes clases de lectura?

la poesía romántica / una tira cómica (*comic strip*) / un drama trágico / una novela policíaca / las noticias en la primera página de un periódico / su revista favorita

B. A veces se puede reaccionar intelectual y emocionalmente. Lea la tira de Garfield que sigue y después conteste las preguntas.

1. ¿Quién es Garfield? ¿Cómo es? ¿Qué le gusta?
2. ¿De qué se queja Garfield al principio de la tira? Al final, ¿se queja de la misma cosa?
3. ¿Cuál es el punto de vista del autor? ¿Le gusta o no la televisión? Según el autor, ¿para qué sirve la televisión?
4. A veces Garfield parece ser una persona y no un gato. ¿A qué tipo de persona representa Garfield?
5. ¿Cómo reaccionó Ud. emocionalmente al leer esta tira? ¿Cómo reaccionó Ud. intelectualmente? ¿Está Ud. de acuerdo con Garfield?

LECTURA

Los treinta años de Mafalda

bangs / bow / thought
indisputable

Hace unos treinta años en Buenos Aires apareció Mafalda, una niña de flequillo° y moño° en el cabello que reflexionaba° con la lógica incontestable° de los niños sobre los absurdos del mundo adulto.

Feminista antes de tiempo, crítica de la televisión, preocupada por la ecología y el destino de la humanidad, Mafalda pertenecía a una típica familia de la clase media que bien podría haber nacido en Madrid, Buenos

commonplace
illustrator / advertising
comic strip / appliances

Aires o Roma. Pero su nacimiento tuvo más razones prosaicas° que filosóficas. Su padre, el dibujante° Joaquín Lavado, *Quino,* la había creado por encargo de una agencia publicitaria° que necesitaba una historieta° familiar para vender electrodomésticos°.

impuestos = taxes

La idea no funcionó. Ninguna revista argentina quiso la tira por el mensaje publicitario que escondía°. Quino se quedó con su Mafalda hasta que comenzó a aparecer en el semanario° *Primera plana,* uno de los mejores que recuerda Argentina en las últimas décadas. De allí pasó diariamente al matutino° *El Mundo* y la niñita, con sus incómodas reflexiones°, se popularizó inmediatamente.

it was hiding / weekly newspaper

morning newspaper / thoughts

cada dos por tres = continuamente

Las historietas de Mafalda, su casadera° amiga Susanita, el materialista Manolito y el idealista Felipe pasaron a editarse° en casi todos los países, a excepción de los ingleses, que encontraron su humor demasiado latinoamericano. Les encantaba a grandes y chicos. De niña odiaba° la sopa, las tareas escolares y las preguntas infantiles, aunque sus preocupaciones fueran adultas. Era una fiel exponente° de la época, cuestionadora del poder y la política, las guerras y el matrimonio.

marriageable

to be published

she hated

model

Pero su autor se cansó°. Cuando llevaba ya diez años, Quino la abandonó asustado°. «Comenzaba a repetirme», explicó el autor.

got tired / frightened

a pilas = battery-run

far and away /
publishing firm

Sin embargo, Mafalda es aún más popular que antes. En la Argentina los libros de Quino son de lejos° los que más se venden. El dueño de la editorial° que tiene los derechos exclusivos de los libros de Quino insiste sobre «el fenómeno monstruoso» de los últimos años en los que los libros de Quino se venden en una proporción de cuatro a uno, comparado con los otros autores más vendidos.

Adaptado de *Cambio 16*

Comprensión

A. ¿Quién es Mafalda? Conteste las siguientes preguntas.

1. ¿Cómo es Mafalda?
2. ¿Cuáles son sus diversiones, preocupaciones, gustos y odios?
3. ¿Quiénes son sus amigos y cómo son?
4. ¿Cómo es su familia?

B. La historia de la tira. Complete las siguientes oraciones con información del artículo.

1. Mafalda apareció por primera vez en _____ hace _____.
2. El dibujante era _____ pero llamado _____.
3. Creó a Mafalda por _____ que necesitaba una historia para _____.
4. Al principio la idea de Mafalda _____.
5. Cuando Mafalda apareció en *El Mundo* _____.
6. Después de _____ años el autor _____.
7. Actualmente Mafalda es _____ que antes.

C. Los personajes. ¿Cuántos personajes hay en cada tira de la lectura? ¿Quiénes son?

D. El punto de vista. Empareje cada tira con una idea o preocupación de Mafalda o de sus amigos.

	1. Preocupación por la ecología
Primera tira	2. Preocupación por el destino de la humanidad
Segunda tira	3. Crítica de la televisión
Tercera tira	4. El feminismo
Cuarta tira	5. Odio a las tareas escolares
	6. Odio a las preguntas infantiles
	7. Crítica de los valores falsos

E. Respuestas emocionales. Conteste las siguientes preguntas.

1. ¿Son cómicas todas las tiras? Explique.
2. ¿Cómo respondió Ud. emocionalmente a cada tira?

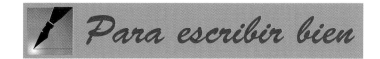

Para escribir bien

WRITING PERSONAL NOTES

You frequently need to write brief notes to family, friends, neighbors, and co-workers to wish them well or to express sympathy. Such notes are a more courteous and lasting way of expressing personal sentiments.

In reality, a note is a brief personal letter and, thus, consists of a salutation, brief body, and closing.

When expressing good wishes or sympathy in person, you have the opportunity to react to facial expressions, tone of voice, and the person's responses. However, in a personal note you need to include all the information you want the person to receive since there is no conversational give and take. In the body of the note you will need to explain why you are writing (i.e., you have just heard the good / bad news; you know it is the person's birthday; etc.). Then express your personal feelings and reaction.

The oral expressions taught in the **Así se habla** for the **Segunda situación** of this chapter are also appropriate for written notes. Other ways of expressing good wishes and sympathy include the following.

Indirect Commands

Que tenga(-s) un buen viaje.	*Have a good trip.*
Que se (te) mejore(-s) pronto.	*Get well soon.*

Subjunctive Phrases

Me alegro que + *subjunctive*	*I'm very happy that . . .*
Siento que + *subjunctive*	*I'm sorry that . . .*

Exclamatory Phrases with qué

Qué + *noun*	
¡Qué suerte / lástima!	*What luck / a pity!*
Qué + *adjective*	
¡Qué bueno / terrible!	*How nice / terrible!*
Qué + *noun* and *adjective*	
¡Qué noticias más buenas!	*What good news!*

 ## COMPOSICIONES

A. Su mejor amigo(-a). Su mejor amigo(-a) asiste a otra universidad e iba a venir a visitarlo(-la) a Ud. este fin de semana. Sin embargo, Ud. acaba de hablar por teléfono con su compañero(-a) de cuarto y él (ella) le dijo que su amigo(-a) tiene la gripe y no puede venir. Escríbale a su amigo(-a) expresando su conmiseración (*sympathy*) y dándole ánimo (*encouragement*).

B. Un partido de fútbol.   Su hermano juega al fútbol norteamericano. Durante el partido del sábado pasado, él se torció el tobillo y ahora no puede jugar; en realidad no puede caminar. Escríbale a su hermano expresando su conmiseración y dándole ánimo.

C. Un examen de química.   Suspendieron a un(-a) amigo(-a) en un examen de química y ahora no quiere estudiar más. Escríbale a su amigo(-a) expresando su conmiseración y dándole ánimo. Explíquele cómo lo (la) habría ayudado si hubiera estudiado con él (ella).

Actividades

A. Una llamada al doctor.   You aren't feeling well. You probably have the flu—you have a fever and a sore throat, you ache all over, and you've been coughing a lot. You call your doctor and speak briefly with the receptionist (played by a classmate). You ask her to let you speak with the doctor (played by another classmate). Describe your symptoms to the doctor. Find out if you need to come in to the office. Ask the doctor to prescribe something for your cough.

B. ¡Si lo hubiera sabido!   Take a survey of at least six of your classmates. Find out two things they would have done differently in their university career if they had only known as beginning students what they know now.

C. Unos accidentes de tenis.   You and three friends (played by classmates) decided to play tennis today for the first time since last summer. Since you were all out of shape, you suffered some minor injuries. One person fell and hurt an ankle, another cut a hand on some broken glass on the court, a third sprained a wrist, and you bruised your leg rather badly. You go to the university clinic. A doctor (played by a classmate) will talk to each of you and help you individually.

D. Un jugador importante.   You are the sports reporter for the school newspaper. You must interview the star football player of your school and ask him about his football career. Discuss his best and worst games. Find out about his injuries and when and how they occurred. Ask him what he would have done differently if he had had the opportunity. Express good wishes and sympathy where appropriate.

Contacto cultural VI
El arte y la arquitectura

Buenos Aires: La Avenida 9 de Julio

Buenos Aires: Una ciudad cosmopolita y artística

Buenos Aires, la capital de la Argentina con once millones de habitantes, es una de las ciudades más grandes del mundo. Fue fundada en 1536, destruida poco después por los indios y fundada otra vez. Llegó a ser una ciudad importante en el siglo XVIII a causa de su puerto usado para la importación y exportación de mercancías de Europa y otros países de la América del Sur. Hoy en día es un gran centro comercial e industrial cuyo puerto tiene las dársenas (*wharves*) más grandes de Latinoamérica. A los habitantes de Buenos Aires se les llama «porteños» por la proximidad de Buenos Aires al puerto.

Además de su importancia como centro comercial, Buenos Aires es conocida como una de las ciudades más hermosas y elegantes del mundo. Al final del siglo pasado empezaron a agrandar las calles para el uso de los automóviles; así destruyeron muchas partes antiguas de la ciudad y construyeron nuevos edificios modernos a lo largo de calles y paseos abiertos y amplios. La Avenida 9 de Julio en el centro de Buenos Aires es una de las avenidas más grandes del mundo con más de 150 metros de ancho. En el centro de la Plaza de la República en esta avenida hay un alto obelisco que conmemora la fundación de Buenos Aires hace cuatrocientos años.

El corazón de la ciudad es la Plaza de Mayo, rodeada de históricos edificios coloniales como el Cabildo (*town hall*), donde se hicieron los planes para el movimiento de independencia; la Catedral que contiene la tumba de San Martín, el padre de la independencia argentina, y la Casa Rosada, la residencia oficial del presidente de la República. Muy cerca de la Plaza de Mayo se encuentra la iglesia de Nuestra Señora de la Merced, la Biblioteca Nacional, el centro comercial de la ciudad y museos de arte e historia.

Buenos Aires: La Plaza de Mayo

　　También cerca de la Plaza de Mayo está la calle Florida con quioscos, boutiques y tiendas. Como es un lugar popular para reunirse con amigos para tomar una copa, la calle está reservada para el uso exclusivo de peatones.

　　El teatro es muy importante en la vida cultural de la ciudad. El Teatro Colón es un centro internacional de música y danza y uno de los grandes teatros de ópera en el mundo entero. El teatro tiene capacidad para 4.000 personas en un interior lujoso.

Buenos Aires: El interior del Teatro Colón

En los últimos años la Argentina ha llegado a ser un centro de producción de cine. Así hay numerosos cines por todas partes de la ciudad y la selección es tan buena como en cualquier ciudad del mundo.

Durante el siglo XIX Buenos Aires estimuló la inmigración europea y miles de inmigrantes alemanes, franceses, ingleses e italianos llegaron a la ciudad y fundaron sus propios barrios étnicos. Esta inmigración ayudó a establecer el sentido cosmopolita de la ciudad. Todavía se puede ver los barrios donde mantienen la lengua, la comida y otras costumbres de su país de origen. Uno de los barrios más antiguos de la ciudad se llama San Telmo con sus casas coloniales restauradas donde viven artistas y artesanos. Dentro de este ambiente artístico hay numerosos cafés, restaurantes y tanguerías donde se puede escuchar la música del tango y bailar. Cada domingo hay una Feria de Antigüedades en la Plaza Dorrego de San Telmo.

Buenos Aires: El barrio de San Telmo

Por todas partes de Buenos Aires se encuentran confiterías donde sirven pasteles, helados, postres y bebidas de todo tipo. Además hay muchísimos cafés incluyendo los cafés literarios como el Tortoni, el más antiguo de la ciudad donde se puede escuchar música de tango y jazz por la noche.

Es evidente que Buenos Aires es una ciudad de estructura moderna y dinámica. La ciudad ha conservado sus viejas tradiciones artísticas, literarias y musicales dentro de un ambiente de arquitectura hermosa e interesante.

▓ Comprensión

A. Buenos Aires.   Conteste las siguientes preguntas utilizando información de la lectura.

1. ¿Cuándo fue fundada la ciudad de Buenos Aires? ¿Qué le pasó poco después? ¿Cuándo llegó a ser importante?
2. ¿Qué tipo de inmigración tuvo Buenos Aires en el siglo XIX? ¿Qué evidencia de esta inmigración se nota todavía? ¿Qué característica le dio a Buenos Aires la inmigración?
3. ¿Cómo son las calles de Buenos Aires? ¿Por qué? ¿Cómo se llama la calle más ancha del mundo? ¿Qué es la calle Florida?

4. ¿Qué hay en el centro de la Plaza de la República? ¿Qué conmemora?

5. ¿Qué edificios se encuentran en la Plaza de Mayo? ¿Qué otras cosas se puede ver cerca de la Plaza de Mayo?

6. ¿Qué es el Teatro Colón? Utilizando la foto de este teatro, describa el interior.

7. ¿Cómo es el barrio de San Telmo?

8. ¿Qué es un porteño? ¿una confitería? ¿una tanguería?

B. En defensa de una opinión.   Qué evidencia hay en la lectura que confirma la siguiente idea: Buenos Aires es una ciudad cosmopolita y artística.

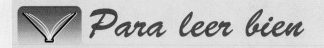

ELEMENTS OF A DRAMA

A play is a literary work meant to be performed in a theater with costumes, makeup, stage settings, and lighting to help convey action, ideas, and emotions. However, much of what is very evident to a viewer of a play may be overlooked by the reader of the work. Therefore, you need to pay particular attention to descriptions of the setting, stage directions, and names of the speakers in order not to miss important elements when reading.

In short stories and novels, the author describes the characters. In plays, on the other hand, the characters generally describe themselves through their words and actions, so you will need to look for these clues while reading the work.

LECTURA LITERARIA

Sergio Vodanovic (1926–   ).   *Periodista y dramaturgo chileno. Sus obras se caracterizan por una crítica social de la hipocresía, los valores tradicionales y las instituciones sociales. Sus obras también tienen que ver con los conflictos entre las generaciones y entre las clases sociales.*

El delantal blanco es parte de una trilogía llamada Viña: Tres comedias en traje de baño. Las tres obras tienen lugar en Viña del Mar adonde va la gente para desnudarse (undress) física y emocionalmente y dejar atrás los problemas cotidianos (daily) del trabajo y la casa.

maid's uniform | # El delantal° blanco

Parte 1

La playa.

beach tent | *Al fondo, una carpa.°*

terry-cloth cover-up / hips / cara | *Frente a ella, sentadas a su sombra, la señora y la empleada. La señora está en traje de baño y, sobre él, usa un blusón de toalla° blanca que le cubre hasta las caderas°. Su tez° está tostada por un largo veraneo. La empleada viste su uniforme blanco. La señora es una mujer de treinta*

cara | *años, pelo claro, rostro° atrayente aunque algo duro. La empleada tiene veinte años, tez blanca, pelo negro, rostro plácido.*

LA SEÑORA	(*Gritando hacia su pequeño hijo, a quien no ve y que se supone está a la orilla°* del mar, justamente al borde del escenario.*) ⟶ finish?
	¡Alvarito! ¡Alvarito! ¡No le tire* arena° a la niñita! ¡<u>Métase</u> al agua! Está rica...
	¡Alvarito, no! ¡No le deshaga el castillo° a la niñita! Juegue con ella... Sí, mi
	hijito... juegue...
LA EMPLEADA	Es tan peleador°...
LA SEÑORA	Salió al° padre... Es inútil corregirlo. Tiene una personalidad dominante que le
	viene de su padre, de su abuelo, de su abuela... ¡sobre todo de su abuela!
LA EMPLEADA	¿Vendrá el caballero° mañana?
LA SEÑORA	(*Se encoge de hombros con desgana°.*)
	¡No sé! Ya estamos en marzo, todas mis amigas han regresado y Álvaro me tiene
	todavía aburriéndome en la playa. Él dice que quiere que el niño aproveche° las
	vacaciones, pero para mí que es él quien está aprovechando. (*Se saca° el blusón*
	y se tiende a tomar sol.) ¡Sol! ¡Sol! Tres meses tomando sol. Estoy intoxicada de
	sol. (*Mirando inspectivamente a la empleada.*) ¿Qué haces tú para no quemarte?
LA EMPLEADA	He salido tan poco de la casa...
LA SEÑORA	¿Y qué querías? Viniste a trabajar, no a veranear. Estás recibiendo sueldo, ¿no?
LA EMPLEADA	Sí, señora. Yo sólo contestaba su pregunta.
	La señora permanece° tendida recibiendo el sol. La empleada saca de una bolsa
	de género una revista de historietas fotografiadas° y principia a leer.
LA SEÑORA	¿Qué haces?

Glosses (right margin):
- edge
- sand
- castle
- combative
- *Es igual al*
- gentleman (the husband)
- She shrugs her shoulders indifferently.
- take advantage of
- *Se quita*
- *queda*
- *revista que usa fotos y diálogos para contar cuentos de amor*

*Note that the mother uses the **Ud.** form when speaking to her son. In Chile the formal **Ud.** is used to express intimacy and affection.

LA EMPLEADA	Leo esta revista.
LA SEÑORA	¿La compraste tú?
LA EMPLEADA	Sí, señora.
LA SEÑORA	No se te paga tan mal, entonces, si puedes comprarte tus revistas, ¿eh? *La empleada no contesta y vuelve a mirar la revista.*

Let Alvarito be blown up / *or drown*

LA SEÑORA	¡Claro! Tú leyendo y que Alvarito reviente, que se ahogue°...
LA EMPLEADA	Pero si está jugando con la niñita...
LA SEÑORA	Si te traje a la playa es para que vigilaras a Alvarito y no para que te pusieras a leer.

se levanta

	La empleada deja la revista y se incorpora° para ir donde está Alvarito.
LA SEÑORA	¡No! Lo puedes vigilar desde aquí. Quédate a mi lado, pero observa al niño. ¿Sabes? Me gusta venir contigo a la playa.
LA EMPLEADA	¿Por qué?
LA SEÑORA	Bueno... no sé... Será por lo mismo que me gusta venir en auto, aunque la casa esté a dos cuadras. Me gusta que vean el auto. Todos los días, hay alguien que se para al lado de él y lo mira y comenta. No cualquiera tiene un auto como el de nosotros... Claro, tú no te das cuenta de la diferencia. Estás demasiado acostumbrada a lo bueno... Dime... ¿Cómo es tu casa?
LA EMPLEADA	Yo no tengo casa.

You weren't born° / You must have grown up°

LA SEÑORA	No habrás nacido° empleada, supongo. Tienes que haberte criado° en alguna parte, debes haber tenido padres... ¿Eres del campo?
LA EMPLEADA	Sí.
LA SEÑORA	Y tuviste ganas de conocer la ciudad, ¿ah?
LA EMPLEADA	No. Me gustaba allá.
LA SEÑORA	¿Por qué te viniste, entonces?
LA EMPLEADA	Tenía que trabajar.

tenant farmers / *small piece (of land)* / *free* / *they have extra*

LA SEÑORA	No me vengas con ese cuento. Conozco la vida de los inquilinos° en el campo. Lo pasan bien. Les regalan una cuadra° para que cultiven. Tienen alimentos gratis° y hasta les sobra° para vender. Algunos tienen hasta sus vaquitas... ¿Tus padres tenían vacas?
LA EMPLEADA	Sí, señora. Una.

La señora	¿Ves? ¿Qué más quieren? ¡Alvarito! ¡No se meta tan allá que puede venir una ola°! ¿Qué edad tienes?
	wave
La empleada	¿Yo?
La señora	A ti te estoy hablando. No estoy loca para hablar sola.
La empleada	Ando en° los veintiuno...
	Tengo casi
La señora	¡Veintiuno! A los veintiuno yo me casé. ¿No has pensado en casarte?
	La empleada baja la vista° y no contesta.
	looks down
La señora	¡Las cosas que se me ocurre preguntar! ¿Para qué querrías casarte? En la casa tienes de todo: comida, una buena pieza°, delantales limpios... Y si te casaras... ¿Qué es lo que tendrías? Te llenarías de chiquillos°, no más.
	dormitorio
	You'd be pregnant all the time
La empleada	(*Como para sí.*) Me gustaría casarme...
La señora	¡Tonterías°! Cosas que se te ocurren por leer historias de amor en las revistas baratas... Acuérdate de esto: Los príncipes azules° ya no existen. No es el color lo que importa, sino el bolsillo°. Cuando mis padres no me aceptaban un pololo° porque no tenía plata°, yo me indignaba, pero llegó Álvaro con sus industrias y sus fundos° y no quedaron contentos hasta que lo casaron conmigo. A mí no me gustaba porque era gordo y tenía la costumbre de sorberse los mocos°, pero después en el matrimonio, uno se acostumbra a todo. Y llega a la conclusión que todo da lo mismo, salvo la plata. Sin la plata no somos nada. Yo tengo plata, tú no tienes. Ésa es toda la diferencia entre nosotras. ¿No te parece?
	Rubbish!
	Fairy-tale princes
	pocketbook / *novio*
	dinero
	haciendas
	sniffle
La empleada	Sí, pero...
La señora	¡Ah! Lo crees, ¿eh? Pero es mentira. Hay algo que es más importante que la plata: la clase. Eso no se compra. Se tiene o no se tiene. Álvaro no tiene clase. Yo sí la tengo. Y podría vivir en una pocilga° y todos se darían cuenta de que soy alguien. No una cualquiera. Alguien. Te das cuenta, ¿verdad?
	pigsty
La empleada	Sí, señora.
La señora	A ver... Pásame esa revista. (*La empleada lo hace. La señora la hojea°. Mira algo y lanza una carcajada°.*) ¿Y esto lees tú?
	leafs through
	bursts out laughing
La empleada	Me entretengo°, señora.
	Me divierto
La señora	¡Qué ridículo! ¡Qué ridículo! Mira a este roto° vestido de smoking°. Cualquiera se da cuenta que está tan incómodo en él como un hipopótamo con faja°... (*Vuelve a mirar en la revista.*) ¡Y es el conde° de Lamarquina! ¡El conde de Lamarquina! A ver... ¿Qué es lo que dice el conde? (*Leyendo.*) Hija mía, no permitiré jamás que te cases con Roberto. Él es un plebeyo°. Recuerda que por nuestras venas corre sangre azul. ¿Y ésta es la hija del conde?
	tattered / tuxedo
	girdle
	count
	commoner

<table>
<tr><td>gardener
issue

kidnapped</td><td>LA EMPLEADA</td><td>Sí. Se llama María. Es una niña sencilla y buena. Está enamorada de Roberto, que es el jardinero° del castillo. El conde no lo permite. Pero... ¿sabe? Yo creo que todo va a terminar bien. Porque en el número° anterior Roberto le dijo a María que no había conocido a sus padres y cuando no se conoce a los padres, es seguro que ellos son gente rica y aristócrata que perdieron al niño de chico o lo secuestraron°...</td></tr>
</table>

LA SEÑORA   ¿Y tú crees todo eso?

LA EMPLEADA   Es bonito, señora.

LA SEÑORA   ¿Qué es tan bonito?

LA EMPLEADA   Que lleguen a pasar cosas así. Que un día cualquiera, uno sepa que es otra persona, que en vez de ser pobre, se es rica, que en vez de ser nadie, se es alguien, así como dice Ud....

<table>
<tr><td>earrings

hideous</td><td>LA SEÑORA</td><td>Pero no te das cuenta que no puede ser... Mira a la hija... ¿Me has visto a mí alguna vez usando unos aros° así? ¿Has visto a alguna de mis amigas con una cosa tan espantosa°? ¿Y el peinado? Es detestable. ¿No te das cuenta que una mujer así no puede ser aristócrata?... ¿A ver? Sale fotografiado aquí el jardinero...</td></tr>
</table>

pictures   LA EMPLEADA   Sí. En los cuadros° del final. (*Le muestra en la revista. La señora ríe encantada.*)

kidnap   LA SEÑORA   ¿Y éste crees tú que puede ser un hijo de aristócrata? ¿Con esa nariz? ¿Con ese pelo? Mira... Imagínate que mañana me rapten° a Alvarito. ¿Crees tú que va a dejar por eso de tener su aire de distinción?

kick   LA EMPLEADA   ¡Mire, señora! Alvarito le botó el castillo de arena a la niñita de una patada°.

what it means not to care about others   LA SEÑORA   ¿Ves? Tiene cuatro años y ya sabe lo que es mandar, lo que es no importarle los demás°. Eso no se aprende. Viene en la sangre.

LA EMPLEADA   (*Incorporándose.*) Voy a ir a buscarlo.

unbuttons
to be hot   LA SEÑORA   Déjalo. Se está divirtiendo.
La empleada se desabrocha° el primer botón de su delantal y hace un gesto en el que muestra estar acalorada°.

LA SEÑORA   ¿Tienes calor?

calentando   LA EMPLEADA   El sol está picando° fuerte.

LA SEÑORA   ¿No tienes traje de baño?

LA EMPLEADA   No.

LA SEÑORA   ¿No te has puesto nunca traje de baño?

LA EMPLEADA	¡Ah, sí!
LA SEÑORA	¿Cuándo?
LA EMPLEADA	Antes de emplearme. A veces, los domingos, hacíamos excursiones a la playa en el camión del tío de una amiga.
LA SEÑORA	¿Y se bañaban?
LA EMPLEADA	En la playa grande de Cartagena. Arrendábamos° trajes de baño y pasábamos todo el día en la playa. Llevábamos de comer y...
LA SEÑORA	(*Divertida.*) ¿Arrendaban trajes de baño?
LA EMPLEADA	Sí. Hay una señora que arrienda en la misma playa.
LA SEÑORA	Una vez con Álvaro, nos detuvimos en Cartagena a echar bencina° al auto y miramos a la playa. ¡Era tan gracioso! ¡Y esos trajes de baño arrendados! Unos eran tan grandes que hacían bolsas° por todos los lados y otros quedaban tan chicos que las mujeres andaban con el traste° afuera. ¿De cuáles arrendabas tú? ¿De los grandes o de los chicos? *La empleada mira al suelo taimada°.*
LA SEÑORA	Debe ser curioso... Mirar el mundo desde un traje de baño arrendado o envuelta en un vestido barato... o con uniforme de empleada como el que usas tú... Algo parecido le debe suceder a esta gente que se fotografía para estas historietas: se ponen smoking o un traje de baile y debe ser diferente la forma como miran a los demás°, como se sienten ellos mismos... Cuando yo me puse mi primer par de medias, el mundo entero cambió para mí. Los demás eran diferentes; yo era diferente y el único cambio efectivo era que tenía puesto un par de medias... Dime... ¿Cómo se ve el mundo cuando se está vestida con un delantal blanco?
LA EMPLEADA	(*Tímidamente.*) Igual. La arena tiene el mismo color... las nubes son iguales... Supongo.
LA SEÑORA	Pero no... Es diferente. Mira. Yo con este traje de baño, con este blusón de toalla, tendida sobre la arena, sé que estoy en mi lugar, que esto me pertenece°... En cambio tú, vestida como empleada, sabes que la playa no es tu lugar, que eres diferente... y eso, eso te debe hacer ver todo distinto.
LA EMPLEADA	No sé.
LA SEÑORA	Mira. Se me ha ocurrido° algo. Préstame° tu delantal.
LA EMPLEADA	Pero... ¿Para qué?
LA SEÑORA	Quiero ver cómo se ve el mundo, qué apariencia tiene la playa cuando se la ve encerrada° en un delantal de empleada.

Glosses (right margin):
We rented

gasolina

were baggy

bottom

sullenly

others

belongs

I just thought of / Lend me

confined

LA EMPLEADA	¿Ahora?
LA SEÑORA	Sí, ahora.
LA EMPLEADA	Pero es que... No tengo un vestido debajo.
LA SEÑORA	(*Tirándole el blusón.*) Toma... ponte esto.
LA EMPLEADA	Voy a quedar en calzones°...

underwear — calzones°

Comprensión

A. El contenido.   Conteste las siguientes preguntas.

1. ¿Por qué están todos en la playa? ¿Dónde está el marido de la señora?
2. ¿Qué están haciendo las dos mujeres? ¿y los niños?
3. ¿Cómo trata la señora a la empleada? ¿Por qué?
4. ¿Qué lee la empleada? ¿Por qué le encanta? ¿Por qué se ríe la señora al leerla?
5. ¿Es una buena madre la señora? Explique.
6. ¿Por qué quiere la señora intercambiar ropa con la empleada?

B. El aspecto literario.   Analice los siguientes aspectos del drama.

1. **El escenario.** Describa el escenario. ¿Tiene un papel importante el escenario? Explique.
2. **Los personajes.** ¿Cuántos personajes hay? ¿Quiénes son? ¿Dónde están? ¿Qué están haciendo?
3. **La caracterización.** Los personajes se describen con sus acciones y palabras. ¿Qué acciones o palabras indican que la señora es egoísta / arrogante / materialista? ¿Qué acciones o palabras indican que la empleada es tímida / idealista? ¿Qué indican las acciones de Alvarito?
4. **Los símbolos.** ¿Qué representan las siguientes cosas?

   el coche de la señora / la empleada / estar en la playa / el delantal / el traje de baño

Parte 2

LA SEÑORA	Es lo suficiente largo como para cubrirte. Y en todo caso vas a mostrar menos que lo que mostrabas con los trajes de baño que arrendabas en Cartagena. (*Se levanta y obliga a levantarse a la empleada.*) Ya. Métete en la carpa y cámbiate°. *Prácticamente obliga a la empleada a entrar a la carpa y luego lanza al interior de ella el blusón de toalla. Se dirige al primer plano° y le habla a su hijo.*

change — cámbiate°
foreground — plano°

LA SEÑORA	Alvarito, métase un poco al agua. Mójese las patitas siquiera°... No sea tan de rulo°... ¡Eso es! ¿Ves que es rica el agüita? (*Se vuelve hacia la carpa y habla hacia dentro de ella.*) ¿Estás lista? (*Entra a la carpa.*) *Después de un instante, sale la empleada vestida con el blusón de toalla. Se ha prendido° el pelo hacia atrás y su aspecto ya difiere° algo de la tímida*

Wet your feet at least — siquiera°
Don't act as if you've never seen the water — de rulo°
tied up / es diferente — prendido° / difiere°

muchacha que conocemos. Con delicadeza se tiende de bruces° sobre la arena. — face down
Sale la señora abotonándose aún su delantal blanco. Se va a sentar delante de la
empleada, pero vuelve un poco más atrás.

LA SEÑORA   No. Adelante no. Una empleada en la playa se sienta siempre un poco más atrás
que su patrona°. (*Se sienta sobre sus pantorrillas° y mira, divertida, en todas* — mistress / calves
direcciones.)
La empleada cambia de postura° con displicencia°. La señora toma la revista de — posición / indiferencia
la empleada y principia a leerla. Al principio, hay una sonrisa irónica en sus
labios que desaparece luego al interesarse por la lectura. Al leer mueve los
labios. La empleada, con naturalidad, toma de la bolsa de playa de la señora un
frasco de aceite bronceador° y principia a extenderlo con lentitud por sus — bottle of suntan oil
piernas. La señora la ve. Intenta una reacción reprobatoria, pero queda
desconcertada.

LA SEÑORA   ¿Qué haces?
La empleada no contesta. La señora opta por seguir la lectura. Vigilando de vez
en vez con la vista lo que hace la empleada. Ésta ahora se ha sentado y se mira
detenidamente° las uñas°. — closely / fingernails

LA SEÑORA   ¿Por qué te miras las uñas?

LA EMPLEADA   Tengo que arreglármelas.

LA SEÑORA   Nunca te había visto antes mirarte las uñas.

LA EMPLEADA   No se me había ocurrido.

LA SEÑORA   Este delantal acalora.

LA EMPLEADA   Son los mejores y los más durables.

LA SEÑORA   Lo sé. Yo los compré.

LA EMPLEADA   Le queda bien.

LA SEÑORA   (*Divertida.*) Y tú no te ves nada de mal con esa tenida°. (*Se ríe.*) Cualquiera se — outfit
equivocaría°. Más de un jovencito te podría hacer la corte°... ¡Sería como para — Anyone could make a
contarlo°! — mistake / court you / It
would make a good story!

LA EMPLEADA   Alvarito se está metiendo muy adentro. Vaya a vigilarlo.

LA SEÑORA   (*Se levanta inmediatamente y se adelanta°.*) ¡Alvarito! ¡Alvarito! No se vaya tan — goes forward
adentro... Puede venir una ola. (*Recapacita° de pronto y se vuelve desconcertada* — She reconsiders
hacia la empleada.) ¿Por qué no fuiste tú?

LA EMPLEADA   ¿Adónde?

LA SEÑORA   ¿Por qué me dijiste que yo fuera a vigilar a Alvarito?

LA EMPLEADA   (*Con naturalidad.*) Ud. lleva el delantal blanco.

LA SEÑORA   Te gusta el juego, ¿ah?
                Una pelota de goma°, impulsada por un niño que juega cerca, ha caído a los
rubber   *pies de la empleada. Ella la mira y no hace ningún movimiento. Luego mira a la*
                señora. Ésta, instintivamente, se dirige a la pelota y la tira en la dirección en
                que vino. La empleada busca en la bolsa de playa de la señora y se pone sus
                anteojos para el sol.

LA SEÑORA   (*Molesta.*) ¿Quién te ha autorizado para que uses mis anteojos?

LA EMPLEADA   ¿Cómo se ve la playa vestida con un delantal blanco?

LA SEÑORA   Es gracioso. ¿Y tú? ¿Cómo ves la playa ahora?

LA EMPLEADA   Es gracioso.

LA SEÑORA   ¿Dónde está la gracia?

LA EMPLEADA   En que no hay diferencia.

LA SEÑORA   ¿Cómo?

LA EMPLEADA   Ud. con el delantal blanco es la empleada; yo con este blusón y los anteojos
                oscuros soy la señora.

LA SEÑORA   ¿Cómo?... ¿Cómo te atreves a decir eso?

Would you have bothered   LA EMPLEADA   ¿Se habría molestado° en recoger la pelota si no estuviese° vestida de empleada?
to / if you weren't

LA SEÑORA   Estamos jugando.

LA EMPLEADA   ¿Cuándo?

LA SEÑORA   Ahora.

LA EMPLEADA   ¿Y antes?

LA SEÑORA   ¿Antes?

LA EMPLEADA   Sí. Cuando yo estaba vestida de empleada...

LA SEÑORA   Eso no es juego. Es la realidad.

LA EMPLEADA   ¿Por qué?

LA SEÑORA   Porque sí.

LA EMPLEADA	Un juego... un juego más largo... como el «paco-ladrón»°. A unos les corresponde ser «pacos», a otros «ladrones».

cops and robbers

LA SEÑORA	(*Indignada.*) ¡Ud. se está insolentando°!

becoming insolent

LA EMPLEADA	¡No me grites! ¡La insolente eres tú!

LA SEÑORA	¿Qué significa eso? ¿Ud. me está tuteando°?

using tú with me

LA EMPLEADA   ¿Y acaso tú no me tratas de tú?

LA SEÑORA   ¿Yo?

LA EMPLEADA   Sí.

LA SEÑORA	¡Basta ya! ¡Se acabó° este juego!

Terminó

LA EMPLEADA   ¡A mí me gusta!

LA SEÑORA   ¡Se acabó! (*Se acerca violentamente a la empleada.*)

LA EMPLEADA	(*Firme.*) ¡Retírese°! *La señora se detiene sorprendida.*

Get back!

LA SEÑORA   ¿Te has vuelto loca?

LA EMPLEADA   Me he vuelto señora.

LA SEÑORA	Te puedo despedir° en cualquier momento.

to fire

LA EMPLEADA   (*Explota en grandes carcajadas, como si lo que hubiera oído fuera el chiste más gracioso que jamás ha escuchado.*)

LA SEÑORA   ¿Pero de qué te ríes?

LA EMPLEADA   (*Sin dejar de reír.*) ¡Es tan ridículo!

LA SEÑORA   ¿Qué? ¿Qué es tan ridículo?

LA EMPLEADA   ¡Que me despida... ¡Vestida así! ¿Dónde se ha visto a una empleada despedir a su patrona?

LA SEÑORA	¡Sácate° esos anteojos! ¡Sácate el blusón! ¡Son míos!

Quítate

LA EMPLEADA   ¡Vaya a ver al niño!

LA SEÑORA   Se acabó el juego, te he dicho. O me devuelves mis cosas o te las saco.

LA EMPLEADA   ¡Cuidado! No estamos solas en la playa.

LA SEÑORA   ¿Y qué hay con eso? ¿Crees que por estar vestida con un uniforme blanco no van a reconocer quién es la empleada y quién la señora?

LA EMPLEADA   (*Serena.*) No me levante la voz.
La señora, exasperada, se lanza° sobre la empleada y trata de sacarle el blusón a viva fuerza°.

> rushes at
> by force

LA SEÑORA   (*Mientras forcejea°*) ¡China°! ¡Y te voy a enseñar quién soy! ¿Qué te has creído? ¡Te voy a meter presa°!
Un grupo de bañistas° han acudido° al ver la riña°: dos jóvenes, una muchacha y un señor de edad madura y de apariencia muy distinguida. Antes que puedan intervenir la empleada ya ha dominado la situación manteniendo bien sujeta° a la señora contra la arena. Ésta sigue gritando ad libitum° expresiones como rota cochina°... ya te las vas a ver con mi marido... te voy a mandar presa... esto es el colmo, etc., etc.

> she struggles / *mujer con sangre india (un insulto)* / in jail
> bathers / gathered / *la pelea*
>
> pinned down / improvising
> filthy scum

UN JOVEN   ¿Qué sucede?

EL OTRO JOVEN   ¿Es un ataque?

LA JOVENCITA   Se volvió loca.

UN JOVEN   Puede que sea efecto de una insolación°.

> sunstroke

EL OTRO JOVEN   ¿Podemos ayudarla?

LA EMPLEADA   Sí. Por favor. Llévensela. Hay una posta° por aquí cerca...

> first-aid station

EL OTRO JOVEN   Yo soy estudiante de Medicina. Le pondremos una inyección para que se duerma por un buen tiempo.

LA SEÑORA   ¡Imbéciles! ¡Yo soy la patrona! Me llamo Patricia Hurtado, mi marido es Álvaro Jiménez, el político...

LA JOVENCITA   (*Riéndose.*) Cree ser la señora.

UN JOVEN   Está loca.

EL OTRO JOVEN   Un ataque de histeria.

UN JOVEN   Llevémosla.

LA EMPLEADA   Yo no los acompaño... Tengo que cuidar a mi hijito... Está ahí, bañándose...

LA SEÑORA   ¡Es una mentirosa! ¡Nos cambiamos de vestido sólo por jugar! ¡Ni siquiera tiene traje de baño! ¡Debajo del blusón está en calzones! ¡Mírenla!

EL OTRO JOVEN   (*Haciéndole un gesto al joven.*) ¡Vamos! Tú la tomas por los pies y yo por los brazos.

La jovencita	¡Qué risa! ¡Dice que está en calzones! *Los dos jóvenes toman a la señora y se la llevan, mientras ésta se resiste y sigue gritando.*
La señora	¡Suéltenme! ¡Yo no estoy loca! ¡Es ella! ¡Llamen a Alvarito! ¡Él me reconocerá! *Mutis° de los dos jóvenes llevando en peso a la señora. La empleada se tiende sobre la arena, como si nada hubiera sucedido, aprontándose° para un prolongado baño de sol.*
El caballero distinguido	¿Está Ud. bien, señora? ¿Puedo serle útil° en algo?
La empleada	*(Mira inspectivamente al señor distinguido y sonríe con amabilidad.)* Gracias. Estoy bien.
El caballero distinguido	Es el símbolo de nuestro tiempo. Nadie parece darse cuenta, pero a cada rato, en cada momento sucede algo así.
La empleada	¿Qué?
El caballero distinguido	La subversión del orden establecido. Los viejos quieren ser jóvenes; los jóvenes quieren ser viejos; los pobres quieren ser ricos y los ricos quieren ser pobres. Sí, señora. Asómbrese° Ud. También hay ricos que quieren ser pobres. Mi nuera° va todas las tardes a tejer° con mujeres de poblaciones callampas°. ¡Y le gusta hacerlo! *(Transición.)* ¿Hace mucho tiempo que está con Ud.?
La empleada	¿Quién?
El caballero distinguido	*(Haciendo un gesto hacia la dirección en que se llevaron a la señora.)* Su empleada.

Glosses (right margin):

Exit

getting ready

ayudaría a Ud.

Sorpréndase
daughter-in-law / knit
squatter

LA EMPLEADA	(*Dudando. Haciendo memoria.*) Poco más de un año.
EL CABALLERO DISTINGUIDO	¡Y así le paga a Ud.! ¡Queriéndose hacer pasar por una señora! ¡Como si no se reconociera a primera vista quién es quién! (*Transición.*) ¿Sabe Ud. por qué suceden estas cosas?
LA EMPLEADA	¿Por qué?
EL CABALLERO DISTINGUIDO	(*Con aire misterioso.*) El comunismo...
LA EMPLEADA	¡Ah!

preocupemos

daily walk

sedative

EL CABALLERO DISTINGUIDO — (*Tranquilizador.*) Pero no nos inquietemos°. El orden está restablecido. Al final, siempre el orden se restablece... Es un hecho... Sobre eso no hay discusión... (*Transición.*) Ahora, con permiso, señora. Voy a hacer mi footing diario°. Es muy conveniente a mi edad. Para la circulación, ¿sabe? Y Ud. quede tranquila. El sol es el mejor sedante°. (*Ceremoniosamente.*) A sus órdenes, señora. (*Inicia el mutis. Se vuelve.*) Y no sea muy dura con su empleada, después que se haya tranquilizado... Después de todo... Tal vez tengamos algo de culpa nosotros mismos... ¿Quién puede decirlo? (*El caballero distinguido hace mutis.*)
La empleada cambia de posición. Se tiende de espaldas para recibir el sol en la cara. De pronto se acuerda de Alvarito. Mira hacia donde él está.

boo-boo

tenderness

curtain

LA EMPLEADA — ¡Alvarito! ¡Cuidado con sentarse en esa roca! Se puede hacer una nana° en el pie... Eso es, corre por la arenita... Eso es, mi hijito... (*Y mientras la empleada mira con ternura° y delectación maternal cómo Alvarito juega a la orilla del mar se cierra lentamente el Telón°.*)

 **Comprensión**

A. El contenido.   Conteste las siguientes preguntas.

1. ¿Cómo afecta a la personalidad de las dos mujeres el intercambio de ropa?
2. ¿Cuándo deja de tutear a su empleada la señora? ¿Qué hace la empleada inmediatamente después? ¿Qué indica esto?
3. ¿Les gusta el juego a las dos? Explique.
4. ¿Por qué se lanza la señora sobre la empleada?
5. ¿Cómo reaccionan los otros bañistas? ¿Qué hacen ellos para ayudar a la empleada?
6. ¿Por qué le habla a la empleada tanto el caballero distinguido? Al final, ¿qué pasa?

B. El aspecto literario.   Analice los siguientes aspectos del drama.

1. **Los símbolos.** ¿Qué representan las cosas o personas siguientes?

    la carpa / los anteojos / las uñas / el juego entre las dos mujeres / el juego de «paco-ladrón» / el caballero distinguido

2. **Los personajes.** ¿Quiénes y cómo son los nuevos personajes? ¿Qué representan?
3. **La acción.** ¿Hay poca o mucha acción? ¿Cuáles son las acciones significativas? ¿Qué importa más: la acción, el diálogo o las ideas?
4. **Sus reacciones.** ¿Con qué personaje se identifica Ud. más? ¿Por qué? ¿Cómo reaccionó Ud. a la señora y a la empleada en la primera parte de la obra? ¿Cambió de opinión al final? Explique.

Appendix A

Vocabulary at a Glance

The following lists of common vocabulary items are provided to aid you in describing the art and photo scenes in the textbook. For further vocabulary lists or explanations of vocabulary use, see the index under the appropriate topic heading.

Terms to Describe a Picture

el cuadro	*painting*	a la derecha	*on the right*
el dibujo	*drawing*	a la izquierda	*on the left*
la escena	*scene*	en el centro	*in the middle*
la foto(grafía)	*photo(graph)*	en el fondo	*in the background*
		en primer plano	*in the foreground*
el animal	*animal*	la gente	*people*
el árbol	*tree*	la persona	*person*
el edificio	*building*		

Cardinal Numbers

0	cero	19	diecinueve	90	noventa
1	uno	20	veinte	100	cien, ciento
2	dos	21	veintiuno	110	ciento diez
3	tres	22	veintidós	160	ciento sesenta
4	cuatro	23	veintitrés	200	doscientos
5	cinco	24	veinticuatro	300	trescientos
6	seis	25	veinticinco	400	cuatrocientos
7	siete	26	veintiséis	500	quinientos
8	ocho	27	veintisiete	600	seiscientos
9	nueve	28	veintiocho	700	setecientos
10	diez	29	veintinueve	800	ochocientos
11	once	30	treinta	900	novecientos
12	doce	31	treinta y uno	1.000	mil
13	trece	32	treinta y dos	2.000	dos mil
14	catorce	40	cuarenta	100.000	cien mil
15	quince	50	cincuenta	200.000	doscientos mil
16	dieciséis	60	sesenta	1.000.000	un millón
17	diecisiete	70	setenta	2.000.000	dos millones
18	dieciocho	80	ochenta	1.000.000.000	mil millones

Ordinal Numbers

primer(-o)	*first*	sexto	*sixth*
segundo	*second*	séptimo	*seventh*
tercer(-o)	*third*	octavo	*eighth*
cuarto	*fourth*	noveno	*ninth*
quinto	*fifth*	décimo	*tenth*

Colors

amarillo	*yellow*	gris	*gray*
anaranjado	*orange*	morado	*purple*
azul	*blue*	negro	*black*
blanco	*white*	pardo	*brown*
de color café	*coffee-colored*	rojo	*red*
de color fresa	*strawberry-colored*	rosado	*pink*
de color melón	*melon-colored*	verde	*green*

Articles of Clothing

la blusa	*blouse*	los pantalones	*pants, slacks*
los calcetines	*socks*	el sombrero	*hat*
la camisa	*shirt*	el suéter	*sweater*
la chaqueta	*jacket*	el traje	*suit*
la corbata	*tie*	el vestido	*dress*
la falda	*skirt*	los zapatos	*shoes*

Days of the Week

lunes	*Monday*	viernes	*Friday*
martes	*Tuesday*	sábado	*Saturday*
miércoles	*Wednesday*	domingo	*Sunday*
jueves	*Thursday*		

Months of the Year

enero	*January*	julio	*July*
febrero	*February*	agosto	*August*
marzo	*March*	se(p)tiembre	*September*
abril	*April*	octubre	*October*
mayo	*May*	noviembre	*November*
junio	*June*	diciembre	*December*

Seasons

la primavera	*spring*	el otoño	*autumn*
el verano	*summer*	el invierno	*winter*

Geography

el este	*east*	el oeste	*west*
el norte	*north*	el sur	*south*
el lago	*lake*	el océano	*ocean*
el mar	*sea*	el río	*river*
el bosque	*forest*	la selva	*jungle*
la montaña	*mountain*	el valle	*valley*

Appendix B

Metric Units of Measurement

Measurement of Length and Distance

1 centímetro	= .3937 inch (less than 1/2 inch)
1 metro	= 39.37 inches (about 1 yard, 3 inches)
1 kilómetro (1.000 metros)	= .6213 mile (about 5/8 mile)

Measurement of Weight

1 gramo	= .03527 ounce
100 gramos	= 3.527 ounces (less than 1/4 pound)
1 kilogramo (1.000 gramos)	= 35.27 ounces (2.2 pounds)

Measurement of Liquid

1 litro	= 1.0567 quarts (slightly more than a quart)

Measurement of Land Area

1 hectárea	= 2.471 acres

Measurement of Temperature

C = Celsius or Centigrade; F = Fahrenheit

0° C	=	32° F (freezing point of water)
37° C	=	98.6° F (normal body temperature)
100° C	=	212° F (boiling point of water)

Conversion of Fahrenheit to Celsius

$$C = \frac{5}{9}(F - 32) \quad OR \quad (F - 32) \div 1.8$$

Conversion of Celsius to Fahrenheit

$$F = \frac{9}{5}(C + 32) \quad OR \quad (C \times 1.8) + 32$$

Appendix C

The Writing and Spelling System

The Alphabet

Letter	Name	Letter	Name	Letter	Name
a	a	k	ka	s	ese
b	be	l	ele	t	te
c	ce	m	eme	u	u
d	de	n	ene	v	ve, ve corta, uve
e	e	ñ	eñe	w	doble ve, uve doble
f	efe	o	o	x	equis
g	ge	p	pe	y	i griega
h	hache	q	cu	z	zeta
i	i	r	ere		
j	jota	rr	erre		

Some Guidelines for Spelling

Spanish has a more phonetic spelling system than English; in general most Spanish sounds correspond to just one written symbol.

1. There are a few sounds that can be spelled with more than one letter. The spelling of individual words containing these sounds must be memorized since there are no rules for the sound-letter correspondence.

Sound	Spelling	Example
/ b /	b, v	bolsa, verano
/ y /	ll, y, i + vowel	calle, leyes, bien
/ s /	s, z, ce, ci	salsa, zapato, cena, cinco
/ x /	j, ge, gi	jardín, gente, gitano

2. When an unstressed **i** occurs between vowels, then **i**→**y.** This is a frequent change in verb forms: **creyó; trayendo; leyeron.**

3. The letter **z** generally changes to **c** before **e: lápiz / lápices; vez / veces; empieza / empiece.**

4. The sound **/ g /** is spelled with the letter **g** before **a, o, u,** and all consonants. Before **e** and **i** the **/ g /** sound is spelled **gu.**

   garaje   gordo   gusto   Gloria   grande
   guerra   guía

5. The sound **/ k /** is spelled with the letter **c** before **a, o, u,** and all consonants. Before **e** and **i** the **/ k /** sound is spelled **qu.**

   carta   cosa   curso   clase   criado
   que   quien

6. The sound / gw / is spelled with the letters **gu** before **a** and **o.** Before **e** and **i** the / gw / sound is spelled **gü.**

guapo   antiguo   vergüenza   pingüino

Syllabication

In dividing a word at the end of a written line, you must follow rules for syllabication. Spanish speakers generally pronounce consonants with the syllable that follows. English speakers generally pronounce consonants with the preceding syllable.

English: A mer i ca   English: pho tog ra phy
Spanish: A mé ri ca   Spanish: fo to gra fí a

The stress of a Spanish word is governed by rules that involve syllables. Unless you know how to divide a word into syllables, you cannot be certain where to place the spoken stress or written accent mark.

The following rules determine the division of Spanish words into syllables.

1. Most syllables in Spanish end with a vowel.

me-sa   to-ma   li-bro

2. A single consonant between two vowels begins a syllable.

u-na   pe-ro   ca-mi-sa

3. Generally two consonants are separated so that one ends a syllable and the second begins the next syllable. The consonants **ch, ll,** and **rr** do not separate and will begin a syllable. Double **c** and double **n** will separate.

par-que   tam-bién   gran-de   cul-tu-ra
mu-cho   ca-lle   pe-rro
lec-ción   in-nato

4. When any consonant except **s** is followed by **l** or **r**, both consonants form a cluster that will begin a syllable.

ha-blar   si-glo   a-brir   ma-dre   o-tro   is-la

5. Combinations of three or four consonants will divide according to the above rules. The letter **s** will end the preceding syllable.

cen-tral   san-grí-a   siem-pre   ex-tra-ño
in-dus-trial   ins-truc-ción   es-cri-bir

6. A combination of two strong vowels (**a, e, o**) will form two separate syllables.

mu-se-o   cre-e   ma-es-tro

7. A combination of a strong vowel (**a, e, o**) and a weak vowel (**i, u**) or two weak vowels is called a diphthong. A diphthong forms one syllable.

ciu-dad   cau-sa   bue-no   pien-sa

NOTE: A written accent mark over a weak vowel in combination with another vowel will divide a diphthong into two syllables.

rí-o   dí-a   Ra-úl

Written accent marks on other vowels will not affect syllabication: lec-ción.

Accentuation

Two basic rules of stress determine how to pronounce individual Spanish words.

1. For words ending in a consonant other than **n** or **s**, the stress falls on the last syllable.

   to**mar**   invi**tar**   pa**pel**   re**loj**   universi**dad**

2. For words ending in a vowel, **-n,** or **-s,** the stress falls on the next-to-last syllable.

   clase   **to**man   **ca**sas
   to**ma**mos   cor**ba**ta   som**bre**ro

3. A written accent mark is used to indicate an exception to the ordinary rules of stress.

   sábado   to**mé**   lec**ción**   **fá**cil

   NOTE: Words stressed on any syllable except the last or next-to-last will always carry a written accent mark. Verb forms with attached pronouns are frequently found in this category.

   ex**plí**quemelo   levan**tán**dose   prepa**rár**noslas

4. A diphthong is any combination of a weak vowel (**i, u**) and a strong vowel (**a, e, o**) or two weak vowels. In a diphthong the two vowels are pronounced as a single sound with the strong vowel (or the second of the two weak vowels) receiving slightly more emphasis than the other.

   p**ie**nsa   alm**ue**rzo   c**iu**dad   f**ui**mos

   A written accent mark can be used to eliminate the natural diphthong so that two separate vowel sounds will be heard.

   cafetería   tío   continúe

5. Written accent marks can also be used to distinguish two words with similar spelling and pronunciation but with different meanings.

   a. Interrogative and exclamatory words have a written accent

cómo	how		por qué	why
cuándo	when		qué	what, how
dónde	where		quién(-es)	who, whom

b. Note the use of written accent marks on all but the neuter forms of demonstrative pronouns. There is a recent tendency to discontinue use of written accent marks on demonstrative pronouns. As a result you may see examples of these pronouns without the accent marks. However, the *Interacciones* program will continue to use them.

esta mesa	*this table*	ésta	*this one*
ese chico	*that boy*	ése	*that one*
aquellas montañas	*those mountains*	aquéllas	*those*

c. In ten common word pairs, the written accent mark is the only distinction between the two words.

aun	*even*	aún	*still, yet*
de	*of, from*	dé	*give*
el	*the*	él	*he*
mas	*but*	más	*more*
mi	*my*	mí	*me*
se	*himself*	sé	*I know*
si	*if*	sí	*yes*
solo	*alone*	sólo	*only*
te	*you*	té	*tea*
tu	*your*	tú	*you*

Capitalization

In Spanish, capital letters are used less frequently than in English. Small letters are used in the following instances where English uses capitals.

1. yo (*I*) except when it begins a sentence

Manolo y **yo** vamos a España.   *Manolo and I are going to Spain.*

2. names of the days of the week and months of the year

Saldremos el **martes** 26 de **abril.**   *We will leave on Tuesday, April 26.*

3. nouns or adjectives of nationality and names of languages

Susana es **argentina;** habla **español**   *Susan is Argentinian; she speaks Spanish*
y estudia **inglés.**   *and is studying English.*

4. words in the title of a book except for the first word and proper nouns

Cien años de soledad   *One Hundred Years of Solitude*
La casa de Bernarda Alba   *The House of Bernarda Alba*

5. titles of address except when abbreviated: **don, doña, usted, ustedes, señor, señora, señorita, doctor,** but **Ud., Uds., Sr., Sra., Srta., Dr.**

Aquí viene el **doctor** Robles con   *Here comes Doctor Robles with Doña*
doña Mercedes y la **Srta.**   *Mercedes and Miss Guzmán.*
Guzmán.

Verb Conjugations

Regular Verbs

| **Infinitive** | hablar | aprender | vivir |
| | *to speak* | *to learn* | *to live* |

| **Present Participle** | hablando | aprendiendo | viviendo |
| | *speaking* | *learning* | *living* |

| **Past Participle** | hablado | aprendido | vivido |
| | *spoken* | *learned* | *lived* |

Simple Tenses

Present Indicative	hablo	aprendo	vivo
I speak, am speaking, do speak	hablas	aprendes	vives
	habla	aprende	vive
	hablamos	aprendemos	vivimos
	habláis	aprendéis	vivís
	hablan	aprenden	viven

Imperfect Indicative	hablaba	aprendía	vivía
I was speaking,	hablabas	aprendías	vivías
used to speak, spoke	hablaba	aprendía	vivía
	hablábamos	aprendíamos	vivíamos
	hablabais	aprendíais	vivíais
	hablaban	aprendían	vivían

Preterite	hablé	aprendí	viví
I spoke, did speak	hablaste	aprendiste	viviste
	habló	aprendió	vivió
	hablamos	aprendimos	vivimos
	hablasteis	aprendisteis	vivisteis
	hablaron	aprendieron	vivieron

Future	hablaré	aprenderé	viviré
I will speak, shall speak	hablarás	aprenderás	vivirás
	hablará	aprenderá	vivirá
	hablaremos	aprenderemos	viviremos
	hablaréis	aprenderéis	viviréis
	hablarán	aprenderán	vivirán

Conditional	hablaría	aprendería	viviría
I would speak	hablarías	aprenderías	vivirías
	hablaría	aprendería	viviría
	hablaríamos	aprenderíamos	viviríamos
	hablaríais	aprenderíais	viviríais
	hablarían	aprenderían	vivirían

Present Subjunctive	hable	aprenda	viva	
(that) I speak	hables	aprendas	vivas	
	hable	aprenda	viva	
	hablemos	aprendamos	vivamos	
	habléis	aprendáis	viváis	
	hablen	aprendan	vivan	
Imperfect Subjunctive (-ra)*	hablara	aprendiera	viviera	
(that) I speak, might speak	hablaras	aprendieras	vivieras	
	hablara	aprendiera	viviera	
	habláramos	aprendiéramos	viviéramos	
	hablarais	aprendierais	vivierais	
	hablaran	aprendieran	vivieran	

Commands

speak **Informal**	habla	aprende	vive	
	(no hables)	(no aprendas)	(no vivas)	
Formal	hable	aprenda	viva	
	hablen	aprendan	vivan	

Compound Tenses

Present Perfect Indicative *I have spoken*	he has ha	hemos habéis han	} hablado	aprendido	vivido
Pluperfect Indicative *I had spoken*	había habías había	habíamos habíais habían	} hablado	aprendido	vivido
Future Perfect Indicative *I will have spoken*	habré habrás habrá	habremos habréis habrán	} hablado	aprendido	vivido
Conditional Perfect *I would have spoken*	habría habrías habría	habríamos habríais habrían	} hablado	aprendido	vivido
Present Perfect Subjunctive *(that) I have spoken*	haya hayas haya	hayamos hayáis hayan	} hablado	aprendido	vivido
Past Perfect Subjunctive *(that) I had spoken*	hubiera hubieras hubiera	hubiéramos hubierais hubieran	} hablado	aprendido	vivido
Present Progressive *I am speaking*	estoy estás está	estamos estáis están	} hablando	aprendiendo	viviendo
Past Progressive *I was speaking*	estaba estabas estaba	estábamos estabais estaban	} hablando	aprendiendo	viviendo

* Alternate endings: **-se, -ses, -se, ´-semos, -seis, -sen.**

Stem-changing Verbs

	e→ie		o→ue	
	pensar	perder	contar	volver
Present Indicative	pienso	pierdo	cuento	vuelvo
	piensas	pierdes	cuentas	vuelves
	piensa	pierde	cuenta	vuelve
	pensamos	perdemos	contamos	volvemos
	pensáis	perdéis	contáis	volvéis
	piensan	pierden	cuentan	vuelven
Present Subjunctive	piense	pierda	cuente	vuelva
	pienses	pierdas	cuentes	vuelvas
	piense	pierda	cuente	vuelva
	pensemos	perdamos	contemos	volvamos
	penséis	perdáis	contéis	volváis
	piensen	pierdan	cuenten	vuelvan

Some common verbs in this category:

e→ie		o→ue	
atravesar	empezar	acordar(se)	llover
calentar	encender	acostar(se)	mostrar
cerrar	entender	almorzar	mover
comenzar	negar	colgar	probar
confesar	pensar	contar	recordar
defender	perder	costar	rogar
despertar(se)	sentar(se)	demostrar	soler
		devolver	soñar
		encontrar	volar
		envolver	volver

(NOTE: The verb **jugar** changes **u→ue.**)

	e→ie, i	e→i, i	o→ue, u
	sentir	pedir	dormir
Present Indicative	siento	pido	duermo
	sientes	pides	duermes
	siente	pide	duerme
	sentimos	pedimos	dormimos
	sentís	pedís	dormís
	sienten	piden	duermen
Present Subjunctive	sienta	pida	duerma
	sientas	pidas	duermas
	sienta	pida	duerma
	sintamos	pidamos	durmamos
	sintáis	pidáis	durmáis
	sientan	pidan	duerman

Preterite	sentí	pedí	dormí
	sentiste	pediste	dormiste
	sintió	pidió	durmió
	sentimos	pedimos	dormimos
	sentisteis	pedisteis	dormisteis
	sintieron	pidieron	durmieron
Past Subjunctive	sintiera	pidiera	durmiera
	sintieras	pidieras	durmieras
	sintiera	pidiera	durmiera
	sintiéramos	pidiéramos	durmiéramos
	sintierais	pidierais	durmierais
	sintieran	pidieran	durmieran
Present Participle	sintiendo	pidiendo	durmiendo

Some common verbs in this category:

e→ie, i	e→i, i		o→ue, u
advertir	competir	pedir	dormir(se)
consentir	conseguir	perseguir	morir(se)
convertir	corregir	reír(se)	
divertirse	despedir(se)	repetir	
herir	elegir	seguir	
hervir	impedir	servir	
mentir	medir	vestir(se)	
preferir			
referir(se)			
sentir(se)			
sugerir			

Verbs with Orthographic Changes

1. Verbs that end in **-car** (**c**→**qu** before **e**)

   BUSCAR
   Preterite: busqué, buscaste, buscó, buscamos, buscasteis, buscaron
   Present Subjunctive: busque, busques, busque, busquemos, busquéis, busquen

   Other verbs in this category:
acercar(se)	comunicar	explicar	sacar
atacar	dedicar	indicar	secar
colocar	evocar	marcar	tocar

2. Verbs that end in **-gar** (**g**→**gu** before **e**)

   PAGAR
   Preterite: pagué, pagaste, pagó, pagamos, pagasteis, pagaron
   Present Subjunctive: pague, pagues, pague, paguemos, paguéis, paguen

   Other verbs in this category:
colgar	llegar	obligar	rogar
jugar	negar	regar	

3. Verbs that end in **-zar** (**z**→**c** before **e**)

GOZAR
Preterite: gocé, gozaste, gozó, gozamos, gozasteis, gozaron
Present Subjunctive: goce, goces, goce, gocemos, gocéis, gocen

Other verbs in this category:
alcanzar	cazar	cruzar	forzar
almorzar	comenzar	empezar	rezar
avanzar			

4. Verbs that end in **-cer** and **-cir** preceded by a vowel (**c**→**zc** before **a** and **o**)

CONOCER
Present Indicative: conozco, conoces, conoce, conocemos, conocéis, conocen
Present Subjunctive: conozca, conozcas, conozca, conozcamos, conozcáis, conozcan

Other verbs in this category:
agradecer	crecer	nacer	parecer
aparecer	establecer	obedecer	pertenecer
carecer	merecer	ofrecer	producir
conducir			

(EXCEPTIONS: hacer, decir.)

5. Verbs that end in **-cer** and **-cir** preceded by a consonant (**c**→**z** before **a** and **o**)

VENCER
Present Indicative: venzo, vences, vence, vencemos, vencéis, vencen
Present Subjunctive: venza, venzas, venza, venzamos, venzáis, venzan

Other verbs in this category:
convencer   ejercer

6. Verbs that end in **-ger** and **-gir** (**g**→**j** before **a** and **o**)

COGER
Present Indicative: cojo, coges, coge, cogemos, cogéis, cogen
Present Subjunctive: coja, cojas, coja, cojamos, cojáis, cojan

Other verbs in this category:
corregir	elegir	exigir	proteger
dirigir	escoger	fingir	recoger

7. Verbs that end in **-guir** (**gu**→**g** before **a** and **o**)

SEGUIR
Present Indicative: sigo, sigues, sigue, seguimos, seguís, siguen
Present Subjunctive: siga, sigas, siga, sigamos, sigáis, sigan

Other verbs in this category:
conseguir   distinguir   perseguir

8. Verbs that end in **-uir** (except **-guir** and **-quir**)

HUIR
Present Indicative: huyo, huyes, huye, huimos, huís, huyen
Preterite: huí, huiste, huyó, huimos, huisteis, huyeron
Present Subjunctive: huya, huyas, huya, huyamos, huyáis, huyan
Imperfect Subjunctive: huyera, huyeras, huyera, huyéramos, huyerais, huyeran
Gerund: huyendo

Other verbs in this category:

atribuir	contribuir	distribuir	influir
concluir	destruir	excluir	instruir
constituir	disminuir	incluir	sustituir
construir			

9. Some verbs change unaccentuated **i→y.**

LEER
Preterite: leí, leíste, leyó, leímos, leísteis, leyeron
Imperfect Subjunctive: leyera, leyeras, leyera, leyéramos, leyerais, leyeran
Gerund: leyendo
Past Participle: leído

Other verbs in this category:

caer(se)	creer	oír	poseer

10. Some verbs that end in **-iar** and **-uar** (except **-guar**) have a written accent on the **i** or the **u** in the singular forms and third-person plural in some tenses.

ENVIAR
Present Indicative: envío, envías, envía, enviamos, enviáis, envían
Present Subjunctive: envíe, envíes, envíe, enviemos, enviéis, envíen

Other verbs in this category:

acentuar	confiar	espiar	situar
actuar	continuar	graduar	variar
ampliar	criar		

(EXCEPTIONS: cambiar, estudiar, limpiar.)

11. Verbs that end in **-guar** (**gu→gü** before **e**)

AVERIGUAR
Preterite: averigüé, averiguaste, averiguó, averiguamos, averiguasteis, averiguaron
Present Subjunctive: averigüe, averigües, averigüe, averigüemos, averigüéis, averigüen

Irregular Verbs

Infinitive	Gerund / Past Participle	Familiar Command	Indicative		
			Present	Imperfect	Preterite
andar to walk; to go	andando andado				anduve anduviste anduvo anduvimos anduvisteis anduvieron
caber to fit; to be contained in	cabiendo cabido		quepo cabes cabe cabemos cabéis caben		cupe cupiste cupo cupimos cupisteis cupieron
caer to fall	cayendo caído		caigo caes cae caemos caéis caen		caí caíste cayó caímos caísteis cayeron
conducir to lead; to drive	conduciendo conducido		conduzco conduces conduce conducimos conducís conducen		conduje condujiste condujo condujimos condujisteis condujeron
dar to give	dando dado		doy das da damos dais dan		di diste dio dimos disteis dieron

Indicative		Subjunctive	
Future	**Conditional**	**Present**	**Imperfect (-ra)**
			anduviera
			anduvieras
			anduviera
			anduviéramos
			anduvierais
			anduvieran
cabré	cabría	quepa	cupiera
cabrás	cabrías	quepas	cupieras
cabrá	cabría	quepa	cupiera
cabremos	cabríamos	quepamos	cupiéramos
cabréis	cabríais	quepáis	cupierais
cabrán	cabrían	quepan	cupieran
		caiga	cayera
		caigas	cayeras
		caiga	cayera
		caigamos	cayéramos
		caigáis	cayerais
		caigan	cayeran
		conduzca	condujera
		conduzcas	condujeras
		conduzca	condujera
		conduzcamos	condujéramos
		conduzcáis	condujerais
		conduzcan	condujeran
		dé	diera
		des	dieras
		dé	diera
		demos	diéramos
		deis	dierais
		den	dieran

Irregular Verbs (continued)

Infinitive	Gerund / Past Participle	Familiar Command	Indicative		
			Present	Imperfect	Preterite
decir *to say, tell*	diciendo dicho	di	digo dices dice decimos decís dicen		dije dijiste dijo dijimos dijisteis dijeron
estar *to be*	estando estado		estoy estás está estamos estáis están		estuve estuviste estuvo estuvimos estuvisteis estuvieron
haber *to have*	habiendo habido		he has ha hemos habéis han		hube hubiste hubo hubimos hubisteis hubieron
hacer *to do; to make*	haciendo hecho	haz	hago haces hace hacemos hacéis hacen		hice hiciste hizo hicimos hicisteis hicieron
ir *to go*	yendo ido	ve	voy vas va vamos vais van	iba ibas iba íbamos ibais iban	fui fuiste fue fuimos fuisteis fueron

Indicative		Subjunctive	
Future	**Conditional**	**Present**	**Imperfect (-ra)**
diré	diría	diga	dijera
dirás	dirías	digas	dijeras
dirá	diría	diga	dijera
diremos	diríamos	digamos	dijéramos
diréis	diríais	digáis	dijerais
dirán	dirían	digan	dijeran
		esté	estuviera
		estés	estuvieras
		esté	estuviera
		estemos	estuviéramos
		estéis	estuvierais
		estén	estuvieran
habré	habría	haya	hubiera
habrás	habrías	hayas	hubieras
habrá	habría	haya	hubiera
habremos	habríamos	hayamos	hubiéramos
habréis	habríais	hayáis	hubierais
habrán	habrían	hayan	hubieran
haré	haría	haga	hiciera
harás	harías	hagas	hicieras
hará	haría	haga	hiciera
haremos	haríamos	hagamos	hiciéramos
haréis	harías	hagáis	hicierais
harán	harían	hagan	hicieran
		vaya	fuera
		vayas	fueras
		vaya	fuera
		vayamos	fuéramos
		vayáis	fuerais
		vayan	fueran

Irregular Verbs (continued)

Infinitive	Gerund / Past Participle	Familiar Command	Indicative		
			Present	**Imperfect**	**Preterite**
oír	oyendo		oigo		oí
to hear	oído		oyes		oíste
			oye		oyó
			oímos		oímos
			oís		oísteis
			oyen		oyeron
oler	oliendo		huelo		
to smell	olido		hueles		
			huele		
			olemos		
			oléis		
			huelen		
poder	pudiendo		puedo		pude
to be able	podido		puedes		pudiste
			puede		pudo
			podemos		pudimos
			podéis		pudisteis
			pueden		pudieron
poner	poniendo	pon	pongo		puse
to put	puesto		pones		pusiste
			pone		puso
			ponemos		pusimos
			ponéis		pusisteis
			ponen		pusieron
querer	queriendo		quiero		quise
to want	querido		quieres		quisiste
			quiere		quiso
			queremos		quisimos
			queréis		quisisteis
			quieren		quisieron

Indicative		Subjunctive	
Future	Conditional	Present	Imperfect (-ra)
		oiga	oyera
		oigas	oyeras
		oiga	oyera
		oigamos	oyéramos
		oigáis	oyerais
		oigan	oyeran
		huela	
		huelas	
		huela	
		olamos	
		oláis	
		huelan	
podré	podría	pueda	pudiera
podrás	podrías	puedas	pudieras
podrá	podría	pueda	pudiera
podremos	podríamos	podamos	pudiéramos
podréis	podríais	podáis	pudierais
podrán	podrían	puedan	pudieran
pondré	pondría	ponga	pusiera
pondrás	pondrías	pongas	pusieras
pondrá	pondría	ponga	pusiera
pondremos	pondríamos	pongamos	pusiéramos
pondréis	pondríais	pongáis	pusierais
pondrán	pondrían	pongan	pusieran
querré	querría	quiera	quisiera
querrás	querrías	quieras	quisieras
querrá	querría	quiera	quisiera
querremos	querríamos	queramos	quisiéramos
querréis	querríais	queráis	quisierais
querrán	querrían	quieran	quisieran

Irregular Verbs (continued)

Infinitive	Gerund / Past Participle	Familiar Command	Indicative		
			Present	Imperfect	Preterite
reír	riendo		río		reí
to laugh	reído		ríes		reíste
			ríe		rió
			reímos		reímos
			reís		reísteis
			ríen		rieron
saber	sabiendo		sé		supe
to know	sabido		sabes		supiste
			sabe		supo
			sabemos		supimos
			sabéis		supisteis
			saben		supieron
salir	saliendo	sal	salgo		
to go out	salido		sales		
			sale		
			salimos		
			salís		
			salen		
ser	siendo	sé	soy	era	fui
to be	sido		eres	eras	fuiste
			es	era	fue
			somos	éramos	fuimos
			sois	erais	fuisteis
			son	eran	fueron
tener	teniendo	ten	tengo		tuve
to have	tenido		tienes		tuviste
			tiene		tuvo
			tenemos		tuvimos
			tenéis		tuvisteis
			tienen		tuvieron

Indicative		Subjunctive	
Future	Conditional	Present	Imperfect (-ra)
		ría	
		rías	
		ría	
		riamos	
		riáis	
		rían	
sabré	sabría	sepa	supiera
sabrás	sabrías	sepas	supieras
sabrá	sabría	sepa	supiera
sabremos	sabríamos	sepamos	supiéramos
sabréis	sabríais	sepáis	supierais
sabrán	sabrían	sepan	supieran
saldré	saldría	salga	
saldrás	saldrías	salgas	
saldrá	saldría	salga	
saldremos	saldríamos	salgamos	
saldréis	saldríais	salgáis	
saldrán	saldrían	salgan	
		sea	fuera
		seas	fueras
		sea	fuera
		seamos	fuéramos
		seáis	fuerais
		sean	fueran
tendré	tendría	tenga	tuviera
tendrás	tendrías	tengas	tuvieras
tendrá	tendría	tenga	tuviera
tendremos	tendríamos	tengamos	tuviéramos
tendréis	tendríais	tengáis	tuvierais
tendrán	tendrían	tengan	tuvieran

Irregular Verbs (continued)

Infinitive	Gerund / Past Participle	Familiar Command	Indicative		
			Present	Imperfect	Preterite
traer	trayendo		traigo		traje
to bring	traído		traes		trajiste
			trae		trajo
			traemos		trajimos
			traéis		trajisteis
			traen		trajeron
valer	valiendo	val(e)	valgo		
to be worth	valido		vales		
			vale		
			valemos		
			valéis		
			valen		
venir	viniendo	ven	vengo		vine
to come	venido		vienes		viniste
			viene		vino
			venimos		vinimos
			venís		vinisteis
			vienen		vinieron
ver	viendo		veo	veía	
to see	visto		ves	veías	
			ve	veía	
			vemos	veíamos	
			veis	veíais	
			ven	veían	

Indicative		Subjunctive	
Future	**Conditional**	**Present**	**Imperfect (-ra)**
		traiga	trajera
		traigas	trajeras
		traiga	trajera
		traigamos	trajéramos
		traigáis	trajerais
		traigan	trajeran
valdré	valdría	valga	
valdrás	valdrías	valgas	
valdrá	valdría	valga	
valdremos	valdríamos	valgamos	
valdréis	valdríais	valgáis	
valdrán	valdrían	valgan	
vendré	vendría	venga	viniera
vendrás	vendrías	vengas	vinieras
vendrá	vendría	venga	viniera
vendremos	vendríamos	vengamos	viniéramos
vendréis	vendríais	vengáis	vinierais
vendrán	vendrían	vengan	vinieran

Spanish-English Vocabulary

This vocabulary includes the meanings of all Spanish words and expressions that have been glossed or listed as active vocabulary in this textbook. Most proper nouns, conjugated verb forms, and cognates used as passive vocabulary are not included here.

The Spanish style of alphabetization has been followed: **n** precedes **ñ**. A word without a written accent mark appears before the form with a written accent: i.e., **si** precedes **sí**. Stem-changing verbs appear with the change in parentheses after the infinitive: (**ie**), (**ue**), or (**i**). A second vowel in parentheses (**ie, i**) indicates a preterite stem change.

The number following the English meaning refers to the chapter in which the vocabulary item was first introduced actively; the letters **CP** stand for **Capítulo preliminar.**

The following abbreviations are used.

A	Americas	*m*	masculine
abb	abbreviation	*n*	noun
adv	adverb	*obj*	object
adj	adjective	*pl*	plural
art	article	*pp*	past participle
conj	conjunction	*poss*	possessive
dir obj	direct object	*prep*	preposition
E	Spain	*pron*	pronoun
f	feminine	*refl*	reflexive
fam	familiar	*rel*	relative
form	formal	*s*	singular
indir obj	indirect object	*subj*	subject
inf	infinitive		

A

a   to, at, toward **4**; **a bordo**   on board **11**; **a casa**   home; **a causa de**   because of, as a consequence of; **a continuación**   following; **a cuadros**   plaid, checkered **7**; **a la derecha**   to (on) the right **8**; **a la izquierda**   to (on) the left **8**; **a menudo**   often **7**; **a rayas**   striped **7**; **a tiempo**   on time **CP**; **a través de**   through, across; **a veces**   sometimes **1**

abierto   *pp* opened **10**

abogado(-a)   lawyer **10**

abonar   to pay in installments

abordar   to board **11**

abrazar   to hug, embrace

abrazo   hug

abrigo   coat, overcoat **7**

abril   *m* April

abrir   to open

abrocharse   to fasten **11**

absurdo   absurd

abuelo(-a)   grandfather (-mother) **3**; **abuelos**   grandparents **3**

aburrir   to bore; **aburrirse**   to get bored

acá   here

acabar   to finish; *refl* to run out; **acabar de + *inf***   to have just (done something)

acantilado   cliff

acaso   perhaps **6**

acceso   access

accidente   *m* accident

acción   *f* stock **9**

accionista   *m/f* stockbroker **10**

acentuar   to accent

aceptar   to accept

acera   sidewalk **8**

acerca de   about, concerning

acercarse a   to approach

acero   steel

acetona   nail-polish remover

acomodar   to accommodate

aconsejable   advisable

aconsejar   to advise **3**

acontecimiento   event

acordarse (ue) de   to remember **1**

acortar   to shorten **7**

acostarse (ue)   to go to bed **1**

acostumbrarse   to become accustomed

actitud   *f* attitude

actividad   *f* activity **2**

activo   active

actual   *adj* present-day

actualmente   nowadays, at the present time

actuar   to act

acuerdo   agreement: **de acuerdo**   I agree; **estar de acuerdo**   to agree, be in agreement **9**; **llegar a un acuerdo**   to reach an agreement

acusado(-a)   accused person **6**

adelantado   early

adelante   forward; come in

adelanto   advance, advancement

además   besides, furthermore

adentro   inside

adiós   good-bye

adivinanza   riddle

adivinar   to guess

adjetivo   adjective

administración   *f* management **9**; **administración de empresas**   business administration **4**

admirar   to admire **8**

¿adónde?   where? *(used with verbs of motion)* **1**

adornar   to decorate, adorn

adorno   decoration

aduana   customs **10**; **derechos de aduana**   duty taxes **10**; **pasar por la aduana**   to go through customs **11**

aduanero(-a)   customs agent **11**

adverbio   adverb

advertir (ie, i)   to warn

aéreo   *adj* air

aeromozo(-a)   *(A)* flight attendant **11**

aeropuerto   airport **11**

afeitadora   shaver **1**

afeitarse   to shave **1**

aficionado(-a)   fan, sports fan

afuera   *adv* outside **5**; **afueras**   *n f* outskirts, suburbs

agarrar   to take

agencia   agency **1**; **agencia de empleos**   employment agency **9**; **agencia de viajes**   travel agency

agente   *m/f* agent

agosto   August

agradable   pleasant

agradecer   to appreciate, thank

agrado   pleasure

agresivo   aggressive

agrícola   *m/f adj* agricultural

agrio   sour **5**

agua   water **1**; **agua mineral**   mineral water, bottled water **5**

aguacate   *m* avocado **5**

aguacero   heavy shower, downpour

ahí   there *(near person addressed)*

ahijado(-a)   godson(-daughter); **ahijados**   godchildren

ahogarse   to drown **6**

ahora   now

ahorrar   to save *(money)* **10**

ahorros   *m pl* savings: **cuenta *f* de ahorros**   savings account **10**

aire   *m* air; **aire acondicionado**   air-conditioning **11**

aislado   isolated

aislamiento   isolation

ajedrez   *m* chess **3**

al (a + el)   to the + *m s* noun; **al día**   per day; **al + *inf***   on, upon; **al lado de**   beside, next to **4**; **al principio**   in the beginning

albergue juvenil   *m* youth hostel **11**

albóndiga   meatball **5**

alcalde   *m* mayor

alcance   *m* reach; **estar al alcance**   to be within reach

alcanzar   to gain, obtain

alcohólico   alcoholic

alegrarse   to be happy

alegre   happy, cheerful **3**

alegría   happiness

alemán(-ana)   German **3**

alergia   allergy **12**

alérgico   allergic; **ser alérgico a**   to be allergic to **12**

alfabetización   *f* literacy

alfombra   rug

algarabía   hustle-bustle

algo   something **7**

algodón   *m* cotton **7**; **algodón de azúcar**   cotton candy **8**

alguien   someone **7**

algunas veces sometimes **7**

alguno, algún, alguna any, some, someone **7**; *pl* some, a few **7**

alimentarse to feed oneself

alimento food

alivio relief

(grandes) almacenes *m* department store **1**

almeja clam **5**

almohada pillow **11**

almorzar (ue) to have lunch **1**

almuerzo lunch **5**

alojarse to stay in a hotel **11**

alquilar to rent **10**

alquiler *m* rent

alrededor de around **4**

altavoz *m* loudspeaker

alternativa alternative

altiplano high plateau

altitud *f* altitude

alto tall, high **CP**

altura altitude

alumno(-a) student

alzar to raise, lift

allí there

ama de casa housewife

amabilidad *f* kindness

amable nice, kind

amanecer *m* dawn

amar to love **3**

amargo bitter **5**

amarillo yellow

amatista amethyst

ambiente *m* environment, atmosphere

amigable friendly

amigo(-a) friend

ampliar to extend

amplio extensive

amoblar(ue); amueblar to furnish

amor *m* love

análisis *m* analysis

anaranjado *adj* orange

ancho wide **7**

andar to walk

anécdota anecdote

anfitrión(-ona) host (hostess)

ángel *m* angel

angosto narrow

anillo ring **3**; **anillo de boda** wedding ring **3**; **anillo de compromiso** engagement ring **3**

anoche last night **2**

anochecer *m* dusk

ansioso anxious

ante *m* suede **7**; *prep* before, in the presence of

anteayer day before yesterday **2**

anteojos *m pl* eyeglasses **CP**

anterior before

antes de *prep* before

antes que *conj* before

antibiótico antibiotic **12**

anticipar to anticipate

antiguo former, ancient

anunciar to announce **6**

anuncio advertisement; **anuncio clasificado** classified ad **9**; **anuncio comercial** commercial **6**

añadir to add

año year **1**; **tener... años** to be . . . years old

aparato appliance, piece of equipment

aparcar to park **8**

aparecer to appear **1**

apartamento apartment

apellido last name **CP**

apenas hardly

apertura de clases beginning of the school term **4**

apetecer to have an appetite for **5**

apetito appetite **5**

aplaudir to applaud **8**

aplicado studious **4**

apogeo peak; **en pleno apogeo** at the height of

aprender to learn **4**; **aprender de memoria** to memorize **4**

apretado tight **7**

apretar (ie) to pinch, be tight **7**

aprobar (ue) to pass *(an exam)* **4**

apropiado appropriate

aprovechar to take advantage of

aptitud *f* aptitude, skill **9**

apuntes *m pl* notes, classnotes **1**

apurado in a hurry

apurarse to hurry

aquel, aquella *adj* that *(distant)* **6**; **aquellos, aquellas** *adj* those *(distant)* **6**

aquél, aquélla *pron* that (one), the former **6**; **aquéllos, aquéllas** *pron* those, the former **6**

aquello *neuter pron* that **6**

aquí here

árbitro referee, umpire **12**

árbol *m* tree

arco arch

archivar to file **10**

archivo (computer) file, file cabinet **9**

arena sand **2**

arete *m* earring **7**

argentino *adj* Argentine

arquitecto(-a) architect

arquitectura architecture **4**

arreglar to straighten **6**; **arreglarse** to get ready **1**

arreglo care **1**; arrangement; repair

arrepentirse (ie, i) to repent

arrestar to arrest **6**

arroz *m* rice **5**

arrugado wrinkled

arte *m* art **4**; **bellas artes** *f* fine arts

artesanía craftsmanship

artículo article

artista *m/f* artist

artístico artistic **9**

asado roast(-ed)

ascenso promotion **9**

ascensor *m* elevator

asegurar to insure **7**

asesinar to murder

asesinato murder **6**

asesino(-a) murderer **6**

así in this way, thus; **así que** as soon as

asiduo frequent

asiento seat **8**

asignatura subject **4**

asistencia attendance

asistente social *m/f* social worker

asistir a to attend **4**

asociarse to associate

asombrar to astonish

aspecto aspect

áspero rough

aspiradora vacuum cleaner **6**; **pasar la aspiradora** to vacuum **6**

aspirante *m/f* applicant **9**

aspirina aspirin **12**

asunto   subject matter

asustadizo   easily frightened

asustado   scared

asustarse   to get scared

atacar   to attack

atar   to tie

atender (ie)   to take care of **10**

atento   attentive

aterrizaje   *m* landing **11**

aterrizar   to land **11**

atleta   *m/f* athlete

atlético   athletic **CP**

atracción   *f* amusement park ride, attraction **8; parque** *m* **de atracciones**   amusement park **8**

atraer   to attract

atrás   *adv* back; **de atrás** behind

atrasarse   to be late

atravesar (ie)   to cross

atribuir   to attribute to

atún   *m* tuna **5**

aumento   raise

aun   even; **aun cuando** even when

aún   still, yet

aunque   although

austral *m*   previous currency of Argentina

autobús *m*   bus **8**

automóvil   *m* automobile

autopista   highway; **autopista de la información**   information superhighway **9**

autoridad   *f* authority

autorretrato   self-portrait **CP**

avance   *m* advance

avanzado   advanced **10**

avanzar   to advance

ave   *f* bird

avenida   avenue **8**

aventura   adventure **2; de aventura**   *adj* adventure **2**

averiguar   to verify

avión   *m* airplane

avisar   to inform

aviso   sign, notice

ayer   yesterday **2**

ayuda   help

ayudar   to help

ayuntamiento   city hall **8**

azafata   *(E)* flight attendant **11**

azúcar   *m* sugar

azul   blue

B

bacalao   cod **6**

bachillerato   high-school diploma **4**

bailar   to dance

bailarín(-ina)   dancer

baile   *m* dance

bajar   to lower; to get off **11; bajar el equipaje**   to take the luggage down **11**

bajo   short **CP**

balanza de pagos   balance of payments **10**

balcón   *m* balcony **11**

baloncesto   *(E)* basketball **12**

bancario   *adj* banking **10**

banco   bank **1**

banquero(-a)   banker

bañarse   to bathe oneself **1**

baño   bathroom **11**

bar   *m* bar **2**

barato   inexpensive

barba   beard **CP**

barco   boat

barrer   to sweep **6**

barrio   neighborhood **8**

básquetbol   *m (A)* basketball **12**

¡basta!   enough!

bastante   *adj* enough **9; bastante**   *adv* rather

basura   garbage **6; sacar la basura**   to take out the garbage

bata   robe **7**

bate   *m* bat **12**

batear   to bat **12**

batido   *m* milk shake

batir   to beat

bautismo   baptism

bebé   *m* baby

beber   to drink

bebida   beverage **5**

beca   scholarship **4**

béisbol   *m* baseball **12**

bellas artes   *f pl* fine arts **4**

belleza   beauty

bendecir   to bless

beneficio   benefit; **beneficio social**   fringe benefit **9**

biblioteca   library **4**

bicicleta   bicycle; **montar (en) bicicleta**   to ride a bicycle **2**

bien   well, very **6**

bienvenido   welcome **5**

bigote   *m* moustache **CP**

billete   *m* ticket **8;** bill; **billete de ida y vuelta**   round-trip ticket **11**

billetera   wallet

biología   biology **4**

bisabuelo(-a)   great-grandfather (-mother) **3; bisabuelos** great-grandparents **3**

bistec   *m* steak **5**

blanco   white

blando   soft

blusa   blouse **7**

boca   mouth

bocacalle   *f* intersection **8**

bocadillo   *(E)* sandwich **5**

boda   wedding **3**

boletería   ticket office

boleto   ticket **8; boleto de ida y vuelta**   round-trip ticket **11**

bolígrafo   ballpoint pen

bolívar   *m* currency of Venezuela

bolsa   *(E)* purse **7; bolsa (de acciones)**   stock market **9**

bombero(-a)   firefighter **8**

bonito   pretty, nice

bono   bond **9**

borracho   drunk **2**

borrador   *m* rough draft

bosque   *m* forest, woods

bota   boot **7**

botones   *m s* bellman **11**

boutique   *f* boutique **7**

boxeo   boxing **12**

brazo   arm **12**

brillante   *m* diamond **7**

brillar   to shine

bromear   to joke

bronceado   suntanned

broncearse   to tan **2**

bruja   witch

bueno, buen, buena   *adj* good; **bueno**   *adv* well, all right; **buena suerte**   good luck; **lo bueno**   the good thing; **buenos días**   good morning **2; buenas noches** good evening **2; buenas tardes**   good afternoon **2**

bufanda   scarf **7**

buscar   to look for

C

caballero   gentleman **7**

caballitos   *m pl* carousel **8**

caballo   horse; **montar a caballo**   to ride horseback **2**
caber   to fit **11**
cabeza   head **12**
cada   *m/f adj*   each, every **9**; **cada dos días**   every other day
cadena   chain **7**
cadera   hip
caer   to fall, slip away; **caer bien (mal)**   to suit (not to suit) **5**; to get along well (poorly) **5**; **caer un aguacero**   to rain cats and dogs **4**
café   *m* coffee, coffee shop; **café al aire libre**   outdoor café **2**; **café con leche**   coffee with warmed milk; **café solo**   black coffee
caja   cash register **7**; **caja de seguridad**   safety-deposit box **10**
cajero(-a)   cashier **7**
cajón   *m* drawer
calamar   *m* squid **5**
calcetín   *m* sock **7**
calculadora   calculator **9**
calcular   to calculate
cálculo   calculus
caldo   soup, broth **5**; **caldo de pollo con fideos**   chicken noodle soup **5**
calefacción   *f* heating system **11**
calendario   calendar
calentador   *m (A)* jogging suit **7**
calentar (ie)   to heat
calidad   *f* quality
cálido   warm
caliente   hot **1**
callarse   to be quiet
calle   *f* street **8**
calmar   to calm, ease
calor   *m* heat; **hace calor**   it's hot; **tener calor**   to be hot
calvo   bald **CP**
calzar   to wear *(shoes)* **7**
cama   bed **6**
camarero(-a)   *(A)* flight attendant **11**; *(E)* waiter (waitress) **5**; *f* chambermaid **11**
camarones   *m pl (A)* shrimp **5**
cambiar   to change; **cambiar dinero**   to exchange currency

10; **cambiarse de ropa**   to change clothes **1**
cambio   change; **en cambio**   on the other hand
caminar   to walk **8**
camino   road; **en camino**   on the way to
camión   *m* truck
camisa   shirt **1**; **camisa de noche**   nightgown **7**
camiseta   tee-shirt **8**
campaña electoral   electoral campaign **6**
campeón(-ona)   champion **12**
campeonato   championship **12**
campesino(-a)   rural person
campo   country, rural area, field **3**; **campo de estudio**   field of study **4**; **campo de golf**   golf course **2**; **campo deportivo**   sports field **4**
canal   *m* channel **6**
canasta   basket **12**
cancha   playing area, court, field **12**; **cancha de tenis**   tennis court **2**
cansado   tired
cantante   *m/f* singer **8**
cantar   to sing
cantidad   *f* quantity
caña de pescar   fishing rod
capital   *f* capital *(city)*
capítulo   chapter
cara   face
caracol   *m* snail **5**
característica   characteristic
caramelo   caramel **6**
cárcel   *f* jail **6**
carecer   to be in need of, lack
cargar   to carry **11**
cariño   affection **3**; **tener cariño a**   to be fond of **3**
cariñoso   affectionate **3**
carne   *f* meat **5**; **carne de cerdo**   pork **5**; **carne de res**   beef **5**
carnet estudiantil   *m* student I.D. card **CP**
caro   expensive
carpeta   file folder **9**
carpintero(-a)   carpenter
carrera   career **9**
carretera   highway
carro   *(A)* car
carta   letter; **cartas**   *(A)* playing cards **2**

cartel   *m* poster, sign
cartera   wallet, purse
cartero(-a)   mail carrier
casa   house; **a casa**   home; **en casa**   at home; **casa de los espejos**   house of mirrors **8**; **casa de los fantasmas**   house of horrors **8**
casado   *adj* married **CP**; *m* stewed beef with rice, beans, fried plantain, and cabbage **5**
casarse   to get married **3**
casco   helmet **12**
casi   almost
castaño   chestnut **CP**
castellano   Spanish
castillo   castle **2**
catalán(-ana)   Catalan
catarata   waterfall
catarro   cold **12**
catedral   *f* cathedral **8**
catedrático(-a)   university professor **4**
católico   Catholic
catorce   fourteen **CP**
causar   to cause
cazar   to hunt
cebolla   onion **6**
célebre   famous
celos *m* jealousy; **tener celos**   to be jealous **3**
celular   cellular
cemento   cement **8**
cena   dinner, wedding reception **3**
cenar   to eat dinner **3**
centígrado   centigrade
centro   center, downtown **8**; **centro comercial**   shopping center, mall **1**; **centro cultural**   cultural center **8**; **centro estudiantil**   student center **4**
cepillarse   to brush *(one's teeth, hair)* **1**
cepillo   brush **1**; **cepillo de dientes**   toothbrush **1**
cerca   *adv* next to, near, close
cerca de   *prep* near **4**
cercano   *adj* near, close
ceremonia de enlace   wedding ceremony **3**
cero   zero **CP**
cerrar (ie)   to close **1**
cerveza   beer **5**
césped   *m* lawn, grass **6**

ceviche *m* marinated fish and seafood **5**

chaleco vest **7**

champú *m* shampoo **1**

chandal *m (E)* jogging suit **7**

chaqueta jacket

charlar to chat **CP**

chau good-bye **2**

chaval(-a) *(E)* youngster, kid **3**

cheque *m* check; **cheque de viajero** traveler's check; **cobrar un cheque** to cash a check

chequear to check

chequera *(A)* checkbook **10**

chicano(-a) Mexican-American **10**

chico *adj* small **7**

chiflar to boo, hiss **8**

chile *m* chili pepper **5; chiles rellenos** stuffed peppers **5**

chino(-a) Chinese

chip *m* microchip **9**

chisme *m* gossip

chismear to gossip **2**

chiste *m* joke **CP**

chistoso funny, amusing

choque *m* shock

chorizo hard sausage **5**

cibernauta *m/f* person who uses the Internet **9**

cicatriz *m* scar **CP**

ciclismo biking, cycling

cien, ciento hundred **CP**

ciencia science; **ciencias de la educación** education *(course of study)* **4; ciencias económicas** economics **4; ciencias exactas** natural science **4; ciencias políticas** political science **4; ciencias sociales** social sciences **4**

científico(-a) scientist; *adj* scientific

cierto certain, definite **6**

cigarrillo cigarette

cinco five **CP**

cincuenta fifty **CP**

cine *m* movie theater **2**

cinta tape; **cinta adhesiva** utility tape **9**

cinturón *m* **de seguridad** seatbelt **11; (des-)abrocharse el cinturón de seguridad** to (un-)fasten the seatbelt **11**

cita appointment, date **8**

ciudad *f* city; **ciudad universitaria** campus **4**

claro light *(in color)*, clear **7;** of course

clase *f* class **4; clase económica** economy class *(travel);* **primera clase** first class *(travel)*

clásico classical **2**

clavel *m* carnation

cliente *m/f* customer **1**

clima *m* climate **4**

clínica private hospital **8**

club nocturno *m* nightclub **2**

cobrar to charge, collect money; **cobrar un cheque** to cash a check **10**

cobre *m* copper

cocina kitchen **6**

cocinar to cook **6**

cocinero(-a) cook, chef

cóctel *m* cocktail **5; cóctel de camarones** shrimp cocktail **5; cóctel de mariscos** seafood cocktail **5**

coche *m* car

coger to take, seize; to catch **12**

coincidir to coincide

cola line; **hacer cola** to stand in line

colaborar to collaborate

colchón neumático *m* air mattress **2**

colegio elementary school, boarding school, college-preparatory high school

colgar (ue) to hang up **6**

colina hill

colocar to place, put

colombiano(-a) Colombian

colonial colonial **8**

color *m* color; **de color café** brown **CP; de color melón** melon-colored; **de un solo color** solid color

collar *m* necklace **7; collar de brillantes** diamond necklace **7**

combinar to match, combine **7**

comedia comedy **2**

comedor *m* dining room **6**

comentar to comment **8**

comenzar (ie) to begin **1**

comer to eat

comercio trade **10; comercio de exportación** export trade **10; comercio de importación** import trade **10**

cometa *m* comet

cómico funny **2**

comida meal, food **5; comida completa** complete meal **5; comida ligera** light meal **5; comida rápida** fast food; **comida regional típica** typical regional meal **5**

comisaría police station **8**

comité *m* committee

como as, like, since; **¡cómo no!** of course!; **como si** as if; **tan +** *adj* or *adv* **+ como** as + *adj* or *adv* + as; **tanto como** as much as

¿cómo? how? **1**

cómodo comfortable **11**

compañero(-a) companion; **compañero(-a) de clase** classmate; **compañero(-a) de cuarto** roommate

compañía company **1**

comparar to compare

compartir to share, divide

competir (i, i) to compete

complacer to please

complacerse to take pleasure

complejo turístico tourist resort **2**

completamente completely

completar to complete

completo full **11**

complicado complicated

complicarse to become complicated

comportamiento behavior

comportarse to behave **3**

compra purchase; **hacer compras** to shop, purchase **1; ir de compras** to go shopping **CP**

comprador(-a) buyer, shopper **7**

comprar to buy

comprender to understand

comprensivo understanding

comprometerse con to become engaged to **3**

compromiso engagement, commitment **3**

compuesto *pp* composed

computadora *(A)* computer **1**

comunicarse to communicate

comunidad *f* community **12**

con with **4; con tal que** provided that; **conmigo** with me **4; contigo** *fam s* with you **4**

concierto concert **CP**

conciliatorio conciliatory

conciso concise **9**

concluir to conclude

concha shell **2**

condimentado spicy **5**

condimento dressing, condiment

conducir to drive **1**

conductor(-a) driver **8**

conectar to connect

conferencia lecture **4; dictar una conferencia** to give a lecture **4**

confesar (ie) to confess

confianza trust, confidence **9; ser de confianza** to be close friends

confiar en to confide in, trust **3**

confirmar to confirm **11**

confitería sweetshop, tea shop

confundirse to be confused

confusión *f* confusion

conjunto band, musical group **2**

conocer to know; to meet, make the acquaintance of; to recognize **1**

conocido(-a) acquaintance; *adj* well-known

conocimiento knowledge **9**

conquistador *m* conqueror

conseguir (i, i) to get, obtain **9**

consejero(-a) advisor, counselor

consejo advice; **consejo financiero** financial advice **10**

conserje *m* concierge **11**

consentir (ie, i) to consent to

conservar to keep, preserve

considerar to consider

consistir en to consist of

constituir to constitute

construcción *f* construction

construir to construct, build **1**

consultorio doctor's or dentist's office **12**

consumo consumption **10**

contabilidad *f* accounting **4**

contador(-a) accountant **10**

contaminación *f* pollution; **contaminación del aire** air pollution

contar (ue) to count, tell **CP**

contenido content

contento content, happy

contestar to answer

continuar to continue; **a continuación** following

contra against **4**

contratar to hire **9**

contrato contract

contribuir to contribute **1**

control *m* control; **control de seguridad** security check **11**

controlar to control

contusión *f* bruise **12**

convencer to convince

conveniente convenient **6**

convenir to agree, be suitable

conversar to converse

convertir (ie, i) to convert; to become

cooperador cooperative

cooperar to cooperate

copa drink, goblet, glass with a stem **2**

coqueta flirt

corazón *m* heart

corbata tie **7**

cordero lamb **5**

cordillera mountain range

corregir (i, i) to correct

correo post office, mail **1; correo electrónico** E-mail **1**

correr to run **2**

correspondencia mail

corresponder to correspond

corrida de toros bullfight **8**

cortacésped *m* lawnmower **6**

cortar to cut **6**

cortarse to cut oneself **12**

corte *f* court

cortés polite, courteous

cortesía courtesy; politeness

corto short **CP**

cosa thing

costa coast

costar (ue) to cost **7**

costo cost **10; costo de vida** cost of living **10**

costumbre *f* custom **3; de costumbre** usual

crear to create

crecer to grow

crédito credit; **tarjeta de crédito** credit card

creer to believe

crema de afeitar shaving cream **1**

criada maid, chambermaid **11**

criar to bring up *(children)*, raise *(animals)*

crimen *m* crime **6**

crisol *m* melting pot

criticar to criticize **8**

cruce *m* intersection **8**

crucero cruise

crucigrama *m* crossword puzzle **CP**

cruzar to cross **8**

cuaderno notebook

cuadra *(A)* (street) block **8**

cuadrado square

cuadro painting **8**

¿cuál(-es)? which one(-s)?; what? **1**

cualidad *f* quality

cualquier(-a) any

cuando *conj* when

¿cuándo? when? **1**

¿cuánto? how much? *pl* how many? **1**

cuarenta forty **CP**

cuartel *m* **de policía** police station **8**

cuarto room, quarter **4;** *adj* fourth

cuatro four **CP**

cuatrocientos four hundred **10**

cubano(-a) Cuban

cubierto place setting **5;** *pp* covered **10**

cubrir to cover

cuchara soupspoon **5**

cucharita teaspoon **5**

cuchillo knife **5**

cuello neck

cuenta bill, check **6; cuenta a plazo fijo** fixed account; **cuenta corriente** checking account **10; cuenta de ahorros** savings account **10; cuenta mancomunada** joint account

cuento story, tale **6**

cuero leather **7**

cuidadoso careful **9**

cuidar to look after; to care for
cuidarse to take care of oneself
culpable guilty **6**
cultivar to grow plants
cultura culture
cumpleaños *m* birthday
cumplir to fulfill, execute **4; cumplir... años** to turn . . . years old
cuñado(-a) brother (sister)-in-law **3**
cura *m* priest **3;** *f* cure
curandero(-a) healer
curar to cure
curita Band-Aid **12**
curriculum vitae *m* résumé **9**
cursar to take courses
curso course **4; curso electivo** elective class **4; curso obligatorio** required class **4**
cuyo whose **12**

D
damas checkers **3**
dar to give **1; dar a** to face; **dar ánimo** to encourage; **dar puntos** to give stitches **12; dar un paseo** to take a walk **CP; dar una patada** to kick; **dar vueltas** to turn around and around; **darse cuenta de** to realize, become aware; **darse por vencido** to give up, acknowledge defeat
dato fact, a piece of information
de of, from, about **CP; de acuerdo** I agree; **de atrás** behind **9; de casualidad** by chance; **de flores** flowered; **de la mañana** A.M. **CP; de la noche** P.M. **CP; de la tarde** P.M. **CP; de lujo** luxurious; **de lunares** polka dot; **de nada** you are welcome; **de película** out of the ordinary, incredible; **de repente** suddenly; **de talla media** of average height **CP; de un solo color** solid color; **de vez en cuando** from time to time

debajo de under, underneath **4**
deber to have to do something, must
débil weak; soft *(sound)* **7**
decidir to decide
décimo tenth **4**
decir to tell **1**
decisión *f* decision; **tomar una decisión** to make a decision
decorar to decorate
dedicarse a to devote oneself to **1**
dedo finger **12; dedo del pie** toe **12**
defender (ie) to defend
dejar to leave; to let, allow; to leave behind
del (de + el) of the + *m s noun*
delante de in front of **4**
delgado slender **CP**
delicado delicate **7**
delicioso delicious
delito crime, offense **6**
demás *adj* rest *(of a quantity)*
demasiado too much
demorarse to delay
demostrar (ue) to demonstrate
dentista *m/f* dentist
dentro de in, inside of **4**
departamento department
depender de to depend on
dependiente (-a) sales clerk **7**
deporte *m* sport **1**
deportivo *adj* sport
depositar to deposit **10**
deprimente depressing
deprimido depressed **12**
derecha right; **a la derecha** to the right
derecho law *(course of study)* **4;** *adv* straight **8; derechos de aduana** duty taxes; **seguir (i, i) derecho** to go straight
derrotar to defeat **12**
desabrocharse to unfasten **11**
desafortunado unfortunate
desagradable unpleasant
desaparecer to disappear **9**
desarrollar to develop **9**
desarrollo development **10**
desastre *m* disaster **6**
desatar to untie
desayunar to have breakfast
desayuno breakfast **5**
descansar to relax, rest **1**

desconocido unknown
descontar (ue) to discount
descortés discourteous, impolite
describir to describe
descubierto *pp* discovered
descubrir to discover
descuento discount
desde from, since **4**
desdén *m* scorn
desear to want, desire
desembarcar to get off **11**
desempleo unemployment **9**
desfile *m* parade **8**
desierto desert
desmayarse to faint **12**
desmoralizado demoralized
desocupar to vacate **11**
desodorante *m* deodorant **1**
desorden *m* disorder
despacio slowly
despedida farewell
despedir (i, i) to fire, dismiss **9;** to see someone off; **despedirse** to say good-bye **1**
despegar to take off **11**
despegue *m* takeoff **11**
despejarse to clear up *(weather)* **4**
despertador *m* alarm clock **1**
despertarse (ie) to wake up **1**
después *adv* afterwards, later; **después de** *prep* after; **después que** *conj* after **1**
destacar to stand out
destreza skill **9**
destruir to destroy **1**
desventaja disadvantage
desvestirse (i, i) to get undressed **1**
detalle *m* detail
detener to detain
detergente *m* detergent **6**
deteriorarse to deteriorate
detrás de behind, in back of **4**
deuda debt
devolver (ue) to return something **7**
día *m* day **1; al día** per day; up to date
diamante *m* diamond
diario daily
dibujo drawing, sketch; **dibujo animado** cartoon
diciembre *m* December

dictar una conferencia to give a lecture
dicho *pp* said **10**
diecinueve nineteen **CP**
dieciocho eighteen **CP**
dieciséis sixteen **CP**
diecisiete seventeen **CP**
diente *m* tooth **1; cepillo de dientes** toothbrush **1**
diez ten **CP**
diferente different
difícil difficult
diligencia errand **1**
dinero money **10; dinero en efectivo** cash **10; cambiar dinero** to exchange currency **10**
diputado(-a) representative **6**
dirección *f* direction, address **CP**
dirigir to direct
discar to dial (a telephone)
disco record, computer disk **9;** hockey puck **12**
discoteca discotheque **2**
disculpar to excuse
discurso speech **6**
discutir to discuss **8**
diseño design **7**
disfrutar de to enjoy, to make the best of something **2**
disgustar to displease **5**
disminuir to diminish
disponible available **11**
distinguir to distinguish
distribuir to distribute
diversión *f* hobby, amusement, recreation **2**
diverso diverse
divertido fun
divertirse (ie, i) to enjoy oneself, to have fun **2**
dividirse to be divided
divorciado divorced **CP**
doblar to turn **8**
doce twelve **CP**
doctorado doctorate **4**
documento document, official paper **CP**
dólar *m* dollar
doler (ue) to ache, feel pain **12**
dolor *m* ache, pain **12; dolor muscular** muscular ache **12**
doméstico domestic **6**

domicilio residence **CP**
domingo Sunday
dominó dominoes **3**
don sir, male title of respect
¿dónde? where? **1**
doña lady, female title of respect
dormilón(-ona) heavy sleeper **1**
dormir (ue, u) to sleep **1; dormirse (ue, u)** to fall asleep **1**
dormitorio bedroom **6**
dos two **CP**
doscientos two hundred **10**
drama *m* drama
dramatizar to dramatize
ducha shower **11**
ducharse to shower **1**
duda doubt
dudar to doubt **6**
dudoso doubtful **6**
dueño(-a) owner
dulce *adj* sweet **5;** *n m pl* candy
durante during **4**
durar to last
duro hard

E

e and *(replaces* **y** *before words beginning with* **i-** *and* **hi-)** **7**
economía economy **10**
económico inexpensive; **ciencias económicas** economics **4**
echar: echar una siesta to take a nap **1; echarles flores y arroz** to throw flowers and rice **3**
edad *f* age **CP**
edificio building **8**
educación *f* education; **ciencias de la educación** education *(course of study)* **4**
efectivo *n* cash
eficaz efficient **9**
egoísta selfish
ejecutar to fill, execute **10**
ejecutivo(-a) executive **10**
ejemplo example; **por ejemplo** for example
ejercer to exercise
ejercicio exercise; **ejercicio aeróbico** aerobic exercise

12; ejercicio de calentamiento warm-up exercise **12; hacer ejercicios** to exercise
el the **5**
él *subj pron* he; *prep pron* him **4**
elecciones *f pl* election **6**
electricista *m/f* electrician
electrodoméstico appliance
elegante elegant **7**
elegir (i, i) to choose; elect **4**
ella *subj pron* she; *prep pron* her **4**
ellos(-as) *subj pron* they; *prep pron* them **4**
embajada embassy
embarazada pregnant
embarcar to board **11**
emborracharse to get drunk **2**
embotellamiento traffic jam **8**
empanada turnover **5**
empeorar to make worse
empezar (ie) to begin **1**
empleado(-a) employee
emplear to employ **9**
empleo employment, job **1; agencia de empleos** employment agency **9**
empresa company **10; administración** *f* **de empresas** business administration **4**
en in, on, at **4; en casa** at home; **en caso que** in case; **en cuanto** as soon as; **en grupo** in a group; **en parejas** in pairs; **en punto** on the dot, exactly; **en realidad** actually, as a matter of fact; **en vez de** instead of
enamorarse de to fall in love with **3**
encaje *m* lace **7**
encantar to adore, love, delight **5**
encanto charm
encargado in charge of
encargarse de to be in charge of **9**
encargo message
encender (ie) to light
enciclopedia encyclopedia
encima de on top of, over **4**
encontrar (ue) to find, meet **4; encontrarse con** to meet

enchilada cheese- or meat-filled tortilla

enchufe *m* electric outlet **11**

enérgico energetic

enero January

enfadarse to get angry

enfatizar to emphasize

enfermarse to get sick

enfermedad *f* disease, illness **12**

enfermero(-a) nurse

enfermizo sickly

enfermo sick **12**

enfrentarse to face

enfrente de in front of **4**

engordar to gain weight **5**

engrapadora stapler **9**

enlace *m* link **9**

enojarse to get angry

enriquecer to enrich

ensalada salad **5**

enseñanza teaching **4**

enseñar to teach, show

entender (ie) to understand **1**

enterarse de to find out about **9**

entero entire

entidad *f* entity

entonces then, at that time; in that case

entrada main dish **5**; ticket **8**; entrance; **salón** *m* **de entrada** lobby **11**

entrar (en) to enter

entre between, among **4**

entregar to hand in, deliver **4**

entremés *m* hors d'oeuvre, appetizer **5**

entrenador(-a) coach **12**

entrenar to coach **12**; **entrenarse** to train **12**

entrevista interview **9**

entrevistar to interview **6**

entusiasmado enthusiastic

enviar to mail, send **1**

envolver (ue) to wrap **7**

envuelto *pp* wrapped

enyesar to put a cast on **12**

equipaje *m* luggage **11**; **equipaje de mano** hand luggage **11**; **bajar el equipaje** to bring the luggage down **11**; **subir el equipaje** to bring the luggage up **11**

equipo team, equipment **12**

equivocado mistaken

equivocarse to be mistaken

error *m* mistake, error

esbelto slender **CP**

escala stop(over); **hacer escala** to make a stop(over) **11**

escalofrío chill **12**

escáner *m* scanner **9**

escaparate *m (E)* store window; *(A)* display case **7**

escaparse to escape

escaso scarce

escena scene

escoba broom **6**

escoger to choose

escribir to write; **escribir a máquina** to type **1**

escrito *pp* written **10**

escuchar to listen to **2**

escuela school; **escuela primaria** elementary school; **escuela secundaria** high school

ese, esa *adj* that **6**; **esos, esas** *adj* those **6**

ése, ésa *pron* that (one) **6**; **ésos, ésas** *pron* those **6**

esforzarse (ue) to make an effort **4**

esfuerzo effort

esmeralda emerald **7**

eso *neuter pron* that **6**

espacio space

espada sword **8**

espantoso awful

España Spain

español(-a) Spanish

espárragos *m pl* asparagus

especial special

especialidad *f* specialty; **especialidad de la casa** restaurant specialty **5**; **especialidad del día** today's special

especialista *m/f* specialist **10**

especialización *f* major area of study

especializarse en to major in **4**

específico specific

espectáculo show, floor show, variety show **2**

espejo mirror **1**; **casa de espejos** house of mirrors **8**

esperanza hope

esperar to hope, wait for

espiar to spy

esponja sponge **6**

esponsales *m* engagement **3**

esposo(-a) husband (wife) **3**

esquema *m* chart

esquí *m* ski; **esquí acuático** *m* water-skiing **2**

esquiar to ski

esquina corner **8**

estación *f* station **8**; season; **estación de servicio** gas station **1**

estacionamiento parking **8**

estadio stadium **4**

estado state; **estado civil** marital status **CP**; **estado de cuenta** bank statement

Estados Unidos (EE.UU.) United States

estampado printed *(fabric)* **7**

estampilla *(A)* stamp **1**

estancia stay **11**

estaño tin

estar to be **1**; **estar a dieta** to be on a diet **5**; **estar al alcance** to be within reach; **estar bien (mal) educado** to be well (poorly) brought up; **estar de acuerdo** to be in agreement; **estar de huelga** to be on strike; **estar de moda** to be in style **7**; **estar de vacaciones** to be on vacation **2**; **estar en liquidación** to be on sale **7**; **estar en oferta** to be on sale **7**; **estar pendiente** to be hanging

estatura height

este *m* east

este, esta *adj* this **6**; **estos, estas** *adj* these **6**

éste, ésta *pron* this (one), the latter **5**; **éstos, éstas** *pron* these (ones), the latter **5**

esto *neuter pron* this **6**

estómago stomach **12**

estornudar to sneeze **12**

estrecho narrow **7**

estricto strict

estuche *m* case, box

estudiante *m/f* student; **estudiante de intercambio** exchange student

estudiantil *adj* student **CP**

estudiar to study

estudio study
estudioso studious
estupendo terrific, marvelous
etiqueta label **7;** luggage tag **11**
étnico ethnic **12**
europeo European
evasión fiscal *f* tax evasion **10**
evento event **12**
evidente evident
evitar to avoid **6**
evocar to evoke
exacto exact; **ciencias exactas** natural sciences **4**
examen *m* exam
examinar to examine; give a test
excluir to exclude
excursión *f* outing **3**
excusa excuse
exhausto exhausted
exhibición *f* display
exhibir to exhibit, display
exigente demanding
exigir to demand
existir to exist
éxito success; **tener éxito** to be successful
exótico exotic
experiencia experience **9**
experimentar to experience, undergo
explicar to explain
exportar to export **10**
exposición *f* exhibit **8**
expresar to express
extranjero(-a) foreigner **10; en el extranjero** abroad

F
fábrica factory **1**
fabricación *f* manufacturing
fabuloso fabulous
fácil easy
factura bill, receipt
facturar to check *(luggage)* **11**
facultad *f* school, college **4**
falda skirt **7**
falso false
falta lack
faltar to be missing, lacking; to need **5; faltar a** to miss, be absent from **4**
familia family **3**
familiar *adj* family **3**

famoso famous
fantasma *m* ghost **8**
fantasía fantasy
fantástico fantastic
farmacéutico(-a) pharmacist
farmacia pharmacy *(course of study)* **4;** pharmacy, drugstore **8**
fascinar to fascinate **5**
favor *m* favor; **por favor** please
favorito favorite
febrero February
fecha date **8; fecha de nacimiento** date of birth **CP; fecha de vencimiento** due date **10**
felicitaciones *f* congratulations
felicitar to congratulate
feliz happy **3**
feo ugly
feria festival, holiday
fértil fertile
fideo noodle **6**
fiebre *f* fever **12**
fijarse en to notice, pay attention
fijo fixed, steady
fila row **11**
filosofía y letras liberal arts **4**
fin *m* end; **fin de semana** weekend
financiero financial **10; consejo financiero** financial advice
financista *m/f* financier **10**
finanzas *f pl* finance **9**
fingir to pretend
fino of good quality **7**
firmar to sign
física physics **4**
físico physical **CP**
flaco skinny **CP**
flamenco gypsy
flan *m* caramel custard **5**
flexible flexible
flojo lax, weak, loose-fitting **4**
flor *f* flower
folklórico folkloric **2**
fondo background
formidable splendid **5**
formulario form
forzar (ue) to force
foto *f* photo
(foto)copia (photo)copy

(foto)copiadora copying machine **1**
fotocopiar to photocopy
foto(grafía) photo(graph)
fracturarse to fracture **12**
francamente frankly
francés(-esa) French **3**
frase *f* sentence
frecuencia frequency
frecuentemente frequently **1**
fregadero sink **6**
fregar (ie) to scrub **6**
fresa strawberry
fresco coolness, cool temperature; **hace fresco** it's cool
frijol *m* bean **5**
frío cold **4; hace frío** it's cold; **tener frío** to be cold
frito *pp* fried **5**
frontera border
fruta fruit **5**
fuego fire; **fuegos artificiales** fireworks
fuente *f* fountain **8**
fuera de outside of
fuerte strong **CP**
fuerza force
fumar to smoke
funcionar to work, operate, function
funcionario(-a) official
fundar to found, establish
furioso furious
fútbol *m* soccer **12**

G
gafas *f pl* eyeglasses; **gafas de sol** sunglasses **2**
galería art gallery **8**
gallego(a) Galician
gambas *pl (E)* shrimp
gana desire, wish, longing; **tener ganas de + *inf*** to feel like (doing something)
ganar to win **12**
gancho *(A)* clothes hanger **11**
ganga bargain **7**
garganta throat **12**
gaseosa mineral (soda) water **2**
gasolinera gas station **8**
gastar to spend *(money)* **7**
gato(-a) cat
gazpacho chilled vegetable soup **5**

gemelos(-as) twins **3**
gente *f* people
gentil nice, kind
gentileza kindness
gerente *m/f* manager **10**
gimnasia gymnastics **12**
gimnasio gymnasium **2**
giro bank draft **10; giro postal** money order
globo balloon **8**
gobierno government
golf *m* golf **12; campo de golf** golf course **12; palos de golf** golf clubs **12**
golpearse to hit oneself **12**
gordo fat **CP**
gota drop **12**
gozar de to enjoy; to make the best of something **2**
gracias thanks
gracioso funny, amusing
graduado(-a) graduate
graduarse to graduate **4**
gran *(before s n)* great; **gran rueda** Ferris wheel **8**
granate *m* garnet
grande big, large
grapa staple **9**
grapadora stapler **9**
grifo faucet **11**
gripe *f* flu **12**
gritar to shout **8**
grupo group **8; en grupo** in a group
guante *m* glove **7**
guapo handsome
guardar to keep, save, put away
guerra war **6**
guía *m/f* guide; **guía de televisión** *f* TV guide **6**
guitarra guitar
gustar to like, to be pleasing **5**
gusto pleasure, taste **5; de buen (mal) gusto** in good (bad) taste

H
haber there to be; **hay** there is, there are; **hubo** there was, there were; **haber** to have *(auxiliary verb)* **10**
habilidad *f* skill **1**
habitación *f* room **11; habitación doble** double

room **11; habitación sencilla** single room **11**
habitante *m/f* inhabitant
hablador talkative
hablar to talk
hacer to do, make; **hacer clic** to click **9; hacer cola** to stand in line; **hacer compras** to purchase; **hacer daño** to harm, injure; **hacer diligencias** to run errands; **hacer ejercicios** to exercise; **hacer el favor** to do the favor; **hacer el papel** to play the part; **hacer escala** to make a stop(over); **hacer jogging** to jog; **hacer juego** to match; **hacer la cama** to make the bed; **hacer la sobremesa** to have after-dinner conversation **3; hacer las maletas** to pack suitcases; **hacer un brindis** to propose a toast; **hacer un viaje** to take a trip
hacerse to become **1**
hacha hatchet
hambre *f* hunger **5; tener hambre** to be hungry
harina flour
hasta *prep* until, as far as, even **4**
hasta que *conj* until
hay there is, there are; **hay que** + *inf* it is necessary + *inf;* **no hay de qué** you are welcome
hecho *pp* done, made **10**
helado ice cream **5**
herida wound **12**
herido *pp* wounded **12**
herir (ie, i) to hurt **12**
herirse (ie, i) to get hurt **12**
hermanastro(-a) stepbrother (-sister) **3**
hermano(-a) brother (sister) **3**
hermoso beautiful
hervir (ie, i) to boil
hijastro(-a) stepson(-daughter) **3**
hijo(-a) son (daughter) **3;** *pl* children
hinchado swollen **12**
hipoteca mortgage **10**
historia history **4**
histórico historic **8**

hockey *m* hockey **12; disco de hockey** hockey puck; **palo de hockey** hockey stick
hoja de papel sheet of paper
¡hola! hi!
hombre *m* man; **hombre de negocios** businessman **10**
hombro shoulder **12**
honrado honorable
hora hour, time of day; **horas extra** overtime **1; horas punta** rush hours; **media hora** half hour
horario schedule **1**
hospedarse to stay as a guest
hoy today; **hoy (en) día** nowadays, at the present time
huachinango red snapper
hubo there was, there were
huelga strike **6**
huésped *m/f* guest **11**
huevo egg
humedad *f* humidity
húmedo humid, damp **4**

I
identidad *f* identify **CP**
identificar to identify
idioma *m* language used by a cultural group; **idioma extranjero** foreign language **4**
iglesia church **3**
igual equal
ilustrar to illustrate
imaginarse to imagine
impaciente impatient
impedir (i, i) to impede, obstruct
impermeable *m* raincoat **7; impermeable** *adj* waterproof
importar to be important, to matter **5;** to import **10**
impresora printer **9**
impuesto tax
incendio fire **6**
incluir to include
incómodo uncomfortable **11**
independencia independence
indicar to indicate
indio(-a) Indian
individuo individual
industria industry
inesperado unexpected

infeliz   unhappy **3**
inferir (ie, i)   to infer
inflación   *f* inflation **10**
influir   to influence
informar   to inform **6**
informática   computer science **9**
informe   *m* report **9**
ingeniería   engineering **4**
ingeniero(-a)   engineer
inglés(esa)   English **3**
ingresar   to enter; to deposit **10**
ingreso   admission **4**; income
inicial   initial; **pago inicial** down payment **9**
iniciativa   initiative **9**
inicio   beginning
injusticia   injustice
inocencia   innocence
inodoro   toilet **11**
inolvidable   unforgettable
insatisfecho   unsatisfied
inscribirse   to enroll in a class **4**
inscripción   *f* registration
insistir en   to insist on
isla   island
insomnio   insomnia **12**
insoportable   intolerable
instalar   to install
instituto   high school
instruir   to instruct
intentar   to try, make an attempt **6**
interacción   *f* interaction
intercambiar   to exchange
intercambio   exchange; **estudiante de intercambio** exchange student
interés   *m* interest; **tasa de interés**   interest rate **10**
interesar   to be interesting, to interest **5**
interrumpir   to interrupt
íntimo   close, intimate **3**
intranquilo   uneasy
inundación   *f* flood **6**
inútil   useless **6**
invertir (ie, i)   to invest **10**
investigación   *f* research **4**
invierno   winter
invitación *f*   invitation **5**
invitado(-a)   guest **3**
invitar   to invite
inyección   *f* injection **12**

ir   to go **1; ir de compras**   to go shopping
irlandés(-esa)   Irish
irse   to go away; leave, run away **1**
-ísimo   very, extremely **9**
italiano(-a)   Italian
izquierda   left; **a la izquierda** to (on) the left

J

jabón   *m* soap **1**
jamás   never **1**
jamón   *m* ham **5**
japonés(-esa)   Japanese
jarabe   *m* syrup **12**
jardín   *m* yard **6; jardín zoológico**   zoo **8**
jefe(-a)   boss **10**
jícama   jicama
jornada   *m* day's work
joven   young **3**
joya   jewel; *pl* jewelry **7; joyas de fantasía**   costume jewelry
joyería   jewelry shop **7**
juego   game; **hacer juego con** to match; **juego de suerte** game of chance **8**
jueves   *m* Thursday
juez   *m/f* judge **6**
jugar (ue)   to play (*a sport, game*)
jugo   (*A*) juice **5**
juguete   *m* toy
julio   July
junio   June
junto   together
justificar   to justify
justo   *adj* fair, just; *adv* coincidentally
juventud   *f* youth
juzgar   to judge

L

la   the **5**; *dir obj pron* it, her, you (*form s*) **2**
labio   lip
labor   *f* work
laboratorio   laboratory; **laboratorio de lenguas**   language lab **4**
laca   hair spray **1**
lado   side; **al lado de**   next to, beside; **por otro lado**   on the other hand

ladrillo   brick **8**
ladrón(-ona)   thief **6**
lago   lake
lamentar   to be sorry
lámpara   lamp
lana   wool **7**
lancha   motorboat, launch **2**
langosta   lobster
lanzar   to throw **12**
lápiz   *m* pencil **1; lápiz de labios**   lipstick **1**
largo   long **CP**
las   the **5**; *dir obj pron* them, you (*form pl*) **2**
lástima   pity
lastimar   to injure, hurt, offend **12**
lastimarse   to get hurt **12**
lavabo   sink **11**
lavadora   washing machine **6**
lavandería   laundry room **6**
lavar   to wash
lavarse   to wash oneself **1; lavarse los dientes**   to brush one's teeth **1**
le   *indir obj pron* (to, for) him, her, it, you (*form s*) **5**
lección   *f* lesson
lector(-a)   reader; **lector de discos**   disk drive **9; lector CD-ROM**   CD-Rom drive **9**
lectura   reading
leche   *f* milk
lechón asado   *m* roast suckling pig **5**
lechuga   lettuce **6**
leer   to read **CP**
legal   legal
legumbre   *f* vegetable **6**
lejos   *adv* far
lejos de   *prep* far from **4**
lema   *m* slogan
lengua   language, tongue
lenguado   sole
lenguaje   *m* specialized language
lentes de contacto   *m pl* contact lenses **CP**
les   *indir obj pron* (to, for) them, you (*form pl*) **5**
letrero   sign, billboard **8**
levantar   to raise, lift; **levantar pesas**   to lift weights **2**
levantarse   to get up **1**
ley   *f* law **6**

libertad *f* freedom
libre free
librería bookstore **4**
libreta (de ahorros) savings book **10**
libro book
licenciado having a university degree
licenciarse en to receive a bachelor's degree **4**
licenciatura bachelor's degree **4**
liceo high school
licor *m* liquor
ligero light in weight
limón *m* lemon
limonada lemonade
limpiar to clean **6**
limpieza cleaning
limpio clean **1**
lindar to border
lindo pretty **7**
línea line; **línea aérea** airline **11**
lingüística linguistics
lino linen **7**
liquidación *f* sale **7**; **estar en liquidación** to be on sale **7**
líquido liquid
liso smooth **CP**
lista list
listo ready (*with* **estar**), clever, smart (*with* **ser**) **3**
liviano light
llamada call
llamar to call
llamarse to be called **1**
llano plain
llave *f* key
llegar to arrive; **llegar a ser** to become; **llegar de visita** to visit; **llegar tarde** to arrive late, be tardy
llenar to fill, fill out
lleno (*A*) full **11**
llevar to carry, take, to wear **7**; **llevar a cabo** to carry out, acomplish; **llevar una vida feliz** to lead a happy life **3**; **llevarse bien** to get along well **1**
llorar to cry **3**
llover (ue) to rain **4**; **llover a cántaros** to rain heavily, to pour

lluvia rain
lo *dir obj pron* it, him, you (*form s*) **2**
lo *neuter def art* the **4**; **lo mejor** the best thing; **lo mismo** the same thing; **lo peor** the worst thing; **lo que** what, that which
loción *f* lotion **2**
loco crazy; **estar loco por** to be crazy about **5**
locura craziness
locutor(-a) announcer **6**
lógico logical
lograr to achieve, obtain
lomo loin
los the **5**; *dir obj pron* them, you (*form pl*) **2**
lotería lottery
lucir traje de novia y velo to wear a wedding gown and veil **3**
lucha libre wrestling **12**
luego later, then, afterwards; **luego que** as soon as
lugar *m* place; **lugar de nacimiento** birthplace **CP**
lujo luxury; **de lujo** luxurious, deluxe **5**
luna de miel honeymoon **3**
lunar *m* beauty mark **CP**
lunes *m* Monday
luz *f* light

M
madera wood **8**
madrastra stepmother **3**
madre *f* mother **3**
madrina maid of honor; god-mother **3**
madrugada dawn
madrugador(-a) early riser **1**
madrugar to get up early
maduro mature **9**
maestría master's degree **4**
maestro(-a) teacher
magnífico wonderful **5**
mal *adv* bad, sick; *adj before m s n* bad, evil; **mal educado** bad-mannered
maleta suitcase **11**; **hacer las maletas** to pack
maletero porter **11**
maletín *m* briefcase **11**
malhumorado bad-humored

malo *adj* sick (*with* **estar**) bad, evil (*with* **ser**) **3**; **lo malo** the bad thing **5**
mancha stain
mandar to mail, send **1**; **¿mande?** what?
manejar to drive
manera manner; **de alguna manera** somehow, some way; **de manera que** so that; **de ninguna manera** by no means, no way; **de todas maneras** at any rate
manguera hose **6**
manifestación *f* demonstration **6**
mano *f* hand **12**
manta blanket **11**
mantener to maintain
manzana apple; (*E*) (street) block **8**
mañana *f* morning **CP**; **de la mañana** A.M.; **pasado mañana** day after tomor-row; **por la mañana** in the morning; *adv* tomorrow
mapa *m* map
maquillaje *m* makeup **1**
maquillarse to put on makeup **1**
máquina machine; **máquina de escribir** typewriter **1**; **escribir a máquina** to type **1**
maquinaria machinery; com-puter hardware **9**
mar *m* sea **2**
maravilloso marvelous **5**
marca brand **1**
marcador *m* scoreboard **12**
marearse to feel dizzy, seasick **12**
mareo dizziness **12**
marido husband **3**
mariscos seafood **5**; **cóctel** *m* **de mariscos** seafood cocktail
marítimo maritime, marine
martes *m* Tuesday
marzo March
más more **9**; **más o menos** more or less; **más tarde** later
matador *m* bullfighter **8**
matemáticas *f* mathematics **4**
materia material; subject; **materia prima** raw material

matrícula tuition **4**
matricularse to register **4**
matrimonio married couple
maya Mayan
mayo May
mayor older **6; la mayor parte** most **1**
me *dir obj pron* me **2;** *indir obj pron* (to, for) me **5;** *refl pron* myself
medianoche *f* midnight **CP**
medias *f pl* stockings **7**
medicina medicine *(course of study)* **4**
médico(-a) doctor **12**
medio middle, average; **media hora** half hour; **medio tiempo** half-time **1**
mediodía *m* noon **CP**
medir (i, i) to measure
mejillón *m* mussel **5**
mejor better, best; **lo mejor** the best thing **7**
mejorar to improve
mejorarse to get better, improve
memoria memory **4; aprender de memoria** to memorize
mencionar to mention
menor younger **6**
menos less, except; **a menos que** unless; **menos mal** thank goodness
mensaje *m* message
mensajero(-a) messenger
mensual monthly **10; pago mensual** monthly payment
mentir (ie, i) to lie **5**
menú *m* menu **5; menú del día** special menu of the day **5; menú turístico** tourist menu **5**
menudo tripe soup **5; a menudo** often
mercadeo marketing **9**
mercado market
mercancía merchandise **7**
merecer to merit, deserve **1**
merienda snack **5**
mes *m* month **1**
mesa table **5**
mesonero *(A)* waiter **5**
meta goal
meter to put, place

metro subway **8**
mexicano(-a) Mexican **3**
mi *poss adj* my **3**
mí *prep pron* me **4**
miembro member
mientras while
miércoles *m* Wednesday
mil thousand **10**
milagro miracle, surprise
millón *m* million **10**
mimado spoiled **3**
minero *adj* mining
mínimo minimum
minuto minute **2**
mío *poss adj and pron* my, mine **3**
mirar to watch, look at **CP**
misa Mass **3**
mismo same; **lo mismo** the same thing **5**
mitad *f* half
mixto mixed, tossed
mochila backpack
moda style **7; estar de moda** to be in style; **pasado de moda** out of style
modo manner, way; **de algún modo** some way, somehow; **de modo que** so that; **de ningún modo** by no means; **de todos modos** at any rate
moderado moderate
moderno modern
molestar to bother **5**
molestia bother, nuisance
molesto annoyed **3**
monarquía monarchy
moneda coin **10**
mono cute **3**
montaña mountain; **montaña rusa** roller coaster **8**
montañoso mountainous
montar to ride **2; montar a caballo** to ride horseback **2; montar (en) bicicleta** to ride a bicycle **2**
morado purple
moreno brunette **CP**
morir (ue, u) to die **1; morirse de hambre** to be starving **5**
mostrador *m* counter
mostrar (ue) to show **1**
motel *m* motel **11**
motocicleta motorcycle
mover (ue) to move

movimiento movement
muchacho(-a) boy (girl) **3**
mucho *adv* much, a lot **6;** *adj* much, *pl* many, a lot **9**
mudarse to move *(change residence)*
mueble *m* piece of furniture; *pl* furniture **6**
muerto *pp* dead **10**
mujer *f* woman; **mujer de negocios** businesswoman **10**
muleta crutch **12**
multimedia *m/f adj* multimedia **9**
multinacional international **10**
mundial *adj* worldwide
muñeca wrist **12**
museo museum **8**
música music **2**
musical musical **8**
músico(-a) musician **8**
muy very

N

nacer to be born **CP**
nacimiento birth **CP**
nacionalidad *f* nationality **CP**
nada nothing **7; de nada** you are welcome
nadar to swim **2**
nadie no one, nobody **7**
naipe *m* playing card **2**
naranja *n* orange **5**
narrar to narrate
natación *f* swimming
navegar to sail **2; navegar la red** to surf the Internet **9**
Navidad *f* Christmas
neblina fog **4**
necesario necessary
necesitar to need
negar (ie) to deny **6**
negocio transaction, deal; *pl* business **9; hombre (mujer) de negocios** businessman (-woman) **9**
negro black
nervioso nervous
nevar (ie) to snow **4**
ni nor **7; ni... ni** neither . . . nor **7; ni siquiera** not even **7**
nieto(-a) grandson(-daughter); *pl* grandchildren **3**
ninguno, ningún, ninguna no, none, no one, (not) . . . any **7**

niño(-a) child; *pl* children
no no, not **7**
noche *f* night, evening **CP;**
  camisa de noche nightgown
  7; de la noche P.M.; **esta**
  noche tonight; **Nochebuena**
  Christmas Eve; **Nochevieja**
  New Year's Eve; **por la noche**
  in the evening
nocturno *adj* nocturnal **2**
nombrar to name
nombre *m* first name **CP**
norte *m* north
nos *dir obj pron* us **2;** *indir obj*
  pron (to, for) us **5;** *refl pron*
  ourselves
nosotros *subj pron* we; *prep*
  pron us **4**
nostalgia nostalgia
nota grade, note **4**
noticia news item; *pl* news **1**
noticiero news program **6**
novecientos nine hundred **10**
novedad *f* novelty
novela novel **CP**
noveno ninth **4**
noventa ninety **CP**
noviazgo engagement period **3**
noviembre *m* November
novio(-a) boy(girl)friend,
  fiancé(e) **3;** *pl* engaged couple, bride and groom **3**
nublado cloudy **4**
nuera daughter-in-law **3**
nuestro *poss adj* our **3;** *poss*
  pron our, ours **3**
nueve nine **CP**
nuevo new
nuez *f* nut **6**
número number; size
  (clothing) **7**
numerosos numerous **9**
nunca never **8**

O
o or **7; o… o** either . . . or **7**
obedecer to obey **1**
obligar to oblige
obligatorio obligatory
obra (literary, artistic, or chari-
  table) work
obrero(-a) worker
observar to observe
obtener to obtain
obvio obvious

ocasionar to cause
océano ocean
ochenta eighty **CP**
ocho eight **CP**
ochocientos eight hundred **10**
octavo eighth **4**
octubre *m* October
ocupación *f* occupation
ocupado busy
ocupar to occupy
ocurrencia occurrence, idea;
  ¡qué ocurrencia! what a
  great idea!
ocurrir to occur
oeste *m* west
ofender to offend
oferta offer, sale item; **estar**
  en oferta to be on sale
oficina office **1; oficina**
  administrativa administra-
  tive office **4; oficina comer-**
  cial business office **9;**
  oficina de turismo tourist
  bureau **8**
oficinista *m/f* office worker **10**
ofrecer to offer **1**
oír to hear, listen to **1**
ojalá (que) I hope that
ojo eye **CP; ¡ojo!** be careful!
ola wave **2**
oler (ue) to smell
olla de carne soup of beef,
  plantain, corn and yucca **5**
olor *m* aroma **5**
olvidar to forget
once eleven
ondulado wavy **CP**
ópalo opal
ópera opera **2**
operador(-a) operator **10**
operarle a uno to operate on
  someone **12**
opinar to have an opinion
oponerse to be opposed
oración *f* sentence
orden *f* order
ordenador *m (E)* computer **1**
ordenar to order
organizar to organize
orgulloso proud
oro gold **7**
orquesta orchestra **2**
orquídea orchid
os *dir obj pron* you *(fam pl);*
  indir obj pron (to, for) you

  (fam pl); *refl pron* yourselves
  (fam pl)
otoño autumn
otro other, another **9**
oyente *m/f* listener; **ser oyente**
  to audit **4**

P
paciencia patience
paciente *adj* patient **9;** *m/f*
  patient
padecer to suffer **12**
padrastro stepfather **3**
padre *m* father, priest **3;** *pl*
  parents **3**
padrino best man, godfather,
  pl godparents **3**
paella seafood, meat, and rice
  casserole
pagar to pay; **pagar a plazos**
  to pay in installments **10;**
  pagar al contado to pay in
  cash
página page; **página base**
  Home Page **9**
pago payment **10; balanza de**
  pagos balance of payments;
  pago inicial down payment
  10; pago mensual monthly
  payment **10**
país *m* country
palabra word
palacio palace **8**
palo stick, club; **palo de golf**
  golf club **12; palo de hockey**
  hockey stick **12**
palomitas *f pl* popcorn **8**
pampa grassy plain in
  Argentina
pantalones *m pl* pants **1**
pantalla screen **9**
pantufla slipper **7**
papa potato
papel *m* paper; **hacer el papel**
  to play the role; **papel**
  higiénico toilet paper **11**
papelera wastebasket **9**
paquete *m* package **1**
par *m* pair **7**
para *prep* for, in order to **4;**
  para que *conj* so that
parada de autobús bus stop **8**
parador *m* government-run
  historic inn **11**
parafrasear to paraphrase

paraguas *m s* umbrella **7**
parar to stop
pardo brown
parecer to seem **1; parecerse a** to look like
parecido similar
pareja couple **3; en parejas** in pairs
pariente *m* relative **3; parientes políticos** in-laws **3**
parque *m* park; **parque de atracciones** amusement park **8**
parte *f* part; *m* report; **¿de parte de quién?** who is calling?; **la mayor parte** the greater part; **parte** *m* **de las carreteras** traffic report; **todas partes** everywhere
participar en to participate
particular particular
partido game, match **12**
partir to leave, depart, set off **11**
párrafo paragraph
pasado last, past **2; pasado de moda** out of style; **pasado mañana** day after tomorrow
pasaje *m (A)* fare **11**
pasajero(-a) passenger **11**
pasaporte *m* passport **CP**
pasar to come in, pass; to happen; to spend time; **pasar la aspiradora** to vacuum **6; pasar lista** to take attendance **4; pasar por la aduana** to go through customs **11; pasarlo bien** to have a good time **2**
pasatiempo leisure-time activity **CP**
Pascua Easter
pasearse to take a walk **2**
paseo walk, outing; **dar un paseo** to take a walk **CP**
pasillo aisle **11**
pasta de dientes *(A)* toothpaste **1; pasta dentífrica** *(E)* toothpaste **1**
pastel *m* pastry **5**
pastilla tablet **12**
patada kick **12**
patear to kick **12**
patín *m* skate **12; patines de hielo** ice skates **12**

patinaje *m* skating
patinar to skate
patio patio
patriótico patriotic
paz *f* peace **6**
peatón(-ona) pedestrian **8**
peca freckle **CP**
pecho chest
pedazo piece
pedido order **10**
pedir (i, i) to ask for something; to request; to order; **pedir prestado** to borrow **10**
peinarse to comb one's hair **1**
peine *m* comb **1**
pelear to fight
película movie, film **2**
peligroso dangerous **8**
pelirrojo red-haired **CP**
pelo hair **CP**
pelota ball **12**
pena shame
penicilina penicillin **12**
pensar (ie) to think **1; pensar** + *inf* to plan; **pensar de** to think of, think about; **pensar en** to think of, about someone or something
pensión *f* boarding house **11; pensión completa** full board **11**
peor worse **6; lo peor** the worst thing **7**
pequeño small in size; young **3**
percha *(E)* clothes hanger **11**
perder (ie) to lose; to waste; to miss something; to fail to get something **1; perderse (ie)** to get lost
perezoso lazy **4**
perfumarse to put on perfume **1**
periódico newspaper **CP**
periodismo journalism **4**
periodista *m/f* journalist
perla pearl **7**
permiso permission; **permiso de conducir** driver's license **CP**
permitir to permit, allow
pero but
perro(-a) dog
persecución *f* persecution

perseguir (i, i) to pursue
persona person
personaje *m* character
personal *adj* personal **CP**; *m n* personnel **9**
personalidad *f* personality
pesado heavy
pésame condolence
pesar to weigh; **a pesar de que** in spite of
pesca fishing
pescado fish *(as food)* **5**
pescar to fish **2; caña de pescar** fishing rod
peseta currency of Spain
peso weight **6;** currency in Mexico and several Latin American countries
petición *f* **de mano** marriage proposal **3**
petróleo oil
pez *m* fish
picante spicy **5**
picadillo meat and vegetable stew **5**
picar to snack **5**
picnic *m* picnic; **hacer un picnic** to go on a picnic
pie *m* foot; **a pie** on foot; **dedo del pie** toe
piedra stone **8; piedra preciosa** precious stone **7**
piel *f* fur **7**
pierna leg **12**
pieza piece
pijama *m* pajamas **7**
píldora pill **12**
pimentero pepper shaker **5**
pimienta pepper
pintura painting **8**
piña pineapple **5**
piscina swimming pool **2**
piso floor **6**
pista runway **11;** track **12**
placer *m* pleasure
plan *m* plan
plancha iron **6**
planchar to iron **6**
planear to plan
planificación *f* planning
planificar to plan
plano map **8**
plantar to plant **6**
plata silver **7**
platillo saucer **5**

plato   plate, course **5; plato de la casa**   restaurant's specialty **5; plato del día**   today's specialty **5; plato principal**   main course **5**

playa   beach **2**

plaza   square **8**; position, job; **plaza de toros**   bullring **8; plaza mayor**   main square **8**

plazo   installment **10**

plomero(-a)   plumber

plomo   lead

población   population

pobre   poor; *(precedes noun)* unfortunate

pobreza   poverty

poco   *adj* little, small (quantity) **9;** *pl* few **9;** *adv* little, not much; **un poco de**   a little, a little bit of

poder   *m* power; **poder (ue)** to be able, can **1**

política   politics; **ciencias políticas**   political science **4**

político(-a)   politician **6**

policía   *m* policeman; *f* police; **mujer policía**   policewoman

policíaco   *adj* mystery **2**

pollo   chicken **5**

poner   to put, place **1; poner el despertador**   to set the alarm clock **1; poner fin**   to end; **poner la mesa**   to set the table **6; poner la tele**   to turn on the TV **6; poner una inyección**   to give a shot **12**

ponerse   to put on **1**; to become; **ponerse en forma** to get in shape **12**

por   for, by, in, through **4; por aquí / allí**   around here / there **4; por desgracia** unfortunately **4; por ciento** percent; **por ejemplo**   for example **4; por eso**   therefore, for that reason **4; por favor**   please **4; por fin** finally **4; por la mañana / noche / tarde**   in the morning / evening / afternoon **CP; por lo general**   generally **3; por lo menos**   at least; **por medio**   through, by means of; **por otro lado**   on the other hand; **¿por qué?**   why?

1; por supuesto   of course **4; por último**   finally

porque   because

portarse   to behave

portero   doorman **11**

poseer   to possess, own

posgrado   postgraduate

posteriormente   finally

postre   *m* dessert **5**

practicar   to practice, participate in *(sports)* **CP**

precio   price **7**

precioso   lovely

predecir   to predict **9**

preferencia   preference **5**

preferentemente   preferably

preferir (ie, i)   to prefer **1**

pregunta   question; **hacer preguntas**   to ask questions

preguntar   to ask a question

premio   prize

prenda de vestir   article of clothing

preocuparse (por)   to worry (about) **1**

preparar   to prepare; **prepararse**   to prepare oneself **1**

presentar   to introduce, present **5**

presidencial   presidential **8**

presidente   *m/f* president

préstamo   loan **10**

prestar   to lend; **prestar atención**   to pay attention **4**

presupuesto   budget **10**

pretender   to claim, pretend

pretexto   pretext

previo   previous

primavera   spring

primero, primer, primera first **4**

primo(-a)   cousin **3**

probar (ue)   to try, taste, test something **1; probarse (ue)** to try on **7**

problema   *m* problem

procedimiento   procedure

procesador *m* **de textos**   word processor **1**

producir   to produce **1**

producto   product **10**

profesor(-a)   teacher in secondary school, professor

profesorado   faculty **4**

programa   *m* program **9; programa de concursos**   game show **6**

programación *f* **de computadoras**   computer programming **4**

programador(-a)   programmer **10**

progreso   progress **9**

prohibir   to prohibit

prometer   to promise

pronóstico   forecast

pronto   soon

propiedad   *f* property

proponer   to propose

proteger   to protect

protestar   to protest **6**

provisional   temporary

provocar   to tempt

próximo   next

proyecto   plan, project

prueba   test, quiz

publicidad   *f* advertising **9; hacer publicidad**   to advertise **10**

publicista   *m/f* advertising person **10**

público   public **10**

pueblo   town

puente   *m* bridge **8**

puerta   door, gate **11**

puertorriqueño(-a)   Puerto Rican

pues   well . . .

puesto   booth, stand **8**; position, job **9;** *pp* put, placed **10; puesto que**   because, since

pulmonía   pneumonia **12**

pulpo   octopus

pulsera   bracelet **7**

puntaje   *m* score **12**

punto   point; stitch **12; dar puntos**   to give stitches **12; en punto**   exactly, on the dot

Q

que   *rel pron* that, which, who

¡qué!   how! what (a)!; **¡qué barbaridad!**   how awful! **¡qué va!**   no way!

¿qué?   what?, which?; **¿qué hay de nuevo?**   what's new?; **¿qué tal?**   how are things? **¿qué tiempo hace?**   what's the weather like?

quedar to be located; to be left; remain **5;** to fit **7; quedar viudo(-a)** to be widowed **CP; quedarse** to remain, stay; **quedarse con** to keep for oneself

quehacer *m* **doméstico** task, chore, *pl* housework **6**

quejarse (de) to complain (about) **1**

quemar to burn **6; quemarse** to burn oneself **2**

querer (ie) to want, wish **1,** to love; **querer decir** to mean

querido dear *(greeting for a personal letter)*

queso cheese **5**

¿quién(es)? who? **1**

química chemistry **4**

quince fifteen **CP**

quinientos five hundred **10**

quinto fifth **4**

quiosco newsstand **8**

quitagrapas *m s* staple remover **9**

quitarse to take off *(clothing)* **1**

quizás perhaps, maybe **6**

R

radio *f* radio *(sound from); m* radio *(set)*

ramo bouquet

rápido rapid

raqueta racquet **12**

raro strange; rare

rascacielos *m s* skyscraper **8**

rato short time, while **2; ratos libres** free time

raza race

razón *f* reason; **tener razón** to be right

reacción *f* reaction

reaccionar to react

reajuste *m* adjustment **10**

real actual, true **8**

realidad; en realidad actually, as a matter of fact **8; realidad** *f* **virtual** virtual reality **9**

rebaja reduction **7**

rebajar to reduce, lower

recado message **2**

recambio part *(of machinery)*

recargo additional charge **11**

recepción *f* reception **3;** registration desk **11**

recepcionista *m/f* receptionist **10;** desk clerk **11**

receta prescription **12**

recetar to prescribe a medicine **12**

recibir to receive

recién recently; **recién casados** newly-weds **3**

reclamar el equipaje to claim luggage **11**

recoger to pick up, put away **1**

recomendación *f* recommendation

recomendar (ie) to recommend **1**

reconocer to recognize **1**

recontar (ue) to recount, tell

recordar (ue) to remember **1**

recuento recount; inventory

recurso resource

red *f* net **12;** network **9**

redactar to write, draft

redondo round

referirse (ie, i) to refer

reforma fiscal tax reform **10**

refresco soft drink **2**

refugio shelter

regalar to give *(a present)* **7**

regalo gift **3**

regañar to scold **3**

regar (ie) to water **6**

región *f* region

registrarse to check in **11**

reglamento regulation **10**

regresar to return **7; de regreso** *adj* return

regular all right, so-so

reina queen

reintegrar to reimburse

reír (i, i) to laugh **3**

relación *f* relationship; **relaciones públicas** public relations **9**

relajado relaxed

reloj *m* watch, clock **7; reloj de pulsera** wristwatch **7**

remedio remedy, medicine **12**

rendirse (i, i) to give oneself up **6**

renta income **10**

reñir (i, i) to quarrel **3**

repasar to review **4**

repetir (i, i) to repeat **1**

reportar to report

reportero(-a) reporter **6**

representante de ventas *m/f* sales representative **10**

república republic

requerido required

requerir (ie, i) to require **4**

requisito requirement **4**

res; carne *f* **de res** beef **6**

rescatar to rescue **6**

reserva *(E)* reservation **11**

reservación *f (A)* reservation **11**

reservar to reserve **8**

resfriado *m* cold **12; estar resfriado** to have a cold **12**

residencia home, dormitory; **lugar** *m* **de residencia** city or area of residence; **residencia estudiantil** dormitory **4**

resolver (ue) to resolve **9**

respetar to respect **3**

respetuoso respectful

responder to respond

responsabilidad *f* responsibility **10**

responsable responsible **9**

respuesta answer

resto rest

resuelto *pp* resolved **10**

resultado result

resumen *m* summary

retirar dinero to withdraw money **10**

retrasado delayed **11**

retrato portrait **8**

reunión *f* meeting

reunirse to get together **1**

revisar to check **1**

revista magazine **CP**

rey *m* king; *pl* king and queen

rezar to pray

rico rich, delicious

ridículo ridiculous **6**

rimel *m* mascara **1**

rincón *m* corner

río river

risa laughter

rizado curly **CP**

rizarse to curl **1**

robar to rob **6**

robo robbery **6**

robot *m* robot **9**

roca rock

rodeado surrounded

rodear to surround

rodilla knee **12**

rogar (ue) to beg

rojizo   reddish **CP**
rojo   red
romántico   romantic **2**
romper   to break **12**
ron   *m* rum **2**
ropa   clothing **2; cambiarse de ropa**   to change clothing **1; ropa de caballeros**   men's clothing **7; ropa femenina**   women's clothing **7**
rosado   pink
roto   *pp* broken, torn **10**
rótulo   sign, billboard **8**
rubí   *m* ruby
rubio   blond **CP**
ruido   noise
ruidoso   noisy **5**
ruinas   *f pl* ruins
ruso(-a)   Russian; **montaña rusa**   roller coaster **8**
ruta   route
rutina   routine **1**

S
sábado   Saturday
saber   to know **1;** (to taste); **saber +** *inf*   to know how to
sabor   *m* flavor **5**
sabroso   delicious **5**
sacapuntas   *m s* pencil sharpener **9**
sacar   to take out, to get **6; sacar buenas (malas) notas**   to get good (bad) grades **4; sacar fotos**   to take pictures; **sacar la basura**   to take out the garbage **7; sacar prestado un libro**   to check out a book **4**
sacudir   to dust **6**
sal   *f* salt **6**
sala   living room **6; sala de reclamación de equipaje**   baggage claim area **11**
salado   salty **5**
salario   salary **10**
salchicha   sausage
salchichón   *m* salami
saldo de la cuenta bancaria   bank account balance **10**
salero   salt shaker **5**
salida   departure **13;** exit
salir (de)   to leave **1;** to turn out to be, to come out; **salir con**   to date, go out with **3**

salón   *m* large room; **salón de cóctel**   cocktail lounge **11; salón de entrada**   lobby **11**
salsa   sauce
saltar   to jump **12**
salud   *f* health, cheers
saludar   to greet
saludo   greeting
salvar   to rescue something or someone
sandalias   sandals **2**
sangre   *f* blood
sangría   wine punch
santo   saint; **santo patrón**   patron saint
satisfacer   to satisfy
satisfecho   *pp* satisfied
se   *refl pron* himself, herself, itself, yourself(-ves), themselves
secador   *m* hair dryer **1**
secadora   clothes dryer **6**
secar   to dry; **secarse**   to dry off **1**
sección   *f* department; section **9**
secretario(-a)   secretary **10**
secuestrar   to kidnap, hijack
sed   *f* thirst **6; tener sed**   to be thirsty
seda   silk **7**
seguir (i, i)   to follow, pursue **1; seguir derecho**   to go straight
según   according to **4**
segundo   second **4**
seguridad   *f* security; **caja de seguridad**   safety deposit box **10; cinturón** *m* **de seguridad**   seatbelt; **control** *m* **de seguridad**   security check
seguro   certain, sure
seis   six **CP**
seiscientos   six hundred **10**
seleccionar   to choose
selva   jungle
sello   *(E)* stamp **1**
semáforo   traffic light **8**
semana   week **1**
semejante   similar
semejanza   similarity
semestre   *m* semester **4**
sencillo   *adj* simple, plain; *n* small change **10**
sentarse (ie)   to sit down

sentido   sense **9; sentido del humor**   sense of humor; **tener sentido**   to make sense
sentir (ie, i)   to be sorry, regret, feel **1; sentirse a gusto**   to feel at ease
seña   feature **CP**
señal *f* **de tráfico**   traffic sign **8**
señalar   to indicate
señor   *m* Mr.; sir; gentleman; *abb* **Sr.**
señora   Mrs., lady; *abb* **Sra.**
señorita   Miss, young lady, unmarried lady; *abb* **Srta.**
separado   separated **CP**
separar   to separate
septiembre, setiembre   *m* September
séptimo   seventh **4**
ser   to be **1**
serio   serious
servicio   service **10; servicio de habitación**   room service **11; servicio de lavandería**   laundry service **14**
servilleta   napkin **5**
servir (i, i)   to serve **1**
sesenta   sixty **CP**
setecientos   seven hundred **10**
setenta   seventy **CP**
sexto   sixth **4**
si   if
sí   yes **7**
sicología   psychology **4**
sicológico   psychological
sicólogo(-a)   psychologist
sidra   cider
siempre   always **1**
sierra   mountain range
siesta   nap
siete   seven **CP**
siglo   century
significado   meaning
siguiente   following
silla   chair
símbolo   symbol
similar   similar
simpático   nice
simplificado   simplified
sin   *prep* without **4; sin embargo**   however; **sin que** *conj* without
sino   but, but rather
síntoma   *m* symptom **12**
sitio   place

situación *f* situation

situar to put, place

sobre on top of, over about **4**

sobremesa after-dinner conversation **3**

sobresaliente outstanding **4**

sobresalir to excel **4**

sobretodo overcoat **7**

sobrino(-a) nephew (niece) **3**

sociable sociable

sociología sociology **4**

software *m* software **9**

sol *m* sun **2**; **hace sol** it's sunny; **el nuevo sol** Peruvian currency; **tomar el sol** to sunbathe **2**

soler (ue) to be accustomed to **1**

solicitar to apply **9**

solicitud *f* job application **9**

solo *adj* alone

sólo *adv* only

solomillo sirloin **5**

soltero unmarried **CP**

solución *f* solution

solucionar to solve

sombra de ojos eye shadow **1**

sombrero hat **2**

sombrilla beach umbrella **2**

sonar (ue) to sound; **sonarse la nariz** to blow one's nose **12**

sonreir (i, i) to smile **3**

sonriente smiling

soñar (ue) to dream **1**

sopa soup **5**

soportar to tolerate **5**

sorprendente surprising **6**

sorprender to surprise **6**

sortija ring **7**

sospechoso suspect **6**

sótano basement

su *poss adj* his, her, its, your *(form s),* their, your *(pl)* **3**

suave smooth **2**

subdesarrollo underdevelopment **10**

subir to go up *(stairs);* **subir el equipaje** to bring the luggage up **11**

subscribirse to subscribe

suceder to follow or succeed *(someone in a post),* happen

sucio dirty **1**

sucre *m* currency of Ecuador **10**

sudar to sweat **12**

suegro(-a) father(mother)-in-law **3**

sueldo salary **9**

suelto *adj* light in consistency **7**; *n* loose change **10**

sueño dream, sleep **6**; **tener sueño** to be sleepy

suerte *f* luck; **buena (mala) suerte** good (bad) luck; **juego de suerte** game of chance; **tener suerte** to be lucky

suéter *m* sweater

sufrir to suffer **11**

sugerencia suggestion

sugerir (ie, i) to suggest **5**

supermercado supermarket **1**

supervisor(-a) supervisor **9**

suponer to suppose

supuesto *pp* supposed; **¡por supuesto!** of course!

sur *m* south

sustituir to substitute

suyo *poss adj and pron* his, her, hers, its, yours, yours *(form s and pl),* their, theirs **3**

T

tabla board; **tabla de planchar** ironing board **6**; **tabla de windsurf** windsurfing board **2**

tacón *m* heel **7**; **zapatos de tacón alto** high-heel shoes **7**

tal such; **tal vez** perhaps

talento talent **9**

talón *m* baggage-claim check **11**

talonario *(E)* checkbook **10**

talla size **7**; **de talla media** of average height **CP**

también also, too **7**

tampoco neither, not . . . either **8**

tan so; **tan... como** as . . . as **5**; **tan pronto como** as soon as

tanque *m* automobile gasoline tank **1**

tanto(-a) so much, as much; **tantos(-as)** so many, as many; **tanto... como** as . . . as

taquilla ticket window **8**

tardar to take time

tarde late **CP**; **más tarde** later

tarde *f* afternoon **CP**; **de la tarde** P.M.; **por la tarde** in the afternoon

tarea task; homework **1**

tarifa *(E)* fare **11**

tarjeta card **CP**; **tarjeta de crédito** credit card; **tarjeta de embarque** boarding pass **11**; **tarjeta de identidad** I.D. card **CP**; **tarjeta de recepción** registration form **11**

tasa rate; **tasa de cambio** rate of exchange **10**; **tasa de interés** interest rate **10**

tauromaquia art of bullfighting **8**

taza cup **5**

te *dir obj* you *(fam s)* **2**; *indir obj pron* (to, for) you *(fam s)* **5**; *refl pron* yourself *(fam s)*

té *m* tea **5**

teatro theater **2**

tecla key **9**

teclado keyboard **9**

técnico technical **9**

tecnología technology **9**

tecnológico technological

tela fabric, material **7**

telaraña World Wide Web

tele *f* TV **6**

telefonista *m/f* telephone operator

teléfono telephone; **teléfono celular** cellular phone **9**

telenovela soap opera **1**

televisión *f* television **6**

televisor *m* television set **6**

tema *m* topic, theme

temer to fear

temeroso fearful

temperatura temperature

templado moderate

temporada season, period **4**

temprano early **CP**

tenacilla de rizar *(E)* (hair) curler **1**

tender (ie) a + *inf* to have a tendency to

tenedor *m* fork **5**

tener to have **1**; **tener... años** to be . . . years old; **tener**

calor to be hot; **tener celos** to be jealous; **tener dolor de … ** to have a . . . ache, to have a pain in . . . **12; tener en cuenta** to take into account; **tener frío** to be cold; **tener ganas de + ** *inf* to feel like (doing something); **tener hambre** to be hungry; **tener la bondad de + ** *inf* to be so kind as to (do something); **tener miedo de** to be afraid of; **tener que + ** *inf* to have to (do something); **tener razón** to be right; **tener sed** to be thirsty; **tener sueño** to be sleepy; **tener suerte** to be lucky

tenis *m* tennis; **zapatos de tenis** tennis shoes **7**

tercero, tercer, tercera third **4**

terminar to finish

terminal *f* terminal **11**

termómetro thermometer

ternera veal **5**

terraza terrace **11**

terremoto earthquake **6**

territorio territory

testigo *m/f* witness **6**

texto textbook **4**

ti *prep, pron* you *(fam)* **4**

tiempo time, period of time, weather; **a tiempo** on time; **tiempo completo** full-time **1**

tienda store, shop **1**

tierra land

timbre *m (A)* stamp **1**

tímido shy, timid **8**

tintorería dry cleaner **1**

tío(-a) uncle (aunt) **3;** *pl* uncle and aunt **3**

tiovivo carousel **8**

típico typical **1**

tipo type, kind

tira cómica comic strip

tirar to throw **12**

titular *m* headline **6**

título university degree **4**

toalla towel **1**

tobillo ankle **12**

tocar to play *(a musical instrument);* to knock; to be one's turn

todavía still; **todavía no** not yet

todo all, every; **todos los días** every day; **todas partes** everywhere

tomar to take; to eat; to drink; **tomar el sol** to sunbathe **2; tomar una decisión** to make a decision **9**

topacio topaz

torcerse (ue) to sprain **12**

torero bullfighter

tormenta storm

toro bull **8**

torta cake **5**

torturar to torture

tos *f* cough **12**

toser to cough **12**

trabajador hard-working **4**

trabajar to work **1**

trabajo work, job **9**

traducir to translate **1**

traer to bring, carry **1**

tráfico traffic

trágico sad **2**

traje *m* suit; **traje be baño** bathing suit **2; traje de luces** bullfighter's suit **8; traje de novia** wedding gown **3**

tranquilizar to calm

tranquilo calm

transmitir to transmit

tranvía trolley **8**

trapo rag **6**

tratar to handle or treat something or somebody; **tratar de** to try, make an attempt; **tratarse de** to be about, deal with

trato treatment, relation **3**

travieso naughty, mischievous **3**

trayecto route, way

trece thirteen **CP**

treinta thirty **CP**

tren *m* train

tres three **CP**

trescientos three hundred **10**

trigo wheat

trimestre *m* quarter **4**

triste sad **3**

tristeza sadness

triunfar to triumph, win

tropical tropical

tu *poss adj* your *(fam s)* **3**

tú *subj pron* you *(fam s)*

tumulto commotion

turismo tourism **8**

turista *m/f* tourist **8**

turístico *adj* tourist **2**

turquesa turquoise

tuyo *poss adj and pron* your, yours *(fam s)* **3**

U

u or (replaces **o** in words beginning with **o-** or **ho-**) **7**

ubicar to locate

último last; **por último** finally

un(-a) a, an, one **8; unos(-as)** some, a few, several **8**

único only, unique

unido close-knit, united **3**

universidad *f* university **4**

universitario *adj* university

uno one **CP**

uña fingernail

usar to use **1; usar talla…** to wear size . . . **7**

uso use

usted *subj pron* you *(form s);* abb **Ud.;** *prep pron* you *(form s)* **4**

ustedes *subj pron* you *(fam and form pl);* abb **Uds.;** *prep pron* you *(fam and form pl)* **4**

útil useful **6**

utilizar to use

uva grape

¡uy! oh!

V

vacaciones *f pl* vacation **2; estar de vacaciones** to be on vacation

vaciar to empty

vacío empty

valer to be worth

valiente brave, courageous **8**

valor *m* value

valorar to appraise **7**

valle *m* valley

variado assorted, varied **6**

variar to vary

variedad *f* variety

varios *pl* various **9**

vasco(-a) Basque

vascuense *m* Basque language

vaso (drinking) glass **5**

vecino(-a) neighbor

vehículo vehicle

veinte twenty **CP**

veinticinco twenty-five **CP**
veinticuatro twenty-four **CP**
veintidós twenty-two **CP**
veintinueve twenty-nine **CP**
veintiocho twenty-eight **CP**
veintiséis twenty-six **CP**
veintisiete twenty-seven **CP**
veintitrés twenty-three **CP**
veintiún, veintiuno(-a) twenty-one **CP**
velero sailboat **2**
velo veil **3**
vencer to defeat
venda bandage **12**
vendar to bandage **12**
vendedor(-a) salesperson
vender to sell
venir to come **1**
venta sale **9**
ventaja advantage
ventana window **5**
ventanilla small window, ticket window **11**
ver to see **CP**
verano summer
verdad *f* truth; **¿verdad?** right?, true?
verdadero actual, true **8**
verde green; **tarjeta verde** resident visa, green card
verduras *f pl* vegetables
verificar to verify **10**
vestíbulo lobby **11**
vestido dress **1**
vestirse (i, i) to get dressed **1**
vez *f* time *(in a series)*, occasion, instance **1**; **a veces** sometimes, at times **1**; **algunas veces** sometimes **7**; **de**

vez en cuando from time to time **1**; **en vez de** instead of; **muchas veces** often; **otra vez** again
viajar to travel
viaje *m* trip; **hacer un viaje** to take a trip
viajero *adj* traveler; **cheque** *m* **de viajero** traveler's check
victoria victory
vida life **1**
videocasetera VCR **6**
videocinta videotape **6**
vidrio glass *(material)* **8**
viejo old **3**
viento wind; **hace viento** it's windy
viernes *m* Friday
vino wine **2**; **vino blanco** white wine **5**; **vino tinto** red wine **5**
violencia violence
violento violent
visitar to visit **3**
visto *pp* seen **10**
vistoso dressy **7**
vitamina vitamin **12**
vitrina *(E)* display case **7**; *(A)* store window **7**
viudo(-a) widower (widow) **CP**
vivir to live
vivo alive *(with* **estar***)*; lively, alert *(with* **ser***)* **3**
vocabulario vocabulary
volar (ue) to fly **11**
vólibol *m* volleyball **12**
voltaje *m* voltage **11**

volver (ue) to return **1**; **volver a +** *inf* to do something again; **volverse** to become
vomitar to vomit **12**
vos *subj pron* you *(fam s)* in Argentina, Uruguay, and other parts of Hispanic America
vosotros(-as) *subj pron* you *(fam pl, E); prep pron* you *(fam pl, E)* **4**
voz *f* voice
vuelo flight **11**
vuelto *pp* returned **10**; *n* money returned as change **10**
vuestro *poss adj* your *(fam pl, E)* **3**; *poss adj and pron* your, yours *(fam pl, E)* **3**

Y

y and **7**
ya already; **ya no** not any more, no longer
yate *m* yacht **2**
yerno son-in-law **3**
yeso cast **12**
yo I **4**
yugoslavo(-a) Yugoslav

Z

zafiro sapphire
zapatería shoe store **7**
zapato shoe **7**; **zapatos bajos** low-heel shoes **7**; **zapatos de tacón alto** high-heel shoes **7**; **zapatos de tenis** tennis shoes **7**; **zapatos deportivos** athletic shoes **7**
zona de ventas sales zone **9**

Index

Literary Credits

We wish to thank the authors, publishers, and holders of copyright for the use of their material.

"España está de moda" from *Cambio 16,* No. 863, June 13, 1988, pages 16–22, reprinted by permission of *Cambio 16.*

"Economía bajo el sol" from *Cambio 16,* No. 1.282, June 17, 1996, pages xvi–xvii, reprinted by permission of *Cambio 16.*

A. R. Williams: "El encanto de Guadalajara" from *Américas,* 37, No. 1 January–February 1985, pages 38–43, reprinted by permission of *Américas,* a bimonthly magazine published by the General Secretariat of the Organization of American States in English and Spanish.

George R. Ellis: "El estupendo metro de México" from *Américas,* 38, No. 5, September–October 1986, pages 2–7,

reprinted by permission of *Américas,* a bimonthly magazine published by the General Secretariat of Organization of American States in English and Spanish.

"Costa Rica, la perla democrática" from *Cambio 16,* No. 842, January 18, 1988, pages 64–65, reprinted by permission of *Cambio 16.*

"El techo de Venezuela" from *Américas,* 38, No. 5, September–October 1986, pages 44–49, reprinted by permission of *Américas,* a bimonthly magazine published by the General Secretariat of the Organization of American States in English and Spanish.

Theodora A. Remas: "La Guayabera cómoda, fresca y elegante" from *Américas,* 39, No. 1, January–February 1987, pages 32–37, reprinted by permission of

Américas, a bimonthly magazine published by the General Secretariat of the Organization of American States in English and Spanish.

"Guardián del oro del Perú" from *Américas,* 39, March–April 1987, pages 8–13, reprinted by permission of *Américas,* a bimonthly magazine published by the General Secretariat of the Organization of American States in English and Spanish.

"El valioso aporte de los latinos" from *Más,* 2, No. 3, January–February 1991, pages 49–50, reprinted by permission of *Más*/Univisión Publications.

Masthead for newspaper *El Sol de Texas,* reprinted by permission of *El Sol de Texas.*

"Director destaca importante labor de centro educativo" from *El Sol de Texas,* 22, No. 2258, September 8, 1988, page 7,

Ads for services in a Hispanic community from *El Sol.*

Tourist information for Santiago, Chile, reprinted by permission of Servicio Nacional de Turismo.

Advertisement for Hotel Alay in Malaga, Spain.

Advertisement for El Condado Hotel in Lima, Peru.

Advertisement for Gimnasio Nuevo Estilo.

Advertisement for HERBALIFE.

Photo Credits